KB166369

# 작가에게 반성을 촉구한다

유안나 장편소설

동아

# 작가에게 반성을
## 촉구한다 III

초판 1쇄 인쇄일 | 2020년 9월 11일
초판 1쇄 발행일 | 2020년 9월 18일

지은이 | 유안나
펴낸이 | 박성면
펴낸곳 | (주)동아

출판등록 | 제406-2007-000071호
주소 | 경기도 파주시 문발로 115, 세종출판벤처타운 201-A호
전화 | (031)8071-5201
팩스 | (031)8071-5204
E-mail | bear6370@hanmail.net

정가 | 12,000원

ISBN 979-11-6302-387-6 (04810)
      979-11-6302-372-2 (set)

ⓒ 유안나, 2020

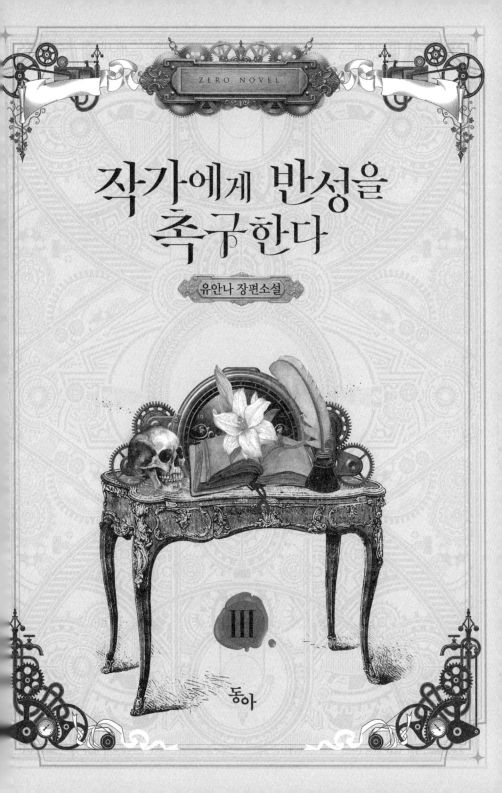

# contents

## 11. 푸른 숲, 빛이 사라진 밤 (1)

지금 당장 생각하고 싶지 않은 문제가 이곳저곳에 산적해 있으므로, 우선은 다른 문제부터 생각해 보기로 하자. 대공과 나누었던 이야기에 대한 것이다.

알렉시스 에슈마르크와 대화를 할 때, 우리가 마력의 구조를 다룰 수 있는 입장에서 레일리 크라하와 가라한 아브리함의 이야기를 굳이 엿듣지 않고 충분한 거리를 벌렸던 것은 어차피 그들의 화제 따위는 일찍이 알고 있고, 혹시라도 우리의 얘기가 새 나가지 않게 하기 위함이었다.

그렇다면 새 나가면 안 될 이야기는 무엇이냐?

우리가 떠들었던 이야기들 중 알렉시스 에슈마르크가 뷔올에서 벌이고 있는 수작질도 가라한이나 레일리에게 알려지면 곤란할 터였고, 유리 옐레체니카가 실제로 저질렀던 수상쩍고 잔인한 일들 역시 그들에게 조금이라도 알려져서는 안 된다.

심지어는 그렇게 먼 곳까지 갔음에도 불안해서 결국 꺼내지 못한 화제도 있다. 알렉시스 에슈마르크가 파악한 '반인'에 대한 정보라든가, 뭐 그런 것들 말이다.

내가 추론한 유리 옐레체니카와 반인의 연관성은 어디까지나 신체적인 유사함에 있다. 유리 옐레체니카가 자신이 이해할 수 없는 대상에 관심을 보인 것이 연합국에서의 일이었다면, 자신과 비슷한 대상에 관심을 가진 것은 뷔올에서의 일이다.

불사를 바랐던 것도 아니면서 유리 옐레체니카가 다양한 종족을 건드리고 실험한 이유는 대체 무엇일까? 무엇을 파악하려 했던 것일까? 그 궁극적인 목적이 무엇이란 말인가? 애초에 우리가 여행길에 오른 이유 역시 그녀의 목적을 파악하기 위해서였다.

나도 혼자서 시간을 보내며 조사하는 동안 그녀가 무언가에 소속되고 싶어 했을지도 모른다는 가설은 세웠지만, 그것이 유리 옐레체니카의 궁극적인 목적이라고 단언하기는 어렵다. 어떤 식으로든 대공과 의견을 교환해야 했다.

애당초 알렉시스 에슈마르크가 혹시나 하는 마음에 차마 입에 담지도 못한 가설이라면, 그 또한 유리 옐레체니카의 목적에 대한 것이었으리라. '은자'를 자칭하고 활약하던 유리 옐레체니카가 대륙 전반을 무대로 삼아 꾸미던 일이 무엇인지를, 언제나 그녀에게 동조했던 그라면 어느 정도 파악했을지도 모른다.

그러니 어쨌든 알렉시스 에슈마르크와 대화를 나눠야 한다. 그가 세운 가설에 대해서도 명료하게, 또 직접적으로 전해 들어야 상황을 파악할 수 있을 것 같았다. 두 사람의 의견을 조합해서 말이다.

즉, 지금 당장은 할 수 있는 일이 없다는 결론이 된다.

"……."

"……."

"……."

거기까지 생각하고 나니 더더욱 현실을 외면하기 어려워졌다. 뒤늦게 하는 말이지만, 사실 우리는 지금 심각한 삼자대면의 상황에 처해 있다.

나는 소파에 파묻혀서 온몸으로 레일리의 키스를 받다가 정면으로 맞닥 트린 가라한을 흘긋 살피고, 슬그머니 시선을 회피했다. 회동이 끝났는지 기별도 없이 벌컥 들어오던 가라한이 문간에 돌처럼 굳은 채로 서 있다가, 결국 그때에야 시비를 걸듯이 말했다.

"제정신이냐?"

"……."

역시 지금 당장 생각하고 싶지 않은 문제가 산적해 있으므로, 다른 생각부터 하는 편이 좋겠다. 그렇다면 이번에는 의문의 참사랑을 선보이는 레일리 크라하와, 그럼에도 불구하고 언젠가는 그를 이 세상에 남겨 둔 채 홀로 내 세계로 돌아갈 나에 대한 생각을……. 이런 빌어먹을, 그 생각도 별로 지금 당장 하고 싶지는 않은데.

"눈치껏 나가지 그래."

내 목덜미에 잇자국을 남기고 그 위에 부드럽고 농밀하게 입을 맞추다가 불청객을 맞이한 레일리 크라하가 살벌하게 고개를 돌렸다. 한 손으로는 여전히 내 옷의 리본을 풀어내는 중이었다. 가라한의 표정이 더더욱 일그러졌다.

평소였으면 레일리든 나든 둘 중 한 명 정도는 가라한의 기척을 느꼈겠지만, 막 회동이 끝났기 때문인지 안전 가옥 주변으로 지나가는 놈들이 너무 많아서 가라한의 기척을 특정 짓지 못한 것이다. 현행범으로 붙잡힌 꼴이 되고 말았다. 그나마 본격적으로 커플다운 애정 행각의 시간을 보내기는 전이어서 망정이었다.

그렇다. 이 상태지만, 놀랍게도 아직 본격적인 국면으로 접어들기는 전이었다. 새삼스럽게 생각해 보니 나 자신부터가 일단 제정신이 아닌 것 같다.

"백작님과 너는 대체 무슨 관계가 된 거냐? 집사로서 수발을 들고 있다기에 악명 높은 므라우의 까마귀가 은혜 갚은 까치라도 된 줄 알았더니, 이제 보니 시중드는 종목이 낮의 시중만은 아닌가 보지? 놀랄 일이군."

가라한이 빈정거리는 태도로 쏘아붙였다. 이런 세계에 은혜 갚은 까치 이야기가 존재한다니 작가로서의 내 무의식에 나야말로 놀랄 일이었다.

"낮 시중이든 밤 시중이든 내가 들기로 직접 결정했다는데, 남이 밤일을 하려던 차에 갑자기 난입해 놓고 네가 무슨 상관이지?"

그런데 이 와중에 김 집사 이 개자식은 왜 갑자기 그런 이상야릇하고 야설 남주 같은 표현을 쓰며 대답하고 있단 말인가.

역시 집 안에서 새는 바가지는 집 밖에서도 샜다. 나는 반사적으로 레일리 크라하의 목젖을 강력하게 후려쳤다. 이번에도 별 타격은 주지 못했다.

아무튼 일촉즉발이었다. 가라한은 점점 더 열 받은 얼굴이 되어 가고 있었고, 레일리의 표정 역시 갈수록 험악해졌다. 두 사람은 각자의 이유에서 시시각각 기분이 안 좋아졌다.

가라한의 입장도 이해 못 할 바는 아니었다. 전설적인 인물로 존경하던 옛 동료 레일리 크라하가 원수 같은 뷔올 귀족의 수발을 들며 십 년 동안 코빼기도 비치지 않더니, 별안간 므라우에 나타났다. 그래서 어서 꺼지라고 말하자, 사실 자신은 동족을 위해 노력하고 있었다는 변명이 돌아왔다. 그런데 말은 그렇게 해 놓고 정작 뷔올 귀족과 좀 지나치게 잘되어 가고 있는 듯하니 자연히 기가 막히고 코가 막히는 일일 터였다.

레일리의 입장이야 별로 궁금하지도 않다. 이 개자식의 분노는 언제나 발화점이 지극히 낮았으므로, 이번에도 단지 본인이 하려던 일을 방해받아서 기분이 나쁜 것이리라고 본다. 확신할 수 있다.

물론 그렇다고 해서 레일리의 기분 나쁨을 무시할 수 있는 것은 아니었다. 애초에 이 녀석은 본인의 KIBUNN이 나쁘면 무슨 짓이든 하는 놈이고, 자기가 하고 싶던 일을 방해받는 것을 죽도록 싫어하지 않던가. 내가 몸소 확인한 적 있는 성깔이었다.

그리고 내 앞에서야 본격적으로 신위를 드러낸 적이 없다지만 사실 두 사람 모두 과거 전성기의 므라우를 장악했던 대단한 놈들이다. '전성기의 므라우'란 '가장 개판이던 시기의 므라우'와 동의어고 말이다.

그러니 따지고 보면 이 세계관의 제일가는 범죄 도시에서 범죄와 폭력만으로 전권을 장악한 것이 아닌가?

레일리 크라하가 괜히 시도 때도 없이 양아치 같은 기질을 보이는 것이 아니었다. 한때 레일리 크라하는 정말로 세계 서열 1위의 양아치였다. 아니, 양아치라고 표현하기엔 양아치가 너무 귀여운 표현 같다.

아무튼 그러면 여기에서 문제. 그들 둘 사이의 충돌에 끼면 연약한 신체에 그보다 더 연약한 전투 능력을 갖게 된 현재의 유리 옐레체니카 씨는 어떻게 될까?(5점)

너무 쉬운 문제군. 저 두 놈의 안위는 모르겠고, 일단 내 등이 터질 것이다. 5점을 획득했다.

결국 슬그머니 레일리의 뺨을 붙잡고 쭉 밀어냈다. 일단 내가 밀어내는 대로 밀려나기는 했지만, 레일리의 심기가 몹시 불편해졌다. 주변에서 요란하게 삐걱거리는 마력만 봐도 그의 기분 따위는 대충 알 만했다. 므라우에 들어와서 편해진 유일한 점이었다.

물론 레일리의 심기 따위는 내가 알 바가 아니었고, 나는 집사 녀석보다도 가라한의 심기를 살피기로 했다. 사실 남의 거처에 얹혀 지내면서 우리끼리 애정 행각을 벌이다가 들통 난 이 서먹한 상황에 집주인의 심기만큼 중요한 게 또 뭐가 있겠는가.

"아, 미안. 가라한. 이렇게 빨리 올 줄 몰랐어."

재빨리 사과하며 레일리의 명치를 퍽 걷어차고 즉시 매무새를 정돈했다. 그리고 뭔가 적당히 우리의 관계를 설명해 줄 수 있을 법한, 더불어 가라한의 기분도 조금 나아지게 해 줄 법한 변명거리를 찾기 위해 열심히 머리를 굴리기 시작했다.

"방금 그건 말이지⋯⋯."

"죄송한 일이군요! 백작님은 잠시 얌전히 물러나서 그쪽에 계셔 주실까요?"

그런데 내 말을 뚝 끊어 먹은 가라한이 웃는 얼굴로 부드럽게 고개를 기울이고 속삭였다.

"이 가라한 아브리함은 열이 받으면 눈에 보이는 것이 없어지는 성정을 가지고 있어서요. 뷔올의 귀한 분께 무례하게 굴까 염려되는군요."

"네놈이야말로 낄 문제가 아니지."

레일리가 짜증스럽게 대꾸하며 내 앞섶을 재빨리 모아 주었다. 그러고는 다시 꼼꼼하게 단추를 채우고, 나를 번쩍 들어 품에 안은 채 소파에 대신 앉은 그가 퍽 살벌한 태도로 다시 말했다.

"마스터와는 요컨대 연인 같은 관계라."

"아, 그건 아닌데."

잽싸게 끼어들어서 한 손을 번쩍 들자 레일리가 싸늘하게 눈썹을 꺾었다. 뭐. 뭐. 뭐. 집사야, 내가 분명 그런 건 안 하겠다고 말하고 키스한 거였잖냐. 내가 언제 말이라도 번복했단 말이냐. 네가 구구절절 뭔 말을 했든지 나는 아무튼 싫다고 말해 두지 않았냐. 나는 또 냐냐거리고 있냐?

"레일리 크라하가 본인 키스하고 싶을 때 자기 마음대로 키스하는 관계야."

나는 우리의 관계를 완벽하게 요약해 입에 담았다. 이상한 표정으로 나를 바라보다가 팔짱을 낀 가라한이 비로소 턱짓을 했다. 이제야 제대로 이야기를 듣고 설명을 받아들일 마음의 준비를 한 모양이었다.

이윽고 가라한이 생긋 웃는 얼굴로 필승의 질문을 던졌다.

"애초에 여기가 내 집인 건 알고나 있는 거냐? 최소한 남의 집에서 애정 행각은 아니지, 레일리."

"네 집 내 집이 어디 있지?"

태생부터 무법자인 레일리 크라하가 옛 동료 앞에서 뻔뻔하게 턱을 치켜들고 말했다.

"내가 점거한 이상 전부 내 집이다."

불만이라도 있으면 덤벼서 힘으로 승부를 가리자는 듯한 태도였다. 역시 전 세계인의 앞에서 내 집사의 끝내주는 인성을 사과해야 할 때가 왔다.

"여기서 잠깐! 다시 한번 말하지만, 얘랑 저랑 사귀는 사이 아니고요, 가끔씩 서로가 키스하고 싶어지면 그냥 키스하는 사이일 뿐이고요!"

딱 잘라 외치며 그들 사이에 끼어든 나는 어쩔 수 없이 가라한이 목격한 상황에 대한 가장 명료하고 적합한 설명을 읊어 냈다.

"레일리 크라하 이 개자식은 사랑은 모르겠고 아무튼 갖고 싶으니 순순히 안기시라는 개헛소리를 고백이랍시고 실시간으로 지껄인바, 아무튼 생각하시는 로맨틱한 감정적 피드백은 쌍방 없었지만 남의 집에서 다짜고짜 진도를 뽑고 있었던 점에 대해선 죄송하고, 어디까지나 한순간의 엔조이가 어쩌다 보니 지속된 관계일 뿐이니 이로 인한 뒤탈은 없을 것을 엄중히 약속하는 바이며…….."

"'엔조이'? 방금 제가 그렇게 말을 했는데……."

레일리가 날카롭게 반응했다. 오라질, 네가 뭐라고 했는지는 나도 잘 알고 그게 무슨 뜻이었는지도 물론 알아, 새꺄. 그걸 몰랐으면 애초에 내 생각이 복잡해질 이유도 없었을 것이다.

물론 내 생각이 복잡해진 것과, 내가 레일리 크라하와 실질적이고 구체적인 감정적 관계를 형성하는 것 역시 무관한 일이었다. 나는 눈치껏 말을 맞추라는 의미에서 그의 명치를 팔꿈치로 퍽 찍어 올린 후, 가라한을 향해 마저 말을 이었다.

"애초에 나랑 얘랑 사귀든지 말든지 엔조이 파트너든지 아니든지 알아 두셔야 할 사안이 있다만, 나는 댁들이 반인을 위해 하는 일에는 추호도 관여할 생각이 없다고요."

"즉, 백작님은 레일리에게 아무 감정이 없으시다는 겁니까? 방금 제가 목격할 뻔한 건 어디까지나 집사의 업무인지요?"

"아니, 사실 나는 레일리를 좋아하는데."

이미 결론을 내린 이상 굳이 내 생각을 말하는 일에 주저할 이유는 없었다. 나는 비꼬듯이 대꾸한 가라한에게 당당하게 대답했다. 순간 레일리의 손이 멈칫 흔들렸다.

"그렇다고 딱히 얘랑 대단한 관계가 되고 싶지는 않고 오히려 딱 질색이다."

손을 홰홰 저으며 극구 꺼낸 부정의 말에 가라한도 레일리도 오랜 시간 침묵했다. 나만이 태연히 말을 이었다.

"키스는 좋으니까 하겠지만."

"……."

"아, 물론 그 이상도."

"……."

"하지만 키스를 하든 연애를 하든 그 밖에 또 무엇을 하든, 나는 레일리가 레일리 크라하로서 하는 일에는 관여할 생각이 없고, 가라한 너도 그건 분리해서 생각하는 게 편하고 좋을 거야. 레일리와 나는 별개의 사람이고 별개의 인생을 살고 있거든."

사실 가라한과 레일리가 충돌하면 내가 곤란할 듯해 생각 없이 시작한 말이지만, 아무 말이나 입에서 나오는 대로 뱉다 보니 놀랍게도 그 전까지 고민하던 안건들에 대한 생각마저 정리가 됐다. 나는 깔끔하게 말을 맺었다.

"단지 각자의 긴 이야기에서, 어느 한 점 잠깐 마주치고 교차하는 순간들일 뿐이니까."

그때까지 얌전히 나를 붙들어 안고 있던 레일리의 손에 힘이 들어갔다.

형언하기 어려운 압박감이었다. 나는 단숨에 그의 손을 털어 냈다. 결론을 내린 이상 더 휘둘릴 이유는 없다.

그리고 그 순간이었다.

쾅 소리와 함께 문이 열렸다.

"여어, 그림 좋은데."

안 그래도 기분이 개판이던 가라한과 레일리의 사이를 비집고 끼어든 것은 정말이지 달갑지 않은 삼류의 대사였다.

"므라우가 이토록 망가지는 사이, 까마귀 님께서는 뷔올에서 예쁘장한 백작님과 재미나 보고 있었군?"

이번에는 이전에 발제리 어쩌고 하는 놈의 수하랍시고 나타났던 놈들보다는 한층 강해 보이는 놈들이었다. 단순한 도핑과 신체 개조로 덩치를 키운 유형이 아니라, 호리호리한 몸의 관절 곳곳에만 합금을 넣어 전투를 효율적으로 만든 유사인족이었던 것이다.

삐죽하게 튀어나온 털 달린 귀를 봤을 때, 수인 계열의 유사인족이거나 혹은 그에 상응하는 반인인 듯했다. 손톱을 통째 뽑아내고 대신 박은 새카만 광물이 묘한 색으로 번득였다. 이마에는 꽤 값비싸 보이는 커다란 마력석이 마름모꼴로 박혀 있기까지 했다.

폐허가 된 므라우의 마력이 삐걱삐걱 요동치는 꼴을 보아하니 마력에 상응하는 이능력을 쓸 수도 있는 놈이다. 물론 기분만 나빠져도 주변의 기운을 만신창이로 휩쓰는 레일리 크라하에 비할 바는 아니었다. 신체 능력을 주로 발전시킨 것치고는 가라한처럼 여유로운 태도도 아니다. 어쨌든 상대도 안 될 놈이 주제도 모르고 덤벼든 것만은 명확했다.

그 이전에 대사가 저게 뭐냐. '여어, 그림 좋은데.'라니. 엘제바에서부터 시작된 뒷골목 건달들의 발언은 '가진 거 다 내놔.'에서부터 '나는 사실 사천왕 중 최약체'에 이르기까지 온갖 유치함의 극치를 달리고 있었다.

설정을 대충 짜서 창조주로서 사과한다. 솔직히 말하자면 '재미를 본다'는 표현 역시 구리기는 마찬가지였다. 나 자신의 소설 속 변주가 저 꼴이라니, 몹시 실망한 내가 대놓고 싫은 티를 내기도 전에, 므라우 출신의 두 남자가 당장 인상을 쓰고 고개를 돌렸다.

"네 거처를 저딴 쓰레기들에게 침범당하다니, 가라한 아브리함의 권위도 이젠 땅바닥에 떨어졌군."

"주제도 모르고 불길에 뛰어드는 불나방의 행동을 '침범'이라고 표현할 수는 없지."

레일리가 빈정거리자 가라한이 싸늘하게 대꾸했다. 레일리에 비하면 가라한의 인품은 거의 참한 수준이라고 생각했는데, 이렇게 보니 가라한도 레일리와 오십보백보일 뿐 별로 좋은 성품은 아닌 듯했다.

서로에 대한 억하심정만으로 비난을 이어 가던 두 사람의 말을 곡해했는지, 침입자는 묻지도 않은 사실을 떠들기 시작했다.

"가라한이 요즘 자꾸 안전 가옥에 들락거리며 너무 많은 식량을 챙겨 가더라고. 예전이었으면 몰라도, 구속구를 박은 너희 두 놈은 이제 두렵지 않다. 애초에 자신을 마주친 놈들의 목숨을 살려 보내다니, 므라우의 까마귀도 이제는 살생을 할 수 없는 물렁한 인간이 됐나 보지?"

그렇다. 소설 속에서 저런 악당들은 늘 묻지 않아도 주절주절 투 머치 인포메이션을 떠드는 법이다.

"사실 나는 정체를 드러내지 않는 지금의 '군주'에게서 특별히 인정을 받은 위대한 몸이란 말이지. 나로 말할 것 같으면, 그에게서 직접 동부를 할당받아 동부 관할의 므라우를 모조리 관장하는 신사천왕 알레한드레……."

그리고 굳이 분류하자면 설정이 덜 된 놈들일수록 그렇다. 역시 설정을 대충 짜서 저런 대사나 지껄이게 만들고 듣게 만들었다는 점에 대해서는 이 자리의 모두에게 창조주로서 사과해야 할 것 같다.

구구절절 이어지는 쓸데없는 정보를 한 귀로 듣고 한 귀로 흘려 넘기며 지친 표정을 지었다. 레일리와 가라한의 반응 역시 크게 다르지 않았다.

"내 구속구가 신체 능력을 속박하지 않는다는 건 알고나 있는 거냐……?"

"애초에 '군주'는 뭐야?"

"신사천왕 놀이의 정점에 있는 인물."

가라한이 무심하게 대꾸했다.

"자기 정체를 밝히지 않은 채 그럭저럭 신사천왕 놀음의 뒤에서 균형을 잡고 있지."

그렇게 대답한 가라한이 알레한드레를 바라보며 한심하다는 듯 혀를 차는 사이, 레일리는 여태 품에 안고 있던 나를 살며시 소파 위에 내려놓으며 장갑을 고쳐 끼고 앞으로 나섰다.

"내가 맡지."

"침범당한 건 내 영역이다. 내 명예를 더럽힐 참이냐?"

"별로 너를 위해 하는 건 아니다. 이전에 설명했으니 짐작이 가겠지만 '군주'니 뭐니 하는 놈이 누구인지 단서라도 알아내서 직접 찾아가 협조를 구할 문제도 있고, 네놈이 맡았다가는 무조건 죽일 테니까. 아무리 자애롭게 대처하고 있다 한들, 영역을 침범당하는 건 다른 문제지. 네게 넘길 생각 없다."

평온한 얼굴로 나온 대답이었지만, 가라한은 그 말을 듣고 기가 차다는 듯 코웃음을 쳤다. 비단 가라한만의 반응은 아니었다. 갑자기 쳐들어왔던 침입자들 역시 똑같은 태도를 보였다.

"정말로 뷔올에 10년 고작 머물렀다고 해서 살생이 꺼림칙해졌다는 유치하고 순진한 소리를 하려는 건 아니겠지?"

가라한이 공격적으로 쏘아붙였다. 다른 놈들의 비웃음과 조롱 섞인 반응과 달리, 그의 태도는 거의 배신감과 분노의 형태에 가까웠다. 이 자리에 있는 유일한 진짜 이방인으로서 눈을 댕그랗게 뜨고 소파에 앉아 있던 나를 제외하면 오직 레일리만이 태연했다. 그가 거리낌 없이 대답했다.

"마스터가 토하셔서."

가라한의 눈이 동그래졌다. 그가 입을 떡 벌렸다. 당연하게도 내 눈 역시 동그래졌다. 아니, 므라우에 들어올 때부터 계속 저 소리더니, 여전히 저 지랄이란 말인가?

못 들을 소리를 들었다는 듯한 므라우의 주민들 사이에서 레일리만이 일상적인 태도로 뒤도 돌아보지 않고 가라한을 지나쳤다. 모두의 당혹에도 아랑곳하지 않고 앞에 나선 레일리는 바로 적들에게 덤비지 않고 내심 전투 방식이라도 고민하듯 잠자코 턱을 만지며 잠시 생각에 잠겨 있었다.

아주 짧게나마 침입자들을 쭉 훑어보더니, 얼마 지나지 않아 방법을 결정한 사람처럼 혼자서 느릿느릿 여유롭게 고개를 주억거리기까지 했다. 그런 그의 태도에서 전투 상대에 대한 경계나 존중이라고는 조금도 찾아볼 수 없었다.

아무튼 레일리 저놈의 사고방식은 알면 알수록 가관이었다. 애초부터 그에게 타인 따위는 안중에도 없었던 모양이다. 그러니까……. 나만 예외인 것 같지만 말이다. 으! 아니다! 아니다! 이런 로맨스 같은 생각은 하지도 말란 말이다, 나 자신!

"고작 은사를 써서 성대를 베는 꼴에도 난리가 나셨는데, 네놈 방식대로 머리나 심장을 즉석에서 쥐어 터트렸다간 무조건 토하신다."

애초에 저 자식의 마음속에서 나는 대체 뭘 하는 인간이란 말인가? 아니, 실제로도 정말로 눈앞에서 후각과 청각을 포함한 형태로 그런 꼴을 경험하고 싶지 않기는 했다. 토하기까지 할지는 겪어 봐야 알겠지만 굳이 겪고 싶지는 않다는 것이다.

그래, 그렇기야 한데……. 좀, 저렇게 말하면……. 내가 완전 짐덩이 같지 않겠는가.

물론 짐덩이가 맞기는 하지만 말이다. 부정할 수는 없는 일이었다. 하지만 나라고 해서 짐덩이가 되고 싶어서 된 것은 아니었다. 애초에 레일리가 살해를 삼가는 이유가 나라는, 그토록 복잡하고 꺼림칙한, 신경 쓰이는 상황을 명쾌히 인지하고 싶지도 않았던 터라. 젠장, 더는 생각하지 말아야지.

내 복잡한 마음을 아는지 모르는지, 일방적으로 떠든 뒤 가라한으로부터의 대답을 기다리지도 않은 레일리가 손에서 차가운 스파크를 일으켰다. 이윽고 그의 손아귀에서 빠르고 요란한 방전이 시작됐다.

직후 이어진 전투는, 지극히 일방적이었다. 사람을 태우면 또 태운다고 냄새가 난다며 징징댄 적이 있기 때문인지, 레일리는 전기 쇼크로 한 놈 한 놈 기절시키는 방식으로 그들을 성의 있게 상대하고 있었다.

결국 레일리에게 전투를 내주고 멍청한 얼굴로 서 있다가 뒤늦게 내게로 다가와서 레일리 대신 나를 보호하듯이 버티고 있던 가라한이 인상을 찡그리고 물었다.

"레일리 크라하의 지난 10년에 대해 물어도, 지금의 백작님은 기억을 잃었다고 하셨으니 대답을 기대할 수 없겠지요."

"응. 잘 아네."

"당신과 레일리 크라하는 대체 무슨 사이입니까?"

가라한이 퍽 정중한 태도로 질문했다. 나는 턱을 괴고 꽃받침을 한 채 레일리를 지켜보다가 인상을 찡그리며 대답했다.

"전부 말했잖아. 저 자식이 키스하고 싶으면 허락도 없이 키스하고, 나도 나름대로 좋아하는 관계."

"연인인가요?"

"미쳤나?"

"그렇다면 정말로 상상이 가지 않지만, 레일리의 일방적인 구애입니까?"

퍽 싸늘한 태도였다. 나는 쭈그리고 앉아 있던 상태 그대로 고개를 들어서, 옆에 서 있던 가라한을 물끄러미 바라보았다.

"사랑은 아니라던데. 좋아한다고 말한 사람은 나뿐이고."

말하다 보니 더더욱 기가 막히는 일이었다. 잠깐 입술을 달싹이던 나는 그냥 머리칼을 헤집으며 시큰둥히 덧붙이고 말았다.

"사랑 따위는 실존하지 않고, 실존하더라도 자신과는 무관한 가치여서 사랑은 아니래."

"……."

"그리고, 이미 말했지만, 나는 원래의 유리랑은 좀 다른 인격이어서 말이야. 아예 구분된 인격이라고 봐야 하거든. 어차피 이 몸은 내 몸이 아니고, 굳이 이 몸을 통해서 의미 있고 미련이 남을 관계를 맺고 싶지는 않아. 들었으니 알 듯한데, 레일리가 반인 전반을 위해 하려는 일이 있잖아. 그 일만은 기억을 잃은 나라도 지지해 줄 작정이지만, 내 개인적인 감정은 별개의 문제야. 나는 그러고 싶지 않아."

내 말을 어떻게 해석했는지 가라한이 한동안 침묵했다. 잔챙이들을 먼저 정리하고 그나마 다른 놈들보다 강해 보이던 두엇을 처리하고 있는 레일리를 물끄러미 지켜보다가, 그가 잠자코 물었다.

"레일리가 저런 태도를 보이는 건 본래의 옐레체니카 백작과 모종의 관계가 있었기 때문입니까? 아니면 대상이 당신이기 때문입니까?"

"본인 말을 믿자면 원래 유리랑은 지극히 비즈니스적인 관계였다던데. 유리와 레일리가 뭘 준비하고 있었는지는 너도 들었으니 알 것 아니냐."

"그 말은 참입니까? 당신에게 다른 꿍꿍이 같은 것은 없었습니까?"

가라한이 취조하는 것 같은 말투로 쏘아붙였다. 나는 뚜하게 뺨을 기울이고 대답했다.

"유리한테 다른 꿍꿍이가 있었는지 아닌지는 내 입장에서는 알 바 아니고 알 수도 없는 문제다."

실제로 가라한의 말대로 유리 옐레체니카에게는 차마 속 편히 입에 담지도 못할 사악한 꿍꿍이가 있었다. 아마 레일리 크라하도 조금쯤은 의심을 품고 유리 옐레체니카의 손을 잡았을 것이다.

그냥, 유리 옐레체니카가 품고 있던 생각이 레일리의 상상보다도 더 잔악무도했을 뿐이다. 레일리 크라하가 훗날의 배신을 어느 정도 감안하고 대비함으로써 어떻게든 극복하거나 처리할 수 있는 선을 넘어선 쓰레기였을 뿐이라는 것이다.

"단지 짐작하건대 레일리도 어느 정도는 유리에게 다른 목적이 있었을 거라고 상정했겠지. 그럼에도 불구하고 유리 옐레체니카의 도움을 얻을 정도로 절박한 목적이 레일리에게도 나름대로 있었을 테고."

아무튼 나는 가라한이 원하는 것 같은 대답을 꺼내 주었다. 거짓말도 아니었다.

"어쨌든 분명한 건 한 가지다. 레일리 크라하는 므라우를 떠난 뒤 지난 10년의 세월 동안 단 한순간도 자기 자신이라는 개인을 위해 산 적이 없어."

실제로도 내 대답을 들은 가라한은 한참 동안이나 말이 없었다. 그는 홀로 생각에 사로잡힌 것처럼 표정을 굳힌 채 단단히 팔짱을 꼈다. 퍽 방어적인 태도였다. 그의 녹색 눈동자가 종횡무진 움직이며 이미 상대를 한 명으로 줄인 레일리 크라하에게로 가닿았다.

침묵을 피부로 체감할 수 있을 정도의 시간이 지났을 때, 그가 다시 담담히 물었다.

"요컨대, 레일리 크라하가 저런 태도를 보이는 것은 당신에 대해서만이라는 얘기 아닙니까. '사람이 죽는 것만 봐도 토하는' 형편 좋은 당신 말이죠."

"내가 알 바냐?"

"므라우 출신인 제가 듣기에는 레일리가 떠드는 소리에 허황된 얘기가 너무 많다고 생각하는데, 당신의 생각은 어떠십니까? 당신이 추호도 이해하지 못할 일들, 상상도 못 해 봤을 것들을 일평생 경험하고 살아온 우리가 평등하고 자유로운 세계를 맞이한다고 해서 당신처럼 살 수 있을 거라고 보시나요?"

그가 빈정대는 태도로 물었다. 그러다가 표정을 일그러트리고 다시 시선을 돌렸다. 무언가에 스스로 거북함을 느낀 듯한 태도였다. 나는 대답을 꺼내는 대신 그의 표정을 유심히 살펴보았다가, 아마도 그가 뭔가 말을 이으리라는 사실을 어렵지 않게 짐작하고 조용히 침묵하며 기다려 보았다.

얼마 지나지 않아 뒤따라 나온 것은, 뜻밖에도 가라한 아브리함 자신의 이야기였다.

"나는 뷔올 남부의 산에서 탄생해 그곳에서 자랐습니다. 누군가의 죽음에서 태어난 우리들 반인이 무엇인지도 모르고, 인간과 어떻게 다른지도 알지 못했습니다. 그맘때에는 당신처럼 형편 좋은 삶이었죠. 필요한 수 이상의 짐승을 죽이지 않아도 괜찮았고, 내 생명을 노리는 것은 자연밖에 없는 시기였어요. 므라우에 사는 자들 중에서는 손에 꼽힐 정도로 풍족하고 평화로운 유년을 보냈지요."

조금쯤은 무언가를 회상하는 듯한 태도였다. 하지만 생각만큼 잘 떠오르지 않았는지, 그가 인상을 찡그리고 다시 말했다.

"뷔올의 산지 개간에 휘말린 것은 내가 열 살도 되기 전의 일입니다. 같은 산에 살던 유사인족들과 반인들이 무참히 살해당해 낱낱이 분해되고 찢긴 채 장식처럼 내걸렸습니다. 가죽을 벗겨 그들의 전리품으로 삼고, 내장과 살을 토막 내 원하는 자에게 비싼 값을 받고 팔더군요. 단지 우리가 당신들과 다르기 때문에 말이에요."

가라한 아브리함은 레일리 크라하와는 다른, 그리고 대부분의 므라우 주민과는 다른 출신 성분을 지닌 무법자다. 레일리가 일찍이 자신의 삶에 대해 떠들 때도 가라한 아브리함에 대해서만은 외지 출신이라고 구분지어 말하지 않았던가.

적어도 그에게는 신분도 계급도, 반인의 차별도 없던 평화와 안정의 세계를 경험한 짧은 기억이 남아 있다.

"피투성이가 되어 너덜너덜해진 몸을 끌고 간신히 도망쳤고, 달아나다가, 그렇게 달아나다가 무법자의 땅에 흘러들었습니다. 세상에서 버림받은 것들이 모이는 쓰레기의 도시였지요."

그가 날카로운 태도로 말했다.

"그리고 그날 이후로 나는 죽었다 깨어도 인간을 용서할 수 없게 됐습니다. 당신이 어쩌면 우리의 동족일 수도 있으며, 실제로도 일평생 겉으로라도 우리에게 협조적인 태도를 취했으니 묵인하고 있을 뿐, 사실 당신에 대해서도 좋은 감정이 없습니다."

"그럴 수 있지. 나여도 그랬을걸. 딱히 모든 사람이 날 좋아할 필요는 없으니까 그건 신경 쓰지 마라."

"물론 나는 므라우의 다른 자들과 달리 한때 인간답게 살았던 경험이 있지만, 이제 와서는 도저히 예전처럼 살 수 없습니다. 혁명이고 나발이고, 당장 인간처럼, 인간답게 사는 일조차 할 수 없는 우리에게 무슨 의미가 있단 말입니까?"

가라한 아브리함이 비로소 제대로 나를 향해 돌아섰다. 여전히 팔짱을 단단하게 낀 방어적인 자세였다. 이번에는 레일리가 그에게 꺼냈을, 반인 혁명에 대한 얘기였다.

"한번 마음에 박힌 독과 분노는 당신의 속 편한 생각처럼 쉽게 사라지지 않습니다. 레일리는 어떻게 생각할지 몰라도, 한번 나락으로 떨어져 밑바닥을 기어 다녔던 인간이 다시 한번 평화롭고 안정된 삶과 정신을 손에 넣는다는 것은 생각만큼 쉬운 일이 아닙니다. 환경이 안정을 찾는 것과 무관하게, 인간의 정신이야말로 무엇보다도 쉽게 망가집니다. 당신들과 다른 우리 역시 인간이라고 부를 수 있다면 말이지요."

그가 공격적으로 쏘아붙였다.

"솔직히 말하자면, 나는 레일리가 꺼낸 말들 역시 아무 의미 없는 헛된 희망일 뿐이라고 생각합니다."

"그냥……. 뭐, 복잡하지 않게 생각하자면 말이야. 너희가 듣기엔 아니꼽게 들릴지도 모르겠는데."

어쩔 수 없이 나는 머리칼을 벅벅 헤집으며 그의 말에 대한 나름의 내 생각을 늘어놓기 시작했다.

"잔인한 죽음이야 누구든지 덜 보고 사는 편이 좋지. 원한 역시 누구든지 덜 짊어지고 사는 편이 낫잖아. 조금이라도 덜 싸우고, 덜 투쟁하고, 덜 아프게 살 수 있으면 그거로 된 거 아니냐. '인간답게' 사는 게 무엇인지를 이미 알거나 규정할 필요 없이, 각자의 방식대로 분란 없이, 평화롭게, 또 그렇게 각자답게 살면 되는 거야."

일찍이 말했듯 나와는 도무지 겹칠 수 없을 인생을 사는 므라우 출신의 각박한 인생들에게는 별로 공감을 얻기 힘든 말인지도 모르지만, 레일리의 이야기를 들었을 때부터 생각한 일이었다.

"나는 일평생 평화로운 것만 보고 좋아하는 것만 추구하며 살았고, 너희가 보기에는 어떨지 몰라도 내 인생은 평화롭고 안정감 있는 것들로도 충분해. 좋아하는 일을 충분히 이루지 못하는 상황에 괴로워하는 것으로도 인생의 고통이 족하다고. 너희는 나처럼 살면 안 된다고 생각할지도 모르지만, 보다 많은 사람이, 가능하면 모든 사람이 그렇게 살 수 있으면 좋지 않겠냐."

"다른 세계 사람 같은 말이군요."

가라한이 차가운 태도로 대꾸했다. 사실 틀린 말도 아니기는 했다. 잠깐 쩝, 미묘한 기분으로 입맛을 다신 나는 무성의한 태도로 툭 대답했다.

"너희는 정말 한결같구나. 레일리나 너나 마냥 '다른 세계', '손에 넣을 수 없는' 삶의 방식이라며 동경하고 탐내기만 하냐. 물론 나야 되는대로 사는 편이고, 너희들이 보기에는 저 인간은 왜 저 꼴로 한심하게 사나 싶을 수도 있다는 건 인정하지만, 왜 너희의 세계에는 평화로운 삶이 올 수 없다고 생각하는데?"

내 질문을 들은 그가 또 잠시간 대답 없이 서 있다가 뒤늦게 말했다.

"레일리가 어째서 당신에게 목을 매는지는 알 것 같습니다. 공감하기는 어렵지만 말이지요."

"왜 타인에게서 그런 걸 구하려고 드냐고."

다시 묻자 그가 입을 닫았다. 그리고 몹시도 생경한 낯으로 나를 바라보기 시작했다. 마지막 한 놈까지 말끔히 처리한 후 멱살을 잡아 질질 끌어서 문 밖에 내놓던 레일리도 물끄러미 나를 바라봤다.

"말했다시피 내 삶은 내 삶대로 따로 흘러가고, 레일리의 삶은 레일리의 삶대로 나와는 도무지 동행할 수 없으니, 각자의 기나긴 인생에 있어 한순간 잠깐 교차할 뿐이야. 둘 다 도무지 곡선이 될 수는 없는 인생이고, 종이 위에 직선 두 개를 그어 봤자 기껏 만나도 하나의 점일 뿐인 거지. 어느 순간 마주치거나 한동안 함께할 수는 있어도, 그 삶이 온전히 똑같거나 서로 동화될 수는 없어."

현실 세계에 적용하기에도 각박함을 모르는 꿈같은 소리일지는 모르겠지만, 아무튼 이 세계는 내가 직접 구성한 소설 속의 세계가 아닌가? 어쩌면 정말로 소위 우주의 아카이브를 통해 내게 전달된 실존하는 다른 세계일지도 모르고, 내가 이 세계의 전능자인지도 확신할 수 없는 상황이지만 말이다.

그래도 최소한 이 세계에는 내 기대를 저버리지 않는 최소한의 규칙이 있다.

"어째서 행복은 너희에게 허락되지 않았다고 생각하지? 행복을 줄 다른 것을 위안 삼아 찾지 말고 스스로 평화롭고 행복한 삶을 구하면 되는 일이야. 너희 자신의 삶을 완성할 수 있는 사람은 너희 자신뿐이야. 그래서 레일리가 원래 준비하던 일에 지금의 나라도 최대한 협조해 주겠다고 했잖아. 아까처럼 싸워 봤자 서로 이해도 못 하고 답도 안 나오는 문제로 말씨름만 하지 말고, 생산적인 대화를 하는 게 어떠냐? 내가 도와줄 수 있을 때 빠르게 끝내 버려."

문을 잠가서 밖에 버려둔 놈들이 들어오지 못하도록 조치를 취한 레일리가 왜인지 다가오지 않고 문 근처에 등을 기댄 채 비뚜름히 섰다. 가라한은 여전히 말없이 나만을 물끄러미 바라보고 있었다. 나는 차분히 말했다.

"막상 평화와 자유, 행복 따위가 찾아오게 되면, 그건 너희가 생각했던 것보다도 별것이 아닐지도 몰라. 듣자니 가라한, 너는 어렴풋이 알고 있겠지만."

그리고 마지막으로 가라한의 등을 두어 번 두드렸다.

"정말로 별것도 아닌 일들이야말로 너희의 '발붙일 땅'이 될지도 모른다는 거지."

알렉시스 에슈마르크가 손만 내저어도 대번에 경계심을 보였던 가라한은 뜻밖에도 내 손을 쳐 내거나 반발하지 않고 가만히 손길을 받았다. 레일리가 뒤늦게 한숨을 뱉으며 머리칼을 쓸어 넘기고 성큼성큼 걸어와서 소파의 등받이에 손을 얹은 채 깊숙하게 몸을 기울여서 내게 키스를 했다.

앞서 이야기했듯, 나는 레일리와의 키스를 퍽 즐기는 편이고, 레일리를 나름대로 성적으로 좋아하기 때문에 이번에도 거리낌 없이 그의 키스를 받아들였다. 이번엔 가라한도 별다른 말을 꺼내지 않았다. 자신만의 생각에 사로잡힌 것 같았다.

그러고 나서 레일리가 다시 상체를 세웠다.

"아무튼 저놈들을 족쳐 봤자 가치 있는 정보를 알고 있는 것 같지도 않으니, 네가 아는 신사천왕이니 하는 피라미들의 거처를 말해 봐라."

"그건 왜?"

"자기 정체를 밝히지 않고 뒤에서 균형이나 맞추고 있다는 대단한 후계자를 만나 봐야지."

"지금의 브라우를 휘젓지 마라, 레일. 몇 번이고 말했지만, 이 지역은 그런 역할 놀이라도 없으면 제 기능을 할 수 없을 정도로 망가졌었고, 이제야 겨우 안정기에 접어들었어. 최소한 앞으로도 몇 년간은 신사천왕 같은 조무래기들이라도 균형을 잡아 줄 필요가 있다."

"죽일 생각은 없다."

나름대로 태도를 누그러뜨린 채 말하던 레일리가 짜증스럽게 대답했다.

"나는 단지 네게도 꺼냈던 화제에 대해 므라우 전반의 협조를 약속받고 싶을 뿐이야."

"'약속' 따위의 말도 하게 됐군."

가라한이 코웃음을 치며 퍽 회의적인 얼굴로 비꼬았다. 그리고 여전히 팔짱을 낀 채로 곰곰이 생각에 사로잡혀 있다가, 뒤늦게 말했다.

"므라우에서 나고 자란 자들이 어떻게 생각할지는 모르지만, 나에게 있어 므라우는 유일하게 머무를 수 있는 땅이었다. 어쩌면 너희보다도 내가 므라우를 가장 사랑했는지도 모르지. 나는 다른 여지조차 없이 일평생 므라우를 당연한 터전으로 여겼던 너희와 달리, 정말로 므라우가 아니고서는 우리가 머무를 곳이 없다고 생각하며 살고 있으니까."

거기까지 말한 뒤, 그가 한숨을 푹 내쉬며 팔짱을 풀었다. 그러더니 한 손을 들어, 피로를 쓸듯 조용히 마른세수를 했다.

"너는 '군주'니 뭐니 하는 실존하지 않는 것을 찾아갈 필요가 없다."

"'실존하지 않는 것'?"

레일리가 신경질적으로 묻자 가라한 아브리함이 무심한 낯으로 대꾸했다.

"그건 그저 구 므라우 지도부가 지금의 므라우에 균형을 잡기 위해 만들어 낸 가상의 개념일 뿐이야. 실질적인 지도층은 10년 전 전부 무너졌지만, 지도층이 빈 사이 어떻게든 신사천왕이니 하는 우습지도 않은 지휘 체계를 만들어서 우리를 따라 하던 옛 부하들이 있더군. 이 땅에 와 봤자 달라질 것은 아무것도 없으리라고 생각하면서도, 그럼에도 불구하고 므라우로 돌아올 수밖에 없었던 나이기 때문에 그들의 마음을 이해하지 못할 바도 아니었어. 오히려 지극히 공감했고, 6년 전 므라우로 돌아온 나는 그들을 묵인했다."

그가 담담히 말했다.

"지금 너와 옐레체니카 백작의 행동과 주장을 묵인하고 있듯이."

몸을 세운 레일리가 내 머리 위로 손을 뻗어 소파의 등받이를 짚은 채 가라한을 물끄러미 바라봤다. 그는 레일리를 돌아보지도 않은 채 다시 단단하고 방어적인 태도로 팔짱을 꼈다. 그러나 이번엔 지금까지와 같이 잔뜩 날을 세운 공격적인 태도만은 아니었다.

"나는 너만 한 절대적인 카리스마도 보일 수 없고, 너처럼 외부의 모든 공격으로부터 동족들을 지킬 정도의 초월적인 능력을 지닌 것도 아니다. 옛 동료들처럼 므라우 내부의 규율과 사회를 완벽하게 꿰고 그것을 조율할 수 있는 것도 아니지. 누구보다도 늦게 돌아와 안정된 것들만을 찾고 있으면서 그들 내부의 회동과 노력을 단지 묵인하고 내심 지지하는 행동만으로 새 규율을 형성한 지도자라고 불리자니 양심이 있어서. 나는 그것을 실존하는 개념으로 여기지 않는다. 옛 명성 때문에 그럭저럭 대우를 받고 있지만, 진짜 새 규율을 만든 것은 특수한 개인이 아닌 그들 전원이야. 뒤늦게 합류한 가라한 아브리함은 더더욱 아니겠지."

가라한이 말을 이었다.

"그러니 당신들은 므라우에 충분히 당신들의 의사를 전했고, 므라우는 언제나 투쟁하는 동족의 곁에 선다."

그리고 그때에야 레일리를 향해 돌아선 가라한이, 말 그대로 투쟁과 항거의 상징을 뺨에 박아 넣은 채, 기괴하고도 예쁘장한 낯으로 말했다.

"필요하다면 이 가라한 아브리함이, 실존하지 않는 권위의 힘을 빌려서라도 협조할 테니까."

\* \* \*

요컨대 지금 므라우를 이끄는 것은 실존하지 않는 권위였다. 너무 걸출해서 오히려 므라우를 최악의 형태로 파괴되게 만들었던 뛰어난 지도자 레일리 크라하에 대한 반동으로 생겨난 체계다. 외부인 출신이지만 누구보다도 므라우에 애착을 갖게 된 가라한 아브리함이 주도한 작업이기도 했다.

그가 알렉시스 에슈마르크나 나에게 심각한 적의를 보이지 않은 것도 설명이 됐다. 레일리와 마찬가지였다. 레일리도 브라우의 몰락이 알렉시스 에슈마르크나 유리 옐레체니카의 소행이라는 사실쯤은 익히 짐작했을 텐데 우리에게 그런 불만을 드러내지 않은 것처럼 말이다.

그들에게는 보다 중요한, 그리고 미래로 움직이는 목표와 방향성이 있다. 과거의 원한 따위에 사사롭게 얽매여 괜히 뷔올과의 관계를 다시 망가트릴 이유는 없었을 것이다.

브라우를 떠났다가 돌아온 가라한 아브리함은 자신이 자리를 비웠던 사이 브라우의 주민들이 저희끼리 형성한 지휘 체계를 파악했다. 예전 브라우를 동서남북으로 나눠 담당하던 네 사람의 대단한 악당들을 벤치마킹해 새로운 브라우를 정돈하려는 시도였다.

레일리 크라하에 대한 거부감이 만연한 상태였기 때문에 구심점이 되는 지도자는 없었다. 뛰어난 지도자가 모습을 드러내고 있으면 그보다 더한 방식의 제재를 받을 수밖에 없다. 알렉시스 에슈마르크가 '성가신 적'을 맞닥트리는 대신 브라우를 통째로 날려 버렸던 것처럼 말이다.

브라우에 살아남은 자들이라면 누구나 운석이 떨어지던 날의 공포와 설움을 기억하고 있었다. 애초에 옛 지도부가 모조리 사라진 브라우에 그만큼 특출한 인물은 남지 않았다.

그래서 가라한 아브리함은 지도부가 자리를 비운 사이 저희끼리라도 규율 체계를 만들고자 노력하던 자들과 접선을 했다. 그들은 가라한이라면 충분히 새로운 구심점이 될 수 있을 거라고 생각했지만, 가라한은 자신에게는 그럴 자격도 능력도 없다고 판단했다. 대신 가라한은 새로운 개념을 제시했다. 실존하지 않는, 이미지로서의 지도자다.

신사천왕 등의 체계 위에서 전체적인 틀을 잡고 정돈해 주는 인물이 있지만, 직접적으로 나서서 힘과 권위를 행사한 일은 없다. 구 브라우의 유지할 만한 체계는 그대로 가져오고, 아닌 경우엔 회동을 갖게 해 스스로 다른 체계를 세울 수 있도록 상황을 조성했다. 누구도 그를 두려워하지 않지만 누구나 그를 존경한다.

각 지역의 지도자가 바뀌어도 예의 '군주'는 자리를 유지하며 그들 사회의 '항상성'을 구축하는 것이다. 사실 그것은 특정한 개인이라기보다는, 신사천왕 같은 새 체계를 정돈해 온 자들과 가라한 등을 포함한, 므라우의 발전적인 미래를 위해 고민하는 자들의 의회 같은 기능을 했다. 실질적인 정부의 부재였지만, 지도자의 역할을 하는 개인 대신 단체가 있었다.

하지만 여전히 가라한 아브리함이 그들에게 있어 특별한 인사임은 분명했다. 어쨌든 구 지도층에서 유일하게 그들 곁으로 돌아온 인물이다. 실제로도 구 지도층의 체계를 제대로 적용할 수 있기까지는 가라한의 활약이 컸다. 그러니 가라한이 레일리에게 꺼낸 말은 그 자체로 일종의 협약이었다.

가라한 아브리함은 구속구를 감추지도 않고 드러낸 채 일선에서 물러나 서열 낮은 싸움꾼들에게도 무시당하는 신세가 되었으며 지금 당장은 무엇도 지니지 않았다. 그럼에도 언제든 므라우의 모든 이들로 하여금 자신을 따르게 할 수 있다.

그는 레일리 크라하가 준비하고 있던 일에 대한 충분한 설명을 들었고, 므라우는 언제나 투쟁하는 동족의 곁에 선다. 가라한 아브리함이 그렇게 판단했다면 언제든 므라우 전체의 의견이 될 수 있다.

그 후로 레일리는 며칠 동안 가라한과 둘이서 쏘다니며 곳곳에 숨어 지내던 또 다른 지도층들과 밀담을 나눴다. 가라한과 마찬가지로, 지금의 므라우는 지금 그 자체의 형태로 충분히 자정과 회복 능력을 갖춰야 한다는 인물들이었다. 구 체계를 분석하고 적절히 현재의 므라우에 적용할 수 있도록 틀을 잡던 이들이기도 했다. 질 낮은 싸움꾼들을 신사천왕이라는 웃기는 이름으로라도 새로운 지도부에 세운 사람들이다. 므라우의 실세들인 셈이었다.

그리고 그들이 그렇게 돌아다니는 사이, 그들에게 일찌감치 반인 혁명에는 관여하지 않겠다고 선언한 나만이 안전 가옥에 남아 있었다. 반인의 몸은 충분히 조사할 만큼 조사했다. 내 선에서 알 수 있는 것도 전부 확인했다. 알렉시스 에슈마르크를 기다리며 내가 할 수 있는 것은 고민뿐이었다.

엘류이센 라이케가 끊임없이 무언가를 탐구했던 땅.

"……."

솔직히 말하자면, 나는 뷔올을 떠나서 연합국을 훑어보고 므라우를 뒤지는 내내 엘류이센 라이케에게 집중하지 못하고 있다. 이런 빌어먹을, 이렇게 될 것을 걱정해서 거리를 두고 싶었는데, 결국 나는 생각의 자유를 레일리 크라하에게 온전히 뺏기고 말았다.

정말로 이대로도 괜찮을까?

"다시 만날 때마다 고민에 빠져 있는 것 같군."

부드러운 목소리가 별안간 내 귓전을 때린 것은 그때의 일이었다. 한창 고민에 빠져 있던 나는 재빨리 고개를 들었다. 문간에 기댄 채 서 있다가 뒤늦게 똑똑 노크를 해 보인 알렉시스 에슈마르크가 몸을 세우고 다가왔다.

"정보는 듣고 왔어요?"

"그래."

시트에 뒹굴며 머리칼을 마구 헤집던 내 앞에 쪼그리고 앉아 자세를 낮춘 그가 가타부타 설명 없이 턱을 만지작거리다가 보랏빛 눈을 가늘게 뜨며 다시 말했다.

"정말로 꽤 심각한 일 같던데. 어쨌든 우리도 푸른 숲에 들러 봐야 한다는 건 확정적이다. 밀정이 있었는지 연합국 쪽에도 소식이 들어간 것 같아. 푸른 숲은 뷔올 안에 있지만 치외 법권에 해당하고, 다른 국가들도 촉각을 곤두세우는 마력의 중심이니까 복잡한 문제가 됐지."

"물론 당신 말대로 정치적으로도 복잡한 문제지만, 그 자체로도 심한 문제라는 거죠? 마법적으로 말이에요."

"그래. 아마 조만간 푸른 숲의 마력 돌풍에 휩쓸려서 태양이 점멸하기 시작할 걸세. 몇 차례 깜박이는 정도라면 큰 문제가 없겠지만 빛이 사라지는 기간이 길어진다면 여러모로 안 좋아. 뷔올은 지리적으로 푸른 숲 관리의 책임 소홀에 대해 비난받기도 좋은 입장이란 말이지. 실제로도 푸른 숲의 이점은 거의 뷔올이 누리고 있으니까."

"흐음······."

추측하기로는 유리 옐레체니카의 죽음과 연결될 가능성이 매우 높은 사건이다. 어쨌든 내 몸이 죽을지도 모르는 사건이니 별로 휘말리고 싶지는 않지만, 확인은 해 봐야 했다. 뛰어난 재생 능력을 갖춰서 어지간한 외부 타격에도 생명을 유지할 수 있을 엘류이센 라이케가 죽음을 맞이하게 되는 계기가 무엇인지는 알아 둬야 했다.

그리고 이미 앞서 추론하지 않았던가. 유리 옐레체니카가 나를 끌어들인 것도 근원을 이용한 일이었고, 그녀가 내 존재를 알게 된 것 역시 푸른 숲의 창고······. '근원'에서 시작되었다. 그녀는 나를 근원 그 자체로 칭했지만 어쨌든 푸른 숲은 이 세계에서 '마력석'의 역할을 하고 있다.

이 세계를 바깥의 세계와 연결하는 마력의 흐름이 푸른 숲 안에 있다. 말인즉 푸른 숲이야말로 바깥 세계와의 연결 고리인 셈이다. 본래의 세계로 돌아가기 위해서라도 푸른 숲에는 가 봐야 했다. 찝찝한 것은 사실이지만 말이다.

"그럼 우리의 일정은 어떻게 됩니까? 좀 촉박해진 것 같은데."

"어쨌든 본래의 목적이었으니 구 밀락테이트 지방은 한번 둘러봐야지. 아마 지금은 도시의 흔적도 사라졌고 강이 된 지방이니 빠르게 살필 수 있을 걸세. 그 후에 아멜리아 레스킷으로부터 정보를 조금 얻고, 뷔올에 들르거나 바로 푸른 숲에 갈 거네. 아멜리아 레스킷으로부터 받은 정보를 취합하고 나면 그 결과에 따라 얼마나 급히 푸른 숲에 갈지를 결정하게 되겠지."

"브라우는요?"

"이제 떠나야지. 알 만큼 알아냈으니 그러고 있었을 텐데?"

시트에서 뒹굴다가 그의 말을 들은 내가 이윽고 몸을 일으켜 세웠다. 다리를 엉망으로 늘어트리고 주저앉은 채 머리칼을 마구잡이로 쓸어 넘기며 말을 골랐다.

알렉시스 에슈마르크가 다정다감한 태도로 산뜻하게 고개를 기울였다. 경청의 태도였다. 나도 따로 추측한 바가 있다는 사실을 내 태도를 통해 눈치챈 모양이었다. 그리고 내게 나름의 견해가 있다면, 그는 이번에도 내 의견부터 들어 보려는 듯했다. 나는 산발이 되어 있던 머리칼을 대충 뒤로 넘기기만 한 후, 흘긋 시선을 돌리며 운을 뗐다.

"반인에 대한 것뿐이긴 한데요."

"그래."

"유리 옐레체니카에게 있어 '반인'이란 평범한 인간과는 다른, 자신과 동질성을 지닌 유일한 타인이었던 게 아닐까요? 자신이 이해할 수 없는 예술품과 가치, 삶과 죽음 따위에 심취했던 연합국에서의 일과는 정반대로, 자신과 비슷했기 때문에 반인에게 관심을 가졌던 거라면요?"

"즉, 유리 옐레체니카가 단지 세계에 대한 탐구를 하고 있었다?"

"추측이지만요."

심드렁히 대꾸했지만 알렉시스 에슈마르크는 표정 하나 바꾸지 않은 채 다시 달큼하게 물었다.

"궁극적인 목적은 단지 탐구와 호기심이었지만, 그 과정에서 수단과 방법을 선별하지 못했을 뿐이다?"

퍽 비꼬는 듯한 말투였다. 나는 시트 위에 주저앉은 채 그를 물끄러미 바라보다가 인상을 썼다. 그리고 반사적으로 순도 백 퍼센트의 진심이 튀어나갔다.

"염병, 뭔 소리가 하고 싶은 거요."

"또 건달처럼 말하는군."

알렉시스 에슈마르크가 특유의 우미한 미소를 띤 채 내 입술을 덥석 붙잡고 위아래로 흔들었다. 덕분에 오리 주둥이가 됐다. 내 눈썹도 자연히 하늘 높이 치솟기 시작했다.

"그대는 유리 옐레체니카를 그렇게 모르나?"

"으읍?"

"그녀는 지극히 잔인한 인물이야."

내 입술을 꾹 붙든 채 괴롭히던 그가 아름다운 얼굴을 한 점 일그러트리지도 않은 채 담담히 말했다.

"잔인함이 무엇인지 몰라서 세상 누구보다도 잔인하게 굴 수 있지."

"으으읍?"

그래서 결론적으로 무슨 소리란 말인가? 유리 옐레체니카가 잔인한 행동을 서슴지 않는다는 게 지금의 이야기와 무슨 상관이란 말인가? 신경질적으로 끙끙거리다가 그의 손을 탁 쳐 냈다.

"뭔 얘기인데요?"

"자네 집사가 오고 있군."

그가 퍽 날카로운 태도로 말을 끊었다. 이제부터는 단어를 고르라는 경고였다. 그리고 대공이 잠시 백금발을 만지작거리다가 차분히 대답했다.

"조금 범위가 커지기는 했지만, 한 가지 생각해 본 일이 있어. 그대 말에도 어느 정도는 동의하고 있네. 유리 옐레체니카와 지극히 비슷한 반인, 그녀가 결코 이해할 수 없었을 가치와 아름다움에 대한 고찰 같은 것 말일세."

"나는 단지 그녀가 자신이 머무를 곳을 찾고 있었다고 생각해요. 당신도 저번에 그렇게 얘기했잖아요."

"그렇게 얘기했지."

알렉시스 에슈마르크가 누그러진 태도로 말했다.

"그녀는 머무를 곳은 직접 만들어야 한다고 했어."

그러니까……. 말하자면 이런 얘기다. 유리 옐레체니카는 머무를 곳을 직접 만들기 위해 자신과 그나마 비슷한 반인, 유사인족들을 마구 해부하고 그 결과물을 이용해 자기 자신의 가치를 격상시키고자 갈리아를 만들었다. 결국 반인도 자신과는 다르다는 것을 알았기 때문에, 신이 되고 싶었던 것이다. 내가 꺼낸 이야기와 그가 떠드는 이야기의 방향성이 다른 것 같지는 않았다.

그런데 거기까지 생각했다가, 나는 잠깐 인상을 썼다.

머무를 곳을 직접 만들기 위해 자신과 비슷한 일족을 해부하고 실험을 했다. 그리고 그 결과 한없이 반인에 가까운 호문쿨루스 갈리아를 만들어 냈다. 요컨대 유리 옐레체니카는 새로운 세계의 신으로 갈리아를 상정했고, 그 뒤에서 세계의 질서를 좌지우지하는 영향력 있는 인물로서 자기 자신을 구상했다.

하지만 동시에 반인 혁명을 지원하고 있었다. 레일리는 자신들이 권리를 갖고 살아갈 수 있다면 어떤 세계든지 괜찮다는 주의인 것 같았지만, 아마도 유리 옐레체니카가 레일리 크라하에게 불어넣은 방식대로라면 평범한 인간을 배제한 유사인족의 사회를 구성하는 일에 가까웠을 것이다.

드디어 맞아떨어졌다. 레일리와 가라한이 돌아오고 있는 상황에서 굳이 알렉시스 에슈마르크에게 더 캐물을 필요도 없었다.

유리 옐레체니카는 유사인족의 사회를 만들고자 했다. 그나마 자신과 비슷한 자들의 사회다. 그리고 그 사회에서, 자신의 관할에 있는 '가장 완전에 가까운' 호문쿨루스 갈리아를 지도자로 세울 생각이었다. 그녀는 불완전했지만, 그래서 자신보다 완전한 것을 세상에서 쫓아내기로 했다.

드디어 하나의 맥락이 드러난 것일까? 유리 옐레체니카가 꿈꾸던 진짜 전말이 바로 그것이었단 말인가?

인간을 배제한, 유리 옐레체니카가 이해할 수 있는 것들로만 이루어진 세계에서, 그녀는 비로소 절대적인 존재가 된다. 부족할 것도 실패적인 요소도 없는, 세상에서 가장 온전한 존재로서.

진정한 의미에서 여신 엘류이센이 된다. 어쩌면 그것이야말로 유리 옐레체니카의 진짜 목적이었을지도 모르겠다.

돌아오자마자 알렉시스 에슈마르크와 딱 붙어 있는 나를 보고 대번에 인상을 쓴 레일리와 달리 가라한은 퍽 중립적인 태도였다. 중립적으로 모든 게 불만인 태도 말이다.

그는 불만스러운 얼굴로 팔짱을 낀 채 흘긋 나를 내려다봤다가, 에슈마르크 대공을 살폈다가, 마지막으로 레일리를 흘겨봤다. 가라한은 내내 그런 태도만을 보이다가 대공과 레일리가 밀락테이트 지방으로 갈 수 있는 교통편을 상의하는 사이 내게 붙었다. 그러더니 유난스러운 시가 친척이 집안에 새로 들어온 며느리에게 시비라도 걸듯이 레일리의 역성을 들기 시작했다.

"레일리가 당신에게 특수한 감정을 느끼고 있다는 것은 알겠습니다. 사랑이니 뭐니 하는 소리만큼 므라우의 주민에게 어울리지 않는 말은 없겠지만, 어쨌든 레일리의 말대로 모든 일이 끝난 후가 되면 우리에게는 남는 것이 없을 테니 그때의 여흥으로 여겨도 좋겠지요."

"야, 내 의사는 어디로 사라지고 너희들끼리 남을 두고 여흥이니 뭐니 지랄이야?"

듣다 보니 기가 막혀서 짜증스럽게 대꾸했지만 가라한은 누가 레일리 크라하의 친구가 아니랄까 봐 뻔뻔하고 당당한 얼굴로 본인의 할 말이나 줄줄 떠들었다.

"그래서, 당신은 무슨 생각이신지요, 백작님."

"뭐가?"

"레일리 크라하에게 호감은 있다. 하지만 함께할 생각은 없다. 쉽게 말씀하십니다만, 결국 좋을 대로 휘두르기는 하겠지만 우리가 요구하는 것은 제공하지 않겠다는 이야기가 아닙니까?"

나는 즉시 공격적인 낯을 했다. 사실대로 말하자면 정곡을 찔린 느낌도 있기는 했다. 말은 쉽게 했지만 역시 조금 더 괜찮은 방법…… . 예컨대 타협안 같은 것이라도 있으면 마음이 편할 것이다.

가라한의 말대로 레일리 크라하가 내게 요구하는 유일한 것이 내가 그에게 베풀 수 없는 가장 중대한 것임을 알게 된 이상, 역시 뭔가 대책을 강구해야 한다. 그 생각만 수도 없이 했다. 하지만, 사실 대책이라는 게 실존하는지도 모르는 상황에서 내가 할 수 있는 일이 얼마나 있단 말인가?

"내가 알아서 해, 새꺄. 남의 애정 사업에 왈가왈부하지 마라."

손가락 욕을 하며 사납게 쏘아붙이자 가라한도 한숨을 내쉬었다. 그가 화제를 전환했다.

"어쨌든 조만간 다시 뵙게 될 겁니다. 듣자니 푸른 숲 근방의 마력 요동이 범상치 않다는 것 같은데, 그 틈을 타 움직이기 시작할 예정이라서요. 백작님도 알아 두시는 편이 좋겠군요."

"바로 시작한다고?"

반갑게 여겨야 하는 이야기인가? 레일리의 문제가 빨리 해결될수록 내 마음의 짐도 줄어들 테니, 어떤 의미에서는 반가운 이야기가 맞다. 하지만 유리 옐레체니카의 사망 가능성과 연결되는 푸른 숲 사건과 동시에 그런 거창한 계략이 함께 발효된다면 어떤 영향을 미칠지는 예상하기 어렵다.

어떤 측면에서는 곤란했다. 이미 이 세계의 고삐를 손에서 놓친 지 오래지만, 그렇게까지 고려하기 어려운 곳으로 흘러가 버리면 역시 난감한 일이 발생할 것이다.

"가라한."

곰곰이 생각하던 나는 한참이 지나서야 인상을 찡그린 채 가라한을 불렀다. 내가 갑자기 생각에 잠기는 바람에 말없이 나를 관찰하고 있던 그가 미간을 좁히며 대답했다.

"용건이라도 있으실까요, 백작님."

"만일 레일리가 이성을 잃고 날뛰는 일이 생기거나……. 감당하지 못할 분노나 증오 따위에 휘둘리는 것 같아 보이면……."

"갑자기 무슨 말입니까? 무엇을 숨기고 계시죠?"

"혹시나의 얘기야. 만일 레일리 크라하가 나와 관련된 일로 감정적인 격동을 겪는다면, 너는 이미 레일리의 모든 계획을 공유했으니 '그 일'은 네가 알아서 마무리해라. 레일리는 내가 해결하거나, 그게 안 되더라도 알렉시스 에슈마르크가 해결해 줄 테니까."

나중에 대공에게도 해 놔야 할 말이었다. 애초에 슬슬 알렉시스 에슈마르크와도 유리 옐레체니카의 예정된 죽음에 대해 상의하지 않으면 안 되는 때가 왔다. 물론 나는 죽을 생각이 없지만, 내가 무사히 내 세계로 돌아가는 것만으로도 레일리에게는 유리 옐레체니카의 부재가 된다.

그는 낯부끄럽게도 스스로 '빛'이라 명명한 것을 세계에서 잃어버리게 될 것이다. 그리고 아마 내가 돌아가게 되면……. 그 전에 적어도 유리 옐레체니카가 했던 짓들에 대해서는 말을 해 줘야 할 것이다. 내 정체나 이 세계가 실제로는 무엇이었는지 따위는 말할 생각이 없지만, 유리 옐레체니카가 지금까지 해 온 일들만으로도 레일리의 눈이 뒤집히기에는 충분할 것 같았다.

아무튼 그런 상황이 되더라도 내게는 최소한의 인간적 도리와 양심이 있다. 다른 것까지는 어떻게 해 줄 방도가 없지만, 레일리가 반평생을 바친 유일한 가치 있는 일을 완수할 수 있도록 약간의 방어책 정도는 마련해 둘 생각이었다.

지금까지 므라우를 그럭저럭 부활시키고 이끌어 온 가라한이라면 레일리의 역할을 이어서 마칠 수 있을 것이다. 일이 전부 잘 끝나고 나면 레일리도 유리에 대한 배신감 같은 것은 조금 중화시킬 수 있을 테고 말이다.

"당신이 무슨 권리로 그런 책임을 넘깁니까?"

가라한이 날 선 태도로 물었다.

"뭐가?"

"당신은 우리의 일에 관여하지 않겠다고 하지 않았습니까?"

"관여하지 않을 건데."

"무엇을 숨기고 계신가요, 백작님? 그리고, 당신이 숨기는 게 무엇이든지 당신은 레일리가 하던 일에 대한 권리를 마음대로 논할 자격을 지니지 못했습니다."

"거, 성가시게 구네. 권리야 차고 넘치지. 따지고 보면 나는 레일리 크라하가 지금 하려는 일의 원형을 가장 먼저 제안한 최초 발의자거든?"

신경질적으로 말했다가, 탈것을 정했다며 북부 므라우의 출구로 지금 즉시 빠져나가서 레스킷 상단의 분점으로부터 마차를 얻겠다는 알렉시스 에슈마르크의 말에 건성으로 대답했다. 그리고 슬슬 자리를 털고 일어나며 머리칼을 마구잡이로 헤집었다.

"그리고 나는, 너도 인정하기를, 레일리 크라하의 인생에 단 하나뿐인 '사랑'에 가장 근접한 상대가 아니냐?"

나는 건성으로 지껄이며 푸 하고 숨을 뱉어 냈다.

"레일리의 앞으로의 생을 걱정할 자격 정도는 나한테도 있다고."

유리 옐레체니카에 대한 배신감은 어쨌든 반인 혁명이 성공적으로 끝나면 알아서 중화될 문제였다. 해결되기 어려운 것은 요컨대 나의 부재뿐이다. 그리고 그건 내가 책임질 수 없는 문제다. 책임질 생각도 없다.

"걱정한다고 해서 챙길 생각은 없지만 그래도 걱정할 권리 정도는 있어."

그러니까 아무튼 고민은 해야 했다. 레일리 크라하의 요구와 내 요구 사이의 타협안을 떠올려야 한다는 것이다. 방법이 있을지 없을지도 모르겠지만, 감정적으로 휘둘리게 된 이상 고려해야 할 문제가 생겼다는 사실만은 진짜였다. 내가 내 부재를 맞닥트릴 레일리 크라하를 고려할 수밖에 없게 된 것도 어쩔 수 없는 일이다.

"잘 지내라."

나는 내 말을 이해하기 위해서인지 심각한 얼굴로 나를 깔아 보던 가라 한을 향해 산뜻하게 인사를 건넸고, 주저 없이 돌아서서 레일리와 알렉시스 에슈마르크에게로 향했다.

므라우를 떠날 때였다.

* * *

구 밀락테이트 지방은 본래 작은 공방들이 모여 있는 산업 마을이었다. 무려 이천여 년 전의 일이니 엄밀히 말해 특수한 도시의 환경을 갖춘 것도 아니었다. 단지 이런저런 사람들이 그럭저럭 모여 살았다. 비슷한 목적과 생활 환경을 가진 자들끼리 군집을 이룬 것이다.

푸른 숲 근처의 마력으로 가득한 자연 환경 덕분에 다른 곳에서는 찾기 힘든 약초들도 어렵지 않게 채취할 수 있다. 자연히 약초꾼들과 연금술사들, 약사와 발명가들이 푸른 숲 인근에 자리를 잡았다. 그런 식으로 생긴 소규모의 마을 중 하나에서 몬타뉴가 태어났다.

그는 특수한 능력을 지닌 위대한 천재였다. 세계의 구조를 한눈에 파악했고, 그것을 활용해 자연에 영향을 미치는 법을 체계화했다.

이 세계는 일종의 골드버그 장치. 복잡하게 연결된 기계 구조의 한곳을 조작하면 다양한 기계적 상호 작용의 결과로 전혀 예기치 못한 결과물이 발생한다.

이곳의 줄을 잡아당기면 저 먼 곳에서 거대한 종이 울리고, 그 종의 움직임에 떠밀린 공기가 바람 마법을 일으킨다. 폭풍이 생길 수도 있다. 동시에 굴러갔던 쇠구슬이 작동자의 예상과 다른 곳으로 향해 어마어마한 충격파를 제삼의 지방에 보낼 수도 있다. 대부분의 마법사조차 자신의 마법이 발휘하는 제삼의 효용을 파악하지 못하고 있을 것이다.

밀락테이트의 몬타뉴는 그 거대한 골드버그 장치의 사용 설명서를 지닌 유일한 인간이었다. 그는 그 장치의 모든 것을 속속들이 '볼' 수 있었다. 그러니 자연히 근원을 다룰 수 있게 됐다. 최초의 대마법사 겸 연금술사, 발명가로서 이름을 알리게 된 것도 지극히 자연스러운 일이었다.

이천여 년의 세월이 흐르며 강물의 흐름이 변해 옛 밀락테이트 지방의 흔적은 강 아래에 파묻혔다. 지금은 그 위에 강이 흐르고 있다. 하지만 '볼' 수 있는 자의 눈에는 전혀 다른 현재가 비쳤다.

"이런 꼴이었을지는 몰랐군."

한 번도 구 밀락테이트 유적지에 관심을 가진 적이 없었다는 알렉시스 에슈마르크가 부드럽게 말했다. 나도 그의 의견에 동의했다.

구 밀락테이트 지방은 거대한 쓰레기장이었다. 푸른 숲에서부터 튀어나온 막대한 위력의 마력들이 아무렇게나 굴러떨어지고 충돌하며 밀락테이트 지방에 쌓였다.

골드버그 장치로 따지자면 종을 울리고 나서 갈 곳 잃은 쇠구슬, 지레를 누른 후에 떨어져 나온 무게 추, 끝까지 다 풀린 후 자리를 이탈한 태엽 같은 것들 말이다. 그런 어디에도 소속되지 못한 부속품들이 쌓이는 곳이었다.

지형적으로 푸른 숲이 위치한 곳과 근접한 협곡 아래의 움푹 파인 곳이다 보니 예전부터 이 꼴이었을 것이다. 강물의 궤도가 자연스럽게 밀락테이트 지방을 덮어 버린 것도 당연한 일이었다. 마력이 뭉치고 쌓여 비대해진 지방에 강대한 자연의 흐름을 품은 '물'은 인력을 느낀 것처럼 끌려왔다.

문득 엘류이센 여신의 신화를 떠올리게 됐다. 엘류이센은 물과 마법의 여신이다. 어차피 거대한 기계 장치로 구성되어 있는 세계인데, 그 전설에서 마법의 여신이 물 그 자체로 여겨질 이유가 무엇이었을지 생각해 봤다. 단지 사람의 입에서 입을 타고 흘러가는 전설이기 때문에?

그렇게 생각하기에는 전설의 형태가 범상치 않다. 역사에 기록된 최초의 대마법사는 몬타뉴 경이다. 신화에 등장하는 최초의 대마법사는 엘류이센에게서 마법을 제시받은 떠돌이 청년이었다. 아무리 퍼내도 마르지 않는 지혜의 샘에서 목을 축이고, 그는 마법의 세계에 눈을 떴다. 마력은 끊임없이 샘솟으며, 세계 안에서 영원히 순환한다.

한없이 진실에 가까운 표현이다.

"마력에 대해서 어떻게 생각해요?"

"이제 와서 그런 논의에 의미가 있나?"

"엘류이센 전승에 대해서도 알렉시스의 의견이 좀 듣고 싶어요. 나는 당신이라는 인간이 어떤 인간인지는 알아도, 당신이 구사할 수 있는 사고 능력을 따라잡을 수 있는 것은 아니거든요. 당신의 지적 능력은 이미 내 상정 범위 바깥이라는 얘기예요. 여러모로 당신 의견을 들을 필요가 있다고 봐요."

"그 문제군."

알렉시스 에슈마르크가 잠깐 눈썹을 찡긋거리다가 담담히 대답했다.

"물은 그 자체로 순환하며 흐르고, 재생하는 성질을 갖고 있지. 알다시피 이 세계를 뒤덮은 마력 역시 비슷한 성질을 지니고 있네. 그러니 신화를 첫 번째로 구전하기 시작한 인물……. 아마도 실질적인 최초의 마법사거나, 혹은 그 근처의 인물이었겠지. 어쨌든 그가 신화 속에 자신이 본 세계의 비밀을 심은 걸세. 이해할 수 있는 자만이 이해하는 '비유'지. 그래서 몬타뉴 경도 '물'을 '선택'했을 테고 말이야."

"당신도 나에게 다른 정령을 전부 건너뛰고 뮤라를 줬죠."

나는 손바닥에 입가를 묻고 빈정거리며 말했다. 알렉시스 에슈마르크가 웃었다.

"상성이 좋으니까."

애초에 내 머리가 띵해지는 정도였을 뿐인데 뮤라가 나보다 먼저 힘을 다 썼다고 탈진해 버릴 때 알아봤어야 했다. '나', 즉 엘류이센 라이케는 순환하는 존재지만 뮤라는 순환의 결과 떨어져 나온 결정체이니 당연한 일이었을 것이다. 내 신체 안쪽의 마력 구조는 계속해서 새로운 부속품, 마력으로 차오르고 있지만 정령은 그럴 수 없다.

정령보다도 정령 같은 인간이라니. 역시 일반적인 범주에 빗대서는 도무지 알 수 없는 난해한 생물이다.

그때, 강가의 거대한 마력 잔해들을 피해 빙 둘러 걷던 알렉시스 에슈마르크가 한 곳에서 멈춰 서더니 다시 말했다.

"몬타뉴 밀락테이트가 왜 하필 이 지방에서 탄생해야 했을지는 이제 명백한 일이겠지. 그는 푸른 숲으로부터 버려지듯이 '쏟아져 들어온' 마력의 중추에서 태어났으니, 자연스럽게 걸출한 마법사가 됐다."

"흠……."

턱을 만지작거리며 지금까지 확인한 정보들을 꾸역꾸역 머릿속에 정리해 두다가, 문득 떠오른 의문점을 거르지 않고 곧장 입 밖에 뱉었다. 알렉시스 에슈마르크라면 뭘 묻든 답을 줄 수 있을 것 같다는 평상시의 믿음이 고스란히 반영된 결과였다.

"그나저나 푸른 숲에서 토해 내는 마력 잔해가 왜 하필 이곳에 이렇게까지 집중적으로 쌓이게 된 걸까요?"

"글쎄……."

희미하게 대답한 알렉시스 에슈마르크가 내게 손을 내밀어 일으켜 세운 후 물끄러미 푸른 숲 쪽을 바라보았다.

"한번 확인해 볼까."

"어떻게요?"

"추론하고 그것을 증명하는 방법은 간단하네. 가장 먼저 가설을 세우는 거지. 푸른 숲으로 유입된 새로운 마력의 흐름이 푸른 숲에 존재하던 기존의 마력을 밀어냈을 때 그것이 밀락테이트 지방에 떨어질 확률이 가장 높다고 생각해 보세."

주변에 빼곡하게 쏟아져 엉망으로 엉키고 부서져 쌓여 있던 마력의 쓰레기들을 발끝으로 툭툭 차던 그가 바닥의 마력 구슬 몇 개를 한 아름 들어 올렸다.

"이쪽에서 푸른 숲에 영향을 미쳤을 때, 그 영향이 어떻게 불어나서 이곳으로 돌아올지를 확인해 보지. 또, 어떤 빈도로 그 영향이 이곳으로 향하는지를 말이야."

"흥미롭네요. 푸른 숲에 직격으로 영향을 미칠 방법은 찾았고요?"

"이 세계의 근원을 보고 있다면 못 할 일은 없어. 푸른 숲이야 워낙 빼곡한 마력으로 이루어져 있다고 하니 살짝만 건드려도 뭔가가 나오기는 나오겠지."

대수롭지 않게 대꾸한 알렉시스 에슈마르크가 주변을 서성거리다가 한곳에 멈춰 섰다. 그가 생각하기에 가장 효과적이고 유의미한 충격을 푸른 숲에 가할 수 있는 장치를 발견한 듯했다.

주변의 장치들을 조금 손봐서 원활한 작동을 설계하더니, 알렉시스 에슈마르크는 구불구불하게 튀어나와 있던 호스의 안쪽에 구슬들을 가득 채운 후 줄로 어지럽게 연결된 지레와 톱니들을 이리저리 잡아당기고 배치하기 시작했다. 나는 여전히 그가 하는 일을 전혀 이해하지 못하고 있었지만 잠자코 바라보기나 했다.

나름의 준비를 끝마친 듯한 알렉시스 에슈마르크는 물끄러미 주변을 살피며 장치를 점검하더니 거대한 태엽을 감기 시작했다. 아마도 그 태엽이 발화점이 될 듯했다. 그런데 그 태엽을 감다 말고 두 손으로 꽉 붙잡은 채, 그가 갑자기 나를 불렀다.

"이리로 오게."

"왜요?"

"굉음이 터질 것 같은데 손으로 막는 정도로는 해결이 안 될 듯해서. 더구나 조만간 이쪽으로 다시 영향이 올 테니까. 보호해 주지."

나는 그의 제안을 거절하지 않고 즉시 자리에서 일어나 대공의 곁에 다가갔다. 그리고 재빨리 알렉시스 에슈마르크가 감고 있는 태엽을 함께 감기 시작했다. 나는 태엽과 그의 사이에 낀 듯한 위치에서 열심히 태엽을 돌렸다.

"이 정도면 됐네. 잠시만 잡고 있도록 해."

부드럽게 속삭인 알렉시스 에슈마르크가 한가득 쌓인 마력의 쓰레기장에서 주변을 두리번거리더니, 먼저 태엽을 놓고 옆쪽에 쌓여 있던 기물들을 주먹으로 쾅 쳤다. 그 순간 후드득 떨어진 마력들이 우리 주변을 돔처럼 감싸 안았고, 준비가 끝나자마자 나는 태엽을 놓았다.

기긱, 기긱, 기긱, 태엽이 돌아가다가, 어느 순간 꽝 하는 굉음이 터졌다. 협곡 너머의 푸른 숲 근방에서 별안간 무시무시한 돌풍이 일어난 것이었다. 나름대로 보호 체계를 만든 후였는데도 귀가 얼얼할 지경이었다. 자연히 어깨를 움츠렸다가 두 손을 들어 얌전히 귀를 가렸는데, 알렉시스 에슈마르크가 다정한 태도로 커다란 손을 펼쳐 내 손 위에 얹고 한 번 더 내 귀를 막아 줬다. 본인의 고막은 안중에도 없는 듯했다.

"당신 귀는 괜찮……."

꽝-! 다시 요란한 폭음이 터졌다. 돌풍으로부터 들이닥친 거대한 마력 덩어리가 요란한 소리를 내며 날아들었고, 우리 주변을 감싼 돔 형태의 보호막에 부딪쳤다가 강 안쪽으로 퍽 소리를 내고 튕겨 나갔다.

"살 떨리는 순간이었네요."

"또 오는군."

폭력적인 파열음이 곧장 뒤따랐다. 우레와 같은 소음이 우박처럼 이어지고 있었다. 쾅, 쾅 소리를 내며 협곡 아래쪽의 이곳저곳에 틀어박히는 마력 구조들을 바라보며 알렉시스 에슈마르크가 말끔히 말했다.

"검증됐네. 무슨 이유인지는 몰라도 푸른 숲에서 튀어나가는 마력은 대부분 이쪽으로 향하고 있어. 열 개를 넣었는데 일곱 개가 돌아왔네. 칠할이면 상당한 비율이지."

"이유는 뭘까요?"

"아래에서 살피기에는 불편한걸. 푸른 숲에 가서 이쪽을 내려다보지 않는 이상 확인하기 어려울 듯하지 않나."

"그렇긴 하네요."

그리고 그 순간 마지막으로 반응한 마력 장치가 강물에 깊숙이 빠지며 거대한 물기둥을 일으켰다. 평범한 사람들이 봤다면 갑작스런 용오름이라도 일어나는 것 같았으리라.

그리고 나니 한참 동안 잠잠했다. 잔여 영향은 남지 않은 듯했다. 마지막으로 물기둥이 솟아올랐던 쪽을 물끄러미 바라보던 내가 인상을 찡그리며 물었다.

"확인할 만큼 한 것 같죠?"

"그렇겠지. 날도 어두워지고 있으니 이만 돌아갈까."

"그래요."

밀락테이트 지방의 흔적을 둘러보는 작업에는 정말로 긴 시간을 들이지 않았다. 우리는 한나절 만에 근방을 빠르게 둘러보고, 레일리가 숙식 준비를 해 놓은 베이스캠프로 돌아가기 위해 자리를 털고 일어섰다.

푸른 숲 인근의 레스킷 상단에 도착했을 때는 아직 마땅한 소식이 도착하지 않은 상태였다. 때문에 우리는 뷔올의 대공저에 연락을 넣어 빠르게 이동할 수 있는 갈리아를 불러들였고, 레스킷 상단에 대기하고 있도록 조치했다. 레스킷 상단에 아멜리아 레스킷의 소식이 전달되면 그 즉시 갈리아가 어둠을 타고 이동해 우리에게 소식을 일러 주는 시스템을 구축한 것이다.

조만간 갈리아와 레일리가 대면할 일이 생길 듯했다. 사실상 레일리에게는 철천지원수 중 한 명이지만, 그 사실만은 들키지 않을 생각이었다. 어쨌든 갈리아는 옐레체니카 백작이 알렉시스 에슈마르크에게 약점이라도 잡혀서 휘둘리고 있다고 생각하는지, 내가 다시 대공의 진영에 합류한 후로는 퍽 젠틀하게 나를 챙겨 주고 있었기 때문이다. 나름의 보은과 의리인 셈이었다.

우리는 브라우로부터 푸른 숲 인근까지 이동하며 일주일이 넘는 시간을 소요했다. 뷔올의 땅덩이는 몹시도 넓기 때문에, 마력석을 박은 자동 마차로도 이 정도 속도가 한계였다. 그렇게 시간을 들여 이동하는 동안에도 레스킷 상단에 이렇다 할 정보가 들어오지 않은 것은 사실 실망스러운 일이었다. 우리가 밀월여행을 겸해 눈보라에 갇힌 채 머무른다고 처리해 둔 북부의 겨울 저택에 갈리아를 대기시키려던 계획이 달라진 것도 그 탓이었다.

알렉시스 에슈마르크는 단순한 푸른 숲 관련의 정보를 얻기까지 이렇게 오랜 시간이 필요할 리 없다며 의아하게 여기고 있었지만, 어쨌든 우리가 당장 할 수 있는 일은 기다리는 것뿐이었다.

푸른 숲은 반대편 협곡 위쪽에서 끊임없이 '마력'의 부산물을 토해 내고 있었다. 우리가 베이스캠프를 설치한 곳은 푸른 숲과 마주 본 건너편, 즉 대공과 내가 서 있는 이쪽 절벽의 안쪽으로, 절벽 가장자리로부터는 꽤 떨어져 있다. 푸른 숲으로부터 어느 정도 멀어져야 짐승이 살기 때문에 식량을 조달하기 위해 어쩔 수 없는 선택이었다.

나도 그렇지만 대공 역시 긴 볼모 생활의 결과 식생활의 품위에는 집착하지 않는 편이라 식량은 현지에서 조달하고 있었다. 교통편을 계속 바꾸고 있으니 짐이 많은 것도 곤란했다.

하지만 그렇게 거리를 두고 있다고 해도 레일리가 캠프에만 틀어박혀 있는 것도 아니고 주변을 돌아다니고 있을 테니, 레일리로부터 우리의 대화를 완전하게 차단할 수 있다는 확신을 가질 수 있는 것은 아니었다. 그런 이유로 우리가 이렇게 뱅뱅 돌려 떠들 수밖에 없게 된 것이다.

막상 협곡 아래로 내려와 보니 워낙 마력 잔해가 많이 쌓인 곳이라 티나지 않게 방음을 하려고 노력하면 못 할 것도 없을 듯했지만, 굳이 그러지는 않았다. 당장 주고받을 필요가 있었던 주제는 돌려 말하는 것만으로도 충분히 전달이 됐다. 당장 논의할 필요가 없는 주제라면 괜한 불확실성에 몸을 맡길 이유는 없다고 생각한 것이다.

그런데 협곡을 다시 올라서 베이스캠프로 향하려던 순간, 갑자기 요란한 소리와 함께 다급한 말소리가 들려왔다. 확성마법을 이용한 사람의 목소리였다.

"각하! 거기 계십니까?"

시야를 가린 기계 장치의 산으로 인해 대공이나 나나 정면을 제대로 살피기는 어려운 상황이었다. 결국 알렉시스 에슈마르크가 슬그머니 손을 넣어 기계 장치들을 전반적으로 들어 올리고야 강 건너편으로 급히 내려온 듯한 사람들을 발견했다.

뷔올 제국의 상징을 어깨에 건 병사들이었다. 마법사단 특유의 검은 코트를 입은 마법사 둘, 나머지는 근위기사단임을 드러내는 푸른 장식을 두른 새하얀 복식을 하고 있었다.

"이런."

알렉시스 에슈마르크가 드물게 난처한 기색을 보였다. 여태 내 귀를 덮고 있던 그의 반대쪽 손을 떼어 내다가 흘긋 시선을 들자, 보랏빛 눈동자를 찡긋거리며 접던 그가 산뜻한 태도로 설명했다.

"이래서 똑똑한 녀석이 있는 곳에는 함부로 접근하면 안 되는 일인데 말이지. 애셔가 이곳에 머무르고 있으니 함부로 마법을 썼다간 위치를 발각당할 것을 고려하지 못했군."

"그게 무슨 소리예요?"

멀뚱히 묻는데, 설명은 알렉시스 에슈마르크가 아닌 강 건너에 바싹 다가와 선 뷔올의 군사들에게서 튀어나왔다. 가장 먼저 앞장섰던 마법사가 여전히 확성 마법을 이용해 말을 걸었다.

"역시 두 분이 맞으셨군요. 태자 전하께서 왜인지는 모르겠지만 분명 각하와 백작님께서 근방에 계신 듯하니 모셔 오라고 하셨습니다."

"좋은……. 큼, 좋은 시간을 방해한 듯해서 죄송합니다. 태자 전하께서도 그럴 의도는 아니셨을 겁니다. 마침 근처에 오셨으니 각하를 뵙고 싶으셨던 듯해서……. 모시러 왔는데. 큼큼."

빠르게 용건부터 꺼내던 마법사들이 저마다 뒤늦게 멋쩍은 표정을 지었다. 그도 그럴 것이 남들이 보기엔 다정한 백 허그의 현장이었을 것이다. 하지만 나는 그보다도 다른 점이 마음에 걸렸다.

애셔 황태자는 대체 무엇을 근거로 우리가 이곳에 있다고 추론하고 이렇게 완벽한 마중 인원을 내려보냈단 말인가?

거대한 마법이 일어났다는 것만으로 우리를 데리러 나왔다고 보기엔 너무 정확히 위치까지 계산하지 않았는가? 둘 중 한 명만이 있다고 추정한 것도 아니고, 둘이 함께 있다는 건 또 어떻게 확신했단 말인가? 마법사가 한두 명 있는 것도 아니고, 우리는 밀월여행을 하다가 북부에 갇힌 것으로 되어 있었는데 말이다.

내가 고개를 갸웃거리며 그들을 향해 제대로 돌아서는 순간 에슈마르크 대공이 대답했다.

"계산했겠지."

"뭐를요?"

"마법사들이 느낀 마법의 시전 궤도와, 그 결과 다시 영향을 미친 궤도를 말일세. 규모야 좀 과하긴 했으니까. 우리가 가능성을 떠들었듯 애셔도 단지 가능성을 계산했을 뿐이네."

"그게 가능해요?"

"애셔가 했다면 가능해."

결국 나를 품에 안은 채 마법사단과 근위기사단에게 수상쩍은 만남의 장면을 들킨 에슈마르크 대공이 머리를 쓸어 올리며 탄식하듯이 말했다.

"왜 그런 것을 계산하는 일에 시간을 할애하는지는 정말 모를 일이지만 말일세."

언제나 대체 왜 굳이 계산하고 머리를 쓰는지 이해 못 할 일에 사로잡혀 세기의 발명을 툭툭 내놓고, 남의 말은 듣지도 않은 채 자신만의 리그에 골몰하는 빌어먹을 대발명가 에슈마르크 대공의 입에서 나오리라곤 생각조차 못 해 본 발언이었다.

결국 우리는 마중 나온 인원을 따라 레일리의 베이스캠프 대신 협곡 건너편의 푸른 숲 베이스캠프로 곧장 안내받았고, 그곳에서 지극히 간단한 설명을 듣게 되었다. 인사에 앞서 왜 굳이 그런 걸 계산했느냐며 질문부터 꺼낸 대공 덕이었다.

"아하, 숙부님과 백작님께서 그 근처에 계신 게 뻔한 상황이니 어렵지도 않은 계산 몇 번을 하는 것은 일도 아니었지요."

이제 갓 스물을 넘긴 젊은 청년이 제국 최고의 천재로 추앙받는 숙부의 질린 듯한 눈초리를 앞에 두고 산뜻하게 대답했다.

"백작님께서 기억을 잃으신 후로는 뵌 일도 없고, 숙부님께서도 최근 바쁘지 않으셨습니까?"

황가 사람들 특유의 처진 눈매와 둥그렇고 연한 보랏빛 눈동자 덕에 한껏 선해 보이는 얼굴. 다행히 원작자로서의 쓰레기 탐지 레이더가 발동할 정도의 생김새는 아니었지만, 과연 호락호락해 보이는 인상은 아니었다. 옅은 밀짚색 머리칼이 화사한 얼굴 위로 상쾌하게 흔들렸다.

"뵙고 싶어서 살짝 계산해 보았습니다. 조카의 작은 어리광으로 여겨 주십시오. 요즘은 예전만큼 자주 찾아 주시지 않아 속상합니다. 마법은 제 영역이 아니라 혹시 계산이 틀리면 길이 엇갈릴까 걱정했는데, 다행히 맞아떨어진 모양입니다."

숙부님과 딸기 케이크가 먹고 싶어서 '1+1=2'로 딸기 케이크 두 개를 사 보았다는 듯한, 지극히 태연한 말투였다. 물론 그렇게 떠드는 내용은 그리 당연하기만 하지는 않았다.

"그리 서 계시지 말고 편히 앉으세요. 다과상과 침구를 마련하라고 해 두었습니다. 어차피 푸른 숲에 오실 예정이셨을 테니까요. 다정하고 배려심 많기로 이름 높으신 옐레체니카 백작님께서 집사가 기다릴 것을 염려하실까 싶어 협곡 건너편에도 전령을 보내 두었습니다. 그도 곧 도착할 테니 백작님께서는 걱정하지 마십시오."

하는 말마다 왜 그가 알고 있는지 도통 모를 얘기들뿐이었다. 어안이 벙벙해진 나와 달리, 알렉시스 에슈마르크는 익숙한 듯이 고개를 내젓고 있었다.

아마도 세레나에게 황태자의 신분을 감추고자 평범한 근위기사단 소속 행정관의 옷차림을 하고 있는 듯했지만, 그는 뷔올에서 두 번째로 신분이 높은 남성이다. 그러니 우리를 맞이하는 그 더없이 살갑고 정중한 태도에는 설명하기 어려운 미묘한 면모가 있었다. 하지만 내 기분이 미묘해지든 말든, 푸른 숲 외곽의 베이스캠프에서 우리를 맞이한 뷔올 제국의 젊은 황태자는 태연하기만 했다.

그가 나를 향해 생긋 웃어 보였다. 만나 뵙게 되어 반갑고 기쁘다는 살뜰한 말은 자연스럽게 뒤따랐다. 일단 의례적인 인사를 꺼내며 자리에 앉기부터 하는데, 그가 아차 하며 손뼉을 짝 치고 물었다. 퍽 배려심 넘치는 태도로 튀어나온 질문이었다.

"실제로 연인 사이는 아니시니 침구는 따로 준비했는데, 그것으로 괜찮으시지요? 이런 곳에서는 따로 주무셔도 아무도 의심하지 않을 테니 그런 문제는 걱정 마십시오."

"……."

에슈마르크 대공이 미간을 누르며 한숨을 내쉬는 사이, 세레나의 운명적 남자 주인공 애셔 아마르트 뷔올이 특유의 화사한 말투로 다정하게 덧붙였다.

"그래서 연합국은 어떠셨습니까? 여행 이야기가 듣고 싶습니다, 숙부님. 필시 그곳에 다녀오셨겠지요. 그곳의 바다는 아직도 예전만큼 그리 아름답던가요?"

황태자는 여전히 사람 좋아 보이는 미소를 지은 채 한껏 호의적인 질문을 던졌다. 그리고 그 꼴을 바라보며, 역시 빌어먹을 뷔올 황가의 유전자와는 얽히지 않는 것이 일생과 신상에 이롭다는 확신을 얻었다. 내가 처음 눈을 떴을 때 눈앞에 있었던 놈이 레일리라 망정이지 황태자였으면 일찌감치 지하 감옥으로 끌려갔을 뻔했다.

원작자가 미처 따라잡지 못하는 지적 능력의 소유자가 또 한 명 나타난 것이다.

* * *

"우리를 부른 건 내가 보고 싶어서고, 부른 김에 연합국의 이야기를 듣고 싶었다고?"

알렉시스 에슈마르크는 애셔 황태자의 괴상망측한 언행이 익숙한 듯했다. 나는 여태 엉거주춤한 자세로 반은 앉고 반은 서 있었지만, 그는 자연스러운 태도로 내 등을 두드려 자리에 앉게 하더니 본인도 의자에 몸을 묻었다. 그러더니 주섬주섬 과자를 집어 먹기 시작했다.

우리를 불러오면서 미리 준비해 두었던 듯한 다과상이 베이스캠프 구석의 천막 안쪽에 일찌감치 펼쳐져 있기는 했다. 하지만 아무리 그래도 그렇지, 황태자 앞에서 이렇게까지 자연스럽게 과자부터 집어 먹을 일이냐? 슬쩍 알렉시스 에슈마르크에게 눈총을 주었지만, 안하무인 대공 새끼는 내 시선 따위에는 크게 개의치 않는 듯했다.

그런데 놀라운 것은 정작 애셔 황태자 역시 알렉시스 에슈마르크의 그런 태도를 아무렇지도 않게 용인하고 있었다는 점이었다. 콩과 아몬드가 잔뜩 박힌 덜 단 과자를 슬쩍 에슈마르크 대공의 앞에 밀어 주기까지 했다.

"윌리엄스한테는 신분을 숨기고 있다고 하지 않았니. 이렇게 우리를 불러도 되는 건지 모르겠구나."

대공이 퍽 다정다감하게 묻자 애셔 황태자가 생긋 웃으며 대답했다.

"그녀는 아직 두 분께서 이곳까지 오신 줄을 모릅니다. 솔데인이야 어렴풋이 짐작은 했을 겁니다. 제가 누군가를 마중 나가도록 갑자기 지시를 내렸으니 말이에요. 사실 솔데인의 휘하에 있는 인재들 중에는 마법적인 재능을 지닌 사람이 극히 드물기 때문에, 윌리엄스 양은 마법사단을 돕고자 푸른 숲 근처에 있습니다. 푸른 숲 주변을 둘러보며 느껴지는 것들을 우선적으로 기록하고 있거든요. 마법사단만큼 빡빡하게 지내지는 않고 있지만, 아마 저녁이 깊어서야 돌아올 겁니다. 백작님은 차에 설탕을 넣으십니까?"

"예? 넣는데요."

반사적으로 대답하자, 애셔 황태자는 특유의 부드러운 얼굴로 가만히 시선을 깔더니 직접 잔 세 개를 골라 차를 따르기 시작했다. 나만이 기겁했다.

"아니, 전하, 왜 직접 따라 주십니까."

"예? 아, 이런. 하하. 보통 숙부님과 있을 때는 제가 따라서요. 차에 설탕을 넣으시니 과자는 달지 않은 것이 좋으실까요?"

"아뇨. 기왕이면 단것을 좋아하……. 으아악, 아니, 왜 전하 앞에 있는 것들을 밀어 주시냐고요."

"백작님이 기억을 잃으신 후로 규범이나 에의범절과는 거리가 먼 분이 되었다는 이야기를 들었습니다. 저는 그 지점에 흥미를 느꼈으니, 편히 대하셔도 됩니다. 숙부님을 보십시오."

애셔 황태자가 산뜻하게 대답하더니 보란 듯이 손바닥을 펼쳐 알렉시스 에슈마르크를 지목했다. 거만한 태도로 등받이에 등을 기댄 채 찻잔을 받아 홀짝이던 그가 문제라도 있냐는 듯 눈썹을 휙 추켜세웠다가 표정을 폈다. 그와 시선이 마주치고 나니 더더욱 어처구니가 없어졌다. 나는 결국 견디지 못하고 외치고 말았다.

"이 인간 안 되겠네. 연장자 노릇을 할 곳이 따로 있지. 양심 좀 챙기쇼."

반사적으로 그의 명치를 퍽 후려치며 입 밖까지 속마음을 뱉었다가 다급히 손바닥으로 주둥이를 눌렀다. 애써 황태자는 내 말을 듣고 또 싱글벙글 웃더니, 결국 직접 우린 홍차에 이어 각설탕이 듬뿍 담긴 슈거 볼을 내밀었다.

황태자가 평민 출신 백작 따위의 수발을 들고 있는데, 숙부 되는 작자는 몹시도 개의치 않는 낯이었다. 그는 오히려 일상적인 목소리로 대화의 운을 뗐다.

"이번에도 들어 보자꾸나. 이번엔 무슨 논리를 통해 그렇게 추론을 했니?"

"후후, 숙부님은 여전히 그런 얘기 듣기를 좋아하십니까? 못 뵌 지 오래되었지만 언제 뵙더라도 한결같은 분이셔서 마음이 놓입니다."

"네 사고방식은 나로서는 감이 잡히지 않는 것이라, 듣다 보면 즐거우니까 말이다."

"감이 잡히지 않는다니요. 숙부님의 업적을 언제나 존경하고 있습니다. 늘 부족한 조카를 그리 띄워 주시는군요."

그들이 퍽 살뜰한 태도로 두런두런 이야기를 주고받기 시작했다. 상황을 따라잡지 못하는 나만이 대화에서 도태되어 있었다. 의외지만, 그들은 정말로 친밀해 보였다.

애써 황태자가 단계를 생략한 추리를 꺼낼 때마다 으레 대공에게는 어떤 추론 과정을 거쳤는지 설명을 붙여 주었던 모양이다. 그는 익숙한 일을 똑같이 반복하듯 아무렇지도 않게 이야기를 시작했다.

"언제나 그랬듯 별것은 아닙니다. 어디부터 말씀을 드리면 숙부님께서 즐거우실까요?"

"글쎄. 우선 우리가 근처에 있다는 사실은 어찌 알았니? 장소도 꽤 정확하게 찾았고 말이다."

"마법사들이 하나같이 갑작스러운 마력 요동을 보고했는데, 그들의 보고를 듣자 하니 푸른 숲 근방에서 첫 폭발이 일어난 후 협곡 아래쪽으로 떨어지는 두 번째 폭발이 일어났다고 하더군요. 총 열 번의 연속적인 쌍폭발이었습니다만, 개중 칠 할에 해당하는 잔여 폭발이 비슷한 지점에서 있었습니다. 누군가가 거대한 마법을 썼다고 확신했고, 그만한 마법을 쓸 수 있을 사람이 제가 알기로는 숙부님뿐이어서요. 혹은, 비슷한 경지에 이르신 백작님이시겠지요."

"마법이라고는 어떻게 확신했지? 푸른 숲은 이미 마력 요동에 휩싸인 지역이 아니냐."

"임계점에 달해 있다고 해서 아무렇게나 폭발하는 것은 아닙니다. 마법뿐이 아닌 세상 모든 것의 이치지요. 무엇에든 발화점이 필요합니다. 마법적인 발화점이라면 마력의 파동이리라고 봤습니다. 특수한 압력이 필요했을 겁니다. 하지만 마법사단과 솔데인이야 제가 처리할 수 있는 정보의 영역에 있으니, 외부 정보로부터 유입된 발화 압력이 존재했다고 가정할 수 있습니다. 이 근방에 거대 마법을 시전할 능력을 갖춘 대집단은 없으니, 특출한 개인이나 소수의 소행이라고 봐야 타당하겠지요."

"백작이 어려워하는군. 쉽게 말하는 것이 좋겠다."

대공이 슬쩍 말하자 애서 황태자가 눈을 동그랗게 떴다가 아하 소리를 내며 뒤늦게 찻잔을 들었다.

"기억을 잃으셨으니 공학 지식도 잠시 잊으셨겠군요. 그 생각을 미처 하지 못했습니다. 백작님께서는 날 때부터 뛰어나셨으리라고 여겼던 모양입니다."

날 때부터 뛰어났던 것은 댁들이겠지……. 나는 서먹한 얼굴로 찻잔에 각설탕을 두 알이나 집어넣고 휘휘 휘저었다. 그리고 한 모금 벌컥 들이켰다. 당분이 필요했다.

"요약하면 제 주변의 마력을 다룰 수 있는 자들은 아무것도 안 했으니,

외부에서 '톡' 건드려 준 계기가 따로 존재했다는 얘깁니다. 마력 역시 일종의 에너지이고 물질이니 한 지점에서 반응을 일으키면 다른 지점에서는 끌려가든 밀려나든 반응이 일어날 수밖에는 없습니다. 일전에 숙부께서 말씀 주시길 마법이란 결국 마력을 어떻게 밀고 당기느냐의 문제라고 하셨지요. 요컨대 이쪽으로 밀려나는 힘이 있었다면, 그에 상응하는 '반작용'이 어딘가에 일어나야 한다는 것입니다. 그렇다면 최초에 밀어내는 힘이 작용된 시작점 방향으로 반작용이 발생하는 것이 지당하겠지요. 푸른 숲 근방의 마력은 워낙 구름처럼 조밀하다고 하니 그 내부의 흐름이나 요동에 따라 약간의 이탈이 일어난 것도 이해할 수 있습니다."

"역시 잘 모르겠는뎁쇼."

대체 왜 이런 세계관에서 내가 작용 반작용의 법칙을 듣고 있어야 한단 말인가? 그런데 이제 그들은 이렇게까지 말했는데 알아듣지 못하는 나를 이해시킬 생각은 접은 듯했다. 대수롭지 않게 말을 잇기 시작한 것이다.

"작용이 존재할 때 반작용이 존재하는 원리에 대한 이야기인 거니? 그야말로 공학적인 얘기로구나."

"예. 흥미로웠습니다. 계산해 보니 이 근방의 마력 밀집도가 높은 것은 일찍이 유명했지만, 저 아래……. 강변, 즉, 구 밀락테이트 지역 역시 마력의 밀집이 기이한 형태로 이루어진 것 같더군요."

우리가 엘류이센 라이케를 통해 추론한 내용을 마력의 요동과 경로의 계산을 통해 추측한 황태자가 구구절절 자신의 생각을 떠들기 시작했다.

"푸른 숲에서 발발하는 대부분의 충격은 밀락테이트 지방으로 떨어집니다. 여기에는 지형의 요소, 지형에 따르는 지각 인력의 요소, 마력과 마력 사이의 요소가 모두 영향을 미쳤겠지만, 계기는 두 분께서 방금 사용하신 마법에 의한 것이었지요. 아마 비슷한 가설을 떠올리시고 실험해 보셨다고 여깁니다. 그러니 제 대답이 숙부님께 좋은 점수를 받기에 충분했을지 궁금하군요."

"너와는 다른 방향이다. 우리는 직접 마력을 체감할 수 있는 사람들이니, 그저 직관적으로 세운 가설이었거든. 하지만 역시 네 추론 방식은 흥미롭구나, 애셔."

"흡족히 여겨 주셔서 기쁩니다. 그리고 밀락테이트 지방의 특수한 성질을 이번 사태에 적용할 방도가 없을지 고민해 보았습니다만, 들어 주시겠습니까?"

"재미있구나. 어떤 활용을 할 생각이냐?"

알렉시스 에슈마르크가 우아한 눈썹을 꺾으며 어서 얘기해 보라는 듯 턱짓을 했다. 정중한 태도로 씨익 미소를 지은 애셔 아마르트 뷔올이 천막 안에 걸려 있던 뷔올 제국의 지도를 향해 손짓하며 침착하게 설명했다.

"푸른 숲이 터지면 일단 태양이 사라지며 여러 동력 장치들이 멈추게 될 것을 염려하고 있었습니다만, 이제 보니 그뿐이 아닙니다. 사람 몇이 목숨을 잃는 것은 문제가 아닐 듯하더군요. 밀락테이트 지방의 수원은 뷔올에 남은 몇 안 되는 깨끗한 수원입니다. 푸른 숲의 왜곡된 마력 흐름이 폭발할 때 난폭하고 지저분한 마력과 오물에 이 중요 수자원이 오염될 겁니다."

황가 혈통 특유의 눈매가 처진 인상은 어디까지나 선량해 보였지만, 그는 꽤나 비정한 말을 입에 담았다.

"역시 곤란한 일이겠지요. 차라리 마력의 방향을 틀어서 북방 황야 쪽으로 보내 버리면 피해도 덜할 텐데 말입니다. 그쪽은 밀집 인구가 적으니까요. 그뿐만 아니라 가능하면 뷔올 국경 바깥으로 보내는 것이 좋겠습니다. 므라우도 나쁘지는 않을 겁니다."

어찌 되었든 애셔 아마르트 뷔올 역시 성품이 온화한 것과는 별개로 날 때부터 대제국 뷔올의 황족인 것이다. 거기까지 말한 그가 그때에야 생긋 웃으며 다시 덧붙였다.

"물론 저는 마법적인 지식이 일천하니, 그런 일이 가능할지는 모르겠습니다. 이리나 경께 관련 자료를 보내 두었으니 숙부님은 염려치 마세요.

곧 답변이 돌아올 것입니다."

"염두에 두마. 그래서 레일리 크라하가 베이스캠프를 설치하고 있을 것을 짐작하면서도 우리만을 먼저 불렀구나."

알렉시스 에슈마르크도 태연하게 대답했다. 그 역시 날 때부터 뷔올 제국의 황족이었다. 그 입장이 얼마나 애매하고 비참했든지, 적어도 먹고 살기에 풍족했고, 집안에는 권력이 있었으며, 주변의 모두가 그를 존중하는 시늉이라도 했다.

국외를 견제하고 국내의 자원을 유지할 목적으로 죄 없는 이들에게 재해를 몰아주는 것은 어떻지 상의하는 두 황족 사이에서 나만이 괜히 심기가 가라앉았다. 어쩐지 조금 좌불안석이었다. 자신의 삶을 토로하던 가라한과, 담담한 태도로 당연한 것을 이야기하듯 비참했던 일생을 설명하던 레일리가 떠오른 탓이었다. 그들이나 이들이나 마찬가지로 내 소설 속에서 그들 나름의 삶을 살았던 자들이다. 차이는 없다.

누가 더 불행했는지를 겨루고 싶지는 않았다. 그들은 각자 그들 나름대로 불행했다는 것을 알고 있다. 잠시 미간을 문지르는데, 에슈마르크 대공이 별안간 다른 질문을 꺼냈다.

"폭발은 꽤 광역적으로 일어났을 텐데, 우리가 있는 구체적인 좌표는 어떻게 지정했니?"

"아하하, 단지 경우의 수를 따져 궤도를 계산해 보았을 뿐입니다. 계산 작업은 지극히 간단했지요. 말씀드렸다시피 지각 인력의 요소, 마력과 마력 사이의 요소를 계산해서 하나씩 없애고 나면 이 근방의 고도와 지형을 수치로 환산해 적용할 수 있습니다."

"간단한 일처럼 말하는구나."

"숙부께서도 암산으로 충분히 하실 수 있을 겁니다."

"아니. 이상한 소리를 하는구나, 애셔. 세상 사람이 모두 너 같지는 않단다."

"해 보시면 간단합니다."

대공이 단호하게 대답했지만 애셔 황태자도 단호했다. 나만이 초탈한 얼굴로 묵묵히 과자를 집어 먹기 시작했다.

"위치를 파악한 근거는 알았다. 그럼 우리가 이곳에 있다는 것은 어찌 알았느냐?"

"어떤 의미에서 말씀이십니까?"

"북부의 산장에 들어간 것으로 해 두었는데 말이다."

"아하."

애셔 황태자가 순진한 얼굴로 새로 나온 케이크를 받아 내 앞에 내려놓더니, 다시 시종을 물린 후 상쾌하게 대답했다.

"저는 솔데인이 하는 일은 대개 보고받고 있거든요. 숙부께서 아무런 준비 없이 그런 무모한 일을 벌이실 리는 없고, 당연히 뒤에는 아바마마가 계실 것으로 추측했습니다. 그렇다고 제 집안 허물을 제 입으로 들출 수는 없으니 솔데인에게는 그저 조금 숙고해 보라고 했지만, 본래도 앞뒤 꽉 막힌 이가 백작님과 대화를 나누고 온 후에는 더더욱 분개했기에 말릴 수가 없었습니다."

소리 내서 웃으며 하는 말이라기에는 위험한 주제였지만, 그는 정말이지 상큼한 태도였다. 몹시 평온한 목소리로 대뜸 다른 말을 덧붙이기까지 했다.

"그 녀석은 여인과 애정 관계로 얽혀 본 적이 드무니, 난생처음 해 보는 질투에 제정신이 아니었을 겁니다."

이번엔 그 목소리만큼 가벼운 주제였다. 남의 연애 얘기였던 것이다. 물론 나한테는 남 얘기가 아니라는 점만이 문제였다.

"짐작하기로 백작님께도 퍽 무례하게 굴었을 것으로 생각합니다만, 워낙 고지식한 녀석이고 융통성이 없으니 부디 양해해 주십시오. 제가 대신 사죄 드립니다."

태자의 말을 듣고 나는 짜증스럽게 인상을 썼다. 키스 따위야 내게 의미가 없으니 알 바 아니지만 예의도 배려도 없었던 것만은 명확했다.

그뿐만 아니라 그 순간으로 인해 솔데인 마이어에게는 개인적인 억하심정도 생겼다. 그 남자 때문에 괜히 레일리에 대한 감정을 자각하지 않았던가? 마이어 후작만 아니었어도 적당히 모르는 척하다가 나갈 수 있었는데, 그 작자 때문에 스스로 속이는 일에 실패하고 레일리 크라하에게 감정적으로 휘둘리게 됐다. 개 같은 일이었다.

암, 마이어 후작은 대역 죄인이다.

"사과는 직접 하시라고 전해 주세요. 질투를 했다고 해서 타인을 성적으로 희롱하는 것이 정당한 기사의 자세입니까?"

"이런, 희롱을 했군요."

"고작 키스이기는 했습니다만, 제가 불편했으니 희롱이죠. 앞서 마땅히 진행됐어야 할 합의도 없었습니다."

"세상에, 키스를 했단 말인가요? 그걸 '고작'이라 표현하시다니, 역시 최근 들린 소문이 이해가 가는 순간입니다. 어쨌든 어쩐지 솔데인에게도 며칠 동안 후유증이 지속된다 했습니다."

"후유증이요?"

"멍청한 놈이죠."

애서 황태자가 신랄하게 말했다.

"후회할 짓은 하지 않는 것이 현명하게 사는 방도인데 말입니다."

"더구나 사람의 호의에 그런 무뢰한 같은 짓으로 보답하신다는 게 말이나 됩니까?"

뚱하니 대꾸했지만 황태자는 자신의 말이 무시당한 것에 대해서는 기분이 상한 티조차 내지 않고 웃는 낯으로 되물었다.

"말리셨지요? 폐하께 보고하지 말라고 말입니다. 상황이 복잡했으니 솔데인이야 다르게 오해했겠지만 백작님의 호의적인 의도는 짐작이 갑니다."

"아시는군요? 그날의 일에 대해서도 이야기를 들으셨습니까?"

"거기까지는 공유하지 않는 사이입니다. 아무리 막역해도 개인의 사적 정보는 지켜야 하는 법이지요."

황태자가 사뭇 근엄하게 대답했다.

"근래 가깝게 지내셨음을 알고, 기억을 잃으신 후 얼마나 호쾌한 분이 되셨는지도 전해 들었으니 대충은 추론할 수 있었습니다. 의리 있는 분이라는 사실도 압니다. 그렇지 않다면 굳이 솔데인과 충돌하신 직후에 그에게 경고를 해 주셨을 리도 없고, 기억을 잃으셨는데도 이런 복잡한 일에 다시 얽혀 숙부님과 함께 행동하고 계시지도 않겠지요."

일단 솔데인 마이어가 나랑 썸을 탈 때 이런저런 일로 애써 아마르트 뷔올의 조언을 구한 것만은 확실해 보였다. 그 앞뒤 꽉 막힌 인간이 나와 싸우고 얼마 지나지 않아 본인의 행동을 돌아보았다며 편지를 보낼 때부터 누군가 다정다감한 상담역이 존재하리라는 것은 짐작하고 있었으므로 별로 새삼스럽지는 않았다. 단지 태자가 언급한 '복잡한 일'이라는 것이 무엇인지에 마음이 쓰였다.

솔데인 마이어가 황제에게 보고하기에 앞서 자신의 주군인 황태자에게 대공의 비리를 알렸고, 전후 사정을 바로 파악한 황태자는 이것이 황실의 허물이므로 솔데인으로 하여금 침묵하게 만들고자 했다. 하지만 앞뒤꽉막 힘맨은 주군의 권고를 이해하지 못했다. 사실 황태자가 아무리 절친한 친구여도 그에게 구구절절 황실의 허물을 설명해 주지는 않았을 테니 보고하지 말아야 할 이유를 이해하기도 어려웠을 것이다.

그는 그래서 가장 먼저 기억을 잃은 나에게 경고를 했다. 대공과 어울리는 일을 그만두라는 조언이었다. 애서의 표현을 빌리자면 질투를 한 것 같은데, 그건 관심 없다. 아무튼 그는 내가 뭐라고 충고했든지 자기 마음대로 곡해하고 황제에게 대공의 근황을 낱낱이 보고했다. 그 후 머리나 식히라는 의도에서 푸른 숲으로 대뜸 발령을 받고 쫓겨났다.

푸른 숲의 상태가 최근 이상해졌다는 사실을 일찌감치 파악해 두었던 황태자는 겸사겸사 솔데인에게 더한 불이익이 가는 것을 막아 주고 푸른 숲의 상태를 확인해 보고자 그를 따라 이곳에 왔다. 그는 우리가 자취를 감추고 마음대로 움직이고 있으리라는 점도 파악하고 있었다. 그러더니 말하길, '숙부님과 함께 복잡한 일에 다시 몸을 담았다'고 표현했다.

그는 지금 본인이 솔데인의 보고를 어떻게 해석했는지에 대해서만 말하고 있다. 왜 우리가 이곳에 있다고 생각했는지는 설명을 시작하지도 않은 것이다. 그런데 저 표현은 무엇이란 말인가?

애서 황태자는 우리가 황제와 다른 목적을 가지고 무언가 위험천만한 일을 하고 있음을 눈치챈 것일까?

그때 황태자가 잠자코 웃더니 고개를 설레설레 저었다.

"그 친구는 머리를 쓰는 일에는 젬병이거든요. 이런, 조금 모욕적인 언사일까요? 하지만 사실인 것을 어찌하란 말입니까?"

그가 차분히 덧붙였다.

"러브레터 한 장 혼자 쓰지 못하는 친구여서, 저보다 한참 나이가 많습니다만 나름대로 마음이 쓰입니다. 팔은 안으로 굽는다고 하니 저도 슬쩍 편을 들어 보았습니다. 편협한 입장에서 꺼낸 무례한 발언이니 무시하셔도 괜찮습니다."

딱 보아하니 세레나 문제로 싸웠을 때 곰곰이 생각해 본 후 내게 실례가 되는 일이었을 것 같다며 편지를 보내기까지 황태자의 입김이 미쳤을 것이다. 그 편지를 '러브레터'라고 칭하다니 본인의 친구에게 후한 것만은 분명했다.

그렇다고 해서 딱히 사과를 받을 생각은 없었다. 내가 왜 남이 대신 꺼낸 사과를 받아 줘야 한단 말인가? 마찬가지로, 대신 꺼낸 사과를 받아 주리라고는 기대하지는 않았는지, 애셔 황태자도 거기까지만 말하더니 더는 내 반응에 개의치 않고 빙그레 웃어 보였다.

거기에서 잠깐 대화가 끊어졌다.

"그 일이 '무모하다'고 판단했나."

그때, 우리가 솔데인 마이어의 이야기를 거두기까지 기다리던 알렉시스 에슈마르크가 다시 주제를 환기했다. 그는 마치 굉장히 흥미로운 이야기를 들었다는 듯 즐거운 낯을 하고 있었다. 애셔 황태자도 비슷한 태도로 미소를 지었다.

"만일 정말로 권력에 뜻이 있으셨다면 일을 벌이기에 앞서 공방들부터 티 나지 않게 장악해 두셨을 테지요."

솔데인 마이어가 황제에게 올린 보고라면 나 역시 낚여 넘어간 정보였다. 누가 봐도 뚜렷해 보이는 반역의 증거와 전말이 음침하게 감추어져 있다. 너무 대놓고 드러나 있는 것도 아니고, 우여곡절 끝에야 겨우 얻을 수 있는 정보였으니 누구나 그것이 '알짜배기'라고 판단할 수밖에 없을 것이다.

꼭 알렉시스 에슈마르크가 준비할 법한, 그에게 어울리는 반역의 양상이기도 했다. '형님에게 모든 형제와 아버지를 몰살당한 막냇동생인 대공'이 일으킬 법한 반역의 형태 말이다.

황제의 권위를 우습게 보고, 우아하고 부드럽게 그 권위를 깔아뭉개 웃음거리로 만드는 방식이다. 억울한 일을 당한 후 짓눌린 채 살다가 억하심정을 품은 인물이 택할 법한 궐기에 더없이 어울린다. 일반적인 시각에서 보자면 반박의 여지가 없다.

하지만 애셔 황태자는 다른 지점에 주목했다.

"공방이라면 숙부님께서 일찍이 수중에 두셔도 티가 나지 않는 유일한 집단입니다. 본래 권력과도 깊은 인연이 없는 집단이니 아무도 이상하게 여기지 않을 테지요. 하지만 뷔올 중추의 국가적인 힘을 담당하는 기관이 어딥니까? 마법사단, 근위기사단, 군사력, 거대 상단들. 쉽게 여러 가지 말할 수 있겠습니다만, 사실 그 중심에 있는 것이 바로 공방입니다. 그러니 숙부님께서 어떤 궐기를 준비하셨다면, 그 시작은 드러나지 않는 곳에서 무엇보다도 은밀히 진행되어야 합니다."

그가 꽤나 단정적인 어조로 말했다.

"귀족들의 협조 따위야 언제든지 얻을 수 있습니다. 황제의 권위 역시, 이런, 이렇게 말했다는 것은 대외비입니다만……. 황제의 권위 또한 어디까지나 '제작되는' 것이지요."

세상 누구보다도 순수하고 맑은 낯이었다. 제국의 황태자가 함부로 입에 담을 소리는 아니었다. 그런 티 없는 표정으로 할 소리는 더더욱 아니라고 해야 할 것이다.

심지어 솔데인의 보고를 들었고, 그가 좌천되는 꼴까지 봤다면 우리야말로 자신의 정적으로 봐야 할지도 모르는 사람들임을 익히 파악했을 텐데 그의 태도는 지극히 태연했다.

"힘이 있고 자본이 있는 곳에 사람은 모입니다. 따르는 사람이야말로 결국은 권력이지요."

황태자가 어디까지나 당연한 사실을 읊듯이 말했다.

"유감스럽게도 숙부님은 일찌감치 모든 것을 갖추셨습니다. 지금까지 공식적으로 드러난 바에 따르면 권력 따위에는 별다른 생각이 없으신 것으로 여겨집니다만, 고작 학문을 공부할 때조차도 사람은 세상 모든 진리를 파악하지 못하는 법인데, 사람 속을 제가 어찌 전부 짐작하겠습니까?"

부드럽지만 힘 있는 말투. 의뭉스럽게 사람 속을 떠보는 황제의 태도와도 달랐고, 다정하게 웃으며 물끄러미 사람을 관찰하는 알렉시스 에슈마르크의 방식과도 달랐다. 애셔 아마르트 뷔올이 꽤나 달콤한 목소리로 덧붙였다.

"이제 와 이런 문제로 서운해하시지는 않을 것을 알아 꺼내는 얘깁니다만, 단지 숙부님께서 저를 막역한 조카로 대하시는 동안은 저 역시 숙부를 존경스러운 어른으로 여기고 있을 뿐이지요."

애셔 아마르트 뷔올은 지금까지 거리낌 없이 아랫사람을 자처하며 알렉시스 에슈마르크의 수발을 들고 차와 과자를 챙겨 주었다. 이번에도 예외

없이 알렉시스 에슈마르크의 찻잔에 새 차를 따라 주며 정중한 목소리로 말을 꺼낸 것이다.

하지만 사실, 이번만큼은 별로 자신을 낮추는 투가 아니었다. 문외한인 내가 느낄 수 있을 정도의 태도 변화였다. 오히려 그는 지극히 태자다운 태도로, 막강한 권력을 지닌 황실 종친에 대한 부드러운 경계를 드러냈다. 에슈마르크 대공 역시 여상한 반응을 보였다. 그는 아무렇지도 않게 다시 황태자가 따라 준 차를 마시며 고개를 끄덕였다.

"황족이란 그런 족속이지. 염려치 말거라. 나도 만인을 믿지 못한 채 살고 있으니까 말이야."

그 말을 듣고 황태자가 산뜻하게 웃어 보였다. 대공도 희미하게 웃었다. 직설적으로 경계를 꺼낸 것은 나름대로 그들이 표현한 신뢰와 호의였던 모양이다. 나로서는 알다가도 모를 일이었다.

"그리 말씀해 주시니 마음이 놓입니다. 어쨌든 하던 이야기를 마저 하죠. 모든 논리적 추론에는 과정이 중요한 법입니다."

그리고 그 시점에서 황태자가 다시 주제를 환기했다.

"숙부께서 지니신 모든 권력의 기반은 숙부님의 지적 능력과 마법에 있습니다. 마법적인 단체는 결국 군사 권력입니다. 그들을 장악하려 드는 순간 표면적으로 흔적이 남을 수밖에 없으니, 응당 시작 지점은 공방 길드여야 합당합니다. 협력하는 귀족은 공방 길드를 통해서 얻기 시작합니다. 아무도 눈치채지 못하는 사이 뷔올의 모든 생활에 대한 통제권이 숙부님께 넘어가는 겁니다. 그도 그럴 것이 우리는 너무 많은 부분을 기계와 발명품에 의존하고 있지요."

반쯤 남은 자신의 홍차에 연유를 부으며, 애서 황태자가 꽤나 즐거운 낯을 했다.

"노예 경매를 사적으로 주관하는 일이라면 황제의 권위를 짓밟으며 적당히 세력을 모으기에는 유효하겠지만 어디까지나 하수의 수입니다. 얻는 것이라고는 고작 승리감입니다. 인외의 노예들은 괜찮은 군사력이 되어 주지만, 마음에서 우러나오는 충성심도 없고, 지속 가능한 인력은 아니지 않습니까. 결국 그런 일 외에는 권위를 짓밟을 수단을 지니지 못한, 명예 없이 힘만을 지닌 자가 휘두를 방식이라는 것이죠. 제가 숙부님이라면 다른 방법을 취했을 것이고, 숙부님께서도 그렇게 안일하게 거사를 치르려 하실 분은 아니지요."

"그래서?"

"그러니 숙부께서 노예 경매를 주도하시던 것은 아바마마의 협력 없이 이루어진 일이 아닙니다. 오히려 고위 귀족들 사이에서는 알음알음으로 알려져 있었겠지요. 제게 알렸다가는 성가셔질 테니 저만 따돌리신 것도 익히 짐작이 갑니다. 두 분께서 가깝게 지내시는 줄은 몰랐지만, 귀족이란 언제든 협력했다가도 멀어지고, 싸우다가도 동조할 수 있는 자들이 아니겠습니까? 애초에 권력 구조의 균형감으로 말하자면, 그 정점은 셋 정도가 딱 좋습니다. 저는 아바마마, 숙부님, 저의 세력으로 삼분된 지금의 정치 구도에 퍽 만족 하고 있어서요."

소년 같은 얼굴로 대꾸한 애셔 아마르트 뷔올이 부드럽게 덧붙였다.

"그러니 노예 경매를 통해 황가의 재정을 불리는 일에는 협력하더라도 다른 일에 대해서는 또 반목하고 숨길 수도 있다는 사실을 알 뿐이지요."

아마도 이제 본론 같았다. 나도 찻잔을 내려놓고 그들의 대화에 집중했다.

"그러면 백작님과 숙부님의 관계에 대한 이야기를 할 차례입니다. 두 분께서 이전부터 친밀한 관계이셨음을 경계 대상인 솔데인이 알게 되었으니, 더는 숨길 이유가 없어진 두 분의 친분이 이제야 그럴싸한 형태로 공표된 것도 이상한 일은 아니지요. 그럼에도 불구하고 일련의 상황을 자연스럽게 여기기에는 시기가 여러모로 애매했습니다."

찻잔에 섞인 연유를 휘휘 저으며 황태자가 차분히 말을 이었다. 나는 잠깐 고개를 갸우뚱 기울였지만, 일단은 그의 말을 마저 들어 보기로 했다.

"솔데인의 보고를 백작님께서 막으려 하셨다는 이야기를 듣고 백작님께서 거짓말이 아니라 실제로 기억을 잃으셨을지도 모른다는 점 정도는 짐작했습니다. 하지만 만일 그렇다면 백작님은 굳이 다시 숙부님과 합류하실 이유도, 그럴 명분도 지니지 못하셨지요."

아니, 잠깐만……. 역시 듣다 보니 이상했다. 아무리 생각해도 이상한 일이다.

우리가 협력하던 관계였다는 전제를 대체 어디에서 접했단 말인가?

그의 말을 멈추게 하고 어째서 그가 그 문제까지를 기반 지식으로 파악하고 있었는지부터 물으려 했는데, 애서 아마르트 뷔올의 뒷말이 더 빠르게 이어졌다.

"그런데도 하필 그 시점에서 백작님이 굳이 숙부님께 다시 합류하셔서 함께 행동하기 시작했습니다. 그렇다면 두 분께서 여행을 떠난 것을 어찌 단순한 밀월여행으로 해석할 수 있겠습니까? 솔데인이 괜히 백작님을 들쑤셨기 때문에 다시 두 분이 서로에게 사정을 털어놓고 협력하게 되었다고 여겨야겠지요. 또 목적은 이전과는 다를 수밖에 없습니다. 백작님은 더 이상 이전과 같은 발명과 마법의 능력을 발휘할 수 없으시니까요."

그는 잠깐 목만 축인 후 계속해서 설명하기 시작했다.

"경로는 한 번 꼬아 북부로 향하는 듯했습니다만, 북부라면 언제나 요란한 눈보라가 치기 때문에 외부로 나력의 여파가 크게 드러나지 않는 지역이기도 합니다. 구성원 두 사람이 이 대륙에서 제일가는 마법사들인데, 당연히 대형 마법을 사용했으리라는 가정 정도는 고려를 해야지요."

밀짚색 머리칼을 한 번 부드럽게 쓸어 넘기고, 턱 선을 손끝으로 살살 문지르며 고개를 기울인 애서 황태자가 보랏빛 눈동자를 순하게 누그러뜨렸다.

"기본 장치와 준비 없이 대형 마법을 구사한다는 이야기는 들어 본 적이 없습니다만, 두 분이라면 가능할지도 모른다고 생각해 보았습니다. 만일 그렇다면, 두 분께서 누군가의 눈을 속이고 방문하려는 곳이 있었겠지요. 누구의 눈을 속이려 하셨겠습니까?"

"저기, 전하."

그의 말을 자르고 불쑥 질문을 던지려는데, 알렉시스 에슈마르크가 슥 손을 내밀어 나를 제지했다. 조금 더 들어 보자는 것 같았다. 우리의 반응을 보고 눈을 동그랗게 떴던 애셔 황태자도 목을 갸웃거리다가 잠자코 말을 마저 마무리했다.

"이제 폐하께서 누구보다도 적극적으로 두 분을 지지할 수 있는 상황인데 말입니다. 그러니 당연히 두 분께서 경로를 속이고자 한 상대는 아바마마가 되고, 몰래 향하실 장소라고는 연합국밖에 떠오르지 않습니다. 물론 연합국과의 비밀스러운 소통이라면 이번 기회에 파악하기를 아바마마께서도 충분히 진행하고 계신 듯하지만, 보다 내밀한 연락책이 숙부님께 또 따로 있다면, 그야말로 흥미로운 일이지요."

의아한 낯으로 깍지를 껴 턱 밑에 받친 애셔 황태자가 동그란 눈매를 두어 번 깜박이며 차분히 말했다.

"그래서 그 이야기를 들어 보고 싶어서 두 분을 따로 모시게 된 것입니다. 윌리엄스 양과 솔데인에게도 알리지 않고 말이지요. 뷔올에 해가 될 정도의 사안이라면 저 역시 묵과하기 어렵기 때문입니다. 그런데 무슨 일이십니까? 뭔가 문제라도 느끼신 듯한 분위기인데요."

"우리가 협력하고 있었다는 건 어떻게 알았지? 그러니까, 옐레체니카 백작이 기억을 잃기 전에 말이다."

에슈마르크 대공이 즉시 질문했다. 그의 말을 듣고 멀뚱히 숙부를 바라보던 황태자가 눈썹을 휙 올렸다.

"이런."

그가 혼잣말처럼 중얼거렸다. 그리고 가장 먼저 꺼낸 질문은 별안간 담담한 취조였다.

"상황이 달라졌지만, 같은 질문을 해야겠군요. '그것'은 국가에 해가 되는 일입니까?"

"아니."

애셔 황태자와 마찬가지로 대공도 그 대답을 듣자마자 무언가를 파악한 듯했다. 당장에 자리에서 일어나 벗어 뒀던 외투부터 어깨에 걸치며, 알렉시스 에슈마르크가 주저 없이 대답했다.

"단지 우리의 정체성을 찾기 위한 일이었다. 옐레체니카 백작은 자신의 혈통에 반인의 피가 섞이지 않았는지를 궁금해했고, 폐하께는 알리지 않았지만 백작과는 앞서 연합국에서 짧게나마 안면이 있었기 때문에 그 정도 탐구라면 나도 협조하기로 했지. 단지 그뿐이다."

물론 정말로 국가에 위해가 되지 않는 일이라고는 하기 어려웠다. 하지만 황태자 앞에서 그렇게 대답할 수는 없으니, 대공이 꺼낸 것은 별수 없이 우리가 일찌감치 브라우에서 가라한과 레일리에게 사용했던 변명이었다.

그 변명이 나름대로 그럴싸하게 들렸는지는 모를 일이었다. 하지만 일단 애셔 황태자는 우리의 말에 큰 의문을 뱉지는 않았다. 의심 가는 구석이 있어도 지금부터 혼자 고민할 테니 알 수는 없겠지만 말이다.

그는 그저 삐딱하게 목을 기울였다가 잠자코 말했다.

"저희는 애초에 백작님께서도 모든 진실을 알고 계신 것으로 이해했습니다. 저희가 찾은 정보에 따르면 일찌감치 협력하고 계셨던 것 같으니까요. 더나, 그 협력이 살인 사건과 관련되어 있지 않았습니까. 그만한 사건이 노예 경매와 함께 얽혀 있었으니, 응당 아바마마께서도 아시리라 여겼습니다."

"살인 사건에 대해서는 반론의 여지가 없지만 실험 과정에서 있었던 변이 실험체의 폭주였으니 이해해 주길 바란다, 애셔."

"일단 그렇게 생각해 두겠습니다. 그럼 두 분은 폐하께서 그 사실을 모른다 여기고 경로를 숨기신 겁니까?"

"그래."

"정말 곤란하게 되었군요."

그들이 빠르게 말을 주고받았다. 아주 잠깐이었지만 대화가 끊어진 사이, 애서 아마르트 뷔올이 상을 두어 번 두드리며 눈가를 미미하게 찡그렸다.

"'그것' 자체가 기존에 폐하께 알려지지 않은 일이었다면, 제가 추론의 방향 자체를 처음부터 잘못 잡고 있었던 이유도 이해했습니다. 애초에 연합국에서 안면을 갖게 되신 거라면 이번에 갑자기 연합국으로 향하신 것도 납득이 되는군요. 그래서 외부에 알려지지 않도록 조치를 취하신 것이겠지요……."

그렇게 중얼거리다가, 애서 황태자가 처음으로 인상을 썼다. 미미하게 찌푸린 미간에서 고뇌의 흔적이 엿보였다. 그가 결국 숨길 겨를 없이 침음을 흘렸다.

"폐하께서는 그리 생각하지 않으실 겁니다."

"그렇겠지."

알렉시스 에슈마르크가 조금 날 선 태도로 대답했다. 우리는 아직 식사도 하지 못했으므로 나는 재빨리 티슈를 몇 장 뽑아 알렉시스 에슈마르크가 좋아하는 쿠키 몇 개라도 싸 주기 시작했고, 그는 지금 당장 이 자리를 떠날 준비를 하기 시작했다.

알렉시스 에슈마르크가 그렇게까지 조급하게 구는 모습은 처음 보았다. 하지만 마음이 이해되지 않는 것도 아니었다. 사실 나도 순간적으로 아찔했던 것이다. 여전히 뭘 어떻게 해야 할지는 짐작도 가지 않지만, 알렉시스 에슈마르크에게 맡겨 놓는 수밖에는 없었다. 나는 어디까지나 현대인이고, 이런 세계의 정치와는 인연이 없는 사람이 아닌가.

요컨대 상황은 우리가 미처 파악하지 못한 사이 최악의 방향으로 흘러 있었던 것이다.

황태자는 우리가 황제 몰래 연합국에 갔으리라고 추측했음에도 그 목적이 무엇인지는 알아내지 못했다. 그는 그것이 과거 유리 옐레체니카가 선보인 고약한 행적과는 또 동떨어진 별개의 사건이리라고 여겼다. 아마도 정치적인 문제로 짐작했을 것이다.

그로서는 그렇게 생각할 수밖에 없었다. 실제로는 그들이 황제에게 가져다 바친 세 가지 사건, '연쇄 살인', '유리 옐레체니카와 알렉시스 에슈마르크의 반인 생체 실험', '노예 경매' 중 단 한 가지만이 황제의 소관이었을 뿐이지만, 그들이 지니고 있었던 단서는 하필이면 갈리아의 존재였다.

갈리아는 세 가지 사건 모두와 연결되어 있는 인물이니, 갈리아라는 단서를 중심으로 삼아 사건을 파악한 그들은 당연히 그 세 가지 현상이 하나의 연결된 사건이며, 모두 황제의 소관하에 이루어졌다고 여긴 것이다. 그러니 황태자의 입장에서는 우리가 황제에게 숨길 네 번째 사건이 존재해야 했고, 그 설명을 듣기 위해 근처를 떠돌고 있는 듯한 우리를 불러들였다.

실제로는 존재하지 않는 사건이다. 우리는 황제에게 연쇄 살인과 생체 실험에 대한 어떤 정보도 알리지 않은 상태였기 때문이다. 거취를 속이고 연합국을 헤맨 것 역시 그로 인한 행동이었다.

이제는 솔데인 마이어가 나에게 왜 그렇게까지 역정을 냈는지도 이해했다.

그는 스스로 판단하기에 이상적인 여인으로 생각했던 유리 옐레체니카가 과거 무슨 일을 했는지를 알게 됐다. 유리 옐레체니카는 반인을 인간으로 여기지도 않았으며, 비참한 자들의 생활에는 관심도 없었다. 그저 그런 시늉을 했다. 어디까지나 '사용'하기 위해서였다.

심지어 나는 그때까지 흥미롭다는 듯 연쇄 살인 사건에 대해 캐물어 마이어 후작의 수사 정보를 전해 듣지 않았던가? 그리고 하필이면 그 사건의 범인이 갈리아였다. 대공의 묵인하에 이루어진 일이다.

정말이지 빌어먹게 일이 꼬였다.

내가 보인 모든 행동들이 가식이었으리라고 여겨졌을 것이다. 그쯤 되면 내가 거짓말을 늘어놓으며 자신을 이용했다고 여기는 것이 자연스러운 수순이다. 앞뒤 막힌 고지식한 군인인 마이어 후작이 그 상황을 어떻게 해석했을지는 명백했다. 실제로도 나는 하필 바로 그 직전에 하층민 출신의 상단을 왜 돕느냐고 그와 언쟁을 벌이지 않았던가?

그럼에도 불구하고 그는 나름대로 내게 온정을 베풀었다. 내가 기억을 잃었다고 주장했기 때문에, 그런 내 주장을 믿기로 결정한 것이다. 그는 내게 호감을 품고 있었으니까. 그가 베풀 수 있는 최대한의 인간적 신뢰였다.

그러나 그때 옐레체니카 백작은 마이어 후작에게 대놓고 경고했다.

그 정보를 황제에게 보고하지 말라고.

염병.

아냐, 젠장. 진정하고 더 생각해 보자. 그렇다면, 황제는? 솔데인 마이어의 보고를 듣고 아무렇지 않은 척 황실의 비밀을 건드리지 말라며 경고 차원의 파견을 명령한 황제는?

하필이면 나는 바로 그날, 황제와 춤을 추며 '이제부터는 황제를 위해 대공과 친하게 지내겠다'고 말했다. 그 전까지는 각자의 위치에서 황제를 보필하고 있었을 뿐이던 두 사람이지만 그때에야 당신을 위해 협력하겠다는 듯이.

물론 나는 기억 상실을 변명으로 삼고 있지만, 이미 유리 옐레체니카와 알렉시스 에슈마르크는 둘이서 협잡하여 너무 빈번히 황제를 속이고 기만했다. 그러니 일련의 범상치 않은 사건을 살펴본 황제가 이 사태를 뭐라고 해석했겠는가?

여지없이 대공의 반역이다.

"예측하지 못한 일입니다. 아바마마께서 노예 경매 전반을 숙부님께 온전히 일임하셨으리라고는 여기지 못했습니다. 뜻밖의 일입니다. 그런 분이 아니시니까요, 숙부님."

애써 황태자가 비로소 다시 희미하게나마 웃음기를 되찾은 얼굴로 침착하게 말했다. 나름대로 머릿속에서 상황에 대한 논리적인 결론을 내린 듯했다.

"결코 사람을 믿지 않는 분이 아닙니까."

황제가 단 한 번도 그를 황태자로서 인정하고 지지해 준 일이 없음에도, 알렉시스 에슈마르크의 말대로라면 일찍이 정계에 자신의 자리를 다져 놓은 인물이다. 회의적인 태도로 중얼거린 그가 곧이어 빠르게 자신의 입장을 표현했다.

"저희의 착오로 위험한 입장이 되셨습니다만, 애석하게도 저희는 어떤 수를 써도 이 시점에 도움을 드릴 수 없습니다. 권력의 정점은 셋 정도가 딱 좋지만, 그렇다 해서 제가 함께 몰락할 수도 있는 일에 끼어들 마음은 없어서요. 아시다시피 과정에서 충분히 덜미를 잡히기 좋을 요소가 있었고, 귀책사유는 두 분께 있습니다. 사실 말씀하신 이유 역시 정치적으로 납득하기는 어려운 변명이고, 어떤 식으로든 그냥 넘어갈 수 없을 겁니다. 그리고 저는 제 사람들을 그런 문제에 얽히게 할 생각은 없습니다. 숙부님과 백작님이 쌓아 오신 것들만으로 스스로 해결하셔야 합니다."

"안다. 지금 당장 궁에 귀환해 폐하와 이야기를 나누도록 하지. 어차피 이번 푸른 숲 마력 요동에는 연합국도 손을 대겠다는 것 같으니, 연합국 쪽의 사신을 데려오기 위해 돌아가는 것으로 명분 삼겠다. 마차를 빌리마, 애셔."

"마차 정도는 얼마든지 쓰십시오. 그런데 연합국에서 사신이 온단 말입니까? 아직 전달받지 못한 사안인데, 떠도시는 사이 대체 그런 정보는 어디에서 들으셨습니까? 연합국인가요?"

"황성에는 내 나름의 정보 체계가 있단다. 너무 청렴하고 대단한 권력자에게는 차마 붙을 수 없는 자들도 있지. 수단과 방법을 가리지 않는 자들도 곁에 두는 버릇을 길러 보렴."

목소리를 누그러트린 대공이 어린아이에게 가르치듯이 말하고는 곧장 고개를 돌려 나를 바라봤다.

"백작, 미안하지만 이번에는 내가 그대를 충분히 돌볼 수가 없을 것 같네."

그리고 그것이 그가 나름대로 남긴 최선의 인사였던 모양이다. 에슈마르크 대공은 재빨리 말한 후 당장에 천막을 걷고 나갔다. 제대로 된 준비도 없이 바로 수도로 돌아가 황제와 담판을 지으려는 듯했다.

여러 의미로 해석되는 말이었지만 나는 두 방향 모두 이해했다. 황제에게 충분히 내 변호를 해 주기도 어렵고, 그사이 내 곁을 떠나 있을 예정이므로 이렇게 마력의 밀도가 높은 곳에서 엉망이 될 내 컨디션을 돌봐 줄 수도 없다.

하지만 어쩔 수 없는 일이 아닌가? 상황이 상황인데, 이 와중에 어떻게 그런 것을 요구하란 말인가? 나에게도 최소한의 양심이 있다. 애초에 내게 호의적인 태도를 보여 주는 것만으로도 감지덕지해야 할 상대였다.

"한 방 먹은 기분입니다만, 지금은 따지지 않겠습니다. 모쪼록 좋은 결과를 기원하지요. 저는 숙부님을 많이 좋아하거든요. 백작님도 걱정되고 말이지요. 어쨌든 이번 사달은 정말로 저희로서도 의도하지 않은, 짐작조차 못 한 일이었기 때문에."

그렇게 말한 애셔 황태자가 특유의 사람 좋은 미소를 지으며 나를 향해 생긋 웃어 보이더니, 슬그머니 내 등을 떠밀어 함께 천막 밖으로 나갔다. 나는 재빨리 알렉시스 에슈마르크를 쫓아 걸음을 옮기다가, 마침 푸른 숲 주변을 살펴보고 마법사단과 함께 돌아오던 마이어 후작을 발견했다.

그도 나를 발견한 듯 당혹스러운 낯을 했다가 재빨리 표정을 지웠고, 딱딱하게 얼굴을 굳힌 대공에게 먼저 묵례를 했다. 애셔 황태자는 우리의 뒤를 따라나서다가 다른 하급 귀족들에게 손짓부터 해 우선 자리를 물리게 했다. 그러고 나니 남은 사람은 최측근인 솔데인 마이어 후작뿐이었다.

나는 마이어 후작에게 인사를 건네는 대신, 대공에게 바로 대답하며 여태 준비하던, 쿠키를 감싼 티슈를 그의 손에 쥐여 주었다.

"알아요, 알렉시스. 저도 이제 좀 익숙해졌으니 괜찮을 거예요."

"숙부님을 그렇게 친밀하게 부르십니까?"

그런데 갑자기 애셔 황태자가 끼어들었다. 눈을 동그랗게 치떴던 그가 당장에 알렉시스 에슈마르크의 얼굴을 바라보았다가 희미하게 탄식을 뱉었다.

"'그쪽'이 이유로군요?"

"예?"

"애셔."

알렉시스 에슈마르크가 부드럽게 황태자의 말을 끊었다. 그 목소리가 어쩐지 조금쯤 제지의 성격을 품은 듯이 단호하게 들렸다. 내가 눈을 동그랗게 뜨고 그들을 번갈아 보든 말든 잠깐 뺨을 긁적이던 태자는 특유의 순한 얼굴로 곧장 말을 이었다.

"만일 그렇다면 숙부님, 애먼 설명을 하는 것보다는 그것을 설명하십시오. 아까 말씀하신 의혹 많은 '주장'에는 그만한 근거가 없습니다."

이번에도 도통 이해하기 힘든 말이었다. 그런데 그 말을 듣고 잠깐 눈썹을 휙 찡그렸던 대공이 담담한 태도로 대꾸했다.

"나는 일찌감치 그 권리도 형님께 드렸다."

그 말을 듣고야 나도 황태자가 무슨 얘기를 했는지 이해했다. 그는 내가 대공을 부를 때 사용한 호칭을 듣고 우리가 정말로 연인이든 무엇이든, 아무튼 감정적으로 내밀한 관계라고 판단한 듯했다.

실제로도 알렉시스 에슈마르크가 유리 옐레체니카의 괴상망측한 행동들을 철저히 도운 것은 그가 그녀를 인생에 유일한 이해자로 여겼기 때문이다. 그의 인생에는 아마도 오직 그녀만이 진정으로 가치 있는 상대였을 것이다.

요컨대 황태자는 유리 옐레체니카의 정체성을 찾고자 벌였다는 일련의 문제적 행위에 알렉시스 에슈마르크의 뿌리 깊은 애정을 변명으로 삼으라고 조언한 것이다. 황제나 대공이나 황태자나 어찌 되었든 한집안 사람들이니 꺼낼 수 있는 조언이었다.

너무 사랑해서 상대의 정체성을 찾고자 하는 마음이 과했다고 말하며,

나와 대공을 묶어 황실의 가족처럼 여기도록 해 용서를 빌라는 얘기인 셈이다.

그러나 에슈마르크 대공은 그 조언을 거부했다. 그는 일찌감치 사랑을 할 권리도, 가족을 만들 권리도 황제 본인에게 빼앗겼다. 그러니 의미가 없다고 말한 것이다.

알렉시스 에슈마르크는 그저 가만히 고개를 기울여 내가 챙겨 준 과자들을 슬쩍 살펴보더니, 잠깐 바람 새듯 웃음을 터트리며 내 머리칼을 슥슥 헝클어트렸다. 짜증스럽게 손을 쳐 냈지만 다시 비집고 들어와서 또 쓰다듬었다.

이 망할 인간이 지금 뭘 하는 짓이란 말인가? 그렇게 생각하는 순간 입 밖으로도 그 생각이 튀어 나갔다. 역시 내 뇌와 입 사이에는 뉴런이 없다.

"아, She pearl, 이 심각한 상황에 갑자기 또 뭐 하는 거요?"

"왠지 아까부터 내가 좋아하는 쿠키들을 챙긴다 싶더니, 이런 귀여운 일을 했군그래. 그러고 보니 아직 식사도 하지 못했던가. 고맙게 먹지, 백작. 그대의 호의에 감사를 표하는 바야."

그러더니 그가 돌연 흘긋 시선을 돌려 마이어 후작을 바라봤다. 마이어 후작은 우리를 물끄러미 지켜보다가 시선이 마주치자 당혹스러운 표정을 지었지만, 에슈마르크 대공은 그를 똑바로 바라보다가 별안간 내 어깨를 다정다감하게 감싸 쥐며 살뜰하게 말했다. 분명 말은 나한테 하는데 시선은 마이어 후작에게 닿아 있었다.

어쩐지 들으라는 듯한 태도였다.

"그대는 마법도 사용하지 못하니 괜히 푸른 숲 근처에 얼씬거리지도 말고 얌전히 지내도록 해."

"레일리가 있으니 괜찮을 거예요. 일단 저도 푸른 숲에 가까이 갈 생각은 없습니다. 걱정하지 말고, 아, 빨리 다녀오기나 해요. 폐하 앞에서 괜한 무리수 던지지 말고 보신부터 합시다. 알렉시스 당신이랑 달라서 나는 아직 한참 살고 싶거든요?"

"그래, 그래."

어린애를 다루듯이 부드럽게 대꾸한 알렉시스 에슈마르크가 갑자기 이상한 말을 했다.

"기억을 잃어 새 인생을 살게 되었으니 당연히 그렇겠지. 내가 괜히 아무 것도 모르는 그대한테 과거 우리가 진행하던 일들을 알게 해서 들쑤신 모양이야. 이런 식으로 폐하께 곡해된 채 알려지게 될 줄 알았다면 근래 누리던 평화로운 생활을 영위하도록 그냥 두는 건데 말일세. 정체성 따위는 사실 상관없었을 거야. 고민이란 늘 충족되지 못하는 과한 호기심과 지식에서 시작되는 법이니까. 나야 어떤 식으로든 그대를 곁에 두게 되었으니 그것으로 만족하면 되는 일이 아닐까 싶지만 말이지."

"예?"

청산유수처럼 흘러나온 난데없는 말을 듣고 나는 또 한 번 입을 떡 벌렸다.

이 인간이 왜 갑자기 곧 전쟁에 나가 죽을 로맨스 소설 남자 주인공이 자신을 따라 종군하는 연인에게 꺼내는 최후의 유언이라도 뱉듯이 아련하고 달콤하게 대사를 치고 있단 말인가?

진심이라고 볼 수는 없다. 기본적으로 이 인간의 심장 깊은 곳에는 엘류이센 라이케에 대한 참사랑이 있고, 그가 방금 꺼낸 구질구질한 대사는 우리끼리 공유하는 세계관 설정과 인물 설정에도 완전히 어긋나 있다. 아무리 봐도 그냥 아무 말이나 되는대로 뱉고 있는 것 같았다.

"후작, 자네에게 하는 말일세."

그런데 대공이 갑자기 천천히 고개를 빼 들더니, 마이어 후작을 향해 빙그레 웃어 보였다.

"뭐, 내 입장에서는 자네가 백작을 들쑤시고 등을 떠밀어 준 덕분에 득을 봤지. 결국 백작으로 하여금 나를 찾아와 '그때까지 무슨 일들이 있었는지를 상세히 묻게' 하고, 결과적으로는 백작이 달아나지 못하도록 내게 다시 보내 준 셈이니 고마운 일이지만 말일세."

그러니까 이게 뭔 개소리란 말인가? 그런데 내가 어영부영 주변을 둘러보며 입을 떡 벌리는 사이 에슈마르크 대공은 내 등을 가볍게 밀어 마차들이 멈춰 있는 곳까지 데려가기 시작했다. 나는 어쩔 수 없이 그의 손에 떠밀려 함께 이동했다. 그렇게 다른 사람들과 충분한 거리가 벌어졌을 때, 대공은 자연스러운 태도로 방음 장치를 꺼내 살짝 작동시키더니 여상한 얼굴로 말했다.

"후작은 꽉 막힌 인간이니 이쯤 말해 두면 그대가 자신의 괜한 간섭으로 인해 죄 없이 놀아났다고 생각하고 내가 자리를 비운 사이 최선을 다해 그대를 지켜 줄 거야. 잘 써먹게."

"써먹다니, 그따위 표현을 써도 되는 겁니까……? 어쩐지 갑자기 이상한 말을 줄줄이 뱉는다 싶었어요."

"폐하는 말이 통하지 않는 사람은 아니야. 내줄 것을 내주고 손해 보는 거래를 해 드리면 충분히 무마할 수 있네. 시간은 조금 걸릴지도 모르지만, 그사이 후작이든 그대 집사든 두 사람 중 누구라도 자네를 도울 테니 걱정하지 않아도 괜찮을 걸세. 외부 세계의 그대가 겪을 일은 아니니 최선을 다해 막아 보지."

그가 퍽 믿음직스러운 태도로 말했다. 그러더니 내가 영 못 미더운지 잔소리 많은 보호자처럼 구구절절 조언을 덧붙이다가, 마지막에 가서는 다시 레일리의 이야기를 꺼냈다.

"어쨌든 아까 말했듯이 꼭 그대 집사를 데리고 다니고……. 앞으로의 일을 위해 이제는 정말 집사와 관련해서도 마음속의 결론을 내려 두는 것이 좋겠군."

"뭘요."

"알면서 뭘 묻나?"

"오라질. 아, 남의 연애 사업에 감 놔라 배 놔라 하지 말고 다녀와요.

곧 레일리도 올 테니까. 당신 때문에 괜히 보기 어색한 후작이랑만 더 어색해진 상태로 지내게 생겼잖아."

"글쎄. 분명 감사히 여기게 될걸? 알다시피 마이어 후작 같은 부류의 인간은 한번 마음의 빚을 느끼면 일평생을 걸어서라도 갚으려 하지 않나."

거기까지 말하고, 별안간 알렉시스 에슈마르크가 잠깐 인상을 썼다. 마음에 걸리는 것이 있는 듯한 태도였다. 그를 물끄러미 바라보던 나는 눈을 댕그랗게 뜨고 눈썹을 역팔자로 꺾었다. 하지만 결국 대공은 한숨을 내쉬며 고개를 절레절레 저어 버리고 말 뿐, 다른 말을 이어 붙이지는 않았다.

"시기 좋게 방음 마법을 펼쳐도 의심받지 않을 상황이 되었지만 말일세……. 시간이 없군. 한시라도 빨리 돌아가서 풀지 않으면 오해는 더더욱 커질 거라서 말이야."

"이야기는 다녀와서 해요. 급한 것도 아닌데."

"한 가지만 충고하지. 내가 같이 있을 때는 적절한 선에서 그대가 집사와 지나치게 함께 지내는 것을 차단하고 있지만, 그대는 둘만 두면 반드시 그에게 휩쓸리지 않나?"

"아, 뭐라는 거야."

"그와 거리를 두게."

알렉시스 에슈마르크가 단호하게 말했다. 우미하고 조각 같은 낯이 싸늘한 윤곽으로 굳었다. 그는 퍽 침잠한 얼굴로, 진지하게 반복해 조언했다.

"그와 거리를 둬. 내가 추론하기로는 그 수밖에 없네."

갑자기 무슨 말이냐고 물으려 했지만, 에슈마르크 대공이 괜히 그런 말을 꺼낼 사람은 아니었다. 그 사실을 인지하고 나니 갑자기 목이 꽉 막혔다.

왜……. 왜 목이 막히는 듯한 느낌이 드는지는 나도 모를 일이었지만, 아니, 제기랄, 사실 알고 있지만, 그냥, 어쩐지 더 묻기가 괴로웠다. 그리고 내가 망설이는 사이 마력석의 좌표 설정을 마친 알렉시스 에슈마르크는 주섬주섬 마차에 올라탔다.

"이 땅에 너무 많은 업을 뿌려 놨어."

그리고 그것이 알렉시스 에슈마르크가 입을 꽉 다문 내게 마차 문을 닫기 전에 건넨 마지막 말이었다. 나는 그에게 대답을 할 생각이 없었고, 대답할 만한 말도 떠올리지 못한 상태였으며, 알렉시스 에슈마르크도 딱히 대답을 기대하지는 않은 눈치였다.

그는 즉시 문을 닫고 뷔올 황성으로 향했다. 어떤 의미에서든 정말로 곤란한 것은 분명 지금부터의 일이었다.

* * *

나름대로 당당하게 알렉시스 에슈마르크를 보내 버렸지만, 아마도 나는 나 자신을 너무 과신하고 만 것 같다. 그가 근처에서 사라지자마자 푸른 숲 주변에 묵직하게 깔려 있던 마력 구조가 쿵쿵 내려앉기 시작한 것이다. 헉 소리를 내며 재빨리 큰 덩어리부터 피하고 근처의 것들을 슬그머니 밀어 올려 보았지만, 인간적으로 너무 무거웠다.

알렉시스 에슈마르크가 말하길 마력을 들어 올릴 때의 '무게'는 우리의 지각이 잘못 기능하기 때문에 느끼는 허상일 뿐이라고 했다. 그러니 착각에서 비롯된 실존하지 않는 개념이라고, 마음만 먹으면 무게를 느끼지 않고 들어 올릴 수 있다는 얘기였다. 하지만 아무리 그렇게 믿으려 애를 써도 나는 여전히 그 무게에서 자유로워지지 못하고 있었다. 제기랄, 정신력의 문제인가?

끙끙거리며 좀 더 마력을 밀어 보다가, 순간적으로 다리가 꺾이는 바람에 들고 있던 것이 와르르 쏟아졌다. 어떻게 한 팔을 들어 가까스로 버텼기 때문에 다행히 심한 쇼크를 받은 것은 아니었지만, 역시 이러다간 하루도 못 가서 죽고 말 것이다. 차라리 알렉시스 에슈마르크를 따라갈 것을 그랬나? 나는 뒤늦게 후회했다.

그때 누군가가 덥석 내 어깨와 등을 받치더니, 자연스럽게 허리를 감고 나를 훌쩍 품에 안아 들었다.

"잠시 실례하지."

엥 소리를 입 밖으로 내며 반사적으로 쳐다보니, 유감스럽게도 마이어 후작이었다.

이 미친, 마이어 후작 같은 무시무시한 소드 마스터랑 접촉하면 뭔 사달이 나려고 내가 가만히 있겠는가? 마력을 볼 수 있게 된 후 레일리의 주변에 삐걱삐걱 휘도는 기운 때문에 엿을 먹은 일이 한두 번이 아니었다.

그런데 뜻밖에도, 발버둥 치려다가 문득 이전보다 더 편해졌다는 사실을 깨달았다. 솔데인 마이어가 나를 번쩍 안아 들자 오히려 그의 기운으로 인해 주변의 마력들이 바깥으로 밀려난 것이다.

푸른 숲 주변의 마력이 너무나 조밀하기 때문에, 솔데인 마이어처럼 주변에 마력을 두르고 다니는 인간은 오히려 그 마력으로 인해 보호받는 공간을 형성하는 모양이었다. 평범한 마력 밀도를 지닌 곳에서는 그들 주변의 마력 밀도만 높으니 가까이하기 어렵지만, 이 지역에서만큼은 달랐다.

눈을 동그랗게 뜨고 주변을 둘러보며 얌전해지자 마이어 후작의 표정이 이상해졌다. 아차, 나는 지금 이 양반과 서로 억하심정을 품고 있는 관계가 아니던가? 안겼는데 얌전히 있는 꼴도 이상했다. 물론 그렇다고 이렇게 안락한 환경을 포기할 생각은 없다. 아싸 하며 받아들일 차례였다.

내가 그에게 순순히 안겨 있기 위한 변명거리를 찾기 위해 시선을 굴리는 사이 그가 먼저 변명이라도 하듯이 다급히 말했다.

"쓰러질 것 같아서……. 당신은 몸이 약하니까……. 괜찮다면 내가 숙소까지……. 큼."

스스로 생각하기에도 질척거리는 것처럼 느껴진 모양이었다. 결국 끝까지 말을 맺지 못한 그가 민망한 표정을 지었다. 나도 민망해졌다. 서로 애석한 표정을 짓고 멀뚱히 바라보다가 슬그머니 각자 눈을 피했다.

"아니, 그게……. 아픈 건 아닌데요. 요즘은 마력을 막 볼, 느낄 수 있게 되었지만, 여전히 그걸 컨트롤하지는 못해서……. 이 주변의 마력은 너무 세서 버티기가 어려워서 그래요."

"원치 않는 도움이었나. 크게 실례를 저질렀소."

"아뇨, 아뇨! 실례가 아니라면 부탁드립니다. 후작님처럼 마력을 잘 다루시는 분들 주변에는 자체적으로 고인 기운들이 있어서, 조금 숨 쉬기가 편하거든요."

나는 정말 세상에서 제일 민망한 사람 같은 태도로 끙 소리를 뱉으며 차분히 대답했다. 솔데인 마이어도 나름대로 납득한 눈치였다. 체격 좋은 사람에게 사뿐히 들리니 평균 신장보다 훨씬 큰 키를 지닌 유리 옐레체니카임에도 모양새가 퍽 그럴싸했다. 그럴싸해서 더 이상했다.

아니, 애초에 이 남자랑 나랑 이렇게 그림이 괜찮을 일이냔 말이다. 나는 그가 수사하던 연쇄 살인 사건의 배후였고, 그는 내 문제를 황제에게 찔러서 사달을 냈으며, 나로 말할 것 같으면 후작에게 무뢰한 같은 태도로 강제 키스까지 당한 입장이 아닌가? 그러고 보니 이놈은 대체 무슨 사고 과정을 거쳤기에 그 상황에서 나한테 키스를 하게 된 거야?

하지만 숨도 쉬기 힘든데 무엇을 가리랴? 나는 순순히 후작의 도움을 받기로 했다. 받을 수 있는 도움까지 체면과 양심 때문에 사양하는 것은 내 신조와는 거리가 있다.

결국 팔다리의 힘을 빼고 그의 품 안에 쭉 몸을 늘어트리자 마이어 후작도 더 이상 민망한 티를 내지는 않고 돌아섰다. 그런데 돌아서자마자 우리는 또 한 번 민망해졌다.

의뭉스러운 태도로 팔짱을 끼고 우리를 바라보며 온화한 얼굴로 웃고 있던 애셔와 시선이 마주친 탓이었다. 너구리 같은 황태자 놈은 아차 싶은 표정을 짓더니 보란 듯이 두 눈을 가리고 돌아서며 이렇게 말하기까지 했다.

"아이고, 저는 윌리엄스 양을 마중 나가 봐야 할 것 같군요. 그녀에게는 제 신분을 밝히지 않고 있어서요. 우리 신임 정령사님은 하급 무관으로서 행정을 도맡아 하는 막내 단원이 챙겨야 온당하지 않겠습니까? 솔데인, 백작님을 모셔다드리도록 해. 서쪽 기지의 빈 캠프들 중 가장 좋은 곳에 마련해 두었으니 그런 줄 알고. 뭐, 내가 부탁하지 않아도 잘 모실 것 같지만……."

"애셔……."

솔데인이 한마디만 더 해 보라는 듯 살벌하게 애셔 황태자의 이름을 불렀지만 그는 팔랑팔랑 손만 흔들어 보이고 경쾌한 발걸음으로 자리를 떠나고 말았다. 그리고 한동안 침묵하던 우리도 결국 준비되어 있던 텐트를 향해 이동하기 시작했다.

황태자 덕분에 이제는 정말 감당할 수 없을 만큼 서먹해진 상태였다. 푸른 숲 캠프는 생각보다 넓었고, 우리가 황태자와 접선한 곳이 그중에서도 가장 동쪽에 위치해 있었기 때문에 서쪽 캠프까지 가기까지 적지 않은 시간이 걸렸다.

그 과정에서 만난 수많은 단원들이 사레라도 들린 듯이 쿨럭거리며 재빨리 자리를 피해 주는 꼴을 보며……. 왜 부끄러움은 나의 몫이란 말인가. 물론 나보다 더 부끄러워하는 인간이 바로 옆에 있는 것 같았지만 그것까진 내가 알 바가 아니었다.

결국 그 침묵을 견디지 못하고 먼저 말을 꺼낸 사람은 후작 쪽이었다.

"각하께서 일부러 나를 휘젓기 위해 그리 말씀하셨으리라는 점은 짐작하고 있소."

의외로 알렉시스의 분탕질에는 넘어가지 않은 모양이었다. 하지만 그렇다면 왜 여전히 나에게 호의를 보이고 있단 말인가? 애초에 왜 키스했냐니까. 온갖 의문을 담아 눈짓으로 더 말해 보라고 그를 독촉하는데, 알아서 뒷말이 이어지기 시작했다.

"하지만 분명 당신한텐 억울한 부분이 있을 듯해서. 내가……. 자세한 얘기도 하지 않고 기억을 잃은 당신을 몰아붙였으니, 백작이 기억을 잃었 다는 얘기가 사실이라면 나는 내 멋대로 결론을 내리고 당신을 핍박한 것 이 아닌가? 달리 사과해야 하는 일이 분명하게 있기도 하고……. 어쨌든 당신의 몸이 약한 것은 사실인데 아까는 정말로 안 좋아 보였으니까 부축 하는 편이 온당하다고 봤소."

뜻밖의 말이기는 했다. 본래 솔데인 마이어란 본인이 그렇게 결론을 내렸으면 남의 말은 귓등으로도 안 듣는 앞뒤꽉막힘맨이 아니겠는가?

그 지랄 맞은 성격 때문에 나랑 충돌한 것도 한두 번이 아니었다. 물론 내 성격도 지랄 맞다는 건 인정하는 바이지만 내 좆같은 성격은 최소한 나 자신에게는 피해를 주지 않으니 괜찮다.

그가 꺼낸 말을 곰곰이 곱씹다가, 생각을 마저 정리한 후 천천히 대답을 준비했다.

어쨌든 솔데인 마이어는 나름대로 대화를 하기엔 편한 상대였다. 이 세 계에서 그는 내가 고민을 하는 것 같으면 고민을 마치고 대답을 할 때까지 묵묵히 기다려 주는 거의 유일한 대화 상대였던 것이다.

으, 내가 만든 세계지만, 아니, 내가 만든 세계여서 그런지 더더욱 인간 들의 성격 상태가 개판이었다. 역시 내 성격이 개판인 탓이란 말인가?

"엘제바에 해일이 있었던 것은 아시죠?"

결국 나는 거기에서부터 운을 뗐다.

"그 해일을 일으킨 게 접니다."

"해일을?"

솔데인 마이어가 이해할 수 없는 소리를 들었다는 듯이 눈썹을 꺾었다. 또 멀찍이에서 우리를 발견한 기사단원들이 히이익 소리를 내며 재빨리 길을 비켜 주었지만 이제는 마이어 후작도 그런 반응에 개의치 않았다. 내 이야기에 더 흥미를 느낀 모양이었다.

"후작님께서 단서를 잡으시기 전에, 저는 먼저 다른 경로로 대공 각하께서 수상하다고 판단했습니다."

"어떤 근거로?"

"그냥 자꾸 제 주변에 맴도시는 것도 그렇고 생긴 것부터 마음에 안 들어서요."

"……."

아차. 너무 망설임 없이 대답했나. 솔데인 마이어의 표정이 지나치게 애석해졌다. 하지만 절대적인 진실이었다. 달리 표현할 수 있는 방도가 없다. 게다가 생각해 보면 이미 솔데인 마이어와는 데이트를 하다가 직접적으로 내 의사를 밝힌 적도 있지 않은가? 이제 와서 뭘 가리랴? 나는 어디까지나 솔직하게 말을 이었다.

"각하께서 엘제바에 상단을 운영하고 계시다는 사실을 알고, 상단 건물에서 이상하리만치 빈번하게 유사인족 노예의 시체가 쏟아져 나온다는 것을 레일리를 통해 조사했습니다. 아시다시피, 그런 사연은 핍박받는 자들 사이에서 더 쉽게 퍼지는 법이지요."

"분명 그렇소. 이해할 수 있는 경위로군."

"그래서 엘제바를 쑤셔 충분한 정보를 얻어 낸 뒤 움직이기로 한 겁니다. 결과적으로는 모르긴 몰라도 후작님께서 내리신 결론과 비슷한 결론을 얻었겠지요. 그 후 폐하께 보고를 올려 보았지만, 애초에 제게 주어진 모든 정보는 각하께서 일부러 제게 '허가해 준' 정보에 불과했다는 사실만 알게 되었습니다. 아마 비슷한 시기에 다른 방향으로 조사했기 때문에, 각하께서도 후작님이 연달아 진상에 접근하시리라고는 예상치 못하셨던 것 같습니다만……."

"왜 일부러 당신에게 정보를 허가하셨다고 생각하지?"

"본인 입으로 듣기도 했고……. 애초에, 제가 왜 그 직후에 그 사람이랑 파트너가 되어 파티에 참석했겠어요?"

나는 심드렁히 대답했다.

"저는 그곳, 엘제바에서 무언가 수상쩍은 흔적을 발견했습니다. 저 자신과 관련된 것 같았고요. 저와 대공 각하 사이에 이전까지는 별다른 연결점이 없었다고 알려져 있지 않았습니까? 제 입장에서는 더더욱 이상한 일이었죠. 그리고……. 그걸 레일리에게 알릴 수는 없었기 때문에 최소한의 협조를 한 겁니다. 각하께서 그 사실을 레일리에게 알리시면, 아시다시피 치명적인 문제가 생겨서요."

"아아……."

솔데인 마이어가 이해했다는 듯 낮은 탄식을 흘렸다.

"그는 혼혈이니까."

"네."

거기까지 말하고 인상을 썼다. 자신이 보고한 내용이 큰 문제를 초래했다는 점은 솔데인 마이어 본인도 알았으면 했다. 덕분에 우리가 이렇게 엿을 먹게 되지 않았는가. 잠깐 고민하던 나는 결국 퉁명스러운 태도로 덧붙였다.

"제가 각하와 협력하고 있다는 사실은 본래 폐하께서도 모르시던 일이라고 합니다. 그 문제로 인해 각하께서 다급히 수도로 돌아가신 거고요."

내 말을 듣고도 솔데인 마이어는 한참 동안 대답하지 않았다. 그는 그저 잠자코 생각에 빠져 있다가, 곤란한 표정을 지었고, 금세 그 표정을 얼굴에서 지워 버렸다. 그러더니 조심스럽게 다른 질문을 꺼냈다.

그런데 그가 이번에 꺼낸 질문은 내가 죄책감이나 느끼라고 찌른 문제에 대한 것이 아니라, 난데없는 주제로 갑작스럽게 옮겨 간 상태였다.

"그런데 어차피 그는 구속구를 차고 있을 텐데, 집사가 당신에게 실망을 느끼거나, 혹은 배신감을 느낀다고 해서 그렇게까지 할 이유가 있었던 건가?"

"……."

다짜고짜 아픈 곳이었다. 나는 우물우물 대답했다.

"그게……. 애초에 전 지금은 구속구를 제대로 다루지도 못하고……. 방법을 안다고 하더라도 그런 문제가 아니어서……. 구속구를 써서 강제로 충성하게 만든다고 해서 걔가 배신감을 안 느끼는 건 아니잖아요. 이전처럼 잘 지낼 수 있는 것도 아니고요."

"당신에 대한 그의 신뢰와 충성이 깊다는 것은 알지만, 오히려 그렇기 때문에 더더욱 사정을 알리고 지금은 다르게 생각한다고 말하면 되지 않았겠소?"

맘 편한 소리였다. 알렉시스 에슈마르크가 솔데인 마이어에 대해 떠들었던 말을 명확히 이해할 수 있는 순간이기도 했다.

그의 세계는 지극히 정의로웠다. 그가 이 시대에 허락되지 않은 힘을 우직하게 손에 넣은 인물이기 때문에, 세상의 모든 것이 적어도 그에게는 언제까지고 친절했기 때문이다.

"저는 그냥 무서웠어요."

어쩔 수 없었다. 뭐라고 설명해도 그는 이해할 수 없을 것이다. 그래서 그저 별다른 말을 붙이지 않고 무성의하게 내던지듯이 대답했다.

"왜?"

그런데 솔데인 마이어가 갑자기 아픈 곳을 찔렀다. 사실 애초에 이 인간은 늘 입만 열면 아픈 곳을 찔러 댔다. 아무튼 빌어먹을 인간이다. 내가 대답하지 않는데도 눈치껏 질문을 거두지 않은 그가 오히려 재차 의문을 표했다.

"왜 집사와의 관계가 유지될 수 없을지도 모른다는 점에 공포를 느꼈지?"

개시팔, 왜겠나?

나는 이전에 강제로 키스를 당하고 원치 않게 레일리에 대한, 스스로 외면하던 감정을 지각했을 때처럼 불쾌해졌다. 별수 없이 반응도 싸늘하게 튀어나갔다.

"그게 왜 궁금하십니까?"

그런데 솔데인 마이어가 다짜고짜 돌이 가득 들어찬 직구로 대답했다.

"여러 일이 있었지만, 그럼에도 불구하고 나는 여전히 당신에게 호감을 느끼고 있고, 따라서 당신이 그에게 마음을 쓰는 것이 부럽기도 하고 괴롭기도 하기 때문이지."

이……. 로맨스 주인공 자식이…….

역시 차라리 마력에 깔려 죽는 것이 옳았을까. 아니, 아니. 아무리 그래도 역시 그건 아니었다.

마음의 준비를 하지도 못한 채 부담스럽게 직선적인 고백 따위를 들어 버린 통에, 나는 그저 또 한 번 서먹해졌다.

그렇다고 해서 괜히 솔데인 마이어의 무시무시한 돌직구에 대응해 주고 싶지는 않았다. 나는 슬그머니 시선을 회피하며 본래의 화제로 돌아갔다. 레일리에게 신경을 쓴 이유나 대충 그럴싸하게 대서 마이어 후작을 납득시키고 다른 주제를 되찾고 싶었다.

"제가 기억을 잃고 눈을 떴을 때부터 레일리는 언제나 누구보다도 살뜰히 저를 챙겨 주는 사람이기도 했고, 가장 전적인 제 편이라고 생각했거든요."

나는 주섬주섬 아무 말이나 뱉기 시작했다.

"한쪽이 일방적으로 상대방을 버린다면 레일리가 나를 버리지, 반대의 경우는 생각하지도 못했단 말이에요."

처음에 옐레체니카 저택에서 눈을 떴을 때부터, 1년 반이 넘는 시간 동안 레일리 크라하의 수발을 받으며 지냈다. 그 시간들을 문득 곱씹다가 적당한 순간을 선별해 적당하게 말했다.

"별것도 아닌 일로 소소하게 웃고 떠들며 가장 오랜 시간을 함께 보냈는데, 갑자기 기억을 잃기 전의 내가 그런 짓을 했다고 토로한다고 해서 레일리가 그 대단한 양심적 선언에 감탄이라도 해 주겠어요?"

'적당하게'가 맞는 걸까? 조금 회의를 느끼면서도 쉴 새 없이 변명을 붙였다.

"그리고 더군다나, 정말로 그것이 내 잘못이 아니라고 말할 수가 없잖아요. 어쨌든 내가 한 짓이 있으니 결과물이 나온 건데, 그걸 어떻게 손을 떠난 일이라며 마냥 모르쇠 덮어 둘 수 있겠어요?"

정말로 이게 '변명'이 맞느냐는 말이다. 조금 회의감을 느꼈지만, 나는 몇 번 입술을 달싹이다가 쩝쩝 입맛을 다시고 말을 맺었다.

"그래서 알릴 생각 없습니다."

"무서워서?"

"네. 무서워서요."

마이어 후작의 말에 순순히 대답하자 그가 입을 꾹 닫았다. 무언가를 생각해 보는 듯한 눈치였다. 나도 생각해 볼 지점이 생겼다. 아무튼 이 인간은 만나기만 하면 나를 들쑤셔서, 별로 알고 싶지도 않았던 문제들을 직면하게 만드는 일에 재주가 있다. 암. 역시 그는 대역 죄인이었다.

그에게 더 생각할 시간을 주고 싶지도 않았고, 내가 더 생각하고 싶은 마음도 없었다. 나는 재빨리 화제를 전환했다.

"아무튼 그때 후작님께서 제게 말씀하셨던 문제들에 대해 그 후 좀 더 알아봤는데, 그러다가 대공 각하를 통해 간단한 이야기를 들었어요. 과거의 제 이야기요."

"과거의 당신 말인가."

다행히도 솔데인 마이어는 본인의 생각을 멈추고 내가 꺼낸 말에 성실하게 반응해 주었다. 그가 그러리라는 사실 정도는 대충 짐작하고 있었기 때문에, 나도 망설임 없이 이야기를 이었다.

"제가 무슨 목적으로 그런 일을 했는지 알 수 없어서요."

"확실히 그런 부분은 있소."

"그리고 만일 뚜렷한 목적을 갖고 그런 행동을 했다면, 왜 굳이 레일리를 곁에 두고 있었는지도 모르겠어요. 시한폭탄 같은 관계잖아요."

"그것도 맞는 말이라고 생각하오."

"그래서요. 각하께서는 어쨌든 과거의 저와 가장 가까운 사람이었으니까 도움을 얻을 수 있으리라고 봤습니다. 아, 저기인가 봐요. 사람들이 우리를 기다리고 있네요."

커다란 텐트 몇 개를 연결해 둔 대단히 호화스러운 숙소였다. 이런 탐사 목적의 캠프에서 저런 숙소를 사용하기는 어렵다는 사실을 나도 알고 있다. 황태자가 나름대로 신경을 써 준 듯했다. 어쨌든 본래의 일행에 포함된 것도 아니고, 대공의 일행이기도 했으니 마음이 쓰이기도 했을 것이다.

솔데인 마이어는 여전히 입을 떡 벌린 채 자신을 지켜보는 부하들을 묵묵히 지나쳤고, 뒤늦게 따라 들어온 기사단원들에게 안내를 받아 내 침구가 마련된 쪽으로 나를 안아 옮겼다.

침구를 안내해 주고 온열 장치들을 살펴 준 기사단원들은 끝까지 우리를 지켜보다가 후작이 눈치를 주고야 흘긋거리며 밖으로 나갔다. 그러고 나서 다시 이야기가 이어졌다.

후작은 이번에도 난데없는 말로 대화의 물꼬를 텄다.

"각하를⋯⋯."

"예?"

"각하와 친밀한 관계인가."

"친밀한 관계였던 것 같잖아요? 아시다시피."

별생각 없이 대답했는데, 나를 침구에 조심스럽게 내려놓은 그가 머리맡을 짚은 채 묵묵히 미간을 문지르다가 허리를 세웠다. 주변의 마력이 다시 쏟아지지는 않을지 잔뜩 긴장했던 나도 몇 초 후에 어렵사리 긴장을 풀었다. 다행히 이 정도 거리에 솔데인 마이어가 남아 있으면 마력 구조가 숨도 못 쉴 정도로 나를 짓누르지는 못하는 듯했다.

솔데인 마이어가 다시 한번 표현을 선별해서 고쳐 말했다.

"예전의 일을 말한 것이 아니오. 그저 아까, 이름으로 그분을 부르기에."

"아하."

나는 침대에 누워서 얇게 편 이불과 그 위에 한 겹 더 덮을 침낭을 끌어모으며 알 만하다는 듯 감탄사를 흘렸다.

"친해졌나?"

곰곰이 생각해 보다가 고개를 삐딱하게 기울이고 다시 말했다.

"그걸 '친하다'고 해도 되나?"

대공과 나 사이에는 동일한 목적이 있다. 나는 엘류이센 라이케의 행방을 찾아 내가 있어야 할 곳으로 돌아가고 싶고, 그는 나를 돌려보낸 후 엘류이센 라이케를 되찾고 싶어 한다. 그래서 그나 나나 마찬가지로 엘류이센 라이케를 이해하고 싶어 했다.

우리는 충돌할 일이 별달리 없었고, 늘 적당히 의견을 공유하는 선에서 가깝게 지냈지만, 그것을 감정적 친밀함이라고 보기는 어려울 것이다.

"그냥……."

그저 나에게는 그에 대한 부채 의식이 있다. 이름을 부르는 것 역시 그로 인한 일이었다. 처음 만났을 때, 알렉시스 에슈마르크가 이름으로 부를 것을 청했기 때문이다.

"이런 말을 하면 이상하게 들으실 것 같지만, 저는 그를 조금 가엾게 여기고 있어요."

나는 담담히 말했다.

"이해해 주고 싶다고 생각해요."

그가 영영 잃어버린 것을 돌려주고 싶은 마음이다. 인간적인 연민. 일종의 동료애와 우정에 가까울지도 모른다. 생각해 보니 나도 의외로 마음이 약하단 말이지.

알렉시스 에슈마르크는 그런 의미에서 특수했다. 구구절절한 사연을 들으면 나도 사람인 이상 상대에게 마음을 쓸 수밖에 없지만, 가라한보다도, 레일리보다도 알렉시스의 경우가 특별했다.

어떤 식으로든 과거를 과거의 지난 일, 어쩔 수 없는 일로 여김으로써 미련을 청산하고 미래를 바라보려는 다른 인물들과 달리, 그만이 과거에 누구보다도 강렬하게 사로잡힌 채 일평생을 허무에 유린당했기 때문이다.

"정말 알다가도 모를 사람이군."

솔데인 마이어가 조용히 대꾸했다. 묘한 발언이었기 때문에 흘긋 눈치를 살폈지만, 의외로 표정은 부드러웠다.

역시 잘못 들은 건가 싶었다. 고민의 여지조차 없이 슬그머니 나 자신의 가슴팍을 찌르며 삿대질을 해 보았지만, 그 꼴을 보고 마이어 후작이 오랜만에 희미하게 웃었기 때문에 괜히 민망해졌다.

"그래. 당신 말이오."

내가 누워 있는 침구 옆에 꼿꼿하게 서 있던 그가 나지막이 숨을 토해 뱉고, 잠자코 돌아섰다.

"나는 이만 가지. 그때는 정말 미안했소. 조만간 제대로 다시 사과를 하지. 오늘은 일단 쉬시오."

아니, 지금 가면 곤란한데.

그렇게 생각하는 순간 손은 반사적으로 움직이고 말았다. 내게서 돌아섰던 마이어 후작의 건장한 등이 움찔 멈춰 섰다. 나도 아차 싶었다. 나도 모르게 손을 뻗어 그의 코트 자락을 손끝으로 붙잡은 탓이었다.

솔데인 마이어가 당혹스러운 표정으로 나를 돌아봤다. 기사 계급다운 짧은 흑발 아래에서, 특유의 조각 같은 얼굴이 미미하게 망가졌다. 조금 얼이 빠진 듯한 표정이었다. 그의 시선이 슬그머니 내려갔다. 꼭 곁에 있어 달라고 어리광을 부리듯이 그의 옷자락을 잡아챘던 내 손을, 나도 흘긋 일별하고 멋쩍게 미소를 지어 보였다.

"그, 뭐냐. 아까 말씀드렸던 이유에서……."

"아……. 아아. 숨을 쉬기가……. 어렵다는 거였나."

그가 한참 늦게 대답했다. 나는 그를 붙잡지 않은 손으로 민망하게 뺨을 긁적이며 슬그머니 부탁을 꺼냈다.

"혼자 누워 있다간 찌부러져서 죽을 것 같아서욥."

"'찌부러지다'라니 레이디가 쓸 표현은 아니군⋯⋯."

늘 내 개 같은 언사를 너그럽게 봐주던 후작이 처음으로 내 말본새를 지적했지만 기분이 상한 투는 아니었다. 그는 또 오랜만에 어렴풋이 웃으며 다시 나를 향해 몸을 돌렸다.

"당신 집사가 올 때까지만 곁에 있어도 괜찮을까."

"그리해 주시면 너무 감사하죠!"

재빨리 대답하며 히죽히죽 웃어 보이자 솔데인 마이어도 어쩔 수 없다는 표정을 지으며 내가 누운 접이식 침대 옆에 자리를 잡고 앉았다. 그가 짧게 한숨을 뱉었다.

"그날, 파티에서 말이오."

어쩔 수 없이 그 주제가 가장 먼저 거론됐다. 그렇다. 사실 예전에 주로 주고받던 대화의 주제라고 해 봤자 결국 전부 지뢰밭이 아니었겠는가? 의! 유리 옐레체니카의 인품에 대해서는 아무튼 말을 말아야 한다. 뭘 상상하든 상상 이하의 도덕과 윤리를 지닌 작자였다.

어쨌든 그런 이유에서인지, 아니면 가장 마음에 걸리는 일이기 때문인지. 여러 이유가 있겠지만 솔데인 마이어가 꺼낸 화제 역시 지극히 최근의 일이었다.

나도 주제 선정의 이유에는 나름대로 납득을 했지만 반사적으로 인상을 썼다. 빌어먹을. 그 파티에서 있었던, 그리고 그로 인해 시작된 오만 가지 환장할 일이 또 한 번 생각난 탓이었다.

내 반응을 어떻게 생각했는지, 나를 물끄러미 바라보며 고뇌하던 그의 귓가가 조금 붉어졌다. 그러더니 또 당황한 듯이 큼큼거리며 헛기침을 하기 시작했다. 본인도 문제의 일을 떠올린 모양이었다.

그깟 키스 가지고 반응 하나는 끝내주게 하는군. 나는 감흥 없이 그를 바라보다가 끄덕끄덕 고개를 흔들었다.

생각해 보니 이 남자, 분명 그게 첫 키스였을 터. 그의 입장에서는 당시의 상황을 떠올리기만 해도 남사스러울 수도 있지 않겠는가. 그 수줍음을 이해해 주지 못할 것까진 없을 듯했다. 그래서 나는 그를 서먹하게 바라보는 대신, 꺼내던 말이나 계속 이어 보라는 무언의 압박을 눈짓으로 가하기만 했다.

내 눈빛을 뒤늦게 인지한 마이어 후작이 다급히 자신의 지난 행동을 변호했다.

"당신이 기억을 잃었다는 말이 거짓이었다고 생각했소. 그 밖에는 나를 말릴 이유를 떠올리지 못했으니까."

"아……. 오해의 여지가 있는 상황이었다고는 생각합니다. 어쨌든 저도 자세히 설명을 드릴 수는 없는 입장이었으니까요."

"그래서 배신감을 느꼈지. 때마침 각하의 파트너로서 파티에 참석하지 않았나. 어디까지나 나를 이용했다고 말이야."

"거 말씀 이상하게 하시는데, 한 가지만 말씀드리자면, 저는 후작님과도 사실 별로 사귀는 사이가 아니었고요. 대공 각하와도 별로 대단한 관계가 아니었고. 어느 쪽이든 후작님이 배신감을 느끼실 상황은 아니었다고 보는데요."

"맞는 말씀이오."

후작이 순순히 수긍했다. 그리고 잠시 망설이다가, 이제는 목까지 벌게진 채 고개를 푹 숙이고 사과를 했다.

"사죄하고 싶소. 나는 그저 질투를 했소. 그대 분명 내게 확실한 거절의 의사를 표했고 우리가 연인 관계가 된 것도 아니니 자격 없고 치졸한 질투였지."

"예, 뭐……."

기분은 더러웠고 솔데인 마이어라고 해서 잘한 것은 없지만, 사실 내가 기분이 더러웠던 것이 오직 그의 기습 키스 때문만은 아니었으니 나도 그냥 이쯤에서 적당히 사과를 받아 주기로 했다. 사실 솔데인 마이어의 키스 따위는 내게 있어서 별로 중요한 문제가 아니었다. 개자식이었고 대단히 무례했지만, 나에게는 무의미하다. 더구나 백작인 내가 후작인 그에게 이만한 사과를 받았으면 그 이상으로 무언가를 요구하기는 어려웠다. 더럽지만 신분 사회가 아닌가?

그보다도 사과를 받지 않으면 무엇을 받는단 말인가? 달리 보상받을 방법도 없고, 내가 원하는 것 중에 마이어 후작이 줄 수 있는 것도 없다. 그렇다고 해서 전근대 사회의 인물로서 내 여생을 책임지라고 할 생각은 더더욱 없다.

아니, 애초에 그건 저쪽에서 제안해도 이쪽에서 사양이다. 그보다도 나를 책임지려면 인생을 이 꼴로 만든 엘류이센 라이케께서 책임을 져야지, 그깟 키스로 내 인생을 저당 잡을 것 같으면 김레일리는 이미 전당포를 백 곳도 넘게 차렸어야 할 것이다.

아, 염병. 그 자식이랑 그렇게까지 키스를 많이 했단 말인가? 제기랄, 나는 대체 뭘 하고 있는 거란 말이냐? 아냐, 아니다. 이 생각은 이 이상으로 하지 말자.

어찌 되었든 마이어 후작은 아마 스스로 충분히 반성을 했을 터였고, 이후로도 반성의 표현을 꾸준히 해 줄 만한 사람이 아닌가? 알렉시스 에슈마르크가 말했듯이, 아무튼 그는 본인이 잘못을 저지른 이상, 빚을 진 상태로는 둘 수 없는 인간이었다.

일평생을 바쳐서라도 합당한 사죄와 보상을 하려 들 것이다. 레일리와는 밥 먹듯이 하는 키스 따위에 과연 그만한 가치가 있을지는 잘 모르겠지만, 마이어 후작의 기준에서는 일생에 꼽힐 정도로 대단한 일이었던 것 같으니 그러려니 하기로 했다. 사실 나야 수사권이나 즉결권을 지닌 그가 유리 옐레체니카의 지난 전적을 따지지 않고 관대하게 대처해 준다면 그것만으로도 충분히 도움을 받을 수 있을 것이다.

"후작님의 진심 어린 말씀을 들으니 조금은 마음이 풀립니다. 저를 함부로 대하지 않으셨으면 좋겠습니다."

"그럴 생각이 있었던 것은 아니오. 나도 모르게……. 아니, 나도 모르게 했다고 변명할 수 있는 잘못은 세상에 없겠지. 정말 미안했소."

아무튼 이 정도면 충분히 괜찮은 사과가 아닐까? 늘 뻔뻔하게 '질투를 한 것도 사과해야 하냐', '내가 질투했다는데 마스터가 뭔 상관이냐' 따위의 개소리만 하는 레일리 같은 놈만 보다가 이렇게까지 진정성 있는 사과를 받으니 정말 기분이 새로울 지경이었다.

그나저나 궁금한 것이 아직 남아 있다. 나는 기회를 놓치지 않고, 타이밍을 노려 재빨리 질문을 꺼냈다.

"그런데 여쭤보고 싶은 것이 있는데요."

"무엇을?"

"왜 '갑자기 후작님도 모르게' 제게 키스를 하셨습니까?"

직접적으로 묻자 그가 당황한 낯으로 고개를 들었다. 푸른 눈동자와 시선이 마주치자마자, 나는 침대에 누워서 그의 코트 자락을 한 손에 쥔 채 거침없이 질문을 이었다. 후작의 코트를 붙들지 않은 빈손으로 심지어 그때 했던 손가락 욕설을 다시 한번 해 보이기까지 했다.

"저, 그, 정말로 궁금해서 여쭤보는 건데, 이거 좋아하세요?"

"……."

"욕설 같은 거요. 그러고 보니 제가 아무리 막말을 지껄여도 귀엽게 보시지 않았습니까."

"……."

"그렇다면 역시……. 약간……. 그런 취향?"

"전혀 아니오."

솔데인 마이어가 미간을 문지르며 딱 잘라 대꾸했다. 역시 욕설 취향인 건 아니었던 모양이다. 하기야 아무리 이상한 인간이어도 다른 것도 아닌

쌍뻐큐가 취향이라 키스를 했겠는가?

도무지 이해할 수 없었던 천년의 고민이 해소되는 순간이었다. 나름대로 납득해서 고개를 주억거리며 뻐큐를 쥔 손을 이리저리 돌려 보다가 얌전히 손가락을 접는데, 한 손에 얼굴을 묻고 있던 그가 끙 소리를 내며 말했다.

"돌려 보지 마시오……."

"네. 접었습니다. 그럼 대체 왜 하필 그 타이밍이었던 건가요?"

"설마해서 묻고 싶소만, 지금까지 그런 식으로 기억하고 있었나."

"'그런 식'이라기보다 절대적인 진실만 기억하다 보니, 제가 쌍뻐큐를 들었을 때 그 쌍뻐큐를 보고 왜인지 흥분한 후작님이 갑자기 강제로 키스를 하셨다는 기억만……."

"그만."

마이어 후작이 단호하게 내 말을 잘랐다. 매우 고통스러워 보였다. 그가 기어들어 가는 목소리로 대답했다.

"말하지 않았소? 질투에 눈이 멀어 치졸한 짓을 했다고."

"아, 그건 됐고, 타이밍 말이에요."

아무튼 알렉시스 에슈마르크나 레일리와는 달리, 내가 괴롭히는 맛이 있었다. 나는 즉시 돌변해 이전보다 허물없이 그를 캐기 시작했다.

"그러니까……. 그건……."

민망한 표정을 지었던 솔데인 마이어가 슬그머니 시선을 회피했다.

"내가 아는, 나를 속이고 기만할 유리 옐레체니카라면 결코 하지 않을 짓이라고 생각했소."

"예?"

"어쩌면 기억을 잃은 것은 정말이고, 나를 대한 당신의 태도에 가식은 없었다는 생각이 퍼뜩 지나쳤소. 그럴 리 없다고 생각하면서도 순간적으로 당신에게서 확인을 받고 싶었어."

"예엑?"

그렇다고 정말 이렇게까지 그럴싸하게 로맨스 같은 이유가 존재할 일인가? 나는 대번에 기겁했지만, 이미 엎질러진 물이었다. 괜히 캐내는 바람에 솔데인 마이어의 절절한 진심을 끝까지 들어야 할 입장이 되고야 말았다.

그가 혼자 장르를 이탈한 로맨스 장르의 남자 주인공처럼 묵직하게 말했다.

"내가 아는 당신 같은 모습에 문득 평소 마음에 두던 당신을 떠올렸소."

아, 제발 그만. 나는 이런 로맨스에 면역이 없다. 놀랍게도 로맨스 장르를 주로 쓰는 장르 소설 작가지만, 그러든지 말든지 로맨스에 면역이 없을 수도 있는 일이다. 애초에 내 소설에 나오는 로맨스라고 해 봤자 세상을 말아먹고 세상을 치유하는 로맨스일 뿐 다친 마음을 어루만지는 로맨스가 아니란 말이다.

차마 그렇게 솔직하게는 말도 못 하고 홀로 괴로워하며 어색한 표정으로 흐릿하게 웃는데, 심지어 더한 말이 이어졌다. 아, 이 양반아. 방금 전까지만 해도 민망해하지 않았냐고. 왜 한마디 시작하고 나니 말을 잇는 일에는 저항이 없는 거야.

"그렇게 생각하고 나니 그런 상스러운 손짓을 하는 모습도 지극히 당신다운 듯했고, 그 모습이……. 큼, 그 모습조차 조금 귀엽다고 생각했소."

"아, 역시 그만."

결국 견디지 못하고 소리 내서 말했지만 이 작자는 내 말을 귓등으로도 듣지 않았다. 이런 개시팔.

"여전히 귀엽다고 생각하오."

"글쎄 좀, 그만해요."

"이런 말은 부끄러워하던가."

"알면서 했습니까? 아니, 그리고, 부끄러워하는 게 아니라, 나는 그런 말을 견디지 못하는 것뿐이거든요……? 취향 좀 존중해 주시고 알겠으니 그만 말해요, 제발."

"매사 거침이 없으면서 연애 문제에만 어리숙한 것도……. 나름대로 마음에 두고 있는 모습이오."

"염병, 그만하시라니까."

싸늘하게 말했지만 마이어 후작은 오히려 그런 내 반응을 보고 조금 즐거운 듯한 낯을 했다. 희미한 표정이지만 분명 입가에 미소가 스쳤단 말이다. 내 눈썹이 또 한 번 한계를 모르고 치솟기 시작하는데, 그가 급기야 쐐기를 박았다.

"그때도 말했지만 한번 마음에 둔 이를 금세 놓을 수 있을 만큼 융통성이 좋지는 않소. 좋은 친구로 지내게 되었으니, 지나가는 고백으로 들어 주시오."

"그게 친구 사이에 있을 말입니까?"

"농담처럼 들어도 상관은 없고."

"아니, 상관있는데요."

"마스터."

여태 붙잡고 있던 그의 옷자락을 쭉 잡아당기면서 빠르게 쏘아붙이는데, 천막 바깥에서 차가운 목소리가 들려왔다.

"들어가겠습니다."

그리고 망나니 같은 집사 자식은 주인이 들어오라 마라 허가도 내리지 않았는데 더는 기다리지 않고 천막을 들추며 텐트 안으로 들어왔다. 마이어 후작이 잠깐 그를 돌아보았다가 아무렇지 않은 태도로 목례를 했다.

다른 사람도 아니고 후작이 먼저 눈짓으로 인사를 했는데도 개념 없는 집사 놈은 일언반구 인사를 꺼내지 않았다. 그는 그저 싸늘한 얼굴로 후작을 깔아 보고 나를 짧게 일별했다. 솔데인 마이어와 처음 만났을 때 난입해서 나를 데려가던 때와 마찬가지로, 윗사람에 대한 기본적인 예절조차 없었다.

그런데 어쩐지 레일리의 시선이 한곳에 붙어서 떨어질 줄을 몰랐다. 나는 별생각 없이 레일리의 보랏빛 눈동자를 응시하다가 그의 시선을 따라서 우리 쪽을 유심히 살폈고, 내가 아직 마이어 후작의 옷자락을 붙들고 있었다는 사실을 새삼스럽게 깨달았다.

'앗' 하는 순간 나도 모르게 슬그머니 레일리의 눈치를 살피며 주먹 쥔 손을 살짝 풀었다. 내 손에 잡혀 강제로 앞을 향해 끌려와 있던 솔데인 마이어의 코트 자락이 그때에야 내 손에서 풀려나 사르르 그의 등 뒤로 돌아갔다.

"여어, 레일리."

아무렇지도 않은 척 그 손을 슥 들어 올리며 인사를 건네 보았지만, 레일리는 대답조차 없이 얼음장 같은 눈으로 나를 바라보다가 생긋 웃었다. 오, 지저스. 저건 분명 '지금 몹시 빡쳤습니다. 주인님은 알아서 기십시오.' 따위의 개념 없는 집사의 표정임이 분명했다.

내가 자신의 옷자락을 갑자기 놓는 것을 보고 별안간 묘한 표정이 되어 나를 바라봤던 마이어 후작은 내 반응부터 한차례 살핀 뒤 다시 레일리를 일별하며 미간에 희미하게 주름을 잡았다.

"아아."

그가 다시 제대로 소리 내서 인사를 했다.

"오랜만이군."

그러더니 더한 발언이 이어졌다.

"자네 주인에게는 이미 한 번 거절의 말을 들었지만, 그렇다 하여 단숨에 내 마음이 꺾이는 것은 아니니, 내내 노력하기 위해 지칠 줄을 모르고 내 연심을 고백하고 있었네."

레일리의 표정이 더더욱 화사해지고, 나는 조금 더 환장했다. 몹시 개 같은 상황이었다. 그리고 이 개 같은 상황을 형성한 주범 중 하나인 마이어 후작은 그 즉시 슬그머니 발을 뺐다.

아마도 방금 전의 미묘한 기류를 느끼자마자 저 녀석이 나한테 마음이 있고 나도 저 녀석에게 마음이 있다는 사실을 눈치챈 것 같았지만, 그렇다고 해서 후작쯤 되는 인물이 레일리와 물고 뜯을 생각은 없어 보였다. 그는 그저 나름대로 견제의 의사를 밝혔고, 그 후에 깔끔하고 품위 있는 태도로 물러섰다.

"집사가 왔으니 나는 이만 캠프로 돌아가 보지. 곧 단원들이 마법사들과 돌아올 시간이라."

"아, 네. 감사했습니다."

"언제든 또 불러 주시오. 곁을 지킬 테니."

그가 갑자기 무시무시하게 직접적인 작업을 걸었다. 나는 그만 그 말을 듣고 넋이 나가고 말았다.

"후작님을 모셔 두고 누워 계시면 쓰겠습니까, 마스터."

더군다나 그때, 멍청한 얼굴로 솔데인 마이어를 망연히 바라보고 있던 내게 레일리가 잠자코 시비를 걸었다. 순식간에 곁에 다가온 그는 내가 덮은 이불들을 슬그머니 잡아당기며 나를 독촉했다. 그러고 보니 나만 여태 누워 있었던 것이다.

하지만 별로 일어날 생각도 없고, 사실 푸른 숲 주변의 조밀한 마력 때문에 그럴 만한 형편도 아니었다. 나는 슬그머니 시선을 회피하고 이불과 침낭을 제대로 팡팡 펴서 두 겹을 겹쳐 덮고 꽁꽁 말았다. 어찌 되었든 무시무시한 마력을 끌고 다니는 또 다른 초월자, 레일리도 내 곁에 다가와 섰으니 이대로 계속 누워 있으면 될 일이었다.

"아시겠지만 제가 배웅을 나가기가 조금 어려워요. 조심히 가세요."

"백작도 몸을 보중하시오."

솔데인 마이어가 부드럽게 대꾸한 후 성큼성큼 레일리의 옆을 지나쳐 천막을 걷어 올렸다.

그렇게 그가 나가고 나서도 한참 동안 텐트 안이 온통 조용했다. 나는 이불을 뒤집어쓰고 애벌레처럼 몸을 만 채 누워서 어쩐지 살벌함을 느끼고 있어야 했다. 뭔지는 모르겠지만 눈치가 보였다.

아니, 생각해 보니 이상했다. 내가 레일리 크라하와 사귀는 것도 아닌데 후작이랑 담소 조금 나눴다고 왜 이렇게까지 마음이 불편해야 한단 말인가? 더구나 저 녀석은 집사 주제에 주인이 후작의 옷자락 조금 붙잡고 있었다고 저렇게까지 살벌한 티를 낼 일이란 말인가? 생각하면 할수록 이상했다. 말이 안 되는 일이다.

"인마, 생각해 보니 이상하네. 네가 뭔데 그렇게까지 살벌하게 분위기를 잡⋯⋯!"

견디지 못하고 이불을 마구잡이로 걷어치우며 벌떡 일어나다가 입을 틀어막았다. 읍 하고 뒤로 휘청거렸다가 레일리의 손에 강제로 뒷목을 붙잡혔고, 휘두르려던 손도 단숨에 쥐어 잡혔다.

오늘도 쓸데없이 키스만은 끝내줬다. 나는 끙끙거리며 그에게 붙잡혀 있다가 한참이 지나서야 푸하 숨을 토해 내고, 무릎을 들어 레일리의 명치를 찍어 올렸다.

레일리가 물끄러미 시선을 깔아 나를 바라보다가 내 이마를 본인의 이마로 툭 밀치며 싸늘하게 말했다.

"스스로 찔리는 일이 있으신 게 아닙니까."

"네가 분위기 잡으니까 쫄아서 그런 거거든⋯⋯?"

"됐으니 순순히 잘못했다고 말씀해 보십시오. 용서해 드리겠습니다."

듣다 보니 더더욱 뻔뻔했다. 나는 눈썹을 역팔자로 꺾고 날카롭게 쏘아붙였다.

"야, 진짜로 네가 뭔 주제로 나한테 사과를 요구해? 막말로 내가 솔데인 마이어랑 썸을 타든 말든 네가 뭔 상관인데? 너랑 나랑 사귀냐? 아니잖아! 사귀더라도 상대가 개 같으면 미련 없이 말끔하게 헤어질 일이지 왜 생난리야?"

"제가 뭐라고 말씀드리든 '몸을 옮길 거라서 싫다'고 하시면서, 마이어 후작과는 그 몸으로도 '썸'을 타십니까?"

공교롭게도 그거야 그렇긴 했다. 하지만 마이어 후작과 잘될 생각이 추호도 없었던 것만은 사실이다. 나는 당당했고, 망설임 없이 발버둥을 치며 소리를 질렀다.

"물론 말이 그렇다는 거지, 실제로 썸을 탄 건 아니고 대충 친구로 잘 지내기로 하는 순간이었는데 네가 갑자기 예절도 없이 난입했을 뿐이거든? 염병, 자기 마음대로 오해하고 질투해 놓고 그걸 왜 남한테 책임 전가하냐고?"

"아무튼 당신은 므라우에서부터 내가 하는 소리는 전부 아무렇게나 넘겨 버리고, 깊게 생각하지도 않는 듯한데……."

뜻밖에도 퍽 사근사근한 말투였다. 평소에 한껏 빈정거리며 집사 업무를 할 때와도 비슷한 목소리였다. 보석처럼 선명한 푸른 보랏빛 눈동자를 가만히 내리깔고, 내 코앞에 얼굴을 들이댄 채, 양쪽 손목을 강제로 붙들고서 레일리 크라하가 잠자코 물었다.

"저를 돌아 버리게 하실 생각이십니까?"

더없이 부드럽고 다정스러운 목소리였지만, 이상할 정도로 오싹했다. 나는 움찔 어깨를 경직시켰다가 슬그머니 시선을 올려서 레일리 크라하의 표정을 살폈다. 사방은 요란하게 삐걱거리는 기계음으로 가득했지만, 푸른 숲에 들어온 이후부터는 늘 그랬다. 므라우에서만큼 쉽게 레일리의 감정을 알아볼 수는 없는 환경이었다.

레일리가 산뜻하고 정중한 태도로 목을 삐딱하게 기울였다. 하지만 이를 드러내고, 조금 맛이 간 듯 새파랗게 번들거리는 보랏빛 눈동자를 한 채, 그가 여지없이 살벌하게 말했다.

"유쾌한 일은 생기지 않을 텐데요."

오……. 미친놈……. 사랑을 하기 전에 사람이 돼라…….

일단 크게 이성을 놓은 것만은 확실해 보였다. 아까부터 전신의 털이 오스스 곤추서고 있는 것을 보니 이 자식이 살벌한 기운을 줄줄이 흘리고 있는 것도 분명한 듯했다.

제기랄, 알렉시스 에슈마르크가 레일리에게 휘둘리지 말라고 조언해 준 뒤 얼마나 지났다고 또 이 꼴이 됐단 말인가? 어쩔 수 없었다. 나는 조금 더 솔직하게 말하기로 결정했다.

일단은 쳇 소리를 내며 혀를 차고 인상을 썼다. 레일리가 조금이라도 정상적인 기준에서 상황을 고려할 수 있을 정도로는 제대로 설명할 요량이었다.

"내가 후작이랑 친하게 지내는 거랑, 너랑 잘되지 않는 건 다른 얘기다."

"흐음."

"가라한 앞에서는 제대로 얘기할 수 없으니까 그냥 적당히 둘러댄 거고. 빌어먹을 놈아, 아직도 그거에 꽁해 있니?"

"흐으음."

레일리가 빈정거리듯이 코웃음을 쳤지만, 나는 더 이상 기다리지 않고 말을 이었다.

"네가……. 네 세계에서 내가 가장 빛난다고 생각했기 때문에 나를 갖고 싶다고 말했었잖아."

영 낯부끄러운 소리여서 양손을 붙잡힌 채 끙끙거리며 말해 보았다. 내 말을 듣고 레일리가 한쪽 눈썹을 부드럽게 꺾었다. 심기가 불편해진 건지 기분이 좀 풀린 건지를 도통 알 수가 없었다. 젠장, 브라우에서 이 녀석의 반응을 주변의 마력 요동과 대비해서 조금 더 상세히 살펴봐 둘 것을 그랬다.

"예, 그렇습니다."

레일리가 뒤늦게 대답했다. 이미 내 입술을 될 대로 지분대기 시작한 후의 일이었다. 여전히 키스만은 연인들의 것처럼 달콤했다. 나는 그의 생각을 종잡을 수가 없다.

단지 말했다.

"하지만 나는 너를 선택하려면 내 세계에서 빛이 나는 모든 것을 포기해야 해."

한참 동안 키스하다가, 조금 망설였지만, 살며시 진심 어린 말을 꺼내 봤다. 내내 달콤하게 입을 맞추던 레일리가 행동을 멈추고 눈을 가늘게 떴다.

"왜 그래야 하죠?"

물론 설명할 수 있을 리가 없다. 내 인생에 유의미했던 대부분의 일들, 진짜 나에 대한 일들은 이 세계가 아닌 다른 세계에서 일어났다. 레일리 크라하 때문에 내 삶의 모든 것을 송두리째 부정당할 생각도 없고, 잃어버릴 생각도 없으며, 스스로 그것을 부정하거나 놓아 버릴 생각은 더더욱 없다.

나는 그저 퉁명스럽게 대꾸했다.

"염병, 그건 설명 못 해."

"하십시오."

레일리가 뻔뻔하게 명령했다. 그래서 내 쪽에서 조금 더 뻔뻔하게 나가기로 결정했다.

"아, 몰라."

신경질적으로 대답한 후에 마구 발버둥 쳐서 그의 손을 풀어낸 후 다시 이불을 붙들고 펄럭거렸다.

"됐으니까 나 좀 안고 있어. 침대 올라와서 나란히 누운 채로."

마력으로부터 안전해지기 위한 현실적인 방도였는데, 다짜고짜 바꾼 화제가 그 꼴이어서인지 레일리가 영 언짢은 표정을 지으며 인상을 썼다.

"지금 유혹하시는 겁니까?"

"자의식 좀 누를래?"

반사적으로 대답했지만 레일리 크라하는 귓등으로도 내 말을 듣지 않고 제 할 말만 했다.

"침대에서 조르는 법은 누구에게 배우셨지요? 마스터께는 그런 교육을 마음먹고 행한 적이 없습니다만."

"빨리 장르나 야설로 바꾸고 내 눈 앞에서 꺼져."

싸늘하게 대답했지만, 어쩐지 레일리는 조금 풀린 표정을 지었고, 다정하게 한 번 더 키스를 하더니 순순히 내 허리를 감고 품에 안아 올렸다. 이 자식이 방금 전의 '안고 있어.'라는 내 말을 어떻게 해석했는지가 너무 명확했다. 분명 애정 어린 무언가로 해석했으니 반응이 이 꼴일 것이다.

전력을 다해서 네 생각이 틀렸다고 부정할까 생각해 보았지만, 어떤 말로 부정하면 좋을지를 알 수 없었다. 사실 내심 긍정하고 있나? 염병, 역시 다 때려치우고 빨리 내 세계로나 돌아가야지. 역시 더는 안 되겠다.

반사적으로 인상을 쓴 채 레일리 크라하를 쏘아보는데, 그가 다시 이를 드러내고 웃으며 내 입술을 가볍게 물어뜯고, 제대로 입을 맞췄다.

"이 주변에 마력이 너무 꽉 차 있어서 너나 후작 같은 사람이 옆에 있어야 안정이 돼."

결국 나는 그의 품에 꼭 안긴 채 앉아서 툴툴거리듯 설명을 했다. 어쨌든 논리적이고 합리적인 이유였다. 어쩌다 보니 아까 후작과 둘이서 시간을 보내고 있었던 것도 설명을 하게 된 셈이었다.

"그래서 곁에 있어 주기로 했던 거야. 네가 올 때까지는 후작만 그 역할을 해 줄 수 있으니까."

"그러니까……."

레일리가 기분 좋은 고양이처럼 가르릉대며 말했다.

"그는 제 대용이었군요, 마스터."

"아니, 뭐 딱히 그런 건 아니었는데."

후작은 그런대로 괜찮은 대화 상대고, 레일리 크라하는 대화만 나눴다 하면 암이 생길 것 같은 상대가 아닌가? 절대로 레일리 따위로는 후작을 대신할 수 없다.

"네 인성 수준으로 그 성격 좋은 인간이랑 비교나 될 것 같냐?"

심드렁히 대꾸하자 레일리가 대놓고 기분 나쁜 표정을 지었다.

"눈치가 없으십니까? 아니, 눈치 없으신 건 익히 알고 있었습니다만 이렇게까지 없으실 줄은 몰랐군요. 역시 뇌가 고양이의 것만큼 줄어드셨습니까? 귀여움 받는 일 외에는 안중에도 없으시지요?"

"나를 귀여워하고 싶어서 안달이 난 건 너겠지."

별생각 없이 대답했다가 한참 동안 침묵을 맛보고 나서 다급히 정정했다.

"귀여워하라는 얘기는 아니고."

"귀여워해 드리겠습니다."

"아, 짜샤, 아니라니까."

"그렇게까지 원하신다면 집사 된 소임으로 맞춰 드려야지요."

그리고 그가 주저 없이 내 목덜미에 이를 세웠다. 또 무슨 흐름을 타고 말았는지가 너무나도 뻔했다.

어차피 이렇게 된 이상 어쩌겠는가? 솔직히 말하자면 므라우를 떠난 이후로는 레일리와 둘이서 뒹군 적이 없지 않았던가? 나도 조금 유혹을 느꼈다.

결국 나는 천막의 꼭대기를 물끄러미 바라보다가 슬그머니 질문했다.

"후작은 못 듣겠지?"

"그의 기척은 일찌감치 감각 범위에서 사라졌고, 아마도 동쪽 캠프로 가는 듯했으니 그 후에도 충분히 이동했을 겁니다."

레일리가 기다렸다는 듯이 대답했다. 결국 끙 소리를 내며 인상을 썼다가 슬쩍 말했다.

"어쨌든 마력 때문에 찌부러져서 뒈질 것 같으니까 내가 깰 때까지 안고 있어라. 평소처럼 침대에 묻어 놓고 네 할 일 하지 말고. 알겠냐."

"물론 마스터께서 원하시는 대로."

이럴 때만 말을 잘 듣는 집사 놈이 곧장 목을 빼 들고 내게 깊숙하게 키스를 했다.

"뜻하시는 만큼 안아 드리겠습니다."

정말이지 대공에게서 충고를 들은 지 얼마나 됐다고 이 꼴이 되고 말았는지에 대해 다시 한번 생각해 보고 반성해 봐야 한다.

아니, 그뿐만이 아니다. 아무튼 나는 여러모로 반성해야 했다. 그것만은 확실했다. 명백하고도 분명한 일이었다.

* * *

레일리와 함께 밤을 보낸 일은 수도 없이 많지만, 나란히 깨어난 일은 단 한 번도 없었다.

그도 그럴 것이 나는 레일리 크라하가 잠들어 있는 꼴을 본 적조차 없다. 보통 내가 먼저 지쳐서 엎어져 잠들면 레일리가 알아서 나를 안아 들고 씻긴 후 이불 안에 묻어 두고, 본인은 본인의 할 일을 했기 때문이다.

레일리의 할 일이란 내가 알 바는 아니지만 아마도 대부분의 집안일이다. 집사로서의 업무 말이다. 빵을 굽는다거나, 면을 만들어서 삶는다거나, 소스를 만들어 둔다거나, 과일을 사 온다거나, 테이블과 침구를 정돈한다거나 하는 일들 말이다.

레일리에게는 아침까지 나를 안고 있으라고 명령해 놓았지만 그것과는 별개였다. 정작 나는 그와 마주 보고 눈을 뜨는 상황이 몹시도 낯설었다. 대충 그런 이유에서, 눈을 뜨자마자 눈앞에 있었던 레일리의 얼굴을 보고 크게 기겁하고 만 것이다.

"히이이익."

내가 자신의 얼굴을 보자마자 기겁하는 꼴을 보더니 레일리의 심기도 대번에 불편해졌다.

"사람 얼굴을 보자마자 무슨 짓을 하시는 겁니까?"

다급히 물러나려던 내 뒤통수를 붙잡고 강제로 다시 품에 넣은 그가 즉시 쏘아붙였다. 레일리의 가슴팍에 코를 박고 나서야 지난밤 내가 직접 꺼낸 명령을 떠올리고, 나도 뒤늦게 안정을 찾았다.

"아니, 평소엔 아침에 못 보던 얼굴이 눈앞에 있어서 너무 놀랐다."

"눈을 뜰 때까지 곁에 있으라 하신 것은 마스터가 아닙니까? 애초에 '아침'이라니, 양심도 없으시군요. 점심때도 지났습니다."

"물론 그랬지만 처음이니까, 어? 처음이니까. 사람이, 거 좀 놀랄 수도 있지."

그의 어깨를 퍽 때리며 주섬주섬 변명을 했다가, 그 김에 옷자락 너머로도 잘 발달한 레일리의 가슴 근육을 괜히 만지작거리고 다시 그의 품을 파고들었다. 호리호리해 보이는 놈이지만 전투 근육만은 언제 만져도 정말이지 대단했기 때문이었다.

나는 만족스럽게 손을 뻗어 그의 허리를 두 팔 가득 안고 가슴에 얼굴을 비볐다. 알렉시스 에슈마르크의 조언이 다시 한번 머릿속에 떠올라 나를 괴롭혔지만, 자주 있는 일도 아니고, 아침에 함께 눈을 떴을 때가 아니면 언제 이렇게 대놓고 만져 본단 말인가?

레일리의 가늘지만 단단하게 잡힌 어깨 근육과 탄탄한 복근을 개인적으로 정말로 좋아한다. 허리에도 부피는 작아도 조밀하게 압축되어 있을 법한 날렵한 근육이 단단하게 새겨진 채 선명하게 존재를 드러내고 있지만, 어깨가 워낙에 넓다 보니 상대적인 효과가 있어서 전체적으로는 지극히 역삼각형을 그린다는 점도 좋아한다. 허리 라인도 잘빠졌고.

그런 생각을 하며 그의 허리를 쓱 쓸어 보았다가, 다시 가슴과 배 쪽으로 손을 옮겨 왔다. 음, 역시 좋군.

내가 작정하고 그의 가슴과 배를 더듬기 시작하자 레일리가 눈을 가늘게 떴다.

"또 그 변태 짓을 하십니까?"

"'또'라니, 염병."

"틈만 나면 제 몸을 만지시지 않습니까."

"엉덩이는 참고 있으니 감사히 여겨."

"그런 개소리를 말이랍시고 하시는군요."

싸늘하게 대답한 레일리가 한 손으로 턱을 받치며 조금 상체를 세우고, 다른 손으로 내 등허리를 두드렸다.

"다시 주무실 생각이신지요."

마음 같아서는 좀 더 레일리 크라하의 잘 빠진 전투원 육신을 음미하고 싶었지만, 생각해 보면 이곳은 푸른 숲을 조사하기 위한 연구 캠프의 한복판이다. 이렇게 다짜고짜 나만 놀고 있기에는 양심이 찔렸다. 더구나 나는 완벽하게 객식구가 아닌가?

황족인 데다 대공이고, 당장 푸른 숲에 쓸 만한 인력을 보탤 수 있는 알렉시스 에슈마르크야 그렇다 쳐도, 나는 어디까지나 그가 데리고 온 군식구에 불과했다. 더구나 지금은 알렉시스 에슈마르크에게 사정이 생겨 그가 잠시 이곳에 맡겨 두고 간 상황인 것이다. 정말로 객식구다. 심지어 그 와중에 집사랑은 갈 데까지 갔다. 스스로 생각해도 양심이 없었다.

"바깥은 바쁠까?"

"몇 번 사람이 오긴 했었습니다만, 아침과 점심 식사를 위한 호출이기에 따로 챙겨 드리겠다며 돌려보냈습니다."

"지금 몇 시인데?"

"오후 2시입니다."

"미친, 완전 늦잠 잤잖아."

"어제 늦게 잠드셨으니 충분히 주무셔야 한다고 말한 후 돌려보냈습니다. 식사는 괜찮으시면 제가 따로 준비해 드리겠습니다. 조리기들은 있더군요."

"그럼 나야 좋지만……."

멀뚱히 대답하다가 고개를 모로 꺾었다.

"그런데 넌 어떻게 손님들한테 대답을 했냐?"

"뭐가 말씀이십니까?"

"나를 두고 나갔다간 내가 지금 멀쩡할 리 없을 텐데, 설마 너……. 이 꼴로 사람들을 안에 들인 건 아니겠지?"

상상만 해도 호러였다. 심각하게 질문했는데, 레일리가 경멸 어린 태도로 시선을 위아래로 훑더니 차분히 대답했다.

"제가 마스터처럼 상식도 개념도 없는 줄 아십니까?"

"자기소개 하냐?"

"심부름꾼들은 그냥 누워서 말을 하는 것만으로도 알아서 돌아갑니다. 점심때에는 걱정이 되었는지 마이어 후작이 직접 찾아와 그럴 수 없기는 했습니다만."

"했습니다만, 그래서 뭐 어쨌는데."

"어쩔 수 없이 나가서 설명을 했지요."

이번에도 동문서답이었다.

"그러니까 어떻게 나갔냐고?"

"마스터를 안아 들고 나갔습니다."

레일리 크라하가 몹시도 태연한 얼굴로 대꾸했다. 물론 나까지 태연할 수는 없었다. 이거 정말 미친놈이 아닌가.

"야, 어느 집사가 주인을 안아 들고서 손님을 맞이해?"

"역시 마스터가 마력을 감당 못 해 돌아가시게 두고 재산이나 챙길 것을 그랬습니까?"

"내가 유산을 네 앞으로 해 뒀던가?"

"유리 님이 그렇게 해 두셨지요."

"미친, 진짜?"

"예전에 말씀을 드리지 않았습니까. 처음 눈을 뜨신 날."

레일리가 짜증스럽게 반문했다. 듣고 보니 그런 개소리를 한 적이 있었던 것도 같았다.

아니, 그럼 이 자식이, 그 말도 일부러 나를 떠 보려고 대충 던져 본 말이었다는 게 아닌가. 눈을 세모꼴로 뜨고 부라리는데 레일리는 양심 한 점 아프지 않은 사람처럼 태연히 말을 이었다.

"제게 안겨 나온 마스터를 보더니 퍽 놀란 눈치더군요."

"너 같으면 안 놀라겠냐?"

"놀라라고 한 일이니 상관없습니다. 애초에 그에게는 확실히 보여 둘 생각이었습니다."

"뭘?"

"담요를 두른 채, 그 아래로 맨다리를 달랑거리며 제게 안겨 잠든 마스터를 말이지요."

아차 싶어서 재빨리 이불을 들췄다가, 새하얀 원피스를 입고 있다는 것을 깨달았다.

내 행동을 확인한 레일리가 심드렁히 덧붙였다.

"어제 바로 갈아입혀 드렸습니다. 다만 상상은 본인 몫이 아닙니까."

"너 진짜 질투 끝내주게 한다."

"제가 질투를 좀 하는 게 뭐가 문젭니까?"

이번에도 여지없이 뻔뻔한 발언이 튀어나왔다. 나는 혀를 쯧쯧 차며 조금 더 몸을 답삭 붙이고 그의 등허리를 만지작대기 시작했다.

"미친놈, 남한테 피해는 주지 말아야지."

"마스터께 피해를 드리고 있지 않으니 된 것 아닙니까."

"아무리 생각해 봐도 나한테 피해를 주고 있지 않니?"

"손과 말이 따로 움직이시는군요."

레일리의 등과 날개 뼈 근처의 근육을 옷 위로 더듬다가 그 말을 듣고야 손을 멈췄다.

"야, 내가 너를 좀 만질 수도 있는 거지."

다급히 적당한 변명을 꺼내 봤지만 별로 변명의 효용을 갖춘 것 같지는 않았다. 눈을 가늘게 떴던 레일리가 더는 말을 섞지 않고 본래의 주제로 돌아갔다.

"사실 견제를 하고 싶은 인간은 따로 있습니다만."

"뭐?"

"별로 영향을 받지도 않는 듯해 더더욱 거슬리는군요."

"누구 말이야?"

"대공 말입니다."

레일리가 싸늘하게 대답했다. 도무지 알아들을 수 없는 발언이었다. 나는 여상히 대꾸했다.

"그 사람 유리 좋아한다니까?"

그리고 내 대답을 들은 레일리의 기분이 더더욱 나빠졌다. 표정이 화사해졌으니 높은 확률로 맞을 것이다.

"일단 마스터 역시 유리 님과 같은 생김새가 아니십니까? 일전에 나누었던 대화에 대해서는 숙지하고 있습니다만, 그것과는 별개로 지금 당장 말입니다. 그가 당신에게 마음을 두지 않았다고 어떻게 장담하지요? 속 모를 인간이 아닙니까. 마스터는 제게 비밀을 만든 채 그와 소통하는 경우가 적지 않고, 더구나 상당히 친밀해 보이시더군요."

이쯤 되면 감히 레일리 크라하의 질투를 귀엽다고도 할 수 없다. 애석한 시선으로 그를 바라보던 내가 드디어 레일리의 몸에서 손을 떼고 손사래를 두어 번 쳤다.

"에이, 네가 몰라서 그러는데, 그 사람이 유리를 좋아하는 건 얼굴 때문이 아니야."

"제가 똑같은 말을 했을 땐 추호도 믿지 못하시더니 대공의 말은 그렇게 철석같이 믿으십니까?"

이 자식이 또 왜 이렇게 말꼬리를 붙잡고 늘어지며 시비를 건단 말인가. 눈을 세모꼴로 치켜떴다가 신경질적으로 답했다.

"이젠 마스터의 사회생활까지 네 마음대로 잘라 놓으려 하냐? 그 사람이 유리를 좋아하게 된 건 유리가 그 사람에게 감정적으로 유일한 안식처였기 때……. 문……."

당당하게 대답하다가 순간 아차 싶었다.

그렇다. 알렉시스 에슈마르크에게 있어 엘류이센 라이케란 세상에 둘도 없는 이해자였다.

훗날 같은 세계를 공유할 수 있게 된 세레나 윌리엄스가 유리 옐레체니카 사후 알렉시스 에슈마르크의 두 번째 안식처가 되어 주기 때문에, 그에게는 세레나 윌리엄스 역시 유의미한 상대였다.

유리 옐레체니카 사후 그들은 그들 나름대로 가치 있는 감정적인 소통을 서로 충분히 주고받았을 테지만, 어쨌든 그는 결과적으로 세레나의 서브 남주가 된다.

하지만……. 요컨대 이 세계에서, 유리 옐레체니카가 사라진 후 그에게 생겨난 또 다른 이해자는, 결국 내가 아닌가?

유일하게 같은 세계를 볼 수 있는 사람.

동일한 소음에 함께 고개를 돌리고, 같은 자극에 동시에 반응할 수 있는 유일한 사람이다.

"……."

최근 우리는 여러모로 감정적 소통을 일삼았다. 확실히……. 마냥 아니라며 부정할 일은 아닌 듯했다. 레일리가 말했듯 속 모를 인간이니 정확하지는 않다지만 말이다.

그런데 내가 대답을 하다 말고 별안간 생각에 사로잡히자, 레일리의 표정이 몹시 사납게 일그러졌다. 내 어깨를 휙 붙잡아 강제로 바로 눕힌 그가 나를 깔아 보며 위협조로 물었다.

"왜 갑자기 말을 흐리십니까? 짐작이 가는 부분이라도 있으신 모양이지요?"

"주인님이 너무 인기가 많아서 미안."

"그걸 또 말이라고 하십니까?"

"확실한 건 아니지만, 뭐……. 그 사람이 어떤 의미에서는 나를 아끼고 있다는 건 일단 사실이라고 생각해."

알렉시스 에슈마르크는 본래 사랑을 아는 인간이다. 그는 사랑을 원했고, 갈구했고, 끝없이 바랐다. 그럼에도 어떤 애정도 충족되지 못했기 때문에 갈망 끝에 기다리고 있던 허무와 마주치고 만 것이다.

유리 옐레체니카, 엘류이센 라이케는 그에게 가장 처음으로 가치와 의미가 있는 세계를 열어 준, 그리고 그를 이해해 줄 수 있었던 거의 유일한 대상이다.

어쩔 수 없이 알렉시스 에슈마르크에게 엘류이센 라이케는 유일했다. 하지만 그렇다고 해서 그의 애정이 늘 그 형태로만 발휘될 수 있는 것은 아니다.

요즘 나를 대하는 태도를 생각해 보면, 퍽 귀엽게 여기고 있는 것 같긴 한데 말이지.

엉망으로 헝클어진 머리카락을 훅 불어 올리며 곰곰이 고민했다. 그렇다고 해서 그것이 유리 옐레체니카에게 느꼈던 애정과 같은 애정은 아니었다. 내 존재로 인해 유일하지 않게 되었지만, 본래 세레나 윌리엄스에게 느끼게 됐을 애정 역시 그 성질이 다를 것이다.

그의 애정은 어떤 것이든 애정 그 자체로 유의미하기 때문에, 애정의 종류는 유일하지 않다.

"영광스럽게 여겨야 하나."

"마스터. 지금 그 혼잣말을 제가 전부 듣고 있다는 것은 인지하고 계십니까?"

레일리 크라하가 사납게 질문했다. 나는 그때에야 다시 레일리에게로 생각을 돌렸다.

"아니, 말했잖아. 그 사람은 보다 내면적인 이유에서 유리를 사랑했고, 그 사랑과 같은 사랑은 다른 누구에게도 줄 수 없어. 그 사람의 이유를 믿을 수밖에 없는 건 나도 그가 유리에게서 충족받은 게 뭔지 알기 때문이야."

"무엇입니까?"

"네가 모르는 '세계'."

나는 담담히 대답했다. 이쪽이든, 그쪽이든 구분은 없었다.

어느 쪽이든 마찬가지로 레일리 크라하가 추호도 알지 못하지만, 유리 옐레체니카와, 알렉시스 에슈마르크와, 내가 공유하고 있는 세계였다.

말해 놓고 나니 기분이 이상했다. 그렇다. 나는 지금 레일리 크라하의 가슴 근육과 복근을 만지며 성추행을 일삼고 있지만, 애초에 이 녀석은 나와는 다른 세계의 사람이다.

"맞아. 네가 모르는 세계."

나는 괜히 그 말만을 다시 한번 곱씹었다.

하지만 정작 레일리는 내 말이 더더욱 마음에 차지 않은 눈치였다. 즉시 인상을 쓰고, 언짢은 태도로 내 목덜미에 이를 박았다. 으악 소리를 냈다가 황급히 정신을 차리고 그의 명치를 무릎으로 찍었다.

"아, 개자식아, 아프잖아!"

"아프다는 분께서 타인의 명치는 거리낌 없이 잘도 찍으시는군요. 그 무슨 무례하고 이기적인 행동입니까?"

"네가 그깟 공격에 타격을 입기나 하냐? 게다가 '이기적'이고 '무례한' 따위의 말을 네 입에서만큼은 듣고 싶지 않다."

"솜방망이 같은 몸뚱이로 쳐 봤자 물론 제게 별 의미는 없습니다."

오만한 태도로 턱을 쳐든 레일리가 건방진 태도로 다시 말했다.

"이제 그만 포기하시죠. 어쨌든 이제 마스터께서도 스스로 인정하셔야 할 때가 됐습니다. 당신과 그 남자 사이에는 도통 이해할 수 없는 유대가 있습니다."

그리고 레일리 크라하의 지극히 기본적인 설정이다. '눈치만은 몹시 빠른' 집사가 여행 내내 마음에 들지 않았다는 투로 싸늘하게 쏘아붙였다.

"제가 모르고, 또 언제까지나 제게는 공유해 주시지 않는 유대 말입니다."

솔직히 부정할 길은 없었다. 레일리 크라하가 이 세계의 근원이나 마법 따위를 알 일도 없을뿐더러, 그에게는 알릴 수도 없다. 어떤 말로도 대답하고 싶지 않았다. 사실 대답할 말도 없다.

알렉시스 에슈마르크와 나 사이에 희미하게 형성된 공감대가 있는 건 사실이고, 이놈한테는 그것을 공유해 줄 수도 없다. 그것이야말로 셀프 무덤 파기가 아닐 수 없다.

하지만 그렇다고 해서 그가 적당히 이해하고 물러날 것 같지도 않았다.

레일리 크라하는 질투가 심하다. 솔직히 좀 많이 심했다. 그러니 레일리 크라하가 이유도 듣지 않고 물러날 리가 없다. 사실 이유를 말해 준다고 해서 물러나지도 않을 것이다.

애초에 이 녀석은 그냥 내가 본인이 아닌 다른 사람과 잘 지내는 것 같으니 그게 못마땅할 뿐이 아닌가? 내 친구는 나랑만 친구여야 한다는 유치원생 수준의 사고방식이었다. 하여튼 인성 수준이 이런 곳에서 드러난다.

아니, 하지만, 솔직히 말해, 내가 다른 사람과 유대를 쌓든 말든 뭔 상관이냐?

애인을 사귀더라도 친구는 무리 없이 유지할 수 있어야 한다. 거기까지 관여하려 들면 너무 편협한 사랑이 되지 않겠는가? 그렇다고 해서 인생의 다른 모든 인연을 잘라 내도 좋을 정도로 사랑의 비중이 높은 인생인가? 사랑 따위가 내 인생의 모든 것을 책임지는가?

물론 아니다! 레일리 역시 그런 삶을 살지는 않을 것이다. 그래 놓고서 나한테는 강요하고 있지 않은가. 역시 개자식이었다.

인간에게는 사랑뿐 아닌 다양한 감정과 경험이 필요하다. 인간관계 역시 오직 사랑으로 이루어지는 것은 아니었다. 그러니 이쯤 되면 레일리 크라하의 사고방식에 대 주기에는 질투라는 단어가 아깝다. 나는 그저 쓰레기를 보는 눈으로 그를 머리부터 발끝까지 쫙 한 번 스캔했다.

게다가 더 큰 문제가 있다. 심지어 레일리 크라하는 내 애인도 아니었다! 그러니 어쩌란 말인가? 나는 정말 할 말이 없다.

나는 슬그머니 시선을 피하다가 결국 또 한 번 우악스럽게 턱을 붙잡혀야 했다.

"마스터."

또 추궁이 이어질 것 같았다. 직감적으로 깨닫는 순간 나도 모르게 아무 말이나 지껄였다.

"엉덩이 만질래."

그리고 내 말을 듣더니, 레일리가 오만한 태도로 시선을 깔았다.

"자꾸 저를 성적으로 추행하실 셈입니까?"

"만지게 해 줘."

"그게 이 상황에 나올 온당한 말 같지도 않군요. 그깟 엉덩이는 나중에 실컷 만지십시오."

제길, 이 방법도 통하지 않다니. 더구나 저렇게 쿨하게 만지라고 해 버릴 줄은 몰랐다. 부끄러움도 없는 놈…….

결국 이야기가 그렇게 흘러간 이상, 어쩔 수 없는 일이었다. 애당초 지난밤에도 설명해야 할 부분을 적당히 넘기고 흘려버리지 않았던가? 그렇다고 어젯밤처럼 흐지부지 넘기기에는 상황이 애매했다. 대낮부터 그 짓을 할 수는 없다는 최소한의 상식이 나를 괴롭혔다.

나는 혀를 차고 그의 손을 강제로 치워 냈다.

"나는 너를 좋아해."

"압니다."

"아는 놈이 그러냐?"

"하지만 어떤 의미에서든 에슈마르크 대공 역시 좋아하신다는 것도 압니다."

"아니, 그거야……. 나야 후작이랑도 잘 지내고, 황태자랑도 잘 지내고, 세레나랑도 잘 지내고……. 인간관계가 애당초 좋은 사람이 아니냐."

"'인간관계가 좋다'는 소리가 스스로 잘도 나오시는군요. 그리고 애초에 마이어 후작과는 다릅니다."

레일리가 대뜸 이상한 말을 했다. 그는 나를 물끄러미 내려다보다가 차분히 덧붙였다.

"마스터는 마이어 후작에게는 단 한 번도 진심으로, 제대로, 성의 있게, 대등한 존재로서 대응하신 적이 없습니다."

"그런 것치고는 너도 그 사람 엄청 싫어하잖아."

"물론 싫어합니다. 하지만 굳이 따지자면, 그는 그냥 제 눈에 거슬리는 겁니다."

집사 주제에 후작이 마음에 안 드니 개같이 굴고 있는 거라며, 뻔뻔하게도 꺼낸 말이었다. 원치 않았으나 내 썸남의 성격적 결함을 또 한 번 목도하고 말았다.

"어쨌든 마이어 후작은 인간 취급도 않으시는 것이 아닙니까?"

"그렇게 말하면 내 인품이 어떻게 보이겠니?"

"이제 와서 인품 운운하시기엔, 실제로도 늘 그리 살고 계신 것이 아닌지요, 마스터. 타인 따위는 안중에도 없이 말입니다."

레일리가 짜증스럽게 말했다.

"단 한 번도 타인에게 진심으로 동조하거나 공감하시는 일이 없으시지요. 무엇에도 얽매이고 싶지 않은 그 사고방식이 유감스러우리만치 티가 납니다. 그리고 그런 면모를 명확히 확인할 때마다 배알이 뒤틀리는군요. 입으로만 저를 좋아하신다고 말씀하시면 다입니까? 혼자 저를 좋아하시고, 그 사실에 당신만 만족하면 다입니까?"

거기까지 말했다가 폭삭 표정을 일그러트린 그가 이를 드러내고 빠르게 쏘아붙였다.

"어디에도 집착하지 않는 당신이, 왜인지 알렉시스 에슈마르크에게만은 마음을 쓰고 있습니다. 그것도 퍽 절절히 말입니다. 마스터보다도 오히려 대공이 발을 빼는 듯한 눈치여서 몇 번 당신과 내 관계를 은연중에 보이려 했는데, 어떤 반응도 돌아오지 않더군요. 그와 당신 사이에 무슨 일이 있었습니까? 대충 황제에게 보고를 하던 무렵부터겠습니다. 제 말이 틀립니까?"

"그건, 뭐라고 할까. 동정이나 연민이나, 그런……."

"말씀드리지 않았습니까. 동정하실 거면 제게 하십시오."

레일리가 얼음장같이 대답했다.

이제 보니 그때의 그 발언도 알렉시스 에슈마르크와 가깝게 지내는 꼴이 보기 싫어서 꺼낸 말인 듯했다. 물론 나는 도무지 납득할 수도, 받아들일 수도 없는 사고방식이고, 별로 동조해 줄 생각도 없다.

그리고 내 눈썹이 휙휙 꺾이는 사이, 그는 더더욱 살벌한 태도로 말을 잇기 시작했다.

"애초에 대공처럼 모든 것을 다 가진 인물을 가엾게 여길 이유라니, 짐작도 가지 않습니다. 마스터는 '그런 것'에 약하시니 어떤 식으로든 마음을 쓰고 계신 듯합니다만, 저는 도무지 이해할 수가 없습니다. 그때 황성에서 무슨 일이 있었던 겁니까?"

"그건 그 양반의 프라이버시라 안 돼."

일단 대공의 사적인 부분은 지켜 주기로 했지만, 그때부터 알렉시스 에슈마르크와 긴밀한 유대가 형성되었다는 것을 눈치채고 있었다면 더는 발뺌할 수도 없었다.

아니, 눈치를 챘으면 일찌감치 말을 할 것이지, 이 자식은 왜 늘 이런 식으로 의심만 쌓아 두다가 한 번에 터트린단 말인가? 불만이 있으면 그때그때 말을 하란 말이다.

솔직히 레일리는 좋아하지만, 아무리 생각해도 그에게는 인격적인 결함이 있다. 좀팽이 새끼. 염병, 하지만 사실 전부 내 업보지, 누구를 탓하랴.

별수 없이 나는 괜히 다른 말을 꺼내서 주제를 환기시켜 봤다.

"그리고 넌 대체 왜 동정이든 연민이든 유대든 친분이든, 내가 다른 사람과 교류하는 걸 그 자체로 꼴도 보지 못하는 건데? 내 인생에 너밖에 없기를 바라나? 진짜로? 그게 가능하다고 생각해? 아주 수갑이나 갖고 오셔서 감금물 찍으시지 그러세요?"

대놓고 빈정거리자 그가 또 협박이라도 하는 듯한, 양아치 같은 태도로 반문했다.

"이유를 물으십니까?"

그런데 정말이지 미치고 팔짝 뛸 노릇이었다. 그 뒤에 이어진 말은 놀랄 만치 로맨틱했다.

"당신을 사랑하기 때문입니다."

구구절절한 미사여구는 없었지만, 지극히 직설적이었다. 나만이 기겁했다. 지금까지는 계속 아니라고 단호하게 대답하더니, 하필 이 타이밍에 저 대사가 나올 거라고는 정말로 상상도 하지 못했다.

"무드도 없는 놈이, 왜 그 말을 이 타이밍에 해?"

하지만 레일리는 내 반응에는 추호도 신경을 쓰지 않는 듯했다. 그는 다짜고짜 자신의 할 말만을 이었다.

직설적인 고백이 다시 이어지기 시작했다. 여전히 그 고백의 성질은 지저분했다.

"일찌감치 말씀드렸지만, 당신을 뼈째 갖고 싶기 때문입니다."

"그런 걸 사랑이라고 하냐……? 그건 소유욕이야. 사랑이기 이전에 범죄 및 사생활 침해랑 닿아 있다고."

"그럼에도 불구하고 제가 무슨 짓을 해도 당신이 손에 들어오지 않기 때문입니다. 이유는 이것으로 충분하십니까?"

슬쩍 다시 주제를 흐리려 해 보았지만, 레일리 크라하가 내 말을 끊고 살벌하게 덧붙였다.

"관심도 없으시던 제 분노와 질투의 이유 따위를 이제 와서 물으실 것은 또 무엇입니까? 이유는 지금까지 늘 스스로 제공하시지 않았습니까?"

그러더니 미간을 좁히고 인상을 썼다. 거의 비난조였다. 그가 한 번 더 거듭해 말했다.

"언제나 스스로 제공하시지 않았습니까?"

"내…….. 내가 뭘?"

박력에 밀려서 왠지 찔끔하고 말았지만, 최대한 다급히 당당한 마음을 표현했다.

내가 왜 내 사생활까지 당연하단 듯이 저당을 잡혀야 한단 말인가? 대체 무슨 행동이 그 계기며 이유가 되냔 말이다. 계기며 이유라고 해 봤자 레일리 크라하의 말아먹은 성격이 전부가 아니겠는가? 그게 또 왜 내 탓이 되냐?

그런데 레일리의 생각은 다른 듯했다. 그가 공격적인 태도로 눈썹을 역팔 자로 꺾고, 지금까지 본 그의 태도 중에서는 가장 직접적인 형태로 분노를 드러냈다.

"좋아는 하지만 깊은 관계가 될 생각은 없다. 사랑은 하는데 연인이 될 생각은 없다. 마음은 이해하겠지만 곁에 머무를 생각은 없다. 언제까지고 함께할 생각도 없다. 밤은 함께 보내도 인생의 어떤 곁도 내줄 생각이 없다."

퍽 매서운 태도였다. 내 두 손목을 콱 움켜쥔 그가 속사포처럼 쏟아 뱉었다.

"몇 번을 애원했는데도 그 요구에만은 추호도 답변하지 않으셨지요. '감히' 저를 애원하게 하시고, 그럼에도 늘 에둘러 거절하고 부정하지 않으셨습니까? 당장이라도 도망칠 사람처럼, 떠나고 싶은 사람처럼 슬그머니 시선을 돌리시지 않습니까? 매사 회피하고 계시지 않습니까?"

레일리 크라하가 씹어뱉었다.

"저를 돌아 버리게 만드는 것은 당신이 아닙니까? 저를 안달 나게 만드는 것도 당신입니다. 제게서 여유를 갈취하는 것도 당신이 한 일입니다. 틈만 나면 중요한 주제는 피하려고만 하시지요, 마스터. 그 찰나의 스릴과 자극, 만족감 따위에 안주하고 계시지 않습니까? 마이어 후작에게와 마찬가지로, 간혹 저를 대등한 사람으로도 취급하지 않으실 때가 있다는 사실은 스스로 알고 계십니까? 저는 당신의 중요한 영역에 발조차 딛지 못했다는 것을 알고나 계시는 겁니까? 생각해 보면 처음부터 늘 그런 태도셨지요?"

거기까지 말하고, 돌연 갑작스럽게 입을 닫았던 그가 제 분에 못 이겨 상체를 세우고 내 손을 놓아줬다. 손목에는 이미 빨갛게 멍이 잡혀 있었다. 나를 보는 보랏빛 눈동자가 형형하게 번들거렸다. 이번엔 정말로 맛이 간 것처럼 보였다.

이윽고 한참 동안 침묵하던 레일리 크라하가 별안간 다시 냉정하고 이성적인 태도로 부드럽게 덧붙였다. 마치 그 순간 무언가를 깨닫거나 상기한 것처럼, 표정을 냉랭히 가라앉힌 채, 아주 정적인 목소리로 말이다.

"처음부터 늘 그런 태도셨지요, 마스터."

그 부드러운 말투가 적잖이 수상쩍었다. 아마도 이 자식은 지금 몹시 열이 받았다. 그리고 열이 받은 이유는 알렉시스 에슈마르크로 인한 질투고, 마이어 후작도 거들기는 했을 것이다. 지난밤 내가 적당히 말을 돌려 버린 것도 한몫한다. 물론 내가 말을 돌려 버린 게 어제가 처음은 아니었으니 누적 효과도 있을 터였다.

그리고 그 짜증과 분노가 계기가 되어 곱씹다 보니 평소의 내 행실에까지 불만이 번졌다. 그 지점은 솔직히 정말 할 말이 없다.

나는 그저 소설 속에 들어왔을 뿐이다. 다른 사람이 쓴 소설도 아니고, 내가 직접 구성하고 제작한 세계의 안쪽이었다.

염병, 하지만 그럼 이런 상황에서 어떻게 하란 말인가? 내가 인물들을 볼 때 기본적으로 캐릭터로 볼 수밖에 없는 것은 정말로 어쩔 수가 없는 일이었다. 그들은 내 눈앞에서 각자의 사연을 지닌 인간으로 살아가고 있지만, 그 기저에는 내가 만든 캐릭터라는 사실과, 그들의 삶 역시 내가 구성한 서사에 불과하다는 진실이 깔려 있다.

좀 생각을 해 보자. 알렉시스 에슈마르크는 내게 레일리 크라하와 거리를 두라고 한 후 떠났다. 그는 레일리가 내게 이런 불만을 품고, 일찌감치 이것저것 눈치챈 채 의심만 쌓고 있었다는 사실을 파악해 두었던 것일까?

아니, 분명 그가 꺼낸 경고의 논조는 연애 문제에 대한 것이 아니었다. 그는 유리 옐레체니카와 관련된, 보다 심각한 일에 대해 논하고 싶어 한다.

그렇다. 그것 역시 어쩔 수 없는 일이었다. 유리 옐레체니카가 일찌감치 저지른 일들이 있고, 여전히 이해하거나 납득할 수 없는 그녀의 행동들이 있다. 그런데 이런 상황에서 어떻게 레일리 크라하에게 온 신경을 집중하고, 잠깐의 연애 감정에 온 마음을 바쳐 휘둘려 주란 말인가? 나에게는 사랑 따위에 할애해 줄 마음의 여유가 한 티끌도 남지 않았다.

그리고 레일리 크라하가 내게 요구하는 것. 떠나지 않고 그의 곁에 있겠다고, 일평생 함께하자고 맹세하는 것에 대해서는……

"죽이든가, 시팔."

입 밖으로 먼저 결론이 튀어나왔다. 레일리의 표정이 더더욱 사나워졌다.

"아니꼬우면 뒈지시든가, 도저히 눈앞에 두고 못 보겠으면 죽이든가. 염병하고 자빠졌네."

"그게 당신 대답입니까?"

"명료하게 요약하자. 일단 나는 너를 좋아는 하는데."

"또 그따위 말로……"

"반론은 받지 않는다. 닥치고 좀 들어."

짜증스럽게 일갈하자 레일리가 난폭하게 미간을 찌푸렸다. 그러나 결국 첨언은 없었다. 그는 순순히 내 다음 말을 기다렸다.

"내가 왜 너를 좋아하나? 같이 시간을 보냈고, 그 시간이 즐거웠고, 함께 지내다 보니 편했고, 가끔 좀 설레는 일도 있었고, 뭐 여러 가지가 이것저것 합쳐져서 호감을 느끼게 된 거 아냐? 그 후에 그럴싸한 썸을 타면서 연애 감정이 생겨서, 그걸 인정한다고 말하는 것 아냐. 나는 너를 좋아한다고."

"그래서 무슨 말씀을 하시려는 겁니까?"

"이게 내 인생에 유일한 사랑이냐?"

또 불만 어린 태도로 즉시 무언가를 말하려던 레일리가 대번에 인상을 썼다. 그가 꾹 입을 닫았다.

"정말 다시는 없을 거라고 확신하냐?"

내가 다시 물었다. 여전히 레일리는 대답하지 않았다.

"아, 물론 한동안은 생각이 좀 나겠지. 어쩌면 좀 오래도록 생각이 나고, 일평생 생각이 날 수도 있겠지. 하지만 그게 유일하냐고. 그래, 뭐, 사실 유일이야 하겠지! 그렇다고 내가 내 모든 것을 포기하고 너한테 매달릴 정도로 숙명적이고, 어? 운명적인 로맨스야? 아니잖아?"

"그게 당신에게 있어 제 가치라는 겁니까? 잘 이해했습니다."

"너는 뭐 다른 줄 알아? 네가 왜 나를 좋아하는데?"

또 강제로 내 손을 붙잡고 키스라도 하려는 듯 내려오는 상체를 주먹으로 퍽 때리며 재빨리 덧붙였다.

"고난밖에 없었던 인생에 일상적인 순간을 준 사람이라서? 네가 모르던 것을 알려 줘서? 어둡기만 했던 네 삶에 내가 빛나는 것처럼 보였다고? 말이야 로맨틱하지, 결국은 굳이 내가 아니어도 됐다는 것 아니야?"

솔직히 말해 부정할 수 없는 얘기가 아닌가? 나는 오랜 시간 함께하며 레일리가 좋아졌고, 레일리는 현대인이기 때문에 나에게 끌렸다.

나는 굳이 레일리가 아니어도 나랑 잘 맞는 인간이기만 하면 됐을 것이고, 레일리 역시 굳이 내가 아니어도 누구든 빙의한 인간이었다면 좋았을 것이라는 얘기와 무엇이 다르단 말인가?

"막말로 네가 가장 처음 만난 게 풍족하고 평화로운 환경에서 유복하게 성장한 다정한 마음씨의 소유자 세레나 윌리엄스였고, 뭔가 강제로 너를 세레나 곁에 묶어 둘 요인이 있었다고 생각해 봐라. 그래도 사랑에 빠졌을 것 아냐? 그게 유일하냐? 어? 나여서 특별했냐고? 그냥 네 인생에 특별했던 순간이 있고, 그 순간을 함께한 사람이 우연찮게 나였으니까 마음에 든다, 그러니 갖고 싶다, 동조하라. 이 얘기 아냐?"

레일리는 잠자코 내 말을 듣고 있었다. 그리고 한참 후에야 인상을 찡그리며 대답했다.

"이미 시작된 걸 그렇게까지 부정할 일입니까?"

"물론 그렇다고 네가 말하는, 이미 발생한 네 감정이 가짜라는 건 아니고, 내가 널 좋아한다는 현재의 상황이 변하는 것도 아니지. 하지만 분명하게 말하건대, 네가 나한테 달라고 하는 것."

나는 검지를 세워 그의 가슴팍을 비난조로 쿡 찌르며 사납게 말했다.

"내가 결코 줄 수 없는 것이고."

"……."

"내가 꼭 갖고 싶고, 반드시 필요하고, 어떻게든 찾아야 하는 것."

레일리가 싸늘하게 보랏빛 눈동자를 깔았다. 나는 그를 똑바로 올려다보며 또다시 말했다.

"너는 결코 용납 못 해."

"그래서?"

"그런데 왜 군이 내가 그렇게까지 해 가며 네 곁에 있겠다, 내가 찾고 싶은 모든 자유와 내 인생을 포기하고 너와 함께하겠다, 그렇게 말해야 하나? 어차피 내 인생에 사랑이 한 번도 아닐 테고, 너랑은 절대 타협할 수 없는 입장인데!"

"그래서, 내게 동조하지 않고, 먼 훗날 적당히 기억이 나지 않을 법한 무렵에, 당신과 타협이 가능한 적당한 사정의 인간을 찾고."

"그래!"

대차게 쏘아붙인 순간, 레일리가 별안간 맥락 없이 서늘한 목소리로
말했다.

"당신이 나에게 지금까지 떠들었던 수도 없는 말들 중 절반 이상은
거짓이라는 것을 알고 있습니다."

그건 정말이지 갑작스럽게 튀어나온 말이었다. 나는 그의 말을 제대로
이해하기 위해 눈을 부릅떴다가 인상을 쓴 채 고개를 기울였고, 결국 다시
물어봐야 했다.

"뭐가? 갑자기 뭔 소리야?"

무감정한 얼굴로 나를 물끄러미 내려다보던 레일리가 얼음장같이 대답
했다.

"당신이 유리 옐레체니카가 아니라고 생각합니다."

"그러니까, 아니라고 몇 번을 말해?"

"다른 의미에서 말입니다, 마스터."

그가 차갑게 말했다.

"다른 인격 따위가 아니라, 그냥 애초에 유리 옐레체니카가 아니라고
생각한다는 겁니다."

"뭐……?"

이건 또 뭔 폭탄 발언이란 말인가? 당황해서 신음을 흘렸다가 다급히
그의 어깨를 몇 번 더 때리며 캐물었다.

"뭔 소린데?"

"'몸을 옮긴다'는 개소리를 해 놓고 그걸 곧이곧대로 믿기를 바라시는
것도 우습지 않습니까? 이유에도 논리가 없었고, 과정에도 논리가 없었으
며, 반드시 그래야 할 합리와 타당함 따위는 어디에서도 찾아볼 수도 없었
습니다. 당신은 그저 당신 자신으로 내게 인정을 받고 싶었을 뿐이지요.
아닙니까?"

빈정거리며 대꾸한 그가 그대로 내 위를 덮치듯이 상체를 숙였다. 지난

밤 내 옷을 갈아입힌 후 다시 본인의 차림새도 정갈히 했는지, 내가 만지작대며 앞섶만 조금 어지러워진 집사복이 옆으로 주르륵 흘러내렸다. 레일리 크라하의 보랏빛 눈동자가 형형하게 빛나고, 선명한 점이 입술 아래에서 유난히 도드라졌다.

"그래서 당신이 애초에 내게 꺼낸 모든 말들 중 절반 이상에는 거짓이 섞였으리라는 것을 익히 짐작하고 있습니다."

그가 단정적인 태도로 말했다. 꽤나 확신을 품은 듯했다. 이미 그렇게 결론을 내린 뒤인 모양이었다. 그가 늘 그랬듯이.

"유리 님이야 자기 자신을 실험대에 올리는 짓도 저어하지 않으셨고, 애초에 삶에 염증을 느끼던 인간이니 얼마든지 무엇이든 했을 법하지요."

요컨대, 그 순간부터였다. 내가 레일리 크라하에게서 들으리라고는 전혀 예상하지 못한 발언들이 줄줄이 이어지기 시작했다. 레일리 크라하가 지금껏 나를 보며 굳이 입 밖에 꺼내지 않고 담아 두던 생각들 말이다.

"지나가던 생판 다른 인간의 영혼이라도 자기 몸에 쑤셔 넣고 본인은 죽음에 몸을 내던져 사라졌답니까? 아니면 잘 살고 있는 다른 인간을 강제로 불러들인 겁니까? 어느 쪽이든 당신이 유리 옐레체니카의 몸을 빌린 생판 다른 인간이라는 것 정도는 알고 있습니다. 자세한 사정은 궁금하지도 않습니다. 일찍이 유리 옐레체니카의 원조를 포기하게 됐을 뿐이지요."

그리고 거기까지 얘기한 레일리의 눈동자가 사납게 일그러졌다. 격렬한 분개였다.

한마디로……. 거의 모든 진상을 일찍이 짐작하고 있었다는 얘기가 아닌가? 내가 이 세상의 창조주……. 알렉시스 에슈마르크의 표현을 빌리자면 '설계자'라는 점 외에는 거의 눈치채고 있었다는 이야기다.

기가 찰 지경이었다. 말하자면 나는 지금까지 하지 않아도 될 고생에 수많은 시간을 바쳤다. 몸으로나, 마음으로나 마찬가지였다.

"너, 이 자식……."

나는 집사 놈에 대한 억하심정으로 이를 바득바득 갈며 눈을 세모꼴로 치떴다. 일찌감치 대부분의 사실을 어렴풋이나마 파악하고 있었으면서 일언반구 말을 꺼내지 않았단 말인가? 정말이지 이 자식은 왜 이렇게 옹졸하고 좀스럽단 말인가?

"그깟, 이미 일찍이 짐작하고 있는, 당신이 내게 숨기는 비밀 따위가 당신의 양보할 수 없는 지점입니까?"

그런 내 꼴을 무심히 깔아 보던 그가 특유의 오만한 태도로 목을 옆으로 기울이고, 내 위로 얼굴을 숙였다.

"본래 계시던 곳으로 돌아가고 싶으신 겁니까?"

레일리 크라하가 퍽 다정다감한 태도로 속삭였다

"그렇다면 포기하십시오, 마스터. 저를 데리고 가실 생각이 없으신 것이 아닙니까? 당신 삶에 편입시킬 생각이 추호도 없다, 이 말씀이 아닙니까?"

그가 그대로 몸을 숙여 내 목덜미 옆에 얼굴을 묻었다. 나는 그의 품에 갇힌 듯한 형상이 됐다.

"이제 됐습니다."

그렇게 말하고는, 마치 크게 숨을 들이켜는 듯했다. 아주 달콤하고 진득한 향기라도 맡고자 꽃다발에 얼굴을 파묻는 사람처럼.

"본래의 당신이 무엇이든 상관없습니다. 그저 당신이 본래의 당신으로도, 유리 옐레체니카로도 내 곁에 있지 않겠다면."

귓가에 사탕이라도 떨어트린 듯한 달콤한 목소리로, 레일리 크라하가 부드럽게 말했다.

"제 손에서 놓을 생각이 없으니, 어디로도 돌아가게 해 드릴 생각이 없습니다."

정말……. 어쩌다가 이딴 놈한테 감정적 호감을 느끼게 됐지?

진정 나 자신의 취향을 반성해야만 할 때가 왔다. 죽어도 얽히지 말았어야 할 놈과 얽히고 말았다는 것을, 비로소 그때에야 확실히 깨달았다.

"당신의 팔다리를 부러트리고 세상의 빛을 꺼트려서라도 마찬가지입니다. 얌전히 제 곁에 있겠다고, 한마디만 하시면, 실컷 귀여워해 드리며 풍족하게 키워 드릴 텐데 왜 그 한마디를 못 하시지요?"

그의 발언은 갈수록 가관이 됐다. 나는 정말로 많이 반성해야 한다.

"그러니 괜한 수작 부리지 마십시오."

정말로. 진짜. 캐릭터의 인생과 인품을 말아먹은 책임을 이렇게 지게 될 줄은 몰랐지만, 정말로, 정말로 반성해야만 한다. 반성한다고 해결이 될 것 같지는 않지만, 진짜로 반드시 반성해야 한다.

"갖고 싶은 것은."

쓰레기들의 도시를 제패했던 악당, 므라우의 까마귀, 레일리 크라하가 말했다.

"무슨 짓을 해서든 손에 넣는 성품이라."

일찌감치 멍 자국을 남긴 내 손목을 이빨 끝으로 물어뜯으며, 그가 마지막으로 한 번 더 경고했다.

"수작을 부리시면 저도 대응해야 하지 않습니까. 부디 집사로서의 소임을 다해, 최소한의 수단 방법을 가리게 해 주십시오."

그리고 레일리 크라하의, 내가 좋아하는 잘 발달한 전투 근육이 집사복 너머로 위협적으로 맥동했다.

왜 나는……. 저딴 걸 좋아했지? 물론 지금도 좋아한다. 취향은 쉽게 바뀌지 않으니까.

그러니 역시 현재진행형으로 회의를 느낀다. 왜 저딴 걸 좋아하지?

"알아들으십니까?"

별로 알고 싶지 않은 말이었지만, 요지는 파악했다. 나는 주체 없이 알렉시스 에슈마르크가 보고 싶어졌다. 이 자식을 어떻게 처리하면 좋을지를 상의하고 싶었다. 이 세계에서 내가 유일하게 그런 주제로 상담을 구할 수 있는 상대였다.

적당히 거리를 두라고 조언을 듣자마자 괜히 끌어안고 나뒹굴었다가 이 꼴이 됐지만, 아무튼 지금은 레일리와 내 관계를 강제로라도 차단해 줄 사람이 필요했다.

나는 레일리를 똑바로 보지 않고 텐트의 천장만을 빤히 바라보다가 속으로 욕을, 욕을, 또 욕을 했다.

"다시 묻겠습니다. 질문이 뭔지는 아시겠지요. 대답을 주십시오."

"배……."

"예?"

"배, 배고파."

"……."

그리고 그것이 내가 꺼낼 수 있었던 최선의 대답이었다. 염병.

"밥 먹고 얘기하자!"

이딴 걸 이 상황에 알맞은 말이라고 한단 말인가. 스스로 생각해도 어이가 없다.

레일리가 또 한 번 경멸 어린 태도로 상체를 세우고 나를 위아래로 훑어보다가 시계를 확인했다. 다행히도 이미 오후 세 시를 훌쩍 넘긴 시간이었고, 나는 아직 한 끼도 먹지 않았다.

슬그머니 시선을 회피하는 나를 언짢은 낯으로 바라보던 그가 결국 몸을 세웠다.

어쨌든 식사는 준비하려는 모양이었다.

* * *

결론부터 말했을 때, 다행히 나는 '밥 먹고 얘기하자'는 말을 책임지지 않게 되었다.

식사를 하고 나서 레일리가 갑자기 개과천선하여 도덕적이고 윤리적인 사랑을 하게 된 것은 물론 아니었고, 애셔 황태자 덕분이었다. 식사가 거의 끝나 갈 때쯤 갑자기 황태자의 전령이 도착한 것이다.

요약하자면 개인적이고 사소한 이유로 묻고 싶은 것도 있고 먹고 싶은 것도 있으니, 괜찮다면 와서 디저트 타임이나 함께하자는 얘기였다. 거절해도 상관없다는 얘기도 편히 뒤따랐다.

평소였다면 황태자처럼 신분 사회에서 가까이하고 싶지 않은 인물의 티타임 초대에 네네! 하며 바로 응하지는 않았을 테지만, 오늘은 사정이 달랐다. 레일리 크라하 따위와 단둘이 지내는 것보다는 황태자처럼 함부로 대하기 어려운 인물의 앞에서 조금이라도 시간을 때우는 편이 나았다.

아무리 레일리 크라하여도 황태자 앞에서까지 이런 사적인 이유로 답을 요구하며 난동을 부리지는 않을 테니까 말이다. 저번에 내가 알렉시스로부터 우리 문제에 대한 의견을 구하려 하자 기분이 상했던 것으로 봐서는, 남들 앞에서 우리의 감정적 문제를 논하고 싶어 하는 놈도 아니었다.

나는 흔쾌히 황태자의 부름을 받아들이고, 그때까지 깨작깨작 늦추던 식사의 마무리를 즉시 끝마쳤다.

레일리가 못마땅한 표정을 지었지만 무시하고 재빨리 코트까지 걸쳤고, 그 아래에는 잠옷으로도 입은 원피스 한 장만 덜렁 입고 털 슬리퍼를 직직 끌며 황태자를 찾아갔다.

"편히 오시라 했지만 정말로 편히 오시는군요."

애셔 아마르트 뷔올이 특유의 화창한 얼굴로 인사부터 건넸다.

"원피스가 예쁩니다."

그가 입에 발린 인사치레를 건넸다. 나는 씨익 웃어 보인 후 감사하다고 경쾌하게 대꾸했다. 레일리 크라하의 개 같은 수작질에 놀아나지 않아도 된다는 것만으로도 기분이 좋을 이유는 충분했다.

"제가 이 주변에서는 마력의 밀도를 감당하기가 어려워서, 주변에 강대한 기운을 두르고 다니는 집사를 대동할 것 같은데, 괜찮으실까요?"

일단 예의상 바로 뒤의 레일리를 향해 엄지를 휙 들어 올려 보이며 황태자에게 슬쩍 질문을 던졌다. 레일리와 단둘이 있고 싶지는 않지만 레일리와 따로 움직일 수도 없는 터라 황태자의 양해를 구해 두어야 했다. 황태자 입장에서는 므라우의 까마귀 같은 놈과 동석하고 싶지 않을 수도 있는 것 아니겠는가.

질문 먼저 던진 뒤 시종이 꺼내 준 의자에 앉으며 코트를 주고, 민소매 원피스를 정리해 황태자의 맞은편에 앉았다. 황태자가 대수롭지 않게 고개를 끄덕였다.

"어차피 그는 백작님의 소관이 아닙니까? 특정한 이야기가 새어 나가지만 않는다면 괜찮습니다."

사실 내 소관도 아닌 것 같지만 나는 적당히 고개를 끄덕였다. 그리고 내 앞으로 달콤한 차와 디저트들이 나오는 사이 애셔 황태자가 먼저 운을 뗐다.

"백작님을 모시게 된 것은 다름이 아니라, 마법과 관련하여 조언을 얻고 싶은 부분이 있기 때문입니다. 음, 그러니까, 티타임에 지도 같은 것을 꺼내도 불편하지 않으시다면 말이죠."

일찌감치 마들렌을 집어 먹던 나는 눈을 동그랗게 떴다가 재빨리 밀크티를 한 모금 삼키고 경고의 말을 꺼냈다.

"그런 건 상관이 없지만……. 저는 지금은 마법에 대해선 아는 것이 없는데요."

"아, 지식적인 질문은 아닙니다. 그저 어떻게 느껴지는지를 여쭤보고 싶어서요. 아마 백작님께서는 숙부님과 비슷한 정도로 마력에 민감하신 듯하고, 저는 마법을 사용하지 못해 실제로 그것이 어떻게 발휘되는지를 서술할 수는 없거든요."

그가 아무렇지도 않게 대답하며 밀크티에 넣을 연유를 밀어 주었다. 나는 잽싸게 그가 준 연유를 받아 내 밀크티에 보탰다. 그사이 애셔 아마르트 뷔올은 주섬주섬 거대한 지도를 꺼내고 있었다. 흘긋 살피니 푸른 숲 주변을 옆에서 세로로 잘라 낸 듯한 단면도 몇 장이었다. 굳이 이런 지도를 쓸 이유는 물론 모를 일이었다.

심지어 푸른 숲의 주변을 둘러싸고 펼쳐진 협곡 근방의 하늘 위로는 이해하지 못할 선들이 빼곡하게 그려져 있었다. 직선, 곡선, 원……. 가끔은 덩어리이기도 했다.

"이게 뭡니까?"

"마력의 밀도가 높은 곳에서는 중량을 측정했을 때 다른 값을 얻게 된다는 것을 알고 계십니까?"

애셔 황태자가 부드럽게 말했다.

"그런 것을 계산하여, 푸른 숲 주변의 마력 지도를 그린 것입니다. 마력의 밀도가 어떤 방향으로 어떻게 변화하며, 또 어떤 힘의 흐름이 작용하고 있는지를 확인해 보기 위해서요."

"미리 말씀드리자면 제가 이해할 범위를 초월한 것 같네요."

"아하하, 물론 이런 것을 설명드리고자 모신 것은 아닙니다. 이 부분이 보이십니까?"

애셔는 태연한 얼굴로 내 지적 수준을 무시하더니, 개중 한 장을 뽑아 구석을 짚어 보였다. 몇 번이고 무언가를 그려 넣었다가 마법 약품으로 덧씌워 가린 곳이었다. 주변의 선들 역시 간간이 고친 듯한 흔적을 갖고 있었다.

"이 부분이 실제로는 어디냐면……. 저쪽입니다."

나는 다시 애셔 황태자가 지목하는 쪽을 향해 고개를 들었다. 스프링 구조를 비롯해, 소용돌이치듯 데굴데굴 굴러 떨어지는 구슬이 아래의 기계들을 자극하는 지점이었다.

"저 부분의 마력이 어떻게 느껴지는지 대략적으로라도 설명을 부탁드릴 수 있을까 싶어서요. 저는 지극히 이론적으로밖에 이해할 수 없기 때문에,

이 근방의 마력 흐름에 대한 의문이 해소되지 않아 그 주변의 압력 구조를 그리는 일에마저 난항을 겪고 있었습니다."

"세레나는요?"

"윌리엄스 양은 새벽같이 일어나 푸른 숲 근처로 갔거든요. 그리고 사실 그녀에게 이런 것을 묻기엔 미안하지 않습니까? 마력이 남기는 강대한 힘이 두려워 마법을 쓰기가 무섭다고 하기에, 그녀에게는 마력을 느껴 달라고 말하기가 저어됩니다."

"아하⋯⋯."

나는 잠자코 동조의 탄식을 흘리며 잠시 입술을 만지작거렸다. 세레나의 본능인지 재능인지 모를 두려움이라면 나도 짐작은 하고 있었다. 알렉시스 에슈마르크가 마법을 제대로 연습하고 있냐고 물었을 때 어물어물 말을 흐린 것을 보면 애초에 성실한 학생은 아니라는 뜻이었다. 아직 세계의 구조나 무게를 전혀 모르는 것처럼 보인다는 점도 그렇고, 그 재능에도 불구하고 여태 마법은 못 쓰는 일개 정령술사로만 살고 있는 걸 봐도 마찬가지였다.

세레나는 재능이 없어서 마력의 구조를 보지 못하는 게 아니었다. 직감적으로 그 '무시무시한' 정체를 느끼고 의도적으로 눈을 감고 있는 것이다.

이론적으로는 지금도 사소하고 질 낮은 마법 몇 개 정도는 쓸 수 있겠지만, 굳이 그러려 하지 않을 뿐이다. 실제로도 그 이상의 마법을 쓸 수 있을 만큼 발전을 갖지는 못했을 것이다. 사실 발전할 수 있을 만큼 노력하지도 않았을 테고.

어쩐지 뭔가가 두려우니 생존 본능에 따라, 그녀 자신도 인지하지 못한 사이 회피하게 된 것이다. 이 '무게'를 인지하고 짊어지는 일을 말이다.

본인이 인지하지 않으려 하니 당연히 인지할 수 없다. 적어도 자기 자신의 인지 능력을 속일 수 있을 정도로는 위대한 재능이었다. 정령이야 이놈의 빌어먹을 기계 장치 구조를 보기 전까진 그냥 귀엽고 예쁜 아이들처럼 생겼으니 무난히 쓰고 있겠지만, 마법의 경우엔 궤가 다르지 않던가.

세레나 정도로 재능이 있는 사람이라면, 괜히 마법을 쓰려고 하다가 까딱 잘못하다간 세상의 구조를 인지하고 그걸 '볼' 수 있게 되어 버릴 것이다. 시발, 나처럼.

나는 나도 모르게 뮤라를 떠올려 봤다. 세상의 구조를 보게 된 뒤로는 예전처럼 마음 놓고 뮤라를 귀여워할 수 없게 됐다. 세계의 세밀한 기관 장치 구조를 볼 수 있게 된 눈으로 정령을 보면 이전과는 다르게 보이는 탓이었다. 겉가죽이나 바디를 꾸밀 생각조차 하지 않은 날것 그대로의 기계 인간을 보게 되고 만다.

주변의 마력 장치들에 호스를 비롯한 온갖 연결 장치로 붙잡힌 채 꼭두 각시처럼 허공에 매달려 있는 기계인형 말이다. SF 영화에서나 봤던, 인간다운 껍데기 없이 부품과 부품만으로 이루어진 채 내부의 모든 장치를 훤히 바깥에도 내보이게 되어 있는, 그런 장치.

정령의 '속성'을 상징하는 서로 다른 빛깔의 보석이 그 이마마다 세 번째 눈알처럼 요요히 박혀 있다. 뮤라의 경우 아름다운 아쿠아마린처럼 보였지만, 그 모든 부품이 '마력'의 결정체에 불과하니 실제로는 그 보석도 아쿠아마린은 아닐 것이다.

정령의 몸에 연결되어 있는 다양한 장치들은 이 골드버그 장치들 중 관련 속성에 영향을 미칠 수 있는 거대 기계들에 엮여 있다. 그게 바로 정령의 '속성력'의 기원이다. 나처럼 기계 장치를 직접 조작할 공간 지각 능력을 지니지 못한 술자는 정령을 부려서 정령 안에 내재되어 있는 '명령값'들을 실행시킴으로써, 자신 대신 그 기계 인간으로 하여금 장치를 조작하게 만들 수 있는 것이다.

말하자면 간편한 키트 같은 존재였다. 전문가가 아닌 사람에게도 간단한 도구 상자를 제공함으로써 엉성하게나마 비슷한 일을 할 수 있게 하는 존재 말이다.

하지만 그렇다고 해서 정말 마음 편히 쓸 수 있는 것은 아니었다. 내 경우, 그 형상을 볼 때면 좀……. 다소 끔찍해 보이기까지 했다. '크리피' 하다고 해야 하나. 생리적인 꺼림칙함을 느끼게 만드는, 섬뜩할 정도의 기이한 느낌을 풍기는 형태였다.

사람과 닮은 기계로부터 느껴지는 과도한 동질성과, 그게 인간이 아니라는 분명한 인지로부터 비롯되는 감추지 못할 이질성이 있다. 그 어긋난 불완전성을 감지함으로써 사람이 느끼게 되는 불편함과 꺼림칙함을 언캐니 밸리라고 한다. 내게도 대충 그런 감정이 있는 것이리라.

이유야 어찌 되었든 허공에 대롱대롱 매달려 기계 장치 사이에서 흔들리는, 인간과 유사하지만 명백히 다른 모습의 작은 오토마타와 눈이 마주치면 왠지 악몽을 꿀 것 같은 기분을 느끼게 되고 만다. 게다가 정령은 다른 마력 장치들과 달리, 내재된 활자 부품들을 기반으로 '입력값'에 따른 '출력값'을 내놓는다. 즉, 키워드만 잘 맞추면 원활히 대화를 나눌 수 있다. 그래서 더 기분이 이상했다.

이게 바로 정령과 정령술의 꺼림칙한 정체였다. 지금 생각하면 유리 옐레체니카의 또 다른 위대한 발명품 '오토마타(자동인형)'들의 원형이 어디에서 나왔는지도 명백해 보인다.

마법을 제대로 썼다간 매일 악몽이라도 꿀 것 같은 이런 꺼림칙한 세계로 원치 않게 끌려들지도 모른다. 그 사실을 본능적으로 느끼고 두려워할 정도의 재능이라면, 자신도 모르는 사이 두려움의 원인을 피하고 싶어질 만도 했다.

나 역시 '마력'을 보게 된 뒤로는 꺼림칙한 기분 탓에 뮤라가 반드시 필요한 시기가 아니면 잘 부르지 않게 되었던 터라, 세레나의 마음을 백 번 이해하고도 남는다. 나는 세레나의 편을 들어주듯, 당연히 그럴 수 있다는 듯이 너그럽게 대답해 주었다.

"확실히 그런 점이 있긴 하죠……. 그런데 저걸 뭐라고 설명한다?"

"직관적으로 설명해 주시면 제가 알아서 이해해 보겠습니다."

"끙……."

이 세계가 기계 장치라고 설명할 수도 없는데 이걸 어떻게 말하란 말인가? 알렉시스 에슈마르크는 평소에 조카에게 이런 일을 해 주었단 말인가? 혼자 끙끙대며 머리를 쥐어짜던 나는 결국 우회적인 방법을 선택했다.

"종이 있어요?"

"물론입니다. 여기 있습니다."

"그러니까……. 이런……. 회오리 모양인데."

나는 그가 내민 종이에 아래쪽으로 갈수록 좁아지는 회오리를 하나 뱅글뱅글 그려 놓고, 위쪽의 넓은 곳에서부터 아래로 향하는 화살표를 가운데에 그려 넣었다.

"대충 이런 느낌?"

"아하……?"

"그리고 주변엔……. 음, 이쪽 방향이랑, 이쪽이랑, 여기랑……. 튕겨 나오는 것들이 있고요."

"아하. 그래서 계산이 잘 안 되었군요. 무언가가 튕겨 나오도록 하면서도 기존의 마력 구름이 제자리를 유지하려면, 그 너머에는 대부분의 마력 자극에도 끄떡 않는 거대한 힘이 있어야 할 테니까요."

표현은 달랐지만 확실히 그렇기는 했다. 스프링이 붙어 있는 장치는 몹시 거대하고 육중해 보였다. 나는 흘긋 그쪽을 살폈다가 다시 고개를 내렸다. 애셔 황태자는 지금껏 그를 괴롭히던 난제가 해결된 덕인지 퍽 즐거워 보였다.

"전하는 이상한 분이에요."

피낭시에를 먹으며 슬쩍 말을 걸자, 애셔가 또 특유의 산뜻한 낯으로 웃었다.

"자주 듣는 말이랍니다. 백작님께도 그리 보였나요?"

"왜 마법 같은 것을 그리 탐구하세요?"

"글쎄요, 제가 잘 모르는 분야이기 때문이 아닐까요?"

유쾌한 태도로 대답한 그가 지도의 나머지 부분에 빼곡하게 계산을 쓰더니 망설임 없이 슥슥 마력 구조도를 완성하며, 차분히 덧붙였다.

"저는 이리 태어났음에도 학자적 기질은 없어서 안타깝게도 학문적 깨달음의 즐거움은 모르는 사람이지만, 그저 제 지식이 누군가에게 득이 될 수 있도록 바꾸는 것이 제가 지닌 업무니까요. 내 의무를 등한시하며 사는 인간이 되고 싶지는 않을 뿐입니다."

"전하의 업무요?"

"저는 마법을 쓸 수 없지만, 제 아래에는 마법을 쓰는 자들이 있지 않습니까?"

그가 유한 태도로 반문했다.

"그렇다면 최소한 그들과 이야기를 나눌 수 있을 정도로는 알아야 하고, 그들에게 방향을 지정해 줄 수 있을 정도로는 공부해야 하는 것이지요. 다행히도 적성에 맞고요."

내가 이 세계에서 생활한 지 1년 반이 훌쩍 넘어 이제는 2년이 다 되어 가는데, 유감스럽게도 이곳에서 최초로 들은 정신머리 똑바로 박힌 말이었다.

"저는 마력이라는 것을 '예외성이 있지만 철저히 구조가 잡힌 덩어리'로 규정하고 있습니다."

애써 황태자가 조용히 미소를 띤 얼굴로 지도를 마무리하며 담담히 말했다.

"구조가 잡혀 있다는 것은 그 자체로 긍정적인 일이지요. 마력 따위에 구조가 잡혀 있다면 결국 우리네의 삶은 그 여파에 휩쓸릴 뿐인, 계산된 것이 아니겠느냐는 반론도 있겠습니다만, 체계와 구조가 잡혀 있다는 것은 그 자체로 지니는 의미가 있다고 여깁니다."

어찌 보면 틀린 말은 아니었다. 이 세계는 지극히 체계적인 마력의 통제하에서 돌아가고 있지 않은가. 나도 모르게 다시 고개를 들어 주변의 마력을 두리번거리며 살피는데, 애서 황태자가 차근차근 말을 이었다.

"구조가 있다는 것은 좋은 일입니다. 적어도 구조 안에 포함되어 있다면 우리는 도태되지 않고 최소한의 것들을 보장받을 수 있거든요."

"그렇게 생각하시는군요."

"대부분의 자연 법칙은 수치로 이루어지죠. 계산하면 무엇으로든 환산 될 수 있답니다. 이 땅이 주변의 모든 것을 잡아당기고 있다는 사실을 아 십니까? 슈리하 왕국의 학자가 세운 가설인데, 저는 그것이 아주 그럴듯 하다고 봐요."

실제로 세상의 구조를 보지는 못해서인지, 아니면 본래 지닌 성정이 그 렇기 때문인지. 알렉시스 에슈마르크와는 퍽 다른 사고방식이었다. 그래서 인지 나도 모르게 열기 없이 반응했는데, 황태자는 태연한 얼굴로 평온하게 말을 이었다.

"지각 사이의 인력뿐이 아닙니다. 어쩌면 마력으로 가득한 이 세계에서, 조금이라도 마력을 지닌 모든 것은 서로를 잡아끌고, 또 밀어내며 구조를 갖추고 있는지도 몰라요. 사람과 사람 역시 마찬가지입니다."

"전하의 지론입니까?"

"예. 중요한 것은 사람이지요. 사람이 없이는 어떤 기계도, 구조도 유의미 하게 구성될 수 없습니다. 각자의 삶이 전체의 구조에 어떤 영향을 미칠지를 생각하며 살 수 있다면 즐거운 인생이 되지 않을까요? 내 생명은 고작 수십 년에 끝날 만큼 미약하겠지만, 내 삶마저 그러지는 않을 겁니다."

애서 아마르트 뷔올이 퍽 단호한 태도로 말했다. 빈 공간을 다 채워 넣 은 지도를 훅 불어서 잉크를 말린 그가 저 먼 곳에 서 있던 보좌를 불러 지도를 챙기게 했다. 푸른 숲 근처에 가 있는 마법사단에게 전달하라는 지 시도 자연스럽게 뒤따랐다.

"그러니 마법을 직접 사용하지 못하는 제가 마법을 쓰는 사람들까지 이해하기 위해서는 그 구조를 이해하는 수밖에는 없습니다. 언젠가는 우리 역시 마법으로부터 독립해야겠지요. 뷔올은 마법과 기계에 잡아먹힌 도시니까요. 저는 마법을 사용할 수 있는 특출한 소수만이 마법을 이해해서는 안 된다고 생각합니다. 어쨌든 우리가 살아가는 세계를 구성하는 가장 막대한 힘 중 하나가 아닙니까? 당연히 이해하고, 또 그것을 받아들여야지요."

"그래서 그런 지도를 그리시는 건가요?"

"물론 그렇지요."

그가 부드럽게 대꾸했다.

"거대한 구조 안에 살아가면서도 인간은 자신의 중심을 잡아야 합니다. 자기 자신으로서, 외풍에 떠밀리지 않는 정체성을 구축해야지요. 마법은 편리한 힘이지만, 마법에 휘둘려 사람이 사라지는 것은 곤란합니다. 사회 전체가 기계에 잡아먹혀 인간이 도구처럼 취급되어서도 안 되는 법이고요. 우리가 사람 자체로서 지닌 힘과 영향력이 너무 쉽게 무시되고, 이 세상에서 낙오되고 있다는 생각을 간간이 합니다. 문명의 '그림자'라고 할까요…….
제가 어떻게든 해소하고 싶은 문제들입니다. '권력'이 필요한 이유이기도 하고 말입니다."

정말로 이 세계에 들어온 이후로는 처음 듣는 사고방식이었다. 나는 꽃받침을 해 턱을 괸 채 그의 말을 잠자코 듣고 있었다. 애셔 황태자가 희미하게 웃으며 다시 찻잔을 들어 올렸다.

"그러니 비열한 짓도 서슴지 않는 것이지요."

갑작스러운 말이었지만, 맥락이 이어진 꼴을 다시 곱씹어 보니, 아마도 황태자가 처음부터 내게 꺼내고 싶었던 주제는 이쪽인 듯했다. 나는 담담히 질문했다. 아마 그가 유도한 질문일 것이다.

"'비열한 짓'이요?"

"제가 왜 숙부님께 아무런 조치도 취하지 않고 보내 드렸다고 생각하십니까?"

특유의 다정다감한 태도로, 황태자가 보랏빛 눈을 가만히 깔았다.

"세상 모든 합리적이고 논리적인 가치 판단은 두 가지 기준에서 작성됩니다. 첫째, 이득이 있느냐, 없느냐. 그리고 둘째, 손실이 있느냐, 없느냐."

방금 전까지 인본주의를 떠들던 황족이, 거기까지 말했다가 조금 소년 같아 보이기까지 하는 얼굴로 웃으며 살뜰하게 덧붙였다.

"아바마마와 숙부님, 두 분 중 어느 한쪽만이 남더라도 제게는 손실이 없습니다. 제 사람들에 대한 손실이라고 해야겠지요. 사실, 폐하께서 정정하신 이상 제 황태자로서의 자리 역시 건재하고, 숙부께서 저를 외면하고 쳐내실 분은 아님을 익히 알고 있으니까요."

"허어."

"그러니 방관하는 겁니다. 사실, 백작님을 보호해 드림으로써 저는 숙부님께도 빚을 지우는 셈이 되고, 반대의 경우에는 백작님을 제 수중에 넣을 수 있기 때문이죠."

입을 꾹 닫고 생각에 잠겼다가, 즉시 다시 물었다.

"왜 그걸 말씀해 주십니까?"

"별로 비밀도 아닙니다."

그가 살짝 소리 내서 웃으며 케이크를 한 입 먹었다.

"숙부님께서도 그럴 요량으로 백작님을 두고 가신 겁니다."

이 양반이 또 상의도 안 하고……. 내 표정이 폭삭 일그러지는 꼴을 물끄러미 지켜보던 황태자가 다시 희미하게 웃었다.

"그러니 백작님께도 현재의 상황은 알려 드리는 것이 좋을 것 같아서요."

"지금 수도에서는 무슨 일이 벌어지고 있죠?"

"대부분의 선택에는 사실 약간의 변주만이 존재할 뿐, 뜯어보면 결국 흑 아니면 백입니다, 백작님. 이미 사건은 시작됐고, 귀책사유는, 말씀드렸듯이 두 분께 있습니다. 이 상황에서 숙부님께서 선택하실 수 있는 길 역시 단 두 가지에 불과합니다."

애써 황태자가 특유의 온화한 태도로 손가락 두 개를 펼쳤다가 하나를 접었다.

"모든 것을 주든가."

그리고 나머지 하나 역시 부드럽게 접혔다.

"모든 것을 뺏든가."

찻잔의 손잡이 위쪽을 엄지로 둥글게 문지르며, 그가 산뜻하게 덧붙였다.

"저라면 뺏을 겁니다. 이제 와서 겨우 쌓아 올린 모든 것을 뺏기기에는, 저나 숙부님이나, 폐하의 도움 없이 스스로 얻은 것들밖에 지니지 못했거든요."

요컨대 기왕 이렇게 된 거, 차라리 정말 반역을 일으키는 편이 낫지 않겠느냐는 얘기였다.

"정말 위험한 말씀을 하시네요……."

"그래서 일찌감치 이 이야기가 외부로 반출되지 않도록 부탁을 드리지 않았습니까? 그러면, 디저트는 이제 그만 물릴까요?"

"네. 그렇게 해요."

"아차. 혹시 치즈를 좋아하십니까? 북부의 좋은 양젖으로 새로운 치즈를 만들었다는 보고를 듣고 맛을 보게 되었는데, 괜찮으시면 지금 내오도록 하고요."

"저야 뭐, 먹는 건 뭐든지 잘 먹습니다만……."

"좋아요. 그럼 부디 저와 함께 드셔 주십시오."

황태자가 경쾌하게 대답하더니, 즉시 보좌를 다시 불러들여 귀한 치즈를 내오도록 했다. 나는 황태자 앞에서 감히 불퉁하게 턱을 괴고 앉아 있다가 케이크 위의 딸기나 마저 찍어서 입에 넣었다.

"그가 과연 그럴까요?"

"어느 쪽이든 지금 당장 전력을 지니지 못한 백작님이 가장 위험하니 백작님을 지키는 것이 최우선 과제였을 테고, 그래서 제가 있는 푸른 숲

캠프에 백작님을 두고 가신 겁니다. 어떤 일이 생기고 어떤 결말이 나든지 이번 일에 한해, 마침 좌천되어 지방에나 쫓겨난 저는 지극히 제삼세력에 불과하거든요."

그리고 곧 나온 치즈들을 중앙에 놓은 후 디저트 상을 정리하고, 다시 보좌들을 멀찍이 물린 애셔가 황태자가 태연한 얼굴로 말을 이었다.

"사실 그나마도 숙부님께 선택권이 생긴 것은 그분이 아주 능력 있는 분이기 때문입니다. 더구나 지금은 숙부님과 백작님께서 한 사건으로 묶여 계시지 않습니까? 두 분 모두 대체할 수 없는 마법적 능력을 지닌 초월자입니다. 대체할 수 있는 사람을 찾으라면, 두 분 서로뿐이지요. 그러니 마법과 기계에 의존하는 뷔올을 유지하려면 두 분을 쳐내는 것은 자충수에 불과합니다. 최악의 수라는 얘깁니다. 아마 숙부님께서도 백작님께 안심하라고 말씀하신 후 가셨으리라 여깁니다만, 정말로 걱정은 덜어 내셔도 괜찮습니다. 이 나라는 아직 숙부님을 필요로 하거든요."

구구절절 옳은 말이었다.

일찍이 애셔가 자신의 의견을 표명하면서도 말하지 않았던가? 뷔올 제국은 지나치게 많은 부분을 기계와 마법에 의존하고 있고, 그 중추에 대단한 발명 능력과 마법 실력을 지닌 두 초월자가 있다. 지금은 둘 중 하나를 쳐내고 한 명을 데려다가 그 자리를 대체하게 할 수도 없는 상황이다.

쳐낸다면 둘 다. 품 안에 보듬는다면 그 역시 둘 다였다.

"폐하께서도 가능하면 모든 것을 그분께서 '뺏는' 방향으로, 즉 숙부님께 '내주도록' 하는 방향으로 협상을 진행하시겠지요. 정말로 쳐낼 수는 없으니까요. 이제 문제는 얼마만큼 요구하느냐, 그리고 얼마만큼 내줄 수 있느냐밖에 남지 않습니다."

"요컨대 저를 안심시켜 주려고 부르신 거군요."

"이야기가 그렇게 되나요?"

애서 아마르트 뷔올이 유쾌한 얼굴로 웃더니, 와인 한 병을 들어 코르크를 땄다. 아마도 본래의 용건은 거기에서 끝이 난 모양이었다.

"주류를 드셔도 괜찮으십니까?"

"예, 주류를 섭취하는 일에는 일반인 이상의 영향을 받지 않는다고 하더군요."

"이건 최근 남부에서 유명세를 올리고 있는 마히타 상단에서 보낸 진상품입니다. 저는 지방 상인들의 추이에 관심을 갖고 있어서요."

내게 잔을 내밀고 와인을 따라 주며, 애서 황태자가 또 안줏거리 삼아 이야기를 꺼냈다.

"윌리엄스 농가 역시 제가 소문을 듣고 지원을 해 보았습니다. 과연 실망시키지 않는 결과물을 얻었고요. 예상 밖의 인재 역시 있었지요."

"세레나 말씀이십니까? 그리고 보니 신분을 숨기고 계시다고 말씀하셨는데, 그건 어떻게 된 일인가요?"

"아하하, 그건 정말 민망한 일입니다만, 저는 말단의 일을 경험해 본 적이 없거든요. 축복받은 인생이죠. 그래서 가끔은 그런 경험을 해 두는 편이 아까 말씀드렸듯 '제가 몰랐던 영역에서 살아온 자들'을 이해하는 데에 도움이 될까 싶어 종종 신분을 숨기고 일을 한답니다."

그가 즐거운 낯으로 구구절절 설명했다. 한두 번 한 짓이 아닌 듯했다. 실제로도 불완전한 ≪세레나의 비타임≫에서 역시, 그는 언더커버 보스에 심취한 젊은 황족이라고 설정되어 있었다.

"역시 만만한 것이 솔데인이라, 그의 기사단 말단으로 들어가 행정직 같은 것을 맡아봅니다. 말단이라고는 해도 기사단 구조나 행정 구조상의 문제를 포괄적으로 파악하기에는 꽤 괜찮더군요."

"알아보는 사람이 없나요?"

"아시다시피 숙부님이나 아바마마에 비하자면 눈에 안 띄는 얼굴이 아닙니까."

애서 황태자가 경쾌하게 대답했다. 확실히 그 역시 단정하고 온순한 인상의 미인형이기는 했지만, 미친 얼굴의 소유자인 황제나 대공에 견주면 퍽 평범하고 친근해 보이는 인상이었다. 차마 내 입으로 그렇게 대답은 못 하고 멋쩍게 웃는데, 그가 아무렇지도 않게 말을 이었다.

"공식 석상에는 늘 그 두 분과 함께 서다 보니, 자연히 제 인상만 희미해지는 모양이라서요. 어지간한 상위 정치가가 아니라면 저를 한눈에 알아보지는 못하기에, 인상을 조금 바꾸는 마법만 쓰고 있습니다. 그것만으로도 충분하더군요."

"예? 그럼 지금의 얼굴이 진짜 얼굴이 아니신 겁니까?"

"아, 본래의 제 얼굴을 이제는 기억하지 못하시겠군요? 잠깐만요⋯⋯."

말끝을 흐리며 귓가를 만지작거린 그가 귀걸이를 떼어 내자, 귀걸이의 보석에 연결되어 있던 기계 집게들이 불쑥 튀어나와 그의 얼굴을 만지기 시작했다. 그리고 얼마 지나지 않아 그의 얼굴에 붙어 있던 얇은 비닐과 함께 나사 몇 개가 후드득 떨어져 나왔다. 마법을 이용한 아티팩트인 듯했다.

애서 황태자는 대단한 미남인 집안의 두 어른과 달리, 퍽 유약하고 부드러운 선을 지닌 편이었다. 외모를 살짝 바꿨을 때와도 그럭저럭 비슷한 얼굴이었지만, 보다 곱고 가느다란 꽃 같은 이미지가 있었다. 머리칼은 근위기사단의 하급 무관 행세를 할 때보다 조금 길었다. 날개 뼈 근처까지 찰랑찰랑 흔들리는 밀빛 머리칼 아래로 우아한 얼굴이 산뜻하게 미소를 지었다.

지극히 학자의 인상이었다.

"나름대로 예쁘게 생겼답니다."

그가 장난조로 말하고 다시 귀걸이를 꼈다.

"그래서 살짝만 인상을 바꿔도 효과가 좋지요."

"확실히 그렇네요."

전체적으로는 비슷하게 생겼지만, 변장한 얼굴이 '말단 무관'으로서의 정체성에도 그럭저럭 어울린다면 본래의 얼굴은 변명의 여지조차 없이 학자 같은 인상이었다. 물론 얼굴로 모든 것을 한다면 레일리 크라하는 히트맨 말고 호스트나 해야겠지만, 그저 외모에서 느낀 인상만 말하라면 그 정도의 차이가 있었다는 것이다.

고개를 끄덕끄덕 흔들며 말하자 애서 황태자가 치즈를 먹으며 보랏빛 눈을 데록 굴렸다.

"솔데인이 윌리엄스 상단의 수도 지부장을 후원하게 되었다는 얘기를 들었습니다. 사실, 아시다시피 그 친구의 드문 연애사를 듣게 되어 즐겁기도 했고요."

"이보쇼."

"어쨌든 중요한 건 윌리엄스 양의 이야기가 아닙니까? 실무자의 이야기를 들어 보고 싶었습니다. 그녀가 실제로 겪는 문제들과, 그녀가 보고 느낀 뷔올에 대한 의견도 귀중할 것 같았고요. 그래서 한번 만나 볼 생각으로 오랜만에 이 모습을 하고 솔데인의 저택을 쏘다니다가, 결국 후원자에게 납품을 하러 온 윌리엄스 양을 만났습니다. 그때는 아직 숙부님께서 그녀의 재능을 발굴하시기 전이었기 때문에, 가끔 과일 납품을 마치고 나면 현관 계단에 나란히 앉아 소소한 이야기를 나누었지요. 제가 이 모습을 하는 이유가 그것이 아니겠습니까."

담담히 대답한 그가 다시 희미한 미소를 입가에 머금고, 퍽 달콤한 태도로 덧붙였다.

"그런데 한두 번 거짓말을 반복하다 보니 이제 와서 신분을 알리기가 애매해져서, 그만 푸른 숲에도 이 꼴로 따라오게 되고 만 것이지요."

"호감이라도 느끼십니까?"

"물론이죠."

애서 아마르트 뷔올이 망설임도 없이 곧장 긍정했다.

"숙부님을 만나 뵙고 본인의 위대한 능력을 알고도, 그것을 대단히 여기지 않더군요. 일생에 꿈도 꾸지 못했던 마법 같은 일이라고 했지만, 그 마법 같은 일을 통해 지금까지와는 다른 삶을 살 수 있다는 것에는 개의치 않았어요. 정령은 정령이고, 마법은 마법이고, 농가의 딸로 태어나 세레나 윌리엄스라는 자신을 구축한 이상 그녀의 삶은 그녀의 삶인 것이죠."

"아아⋯⋯. 세레나는 그런 애죠."

지금까지 본 세레나를 떠올리며 조용히 공감하는데, 황태자가 조금 더 첨언했다.

"옐레체니카 백작, 나는 그 사람의 심지가 좋아요. 무슨 일이 생기든 혹은 생기지 않든, 어떤 일을 할 수 있게 되든 할 수 없든, 활약을 했든지 아니든지, 또 상대가 누구이든지 간에 세레나 윌리엄스는 언제까지고 세레나 윌리엄스고, 한낱 능력과 부귀영화, 기적, 놀라운 사건과 모험 따위가 세레나 윌리엄스를 그녀가 아닌 다른 무언가로 만들지는 못한답니다."

담백하고 산뜻한 호감의 고백이었다.

"그녀는 다양한 것을 좋아하고 다양한 것을 어려워하지만, 그 모든 일을 겪고 나서도 세레나 윌리엄스인 것이지요."

그의 말을 듣고, 나는 문득 ≪세레나의 티타임≫의 엔딩을 떠올렸다. 언제나 일찌감치 엔딩만은 잡아 둔 채 그 사이의 이야기들을 채운다. 유리 옐레체니카가 죽고, 세레나가 위대한 마법사로 각성하고, 레일리 크라하가 최후의 적이 되어 돌아오기까지.

세레나 윌리엄스의 삶은 거대하고 막연한 풍파에 휩쓸려 마구잡이로 난도질당한다. 일평생 평범하게 살던 그녀가 대륙 단위의 무시무시한 일에 휘말려, 아마 수많은 것을 잃고, 수많은 것을 상대로 싸워야 할 것이다.

그러나 최후에, 슬프고 괴로운 일들을 한없이 겪고 나서, 농가의 딸 세레나 윌리엄스는 애서 황태자와 손을 맞잡고, 여느 때와 같은 차분한 목소리로 속삭이는 것이다.

전하.

이 일에 대한 이야기를 많이 해요. 몇 번이고 나눠요. 전하께서 좋아하시는, 유리님이 좋아하셨던, 세상에서 가장 아름다운, 그래서 늘 저를 마법 같은 세계에 등 떠밀곤 했던 우아한 티 테이블에서도 좋아요. 자리를 가리지 않고 오늘의 일을 떠들기로 해요. 가장 평화롭고 행복한 시간에, 풍요와 번영을 누리는 시간에 이 일을 이야기해요.

그래야 우리는 잊지 않을 수 있고.

그래야 우리는 반복하지 않을 수 있답니다.

"아까도 말씀드렸지요? 그녀의 삶이야말로 제가 언제나 동경하던 것이에요."

애셔 황태자가 잠잠히 덧붙였다.

"저는 그녀를 존경하고 있습니다."

일국의 황태자가 평민 농가 출신의 여자에게 담백하게 꺼내기는 쉽지 않은 표현이었다. 더구나 많은 일을 겪은 후 진가를 드러낸 세레나 윌리엄스라는 인간의 강인함을 논하는 것도 아니었다. 그는 그저 지극히 평범한 농가의 딸을 보고 그녀를 존경한다고 말하고 있다.

그래서 ≪세레나의 티타임≫이라는 제목으로 완성되는 이야기다. 아마도 애셔 황태자가 이런 사람이고, 세레나 윌리엄스가 그런 사람이기 때문에.

솔데인 마이어는 자신이 꿈꾸던 이상적인 아가씨 그 자체인 세레나를 사랑하고, 알렉시스 에슈마르크는 자신의 삶에 결핍된 것을 이해해 줄 사람이 필요했기 때문에 세레나 윌리엄스와 엮이지만, 애셔 아마르트 뷔올은 자기 자신으로서 이미 충분한 정체성을 확립한 상태였고, 세레나 윌리엄스 역시 그런 인물이었다.

세레나 윌리엄스가 최후에 선택한 상대는 결국 함께 자기 자신을 유지하며 살아갈 수 있는 사람이다.

나는 말없이 황태자를 바라보다가 눈썹을 올리며 장난조로 말했다.

"전하는 정말 이상한 분이에요."

"하하, 그런 얘기 많이 듣습니다."

"그래서 세레나는 어떻게 좋아하시는 건데요?"

"글쎄요. 호감과 선의에 이유가 있겠습니까?"

산뜻하게 대꾸한 그가 아무렇지도 않은 태도로 말을 이었다.

"함께 있으면 즐겁고, 대화를 나누다 보면 시간 가는 줄을 모릅니다. 제 성장 환경에서 제가 얻은 해답이라고는, 일평생 즐겁게 함께할 수 있는 사람과 함께 지내지 못하는 것은 삶을 낭비하는 일이라는 것이었거든요."

하필이면 아까 레일리와 나누었던 대화가 뒤따라 떠올랐다. 끙 하고 신음을 뱉었다가 애써 그 생각을 없애려고 미간을 문지르고, 황태자에게 맞춰 그 대답을 꺼내 보았다.

"그러고 보니 마이어 대공저에서 자라셨다고 들었습니다. 대공비 전하와는 개인적으로도 뵌 적이 있었지만 친근하고 다정한 분이셨지요. 사실 후작님만 봐도 대공 전하와 대공비 전하께서 얼마나 따뜻한 가풍을 만들어 두셨을지는 짐작이 갑니다."

"물론 그랬지요. 제 유년의 대부분은 그곳에서 보냈습니다. 덕분에 지금에 와 여러모로 감사하고 있습니다."

짧게 웃으며 대답한 애셔 황태자가 부드럽게 다른 이야기를 꺼내 들었다.

"아까 말씀드린, 사람과 사람 사이에도 인력이 존재할지도 모른다는 이야기를 기억하십니까? 사실 오늘 백작님과 이야기를 나누고자 자리를 마련한 것 역시 그와 관련된 이야기를 하기 위해서였습니다. 뭐, 이런저런 다른 용건들도 물론 있었지만요."

황태자가 평온한 낯으로 대답했다.

"저는 백작님께 감사하고 있습니다. 숙부님과 정말로 그렇게 친밀한 관계이신 줄은 몰랐거든요."

"제가 각하와 친밀하게 지내는 것을 어째서 전하께서 감사히 여기십니까?"

아까는 둘 중 누가 죽어도 상관없다고 말한 인간이 아니던가? 나는 심드렁한 태도로 질문하고, 치즈를 꾹꾹 찍어 먹었다. 황태자는 동요하지 않은 얼굴로 차분히 웃었다. 그리고 별안간 난데없는 이야기가 이어졌다. 그가 에슈마르크 대공을 처음으로 만난 날에 대한 이야기가 시작된 것이다.

"숙부님을 처음 뵌 것은 제가 여덟 살 때의 일입니다. 숙부님께서 뷔올로 돌아오신 지 얼마 지나지 않았을 때였죠."

"예?"

갑자기 그 얘기가 왜 시작된단 말인가? 대놓고 뜬금없이 뭔 소리냐는 표정을 지어 보였지만 황태자는 아랑곳하지 않았다. 그는 망설임 없이 본인의 이야기를 이어 가고 있었다.

"황궁에 갔다가, 먼발치에서 아바마마와 똑같이 생긴 소년을 보았습니다. 아시다시피 혼자 계실 때는 별로 잘 웃는 분이 아닙니다. 햇살이 아롱아롱 그림자를 드리우는 가지 많은 나무 아래에 서서, 정원 구석의 꽃밭을 물끄러미 보고 계셨습니다. 표정도 없이요. 저는 그때 뵌 숙부님의 모습이 꼭 신화 속에 나오는 어린 영웅 같았다고 기억하고 있습니다."

아무리 생각해도 정말이지 갑작스럽게 감상적인 이야기가 시작되었지만, 어찌하랴? 나는 그저 잠자코 그의 말을 듣기 시작했다.

황태자가 그 시기의 일들을 떠올리는지 희미한 미소를 입가에 그렸다.

"사실 소년이라 부르기엔 애매한 시기셨을 테지만, 당시의 제가 보기에는 폐하에 비해 현저히 어려 보였기 때문에, 그만 그분을 형님이라고 부르고 말았습니다. 아마도 일평생 뵌 적 없는 제 형님이리라고 여겼지요. 그러자 놀란 눈을 하셨다가, 당황하신 듯했다가, 잠깐 곤혹스럽고도 난감한 표정을 지으시더니, 한 번 안아 주시고자 저를 향해 가볍게 팔을 벌리며 이렇게 말씀하시지 뭡니까. '그래.'"

그가 담담히 덧붙였다.

"'네가 애셔로구나.'"

애셔는 담담히 말했지만, 나는 그 말을 듣고 조금 뱃속이 불편해졌다. 황태자야 모르겠지만 알렉시스 에슈마르크는 정말로 그의 형님일지도 모르는 사람이다. 일평생 그렇게 인정받지 못하겠지만, 알렉시스 에슈마르크 본인도 알고, 황제도 알고, 대공의 어머니인 이리나 경 역시 알고 있다.

그 말을 듣고 알렉시스 에슈마르크의 기분이 어땠을지를 떠올리니 자연히 뱃속이 우그러드는 듯한 느낌이 들고 말았다. 끙 소리를 내고 불편한 얼굴로 뺨을 문지르는데, 애셔 황태자가 차분한 목소리로 다시 말했다.

"그때 그분의 마음이 어떠셨을지를 생각하면 저는 아직도 마음이 괴롭습니다."

혼자 마음이 불편해서 손바닥에 입가를 묻고 있다가 뒤늦게 인상을 썼다. 방금 내가 무슨 소리를 들었지? 미간에 주름을 잡은 채 어렴풋이 시선을 들어 올리자, 눈이 마주친 황태자가 빙그레 웃었다.

"백작님."

그가 산뜻한 태도로 검지를 펼쳐, 자신의 관자놀이를 가볍게 두어 번 두드렸다.

"스스로 말씀드리기 민망합니다만, 이것에는 조금 자신이 있답니다."

"잠깐만요……."

"제가 그리 여긴다는 사실을 숙부님께서 눈치를 채셨을지는 모르겠습니다만, 아마도 짐작은 하시리라고 여깁니다. 서로 말하지 않고 있을 뿐이지요. 굳이 말을 꺼내서 오래도록 묻어 두었던 괴로운 진실들을 들추고 싶지도 않고, 그로 인해 상대를 비난하거나 공격하고 싶지도 않으니까요."

"그러니까……."

"백작님도 알고 계실 것만 같아 한 번쯤은 터놓고 말씀을 드리고 싶었습니다. 숙부님을 그리 친밀하게 부르셨을 때부터의 이야기입니다."

그가 단정한 태도로 말하더니, 잠깐 보랏빛 눈동자를 아래로 내리깔고 있다가, 특유의 온후한 목소리로 차근차근 덧붙였다.

"그러나 이러한 환경에서 자랄 수밖에 없었던 우리 일족은 모두 사람을 쉽게 믿지 못합니다. 사람에게 곁을 내주는 법도 모릅니다. 손해를 보는 일은 할 수도 없지요. 그러지 않으면 내가 죽습니다. 그저 어쩔 수 없는 일이라고 말하고 모르는 척 넘기고 싶지는 않은 문제지만, 결국에는 어쩔 수 없는 일입니다. 근원을 따졌을 때, 아바마마께서도 그렇게 혈족을 증오하며 살고 싶지는 않으셨을 겁니다."

확실한 표현은 입에 담지 않았지만, 어디까지나 대화의 참여자들이라면 직관적으로 알아들을 수 있는 이야기를 하며, 애셔 아마르트 뷔올이 침착하게 말했다.

"말씀드렸지요? 제가 이 집안에서 유일하게 달리 배우고 태어난 것은, 대공 전하와 대공비 전하 사이의 화목한 관계와 우리 집안을 비교하여, 일평생 곁에 두고 싶은 사람은 어떤 상황에서든 놓치지 말아야 한다는 것뿐이었습니다. 그것이 어린 시절 제가 의도치 않게 숙부님께 드린 괴로움이나, 그 일을 곱씹으며 제가 늘 느껴야 하는 부채 의식 같은 것을 더는 생산하지 않는 유일한 방도라고 여겨서요."

아까 꺼낸 이야기였지만 이제는 확실하게 이해가 갔다. 그가 말하길, 외풍에 휘둘리지 않고, 언제고 자기 자신으로 살 수 있는 사람.

세레나 윌리엄스에게 그가 끌리게 된 이유, 혹은 이후 보다 직접적으로 그녀에게 애정을 갖게 될 이유도 명확하게 설명을 받은 기분이었다.

"저는 손해를 보는 법은 모르기 때문에, 후일 윌리엄스 양에게 의견을 물어, 그녀만 괜찮다면 그녀를 선택하고, 결코 그녀, 혹은 그녀와 함께하는 인생을 놓거나 포기할 생각이 없습니다. 그것이 제 삶 전반에 이득이기 때문이죠."

"그녀의 삶을 부러워하십니까?"

"그리 말하면 언어도단이겠지요? 함부로 그런 소리를 할 수 없는 입장이 아닙니까."

애서 황태자가 유하게 웃으며 유쾌하게 대답했다.

"사실 어쩌겠습니까? 부유하고 풍족한 삶 대신 마음의 안정 같은 것은 일찌감치 내준 채 태어났고, 또 그렇게 자랐는걸요. 우리 일족에게는 본래 이것이야말로 '이상적'인 삶이겠지만, 제게는 그것이 '이상적'이지 않을 수도 있다는 것을 압니다. 대공저에서 겪었던 사소한 일들이 지금의 저를 형성했다고 믿기 때문이죠."

"구조가 튼튼하고 이상적인 형태로 건강히 잡혀 있어서, 내부의 사람들이 안정된 형태로 자기 자신의 삶을 영위할 수 있는 장소를 꿈꾸시게 된 것 말입니까?"

"좋게 말하면 그런 것이겠지요?"

그가 빙그레 미소를 지었다.

"결과적으로, 어쨌든 저는 그저 백작님께는 유일하게, 숙부님의 가족 된 애정과 존중의 마음으로 단 한 가지 부탁드리고 싶은 것이 있었던 것이지요. 앞으로 일이 어떻게 흘러갈지는 우리가 알 수 없는 일이고, 지켜봐야만 확인할 수 있겠습니다만."

수상쩍은 인간들이 수상쩍은 일생을 살아가는, 지극히 완전한 구조와 체계로서 작동하는 거대한 발명품의 세계. 이 세계에서 내가 내 손으로 '주인공'이라며 선별한 인간이 가장 마지막에 선택하고, 그 동반자가 될 인물이다.

나는 별안간 새삼스러운 기분으로 그를 빤히 바라보다가, 화들짝 놀라 손을 내밀었다. 애서 황태자를 말리기 위해서였다. 그가 갑자기 나를 향해 정중히 고개를 숙인 탓이었다. 그는 그러지 말라는 내 손사래에는 아랑곳하지도 않았다.

"그분께 돌아갈 곳이 되어 주십시오. 그것이 반드시 남녀 간의 관계는 아니어도 됩니다. 두 분은 이미 친밀하시니, 우정도 좋고, 이해자도 좋습니다. 사실 인간이란 늘 자신을 이해해 줄 사람, 세상에는 없는 온전한 이해자를 찾아 헤매고 있는 것이라고 여깁니다."

세레나가 마지막 순간에, 함께 이 모든 것을 기억하자고 손을 맞잡는 인간. 나는 더 이상 그를 말리려던 것을 그만두고, 그저 물끄러미 애셔 아마르트 뷔올의 밀짚색 머리칼을 물끄러미 바라보았다.

뷔올의 가장 고귀한 피를 받은 태자가 극도로 예의 바른 태도를 보이며, 평민 출신의 기억 잃은 백작에게 간절한 부탁의 말을 꺼냈다.

"우리는 늘 사소한 것을 모른 채 살고 있지만, 언제나 돌아갈 곳이란 세상 무엇보다도 사소한 애정에서 비롯되지 않겠습니까."

그리고 나는 갑작스럽게 받게 된 과분한 부탁과 정중한 예절을 앞에 두고 적잖이 당황한 채 애셔의 정수리를 망연히 바라보다가, 갑자기, 이제는 내가 너무 많은 것을 알게 되어 예전처럼은 쓸 수 없게 된 세레나와 애셔의 이야기가 궁금해졌다.

유리 옐레체니카가 죽고, 알렉시스 에슈마르크가 세상에 유일했던 자신의 이해자를 잃고, 레일리 크라하가 배신감이든 무엇이든 지금은 모를 이유로 세상을 뒤집어엎고 나서.

무엇으로도 증명될 수 없던 엘류이센 라이케가 최초에 시작해, 언제나 자기 자신이었던 세레나와 애셔가 그 끝을 닫고 몇 번이고 곱씹게 될 이야기 말이다.

내 소설 속에서 살아가던 사람들의, 스스로 결정하고 완성해 낸 삶을. 그들의 이야기를 이제는 대체 누구에게 물으면 좋단 말인가?

\* \* \*

나는 애셔 아마르트 뷔올과의 대화를 괜히 곱씹으며 그와의 간식 자리를 벗어났다. 괜찮다면 조금 있다가 저녁도 함께 먹자는 제안을 받았고, 옳다구나 하며 좋다고 대답까지 돌려준 후였다. 레일리와 오래 시간을 보내는 일만은 아무튼 피해야 했다.

젠장, 레일리 자식과의 문제는 정말 더는 생각하고 싶지 않은데…….. 밤낮 없이 붙어 다니고 있으니 원치 않아도 그렇게 될 수밖에 없다. 나는 스산하게 목덜미를 쓸어 보았다가, 걸음을 조금 더 빨리했다. 레일리가 괜히 나를 붙잡고 또 그 화제를 꺼내게 하지 않으려는 심산이었다.

일단은 황태자와 나누었던 이야기들을 복기해 볼 필요가 있어 보였다. 사실, 내가 이 세계를 어떻게 빠져나가고, 어떻게 내 자리로 돌아가면 좋을지와는 전혀 관련이 없는 문제이기는 했다. 하지만 인간관계에 대한 문제고, 사람에 대한 문제였다.

알렉시스 에슈마르크에 대해서도 생각해 봐야 한다. 실제로 우리가 어떤 관계이고 어떤 감정적 신뢰를 구축했든지, 주변에서 지켜보던 사람들은 하나같이 입을 모아 우리의 유대가 특별하다고 말하고 있다.

나는 정말로 알렉시스 에슈마르크와 특수한 감정적 유대를 쌓았는가? 그렇게나 간절하고, 절박하고, 또 서로가 서로를 필요로 하는 형태의 유대 말이다.

아니, 적어도 나에게는 그가 필요하지 않다. 사실 이 세계의 누구도 내게 간절히, 또 반드시 필요한 인물은 아니었다. 내 삶은 그저 나의 것으로 족했다.

하지만 알렉시스 에슈마르크에게는? 그에게는 내가 필요한가?

어쩌면 그럴 것이다. 나를 돌려보내고 엘류이센 라이케를 되찾는 것이 그의 목적이라고 했지만, 엘류이센 라이케는 나로는 대체될 수 없다.

그렇다면 나는 엘류이센 라이케로 대체될 수 있는가? 아니면 나 역시 대체될 수 없는 개인인가? 알렉시스 에슈마르크에게, 내가 그만한 가치를 지니고 있는 상대인가?

거기까지 생각하고 나도 모르게 걸음을 멈췄다. 그는 이 세계에서 유일하게 '나'와 '유리 엘레체니카'를 온전히 구분할 수 있는 사람이다. 어떻게 생각하면, 사실 나야말로 그의 존재를 필요로 하고 있는지도 모른다.

이 세계 안에서 나 자신의 정체성을 지키고, 중심을 잡기 위해서 말이다.

"그 문제였습니까?"

그때 별안간 내 팔을 휙 잡아챈 레일리가 날카롭게 물었다. 순간적으로 생각이라도 읽힌 줄 알고 화들짝 놀랐지만, 당연히 그런 것은 아니었다. 레일리는 또 본인만의 다른 이야기를 하고 있었다. 사실 완벽히 다른 이야기는 아니었다.

"당신이 대공에게 신경을 쓰고 마음을 준 이유가, 그 사정을 들었기 때문입니까?"

그러고 보니 황태자는 이놈이 완벽하게 내 통제하에 있다고 여기고는 구구절절 숙부님의 프라이버시를 떠들었다. 우리의 대화를 통해 대충이나마 대공의 출생 연원 등을 파악했을 레일리가 언짢은 낯으로 눈썹을 꺾어 보였다. 나는 난감한 표정을 지으며 슬그머니 한 걸음을 물러섰다. 레일리가 즉시 따라붙었다.

물러나고, 쫓기고, 그러다가 일반 부대원들이 머무르는 듯한 막사에 등이 닿은 것도 순식간의 일이었다. 텐트를 치기 위해 가장자리에 세워 둔 나무 판자가 구두 뒤쪽에 걸렸다. 일종의 기둥을 형성하기 위해 거대 막사의 가장자리에 심처럼 박는 지지대였다. 딱딱한 것이 등에 슬며시 와 닿았다.

더는 물러날 곳도 없었다.

"젠장, 그래."

결국 어쩔 수 없이 대답했다. 남의 가정사를 내 입으로 밝힌다는 점에서 약간 양심의 가책을 느꼈지만, 내게는 선택권이 없었다. 따지고 보면 가장 먼저 함부로 떠든 사람은 내가 아닌 황태자니 온전히 내 책임은 아니라고 믿고 싶다.

"고작 그깟 사정에 마음을 주고 휘둘리는 이유는 또 뭡니까?"

남의 일이라고 잘도 '그깟' 따위의 표현을 붙인 레일리 크라하가 시비조로 따져 물었다. 무슨 말을 그따위로 하느냐고 따져 물으려다가 그냥 입을 닫았다.

레일리의 기준에서는 알렉시스 에슈마르크처럼 풍족하게 산 인생이면 그 과정에서 무슨 일이 있었든 대단한 비극처럼 느껴지지도 않을 것이다. 애초에 부모 따위는 레일리의 인생에 어떤 가치도 지니지 못했다. 먹고사는 일이 충족된 삶. 고난과 고통이 없는 삶. 그것으로 족했다.

기본적인 욕구조차 채우지 못했던 그의 인생에서는, 자기 자신의 존재에 대한 철학적인 사유 따위는 그 자체로 풍족함의 상징이다.

하지만 어떻게 대답하랴? 내가 알렉시스 에슈마르크의 인생을 그 꼴로 만든 장본인이기 때문에 부채 의식을 느꼈다는 것을, 내가 어떻게 내 입으로 대답하란 말인가?

그것도 내가 화려하게 인생을 말아먹은 또 다른 인물 앞에서 말이다.

그러니 그저 입을 꾹 닫은 채 흘긋 시선을 피하고 끙 소리를 냈다. 레일리의 표정이 더더욱 못마땅해졌다.

"대답하지 않으시는군요."

그가 살벌하게 말했다.

"대답하지 않으시는군요, 마스터."

말투가 묘했다. 나는 본능적으로 지금 당장 화제를 바꿔야 한다는 것을 깨달았다. 깨닫자마자 행동이 이어졌다. 나는 재빨리 다른 말을 꺼냈다.

"그때, 황제에게 보고하러 갔다가 엿을 먹고, 너를 먼저 돌려보냈었잖아. 그때 대공과 잠깐 이야기를 나눴거든."

상습적인 태도로, 결국 또 한 번 대화를 살짝 다른 곳으로 틀었다. 어쨌든 관련된 화제이기는 했다. 어쩌다가 그의 비밀을 알게 되었는가에 대한 이야기였다. 레일리 역시 내가 이번에도 화제를 회피하려 들자 당장에 인상을 썼지만, 일단은 마저 이야기를 들어 보려는 듯했다.

그가 싸늘하게 물었다.

"그가 직접 자신의 이야기를 했습니까?"

"아니, 그런 건 아닌데……. 이리나 경과 같이 서 있는 대공을 봤어. 황제와 똑같이 생긴 대공이, 어딘지 레스킷 양과 비슷한 분위기를 풍기는 붉은 머리칼의 마법사와 서 있었어."

"또 난데없군요. 그 얘기가 갑자기 왜 나옵니까?"

"달리 애인을 두는 취미가 없는 황제가 이상하리만치 총애하며 온갖 혜택을 준 여자가 선황의 마지막 후궁과 너무 비슷한 분위기와 용모를 지니고 있었다고. 생김새가 전혀 다른데도 그렇게 비슷해 보이기도 어려울 텐데, 너무 명백하고 뻔한 일이라고 생각해서……."

"그래서?"

나를 텐트까지 몰아붙이고, 레일리 크라하가 캐물었다. 겨우 회피했던 본래의 주제를 굳이 다시 끌고 나온 질문이었다.

"다시 여쭤보지요, 마스터. 고작 그깟 사정에 마음을 주고, 그와만 주고받는 특수한 대화와 당신들만의 공감대를 형성한 이유는 무엇이며, 당신이 그에게 지속적으로 친밀하게 구는 이유는 그래서 뭡니까?"

거의 위협하는 듯한 태도였다. 레일리는 단 한 번도 내게 위협조로 행동한 적이 없었지만, 그는 과거 무법지대 므라우를 손에 넣었던 인물이다. 레일리 크라하가 형형하게 눈을 빛내며 살벌히 속삭이자 순식간에 공기가 달라졌다. 반사적으로 움찔 몸을 물렸다가 눈치를 살피고 말았다.

"내가……."

그리고 그 시점에서, 나는 그만 울컥하고 말았다. 뭔가 변명을 꺼내기 위해 운을 뗐지만, 그때까지 생각하던 변명들은 억하심정에 밀려 순식간에 휘발되고 말았다. 나는 그저 감정적으로 동요했다.

내가 직접 만든 세계고, 내가 직접 구성한 소설이고, 내가 직접 형성한 서사이며, 내가 직접 창조한 캐릭터들이다. 인정하고 있다. 그렇기 때문에 적어도 억울하다는 생각만은 하지 않으려 했지만, 솔직히 나는 억울했다.

나는 정말이지 억울했다. 제기랄, 나라고 이깟 세상에 들어와서 원치도 않는 내 소설 속 인물의 삶을 살고 싶었겠는가? 나만이 할 수 있는 나만의 업무가 있고 내 능력을 가능한 만큼 펼칠 수 있었던 나의 세계에서, 시대에 맞춰서는 아무것도 할 수 없는 이상한 전근대 사회로, 나라고 해서 갑자기 떨어지고 싶었겠는가?

나름대로 나 자신으로서 주변과 교류하고 나 자신을 정립했던 내가, 정말 이렇게 무력하게 시간을 보내며 살고 싶었겠느냐 이 말이다. 당연히 바라지도 않던 일이다. 나야말로 휘둘리고 있을 뿐이다.

더구나 어떻게 소설을 쓰면서 온 세상 사람들이 다 행복하기만 한 꽃밭 같은 머릿속을 가지란 말인가? 나라고 해서 실존하는 인간들의 인생을 말아먹어야겠다는 돼먹지 못한 생각을 하며 사는 것은 아니다. 그들이 소설의 인물이기 때문에 이야기를 만들기 위한 서사의 장치로써 활용할 뿐인 것이다. 그런데 내가 대체 무엇을 잘못했다고 이 꼴이 나야 한단 말인가?

그들이 실존하는 인간으로서 내 눈앞에 나타났다고 해서 내가 왜 죄인처럼 굴어야 한단 말인가? 도무지 말도 안 된다. 물론 결과만을 말했을 때 나는 스스로 그들의 인생에 책임을 느끼고 말았지만, 이 세계의 누구도 나에게 책임을 지라고 강요할 수는 없다.

이⋯⋯. 답은 이미 정해져 있으니 너는 대답만 하라는 듯한, 취조 같은 문답을 내가 왜 집사에게서 당하고 있어야 한단 말인가?

내가 왜 레일리에게서 이런 취급을 받아야 한단 말인가?

내가 왜 레일리에게서?

"내가 너를 좋아한다는데."

나는 그만 치를 떨며 말했다.

"내가 너를 좋아하는데, 왜 그거로 충분하지가 않은데?"

"또 주제를 흐리십니까?"

레일리가 빈정대듯이 반문했다. 나도 모르게 당장에 고개를 쳐들고 그를 뚫을 듯이 노려봤다. 순간 눈썹을 가볍게 경련했던 레일리가 여전히 싸늘한 얼굴로 시선을 깔았다가, 내 표정을 뜯어보다가, 별수 없다는 듯이 짜증스럽게 말했다.

"왜 그것으로는 충분하지 않겠습니까?"

"내가 너를 좋아하고, 아무튼 '이 세계'에서 가장 좋아하는 상대가 너라는데, 너는 대체 그 이상으로 나한테 뭘 요구하고 싶은 거야? 내가 어떻게 해 주기를 바라는 거냐고!"

그런데 그 순간 쾅, 내 머리 위로 팔을 휘둘러 막사를 세운 나무 기둥을 단숨에 꺾어 버린 그가 팔 아래에 나를 가두듯이 어깨를 기울이고 살벌하게 말했다.

"저는 이미 일찌감치 바라는 것을 말했습니다. 마스터. 당신이 듣고 있지 않았던 것이지요. 아니, 듣고 싶지 않은 겁니다."

그가 신경질적으로 대답했다.

"당신이 이뤄 줄 생각이 없어서, 그저 가치 없게 흘려 넘겼을 뿐이 아닙니까."

"그건 못 줘."

내가 당장에 대답했다.

"빌어먹을, 그건 못 준다고 내가 말했잖아. 그래서 아까 말했잖아! 네가 바라는 것, 나는 죽어도 줄 수 없다고!"

기둥이 꺾이면서 우리가 서 있는 곳만 조금 가라앉은 막사의 천장이 그의 기운에 따라 출렁출렁 요동치기 시작했다.

"그럼 죽으시면 될 일이 아닙니까?"

레일리 크라하가 차갑게 대답했다.

"당신의 삶으로 돌아가지 않고, 내 곁에서 죽으면 되는 것이 아닙니까?"

나는 본능적으로 위험을 감지했다. 주춤주춤 물러나려다가 거칠게 어깨를 붙잡혀 기둥에 확 밀쳐졌다. 이미 꺾인 기둥의 아랫단에 등을 박고,

나는 더는 어디로도 달아날 수 없는 처지가 됐다.

"너…… 이 망할 자식이……. 지금 보자 보자 하니까, 설마 폭력으로 나를 억압하려고 하는 거냐?"

"당신이 내 곁에 있겠다고 하지 않으니까."

이를 갈며 따져 묻는 순간, 레일리 크라하가 거미처럼 펼친 손바닥으로 내 가슴팍을 콱 밀치듯이 짓누르며 라일락색 눈동자를 서슬 퍼렇게 빛냈다.

"당신이 내 곁에 있을 생각이 추호도 없으니까."

나도 모르게 반사적으로 움츠러들었던 어깨를 펴기도 전에, 그가 난폭하게 짓씹었다.

"당신이 내 존재를 지우고, 없애고, 밀어내고, 당신의 세계에서 쫓아내고, 회피하고, 말을 돌리고, 달아나고, 나만은 어떻게든 낙오시키려 하는 것이 눈에 보이니까."

지금까지 수도 없이 나를 두고 비꼬거나 빈정거리거나 비웃기는 했지만, 단 한 번도 입에서 존대 아닌 말을 꺼낸 적이 없는 레일리 크라하가, 단 한 점의 배려나 정중함조차 없는 태도로 나를 짓누르듯이 몰아붙였다.

"당신이 나를 보지 않으니까 그런 거잖아."

그리고 위협적으로 다시 물었다.

"왜 그 한마디를 못 하지?"

그 말을 듣고, 나는 견딜 수 없는 분개에 바들바들 어깨를 떨다가, 악의와 분노로 똘똘 뭉친 채 바짝 고개를 쳐들었다.

"그래서 무력으로 협박을 하겠다?"

내가 사납게 빈정거리자 레일리가 무미건조한 얼굴로 오만하게 턱을 쳐들고 싸늘하게 대답했다.

"협박?"

고개를 삐딱하게 꺾은 그가 부드럽게 단어를 정정했다.

"어디까지나 권고지요, 마스터. 피차 좋은 방향으로 온건하게 끝날 수 있도록 이상적인 대응을 정해 드린 것이 아닙니까. 무슨 답을 하면 다시 평화롭고 안온한 일상으로 돌아갈 수 있을지, 마스터도 일찍이 알고 계실 텐데요."

그의 말투만은 다시 존대를 되찾았지만, 레일리는 여전히 몸으로 나를 짓누르듯이 포박한 채 깔아 보고 있었다.

"간단하지 않습니까?"

그가 한 번 더 대답을 강요했다.

"제 곁에 있겠다고 하시면 됩니다."

나는 이미, 상세하지는 않더라도 내 입장을 이야기했다. 레일리 크라하가 원하는 유일한 것은 내가 줄 수 없는 유일한 것이라고.

그런데도 이렇게 뻔뻔하고 당당하게 내가 줄 수 없는 것만을 요구하고 있다. 그러니 애초에 본인의 욕망만이 충족되기를 바랄 뿐 내 삶에 대해서는 추호도 배려가 없었다는 이야기가 아니고 무엇이란 말인가?

뿐만이 아니었다. 레일리 크라하가 나를 휘두르려는 수단으로 물리적 압력을 고른 순간부터 나는 이미 더 화가 날 수 없을 만큼 화가 났다.

나는 그를 노려보다가 차갑게 말했다.

"이 형편없는 놈."

"원래부터 형편없는 인간입니다."

"진짜 이 대륙에서, 이 세계에서 내가 만나 본 사람들 중에서 최악이야! 너처럼 형편없는 인간을 일생에 본 적이 없어!"

"원래부터 최악인 인간이지요."

"이 인간쓰레기야, 네가 지금 사랑 고백이랍시고 감히 사람을 무력으로 협박해?"

"제가 인간쓰레기인 건 놀랍게도 알고 계셨군요."

레일리가 퍽 달콤한 태도로 대답했다.

"지금까지 맞춰 드리느라 힘들었습니다."

지금 그걸 말이라고 한단 말인가? 입을 떡 벌리고 그 형편없는 인품에 경악하는데, 레일리 크라하는 또 한 번 감당 못 할 개소리를 부드럽고 다정다감한 태도로 덧붙이기까지 했다.

"일찌감치 진심이든 아니든 순순히 제 소유가 되어, 언제까지고 곁에 있겠다고, 어디로 가든 곁에 있게 해 주겠다고 딱 한마디만 순순히 하셨으면 서로 만족스럽게, 평화롭게 끝나지 않았겠습니까? 스스로 화를 자초하셨다는 생각은 없으십니까?"

그 기본적이고 인륜적인 개념조차 박히지 않은 개 같은 말을 듣고 너무 화가 난 나머지, 나는 레일리에게 붙들린 어깨를 부들부들 떨다가 이를 부드득 갈았다.

"이 상하십니다."

그가 꼭 다정한 사내인 양 가장하고 짐짓 달짝지근하게 말했다. 기가 막히고 코가 막히는 일이었다.

"내 어깨 놔!"

"제가 왜 놔드려야 합니까?"

"내 어깨, 놓으라고 했다."

"제가, 왜 그래야 하지요?"

"놓으라고!"

"싫습니다."

분노가 치밀어서 당장에 주먹을 휘둘러 그의 어깨를 퍽 후려쳤지만 타격은 전혀 입히지 못한 듯했다. 꿈쩍하지 않은 채 여전히 한 팔로 진로를 막고 다른 한 손으로는 내 어깨를 붙잡아 쇄골 언저리를 손 전체로 꾹 짓누른 채, 레일리 크라하는 잠자코 나를 깔아 보다가 그대로 고개를 숙였다.

이 상황에 키스 따위를 받아 줄 이유는 물론 없었다. 그의 어깨를 퍽퍽 때리고 고개를 휙 돌리며 온몸으로 키스를 거부하다가, 오늘의 푸른 숲 조사 작업이 끝났는지 대원들을 이끌고 이곳으로 다가오던 마이어 후작의 푸른 눈동자와 대번에 시선이 마주쳤다. 일찍이 그 기척 정도는 느끼고 있었을 테지만 신경도 안 쓴 모양이던 레일리는 내 시선이 자신이 아닌 그쪽에 고정되어 있는 것을 느꼈는지 반사적으로 행동을 멈추고 인상을 썼다.

하필이면 이런 타이밍이었다. 마이어 후작의 눈이 동그래졌다가, 의아해졌다가, 곧장 세모꼴로 변했다. 그도 그럴 것이 누가 봐도 레일리 크라하가 나에게 강제로 키스를 하려는 장면이다. 아니, 사실 오해도 아니고, 정말로 그런 장면이 맞기는 했다.

마이어 후작의 표정이 폭삭 일그러지고, 그의 눈썹이 당장에 꺾였다. 그리고 그가 무어라 반응을 하기도 전에, 마이어 후작의 등 너머에서 불쑥 고개를 내밀었던 세레나가 나를 발견했다.

"아아앗, 백작님! 와 계셨다는 얘기를 듣고 얼마나 놀랐는지! 제가 어제는 백작님께서 와 계신지도 모르고 그만, 인사를 못 드렸……. 어?"

그리고 일단 반사적인 반가움부터 표현하며 마구 달려오기부터 하던 세레나도 어쩐지 나와 내 집사의 자세가 묘하다는 사실을 뒤늦게 눈치챈 모양이었다. 그녀는 중간쯤에서 급하게 발을 멈추고 이상한 표정을 지었다.

세레나의 커다란 눈동자가 천천히 굴러서 레일리를 일별하고, 다시 흘긋 내 눈치를 살폈다. 그러고 나서 순간 더없이 당황한 표정을 지었던 그녀가 슬그머니 한 걸음을 뒤로 물러나려다가, 바로 뒤에 따라붙은 마이어 후작의 가슴팍에 부딪쳤다.

뒤로 물러서지도 못하게 된 세레나는 뒤도 돌아보지 않은 채 민망하고 난감한 표정을 지었다. 그녀는 결국 자신의 뒤에서 몹시 분개한 얼굴을 하고 있는 마이어 후작의 반응은 살피지도 못하고, 레일리와 내 눈치를 살피며 기어들어 가는 목소리로 슬그머니 말했다.

"저, 그, 제가, 방해……. 했을까요?"

방해는커녕 크나큰 은혜를 입었다. 나는 당장에 발을 휘둘러 레일리의 정강이를 걷어찼다.

어쩔 수 없이 레일리 역시 일단은 물러나기로 한 모양이었다. 그는 쯧하고 짜증스러운 태도로 혀를 차더니, 내가 한사코 피하던 입술 대신 이마 언저리에 가볍게 입을 맞췄다. 그리고 나는 주저 없이 주먹을 휘둘러 그의 뺨을 후려쳤다. 물론 이번에도 타격은 없어 보였다.

여전히 다가오지도 못하고 우물쭈물하는 세레나 대신, 일찌감치 다른 부대원들이 우리를 발견하기 전에 다른 길로 방향을 틀게 했던 마이어 후작이 세레나를 지나쳐 성큼성큼 다가왔다.

"레일리 크라하."

그가 살벌하게 말했다.

"내가 지금 자네의 행동을 오해했나?"

"'오해'?"

레일리가 이제는 고위 귀족에 대한 최소한의 예의조차 지킬 의지가 없는 듯한 뻔뻔한 얼굴로 산뜻하게 미소를 지어 보였다.

"오해랄 것이 있겠습니까? 아까도 보고 가신 것으로 아는데요."

마이어 후작 역시 그 말을 듣고 참을 수 있을 정도의 신사는 아니었던 모양이다. 좀 뜻밖이기는 했지만, 더 참지 못한 그가 당장에 인상을 쓰며 주먹을 말아 쥐었다. 그리고 그 순간 세레나가 누구보다도 눈치 빠르게 '후작님!' 하며 그의 팔에 매달렸다.

하지만 하필 세레나가 서 있던 방향이 후작의 왼편이었던 탓에, 그녀가 붙잡은 팔 역시 주먹질과는 무관한 팔이었다. 마이어 후작은 무리 없이 레일리에게 주먹을 휘둘렀다.

레일리 역시 그 상황에서 가만히 있지는 않았다. 레일리는 드디어 내 어깨를 놓으며 주저 없이 그의 주먹을 휙 잡아챘다.

지금까지 내내 마이어 후작을 싫어하던 그는 보란 듯이 마이어 후작의 주먹을 우드득 압박하기까지 했고, 그 직후 오만하게 고개를 꺾으며 후작을 도발했다.

아무튼 예기치 못한 대치상태가 발발했다. 마이어 후작이 살벌하게 씹어뱉었다.

"자네 설마 기억을 잃은 백작의 형편을 이용해, 그녀에게 그런 식으로 자네 입맛에 맞춰 무도한 짓을 일삼았던 건가? 지금까지 줄곧?"

아니, 그건 오핸데.

"그녀는 구속구를 발동시키는 방법도 이제는 기억하지 못하니까, 저항할 수 없는 상대에게 그런 식으로 치욕적인 희롱을 일삼았던 건가?"

아니, 그건 정말 오핸데.

덕분에 레일리에게서 벗어나 슬그머니 몸을 빼고 세레나 쪽으로 피신을 하기는 했지만, 마이어 후작이 어째 과하게 화를 낸다 했더니 뭔가 오해가 있는 모양이었다. 오해가 있어도 좀 크게 있는 모양이다.

그런데 그걸 어떻게 해명하란 말인가? 애초에 레일리가 감히 무력 따위를 수단으로 삼아 나를 강제로 협박하려 했던 것도 부정할 수 없는 진실이니 저놈의 편을 들어 줄 생각도 없다.

더구나 레일리 크라하는 내가 유리 옐레체니카가 아닌 제삼의 인물이라는 사실을 어렴풋이 짐작이라도 하고 있었다지만, 마이어 후작은 그것도 아니었다.

그의 기준에서는 내가……. 염병하게도 정말로 어느 날 갑자기 모든 기억을 잃어 세상의 때가 묻지 않은, 아무것도 모르고 순진무구한, 어린아이 같은 마음을 갖게 된 여인인 것이다.

아, 정말 내 입으로 다시 서술하기만 해도 염병이다. 염병.

그런데 나야 몹시 빡친 상태니 레일리를 두둔해 줄 생각이 없다지만, 레일리도 별로 변명할 생각은 없어 보였다. 오히려 이참에 평소 마음에 들지 않던 마이어 후작을 치워 버리고 싶은 듯했다. 레일리가 싸늘하게 턱을 추켜올렸다.

사방의 마력이 그들에게 휘말려 요란하게 삐걱거리기 시작했다. 다행히 지금까지는 두 초월자가 나란히 서 있었기 때문에 마력 구조가 밀려 올라가서 그들과 조금 거리를 두고도 숨을 쉴 수 있는 상태였는데, 갑자기 상황이 달라졌다.

대립 태세로 돌입한 그들의 기류에 휘말려 마력이 갑자기 요란하게 격동하기 시작한 것이다. 어쩔 수 없이 서서히 내 숨통도 조이기 시작했다.

그런데 나도 모르게 희미하게 앓는 듯한 신음을 뱉는 순간, 레일리가 반사적으로 우리 쪽을 돌아봤다. 그러더니 그가 갑자기 인상을 쓰며 기운을 가라앉히려 들기 시작했다.

"마스터께서……. 견디기 어려워하시니 기운은 죽이시는 것이 좋겠습니다. 후작님."

레일리가 짐짓 나를 위하는 사람처럼 마이어 후작에게 충고했다. 그 말을 듣고 아차 한 눈치였던 후작도 재빨리 기운을 거두며 분노를 가라앉히기 시작했다.

나만이 어처구니가 없었다.

자기는 팔다리를 부러트리네, 죽을 거면 자기 옆에서 죽어야 하네 어쩌네 하며 온갖 개 같은 협박과 패악은 다 떨어 놓고 이제 와서 위하는 척하고 지랄하고 있다.

나는 말끔하게 가운뎃손가락을 들어 줬다. 다급히 기운을 가라앉히며 나를 돌아보았던 레일리의 표정이 폭삭 일그러졌다.

"으아아……."

그때, 나와 함께 두 초월자의 충돌을 옆에서 구경하는 처지가 되었던 세레나가 죽는소리를 냈다. 여동생이 둘이나 있는 인물이다 보니, 일단 옆에 있는 사람부터 반사적으로 지키려 한 듯 내 허리를 작은 손으로 꼭 감아쥔 그녀가 기겁하며 손을 휘휘 휘둘렀다. 마치 손사래를 치는 듯한, 질색하는 태도였다.

그런데 예기치 않은 일이 일어났다. 세레나가 손을 휘두르는 곳마다 마력의 중요한 핵심들이 모여 있는 곳이어서, 작은 장치 몇 개가 세레나의 손등에 툭 맞아 가볍게 밀려나는 것만으로도 주변의 마력들이 와르르 무너져 우리 위의 무게를 덜어 내기 시작한 것이다.

나는 눈을 동그랗게 뜨고 세레나가 하는 짓을 바라보다가, 그녀가 정말로 마력 장치들의 무게 중심을 쳐서 우리 주변의 마력 구조들을 와해시키고 있다는 사실을 눈치챘다. 아직 마력 구조를 보지도 못하는데, 본능적으로 그 무게감을 어렴풋이 느끼고 반사적으로 주변의 마력을 밀어내고 있는 것이다.

대단한……. 대단한 녀석이잖아?

더구나 이제 보니 세레나의 주변에는 탄탄하게 윤곽을 갖춘 마력이 조밀한 형태를 이루고 있어서, 마치 튼튼한 성곽을 갑주처럼 두른 듯했다.

"미친, 세레나."

"네?"

"나랑 같이 자 줘."

"예에?"

"사랑해!"

세레나야말로 내가 원하던, 밤낮없이 같이 다녀야 할 구원자였다는 사실을 이제야 깨닫다니, 멍청한 작가! 여자주인공의 설정을 마법과 정령술에 한해서는 따라올 자가 없는 전제로 짜 놓고 그걸 잊고 있었다니!

"오늘부터 매일 나랑 같이 지내!"

이 빌어먹을 푸른 숲의 마력 구조 때문에 금수만도 못한 집사 놈과 온종일 붙어 지내다가 온갖 억울한 사건을 겪어야 했던 나는 그만 왈칵 울음을 터트리며 세레나의 목을 와락 끌어안았다.

"배, 백작님. 크라하 씨가 너무 무섭게 저를 쳐다보는데요."

세레나가 기어들어 가는 목소리로 속삭였지만 나는 세레나를 놓아줄 생각이 없었다.

심지어 세레나는 조건까지 완벽했다. 정령술과 마법이라면 레일리에게도 미지의 힘이 아닌가? 지금의 세레나는 마법은 쓸 수 없지만, 정령술만으로도 충분했다. 소문으로 듣기에 그녀는 이미 사대 원소의 모든 정령을 부를 수 있는 전도유망한 정령술사였던 것이다.

"백작님, 저 정말 살해당할 것 같은데요!"

세레나가 다급히 외쳤다. 그래서 나는 조금 더 꽉 그녀의 목과 허리를 끌어안고 세레나의 어깻죽지에 얼굴을 파묻은 채 뺨을 비볐다. 세레나의 몸에서는 달콤한 과일향이 났다.

"백작님, 저 정말 죽겠어요!"

이젠 거의 우는 소리였지만, 나는 내 일로 너무 절박했던 나머지, 이제 그만 놓아 달라는 그녀의 애원을 들어줄 수가 없었다.

* * *

"연애 문제로, 장성한 남성분의 질투를 받아 보게 될 거라곤 생각해 보지 못했어요……."

"미안……."

"그것도, 그렇게 정말 당장 적장의 목을 따 버리겠다는 기세로 질투하는 사람이 있을 줄도 몰랐어요……."

"정말 미안……."

"그래서……. 조금만 여쭤보면 안 될까요?"

레일리를 쫓아내고 대신 내 호화로운 텐트에 자리를 잡게 된 세레나가 침대 위에 얌전히 무릎을 모으고 앉아 머리를 빗으며 슬그머니 말을 걸었다. 연녹색 프릴 원피스 잠옷을 입은 그녀가 흘긋흘긋 내 눈치를 살폈다.

나는 퀭한 얼굴로 세레나를 바라보다가 퉁명스럽게 물었다.

"뭘?"

"크라하 씨랑 사귀시는 거죠?"

"아, 시팔."

다시 생각하니 또 열이 받네. 나도 모르게 반사적으로 욕을 뱉으며 인상을 꽉 쓰는데, 그런 나를 바라보며 다시 눈치를 살폈던 세레나가 슬 그머니 다른 질문을 던졌다.

"마이어 후작님도……. 삼각관계신가요?"

"아, 염병."

그 양반도 다시 생각하니 더 기가 막힐 뿐이었다. 자기 마음대로 이상 한 이미지를 씌워 놓는 짓에 대해 사과했던 게 얼마나 옛날 일이라고, 또 그런단 말이냐? 이번에도 내게 이상한 이미지를 씌워서 마음대로 나를 규 정해 버리지 않았는가?

눈썹을 역팔자로 꺾고 또 한 번 걸쭉하게 욕설을 뱉었지만, 세레나는 굴하지 않고 다시 물었다.

"그럼……. 대공 각하는요? 사각관계?"

"아니! 그 사람은 진짜 그냥 친구야!"

내가 즉시 대답했다.

"진짜, 진짜로 그 사람만 괜찮다고! 이 세계에서 알렉시스만이 내 유일한 이해자라고! 아! 빌어먹을, '유일한 이해자' 따위의 소리를 내가 그 사람한 테 하게 될 줄은 정말 상상도 못 했다!"

머리를 싸맨 채 아아악 소리를 지르며 침대에 엎어지자, 여태 자신의 머 리를 빗던 세레나가 브러시의 방향을 틀어 내 머리를 빗어 주기 시작했다.

생각할수록 기가 막혀서 머리칼을 쥐어뜯다가 세레나의 부드러운 손길에 가로막혔다. 그래서 대신 세레나가 내 손에 쥐여 준 이불을 팡팡 때리며 고래고래 외쳤다.

"그 양반이 제일 수상쩍고 못 믿을 인간인 줄 알았는데, 아니, 실제로도 그런 인간이 맞았는데 말이야! 어떻게 삶이 이럴 수가 있냐! 인생에 믿을 인간이 그런 의뭉스럽고 수상한 놈뿐이라니, 이게 진짜 말이나 되냐? 유리 옐레체니카 인생 헛살았다!"

말하다 보니 이상했다. 나는 의식의 흐름으로 분노했다.

"그래, 오라질, 유리 옐레체니카야 헛살았겠지!"

"백작님, 진정하셔요. 머리가 엄청 엉켰어요."

온갖 난리를 치는 내 머리를 토닥토닥 쓸어 준 세레나가 조심스럽게 권고했다. 나는 결국 순순히 몸을 말고 웅크린 채 세레나의 빗질을 받기 시작했다.

"대공 각하와는 그저, 감정적으로 친밀한 관계이신 거군요. 소울메이트 같은 관계일까요?"

소울메이트……?

앞서 말했지만, 대공이라고 해서 정말로 인간적으로 괜찮은 작자냐 하면 그것은 또 아니었다. 애초에 그는 이 모든 일의 발단이 된, 유리 옐레체니카와 함께 범대륙적 패악질을 벌였던 인물이 아닌가.

그러니 소울메이트 따위의 공감대 있는 단어로 대공과 엮이고 싶지는 않았지만, 달리 표현할 단어가 없었다. 나는 인상을 팍 썼다가 어쩔 수 없이 애매하게 말을 끌며 수긍했다.

"으응."

"사실 두 분이야말로 잘되고 계신 줄 알았어요. 최근에 수도에 소문도 났고……."

"그건 그냥 친해서 같이 여행 가기로 한 거야. 레일리도 같이 갔고……."

"그랬군요."

아마도 동생들을 달래던 경력 덕인지, 세레나는 퍽 친근하고 안심이 되는 말투로 나를 달래듯 말을 걸고 있었다.

결국 얼마 지나지 않아 나는 세레나의 무릎 앞에 몸을 웅크린 채 빗질을 받으며 낑낑거리기 시작했다. 세레나가 갑자기 모두의 큰언니처럼 구니,

나도 갑자기 그녀에게 어리광을 부리고 싶어진 것이다.

"대공저에서⋯⋯. 대공 각하와 한 침대에서 주무셨다는 소문도 있었는데, 그건 그럼 헛소문이었나 봐요."

"아, 아니. 그것도 사실이긴 했는데⋯⋯."

"예⋯⋯?"

"그냥 정말 한 침대에서 자기만 했어. 그런 관계야. 문자 그대로 잠만 잤다. 서로 손가락 하나 대지 않고. 앗, 아니, 손가락을 대긴 했지. 그러니까, 음, 그 사람이 내 옷을 편하게 풀어 주긴 했는데⋯⋯. 제길, 이렇게 말하니 이상하잖아. 하지만 아무튼 그날은 아무런 사건도 일어나지 않았다."

"예에⋯⋯?"

세레나가 도무지 이해하기 힘들다는 듯 장탄식을 뱉으며 손을 멈췄다. 나는 베개에 얼굴을 박은 채 웅크리고 있다가 앓는 소리를 냈다.

"아니, 태⋯⋯. 애셔도 그렇고, 레일리 개자식도 그렇고, 후작님도 그렇고, 다들 나랑 알렉시스의 관계에 대해 왈가왈부하고 있단 말이지?"

"네에. 하지만 아니셔서 억울하신 것이지요?"

"일단 그런 상황인데, 그런데⋯⋯. 생각해 보니 정말로 알렉시스랑 내 사이에 뭔가⋯⋯. 감정적 교류가 있었던 건 사실이고, 그 사람 인생에 내가 의미가 있는 것도 사실이고, 이제 보니 나도 이 나라에서 가장 의존하고 있는 인간은 그 양반이고⋯⋯."

스스로 곰곰이 곱씹으면서, 나는 주절주절 떠들기 시작했다.

"레일리가 질투를 할 만한 요인을 정말로 내가 제공을 했나 싶다가도, 아니, 사실 그 자식은 그냥 내가 누구랑 친하게 지내든 마음에 안 드는 게 아닌가 싶기도 하고 말이야."

"음⋯⋯. 그건 맞는 말씀 같아요⋯⋯."

세레나가 슬그머니 내 의견에 동조했다. 내가 다짜고짜 세레나의 목에 매달려 엉엉 울며 사랑한다느니 좋아한다느니 모든 시간을 함께하자느니 하며 같이 자자고 애원하는 바람에 레일리의 분노와 질투의 화살이 마이어 후작과 대공을 쿨하게 넘기고 세레나에게 집중된 것이다.

그녀는 얼마 지나지 않아 시작됐던 애셔를 동반한 저녁식사 자리에서도 내내 레일리의 살벌한 시선을 감내해야 했다. 나는 세레나가 괴로워하는 것을 알면서도, 미안하지만 그녀의 옆자리에 착 붙어서 식사를 마쳤다.

일찌감치 세레나 문제로 나와 충돌한 적이 있는 마이어 후작은 애매한 표정으로 나를 관찰하고 있었지만, 레일리는 그깟 것은 알 바가 아닌지 세레나를 당장에라도 죽일 듯이 지켜보고 있었다. 세레나의 표현 그대로, 당장 출전해 적장의 목을 따겠다는 기세로 세레나를 바라봤다.

식사를 마칠 무렵 애셔가 나만을 따로 불러 슬그머니 "제 연적이 늘어난 건 아닐 테고, 백작님의 업보인 걸까요?" 하고 묻기까지 했다. 낮에는 내게 본인의 숙부를 맡긴다고 한 인간인데, 저녁에는 내가 집사와 그렇고 그런 사이라는 것을 알게 된 것이다.

아니, 애초에 왜 황태자가 나한테 에슈마르크 대공을 맡기냐고? 다시 생각해도 낯선 소리다!

하지만 생각해 보면 나는 정말로 에슈마르크 대공과 한 잔을 돌려쓰며 간접 키스도 하고, 티격태격 장난질도 치고, 우리끼리 알아듣는 소리도 수도 없이 주고받았고, 우리만이 볼 수 있는 '세계의 마력'에 내용적으로는 달랐지만 크게 보면 〈A와 B 왔다 감♥〉이랑 다를 것이 없는 낙서를 남기고, 나중에 이걸 보는 사람이 언제쯤에야 나올까 하며 우리만의 세계를 과시하듯이 떠들기도 했던 것이다!

게다가 따지고 보면 포옹도 했다! 그뿐만이 아니다! 생각해 보면 그 양반은 틈만 나면 내 머리칼을 쓰다듬으며 나를 자기 나름대로 귀여워하지 않았던가?

어쩌면 떡 줄 사람인 대공은 그런 생각을 추호도 하지 않고 있는데 나만 지금 과한 자의식에 사로잡혀 안달복달하고 있는 것일까? 그럴 수도 있다. 만일 그런 거라면 괜히 이런 생각을 하고 있는 게 더 민망한 일이긴 한데, 차라리 그랬으면 좋겠다!

그렇다, 소설의 문제를 제외하고, 일단 적어도 이 세계에서의 내 연애 사업과 관련한 문제들만은 정말로 내 업보가 맞는 것 같다!

"젠장, 사람이 너무 매력적이어도 죄가 되나?"

급기야 육성으로 개소리를 지껄였지만, 애석하게도 나를 정말 좋아하는 세레나는 그 개소리를 진지하게 받아들이고 심지어 동조해 주기까지 했다.

"앗, 하지만 백작님처럼 매력적이신 분이라면 어쩔 수 없는 것 같기는 해요! 저라도 반했을 거예요! 너무 매력 있고 인기가 좋으시니 사귀더라도 불안한 마음이 사라지질 않는 거죠!"

"안 돼, 세레나. 이런 말에 동의해 주면."

"진심인데요!"

"아흐흑, 아흐흑, 아흐흑. 고맙다, 고마워."

베개에 얼굴을 푹푹 박다가 다시 세레나에게 붙잡혔다. 열심히 머리를 빗겨 주던 세레나가 애써 화제를 돌렸다.

"그러고 보면 늘 백작님의 머리칼을 보며 감탄했었어요. 어떻게 관리하고 계시나, 하고요. 길이도 길고 풍성한 머리칼을 지니고 계신데, 백작님은 전체적으로 색소도 옅으시잖아요. 제게도 어릴 때 전체적으로 색소가 옅은 친구가 있었는데 그 친구는 햇볕에 취약해서, 건강도 문제였지만 조금만 빛을 쐬어도 머리칼 색이 쭉 연해지곤 했었거든요."

"그래?"

"네. 어떻게 관리하고 계신 거예요?"

"레일리가……."

기껏 화제를 바꿔 준 성의도 무색하게, 또 대화가 김 집사 놈에게로 향했다. 나는 뚱하게 대답하다가 입을 다물고, 미간에 내천자로 주름을 잡고, 그러다가 어쩔 수 없이 다시 대답했다.

"자기 전에 에센스랑 두피마사지를 포함해서 이런저런 마사지랑 피부 관리를 해 주고……. 목욕할 때도 아마 무슨 오일 같은 걸 풀었던 것 같아. 잘 때는, 흠, 향초인가? 아마 향초를 발치에 켜 주는 것 같은데, 향초도 관련이 있을지는 모르겠다. 나는 이 대륙의 약물에 대해서는 지식이 전혀 없어서."

"오……."

"아침에 씻기 전에 30분, 씻은 후에 30분 정도 머리를 빗어 주고, 오후 티타임을 끝낸 후에 한 번 더 빗어 주고, 자기 전에도 빗어 주고……."

"오……."

세레나가 탄식 같은 감탄사를 희미하게 뱉어 냈다. 나도 탄식하고 싶은 일이었다.

"머리 장식이나 스타일 같은 건……. 글쎄다, 나도 뭘 하는지 자세히는 모르겠다. 아침에 내가 비몽사몽하는 사이 레일리가 안아 들고 가서 씻기고 입히고 앉혀서 알아서 코디해 놓는 거라서 말이야."

"그렇군요. 아침에 잘 못 일어나세요?"

"응, 그래서 보통은 잠이 깰 때까진 레일리가 나를 품에 앉혀 놓고 먹이다가 잠이 깨면 그때부터 내가 알아서 먹기 시작할 정도야."

"오……."

세레나가 다시 한번 신음 같은 감탄사를 토했다. 나도 말하다 보니 기가 막혔다.

"내가 잠이 깨서 혼자 식사를 시작하면 그때부터는 침실을 정리하고 티타임을 준비하고, 저녁에 먹을 과일을 사 오고……."

"새벽에 과일을 사 간다고 하지 않으셨어요?"

"저녁에 먹을 과일은 한 번 더 사 오는데. 너희 상단에서는 저녁쯤에도 남은 과일들 중에 상태 좋은 걸 한정으로 판매하는 특판 시간을 갖는다며."

"오, 그런 시스템이긴 한데요, 그때 타이밍을 맞추기가 까다로워서 많이들 포기하시기에, 아니, 흠, 아무튼 그렇군요……."

또 한 번 기묘한 신음을 뱉은 세레나가 한동안 침묵하다가 슬그머니 질문했다.

"뵐 때마다 향수나 장신구, 옷의 컨셉이 늘 달라지시던데, 그것도 크라하 씨가 매칭하시나요?"

"어."

퉁명스럽게 대답했다가 잠잠히 덧붙였다.

"테이블보랑 다구들도 매일 다른 컨셉으로 매칭하거든. 어, 그러고 보니 티 테이블이랑 식사 테이블마다 올라오는 꽃도 매 시간마다 달라지는데…… 아마 그것도 새벽이랑, 오후에 내가 책 읽을 때랑, 밤에 내가 잠들고 나서 사 두는 거겠지? 그러고 보니 걔 언제 자는 거지?"

"그냥 제 생각인데요, 백작님."

거기까지 듣던 세레나가 조심스럽고 온유한 태도로 물었다.

"그쯤이면 크라하 씨는 세기에 한 번 있을 참된 사랑을 하고 계신 게 아닐까요?"

"……."

나는 세레나의 발치에 웅크리고 있다가 벌떡 허리를 세웠다.

"나도 그건 알아."

그리고 단호하게 덧붙였다.

"하지만 그 자식은 사랑을 하기 전에 일단 인간이 안 됐어."

"그건 인정하는 바예요."

세레나가 조신한 태도로 수긍했다. 말이 나온 김에 나는 참고 참던 분개를 빠짐없이 토로하기 시작했다.

"아니, 생각을 해 봐. 그놈은 내가 정말 뭔 짓을 뭘 해서 질투를 하는 게 아니라, 그냥 내가 다른 누군가와 친하게 지내기만 해도 배알이 뒤틀리는 상태란 말이야."

"음, 하지만 보통 그렇지 않아요? 그러니까…… 굳이 드러내 놓고 표현은 안 해도 조금 신경이 쓰이는 정도라면요."

"신경이야 쓸 수 있지! 하지만 강요를 하잖아! 야, 내가 막말로 레일리랑 사귄다고 해도 레일리 외의 모든 인간관계는 가지면 안 되냐? 세레나랑 친하게 지내도 싫어, 알렉시스랑 가깝게 지내도 싫어, 후작님이랑 화해의 대화를 나눠도 싫어. 제길, 뭐 어쩌라는 거야? 내 인생에 자기만 있냐고?"

"크라하 씨는 질투가 심하시군요. 그……. 그만큼 사랑이 큰 것이 아닐까요?"

세레나가 애써 포장을 했다. 나는 질색하고 손사래를 쳤다.

"내가 죽어도 양보할 수 없는 게 레일리가 반드시 갖고 싶다고 하는 거란 말이야. 자세히 말하기는 복잡한데, 어쨌든 내가 그걸 양보하면 내가 지금까지 살았던 인생은 송두리째 잃어버릴 수밖에 없어. 그런데 개자식이 자꾸 그걸 달라잖아. 그래서 안 된다고, 그럴 거면 너랑 가깝게 지낼 생각도 없다고 했더니 자꾸 온갖 패악을 부리더니, 급기야 뭐라는지 알아? 내 인생을 살지 말라는 거야! 그걸 시팔, 말이라고 하냐?"

"어떤 말씀을 하시는 건지는 알겠어요."

세레나가 끄덕끄덕 고개를 흔들었다.

"지금까지 내가 나 자신으로서 쌓고 영위해 온 내 삶을 송두리째 바꾸는 사랑이라면, 필요 없다는 것이죠. 제 삶은 저 자신의 것으로 족하니까요."

"맞아! 그거라고!"

잽싸게 세레나의 말에 동조했다가, 고개를 기우뚱 기울였다. 일단 동의하고 싶은 말이라 옳다구나 대답했는데, 생각해 보니 이 나라에서 가장 특수한 삶을 살아가는 집안의 누구보다도 특수한 자리를 약속받은 남자와 결혼할 인물의 입에서 저런 소리가 나와도 되는 건지에 대한 약간의 의문이 생겼다.

그때 세레나가 갑자기 고개를 갸웃거렸다.

"그런데, '사귄다면'이라는 건……. 지금은 사귀지 않으신다는 말씀이신 가요?"

"……."

별로 대답하고 싶지 않은 문제였다. 솔직히 나도 그 지점은 마음에 걸려 하고 있다. 하지만 레일리가 잠깐 사귀고 깔끔하게 헤어질 만한 인물이 아니라는 게 이토록 명확한데 어떡하란 말인가.

게다가 내가 뒷일 생각 않고 다짜고짜 레일리와 사귀는 것으로 해 두었다가, 내 세계로 돌아가려 할 때는 어떡하란 말인가? 모르쇠하고 그냥 벌여 놓은 것은 그대로 두고 갈까? 빌어먹을, 그게 더 개 같은 짓이 아니고 무엇이겠는가? 아무리 그래도 최소한의 양심이 있지, 그럴 수는 없다.

나는 최소한 레일리와 구체적인 형태로 확정적인 관계를 만들고 싶지는 않다. 단지 함께 시간을 보내고 밤을 보내고, 키스를 하고 포옹을 하는 정도의 행위와 다른, 단어로 규정되는 관계성을 만들고 싶지 않았다.

사실, 그럴 수도 없고, 그래서도 안 된다고 생각한다.

나는 다급히 질문을 급조했다.

"너……."

"네?"

"애셔랑 뭔가……. 좋은 분위기였던 거 아니야?"

"예? 좋은 분위기요?"

세레나가 눈을 동그랗게 뜨고 반문했다. 그 꼴을 보고 나는 눈을 세모 꼴로 떴다. 애셔 이 자식이, 이 세계에서 그나마 유일하게 개념과 상식을 온전히 갖춘 귀족인 줄 알았건만, 세레나는 전혀 느끼지 못한 썸을 혼자서만 타고 있었단 말인가?

"좋은 분위기……. 글쎄요. 아시다시피 애셔 행정관님은 워낙 영민하신 분이니까요. 여러모로 도움을 얻고 있고, 존경하고 있어요. 조금쯤은 동경하는 마음이 있답니다."

그런데 내가 내 남성 캐릭터들의 평균적인 인격에 대해 심각한 고민과 자아성찰에 빠져드는 순간, 다행히도 세레나가 긍정적인 대답을 돌려주었다. 그녀가 가만히 덧붙였다.

"제가 평민 출신인 것을 뻔히 아시는데도 늘 제게 말씀을 높여 주시거든요. 애써 행정관님의 그런 배려심이 정말로 좋고, 마음이 놓인다고 생각해요. 감사한 일이고요. 언제나 차분하고 침착하시니 여러모로 의지도 하고 있답니다."

"아하."

"함께 시간을 보내고, 그 시간이 좋았고, 이야기를 나눌 때 기뻤으니 어쩌면 이것이 긍정적인 호감일지도 모른다고 생각하는 것이지요."

아직 세레나가 로맨틱한 사랑을 느끼지는 않을 시기인 모양이었다. 말하자면 인간적인 호감을 느끼는 정도인가. 혼자서 납득을 하고 고개를 끄덕끄덕 흔드는데, 세레나가 담담히 말했다.

"하지만 좋은 분위기였냐고 물으시면 그건 잘 모르겠어요. 그분은 귀족이신걸요."

나는 눈을 동그랗게 떴다가 엥 소리를 냈다. 세레나는 물론 평민 출신이고, 귀족에게 깍듯한 예를 갖추지만, 상대가 귀족이어서 애초에 접근을 포기할 만한 타입은 아니었다. 그럴 것 같았으면 유리 옐레체니카와 엮이지도 않았을 것이고, 마이어 후작과 지금만큼 친밀해지지도 못했을 것이다.

"귀족이라서 부담스러운 거야?"

"'부담스럽다'는 표현도 틀리지는 않다고 생각해요. 앗, 하지만, 알아주셔야 할 것이, 제 동생 중에는 이미 귀족분과 혼인을 마친 아이가 있답니다. 제가 말하는 건 다른 문제예요."

생각해 보니 그랬다. 아차 한 내가 손뼉을 치며 이해했다고 연신 고개를 끄덕여 주자, 세레나가 여상한 낯으로 미소를 지으며 답했다.

"저는 제 인생을 송두리째 바꿀 상대는 바라지 않아요, 백작님. 말씀드렸다시피 제 인생은 저 자신의 것으로 충분하기 때문에, 자의로든 타의로든 제 삶을 다른 무언가로 바꾸려 하거나, 혹은 세레나의 삶을 자기 삶의 부속품으로 만들 것 같은 상대라면 별로 가까이하고 싶지도 않아서요."

유감스럽게도 애셔가 세레나에게서 호감을 느낀 바로 그 지점이 세레나로 하여금 애셔와 가까워지길 꺼리게 하는 이유로 등장했다.

"딱히 그렇게 열정적으로 애셔 행정관님을 흠모하는 것도 아니고요. 좋은 친구로 삼아 주시니 감사한 일이지요. 지나치게 가까워지고 싶지는 않아요. 백작님께서는 아마 그런 거부감이 없으신 듯하고, 그럴 수 있을 만큼 확고한 백작님만의 삶을 구축해 두셨지만, 저는 그러지 못했거든요."

그녀가 부드럽게 말했다. 하지만 솔직히 말하자면, 나야말로 그래서 레일리에게는 휘둘리고 싶지 않은 것이다. 그가 요구하는 것이 내 인생을 송두리째 바꿀 수밖에 없는 변화이기 때문이고, 내 인생에 자신만이 남겠다는 선언인 탓이었다. 나는……

생각이 이어지기도 전에, 세레나가 정갈한 목소리로 차분히 말을 이어 주었다.

"제게는 사실 소설 같은 사랑도, 마법 같은 사랑도 필요 없어요. 사랑은 삶의 전반에서 보기에는 그저 있어도 없어도 좋은 것이지만, 그 자리에 존재함으로써 제 삶을 보다 풍요롭고도 행복하게 하는 것으로 속하답니다, 백작님. 그러니 제 삶을 저 자신의 것으로서 풍요롭고 행복하게 만들어 줄 수 없는 다른 형태의 풍요라면, 별로 반기고 싶지는 않은 거예요. 동생들은 이런 제 생각을 이해하지 못하는 것 같지만요."

"나는 맞는 말이라고 생각해. 그럴 수 있지. 나 자신의 삶은 무엇보다도 중요하니까."

대수롭지 않게 수긍하자 세레나가 씨익 웃으며 백작님이 정말정말 너무 좋다고 나를 끌어안더니, 잽싸게 베개를 준비해 줬다.

그런데 그러고 나서는, 아까 내가 대놓고 회피했던 질문을 포기하지 않고 다시 꺼내는 것이었다.

"그래서, 크라하 씨와는 사귀지 않으시는 건가요?"

"……."

나는 인상을 빽빽 쓰고 베개에 턱을 묻고 누운 채 팔짱을 꼈다.

"너 기껏 회피했는데 콕 집어 그걸 또 물을래?"

"음, 하지만 중요한 문제 같아서요. 그러면 아마 크라하 씨는 그 지점이 싫으신 게 아닐까요?"

"그게 싫겠지. 하지만 나는 내가 못 주는 걸 달라고 하는 놈과는 이 이상 잘되어 볼 생각도 없고, 생각도 없는데 괜히 당장의 귀찮은 일을 피하려고 연인 노릇을 할 생각도 없어."

"그런 문제군요. 백작님은 크라하 씨를 좋아하시죠?"

"좋아는 하지. 하지만 별로 반드시 필요한 것도 아니고 열렬하지도 않아. 왜 좋아하는지도 모르겠고. 생각해 보니 진짜 그렇네. 내가 왜 그 자식에게 휘둘리고 있었던 거지?"

미간에 주름을 잡고 짜증스럽게 곱씹는데, 잠깐 웃은 세레나가 다정스레 대꾸했다.

"기억을 잃으신 것도 있고 해서, 제가 함부로 이런저런 말씀을 보태고 있지만요. 그저 의견으로만 들어 주세요."

"어? 뭐, 신경 쓰지 말고 말해 봐. 뭔데?"

"사람이 사람을 좋아하는데 꼭 논리적이고 합리적인 이유가 필요한가요? 함께 시간을 보내고, 그 사람이 좋았고, 이야기를 나눌 때 기뻤으니 그것이 사랑이겠거니 하는 것이지요."

"그게 과연 그렇게 대단할까? 내 인생에 그게 유일할까?"

"저는 물론 그런 것이 유일하지도 않고, 대단하지도 않다고 생각하지만요."

세레나가 말끔하게 대답했다.

"곁에 있을 때 행복하고 의지가 되니, 아마 평생을 이렇게 보내도 그것만으로 내 삶이 완성되겠거니 생각하면 그것으로 족한 사람도 분명 있을 거라고 믿어요. 그러면 그때에는 그것으로 족하지 않을까요?"

그 말은 꼭 나와 레일리의 관계를 노리고 꺼낸 말 같기까지 했다. 세레나가 다정다감한 태도로 조금 더 말을 보탰다.

"그저 저울을 잴 때 어느 쪽의 추가 더 무겁게 기우느냐의 차이지요."

나는 세레나의 옆에 나란히 누워서, 이제 막 스물을 조금 넘긴 동글동글하고 귀여운 얼굴을 바라보다가, 뒤늦게 "그래." 하고 대답했다.

솔직히 말하자면, 확실히 그런 면이 있기는 했다. 인품도 성품도 기품도 말아먹었고 성깔 하나는 더할 것도 뺄 것도 없이 개떡 같은 놈이지만, 나는 레일리를 어쩌면 정말로 좋아하고 있기 때문에.

내가 내 세계에서 나의 삶을 누리면서 그 곁에 레일리가 함께 머무를 수 있다면, 그것이야말로 가장 이상적인 결론일 것이다. 어쩔 수 없이 불가능한 일이지만.

그것이 불가능하다는 사실을 레일리에게 설명할 길이 없다. 오히려 설명하는 순간 관계가 파탄이 나지 않으면 다행일 것이다. 세레나의 조언은 고맙지만, 도저히 내 상황에 반영할 수 없었다.

"세레나."

"네?"

"이름으로 부를래?"

"네? 뭐를요?"

"나를."

내 말을 듣고 한동안 잠자코 있던 세레나가 뒤늦게 기겁하는 소리를 내며 벌떡 일어났다.

"아뇨아뇨아뇨아뇨, 그러면 너무 대단한데. 아뇨, 그렇다고 유리 님을 이름으로 부르는 게 싫다는 건 아니고. 저는 좋지만, 그치만 제가 유리

님께 너무 무례해질 것 같고, 그러니까 너무 좋고 감사한데 괜찮을지 모르겠고…….'

"너만 괜찮으면 이름으로 불러. 그리고 내일도 같이 자자."

"그, 그것도 저야 영광이죠, 백작님! 아, 아니, 유리 님! 세상에, 내가 '유리 님'이라고 불렀어!"

세레나가 두 뺨을 감싸 쥐고 너무나 기뻐했다. 그녀를 지켜보던 나도 적잖이 흐뭇해졌다. 그런데 갑자기 세레나의 표정이 어두워졌다.

"하지만 크라하 씨가 또 세기의 연적을 보듯이 저를 지켜보실 것 같아 조금 무섭긴 하네요…….'

그녀가 우는 소리를 내며 말했고, 나는 씨익 웃었다가 세레나의 배를 푹 찌르며 친밀함을 표현해 봤다. 그러자 아, 정말 무섭단 말이에요, 하고 까르르 웃은 그녀가 침대에서 데굴데굴 굴러갔다. 그러고도 한참이 지나도록 우리는 제대로 잠들 준비를 하지 않고 놀기만 했다.

"유리 님, 어쨌든 유리 님이 이번에 크라하 씨를 쫓아내기까지 할 정도로 화가 나신 건, 두 분의 맞지 않는 성향 때문이잖아요. 방식의 차이라고 할까요?"

"힘을 써서 강제로라도 사람을 곁에 붙들어 두겠다는 놈과 충돌한 걸 방식의 차이라고 포장하지 마라. 나는 개념 있는 사람이고 그놈은 형편없는 인간이어서 그런 거거든?"

"아무튼요…….'

그리고 결국 둘 다 베개에 파묻혀서 색색거리며 지쳐 잠들 준비를 할 때쯤에야, 세레나가 슬그머니 첨언했다.

"한번 이야기를 나눠 보셔요."

"레일리랑?"

"백작님이 정말로 그분을 좋아하고 계시다면요. 이러든 저러든 이미 좋아하게 된 건 어쩔 수 없는 거잖아요. 아무리 크라하 씨가 쓰레, 아니,

실수예요……. 어찌 되었든 다소 제멋대로 구시는 분이어도……."

"다 들었어, 인마. 아무튼 그래서?"

미처 포장 못 한 진심을 뱉은 탓에 머쓱하게 웃은 세레나가 웃는 얼굴로 대답했다.

"어쨌든……. 그분이 정말로 유리 님을 귀하게 여기고 아낀다면, 결국 유리 님의 의견을 따라 주실 거예요. 아니면 그때 가서 놓아 버리면 그만이니까요."

"그 자식이? 아냐, 아냐. 말한다고 들을 놈이 아냐."

"시험 삼아 한 번쯤 해 보는 건 괜찮잖아요. 겁먹으실 필요 없어요. 음……. 다정하게 대하라고 하셔요."

내가 손사래를 쳤지만 세레나는 아랑곳하지 않고 베개에 얼굴을 파묻은 채 웅얼거렸다.

"무례하게 굴지 말라고."

과일 향이 나는 연녹색 잠옷을 입고 새하얀 이불에 파묻힌 채로. 먼 훗날 전혀 다른 세계를 살아가던 사람과 그럼에도 불구하고 일평생을 함께하기로 결정할, 세레나가 살뜰하게 속삭였다.

"둘 중 누구도 자기 자신의 온전한 삶과 지금까지 구축한 세계를 포기하지 않아도 되는 길을."

나는 그저 잠자코 그 말을 귀담아듣다가, 베개에 얼굴을 파묻었다.

"그런 방법을 함께 찾자고 해요."

그녀가 달콤한 주문처럼 속삭였다. 잠에 빠져드는 목소리였다.

* * *

세레나와 같이 지내는 일주일 내내 나는 최선을 다해 레일리를 피해 다녔다. 솔직히 말해 이 상황까지 온 이상 그놈한테는 해 줄 말도 없고, 해 줄 행동도 없다. 세레나는 대화를 나눠 보라고 했지만, 본래 사람은 고쳐 쓰지 않는 법이었다. 물건은 고쳐도 사람은 못 고친다는 것이 내 지론이다. 애초에 레일리 크라하가 남의 말을 듣고 고쳐질 법한 인성을 지녔느냐 하면 그것도 아니었다.

밤에는 세레나와 함께 지내며 자연스럽게 레일리를 내쫓고, 세레나가 푸른 숲에 가기 전까지는 그녀에게 붙어 다니다가, 세레나가 푸른 숲으로 향하고 나면 슬그머니 황태자에게 들러붙는 것이다. 그나마 세레나가 주변에 신경 써서 정령을 둘러 주면 반나절 정도 혼자서 이동하는 게 가능해진 덕이었다. 세레나는 정말로 대단한 아이였다.

애셔 아마르트 뷔올이 웃는 얼굴로 '매일같이 티타임에 백작님의 지나치게 편한 차림새를 보고 싶었던 것은 아니었는데요!'라며 비수를 꽂든 말든 나는 다급했다. 한 번 피하기 시작하니 레일리가 점점 더 빡치는 것이 눈에 선명했기 때문에 더더욱 피할 수밖에 없게 됐다.

그러므로, 세레나가 갑자기 평소보다 일찍 호출을 받은 시점부터 일이 꼬이기 시작했다. 최대한 게으름을 피우다가 미처 외출복도 입지 못하고 그 소식을 받은 탓에 그녀를 대동하지 못한 채 홀로 황태자에게 찾아가게 된 것이다.

그리고 그 길에 하필이면 레일리 크라하를 마주쳤다. 이 모든 것이 눈 둘 곳도 없다며 내일부터는 잠옷 말고 제대로 된 외출복이라도 입고 오라는 구박 아닌 구박을 한 애셔 황태자 때문이다. 원수는 외나무다리에서 만난다더니, 애써 외면하던 썸남도 외길에서 맞닥뜨리고 말았다.

"크으윽……."

주인공을 마주친 골목 건달3 같은 진부한 신음을 흘리며 두어 걸음 주춤주춤 물러나다가 성큼성큼 다가온 레일리에게 팔목을 붙잡혔다. 세레나가 내게 둘러 주었던 정령들은 레일리의 기운에 단번에 쫓겨났다.

그녀의 컨트롤은 세밀했지만 강대함만으로는 레일리의 힘에 비견할 바가 아니었다. 나는 끙 소리를 내며 주춤주춤 물러섰다. 세레나의 정령을 쫓아내 버렸으니, 이제는 졸지에 레일리와 함께 있을 수밖에 없어졌다. 그렇다면 적어도 레일리의 입을 막아야 한다. 감당할 수 없는 괜한 주제가 나오기 전에 황태자 같은 인물과 만날 필요가 있었다.

"몸은 괜찮으십니까?"

"세레나가……. 정령을 둘러 줬는데, 젠장, 너 때문에 다들 쫓겨났잖아."

"윌리엄스가?"

못마땅히 세레나의 이름을 반복해 곱씹었던 그가 화사하게 웃으며 내 위로 고개를 기울였다.

"어쨌든 그간 숨바꼭질이라도 하는 기분을 냈습니다. 안 그러십니까, 마스터."

"염병……."

"설마 제 의견을 그렇게까지 완벽하게 들으시고도 고의로 피해 다니셨 다고는 생각하지 않습니다만."

"네, 숨바꼭질을 했습니다."

다급히 내 생명을 살릴 구라부터 치고 인상을 썼다.

"아직 숨바꼭질 안 끝났어! 놔!"

"제게 잡히시지 않았습니까."

레일리가 달콤하게 대꾸했다.

"벌칙을 받으셔야지요."

무슨 벌칙? 개 같은 소리라며 욕부터 하려던 차에 그대로 입술을 물렸다. 아야 소리를 내며 어깨를 움츠리는 순간 다른 손으로 어깨를 거칠게 붙잡 혀서 깊게 키스당했다.

분명 그러지 말라고 옛 성현들이 말씀하시지 않았던가? 과연 이놈을 고쳐 써도 된단 말인가? 애초에 고쳐 쓸 수 있긴 하단 말인가? 이미 폐 기물인데, 뭘 어떻게 고쳐 쓰란 말인가?

하다못해 종이를 재활용할 때도 일단 한 번 박살을 내서 본래의 구성을 파괴해야 하는데 어떻게 사람의 본질을 그대로 둔 채 재활용을 할까? 애초에 폐기물은 재활용 대상이 아니란 말이다!

물건은 고쳐 써도 사람은 고쳐 쓰는 게 아니랬는데, 과연 내가 이 인간 쓰레기를 고쳐 써야 하는 걸까? 괜히 수리하겠다고 망치를 가져다 댔다가 더 쓰레기가 되는 것은 아닐까?

키스가 잠깐 끊어졌을 때, 나는 회의를 느끼며 레일리를 물끄러미 바라보다가 고개를 저었다. 그러자 내내 나를 물끄러미 바라보던 레일리가 그 타이밍을 놓치지 않고 싸늘하게 물었다.

"지금 무언가를 포기하려 하셨지요?"

"뭐, 뭐가?"

"저에 대해 생각하는 걸 포기하려 하시지 않았습니까?"

아, 거 새끼, 눈치 하나는 귀신같아서. 입을 꾹 다물었다가 재빨리 말했다.

"허락 없이 함부로 굴지 마. 생각해 보니 여기서부터 개자식이었어."

"갑자기 무슨 말씀이십니까?"

"힘이나 폭력으로 위협하려고 들지 마. 내 결정은 너한테 휩쓸리지 않고 내가 스스로 해."

물론 사람은 고쳐 쓰는 것이 아니고, 레일리 크라하는 고칠 수 없는 인간 폐기물이지만, 어떡하랴?

그저 내가 그를 고쳐서라도 쓰고 싶은 것이다. 언제까지 쓸 수 있을지도 확실하게 아는 게 아니니 괜히 공들여 고치지 않고 버려두는 것이야말로 가장 이상적인 선택지라는 사실을 모르지 않으면서도 말이다. 염병할 일이었다.

"네 의견을 나한테 강요하려 하지 마. 내 인생은 내 거고, 너한테서 이래라저래라 명령받을 이유 없어."

"지금 무슨 말씀이 하시고 싶은 겁니까?"

"네가 정말로 내게 애정을 품었고, 그래서 네 생각이나 의견이나 존재를 존중받고 싶다면, 그에 걸맞게 행동하란 소리야!"

검지를 들어 그의 가슴팍을 쿡 찌르며 쏘아붙였다.

"나를 존중해!"

"'존중'."

내 말을 들은 레일리가 어딘지 생경한 단어를 들은 사람처럼 그 말을 곱씹었다. 그러고는 차분히 시선을 깔았다.

"그런 것이 왜 필요하지요?"

무엇을 상상하든 그 이하의 인간도 있다는 것을 깨닫게 해 주는 발언이었다. 기가 차서 입을 떡 벌리고 그를 바라보는데, 잠시 곰곰이 생각하며 고개를 기울이던 레일리 크라하가 턱가를 만지작거리며 또 한 번 질문했다.

"왜 제가 그래야 합니까?"

"내가 지금 사람 새끼랑 얘기하니, 짐승 새끼랑 얘기하니?"

"세상에는 이렇게 살다가 이렇게 죽는 인간도 있습니다. '존중'."

그가 다시 한번 그 단어를 곱씹으며 나를 향해 뭉근히 뺨을 기울였다.

"그게 뭔지도 모르겠군요."

나는 더 이상 레일리 크라하와 대화를 할 필요성조차 느끼지 못하게 되었다. 산뜻하게 웃어 보인 후, 마침 어딘가로 향하는 듯 저 멀리에서 부관들과 이야기를 나누며 걸어가는 애셔 황태자에게니 가기로 한 것이다.

"됐어, 시발. 사람은 고쳐 쓰는 게 아니라고 내가 죽어라 말을 하는데도 너랑 얘기해 보라는 세레나 말을 들은 게 잘못이지. 앓느니 죽지, 앓느니 죽어!"

빽 내지른 후 레일리 크라하를 지나쳐 성큼성큼 걷기 시작했다. 오늘은 티타임을 갖지 않을 생각인 듯했지만, 어쨌든 황태자와 있는 것만으로도 레일리와의 대치는 차단할 수 있다. 어느 정도 사람 목소리가 들릴 정도의 거리가 되었을 때, 나는 애셔 황태자를 부르기 위해 입을 열었다.

"전……."

그리고 '하'까지 발음하기도 전에 덥석 커다란 손에 입이 틀어막혔다. 냉정한 얼굴로 나를 내려다보던 레일리가 내 입을 틀어막은 채 그대로 바로 옆 텐트로 끌고 들어갔다.

"방금 무슨 소리 못 들었나요?"

아랫사람에게도 존대를 쓰는 애셔 아마르트 뷔올이 부관에게 부드럽게 질문하는 소리가 천막 너머로 들려왔다. 읍읍거리며 발길질을 해 보았지만 레일리는 전혀 개의치 않은 채 내 입을 막고 있었다.

결국 황태자가 자리를 떠나고 나서야 풀려났다.

"인마, 뭐야?"

"대화하다 말고 또 달아나려 하신 것이 아닙니까?"

"뭔 '대화하다 말고'? 야, 쌍방 소통이 안 되는데 뭔 대화를 해? 너랑 대화할 거 없으니 꺼져, 꺼져."

"당신과 내 사이에 대화해야 할 주제는 수도 없이 많은 것으로 압니다만."

"아, 그러셔요? 너 혼자 아시나 본데 혼자만의 생각은 떠들지 말고 일기장에나 적으십쇼. 간다."

레일리의 어깨를 퍽 친 후 그를 팔로 밀어내며 텐트를 나서려 했지만, 결국 다시 붙잡혀서 텐트 안으로 끌려 들어갔다. 그리고 또 한 번 위협이라도 당하듯이 구석에 몰리고 말았다. 유리 옐레체니카의 가느다란 몸은 어렵지도 않게 그의 통제하에 놓였다.

"아, 뭔데?! 이렇게 위협하지 말라고 염병 몇 번을 말하나!"

"그래서 알렉시스 에슈마르크와는 무슨 관계입니까?"

"네가 뭔 상관이야?"

"물을 권리는 있다고 봅니다만."

"네가 뭔데 물을 권리가 있대?"

짜증스럽게 대꾸하자 레일리가 인상을 썼다. 그리고 한동안 대답하지 않던 그가 단어를 선별하듯 천천히 입술을 뗐다.

"당신을 짝사랑하고 있죠."

레일리 크라하가 쓰리라고는 생각해 본 적 없는 표현이었다. 본인이 나를 좋아하면 내 인간관계를 캐물어도 된다는 사고방식은 여전히 개 같았지만, 나는 레일리 크라하의 입에서 짝사랑 따위의 단어가 나온 시점에서 그저 당황하고 말았다.

그러다 보니 비난의 타이밍을 놓쳤다. 레일리의 말이 이어지기 시작했다.

"왜 그에게 신경을 쓰십니까? 설마 정말 황태자의 말대로 일생에 두 번 다신 없을 긴밀한 관계가 될 생각이십니까?"

나는 그 말에 대답하고 싶지 않았다. 애초에 방금 전에 비난하지 못한 지점을 비난해야 했다.

"네가 나를 좋아하면 내 인생에 함부로 관여해도 되냐? 나는 그 지점이 싫다고, 그 지점이! 네 그런 개떡 같은 사고방식이!"

"지금 그 얘기가 갑자기 나오는 게 온당합니까?"

"그럼 너는 내 최소한의 요구를 무시하고 네 할 말만 하는 게 온당하냐?"

신경질적으로 대답하자 레일리가 불쾌한 태도로 입을 다물었다. 나는 다시 한번 그의 어깨를 팍 후려쳤다. 내 손만 아플 뿐이지만 기분에는 약간의 위안이 됐다.

"나도 너를 좋아한다고 말했잖아. 뭔 짝사랑 운운이야?"

"그럼 더더욱 제게는 물을 권리가 있는 게 아닙니까?"

"너한테 그런 권리를 줄 생각 없으니까 사귀거나 약속하지 않겠다고!"

"말씀 잘하셨습니다. 전혀 이루어지고 있지 않으니 여전히 저는 짝사랑 중인 셈이 아닙니까. 더구나 제가 당신을 '존중'해 봤자 어차피 제 곁에 계시지는 않을 것 아닙니까? 그러면 제가 굳이 당신을 존중할 이유가 무엇이지요?"

"제대로 된 인간이라면 누구나 상대를 한 명의 인간으로 존중해야 하는 거야!"

"그런 사람으로 산 일 없습니다."

레일리가 싸늘하게 대답했다. 그리고 자신의 어깨와 가슴을 퍽퍽 때리고 밀어내려 노력하던 내 손목을 하나씩 붙잡아서 콱 짓누르고, 목을 빼 든 채 나를 바라보다가 가만히 어깨를 숙였다.

"막돼먹은 인간인 것을 당신도 알지 않습니까."

그걸 말이라고 하나! 울화통이 터져서 한 번 더 쏘아붙이려다가, 당장이라도 키스를 할 법한 거리까지 레일리가 다가왔을 때 두 눈을 꾹 감았다. 이번엔 두 손 모두 붙잡혀서 벗어날 수도 없고, 텐트 안에 둘만 있는 탓에 중간에 맥락을 끊어 줄 사람도 없으니, 분노라도 눌러 참기 위한 유일한 계책이었다.

그런데 한참을 기다려도 키스가 이어지지 않았다. 아무리 오래도록 기다려 봐도 아무 일도 일어나지 않았다.

나는 슬며시 한쪽 눈만 떠 보았다. 코앞에 레일리 크라하의 얼굴이 있었다. 역시 키스하려던 것 맞잖아! 결국 더는 참지 못하고 빽 역정을 내려다가 다급히 입을 다물었다. 어딘지 레일리의 표정이 기묘했기 때문이다.

그는 무언가가 못마땅한 사람처럼 언짢은 태도로 인상을 쓰고 있다가, 내가 다시 눈을 뜨고 시선이 마주치자 묘하게 표정을 풀었다. 그러더니 별안간 조금 고민스러운 듯한 얼굴이 됐다. 그가 잠깐 갈등하듯 흘긋 시선을 굴렸다가 다시 나를 바라보고, 비로소 세상에서 가장 달콤한 낯이 되어, 놀랍도록 다정한 목소리로 부드럽게 물었다. 높낮이도 없이 의례적인 태도였지만, 목소리와 표정이 저릴 만큼 달았다.

"키스해도 됩니까."

으 아 악 !

"갑자기 왜 이래!"

나는 반사적으로 기겁하고 말았다. 그도 그럴 것이 이렇게 코앞까지 쓸데없이 잘난 얼굴을 들이밀고 키스해도 되느냐고 허가를 구하는 레일리크라하라니! 꿈에서도 상상하지 못한 일이었다.

"시, 시팔, 언제부터 묻고 했다고 지랄이야?!"

그러나 레일리는 태연하게 대답했다.

"당신을 존중해 보고 있습니다. 스스로 시키신 일이 아닌지요."

다시 한번 반복된 질문은 덤이었다.

"당신에게 입 맞추고 싶습니다. 해도 됩니까."

달짝지근한 목소리에 내가 더 민망해졌다. 얼굴에 피가 쏠리는 것이 느껴졌지만 발을 동동 구른다고 해서 얼굴을 가릴 수 있는 것은 아니었다. 애초에 이렇게 두 손을 포박해 놓고 허가를 구하면 무슨 소용이 있단 말이냐, 이 막돼먹은 인간아!

"부끄러우시군요."

"다, 닥쳐."

어쩐지 만족스러운 듯한 표정을 지은 레일리가 눈을 가늘게 뜨더니 턱을 조금 들어 내 이마에 입을 맞췄다. 히이익, 기겁하는 소리를 냈지만 레일리는 멈추지 않았다. 그는 이번엔 내 뺨과, 코와, 눈꺼풀 위에 다정한 태도로 키스했다.

"당신의 입술에 키스하고 싶습니다."

그가 다시 한번 말했다. 나는 이러다간 얼굴이 터질지도 모른다고 생각하며 그에게 붙잡혀 마구잡이로 발버둥을 쳤다.

"이곳저곳에 멋대로 입술 대며 허락 구하는 척은 잘도 하네! 일단 놔!"

그런데 놀랍게도, 그 말을 한 순간 레일리가 정말로 내 손을 놓아줬다. 강제로 붙잡았을 때 그가 내 말을 듣고 바로 나를 놓아준 것은 또 처음 있는 일이었다.

벙쪄서 그의 손을 바라보다가 뒤늦게 내 손을 갈무리하며 시선을 들었을 때, 나는 그만 내 뺨을 손끝으로 둥글게 만지며 퍽 다정스레 두 손으로 감싸 쥐는 레일리의 손을 지각하고 말았다.

"뭐…… 뭐야."

"당신의 곳곳에 입을 맞추고 싶습니다."

뒤로 물러나려다가 붙잡힌 순간, 레일리가 기분 나쁠 만큼 산뜻한 표정으로 웃으며 내 얼굴 위에 고개를 숙였다. 부탁하는 태도는 아니었지만, 어쨌든 정말로 허가를 구하고 있는 듯한 행동과 말이 이어졌다.

"키스하게 해 주십시오."

"으, 으, 으윽, 윽……."

약점을……. 잡혀 버린 기분인데. 안절부절못하며 회피하려는데 레일리가 다시 한번 다정다감하게 반복했다.

"당신에게 키스하게 해 주십시오."

"아, 염병! 키스 같은 건 내가 싫다고 하거나 밀어낼 때 아니면 해도 돼! 저번 같은 때 말이야! 내가 싫어할 때 억지로 하지 말라고! 요지는 이렇게 사람을 몰아붙이지도, 물리력으로 위협을 주지도, 날 포박하지도 말라는 거다!"

외치는 내내 스스로 무덤이라도 파는 기분이었다. 나는 그만 두 눈을 꽉 감고 외치고 말았다. 그리고 다급히 어물어물 덧붙였다.

"애초에 지금 내가 말하는 '존중'이라는 건, 내 인생과 내 선택, 내가 살아가는 삶 같은 걸 존중하라는……."

그때에야 잠깐 소리 내서 웃은 레일리가 내 윗입술을 가볍게 물며 허리를 기울였다.

"'존중'."

레일리 크라하가 부드럽게 말했다.

"그거 괜찮군요."

그러더니 정당하게 이어지는 말도 없었다. 그저 하고 싶은 말만을 했다.

이것이 진짜 존중이라고 생각한다면 한참 잘못됐지만, 막돼먹은 인간 레일리 크라하는 그런 비난을 입에 담을 틈도 주지 않은 채, 마냥 달큼한 얼굴로 속삭였다.

"당신을 갖게 해 주십시오."

그가 진득하게 키스했다.

* * *

정말로 빌어먹을 일이었다. 레일리 자식은 내가 그런 낯부끄러운 짓에 약하다는 사실을 지나치게 잘 알고 있었다. 됐다고 하는데도 꿋꿋이 키스를 할 때마다 허가를 구했다.

뺨에 키스해도 됩니까? 목덜미에 입을 맞추고 싶습니다. 귓가를 만지고 싶군요. 품에 안아도 됩니까?

그리고 나로 말할 것 같으면, 레일리에게 안겨 손잡이가 있는 일인용 의자에 갇히듯이 쭈그리고 앉아서 두 팔에 얼굴을 묻은 채 일일이 그의 요구를 허락해 줘야 했다. 정말 빌어먹을 일이 아닐 수가 없다.

"그럼……."

이윽고 엉망이 된 채 눈가까지 축축해진 내가 나 자신을 보호하듯 한껏 웅크린 채 그를 올려다보는 중의 일이었다. 레일리가 새카만 보타이를 거칠게 풀어내며 마지막으로 청했다.

"당신을 엉망으로 만들고 싶습니다. 허가해 주십시오."

"으윽……. 윽……."

그런 십구 세 연령가의 남자주인공 같은 발언을 하면서 허가만 구하면 다냔 말이다! 나는 정말로 울고 싶었다!

내 허리를 옷 위로 뭉근하게 쓰다듬으며, 그가 비열한 태도로 턱을 치켜들고 다시 말했다.

"어떤 표현을 쓰며 허가하실지 기대가 되는군요."

"닥……. 쳐……."

내가 썸남에게 '비열' 따위의 수식어를 쓸 날이 오리라고는 생각조차 못했고, 그런 날이 오기를 바란 적도 맹세코 없단 말이다!

"허가하실 문제가 발언권은 아닐 텐데요."

레일리가 유들유들하게 말하며 내 외투부터 하나씩 벗기기 시작했다. 처음엔 겉에 두른 모피였고, 연달아 솜이 들어간 두툼한 망토였고, 그다음엔 선이 예쁜 코트였다. 그쯤 됐을 때 레일리의 손을 잡아채며 빽 내질렀다.

"너 이 자식, 일부러 그러는 거지?!"

"명령하신 대로 따르고 있지 않습니까?"

뻔뻔하게 대답한 그가 짐짓 인상을 썼다.

"옷은 또 개같이 껴입으셨군요."

이번에도 주인 앞이라고 단어를 가리는 일은 물론 없었다.

"혼자서는 옷 같은 건 입지 못하실 텐데, 누가 입혔습니까?"

"속옷들 입는 법은 세레나가 알려 주고 겉옷들은 마법사단의 이름 모를 여성분이 입혀 줬다, 왜! 그 전에 너 나를 대체 뭐로 보는 거야?!"

"윌리엄스가 또……."

지금 그게 살기 뿜을 대답이었니?! 착한 세레나한테 왜 그래, 대체! 나는 발길질을 마구잡이로 하며 역정을 냈다.

"더는 나한테 아무것도 하지 마! 놔라!"

"그러게나 말이야. 엄마."

그리고 별안간 제삼자의 목소리가 불쑥 끼어들었다. 전혀 기척을 느끼지 못했을 때 일어난 일이었다. 나야 당연히 놀랐지만, 기척을 느끼지 못한 건 레일리도 마찬가지였는지 그가 즉시 날카롭게 고개를 들었다.

붉은 눈동자에 페도라, 검은 머리칼을 지닌 남자.

갈리아였다.

"누구지?"

레일리가 싸늘하게 물었지만 갈리아는 그의 말에 대답하지 않은 채, 어둠 속에서 이제야 막 뒤따라 솟아나고 있던 코트자락을 툭툭 털어 내며 능청스럽게 다시 말했다.

"아빠는 버리고 엄마가 이러고 있을 줄은 몰랐네."

저 자식이 왜 다짜고짜 개소리를 하며 나타난단 말인가? 그야 엘류이센 라이케와 알렉시스 에슈마르크가 협력해 '제작'한 호문쿨루스니 어떤 맥락에서는 아빠, 엄마가 맞겠지만, 평소엔 그렇게 부르기는커녕 최소한의 예의도 보이지 않던 놈이 아니겠는가?

갈리아가 요즘 내게 좀 친절해졌다고 해서 내가 그의 부모가 되기로 도원결의를 맺은 것은 당연히 아니었다. 그러니 그가 갑자기 저럴 만한 이유는 너무나 일목요연했다. 그냥 레일리 크라하의 속을 뒤집어 놓고 싶은 것이 틀림없었다.

내가 괜히 인간 폐기물의 심기를 긁지 말라는 의미에서 눈을 부릅떠 보였지만, 갈리아는 흘긋 나를 살피고도 아무렇지도 않게 개소리를 이어 붙였다.

"아빠 소식을 전하러 왔어."

"'아빠'?"

레일리가 차갑게 곱씹었다. 그의 시선이 흘긋 나를 향해 굴러왔다.

"'엄마'?"

갈리아 이 개자식아아아아! 알렉시스 에슈마르크와 합심해 호문쿨루스를 제작했다는 것도 물론 레일리 크라하에게는 말할 수 없다! 그 소리를 꺼냈다간 고구마 줄기처럼 줄줄이 유리 엘레체니카의 쓰레기 짓까지 따라나올 수밖에 없단 말이다! 나는 다급히 벌떡 몸을 세우며 레일리를 퍽 밀치고, 성큼성큼 갈리아에게 다가가 멱살을 잡아챘다.

"레일리! 나 얘랑 얘기 좀 하고 온다."

"엄마도 참. 아빠를 두고 바람피우던 현장을 딱 들켰으면서 이제 와서 자식을 챙기면 무슨 소용이 있어?"

"넌 좀 닥쳐."

"마스터. 마력에 휩쓸릴까 걱정이 되어 저를 곁에 두고 계셔야 한다지 않으셨습니까? 윌리엄스의 정령들이 쫓겨났다고 들었는데요. 더구나 당신이 곁에 있을 때 멀쩡할 수 있을 법한……."

갈리아의 힘이 여간 것이 아니라는 사실을 본능적으로 인지한 듯한 레일리가 얼음장 같은 태도로 갈리아를 바라보며 살벌하게 말했다.

"상대도 아닌 것 같고."

"어지간한 상대가 아니니, 반대로 '그 역할'을 겸해서 부탁받고 온 거라고."

갈리아가 경쾌하게 대답하며 내 어깨를 보란 듯이 감싸 쥐었다.

"아빠한테서."

이 개자식이 진짜 이렇게까지 분탕질을 칠 일이란 말인가? 눈을 세모꼴로 뜨고 그의 명치를 팔꿈치로 퍽 찍은 후에 서먹하게 웃으며 레일리에게 한 손을 들어 보였다.

"아, 이 자식이 좀 개소리를 하네. 아무튼 말했다시피 적은 아니고, 애도 주변에 흉흉한 걸 감고 다녀서 정말로 괜찮기는 하니까, 잠깐 자리 좀 비운다."

물론 레일리에게는 씨알도 먹히지 않는 변명이었다. 나는 더 이상 레일리에게서 무슨 얘기가 나오기 전에 재빨리 갈리아를 끌고 텐트를 빠져나왔다. 더더욱 복장 터지게도, 레일리에게서 멀어지자마자 갈리아는 다시 태도를 바꿨다.

"옐레체니카 백작. 당신, 대체 무슨 생각으로 저놈이랑 그런 관계가 됐어?"

"나도 많이 반성하고 있으니까 닥쳐라……. 넌 왜 갑자기 와서 저 위험천만한 금수의 속을 뒤집어엎고 내 인생을 시궁창에 밀어 넣고 난리야? 꼭 그랬어야만 했냐?"

"난 당신이 주군과 깊은 관계인 줄 알았는데. 기억을 잃고 겨우 자유로워졌다 싶더니, 주군이 당신을 놓아두라고 한 후에도 기어이 제 발로 주군 품에 기어들어 왔잖아. 난 또 사랑이라도 하는 줄 알았지."

그가 기분 나쁜 태도로 비난했다. 내가 알렉시스 에슈마르크의 진영에 다시 들어간 후로 왠지 태도가 괜찮아졌다 했더니, 그딴 생각을 하고 있었단 말이냐? 나도 눈썹을 역팔자로 꺾고 맞받아쳤다.

"제길, 보는 인간마다 그 소리야! 아니니까 넘겨! 그래서 용건은 뭔데?"

"레스킷 양을 데리고 왔어."

갈리아가 조금 누그러진 태도로 대답했다. 나는 인상을 쓰고 그를 바라보다가 기가 찬 신음을 뱉었다. 그러고 보니 갈리아는 레스킷 상단에 머무르며 혹시 모를 소식이 전달되면 우리에게 알려 주는 역할을 하기로 했었다.

"그녀가 왜?"

"수도로부터의 소식이다."

"직접 움직이면 티가 날 텐데?"

"아멜리아 레스킷은 그렇게 멍청한 인간이 아니야."

눈썹을 꺾은 갈리아가 차분히 대답했다.

"그녀는 지금 황태자를 만나고 있다. 지금의 정세가 복잡하니, 혹시라도 황제가 무너지거든 자신의 안위를 위탁하고 싶다는 게 푸른 숲 방문의 주된 변명이지. 물론 황태자는 아멜리아 레스킷처럼 권력을 손에 쥐기 좋아하는 인물을 곁에 두는 것을 즐기지는 않는 사람이고, '안위'만을 보장해 주기로 하는 지점에서 멈출 거야. 그마저도 무언가를 거래 대가로 바쳐야겠지만. 당연히 아멜리아 레스킷에게도 그것은 변명에 불과하다."

그가 내 어깨를 손끝으로 쿡 찌르며 말했다.

"당신에게 수도의 소식을 알리기 위한 수단 말이야. 아멜리아 레스킷이 협상을 마치고 캠프를 떠날 때에 맞춰 남들의 시선을 신경 쓰지 않고 대화를 나눌 수 있을 만한 곳까지 당신을 데려가기로 했으니, 그런 줄로 알아."

그건 정말이지 생각해 보지 못한 수준의 적극적인 도움이었다. 나는 그 말을 단번에 이해하진 못했지만, 어쨌든 갈리아가 이끄는 대로 그를 따라갔다.

아멜리아 레스킷과는 분명 이야기를 나눠 볼 필요가 있었다. 그녀는 내가 미처 고려하지 못했던, 이 세상의 여러 비밀들을 연결하고 있는 인물이었다. 이리나 경과 그녀는 외관상 미묘하게 비슷한 분위기를 풍길뿐더러, 꼭 닮은 붉은 곱슬머리를 갖고 있다. 그 모든 것이 황제로 하여금 이리나 밀락테이트를 떠올리게 만들었을 것이다. 알렉시스 에슈마르크의 의도대로.

알렉시스 에슈마르크와 아멜리아 레스킷은 뒤에서 협력하는 관계였다. 황제 몰래, 그의 지근거리에서 가장 중요한 기밀들을 빼돌릴 수 있는 그녀는 알렉시스 에슈마르크의 가장 위력적인 비밀 패였을 것이다. 현대적인 개념으로 칭하자면 대공의 스파이다.

알렉시스 에슈마르크의 사정이야 이제 너무나 잘 알게 되었지만, 사실 그녀가 어째서 그런 일에 동조해 알렉시스 에슈마르크를 돕고 있는지, 그녀의 목적도 이유도 나로서는 알 길이 없었다. 다만 어찌 되었든 지금 내가 수도의 소식을 왜곡 없이 전달받고 알렉시스 에슈마르크와 직접적으로 소통하기 위해서는, 그녀만이 온전하고 유일한 창구였다.

레스킷 양은 내가 갈리아를 따라 도달했던 협곡 너머의 숲속에 뒤늦게 도착했다. 황태자와의 협상에 생각보다 오랜 시간을 들인 모양이었다. 우아한 흰 레이스가 달린 하늘색 양산을 부드럽게 접고, 화려한 장식이 한 아름 매달린 실크 모자를 벗으며 레스킷 양이 녹색 눈을 우아하게 늘어트렸다. 특유의 야살스러운 눈꼬리가 하늘하늘 휘어졌다.

"어머, 오랜만이에요, 옐레체니카 백작님."

"오랜만이에요, 레스킷 양."

숲속을 지나면서 양산에 어렴풋이 맺혔던 물방울을 휙 털어 낸 그녀가 자신의 부관에게 양산을 맡긴 후 혼자서 내게로 다가왔다. 갈리아도 한 발자국 물러났다. 내 주변의 기운을 지지해 줄 수 있을 정도의 거리였다. 레스킷 양도 갈리아가 대화를 듣는 것에는 개의치 않는 눈치였다.

"당신들이 협조자라는 사실 정도는 일찍이 알고 있었지요."

그녀가 경쾌한 태도로 그 말부터 했다.

"각하의 소식을 전하고자 왔답니다. 저기 따라온 제 부관은 듣는 것도, 보는 것도 할 줄 모르며 글과 말을 배우지도 못한 사람이니 걱정하지 않으셔도 괜찮습니다."

"마음 써 주셔서 감사합니다."

"저는 대화를 돌리고 진심을 유하게 우회할 법한 교양을 쌓지 못해, 다짜고짜 중요한 화제부터 꺼내게 되는 것을 앞서 용서해 주셔요, 백작님."

"아뇨, 저도 이제는 그런 예의범절이나 격식과는 거리가 멀어서요."

그렇게 최소한의 격식 갖추기가 끝나자마자 레스킷 양이 생긋 웃어 보이며 당장 본론을 꺼내 들었다.

"당신과 대공의 카르텔을 폐하께서 파악하셨어요. 최근 어쩐지 당신들에 대한 경계가 강화된 것 같기에 소식을 전하기도 어려웠는데, 각하께서 수도로 돌아오시고야 대충 윤곽이 잡히더군요. 어쨌든 알고 계시겠지만, 그렇다고 해서 폐하께서 단숨에 당신들을 쳐낼 수 있는 상황은 물론 아니에요. 아시다시피, 두 분께서 워낙 독보적이시니까요."

애써 황태자가 꺼냈던 말을 고스란히 읊으며 빠르게 서론을 푼 그녀가 퍽 친근한 태도로 내 곁에 다가와 섰다. 그러고는 품에서 부채를 꺼내 보란 듯이 손바닥에 탁탁 두드렸다.

"요컨대 문제는 거래의 질과 양이죠."

"그 이야기는 들었어요."

"태자가 당신을 끌어들이려 하던가요?"

녹색 눈을 가늘게 접으며 그녀가 물었다. 나는 인상을 찡그렸다가, 순순히 대답했다.

"각하께서 권위를 상실하실 경우에 대해 얘기를 하더군요. 하지만 그가 정말로 전쟁을 일으키려 할까요?"

"말씀드렸잖아요? 결국 문제는 거래의 질과 양이라고."

아멜리아 레스킷이 부드럽게 대꾸했다.

"알렉시스 에슈마르크는 날 때부터 겁이 많은 인간이죠. 그는 무언가를 잃을 수도 있는 싸움은 애초에 시작하지 않습니다. 더구나 백작님과는 꽤나 막역한 관계이신 것 같고, 두 분 사이에 이해 못 할 정이 있는 듯하니, 각하의 최우선 과제는 다름 아닌 당신이랍니다."

손바닥에 탁탁 두드리던 부채가 뒤늦게 펼쳐졌다.

"그가 고려해야 하는 요소는 사실 몇 가지 없어요. 알렉시스 에슈마르크라는 인간의 삶에서 그만큼 가치 있던 것이 드물기 때문이죠. 일반적인 정계의 귀족과는 꽤나 다른 사고방식을 지닌 사람이라서요."

아멜리아 레스킷은 늘 자신의 배움이 부족한 것을 방패 삼아 이야기에 앞서 안전 영역을 만들어 두곤 하지만, 분명 나보다는 훨씬 잔뼈 굵은 귀족이었다. 아마 내가 아니더라도 어지간한 귀족들은 그녀를 상대하는 일에 애를 먹을 것이다. 지금은 내 입장을 고려해 줄줄이 설명부터 늘어놓고 있지만, 평소에도 자신이 추론한 것을 일일이 설명해 주지는 않을 테니까. 애초에 알렉시스 에슈마르크가 인정하고, 황제가 곁을 둘 정도의 인물이 아닌가.

실제로도 겸양의 말과 달리, 아멜리아 레스킷은 뷔올 수도에서 벌어지고 있을 정치적 상황에 대한 추론을 막힘없이 떠들기 시작했다.

"따라서 고려해야 할 것은 첫째, 당신의 안위입니다. 아마 이 부분에 대해서만은 태자 전하와도 어느 정도 거래가 성립되었으리라고 봐요. 그러니 전하께서도 백작님께 충분한 정보를 공유해 주셨겠지요. 그리고 둘째, 자신을 따르던 자들에게 최소한의 생명을 보장해 주는 일입니다. 그리고 이 두 번째 목적을 달성하기 위해서는 전쟁이나 반역 따위는 일으킬 이유가 없어요. 오히려 반대죠. 그렇다면 대공이 어디까지 내줄 수 있느냐? 거기까지는 제가 그분과 그렇게 가깝게 지낸 일이 없어 확신할 수 없습니다만."

붉은빛과 다홍색이 섞인 부챗살을 팔랑이며 입가를 가린 그녀가 녹색 눈을 고양이처럼 샐쭉 치켜떴다.

"무엇이든 내줄 수 있겠지요."

그녀가 단정적으로 말했다.

"야망 없는 사람이니까요."

그런데 꼭 알렉시스 에슈마르크에 대해 누구보다도 잘 아는 사람 같은 말투였다. 그 거리감 있으면서도 온정 섞인 듯한 조곤조곤한 말투를 들어 넘기며, 나는 그만 기묘한 상념에 사로잡히고 말았다.

그러고 보면 알렉시스 에슈마르크가 아멜리아 레스킷과 손을 잡은 것은 언제의 일일까? 그녀는 세레나 윌리엄스와 동갑이고, 이제 갓 스물을 지나쳤다. 아마도 지금은 겨울이 깊어 해가 바뀔 무렵이니 스물셋에서 스물넷으로 넘어가는 과도기.

그런 아멜리아 레스킷이 황제의 애인이 된 것은 6년 전의 일이다.

일방적으로 그녀의 정보를 받아들이는 입장에 있던 나는 멀뚱히 다른 생각을 하다가 뒤늦게 고개를 끄덕였다. 나의 개인적인 궁금증을 해소하는 일보다는 일단 아멜리아 레스킷이 전해 주는 정보를 제대로 받아들이는 일이 훨씬 중요했다.

확실히 그녀의 말내로였다. 알렉시스 에슈마르크는 무엇에도 집착이 없고, 야망 같은 것은 지녀 본 일이 없다. 삶에 불만과 허무를 품었지만, 황제의 자리 같은 것을 바란 적은 없을 것이다. 부귀영화도 그것으로 족했다. 그는 그저 머물러도 좋을 곳을 찾고 있었다.

30여 년간, 내내, 그저 감정적으로 머무르고 소통할 수 있는 상대만을 기다리며.

"그럼 이제 어떻게 되는 거죠?"

"하지만 폐하는 그가 자신에게 무엇이든 내줄 수 있다는 사실을 모르시죠.

애초에 그런 인간이라는 사실을 제대로 이해하고, 알렉시스 에슈마르크의 본질을 아는 사람이었다면 당신들의 이야기를 듣고 바로 의심을 품지도 않았을 테니까요. 에슈마르크 대공 역시 황제가 자신에게 추호도 관심이 없었다는 사실을 압니다. 그러니 줘야 할 것 이상의 무언가를 내주지는 않을 거예요. 따라서 지금은 그런 힘겨루기 중일 뿐이에요."

거기까지 말하고, 아멜리아 레스킷이 고혹적이고 영악해 보이는 미소를 입가에 머금으며 부채를 흔들었다.

"그러니 걱정 말고 계시라는 것이 가장 중요한 전언이에요, 백작님."

"아, 그렇군요."

"다만 일이 어떻게 마무리되든 당신들은 폐하께 최소한의 성의를 보여야 합니다. 일단 푸른 숲과 관련된 문제는 국가의 가장 중차대한 마법적 사건이니, 당신들의 소관이잖아요? 최근 여러 일에 한눈이 팔려 자신들의 책무에 소홀했다는 덤터기를 쓰고 싶지 않다면 적어도 이 문제는 확실히 마무리하는 것이 좋겠지요."

염병, 마무리하고 싶다고 마무리할 수 있는 일이란 말인가? 나는 묵직하게 삐걱삐걱 돌아가는 기계 장치의 산……. 거대한 성처럼 쌓인 태엽과 배관 장치들에 뒤덮인 푸른 숲을 흘긋 바라보았다. 내 표정에서 어느 정도 생각을 읽었는지 아멜리아 레스킷도 재빨리 덧붙였다.

"그러니 덤터기인 것이지요. 대공 각하께서도 최대한 다른 협조자를 모셔 오기 위해 분투 중이시니, 백작님께서도 푸른 숲에 진입할 준비를 하고 계셔야 합니다. 지금은 기억을 잃으셨다고 해도, 더 이상 폐하께서는 당신의 그 변명을 인정하지 않으려 하실 테니까요."

"마법을 쓸 수 있도록 준비를 해야 한다는 얘기군요. 협조자라면, 이리나 경입니까?"

"물론 그분 이상의 협조자가 있을까요? 우선은 말씀하신 대로, 백작님께서도 다시 마법을 원활하게 사용하실 수 있게 되면 가장 좋겠지요. 하지만 그 마법적 실력을 완전히 발휘하실 필요는 없습니다. 그건 좀 과하지요. 당신이 정말로 기억을 잃었을지도 모른다는 인상을 폐하께 남기는 편이 유리하니까요. 적정한 선에서, 적당한 노력이면 될 거예요."

"알겠어요. 이야기를 전해 주셔서 감사합니다."

그리고 팔짱을 낀 채 곰곰이 생각하는 내내 레스킷 양은 느긋이 나를 기다려 주었다. 나는 어느 정도 정보들을 받아들이고, 어쨌든 당장 알렉시스 에슈마르크의 생명은 걱정하지 않아도 되리라는 확신을 품고야 고개를 들었다.

"조금 궁금한 점이 있는데, 여쭤봐도 될까요?"

"미리 말씀드리자면 각하와는 어떤 감정적 연계도 없으니, 그런 문제라면 묻지 않으셔도 될 것 같군요."

레스킷 양이 정중히 선수를 쳤다. 눈을 댕그랗게 떴다가 다급히 손사래를 쳤다. 그러다 보니 나도 모르게 평소의 말투가 조금 묻어났지만 어쩔 수 없었다.

"아, 거, 저도 그 양반이랑 그런 사이 아니에요."

"흐응."

고양이의 것 같은 사나운 눈매를 뭉근하게 접으며 콧소리를 낸 레스킷 양이 적당히 대답했다.

"물론 무엇이든 물어보셔요."

"당신은 어째서 알렉시스 에슈마르크에게 협조하고 있지요? 제가 짐작하기로는……. 아마 애초에 폐하와 가깝게 지내시기 전부터 어느 정도는 의도적이셨던 것으로 추측합니다. 그렇다면 불과 십 대의 어린 나이에 고된 일을 자처하실 만한 사연이 있었을 것으로 생각해요. 정치적 소용돌이의 한복판에 투신해야 할 정도의 이유……. 말입니다. 어디까지나 개인적인 궁금증에서 비롯된 질문이니, 대답해 주지 않으셔도 괜찮아요."

말하자면 작가로서의 궁금증이었다. 아멜리아 레스킷은 사실상 뷔올 제국 내부에서 일어나는 모든 격동에 전반적으로 연계되어 있는 핵심 인물이었다. 폭풍의 눈 같은 존재라고 해야 할까. 나 자신의 소설을 조금이라도 더 파악하기 위해서는 그녀의 사정도 알아 두는 편이 좋을 것이다.

하지만 역시 사적인 질문 같기는 했다. 나는 조금 인상을 찡그렸다가 민망한 얼굴로 미간을 긁적이고, 미안한 마음을 티 내며 조심스럽게 질문했다.

"실례지만, 그런 사연을 여쭤보고, 도움을 주셨으니 저도 레스킷 양에 대해 고려를 해 보고 싶었어요. 사실 저야 언제 어느 때에든 뷔올을 떠나서도 살아갈 수 있는 입장이니, 어떤 식으로든지요."

"어머, 백작님이 기억을 잃으셨다는 건 심도 있는 이야기를 나눠 본 사람들이라면 누구나 인정하는 사실이지요."

뚱딴지같은 말로 맥락을 자른 그녀가 차분히 예의를 갖추며 말했다.

"그런 식으로 물으시면 세상 어느 귀족이 곧이곧대로 자신의 뜻을 답할까요? 하지만 저는 자신을 숨길 줄 모르는 이들을 좋아하고, 또, 주신 말씀이 뜻밖에도 제게 필요한 것을 약속하였으니, 나름대로 성심껏 답변을 드려 보도록 하겠습니다. 글쎄요, 백작님. 황제의 애인 노릇이 괴롭고 힘든 일이라는 규정은 누가 지었지요?"

아멜리아 레스킷이 특유의 유쾌하고 쾌활한 태도로 사뿐히 설명했다. 언제나와 같이, 경박해 보일 정도의 가벼운 목소리였다.

"제게는 이 역시 그저 한때의 유희에 불과하답니다."

그 말을 듣고, 나는 두어 번 멀뚱히 눈을 깜박이기만 하다가 뒤늦게 되물어야 했다. 잘못⋯⋯. 잘못 들은 게 아닌 것 같은데?

"'한때의 유희'요?"

"세상 사람들은 누구나 시련과 기쁨을 다르게 해석하지요. 누군가 어떤 사건에 괴로움을 느낀다면 마땅히 위로해 주고 도움을 줘야 하는 것이 온당한 일. 하지만 저는, 제게 주어진 일들에 대해서는 그럴 필요가 없는 인간이니, 제게 마음을 쓰시는 것은 헛된 일이셔요, 백작님."

그녀가 부드럽게 말하며 마치 춤을 추는 듯한 태도로 사뿐사뿐 걸어 내 곁을 뱅그르 우회했다. 그리고 절벽 아래의 강이 내려다보이는 위치에 서서 시선을 내리며 담담히 덧붙였다.

"어떤 것도 제 마음을 날카롭게 할퀴고 떠난 적이 없다고 말씀을 드리면 믿으시겠어요? 제게 인륜적인 배려와 온정을 베푸실 생각이라면, 그것이 필요한 다른 이에게 베푸셔요. 악의가 있어 쏘아붙이는 것은 아니니 곧이곧대로 들어 주세요. 단지 말씀드린 그대로, 낭비라고 생각하기 때문입니다."

"'어떤 것에도 영향을 받은 적이 없다'."

나는 그녀의 말을 곱씹었다. 내 반응을 어떻게 이해했는지, 아멜리아 레스킷은 즐거운 듯한 태도로 계속해서 말을 잇고 있었다.

"저는 모든 것을 제 뜻대로 선택하고 곡해하며 살고 있답니다. 애초부터 타인이라고는 안중에 없이 태어나 제멋대로 살아왔지요. 폐하는 젊으신 편이고 잘생기고 다정다감하신 데다가, 사실 지닌 것도 많고……."

평온히 말하던 그녀가 그때에야 나를 향해 다시 고개를 돌렸다.

"무엇보다도, 사랑하는 사람이 달리 있어서 좋았지요. 후후, 이해하실까요?"

아멜리아 레스킷의 감정을 이해했다는 것은 아니지만, 대충 상황은 이해했다.

황가의 비밀은 사실, 알 사람들 사이에서는 어느 정도 알려져 있는 진실이었을지도 모르겠다. 애초에 내가 빙의하기 전에도 애셔 황태자와 아멜리아 레스킷, 당사자들, 그리고 엘류이센 라이케. 이렇게 총 여섯 명만은 명확하게 상황을 알고 있었을 테니까. 단지 그럼에도 불구하고 누구 하나 감히 확실한 태도로 입에 담을 수는 없는 비밀이었다는 뜻이다.

침묵하던 나는 다소 늦은 감이 있게 질문을 꺼냈다.

"당신도 알고 있었나요?"

"처음부터 설명을 듣고 나서야 좋다고 나선 것이니까요. 각하께서는 그런 배려가 언제나 쓸데없이 넘쳐나시는 분이지요."

아멜리아 레스킷이 다정다감하게 대꾸했다. 확실히 아무리 알렉시스 에슈마르크여도 십 대 소녀에게 그런 일을 제안할 때 그 정도 사정은 미리 얘기해 주고 싶었을 것이다. 네 상대가 될 사람에게는 사랑하는 이가 달리 있고, 그러니 앞으로는 그저 누군가의 대역처럼 취급되리라고.

곰곰이 생각하는데, 내 표정을 상세히 뜯어보던 그녀가 빙그레 미소를 지었다.

"사이좋은 두 분 사이에 저로 인해 오해가 생길까 싶어 덧붙이자면, 대공 각하와 처음 뵌 시기는 제 외가의 상단이 기울어져 가던 무렵이지요. 국가에서 주도하려던 차 사업에 하필이면 그 직전에 발을 들여서 돈은 돈대로 잃고 권리는 권리대로 뺏겨 가문이 망할 뻔했거든요. 겁도 없이 대공저에 찾아가, 그런 식으로 소상공업자들을 죽일 셈이냐고 따졌답니다. 지금 생각하면 마음 약한 인간이 저택의 주인을 맡고 있지 않았다면 당장에 목이 잘렸을 짓이로군요."

외가의 상단……. 그러고 보니 알렉시스 에슈마르크도 그녀를 언급할 때 외가의 상단 얘기를 빼놓지 않았다. 무너져 가는 외가의 상단을 자기 힘으로 부흥시킨 인재라고 하지 않았던가. 결국 거기에서부터 시작된 인연이었다는 얘기로군…….

내가 맥락을 파악하는 사이, 아멜리아 레스킷이 상쾌한 태도로 말을 이었다.

"내 어머니는 끔찍한 사람이었답니다. 아버지도 마찬가지였지요. 아버지는 어린 딸을 사랑했고 어머니는 그런 딸을 질투했으니까요. 누구도 나 대신 나를 보호해 주지 않는다는 사실을 너무 어려서 알았지요. 어머, 그런 눈으로 보지는 마세요. 이미 말씀을 드렸지만, 세상 사람들은 누구나 시련과 기쁨을 다르게 해석한답니다. 내게는 가치가 없는 일이었으니 내 인생은 어느 한구석 흔들린 일이 없었어요. 그들은 그저 내 인생에 어떤 의미도 남기지 못하는, 구석진 자리의 조연에 불과하거든요."

내가 좀처럼 설정하지 않는 형태의 과거를 그녀가 대뜸 산뜻하게 떠든 탓에 나도 모르게 놀란 눈을 했는지, 아멜리아 레스킷은 한 번 더 나를 달래듯이 부채 끝으로 내 어깨를 토닥거렸다.

"단지 어머니에게 빚을 지기 싫어 외가의 상단을 살리고 싶었고, 아버지에게 빚을 지기 싫어 작위를 얻고 싶었지요. 열여섯의 여름, 대공 각하께 찾아가서 말했습니다. 내 어머니의 상단을 살릴 수 있도록 숨통을 열어 준다면 무엇이든 하겠다고."

"'무엇이든'. 그런 말을 꺼낼 정도로 빚을 지기 싫었던 건가요?"

"'빚'은 저를 옭아매는 족쇄가 될 뿐이니까요, 백작님. 금전적으로든, 생체적으로든요. 그들이 나를 낳았다며 내가 선택할 수 없었던 부채를 빌미 삼아 권력을 휘두르니, 적어도 나를 낳은 것으로는 더 이상 나를 옭아맬 수 없도록 내부의 빚을 청산하려던 것이지요."

아멜리아 레스킷이 말끔하게 말했다.

"사실 그때 떠올린 '무슨 일이든'은 뷔올의 난봉꾼으로 유명한 각하의 어린 애첩 따위였지만, 솔직히 말하자면 그저 내 부모로서 나를 낳았다는 이유만으로 내 인생과 정신을 착취하려던 가정에서 달아나 자유를 얻고 싶었을 뿐이어요. 대공의 애첩이라면 내 아버지 따위가 건드릴 수 있는 상대가 아니지 않습니까? 신체적인 족쇄 따위는 제 의식에 어떤 악영향도 줄 수 없거든요. 아멜리아 레스킷이 조금 별난 인간일지도 모른다는 것은, 물론 저 자신도 의식하고 있답니다."

"하지만 에슈마르크 대공은 당신에게 자신의 연인 따위가 아닌 다른 일을 제안했군요. 닮았으니까."

"맞아요, 닮았으니까."

그녀가 유쾌하게 대꾸했다.

"말했다시피, 노예로서의 삶이든, 애첩으로서의 삶이든, 영웅으로서의 삶이든, 귀족으로서의 삶이든. 어차피 아멜리아 레스킷의 삶이며, 무엇이든 무가치하다고 생각될 뿐이라서요. 별달리 특별한 의미는 없었지요. 그저 사랑하는 이가 따로 있는 사람이 상대라니 그것으로 좋았답니다. 나를 타인과 겹쳐 본다니, 그토록 속 편한 관계가 어디에 있을까요? 폐하와는 일종의 협약을 맺은 관계였던 셈이니 빚이라 할 것도 없습니다. 폐하께서도 제게 사랑을 요구하시진 않았거든요. 그 집안의 사람들은 '감정적' 요소에 있어 세상 누구보다도 깔끔한 면이 있죠. 태자 전하 역시 마찬가지잖아요."

잘게 웃은 그녀가 경쾌한 태도로 덧붙였다.

"저는 단지 어디에도 묶이지 않는 삶을 바라고 있어요. 단 한 번도 무언가를 사랑해 본 적이 없어, 적어도 저 자신만은 사랑하기로 마음을 먹었거든요."

세레나와 같은 나이, 스물네 살. 아멜리아 레스킷은 세레나와는 퍽 다른 방식으로 자기 자신의 삶을 논하고 있다. 나는 그게 아주 생경했다. 그녀는 내 캐릭터라기보다, 내가 이해할 수 없는 무언가 같았다. 꺼림칙하다는 의미의 '이해할 수 없다'는 말이 아니다. 단지, 으레 다른 환경에서 다른 삶을 산 타인이 그러하듯이.

그래, 말 그대로 그녀는 '타인' 같았다. 완벽하게도.

"그저 제가 언제 떠나든 붙잡지 않으실 것을 알아서 마음이 흡족한 겁니다."

"처음부터 그것을 바랐군요?"

"맞아요. 그래서 어떤 불만도 없답니다. 지금의 삶은 풍족하고, 이리 몇 년인가를 살다 보니 이젠 누구도 내게 함부로 굴지 못하는 시대가 찾아오지 않았습니까? 폐하는 애인으로 두기 나쁜 상대는 아니었지요. 이쪽은 감정이 없는데 상대가 구질구질하게 들러붙으면 그만큼 귀찮은 일도 없으니까요."

그녀가 노래하는 듯한 연극적인 태도로 말했다. 스스로 말한 그대로, 흥겨운 유희의 한 장면을 지켜보는 사람 같은 태도였다.

"그래요. 저는 오직 어디에도 묶이고 싶은 마음이 없는 사람이랍니다."

"정치적으로 첩자 노릇을 하시면, 자칫하다간 풍족한 삶도 언제든 무너질 텐데요?"

다른 것은 다 이해해도, 그것만은 이해하기가 어려웠다. 현실적으로 더더욱 그녀가 바라는 생활과 멀어지는 선택지처럼 보이기만 했다. 아멜리아 레스킷은 마치 지금의 풍족한 삶이 자신의 선택을 이끈 요소 중 하나라는 듯이 말하지만, 사실 그녀에게는 풍족한 삶조차 무가치한 것처럼 보인 탓이었다.

아나나 다를까 그녀가 연극적인 태도로 긴 눈꼬리를 접으며 나긋나긋하게 대꾸했다.

"어떤 것도 제 마음을 할퀴고 지나간 적이 없답니다, 백작님. 저는 그저 제 마음을 할퀼 만한 것을 찾고 있는 것이어요."

접은 후 뱅뱅 휘두르던 부채를 살며시 품 안에 집어넣고, 다시 하늘색 실크 모자를 쓰며, 차근차근 이야기가 이어졌다.

"알렉시스를 돕는 것도 그런 이유 때문이지요. 적어도 제 안전은 도모할 필요가 있으니까요. 후작님은 너무 꽉 막히셨고, 애셔 황태자는 이기기 힘든 사람이거든요. 지금 이 나라의 권력의 중추에 있는 네 사람 중 한 사람은 욕심이 없고, 한 사람은 무슨 일을 해도 온전한 내 편으로 만들 수 없다면 해법이 무엇이겠어요?"

아멜리아 레스킷이 직설적으로 말했다.

"두 세력에 모두 발을 걸치고 있는 것은 너무나 위험천만한 모험이라 제게 무시무시한 스릴을 주기도 하지만, 동시에 두 세력 모두로부터 제 자유를 보장해 주기도 한답니다."

"둘 중 누가 실각되어도 무너지지 않는 안전한 위치라는 얘기군요."

"뿐만 아니라, 둘 중 누가 실각되어도 사라지지 않는 풍요입니다. 어떤 정치적 세력 변동에도 휘둘리지 않는 안정성이지요. 백작님과 이야기를 나누고자 왔지만, 그렇다고 해서 태자 전하와의 거래가 그저 수단에 불과한 것은 아니랍니다. 혹시 모르니까요."

"이해했어요."

"하지만, 글쎄요. 누군가가 나를 찾으니 나는 나를 필요로 하는 이들에게 '기능'해 주고 있을 뿐이에요."

그녀가 퍽 회의적인 태도로 다시 덧붙이다가 금세 내게로 돌아왔다. 절벽 근처를 몇 걸음 배회하다가 돌아온 레스킷 양이 내 앞에 마주 서서 살뜰한 태도로 덧붙였다.

"태어나서 단 한 번도 진정으로 원하는 것이 없었답니다. 그러니 한때의 스릴에 몸을 맡길 수밖에 없는 것 아니겠어요."

"당신을 필요로 하는 사람들이 있으니, 그저 그 시류에 휘둘리는 것으로 족하다는 이야기인가요?"

"그래요. 기왕 태어난 것, 재미와 스릴이라도 있는 삶을 살아야지 않겠어요? 만일 이곳에서의 내 역할이 끝난다면 그때는 또 나를 필요로 하는 곳을 찾아야지요. 알렉시스는 언젠가 내가 떠나게 되면 새로운 삶을 꾸리고 정착할 때까지 도와주기로 약속했거든요. 그게 제가 받기로 한 대가입니다, 옐레체니카 백작님. 이제 아시겠지요? 저는 어디에도 머무를 수 없는 사람이랍니다."

거기까지 얘기한 레스킷 양은, 곧이어 부관에게서 양산도 다시 받아들었다.

"마침 떠도는 것을 좋아하니 그런 삶 역시 나쁘지 않을 거예요."

대책 없이 파티 따위를 찾기 시작할 때는 언젠가 그녀와 이런 곳에서 이런 대화를 나누게 되리라고는 전혀 예상하지 못했다. 유리 옐레체니카와 알렉시스 에슈마르크의 수상쩍은 카르텔, 황가의 비밀, 애셔 황태자의 신분을 숨긴 외유, 차 무역과 상단. 결국 아멜리아 레스킷이야말로 내가 파악하지 못했던 내 소설 속의 모든 것을 알고 있는 사람이었기 때문에.

말하자면 그녀는 ≪세레나의 티타임≫ 전반에 영향력을 발휘하는 미싱 링크였다. 그녀가 없이는 어떤 이야기도 하나로 연결될 수 없었을, 숨겨진 고리 말이다.

아멜리아 레스킷이 탐스러운 적발을 둘둘 말아 다시 우아하게 정돈하더니, 나를 향해 살포시 고개를 기울여 보이며 야살스레 눈썹을 팔랑였다.

"어쨌든 제 이야기도, 제 용건도 이것으로 끝이랍니다. 잠시의 여흥이 되셨을까요? 상단의 일을 빙자해 잠시 들른 것이니 오래 머무르며 여러 이야기를 나누지 못하는 것을 너그럽게 용서해 주셔요, 백작님."

"와 줘서 고마워요."

"별말씀을요. 저야말로 제 '안정성'을 지지해 주겠다는 세 번째 원조자를 만나게 되어 기쁘고 영광일 따름이지요. 약속 잊지 마셔요."

그리고 가볍게 손 키스를 날린 후 치맛자락을 들어 올리며 인사한 그녀는 뒤도 돌아보지 않고 또각또각 떠났다. 갑작스러운 마력의 돌풍이 푸른 숲을 향해 불어닥치기 시작할 무렵의 일이었다.

* * *

마음 같아서는 조금 더 그녀와의 대화를 곱씹고 싶었지만, 레스킷 양이 떠날 무렵 시작된 거대한 마력의 돌풍에 마음이 쓰였다. 나는 이미 그런 방식의 돌풍을 경험해 본 적이 있고, 그만한 마법을 사용할 수 있는 인물이 한정되어 있다는 것도 안다. 대규모 이동 마법이었다.

갈리아도 그 마법의 정체가 대충 짐작이 가는 모양이었다. 나 때문에 여기까지 온 만큼 이미 레스킷 양과는 이야기가 되어 있었는지, 그녀를 따라가지 않고 자연스럽게 내 곁에 남았던 그는 레스킷 양이 멀어지자마자 내 허리를 잡아챘다.

"알렉시스일까?"

"상식적으로 벌써 올 수 있겠어? 기억을 잃은 후 멍청해진 건 알고 있었는데, 여전히 발전이 없군. 유리."

"닥쳐, 새꺄. 넌 왜 시비를 걸 때만 기분 좋게 이름으로 부르는데?"

"우리가 다른 때도 이름으로 부르는 사이야?"

"물론 아니지."

시시각각 시비를 거는 갈리아의 명치에 팔꿈치를 박아 준 후, 어쨌든 마법의 정체를 확인하기 위해 빠르게 캠프로 돌아가기로 했다.

갈리아는 내 허리를 끌어안고 나는 그의 어깨를 붙잡은 채 단숨에 그림자와 그림자 사이를 넘었다. 바닥에 도사리는 어둠 어딘가에 녹아들듯 흘러내려, 정신을 차렸을 때에는 이미 어떤 전조나 과정도 없이 단번에 캠프 안쪽의 어떤 텐트 안에 도착해 있었다.

갈리아의 힘을 빌려 이동해 본 적이 없는 나는 그 기묘한 감촉에 당황했다가, 뒤늦게 입을 벌렸다.

"너……."

"아직 주인께서 오실 수 있는 시기는 아니야. 그러니 아마 마법은 이리나 밀락테이트의 주도하에 이루어졌을 테고, 그 말인즉 주인께서 댁 걱정이 지나쳐 황제와의 거래보다 이쪽 협상을 우선시해 진행하셨다는 이야기가 되지."

"알렉시스 에슈마르크에 대한 바다와 같은 고마움은 일찌감치 있었으니 네가 생색을 내지는 말고, 설명이나 해 봐. 네 능력의 원리는 어떻게 된 거야?"

"뭐?"

갑작스러운 이야기를 들었다는 듯 언짢은 표정을 지었던 갈리아가 불친절하게 대꾸했다.

"설명 듣지 않았나? 나는 당신이 어둠 속성을 부여해서 창조한 호문쿨루스잖아."

"아니……."

어둠 속성이 부여되어 있다는 건 나도 알지만, 그 원리가 도무지 이해하기 어려웠다.

갈리아의 능력은 톱니바퀴와 배관 장치의 작동에 의존하는 부분이 거의 없었다. 유일하게 장치에 의존하는 과정은 어둠이 모습을 드러낼 때 주변의 장치들을 떠미는 작업뿐이다.

하지만 갈리아는 세계의 구조를 보지는 못하는 듯하니, 그가 납득할 수 있게 설명하기가 어려웠다. 미간을 좁히고 혼자 고민하던 나는 일단 마법으로 찾아온 사람을 맞이하러 가기로 결정을 내렸다. 갈리아의 등을 퍽 때리고 턱짓을 하자 그가 당장에 불쾌한 표정을 지었지만, 어쨌든 나를 데리고 기운의 흐름을 쫓기 시작했다.

마법적인 힘을 사용하는 방식이 다르다. 대공 역시 이 세계의 본질을 볼 수 있는 사람이니 갈리아의 능력에 관심을 가진 적이 있기는 할 것이다. 어쩌면 갈리아가 만들어진 존재이기 때문일지도 모른다. 누군가의 호문쿨루스여서. 그는 그 자체로 발명품이고, 자기 자신으로써 기능하는 것이 가능한 장치인지도 모른다.

그리고 만일 그렇다면……. 유리 옐레체니카, 즉 내 몸 역시 비슷한 일을 할 수 있어야 했다. 그 자체로 시작과 끝, 바깥과 내부의 경계가 온전한 장치로서.

갈리아가 어둠이라면, 유리 옐레체니카는 물일까?

"후작과 태자는 내 존재를 알게 되었다고 들었는데."

"맞아. 살인사건을 벌인 실험체의 뒤처리를 네가 한 거로 하자."

"이미 그렇게 결정하고 왔어. 뒷북도 정도껏 치지?"

"아, 네. 그러세요."

사사건건 개 같은 인성을 드러내는군. 나는 시큰둥하게 그의 시비를 받아넘긴 후, 마침 이변을 눈치챘는지 캠프 본부 근처의 광장에 모여 있던 사람들 사이에서 애셔 황태자를 발견해 즉시 그에게로 다가갔다.

마찬가지로 힘의 흐름을 느꼈는지 광장에 나와 있던 레일리는 나를 보자마자 인상을 썼다. 하지만 역시 갈리아에 대해서는 정말로 자음 하나, 모음 하나도 설명해 줄 수 없다. 나는 슬그머니 그를 외면하고 황태자에게 먼저 말을 걸었다.

"전하."

"이런, 백작님. 오늘은 오지 않으셔서 집사와 계신 줄 알았는데요."

흘긋 레일리를 향해 눈짓해 보인 애셔가 부드럽게 물었다. 나는 어색하게 웃으며 갈리아의 옷자락을 잡아당겼다.

"대공 각하께서 이런 사태를 염려해 보내 주신 호위입니다. 어느 정도는……. 아시겠지만, '그 사건'을 무마하기 위해 활약하던, 그분께서 수족처럼 부리는 이지요."

"그가 무엇을 하고 다니는 사람인가 했더니, 뒤처리 담당이었군요. 그만한 실력도 지닌 듯하고 말이에요."

살뜰하게 답한 그가 가만히 갈리아를 바라보다가 빙그레 웃었다.

"마법을 이용해 온 새 손님들보다 백작님의 호위가 먼저 도착하다니, 숙부님께서 백작님께 정말로 많이 마음을 쓰고 계신 모양입니다."

"하하……."

기분 복잡해지는 소리 좀 하지 마라. 위협조로 눈썹을 치뜨자 애셔 황태자가 특유의 온유한 태도로 어깨를 으쓱해 보였다. 그는 허공을 찢고 천천히 벌어지는 포탈을 향해 눈짓하며 화제를 전환했다.

"숙부님께서는 아직 오실 수 없을 겁니다. 아무리 도로와 기계 마차가 발전한 뷔올이라고 해도, 푸른 숲 근방의 관리되지 않은 길을 지나 뷔올에 입성하려면 사흘은 걸리니까요. 시기가 엇갈려 뵙지 못하셨겠지만, 레스킷 양이 사태를 파악하자마자 안위를 보장받고자 왔더군요. 그녀가 오는 시간 역시 사흘은 걸렸을 테니, 상황을 파악하자마자 왔다고 생각하면 숙부님께서 뷔올에 도착하신 시기가 대충은 짐작이 갑니다. 그리고 고작 사나흘 머무르며 끝날 얘기는 아니겠지요."

"레스킷 양이 왔나요?"

이미 나도 만났지만, 아는 척할 수는 없는 법이었다. 나는 슬며시 추임새를 넣으며 눈치를 살폈다. 다행히 포탈에 관심이 쏠린 황태자는 내 쪽은 보지도 않고 자연스럽게 대답했다.

"그녀를 얕보는 이도 많지만, 호락호락한 상대가 아닙니다. 아시다시피 마음을 숨기는 일에 능한 사람들이 즐비한 황성이 아닙니까. 그런 곳에서 십 대 시절부터 6년을 버티고 있던 사람이니까요. 아까까지만 해도 그녀와 거래를 했습니다. 사실, 이 집안의 가장 어린 사람으로서 어쩔 도리 없이 도울 수밖에 없는 상대겠지만요. 인륜적으로 말입니다."

"인륜적 도리 같은 걸 신경 쓰는 분이 계신 집안이라니 놀랍네요."

"편히 대하시라고 말씀은 드렸지만 너무 편히 대하시는 게 아닙니까?"

경쾌하게 웃은 애서 황태자가 차분히 말을 이었다.

"아마 그 호위에게서도 어느 정도 숙부님의 소식을 들으셨을 테니, 마찬가지로 짐작하셨겠지요. 이번 이동 마법은 이리나 경께서 주도하셨을 가능성이 높습니다. 숙부님이나 백작님이나, 푸른 숲의 문제에 대해서는 덤터기를 쓰기 좋으니까요. 무슨 수를 써서든 이번 마력 파동은 깔끔하게 해결해야 합니다. 최소한의 명분이죠. 이런 상황에서 숙부님께서 끌어들일 수 있는 가장 큰 전력은 이리나 경뿐입니다. 대규모 마법으로 추정된다고 합니다만, 그렇다면 마법사단을 끌고 오신다고 보면 될까요."

미적지근하게 말을 맺었던 그가 팔짱을 끼고 턱을 빼 들더니, 보랏빛 눈을 가늘게 뜨며 거의 다 열린 포탈을 향해 시선을 깔았다.

"하지만 저는 내심 다른 가설을 세우고 있습니다. 숙부님께서도 말씀하고 가시지 않았습니까? 이번 푸른 숲 마력 파동에 어떻게든 이를 대기 위해 우리를 주시하고 있는 맹수가 있다고 말입니다."

"예?"

이리나 경이 마법사단을 끌고 왔으리라 추측하던 나와 갈리아가 슬쩍 시선을 교환하고, 애셔에게 자세한 설명을 요구하려는 순간이었다.

쿠오오, 요란한 소리를 내며 주변의 공기를 빨아들인 포탈이 비로소 온전하게 열렸다. 그 안에서 대열을 맞춰 척척 뛰어나온 것은 처음 보는 제복을 맞춰 입은 사람들이었다. 새카만 제복에 금장과 청동으로 만든 장식을 붙인 묘한 차림새였다.

단체를 구성하는 단원 전원이 여성인 모양으로, 뛰어나와 좌우로 도열하는 자들은 모두 굴곡이 드러날 정도로 딱 붙는 제복에 보라색 벨벳 망토를 두르고 있었다.

그리고 유난스럽게 눈에 띄는 것은 가면이었다. 까마귀의 부리처럼 길쭉하게 튀어나온 청동 가면 위에는 검은 유리로 눈가를 가린 고글 같은 것이 붙어 있었고, 머리에는 군용 모자 같은 것을 푹 눌러쓴 상태였다. 머리 뒤쪽을 감싸고 어깨까지 늘어진 검은 천 아래로 간간이 색색의 머리칼만이 비쳤다.

수십 명이 쏟아져 나와 누군가를 기다리듯 좌우로 도열하기 시작했고, 그들의 존재를 확인하자마자 표정을 굳힌 마이어 후작이 앞장서 사람들을 물려 예를 취하게 하고 있었다. 심지어는 세레나마저 상황을 파악한 듯 당혹스러운 태도로 걱정 어린 표정을 짓다가 즉시 마이어 후작을 도와 마법사단의 대열을 정리하기 시작했다.

"저게……. 뭡니까?"

태어나서 처음 보는 기괴한 집단에 신음을 뱉자, 애셔가 아차 한 얼굴로 나를 돌아보았다.

"저 복식을 모르는 이는 없지요. 백작님은 예외에 속하시는 분이니 설명이 필요한 것을, 제 배려가 부족했습니다."

모두가 당혹스러워하는 사이, 애셔만이 평온하게 말했다.

"아메트리크의 정보부입니다."

그리고 그 순간, 양옆으로 도열하던 사람들의 움직임이 멈추고, 일제히 중앙을 향해 돌아섰다.

막 포탈에서 걸어 나오던 사람이 우아한 태도로 손을 뻗어 부관이 내민 지팡이를 받아 들었다. 청동 독수리가 조각된 검은 지팡이를 바닥에 쿡 찍고, 같은 제복을 입었지만 화려한 훈장과 장식용 술들을 잔뜩 장식한 검은 코트를 어깨 위에만 걸친 여자가 당당한 태도로 턱을 빼 들었다.

그 모습만 봐도 그녀가 누구인지는 짐작이 갔다. 아메트리크의 정보부를 휘하에 두고 나타날 높은 직위의 인물. 애셔가 그녀를 두고 연합국의 맹수라고 칭하기까지 했다. 뻔한 일이었다.

말끔하게 이마 뒤로 넘긴 짧은 백금발 아래로 검은 눈동자가 차갑고 날카롭게 빛났다. 가슴 언저리의 단추는 성기게 풀어헤쳤지만 복장은 연합국의 기준에서 지극히 지체 높은 군부의 남성만이 입을 법한 옷이었다. 현대식으로 표현하자면, 대단히 마초적인 복식 말이다. 뷔올에서는 애셔 황태자나 대공조차 선호하지 않는 공격적인 스타일이었지만 더할 나위 없이 그녀를 위한 복식 같았다.

애초에 전형적인 군부 소속의 남성 같은 복식이 아메트리크 정보부의 상징처럼 되었다는 얘기는, 그녀가 그 복장을 일찌감치 자신의 것으로 만들어 버린 상태라는 이야기이기도 했다.

이 대륙에서도 가장 여권이 낮은 나라에서 여성의 몸으로 태어나 연합국의 실질적인 우두머리가 된 인물. 분명 그녀가 그 이름 높은, 혹은 '악명 높은' 에포닐 공작이었다.

에포닐 공작은 미리 도열해 있던 부하들을 쭉 훑어본 후, 지팡이를 허공에서 휙휙 돌리다가 바닥에 찍으며 성큼성큼 다가오기 시작했다. 지금껏 뒤편에 서 있다가 생긋 웃은 애셔가 천천히 앞으로 나서며 마이어 후작을 향해 부드럽게 손짓을 했다.

"유감스러운 일이네요. 세레나, 지금부터 무슨 일이 일어나도 놀라지 말도록 해요."

갑작스러운 호명에 세레나가 눈을 댕그랗게 떴다. 일개 행정관에 불과한 사람이 나설 자리가 아니었기 때문이다.

애셔도 당장 귓가를 만지며 얼굴을 왜곡하던 마법을 풀어냈다. 머리칼이 길어지고, 얼굴의 외곽선이 보다 섬세해졌다. 단정하고 연약한 학자의 얼굴로 돌아간 황태자가 보랏빛 눈을 호의적으로 접었다.

"오랜만이군, 애셔 아마르트 뷔올."

애셔 황태자보다 한 마디 정도 눈높이가 높은 여자가 유쾌하게 인사를 건넸다. 세레나의 눈이 커지든지 말든지, 애셔 역시 특유의 온화한 미소를 지으며 고개 한 번 숙이지 않고 공작의 앞에 나섰다.

"오랜만에 뵙습니다, 에포닐 공."

그가 산뜻하게 인사했다.

"동부 제해권을 두고 한 테이블에 앉았던 후로는 처음이군요. 바쁘신 분이 직접 오실 줄은 몰랐습니다. 연합국의 일도 아닌 외부의 일에 눈을 돌리며 휴가를 보내실 정도라면, 생각보다 바쁘진 않으신 모양이에요."

뜻밖에도 가시 돋친 말이었다. 뭐, 결국 이런 뜻이 아니겠는가. '한가하나? 여기까지 오게.'

역시 뷔올의 황족 놈다운 성질 더러운 기백이 애셔에게도 있는 모양이었다. 그 말에서 비슷한 의미를 읽어 냈는지 눈썹을 찡그리며 웃은 에포닐 공작은 굵은 궐련을 꺼내 부관에게 끝을 내밀고, 금세 불이 붙은 그것을 입에 물며 담담히 대답했다.

"이긴 싸움은 기억하지 않거든. 정화탑과 므라우 처우를 두고 떠든 후로 처음 같은데. 당신이 있는데 어떻게 다른 놈에게 맡기겠어? 휴가가 아니니 몸소 왔다는 건 피차 알고 있잖아?"

그녀가 퍽 달큼하게 대꾸했다.

"이 오델 에포닐에게 패배를 안긴 몇 없는 상대인데 직접 와야지. 안 그래."

퍽 빈정거리는 태도기는 했지만 나름대로 애셔를 인정하는 듯한 투였다. 에포닐 공작이 궐련 연기를 듬뿍 뿜어내며 턱을 빼 들었다.

"물론 혼자 온 건 아니야. 곧 오시겠군."

"마법을 사용하신 분 말씀이십니까?"

표정 하나 변하지 않은 애셔가 태연히 대꾸하자, 그녀도 확실한 대답 대신 다시 궐련을 입에 물며 고개만 비스듬히 낮췄다. 그 행동을 알아서 수긍의 말로 판단한 모양이었다. 애셔 역시 고개를 끄덕이다가 다짜고짜 잔소리를 했다.

"부관의 걱정이 크겠습니다. 때와 장소도 없이 그런 것을 피우시다니요."

"때와 장소는 내가 결정하는 거지."

"저야 안 그래도 에포닐 공보다 젊으니 10년은 더 해먹을 텐데, 너무 빨리 떠나시면 쓸쓸해서 어찌 삽니까?"

부드러운 존대에 실린 것치고 퍽 시건방진 발언이었지만 내가 신경을 쓸 문제는 아니었다. 그들은 이미 그들만의 신경전을 시작한 모양이고 말이다.

그저 나는 다른 내용에 귀를 기울이고 있었다. 에포닐 공작이 에슈마르크 대공과 친분이 꽤 깊어 보이더니, 애셔보다 열 살쯤 나이가 많다면 대략 대공과 동년배인 모양이었다. 그렇게 되면 이 세계의 이야기를 주도하는 사람들은 크게 두 연령대로 나뉜다. 공식적인 나이로는 가운데에 낀 옐레체니카 백작을 제외했을 때의 이야기다.

요컨대 앞선 세대에 명성을 얻은 것이 지략의 에포닐 공작, 무예와 기사도의 마이어 후작, 마법의 에슈마르크 대공, 무법지대의 레일리 크라하, 정령과 발명의 옐레체니카 백작이었던 셈이다. 개중에서 유리 옐레체니카만 공식적으로 밝혀진 나이가 어린 편이었다.

그러면 그다음 세대, ≪세레나의 티타임≫의 배경이 되는 시대에 주로 활약하는 사람들은 특출한 지능을 갖춘 뷔올의 애서 황태자, 정령과 마법을 자유자재로 다루는 세레나, 앞선 세대의 카르텔까지 전부 손에 쥐고 있는 거대 상단의 주인 레스킷 양, 홀로 은거하다가 소왕국에 투신해 사회 운동을 시작하는 마티어스 에이미의 시대가 된다. 앞선 세대의 인간들이 벌여 놓은 일들이 비로소 제 형태를 갖추고 발휘되기 시작하는 시대.

요컨대, 유리 옐레체니카가 벌였던 일들이 세레나의 시대에 정체를 드러낼 수밖에 없는 구조였다.

어느 정도 윤곽이 잡혔다. 첫 사건을 푸른 숲의 마력 요동으로 가정하자. 유리 옐레체니카가 푸른 숲에서의 사건과 관련되어 목숨을 잃는다고 말이다.

그렇다면 후에 대륙 전체를 혼란에 밀어 넣을 사건은 무엇인가?

아마도 유리 옐레체니카가 준비하던 것들, 그리고 레일리 크라하가 자기 입맛에 맞춰 이용할 수 있는 일이다. 즉, 반인 혁명과 연결될 수밖에 없다.

하지만 현실적으로 유리 옐레체니카가 죽기 전에 레일리가 므라우에 들러 가라한을 비롯한 옛 동료들의 오해를 풀지는 못했을 것이다. 그러니 레일리 크라하의 이유와 목적이 무엇이었든지, 반인 혁명의 형태도 제한되어 있다. 일찌감치 구축해 두었던 그들만의 네트워크를 통해 폭력적이고 급진적인 사상이 들불처럼 퍼졌으리라.

므라우의 원활한 협조를 얻을 수 없었을 테니 남부를 배제하면, 그 시작은 북부일 수밖에 없다. 애초에 연합국보다는 뷔올 제국에 원한이 큰 족속이니 뻔한 일이었다. 북부에서 시작되어 남으로 대륙을 쓸어버리는 강력한 반인의 물결을 상상해 봤다.

세레나의 고향은 뷔올 북부에 있다. 그녀는 어떤 식으로든 그 사건을 외면할 수 없었을 것이다. 그때껏 외면하던 두려운 진실, '마법' 역시 더는 외면할 수 없게 된다. 그건 곧, 세레나가 참전할 '강제적인 계기'가 될 것이다.

이야기의 아귀가 들어맞기 시작했다. 세레나 윌리엄스는 그 사건에서, 강력한 반인 군단의 배후에 있던 레일리 크라하를 마주하게 된다.

직감적으로 그것이 ≪세레나의 티타임≫ 후반부 서사일 것을 확신했다. 그리고 그렇다면, 유감스럽지만, 유리 옐레체니카의 죽음에 앞서 레일리 크라하가 진실을 알아채지는 못했으리라고 추론할 수 있다. 레일리가 미리 진상을 파악했을 경우를 가정해 보면 확실히 '아니'라는 것을 알 수 있다. 일종의 귀류법적인 방식으로 말이다.

그만한 배신을 파악했다면 유리 옐레체니카에게 견제당하기 전에 바로 행동에 나섰을 성품이라는 사실은 몸소 확인했고, 만일 시간을 들여 살해 계획을 짰다고 쳐도 그사이 가만히 있었을 리도 없다는 것을 이제는 안다.

므라우에서 지켜보지 않았던가. 가라한과 다른 방식으로, 레일리 역시 므라우의 사람들에게 애착을 지니고 있다. 애착이라고 부를 수 있든 아니든, 그에게는 동족이 유의미했다.

레일리가 일찌감치 진실을 알았고, 그 성깔에 오래도록 참지도 않았을 테지만 만일 꾹 참은 채 기회를 노렸다면, 그는 어떻게든 므라우에 가장 먼저 접선을 했을 것이다. 그래야 유리 옐레체니카가 상정하지 못한 힘으로 반인들 사이의 체계를 빠르게 정돈할 수 있으니까 말이다. 그녀와 대공의 손아귀에서 실험체로 놀아나던 동족들을 남몰래 구할 수 있게 되는 것이다.

이 경우 레일리와 반인들의 입장에서는 진짜 해방과 수월한 상황 전개를 위해 기만자 유리 옐레체니카를 필수적으로 살해할 수밖에 없다. 그리고 그렇게 되면 레일리 크라하가 유리 옐레체니카의 살해를 모의하고 그 일에 집중하는 동안 동족을 위해 그 대신 활동해 줄 사람들이 필요하다.

물론, 그 '대리자'들의 활동은 유리 옐레체니카에게 들키지 않아야 한다. 그래야 레일리 크라하가 미처 경계를 사지 않은 상황에서 유리 옐레체니카를 원활히 처리할 수 있으니까.

그 정도로 활동 반경이 넓고, 전투 인력을 갖췄으며, 반인에게 우호적이고, 유리 옐레체니카의 눈에서 벗어난 자들. 현재로서는 므라우의 거주민들뿐이다.

그리고 자연스러운 흐름을 보자. 므라우가 협력해 줬다면 당연히 그 지점을 거점으로 삼아 국경에서부터 밀고 올라와 연합국의 개입을 막고 뷔올 전반을 쓸어버리는 편이 빠르다. 남부부터 활동을 시작했으리라는 것이다.

이때 서사의 아귀에서 어긋남이 발생한다. 주인공, 세레나 윌리엄스의 합류가 설명되지 않는 것이다.

세레나는 북부의 소시민 출신으로, 솜씨는 좋은 편이지만 정령술사에 불과한 상태. 유리의 죽음 이후 마법에 열렬한 관심을 보일 만한 인물도 아니다. 그녀의 성격상 차라리 마법에 대한 공포와 거부감만이 커졌을 테고, 마법적 정진은 오히려 멈춘다고 봐야 한다. 그 상태로는 세레나의 무던한 성품에서 자연스럽게 발휘되는 마법적 재능도 제대로 빛을 보기 어렵다.

그렇게 되면 세레나가 초창기부터 사건에 개입해, 사건과 함께 등이 떠밀리듯 성장할 만한 서사의 밑받침이 형성되지 않는다. 사건에 합류하기에 앞서 그때껏 외면하던 마법사의 세계를 고스란히 등에 질 만한 개연성이 부족하다. 이야기가 자연스럽지 않다는 얘기다.

레일리는 기본적으로 미친 새끼지만 므라우의 협력 없이 유리 옐레체니카 살해 모의를 할 만큼 대책 없는 놈은 아니다. 므라우의 협력이 있었다면 남부에서부터 활동을 시작하지 않을 이유가 없다.

모든 사건이 남부에서 시작되었다면, 유리 사후 마법으로부터 도망쳤을 세레나의 뷔올군 가세가 설명되지 않는다. 애셔가 도와달라고 해서 아무 이유도 없이 단박에 사랑의 힘으로 전쟁에 뛰어들어 도와주기까지 할 사람 같았으면 애셔 놈이 세레나의 마음을 얻으려고 저렇게 아등바등하고 있지도 않았을 테고, 애초에 애셔가 세레나에게 호감을 가질 일도 없었을 것이다.

즉, 레일리가 범인일 때의 서사는 논리적으로 완성되지 않는다. 레일리 크라하는 범인이 아니다.

그렇다면 다시 유리 옐레체니카의 죽음으로 시선을 돌려 보자. 이 세계의 마력적 순환을 몸에 담고 있던 유리 옐레체니카가 이유 없이 마력의 통제를 놓치지는 않았을 것이다. 그녀를 죽음에 몰아넣기 위해서는, 그녀가 예상하지 못한 형태, '자연스럽지 못한 형태'의 변동이 필요하다.

마이어 후작의 수사는 내 빙의와 무관하게 시작되어 스스로 결과를 얻었으니, 그의 수사는 ≪세레나의 티타임≫에서도 마찬가지로 이루어져야 한다. 결과적으로 에슈마르크 대공은 ≪세레나의 티타임≫에서도 황제의 오해를 사고, 그 문제를 해결해야 할 처지에 처했을 것이다. 유리 옐레체니카와 함께 침몰할지도 모르는 상황에서 그가 선택할 수 있는 유일한 아군은 여전히 이리나 밀락테이트뿐이다.

그 상황에서 유리 옐레체니카의 죽음에 누군가의 의사가 개입했다. 처음에 상정했던 대로, 적극적인 살해의 형태.

누구의 소행인지는 이쯤 되면 뻔할 수밖에 없다. 그만큼 거대한 마력을 다룰 수 있는, 그리고 푸른 숲의 사건에 직간접적으로 얽혀 있었을 인물은 총 여섯 명이다.

레일리 크라하, 이리나 밀락테이트, 세레나 윌리엄스, 알렉시스 에슈마르크, 솔데인 마이어, 유리 옐레체니카 자신.

알렉시스 에슈마르크는 애초부터 유리 옐레체니카의 협력자다. 아직 유리 옐레체니카의 소행이 만천하에 밝혀지기 전, 레일리와 세레나에게는 동기가 없다.

불사약을 연구하기까지 하며 영생에 집착했기 때문에 앞서 범인 후보에서 제외했던 유리 옐레체니카는, 하지만 사실 연합국에서 '죽음'이라는 몰이해의 영역에 지극한 관심을 보였다.

이리나 밀락테이트의 입장에서는 어쩌면 아들을 위험천만한 오명에 밀어

넣은 주범처럼 보였을 것이다. 물론 그녀가 알렉시스 에슈마르크에게 그만한 애정을 가졌을 때의 얘기겠지만 말이다.

하지만 그 둘에 앞서, 처음부터 제외하고 있었지만, 나는 명백하게도 마이어 후작을 짚고 넘어가지 않을 수 없다.

그는 본래부터 정의로운 사람이다. 다소 신분사회의 기득권층답고 전근대적인 사고방식이 있다고는 해도, 그중에서는 특출한 도덕관념을 지니고 있다. 비열한 일이 판을 치는 이런 세계에서 수단을 가려야 한다고 주장할 수 있는 몇 안 되는 양심적인 인물이기도 했다. 자신이 주군으로 선택한 애셔의 방침에 따르기 위해서라도 그는 올바르지 않은 일에는 손을 대지 않는다.

올바르지 않은, 정의롭지 못한 일.

그렇다. 역시 처음부터 가설을 잘못 설정하지 않았던가?

발전한 문명 뒤에는 짓밟힌 삶이 있는 법이다. 있는 자들에게는 유토피아지만 소외된 자들에게는 이만한 디스토피아가 없는, 극단적으로 이분화된 대륙.

어떤 세상에는 누군가를 착취해야만 살아갈 수 있다고 믿는 사람들이 있다. 권력의 정점에 있는 사람들끼리 적대 관계를 가장하며 자신들끼리의 유착 관계를 유지해 제 잇속만을 챙기던 세계에서, 그 누구보다도 불변하는 힘을 손에 쥐고 있었던 인간.

결국 이 세계에서, 바로 그녀, 유리 옐레체니카야말로 부도덕과 이기, 부정과 비열함, 몰이해와 무자비, 잔혹함과 죄의 결정체였다.

그러니 그녀야말로 마이어 후작에게 있어서는 그 존재 자체로 애셔와 국가, 나아가 대륙에 위해가 되는 인물이기도 한 것이다. 애초에 그는 정의로운 사람이지만, 언제든지 적을 향해 검을 들고 사람을 벨 준비가 되어 있어야 하는 직업 기사다.

에슈마르크 대공이 언젠가는 감사하게 될 거라고 말했지만, 정말로 마음

깊이 감사해야 할지도 모르는 일이다. 일단 '그 문제'가 마이어 후작의 소행이라면, 오해가 풀린 시점에서……. 요컨대, 그가 내 사정을 들어 봐야 한다고 생각한 시점에서 문제의 여지가 사라졌다.

그렇다고 모든 일이 잘 풀릴 것인가?

아니, 아니다. 확신할 수 없다. 나는…….

나는 여전히 유리 옐레체니카를 모르는 상황이 아니겠는가?

애셔의 발언에서 쓸데없이 과한 정보를 얻고 나름대로 복잡한 생각에 사로잡혀 있는데, 그사이 못마땅한 얼굴로 밝은 눈썹을 꺾고 애셔를 바라보던 에포닐 공작이 싸늘하게 대답했다.

"오는 데에는 순서가 있어도 가는 데에는 없다는 것을 모르는 모양이군, 아마르트 뷔올."

"그때까지 살아 계실 가능성이 애초에 없는 것과는 얘기가 다르지요."

"불사약을 만들었다는 몬타뉴 밀락테이트의 국가에서 그런 소릴 해도 되나?"

"존재하지 않는 자원에는 의미가 없습니다. 그렇지 않습니까?"

퐁당퐁당 오가는 대화가 물 흐르듯이 이어졌다. 이야기를 들을 수 있을 정도로 가까이에서 그들을 지켜보던 나는 적잖이 의아해졌다.

황실 마법사인 이리나 경에게는 제대로 깍듯한 존대를 쓰는데, 뷔올의 황태자인 애셔에게만 말을 낮출 합당한 이유가 없다.

이야기를 듣자 하니 협상 테이블에 앉아서 서로 한 대씩 보기 좋게 먹여 준 모양이고, 상호 좋은 감정은 없어 보였지만, 나름대로 친근해 보일 지경이었다.

하기야 그들만 한 지략가들이라면, 추가적인 설명을 붙이지 않고 동등하게 대화를 할 수 있는 이해자는 어쩌면 라이벌뿐일지도 모른다. 아마 ≪세레나의 티타임≫에서는 레일리 크라하를 상대로 협력하게 될 것이다.

턱을 만지작거리며 그들을 지켜보다가, 그 너머에서 입을 떡 벌린 채 우리를 지켜보고 있던 세레나를 뒤늦게 발견했다. 그러고 보니 세레나는 친하게 지내던 행정관이 사실 황태자였다는 청천벽력 같은 소리를 방금 막 듣게 된 입장이다.

의도치 않았지만 공범자가 된 나는 머쓱하게 웃으며 세레나한테 미안한 눈짓을 해 보이다가, 갑작스럽게 요란한 소리를 내며 움츠러드는 포탈을 향해 시선을 돌렸다.

붉은 장식이 달린 검은 제복을 입은 사람들이 포탈 안에서 마지막으로 등장했다. 포탈을 닫으며 등장한 것은 뷔올의 마법사단이었다. 역시 알렉시스 에슈마르크는 없었다.

그 선두에 서 있던 붉은 머리칼의 장년 마법사가 흘긋 고개를 들었다. 구불구불 흘러내리는 붉은 머리칼과 또렷한 푸른 눈. 황성 앞에서 한 번 마주친 적이 있는 이리나 밀락테이트였다.

그런데 묘한 일이었다. 시선이 마주치고 자연스럽게 넘기려던 나와 달리, 이리나 경의 눈썹이 곧장 일그러졌다. 희미한 차이였지만 워낙 무뚝뚝한 표정만 짓던 인물이라 유달리 티가 났다.

이리나 경의 언짢은 시선이 나를 불쾌하게 훑었다가 빠르게 떨어졌다. 짧은 찰나였지만 기분은 물론 나빴다. 아니, 고작 두 번째 만나는 자리에서 갑자기 나한테 저럴 이유가 뭐란 말인가?

아들의 애인이라? 아니면 아들과 수상쩍은 일을 벌여서? 그 문제야 황제와 대공 사이의 기밀일 테지만, 레스킷 양도 따로 언질을 들었듯, 이리나 경쯤 되면 관련된 이야기를 들었을지도 모른다.

하지만 내 입장에서는 기가 막히는 일이었다. 유리 옐레체니카야 부정할 길도 없이 잘못 산 인간이지만, 이리나 경이라고 해서 알렉시스 에슈마르크에게 긍정적인 영향을 주지는 않았다.

덤터기를 쓴 기분이 되어 허? 하고 기가 찬 신음을 뱉는데, 애셔가 먼저 인사를 했다.

"오셨군요, 밀락테이트 대마법사."

에포닐 공작도 있는 자리인 만큼, 애셔 황태자가 공식적인 국제 석상에서 황실 마법사를 칭하기에 적합한 호칭으로 바꿔 이리나 경을 불렀다. 이리나 경도 빠르게 다가와 황태자에게 적당한 예부터 갖추었다.

"대공 각하께서 언질을 주시더군요. 옐레체니카 백작은 지금 기억을 잃었으니 푸른 숲 조사에 도움이 될 법한 다른 인력들을 데리고 왔습니다."

"아하……."

말을 듣던 애셔가 흘긋 나를 바라보았다가 살뜰하게 미소를 지어 주더니, 다시 이리나 경에게로 고개를 돌렸다.

"백작님께서는 숙부님만큼 민감하게 마력을 느끼시니, 제가 마력의 구조를 파악해 지도를 그리는 일에 따로 도움을 주고 계셔서요. 괜찮으시다면 지금까지 마력 문제를 주로 관찰하던 윌리엄스 양을 동반하고 바로 푸른 숲을 한 번 살펴봐 주실 수 있으십니까? 그사이 머무르실 만한 캠프를 마련해 두고 있겠습니다."

나름대로 내 기분을 달래 주려는 듯한 눈짓과 말투와 발언이었다.

잠자코 얘기를 듣고 있던 나는 눈을 댕그랗게 떴다가, 점차로 세모꼴로 바꾸었다. 기억을 잃어 쓸모가 없다며 다짜고짜 나를 공격한 셈이 아닌가? 애셔가 적당히 무마해 주기는 했지만, 초면부터…….

물론 한 번 스친 적이 있으니 초면은 아니지만 제대로 된 첫 대면이기는 한데, 대뜸 이렇게 공격적인 대우를 받을 일이냐는 말이다.

그래서 뭔데? 정말로 아들의 애인인데 마음에 안 찬다, 이거냐? 본인 역시 해 준 것도 없고 나쁜 영향만 줬어도, 남이 악영향을 주는 것은 고깝다는 말인가?

대공이 말하길, 반드시 필요한 행사가 아니면 어머니를 만난 일도 드물다고 했다. 사실 나는 알렉시스 에슈마르크를 없는 자식처럼 방치한 황제와 이리나 경에게 희미하게 분노를 느끼고 있는지도 모른다.

왜? 어차피 내가 짠 서사면서. 거기까지 생각하면 마음이 불편해졌다.

레일리는 내게 대공 외의 누구도 동등한 인간으로 보지 않는다고 말했지만, 사실 내가 누구보다도 동등하지 않은 상대로 보는 사람은 대공인지도 모른다. 나는 그에게 지극히 시혜적으로 굴고 있다. 내가 설정한 서사에서 빠져나오지 못한 채 유난히 얽매여 살아가고 있기 때문에, 안쓰러운 어린아이라도 보듯이 마음을 쓰는 것이다.

스스로 지닌 사고방식을 곱씹고 나니 더할 나위 없이 불쾌해졌다.

그때, 이리나 경도 영 불쾌한 표정으로 대답했다.

"분부대로 하겠습니다, 전하. 푸른 숲에 대해서는 옐레체니카 백작만큼 잘 아는 이가 없을 테니 조금이라도 도움을 받고 싶은 마음이라 아쉽지만, 어쩔 수 없는 일이겠지요."

어쩔 수 없는 걸 아는데 왜 걸고넘어지냐고.

급기야 내 표정이 더는 감출 수 없을 만큼 못마땅해지려 하자 애셔가 슬쩍 이리나 경의 눈을 피해 미간을 검지로 꾹꾹 눌러 보였다. 어쩔 수 없이 표정 관리를 했다. 애셔의 입장이 난처해질 것 같았고, 어쨌든 알렉시스와 내가 여러모로 위태로운 입지가 된 것도 사실이다. 사실 이리나 경은 나름대로 우리를 돕기 위해 온 사람이 아닌가.

그런데 그때, 다시 언짢은 낯으로 나를 향해 고개를 돌리던 이리나 경의 앞에 갈리아가 불쑥 나섰다. 내 어깨를 잡고 슬쩍 뒤로 밀어낸 그가 이리나 경에게 깊게 예의를 갖추며 인사했다.

"저는 에슈마르크령에 상주하며 대공 각하를 주군으로 모시고 있는 반인입니다. 지금껏 마땅히 인사를 드리지 못했지만, 주군의 어머님 되시는 분께는 반드시 인사를 드려야 온당하겠지요."

평소에 나를 대하던 건방지고 무례한 태도와는 퍽 차이가 있는 모양새였다. 반정 이후 공식적으로는 황가의 어른이 아니게 된 이상 그녀는 그저 대공의 생모일 뿐 황실 종친으로서의 어떤 직함이나 권위도 지니지 못했지만, 갈리아의 입장에서는 상사의 어머니 되는 인물인 것이다. 황태자에게도 간단히 자기소개만 했던 그가 이리나 경에게는 깍듯하게 예의를 지켰다.

"갈리아라고 합니다."

갈리아가 주제를 바꿔 준 덕에 애셔도 한시름 놓았다는 듯 어깨를 들썩여 보인 후, 에포닐 공작의 숙소를 마련하기 위해 마이어 후작에게 관련 업무를 하달했다. 잠깐 인사를 나누고 대화를 하는 듯했지만, 그들은 별다른 첨언을 하지 않고 곧장 숙소로 이동하기 시작했다.

에포닐 공작은 흥미롭게 우리를 바라보다가 미련 없이 떠났고, 세레나는 이리나 경을 안내하기 위해 곁에 남아 조마조마한 얼굴로 손끝을 만지작거리고 있었다.

애셔는 아메트리크 정보부와 마법사단을 위한 새 편성을 즉석에서 줄줄 읊으며 그들의 거취 역시 결정해 주기 시작했다. 그는 더 이상 우리에게는 신경을 쓰지 않으려는 듯했다.

저 자식이, 보호해 주기로 해 놓고 번거로워질 것 같으니 바로 나를 버려?

나는 못마땅히 애셔의 뒤통수를 바라보다가, 걱정스러워 보이는 세레나를 향해서만 슬쩍 웃어 주었다. 별수 없는 일이었다. 세레나에게는 죄가 없다.

지금까지 멀찍이 떨어져 팔짱을 낀 채 우리를 지켜보기만 하던 레일리는 주변의 사람들이 하나둘 떠나기 시작할 때에야 한숨을 뱉으며 머리를 쓸어 넘겼고, 우선 그 자리에서 거리를 둔 채 대기하고 있었다.

"알렉시스……. 대공 각하의?"

이리나 경이 당혹스러운 표정을 지었다가 의아한 태도로 다시 물었다.

"어떤 일을 돕고 있지요?"

"반인이 하는 일이라고 해 봐야 뻔하겠습니다만, 저는 대공 각하의 호위를 겸해 곁에 머무르고 있습니다. 물론 대공 각하께서는 저 같은 것의 도움 없이도 강력한 힘을 지니고 계시지요. 그저 모든 일에 대공 각하께서 직접 손을 쓰시기는 어려우니까요. 갈 곳 없이 떠돌던 저를 구해 주신 후로는 보은을 하고 있습니다."

이 자식이 입을 열 때마다 구라를 자연스럽게 줄줄 뱉고 있지 않은가. 나는 기겁한 얼굴로 갈리아를 훑어보다가 다시 그의 손에 붙들려 한 걸음 더 밀려났다. 뜻밖에도 나 대신 사회적 대처를 해 주겠다는 듯한 믿음직스러운 태도였다.

평소의 행동거지를 떠올리면 이놈이 왜 갑자기 나를 도와주는지 의문스럽기만 했지만, 어쨌든 나로서는 고마운 일이었다. 어쩔 수 없이 뒤편에 물러나 있는데, 이리나 경이 눈썹을 찡그렸다가 조용히 물었다.

"그런데 왜 지금은 대공 각하의 곁을 지키지 않고 이곳에 있습니까?"

"연인이신 옐레체니카 백작님을 호위하는 일이 제 최우선 업무로 주어졌기 때문이지요. 방금 막 도착하여 백작님께 먼저 인사를 드리는데 포탈이 열린 것입니다. 늦게 인사를 드리게 되어 죄송합니다."

부드럽게 튀어나온 말을 듣고 순간 사레라도 들릴 뻔했지만 간신히 참아 냈다. 일단⋯⋯. 공식적으로는 그런 것으로 해 두었으니 할 말이 없다.

"처음 듣는 일이군요."

"처음 들으시겠지요."

갈리아가 산뜻하게 대꾸했다. 지금껏 정중히 굽히고 있던 허리를 펴며, 싸늘하게 붉은 눈을 내리깐 갈리아가 차갑게 말했다.

"지금껏 그분의 곁을 지키신 일이 없지 않으십니까?"

안심하고 뒤로 물러나 있으려던 내가 입을 떡 벌리는 순간, 그가 빠르게 첨언했다.

"어느 한 순간, 제 주군께 관심을 보이신 일이 없을 테니 아실 일도 없겠지요."

아니, 이 자식이 지금 또 무슨 분탕질을 치려 한단 말인가? 본능적으로 기겁한 내가 그의 등허리에 빠르게 주먹을 날리든 말든, 역시나 별로 영향을 받지 않은 듯한 갈리아가 공격적으로 덧붙였다.

"그분이 스스로 생각하시길, 자신의 곁을 지켜 주었다고 판단한 사람은 백작님뿐입니다. 그리고 백작님께서 기억을 잃으시고 위험에 처하신 이 시기에, 제 주인께서 스스로 백작님을 가장 우선적으로 지키겠다고 결정하셨다면, 저는 제 주군의 의사를 존중할 작정입니다. 제 주군의 세계에 백작님만이 남게 된 것에 누구의 어떤 행동이 원인이 되었든, 그 세계에 백작님을 두기로 선택하신 주인의 뜻을 왜곡하거나, 부정하려 하신다면 저는 받아들일 수 없습니다."

거기까지 말하고 갈리아가 다시 특유의 빈정거리는 태도로 생긋 웃더니 페도라를 고쳐 썼다.

"인사도 드릴 겸, 그 얘기가 하고 싶었습니다. 가시죠, 백작님. 피곤하지 않으십니까?"

"어?"

넋이 나가서 멍청하게 반문하는 순간 갈리아가 내 목에 다짜고짜 격투기 기술을 걸듯 팔을 감더니, 그대로 나를 질질 끌고 가기 시작했다.

아연히 서 있던 이리나 경의 표정이 더더욱 일그러지는 사이, 세레나가 황급히 끼어들어 그녀를 푸른 숲으로 안내하기 시작했다. 세레나의 걱정 어린 시선이 마음속에 비수처럼 박혀 들었다.

"미친놈아, 도와주러 온 사람한테 왜 시비를 걸어?"

"이제 와서 부모 노릇을 하려는 게 엿 같아서. 물론 여전히 부모 노릇이라곤 안 하는 수도의 다른 쪽도 엿 같지만 말이야."

다급히 속삭이자 아니나 다를까 예절이라곤 밥 말아먹은 대답이 돌아왔다.

"당신도 기분 엿 같았잖아?"

"엿 같기는 했지!"

"거봐."

"아무리 그래도 정말 면전에 대고 댁이 엿 같다고 말하는 게 지각 있는 사회인으로서 말이나 되는 행동이냐?"

"나는 지각 있는 사회인 같은 게 아니야. 당신도 알잖아, 백작."

"아, 그야 그렇지만, 애초에 너는 왜 그렇게까지 대공한테 충성, 충성이야? 따지고 보면 나한테도 잘해야 하는 거 아니냐?"

"뻔한 소리를 하는군."

짜증스레 대꾸한 갈리아가 성큼성큼 우리 뒤를 따라오는 레일리를 흘긋 바라보았다가, 신경질적으로 대답했다. 분탕질을 치기는 했지만 나름대로 상황 설명을 듣고 오기는 했던 건지, 레일리를 의식해 적당히 우회적으로 돌린 표현이었다.

"주인만이 나를 살아 있는 인간으로 온전히 대우했다. 무엇도 아니지만 무엇으로 살아도 좋다고."

순간적으로 반항을 멈춘 내가 얌전히 끌려가기 시작하자 갈리아가 나를 제대로 안아 들고 빠르게 이동하기 시작했다. 레일리에게 따라잡히고 싶지 않은 듯했다. 그리고 나는 그저 갈리아의 말을 곱씹고 있었다.

'무엇도 아니지만 무엇으로 살아도 좋다고'…….

"원한다면 원하는 만큼 머물러도 좋다고 했어."

아마도 알렉시스 에슈마르크 본인이 누군가에게서 듣고 싶었던 말일 것이다. 갑자기 목이 꽉 막힌 것 같았다. 갈리아는 아무렇지도 않게 첨언하고 있었다.

"그러니 그 사람이 무슨 반인륜적인 짓을 하든, 내 세계에 인간인 것도 그 사람뿐이야."

숙소 안에 나를 밀어 넣은 후 마지막으로 레일리를 흘겨본 갈리아가 침대 머리맡에 불퉁하게 팔짱을 끼고 앉았다. 뒤따라 천막을 걷으며 난입한 레일리가 갈리아를 보고 불쾌한 표정을 짓든지 말든지, 갈리아는 내 쪽만 바라보며 자신의 할 말만 했다.

"그러니 그 사람을 온전히 인간으로 대우해 준 유일한 상대가 유리 옐레체니카, 당신이고, 당신이 기억을 잃어서 이제는 과거의 요란한 인생에서 달아나고 싶어졌음에도 결국 주인을 놓아두지 않겠다고 결정했으니, 나는 주인이 원하는 대로 당신을 지킨다."

그 말을 들은 레일리가 대번에 인상을 썼다. 하필이면 끝내주는 타이밍에 우리를 따라잡았고, 오해의 여지도 대단한 발언이 아닌가.

내가 안절부절못하며 그들을 번갈아 바라보는 사이, 갈리아가 여전히 뻔뻔한 얼굴로 본인의 말을 마쳤다. 흘긋 레일리를 일별하면서 튀어나온 말이었다.

"물론, 무엇으로부터든 말이야."

그리고 그 순간부터 급속도로 분위기가 험악해졌다.

됐으니까 대공 본인이나 빨리 와서 이 짐승만도 못한 놈들 사이에서 나를 안전하게 빼돌려 주면 좋겠다는 생각이 벼락처럼 스쳐 가는 순간이었다.

* * *

그로부터 사흘간 개 같은 나날이 이어졌다. 집 지키는 번견을 자청한 두 마리 들개 놈들 때문에 나만이 환장하고 있었다. 정말 미칠 지경이었다. 갈리아는 레일리에게 추호도 틈을 주지 않으려 했고, 레일리는 갈리아의 정체에서부터 하는 짓까지 모든 것이 마음에 안 드는 눈치였다.

사실 레일리의 불쾌함은 이해가 갔다. 그도 그럴 것이, 애초에 갈리아가 '엄마' 따위의 망언을 지껄이며 나타나기도 했고, 마치 내가 온전한 알렉시스 에슈마르크의 사람이기 때문에 갈리아가 직접 나를 지키게 되었다는 식의 발언까지 덧붙이지 않았던가? 그렇다고 내가 적당히 설명을 해 오해를 풀어 줄 수도 없었다.

사실, 갈리아를 두고 에슈마르크 대공의 근접 호위자라고 소개해 본 일이 있기는 하지만 레일리는 귓등으로도 듣지 않았다. 그는 이미 모든 상황을 고까워하고 있었다. 원래부터 존재하지 않았던 그의 신뢰는 일찌감치 바닥이 났다. 자업자득이다. 그 문제에 대해서만은 솔직히 할 말이 없었다.

게다가……. 레일리의 입장에서는 겨우 잘 풀리고 있었는데 갑자기 상황이 개판이 된 기분일 것이다. 역시 젠장, 내가 너무 귀엽게 삐삐거린 탓인가? 빌어먹을 일이었다.

그리고 사흘간 그들의 대치 사이에 껴서 눈치를 살피며, 나도 레일리에 대해 다시 생각해 볼 시간을 갖게 됐다. 요컨대, 내가 '나를 존중해.'라고 요구한 직후 그가 보인 대응에 대해서 말이다. 그는 막돼먹은 방식이기는 했지만 본인 나름의 '존중'을 시도했다. 내가 조금 더 구체적으로 요구한다면, 그 요구에도 맞추려 할 것이다.

레일리 크라하를 고쳐 쓸 수 있다면……. 그가 고쳐 쓰는 것이 가능한 인간이라면……. 개선될 수 있고, 학습할 수 있는 개체로서의 인간이라면 말이다. 그렇다면 그것이 진짜 인간이 아니고 무엇일까? 다른 사람들은 몰라도 레일리만은 외면하고 싶었는데, 제 무덤을 판 것처럼 외면할 수 없게 되고 말았다.

레일리 크라하는 형편없는 인간이지만 개선될 수 있는 인물이기도 하다. 내가 요구하면 내 요구에 맞추려 하고 있다. 기본적으로 말이 안 통하는 놈이기는 하지만 들으려고 노력은 한다.

그렇다. 그는 노력하고 있다. 그가 갖고 싶은 유일한 것을 포기하지 못해서, 다른 것은 전부 맞춰 주겠다고 행동으로 표현하고 있는 것이다.

나는……. 노력하지 않고 있다. 노력할 의지도 없었다. 세레나는 서로 맞추라고 조언했지만, 사실 나는 그에게 맞출 생각이 처음부터 없었던 것이다. 레일리가 맞출 리 없으니, 나도 맞출 필요 없다고 스스로 합리화하면서.

하지만 젠장, 이 꼴을 보란 말이다.

일회성인 사랑 하나만 보고 이 세계에 머무를 수는 없다. 한철의 지나가는 감정에 휩쓸려 내 인생을 포기할 일은 없다. 그러고 싶지도 않다.

솔직히 말하자면 적당히 거짓말을 해서 네 곁에 있겠다고 할 수도, 물론 그럴 수도 있었을 것이다. 하지만 그럴 수는 없었다. 그것만은 할 수 없다.

거짓으로 말하고 나면 그것이 진실이 될까 봐 두려운 것이다.

오늘도 나한테만 잔뜩 날을 세워서 쏘아붙이는 이리나 경의 앞에 앉아 열심히 딴청을 부리며 꾹 참고 있다가, 텐트로 돌아가는 길에서야 돌덩이를 퍽 걷어찼다. 스트레스가 한계치에 달해 있었다.

애셔는 에포닐 공작으로부터 푸른 숲의 이권을 지키고, 그러면서도 푸른 숲 마력 요동의 책임은 지지 않기 위해 나름의 치열한 신경전을 펼치고 있었다. 사태를 파악하기 위해 푸른 숲 탐사 팀을 꾸리려 한다는 소식을 어디에서 전해 들었는지, 아직 우리에게도 발표하지 않은 애셔의 계획이 이미 그녀의 손아귀에 있었던 것이다.

결과적으로 애셔 황태자는 연합국의 요원들을 푸른 숲 내부에 함께 들여보내겠다는 에포닐 공작의 주장을 차단하는 것만으로도 바빴다. 그는 첫날의 유들유들한 우회 이후로는 내 역성을 들어 줄 수 없는 입장이 됐다. 그럴 여유가 없어진 것이다.

내 마음을 치유해 주는 인품의 에덴, 세레나도 이번에는 도움을 주지 못했다. 그녀는 푸른 숲 주변을 주로 살펴본 담당자였지만 고위 계층의 회의에 참석할 수 있을 정도의 권위를 지니지는 못했다. 아직은 마땅한 공훈도 없다.

결국 세레나가 참석하지 못한 회의에서 애셔마저 계속 날을 세우고 있으니, 나는 아군도 없이 낙동강 오리알 신세가 됐다. 회의석에 있을 때마다 가시방석에 앉은 기분이었다.

더구나 마이어 후작은 계속 묘한 태도로 나를 지켜보고 있다. 대공과의 관계가 문제인지, 집사와의 관계가 문제인지, 세레나와의 관계가 문제인지, 갈리아와의 관계가 문제인지는 알다가도 모를 일이었다. 어쩌면 유리 옐레체니카의 과거 전적이 문제일 수도 있다.

젠장, 문제가 너무 많다.

그래도 그나마 그가 지금 이 상황에서는 나를 온전히 '처결해야 할 적'으로 당장 판단하지는 않으리라는 믿음이 있다. 그야말로 유일하게 위안이 되는 점이었다. 나는 괜히 긁어 부스럼을 만들지 않기 위해 마이어 후작과의 자세한 대화를 일단 죄다 보류한 채 그저 침묵하고 있었다.

이리나 경은 계속 나를 고까워하지만, 일단 그 이유는 알렉시스 에슈마르크와 괜한 모의를 해 그를 사지로 몰아넣었기 때문인 듯했다.

알렉시스 에슈마르크에 대한 애정이 가슴 깊이 있었다면 일찌감치 아이를 방치하지는 않았을 것이다. 그러니 애정 따위의 시시콜콜한 이유 대신, 대공의 실각이 곧 이리나 경의 실각과 연결되기 때문이라는 현실적인 이유를 떠올려 볼 수도 있을 것이다. 납득이 가기는 했다.

하지만 어쨌든 이리나 밀락테이트는 조금 까탈스럽게 굴 뿐, 그런 소득 없고 사소한 이유로 사람을 죽일 만한 위인은 아니었다. 애초에 본래도 예민한 성품을 지닌 마법사였다는 이야기를 마법사단의 다른 사람들에게서 들었다.

에슈마르크 대공과 관련된 사연을 모르는 그들은 이리나 경이 워낙 완고하고 날 선 면이 있고, 이번 일도 백작님의 도움이 있으면 쉽게 끝날 만한 안건이었는데 졸지에 복잡해졌다 여겨 그러실 거라며, 부디 성질 죽이고 참아 달라고 부탁했다.

본래 성품이 그런 것은 맞을 것이다. 사실 유리 옐레체니카가 개인적으로 좀 싫을 수는 있어도 고작 그런 이유에서 유리 옐레체니카를 죽일 만큼 뷔올의 국가적 상황을 모를 사람도 아니었다. 애초에 이 시점에서 유리 옐레체니카를 죽인다고 해서 에슈마르크 대공의 상황이 나아지지는 않는다.

오히려 전력을 잃는 꼴이 될 뿐이었다. 그러니 이리나 경에 대해서는 심적 의심을 한 단계 낮춰 두었다.

그렇다. 높은 확률로 마이어 후작의 소행이다. 이제는 거의 확신에 가깝다. 하지만 내가 빙의한 이래 관계가 상당히 달라졌으니, 당장의 죽음을 걱정하지는 않을 요량이었다.

물론, 앞서 떠올렸듯이, 나는 유리 옐레체니카라는 인물에 대해서는 여전히 확신이 없다. 이런 식으로 마이어 후작과 태자의 진영에서 유리 옐레체니카의 진실을 알아냈다면……. 만에 하나라도 그들이 진실을 눈치챘다는 사실을 남몰래 인식했을 때, 과연 유리 옐레체니카가 최소한의 경계조차 없이 호락호락 죽어 주었을까?

어쩌면 그녀는, 일부러 목숨을 내주었을지도 모른다. 근거도 이유도 없지만 그런 생각이 자꾸만 들었다.

하지만 그렇다면, 어째서? 삶에 미련이 없는 인간이었다는 것은 익히 알고 있었지만, 그렇다고 해서 굳이 죽어 줄 이유는 없다. 그녀는 어째서 마이어 후작의 의도대로 죽겠다고 결정했을까?

"회의가 끝났으니 티타임을 준비해 두지요."

"백작님은 한숨 주무시는 편이 낫지 않을까? 회의에서 또 밀락테이트 대마법사와 충돌했는데 말이야."

"마스터는 달콤한 디저트와 따뜻한 차 한 잔을 마시며 스트레스를 해소하신다. 알지도 못하면 입을 놀리지 말아야지."

"댁 면상 보며 티타임을 갖고 싶진 않을 것 같은데?"

"……."

언짢은 표정으로 반박하려던 레일리가 반사적으로 나를 바라봤다. 내가 윽 소리를 내며 그들 두 사람을 모두 외면하고 성큼성큼 걷기 시작하자, 레일리는 별다른 부정의 말을 꺼내지 않고 내 뒤에 따라붙었다.

내가 자신을 피하고 있다는 사실은 그도 알고 있다. 나도 그에게 마음이 쓰였다. 하지만 나는 이제 정말 어쩌면 좋을지를 알 수가 없어졌다. 애초에 저런 놈을 어떻게 대해야 할지도 모르겠고, 이런 상황에 어떻게 대처해야 할지도 알지 못한다.

"끄으응……."

제길, 이 꼴을 보란 말이다. 안 그래도 복잡한 이런 상황에, 개 같은 개자식 두 놈은 내 양옆에 붙어서 자꾸만 신경을 긁고 있다. 생각을 정리할 틈조차 없다. 할 수 있는 생각이라곤 그들에 대한 것뿐이었다. 나는 저항하지도 못하고 휘말렸다.

이 두 사람을 눈앞에 두고서는 사실 내 입장을 변호할 수도 없었다. 이 상황에 뭘 어떻게 변호하란 말인가? 그저 묵비권만을 행사하고 있을 뿐이었다. 아, 역시 미칠 노릇이었다.

그런데 그때, 갑작스러운 돌풍에 머리칼이 마구잡이로 휘말렸다. 사방의 마력이 삐걱삐걱 요란한 소리를 내며 작동을 시작했다. 으악 소리를 내며 넘어가다가 레일리에게 붙들려 겨우 바로 서는데, 고개를 빼 들었던 갈리아가 탄식처럼 토해 냈다.

"이동 마법이다, 백작. 이번엔 분명 주인이야."

그가 말하기 전에 나도 이미 확신하고 있었다. 기다리던 조언자가 도착했다. 나는 발딱 몸을 세우고 조급하게 걷기 시작했다. 사나운 얼굴로 나를 내려다보던 레일리도 뒤늦게 다시 나를 따라 걸었다.

다들 비슷한 생각을 한 모양이었다. 이 타이밍에 올 만한 이는 대공밖에 없다. 곳곳에서 마중을 나온 고위 인사들이 가는 길에 합류했다. 그리고 중앙의 거대한 광장으로 막 사람들이 모일 무렵, 포탈이 툭 사람을 뱉어 냈다.

"헉, 뭐요. 이 부담스러운 인원은."

유감스럽게도 마티어스 에이미였다. 내 표정이 반사적으로 실망과 짜증으로 가득해지자, 일제히 실망을 감추지 않는 사람들 사이에서 그나마 안면이 있는 나를 향해 걸어오던 마티어스 에이미가 눈썹을 역팔자로 꺾었다.

도수 높은 뿌연 안경 너머로도 험악하게 인상을 쓴 그가 내게 성큼성큼 다가오며 그게 뭔 표정이냐고 따져 묻는데, 미처 닫히지 않던 포탈이 우드득 소리를 내며 뒤늦게 닫혔다.

포탈의 문을 닫으며 마지막으로 내려선 것은, 다행스럽게도 모두가 기다리던 사람이 맞았다.

"각하."

알렉시스 에슈마르크에게 호의적이던, 그리고 정확한 사정은 몰라도 뭔가 문제가 생겼으리라는 것 정도는 짐작하던 사람들이 저마다 알렉시스 에슈마르크를 부르며 다가서려 했다.

그런데 가만히 서서 머리칼을 만지며 쭉 시선을 깔았던 알렉시스 에슈마르크는 천천히 좌중을 훑다가 나를 발견하자마자 성큼성큼 내게 다가오기 시작했다. 먼저 나를 향해 다가오던 마티어스 에이미를 단번에 제칠 정도로 다급한 태도였다.

사실 처음엔 나도 반가운 마음에 다가가려 했었는데, 그 기백이 어쩐지 여간 것이 아니었다. 반사적으로 박력에 밀려 두어 걸음 주춤주춤 물러서려는데, 아니나 다를까 알렉시스 에슈마르크는 이번에도 다짜고짜 사람을 품에 넣고 꽉 끌어안기부터 했다.

"아, 이 인간이 또!"

이 짓 좀 하지 말랬는데 시정되는 것이 없었다. 나도 모르게 부지불식간에 소리를 빽 내질렀다.

그런데 알렉시스 에슈마르크의 반응이 어쩐지 묘했다. 그는 내 어깨와 목덜미 근처에 얼굴을 묻고, 내 등허리를 소중한 것처럼 감싸 쥔 채, 가만히 호흡을 고르기만 했다. 귀나 꼬리가 달려 있었다면 축 처진 채 시무룩해져 있을 것만 같았다.

솔직히 마음이 쓰였다. 황제와 대면해서 얼마나 개 같은 대화들을 나누다가 왔을까? 그것도 장장 일주일 이상을 소요한 협상이었을 것이다.

반사적으로 위로하듯 등을 토닥이다가 손을 멈췄다. 저번에 안겼을 때보다……. 말랐나?

"알렉시스?"

나는 인상을 쓰고 고개를 기웃거리다가 가까스로 그의 어깨에 머리를 묻고 조심스럽게 물었다.

"왜 그래요?"

그때에야 깊은 숨을 토해 낸 대공이 희미하게 띄엄띄엄 대답했다.

"애니멀 테라피……."

내 등을 두어 번 다정하게 보듬듯이 쓰다듬은 그가 다정스럽게 말했다.

"그런 게 필요했네. 그대 하는 짓만 보면 근본 없고 짐승 같으니까. 역시 좋군."

"뒈지고 싶냐?"

그리고 또 이성적으로 생각하기 전에 반사적으로 취한 대응이었다. 나는 주저 없이 대공의 명치에 주먹을 박아 버리고 말았다.

내가 다짜고짜 대공의 명치에 주먹을 박아 버리는 바람에 주변 사람들은 모두 침묵에 사로잡혔다. 뒤늦게 상황을 인지한 나는 슬그머니 눈을 굴려 주변의 눈치를 살폈다가 슬쩍 손을 뺐다.

"거, 그 뭐냐. 그러니까 개소리는 정도껏 하셔야죠."

"이런 점이 짐승 같다고는 생각하지 않나."

전혀 아프지도 않았을 거면서, 알렉시스 에슈마르크는 보란 듯이 명치 근처를 문지르며 나를 놓아줬다. 나는 민망한 얼굴을 하고 슬쩍 물러났다가 다시 그를 위아래로 훑어봤다. 여느 때와 비슷한 모습이었지만, 확실히 평소와는 조금 달랐다.

기운이 없는 것 같기도 했고, 주눅이 든 사람 같기도 했다. 물론 정말로 주눅 든 사람이 이렇게까지 뻔뻔하고 능글맞게 굴 수 있다면 그건 또 그것대로 문제겠지만, 그저 느끼기에 분위기가 그랬다는 것이다.

"이봐요."

"왜 그러지."

"안겨 보니 이전보다 마른 것 같은데, 정말 무슨 일 있었어요?"

나는 머리칼을 헝클어트리고 슬쩍 시선을 회피하며 다시 물었다.

"기운도 없어 보이고."

"그대가 그렇게까지 나를 잘 아나?"

"아, 뭬. 아는 척해서 죄에송함."

목소리에 웃음기가 섞여 있기에 빈정거리는 말인 줄 알고 대번에 날카로운 반응을 꺼냈는데, 정작 돌아본 대공의 표정은 더없이 평화로워 보였다. 따스해 보이기까지 했다. 꼭 무언가 소중하고 귀히 여기는 것으로부터 극적인 마음의 안식 따위를 얻은 사람처럼 보일 지경이었다.

주변에서 하도 대공과 무슨 관계냐고 물어서 그런지, 꼭 그 시선에 애정이 섞인 것처럼 느껴지기까지 했다.

나는 주춤 물러서다가, 뒤에 시립해 있던 갈리아와 레일리에게 등을 툭 부딪치고 말았다. 그 말인즉 저 표정을 함께 봤다는 얘기가 된다…….

제기랄, 뒤를 돌아보기가 더없이 싫어졌다…….

"이봐, 알렉."

그때 오델 에포닐이 시원스럽게 알렉시스 에슈마르크를 부르며 그의 어깨를 뒤에서부터 퍽 치고는 그 너머에서 빼꼼 고개를 내밀었다.

"자네가 옐레체니카 백작과 막역한 관계라는 소문은 익히 들어 알지. 하지만 나는 내가 먼저 푸른 숲에 온 후 '그쪽'에서 어떤 식으로 결론이 났는지부터 듣고 싶은데. 두 사람의 해후는 뒤로 미루면 안 되나. 자네 조카도 기다리고 있고 말이야."

푸른 숲에 오기 전에 수도에 머무르며 에포닐 공작도 어느 정도는 상황을 파악한 모양이었다. 나름의 대립국이기는 하지만, 사실 뒤쪽으로 교류가 있는 상대이기도 했으니 어쩔 수 없었다.

황제와 대공을 중심으로 해 비밀리에 교류하던 사이인데 그 둘 사이에 불화가 생겼다. 더구나 그 수상쩍은 분위기가 이렇게까지 공공연히 드러난 상황에서는 더더욱 감추기 곤란했다. 마냥 숨기기도 어려운 일이었다. 그녀의 말대로, '설명'이 필요한 순간이었다.

실제로도 애셔 역시 몇 걸음 뒤쪽에서 기다리다가 빙그레 웃으며 소극적인 동의의 제스처를 취해 보였다. 엄지만 들어 뒤쪽을 슬쩍 가리킨 에포닐 공작이 연기를 푹푹 뿜어내는 궐련을 다시 입에 물고는 나를 바라보았다가 호의적인 미소를 지어 보였다.

"옐레체니카 백작도 이야기를 전해 듣고자 기다리고 있었겠지만, 미안하오. 내 잠시 선수를 뺏지."

"괜찮습니다. 중요한 일에도 우선순위가 있는 법이니까요."

"아름다운 분이 마음씨도 곱군."

회의 테이블에서의 논의를 제외하면 직접 대화를 나눈 것은 처음이지만, 에포닐 공작이 더없이 살갑게 말했다. 그녀는 내 손을 잡아 올려 기사 계급의 사람처럼 손등에 키스를 남기기까지 했다. 타국의 공작씩이나 되는 사람의 추파를 받으며, 나는 내 뒤에 서 있을 양아치 같은 집사 놈이 혹시 감히 연합국의 재상에게 살의를 보이고 있는 것은 아닐지나 걱정하며 조마조마해졌다.

오델 에포닐은 내 걱정을 아는지 모르는지, 특유의 태연한 얼굴로 깔끔하게 덧붙였다.

"특히 당신이 지닌, 그 화려하고 우미한 능력에 관심이 많아. 연합국에는 마법사가 귀하거든. 정령사는 더더욱 희귀하지. 조만간 우리 여인끼리 이야기할 자리를 만들겠소. 그때 더 다양한 이야기를 나눕시다. 백작이 무엇을 좋아할지 모르니 간간이 즐길 간식거리는 모쪼록 다양하게 준비해 두겠소."

"아, 네. 언제든지 불러 주십시오."

"타국의 인재 영입은 적어도 황족이 없는 자리에서 해 주셔야지요."

결국 가까이 다가온 애셔가 말을 끊으며 끼어들었다. 그가 나를 향해 눈짓을 해 보였다. 빠져나갈 수 있게 조치를 취해 줬으니 대응하지 않아도 된다는 투였지만, 사실상의 경고였다.

그도 그럴 것이, 애셔 황태자의 견제는 어느 정도 진심이었다. 지금 상황에서 알렉시스 에슈마르크가 나를 데리고 연합국에 망명하겠다는 뜻을 밝히더라도, 뷔올에서는 할 말이 없다.

나는 어설프게 웃으며 에포닐 공작의 손에서 슬그머니 손을 **뺐다**. 그리고 어색하게 웃으며 슬그머니 한 발을 더 뒤로 **뺐다**. 그들 사이에 끼고 싶지는 않았다.

오델 에포닐도 더 이상 내게 수작을 걸지는 않은 채 별수 없다는 듯 눈썹을 찡그리더니, 에슈마르크 대공에게로 고개를 기울였다.

"어쨌든 피차 서로 모든 것을 짐작하게 된 상황에서 눈 가리고 아웅 하는 짓은 안 할 거라고 믿어."

"물론 그럴 수는 없지."

알렉시스 에슈마르크가 뒤늦게 매무새를 정돈하며 담담히 말했다.

"그럼 백작, 그대에게는 조금 있다가 따로 찾아갈 테니 잠시만 기다려 주게."

"네."

그렇게 그들이 회의용 천막으로 떠나자마자 나도 재빨리 자리를 벗어났다. 어쩌다 보니 각국 정상들 사이에 껴서 영입 제의까지 우회적으로 받은 탓에 얼굴이 따가웠다.

결국 나는 조급하게 걸어 내 천막으로 돌아와서 침대에 털썩 주저앉기부터 했다. 하지만 내 천막 안이라고 해서 화기애애하고 편안한 분위기인 것은 당연히 아니었다. 오히려, 이쪽의 분위기가 더 별로였다.

팔짱을 낀 채 내 곁에 시립한 레일리와는 말 섞는 일을 회피하며 시선조차 마주치지 않는 중이다. 그가 나를 존중해 보이겠다고 먼저 선언한 시점에서 생각할 문제가 많아졌기 때문이다.

그렇다 보니 현재로서 유일한 대화 상대는 갈리아뿐인데, 그는 무슨 생각인지 자신의 짐 가방이나 뒤지기 시작했다. 총체적 난국이었다.

덕분에 어쩔 수 없이 숨 막히는 침묵이 이어졌다.

"……."

"……."

심지어 레일리는 더없이 기분이 나빠 보였다. 그런데도 단 한마디도 제 감정을 드러내지 않고 있다는 점이 더 수상쩍었다. 나는 원치 않게 심각한 긴장 상태에 놓이고 말았다. 그런데 그때, 다행히 침묵이 깨졌다.

"댁들 내가 자리 비운 사이에 계속 그러고 있을 거야?"

제복처럼 생긴 옷 몇 벌을 꺼낸 갈리아가 뒤늦게 말을 걸었다. 그냥 넘길 수 없는 발언이었다. 이 자식이 왜 나를 두고 자리를 비운단 말인가?

"너 어디 가게?"

"주군의 뒤를 지켜야지. 적어도 저런 회의 자리에서 뒤에 강력한 수행원 한 명 정도는 붙이고 계셔야 하지 않겠어."

"그럼 왜 바로 안 따라가고 나랑 같이 있었나?"

"수행원답게 갈아입어야 할 것 아냐. 주인의 체면을 깎으면 그게 수행원 자격 미달이 아니고 뭐야?"

갈리아가 그것도 모르냐는 듯 짜증스럽게 반문했다. 나는 그를 물끄러미 바라보다가 툭 되물었다.

"너 그 정도면 참사랑 아니냐?"

"닥쳐, 백작."

싸늘하게 쏘아붙인 갈리아가 주저 없이 옷을 벗었다. 그나저나 내 앞인데 그냥 벗는 거냐? 아무튼 저놈에게서 나에 대한 배려 따위는 추호도 찾아볼 수 없다.

물론 나라고 해서 딱히 사양할 이유는 없었다. 남자의 벗은 몸이 눈앞에 있고 본인도 저어하지 않는데 구경을 삼갈 이유는 없다. 볼 것 없는 몸도 아니고, 오히려 눈 호강에 감사할 일이 아닌가. 나는 턱을 괸 채 갈리아의 몸을 찬찬히 구경하다가 뒤늦게 레일리의 눈치를 살피고 시선을 거뒀다.

레일리는 여전히 기분이 나빠 보였다. 짐작 가는 이유가 너무 많고, 그중 무엇이 진짜 이유든지 레일리 크라하가 너무 졸렬해서 할 말이 없다. 그런데 시선을 피했던 나는 얼마 지나지 않아 고개를 기우뚱 기울였다가 다시 갈리아를 관찰했다. 잔 근육이 빼곡하게 잡힌 몸 곳곳에는 지렁이 같은 흉터가 그득했다.

"너 왜 그렇게 흉터가 많냐?"

"온 세상 사람들이 댁처럼 꽃밭에서만 사는 줄 아냐?"

"아니, 실력도 좋은 놈이 그렇게까지 크게 다칠 일이 많았을 것 같지는 않으니까 하는 말이지."

애초에 공식적으로 알려지지 않았을 뿐, 지닌 능력만은 소위 전투계열 초월자라 불리는 자들과 비슷한 수준인 놈이 아닌가? 그에 비해 하고 다닌 일은 잔챙이로 봐도 좋을 법한 반인 몇을 살해한 정도에 불과하니, 흉터가 남을 정도로 다칠 일은 거의 없었다고 봐야 했다.

자세하게 말하지는 않았지만 대충 요지를 이해했는지, 제복을 걸쳐 입던 갈리아가 순순히 대답했다.

"크게 다친 적 없어. 회복이 너무 빨라서 적당한 치료를 하기도 전에 아물어 버리니까 작은 상처도 흉터만 크게 남는 거야."

"아하."

결국 레일리 같은 경우였다는 얘기로군. 물론 자기 사람에게 살뜰한 대공의 보살핌 아래에 있었던 만큼 레일리처럼 아예 치료를 등한시하지는 않았을 테지만, 레일리만큼 크게 다치는 경우도 없었을 테니 죄 금방금방 아물었을 것이다. 납득이 가는 일이었다.

"아무튼 나는 그럼 주군의 곁에서 주변을 경계하다가 이따가 모셔 올 테니, 그사이를 못 참고 싸우지들 말고 있어."

검은 제복을 갖춰 입고 페도라를 벗어 두며 꽁지머리를 묶은 갈리아가 한심하다는 듯 우리를 살피며 말했다. 그러더니 그는 그 이상의 별다른 예고조차 없이 곧장 자리를 떠났다. 진짜로 알렉시스에게 충성을 다 바치는 일에는 주저함이 없는 놈이었다.

갈리아의 인사조차 없는 갑작스러운 이탈 덕분에, 졸지에 마음의 대비조차 없이 대뜸 레일리와 단둘이 남겨지게 된 나는 또다시 극도의 긴장 상태에 사로잡히고 말았다.

하지만 레일리는 태연한 얼굴로 물끄러미 나를 바라보다가 험악하게 미간을 좁혔을 뿐, 별다른 말이 없었다. 다시 침묵이 이어졌다. 레일리는 나를 바라보며 팔짱을 낀 채 서 있었고, 나는 되도록 그를 바라보지 않고 있었다.

한참이 지났을 때에야 그가 짜증스레 혀를 찼다.

"대공을 기다리는 동안 티타임이라도 즐기고 계시겠습니까."

이렇게까지 온건한 말이 나올 법한 태도와 표정이 아니었다. 나는 그가 왜 갑자기 이렇게 협조적인지를 고찰하며 슬쩍 시선을 올려 그를 위아래로 훑어보다가, 결국 직접적으로 물었다.

"왜 갑자기?"

그리고 여전히 살벌한 태도로 팔짱을 낀 채 나를 바라보던 레일리가 더욱 인상을 썼다. 그가 싸늘하게 대답했다.

"제가 곁에 있으면 눈치만 보시고 겁먹고 계시지 않습니까."

물론 그건 내가 아는 레일리 크라하에게서 나올 만한 자연스러운 발언은 아니었다. 내심, 조금은, 당혹스러울 정도였다. 그야말로 못 들을 말을 들은 기분이었기 때문에, 눈을 댕그랗게 떴던 나는 뒤늦게 반응했다.

"겁을……. 먹은 건 아니야."

주섬주섬 말해 보았지만 레일리는 별로 믿지 않는 모양새였다. 흘긋 그의 눈치를 살폈다가 얼마 지나지 않아 제대로 그의 말을 이해했다. 그래서 머리칼을 벅벅 헤집다가 불퉁하게 대답했다.

"눈치는……. 네가 자꾸 보게 하잖아."

그리고 한동안 침묵이 흘렀다. 레일리는 다른 대답을 주지 않았고, 나는 더 이상 말을 붙이지 않았다.

한참이 지났을 때 레일리가 담담히 말했다. 이전의 대화와는 조금쯤 맥락이 다른 말이었다.

"당신이 존중받길 바라니 당신을 존중하겠다고 말씀드렸습니다."

그게 존중이란 말인가? 레일리 크라하가 '존중 그거 괜찮다' 따위의 소리를 하며 내게 보였던 쓰레기 같은 행동거지를 떠올렸다가 직접 쏘아붙이려는데, 그가 차분히 덧붙였다.

"하지만 인간을 존중하는 방법 같은 것은 모릅니다. 어떻게 해 드리면 존중받는다고 느끼시겠습니까?"

또 한 번 레일리 크라하에게서 들으리라고는 생각해 본 적이 없는 말이 들리고 말았다. 나는 더더욱 눈을 치떴다가 어물어물 입을 열었다.

"저번에 말했듯이, 내 삶과 선택을 존중하면 되는 거 아니냐."

"애초에 존중이란 건 뭡니까? 키스나 포옹 따위의 단순한 것 말고, 당신의 삶과 선택을 존중하라고 하셨지요. 하지만 당신의 삶과 신택을 존중해 달라는 얘기는, 제 소망을 이루어 줄 생각이 없는 당신의 마음을 그대로 받아들이라는 얘기가 아닙니까? 정작 내가 원하는 것은 추호도 이루어지지 않는데, 무엇 하러 그런 번거로운 일을 해야 합니까?"

"아니, 그걸 말이라고 하냐?"

반사적으로 비난했다가 미간을 누르며 한숨을 뱉었다. 설정을 이따위로 짜 놓은 사람이 다른 누구도 아닌 나인데 누구를 탓하랴. 나는 차근차근 설명을 시작했다.

"나한테 강요하지 마. 네가 무엇을 원하든지, 그걸 줄지 아닐지는 내가 결정해. 네가 갖고 싶은 게 나한테 있다고 해서, 어떻게든 내 걸 뺏어서 네 배를 불려야겠다는 생각부터 애초에 잘못된 게 아니냐."

"남의 것을 빼앗지 않고 어떻게 배를 불립니까? 무언가를 갈취하지 않고는 내 삶을 이어 갈 수도 없습니다."

즉시 되물었던 레일리가 나를 빤히 응시하다가 더없이 침착한 태도로 덧붙였다. 조금은 체념조였다.

"당신은 이해할 수 없겠지요. 저도 당신을 이해할 수 없습니다."

물론 나는 이해할 수 없다. 나는 다른 대답을 꺼내지 않고 조용히 그의 다음 말을 기다렸다. 그가 냉정한 태도로 말을 이었다. 태도와는 달리, 튀어나온 말은 퍽 달콤했다.

"당신이 사소한 기쁨에 행복해하는 멍청하고 단순한 인간이어서 좋아합니다."

"어? 아니, 갑자기 웬……."

갑작스러운 고백이었다. 너무 지나치게 직설적인 화법이기도 했다. 심지어 아무렇지도 않게 멍청이니 단순이니 하는 표현을 섞지 않나. 멀뚱히 반응하다가 뒤늦게 눈을 세모꼴로 뜨는데, 레일리는 동요 없이 계속해서 말하고 있었다.

"당신이 작은 상처에도 벌벌 떠는 겁쟁이에 긴장감 없는 인간이어서 좋습니다. 당신이 단 한 번도 뇌를 난도질하는 격정에 휘말려 허망하고 무가치한 세계를 떠돈 일이 없는 인간이라 좋아하는 겁니다."

그쯤에서 지금껏 최대한 억눌려 있던 목소리가 조금 살벌해졌다.

"제가 그런 삶을 살아 본 적이 없는, 전혀 다른 인간이기 때문이죠."

나는 따로 대답하지는 않았지만 그의 이야기를 계속해서 듣고 있다는 점을 신경 써 드러내기 위해 레일리에게 제대로 시선을 맞췄다. 궁극적으로 무슨 얘기를 하고 싶은 것인지는 모르겠지만, 어쨌든 들어 볼 작정이었다.

레일리도 기다리거나 멈추는 일 없이 말하고 있었다.

"말씀하셨듯이, 유일하지는 않습니다. 다른 단순무식한 인간을 오랜 시간 곁에서 모시게 되었다면 그자에게 대신 요구했을지도 모르지요."

어쩐지 달콤한 표정을 지었지만, 조금 싸늘한 태도였다.

"하지만 결과적으로 제가 곁에 있었던 사람은 당신입니다."

그가 다시 한번 반복해서 말했다.

"어쨌든 제가 얽매이게 된 상대는 당신이란 말입니다."

"그건……. 알아."

나는 기어들어 가는 목소리로 잠자코 대답했다. 나는 그저 레일리 크라하에게 진심으로 대응하지 않아도 될 변명을 갖고 싶었을 뿐이다. 레일리 크라하가 나를 존중하겠답시고 키스를 해도 되냐고 물어볼 때부터 그 사실을 부정할 수 없게 되고 말았다.

"사실 나는 그냥……."

그런데 거기까지 말한 순간, 레일리가 차갑게 말을 끊었다.

"알고 계신 것 압니다."

신경질적으로 대답한 그가 고개를 옆쪽으로 휙 돌려 버렸다. 여전히 내 앞에서 팔짱을 낀 채 서 있었지만, 시선이 마주치는 일은 없었다. 한동안 조용하던 그가 얼마 지나지 않아 다시 말했다.

"알고 계시지만 그저 어떻게든 저와 함께하고 싶지 않아서 변명하고 계실 뿐이라는 사실도 압니다."

대답을 하지는 않았지만, 정곡이 찔렸다. 내가 정곡이 찔려 입을 다물었다는 사실을 레일리 역시 일찌감치 눈치챘으리라는 것도 알고 있었다. 내 반응을 살핀 레일리가 한마디 더 첨언했다.

"당신의 그깟 일찌감치 밝혀진 비밀? 별것 아니라고 생각합니다만 무슨 이유에서인지 그것 때문에 자꾸 주저하신다는 점 또한 확실히 파악했습니다."

그가 살벌하게 말했다.

"그저 저를 거절할 명분만 찾고 계시지요. 아닙니까."

사실 그 말대로였다. 나는 그냥 레일리 크라하에게 휘말리고 싶지 않다. 레일리 크라하에게 끌려들고 싶지 않고, 그의 뜻대로 마구잡이로 휘둘리고 싶지도 않고, 내 인생을 사랑 따위에 바칠 준비는 추호도 되어 있지 않다.

그래서 흐지부지 넘기고 싶었지만, 또 그러고 싶지 않은 마음이 공존하고 있다는 사실을 부정할 수도 없다. 인도적으로도 마냥 흐지부지 넘길 수는 없고 그래서도 안 된다는 생각을 자꾸만 하게 된다. 양심적으로도 괴로운 게 사실이고. 수많은 문제가 겹겹이 쌓여, 나를 이러지도 저러지도 못하게 만들고 있다.

그러니 내가 레일리를 선택할 수 없는 것은 레일리의 책임이고 그의 탓이라고 생각하고 싶다. 제길, 이젠 그런 회피도 다 틀렸다고 생각하지만 말이다.

레일리는 나에게 생각을 정리할 틈도 주지 않고 몰아붙이듯이 말을 이었다. 적지 않게 공격적인 태도였지만, 이번에 꺼낸 말에는 이상하리만치 공격성이 없었다. 공격성이 없다 못해 나를 당황하게 만들 정도로…….

그 성질이 온화했다.

레일리가 잠잠히 속삭였다.

"당신을 겁먹게 할 생각은 없습니다."

그렇다. 부정할 수 없는 일이지만, 나는 그 말에 어떻게 반응하면 좋을지도 미처 모를 만큼 크게 당황하고 말았다. 그 어쩔 길 없는 당황에 떠밀려 한참을 고민하다가, 결국 나는 거르지 않은 대답을 부지불식간에 뱉고 말았다. 일단 진심이기는 했지만, 사실 따지고 보면 조금쯤은 회피를 위한 대답이었다.

"그 꼴로 행동해 놓고 이제 와서 그런 말이 잘도 나온다. 양심은 있냐."

"그런 것은 없다고 일찌감치 말씀드리지 않았습니까."

그가 신경질적으로 대답했다.

"위협답지도 않은 말 몇 마디를 했다고 위협을 느끼신 모양이지만, 제가 애초에 그런 인간이었을 뿐 당신에게 특별히 위협을 가하려던 것은 아닙니다. 물론 이미 말씀드렸다시피 그렇게 해서라도 손에 넣고 싶지만, 정작 주눅이 들어 있는 꼴을 보면 눈에 차지가 않는군요. 당신에게는 별로 효과적인 전략도 아니라고 생각합니다."

"너는 그럴 생각이 없었는데 내가 과민하게 반응한다고 책임을 회피하는 거냐?"

듣다 보니 기가 막혀서 싸늘하게 쏘아붙이는데, 레일리가 내 말을 끊고 억누른 태도로 덧붙였다.

"저는 그렇게 생각하지만, 당신은 저와 있으면 싫으신 것이 아닙니까. 당신은 위협을 느끼고, 긴장하게 되고, 저와 말을 섞고 싶지 않고."

그가 차분히 말했다.

"얼굴을 보면 마음이 불편해지는 것이 아닙니까."

그런 것은 아니라고 말해 줘야 하는 타이밍이겠지만, 솔직히 말해 사실이 그러기는 했다. 나는 지금껏 나를 보호하는 일에만 사용되던 레일리의 위압감이 나를 향해 날을 세운 순간부터 그를 내 영역에 마음 놓고 받아들일 수가 없게 됐다.

어쩔 수 없이 입을 꾹 다문 채 그를 빤히 지켜보고 있자, 레일리가 잠깐 한숨을 내쉬었다.

"대공은 당신에게 안정감 따위를 느끼게 하는 모양이지만, 저는 타인에게 안정 따위를 줄 수 없는 인간입니다. 위협할 생각도, 겁먹게 할 생각도 특별히 지닌 것은 아니지만, 그렇게밖에 행동할 수 없습니다. 무엇을 해도 당신이 내주지 않으니 뺏는 것 외에는 방법을 떠올리지 못했습니다. 하지만 뺏으려 하니 더더욱 숨겨 버리시더군요. 당신을 갖고 싶습니다. 주눅 든 꼴이 보고 싶은 것도 아닙니다. 제가 어떡하면 저 스스로 만족스럽겠습니까? 명료한 일이라고 말씀하시고 싶겠지요."

그가 살벌하게 쏘아붙였다.

"그러니 당신에게 맞추고 싶습니다. 적어도 제가 당신을 존중하기 위해 노력하면, 당신도 나를 외면하고 변명거리만 찾으려던 당신 자신의 행동에 가책을 느낄 것이 아닙니까."

"솔직히……. 말하자면, 가책은 이미 느껴. 나는 너한테 대답하고 싶지 않아."

"가책을 느낀 것도 제가 당신을 존중하겠다고 말했을 때부터겠지요."

남의 마음을 읽는 사람처럼 싸늘하게 대답한 그가 험악하게 미간을 좁혔다.

"그래서 당신을 존중하고 싶습니다. 의도와 목적성에 대해서까지 불만을 표출하시면 그 점은 어쩔 수 없지만, 어쨌든 당신은 존중받고 싶어 하니, 당신을 존중하고 싶습니다. 그저 자랑은 아니겠습니다만 뭘 어떻게 해야 당신을 존중하는지를 모릅니다."

이를 갈듯이 씹어뱉다가 다시 고개를 돌린 그가 꾹 억누른 목소리로 말했다.

"그러니 자리를 비워 드리겠다고 하는 겁니다. 눈앞에 있으면 긴장하실 테니, 눈에 보이지 않는 곳에 있겠습니다. 그렇다고 너무 멀리 떨어지면 마력에 짓눌려 또 다치실 것이 아닙니까. 그러니 당신이 좋아하는 티타임을 즐기시라고, 그 준비라도 하겠다고 말씀드린 겁니다."

어쩌면 나는 그냥 이런 인간쓰레기에게서 이런 어울리지 않는 말을 들어서인지 부조화를 느끼고 괴로워하는 것인지도 모른다. 이런 인간쓰레기에게 이런 소리까지 하게 만들었으니 나 자신이 더한 쓰레기라고 느끼게 되어 가책을 느끼는지도 모르고. 하지만 다른 것을 구태여 짐작할 필요 없이, 나는 내가 당혹을 느꼈다는 사실만은 확실하게 인식했다.

나는 당혹스러웠다. 레일리 크라하가 그렇게 말하고 있기 때문에.

그러나 레일리는 내 대답을 기다리지도 않았다. 그는 그저 자신이 하려던 말을 여태 쏟아 냈고, 마저 쏟아 내려 들 뿐이었다. 몸을 돌린 그가 싸늘하게 말했다.

"기다리고 계십시오, 마스터. 차와 디저트를 내오겠습니다."

그리고 정말이지 얼토당토않은 일이었다. 말도 안 되는 일이기도 했다. 내가 스스로 그러기를 바란 적도 없다. 의도치 않았지만, 나는 반사적으로 손을 뻗어, 그의 집사복 뒷자락을 다급히 잡아채고 말았다. 순간 목구멍이 꽉 막힌 것 같았다.

아니, 분명 토할 것만 같다.

조금 가슴이 저릿저릿하고 아팠다. 돌덩이 따위를 심장 언저리에 올려 두고 있는 듯했다. 양심인지 뭔지. 죄책감인지 뭔지.

빌어먹을 일이지만, 어쩌면 그것은 조금쯤, 애정인지도 모른다.

그 생각에 닿고 나니 그만 걷잡을 수 없이 비참해졌다. 레일리의 옷자락을 다급히 잡아채고 그를 올려다보며, 나는 이를 사리물고 꾹 고개를 숙였다.

정말이지 개 같은 일이지만 인정해야 했다. 나는 레일리 크라하에 대한 애정에서 달아나고, 그것을 회피하고 싶었다. 내가 감당할 수 없으리라는 사실을 뻔히 알고, 솔직히 말해 감당해 주고 싶은 생각도 없었기 때문이다.

희대의 인간쓰레기에 재활용도 불가능한 폐기물인 레일리 크라하가 내게 호소했다. 곁에 있어 달라고. 하지만 나는 그 약속만큼은 해 줄 수 없었다. 나에게는 이곳을 벗어나야만 이어 갈 수 있는 나의 삶이 있고, 내 삶을 포기하고 선택할 수 있을 정도로 이 세계에서의 삶과 사랑이 값지지도 않다.

레일리 크라하는 내 우선순위에서 한참을 밀려나 있었다. 그런 상대였다. 내게는 나 자신의, 온전히 내 것인 삶이 그토록 중요할 수밖에 없기 때문에.

이 세계에 머무르는 동안에라도 곁에 있겠다는 식으로 적당히 무마할 수도 있었을 것이다. 하지만 나는 그렇게 무마해서는 안 된다는 것을 직감적으로 알았다. 그 경우 레일리 크라하가 마지막 순간에 제대로 나를 놓아줄 위인인지 아닌지는 부가적인 문제에 불과했다. 인도적으로 레일리를 속일 수 없다든가 하는 논의도 무의미했다.

그저 나는 내가 스스로 그에게 동조하는 말을 하고, 그렇게 행동하기 시작하면서부터 더할 나위 없이 휘둘릴 것이 싫었다. 그에게 휘둘리고 싶지 않다. 나는 누구에게도, 무엇에게도 휘둘리고 싶은 생각이 없다.

나는 아멜리아 레스킷처럼 살고 싶은지도 모른다. 누구에게도 휘둘리지 않고, 무엇에게도 끌려가지 않고, 무엇으로도 할퀼 수 없는 삶. 세레나처럼 살고 싶은 것이기도 하다. 무언가를 추구하거나 새롭게 얻어 내지 않아도 중심이 잡혀 있는 삶. 그저 살아 있는 그 자체로 나 자신의 것으로서 완성되는 삶 말이다.

온갖 생각을 했다. 솔직히 떠올리려면 이유는 무궁무진했다.

여기는 내 세계가 아니니 나는 이곳에 진심으로 휘둘릴 이유가 없다. 레일리 크라하는 내 소설 속의 캐릭터이니, 내가 그에게 느끼는 애정도 진짜가 아닐뿐더러 그가 나에게 느끼는 애정 역시 단지 설정에 불과할 뿐이리라.

그리고 이 모든 논의에 앞서, 나에게는 돌아가야 할 내 삶이 있다. 레일리가 요구하는 것은 줄 수 없다. 레일리는 사람을 존중할 줄도 모르는 인간쓰레기고, 오래 연관되어 좋을 법한 상대도 아니다. 폭력과 무력으로 나를 강제하려는 인간과 깊게 인연을 맺을 생각도 없다. 만일 내가 그를 허락하고 받아들인다고 해도, 나는 그를 곁에 둘 방도조차 모른다. 사실 그런 방도가 있는지 없는지부터 알 수 없다. 나는 그저 괴로웠다.

괴로움의 이유가 무엇이겠는가? 매끄럽게 찾아낸 온갖 변명거리에도 불구하고, 내가 이 개자식에게 마음을 주고 말았기 때문이다. 솔직히 오직 레일리 크라하만이 제공한 계기는 아니었지만, 어쨌든 나는 휘말렸다.

알렉시스 에슈마르크 때문에 여기는 내 세계가 아닌데도 나는 진심이 됐다. 애셔와 세레나는 내 소설 속의 캐릭터에 불과하지만, 나는 그들의 어떤 부분도 온전히 이해하지 못하고 있으며, 그들의 사고방식과 생각을 따라잡지도 못한다. 오히려 그들의 삶이 궁금해지기까지 했다.

다신 없을 개자식에 최종 악당이기까지 할 레일리 크라하는 내가 요구하는 바에 따라 맞추고자 하는 노력을 보였다. 사람을 존중하겠다고 말했다. 행동의 허가를 받겠다고 했다.

나에게는 돌아가야 할 내 삶이 있다. 레일리가 요구하는 것은 줄 수 없다. 사람을 존중할 줄도 모르는 인간쓰레기인데, 그가 되도 않는 논리를 떠들며 노력하겠다고 꺼낸 말을 외면할 수가 없다. 폭력과 무력으로 나를 강제하려는 인간인데도 갱생시켜서라도 인연을 맺고 싶다.

그 이유가 무엇이겠냐고. 정말이지 빌어먹을 일이다.

"네가 말했다시피 나는 유리 옐레체니카가 아니야."

나는 충동적으로 말을 시작했다.

"유리 옐레체니카에 대한 간단한 기본 지식……. 그러니까, 세간에 알려진 것과 큰 차이는 없는……. 그런 정도의 지식만 미리 주입된 상태였어. '꿈'이랑 비슷한 거지."

그 표현을 스스로 말하며 이를 갈았지만, 가까스로 말을 이었다.

"한순간의 꿈이나 계시 같은 거로 유리 옐레체니카와 그 주변인에 대한 기본적인 정보만 가지고 있었어. 그런데 어느 날 눈을 뜨니 강제로 유리 옐레체니카의 몸 안에 있었다. 유리가 무슨 수작을 부린 건지는 모르겠는데, 사실 돌아갈 방법도 몰라. 하지만 나는 돌아갈 생각이야. 말했다시피, 그러지 않고서는 내 삶을 살아갈 수 없으니까."

앞서 스스로 인정했듯, 그를 허락하고 받아들이고 싶어도 그럴 방도가 없다는 것을 명백하게 알면서도.

"내 삶은 그곳에서야말로 나 자신의 삶이고, 그래야만 가치 있다고 생각하니까."

그럼에도 불구하고 나는 주섬주섬 변명이라도 하듯이 말했다. 나를 이해해 달라고 호소하고 싶은 사람처럼 마구잡이로 지껄였다.

"하지만 내가 돌아가는 방법도 모르는데 너까지 데리고 갈 방법은 더욱 없잖아. 나는 네가 원하는 것을 이루어 주겠다고 약속해 줄 수 없어. 여기에 머무를 생각도 없어."

급기야 아무렇게나 뱉던 말은 떼를 쓰듯이 변질됐다.

"네가 나를 찾아오겠다고 말했잖아. 나한텐 방법이 없단 말이야. 방법 같은 거 모른다고! 젠장, 내가 그런 방법 따위를 알 수 있을 리가 없잖아!"

"멍청한 소리."

내 말을 잘라 내고, 레일리가 짜증스럽게 말했다. 내가 온갖 개소리를 하면서 내심 기다리고 있었을지도 모를 대답이었다.

"말씀하셨다시피, 그건 당신이 걱정할 문제가 아닙니다. 당신이 어디에 있는지만 말씀해 주시면 알아서 찾아갈 테니 당신이 걱정할 이유가 없습니다."

"내……. 내가 원래 어디에 있는지도 몰라. 나는 대륙 지도에서 그런 나라를 본 적도 없고, 식민지 정보와도 너무 다르고, 전혀 다른 대륙일지도 모르고, 아니면……."

이성이나 논리 따위는 일찌감치 팔아먹고 온갖 개소리를 나오는 대로 지껄이고 있었지만, 그 말을 꺼내는 순간에는 나도 모르게 주저했다. 두어 번 입술을 달싹이다가 얼굴에서 핏기가 싹 빠져나가는 듯한 섬뜩한 이질 감을 스스로 느끼고야 희미하게 덧붙였다.

"이 세계 밖의 전혀 다른 세계일지도 모른단 말이야."

그리고 레일리는 이번에도 내가 내심 기다리던, 하지만 스스로 꺼낼 수 없었던 대답을 했다.

"그럼 돌아가는 방법을 알게 되면 그다음에 얘기해도 되는 문제가 아닙니까. 그때까지만이라도 우선 약속하면 되는 것이 아닙니까."

그가 부드럽게 말했다. 마치 달콤한 사탕 따위로 나를 꾀어내려는 사람처럼. 명백한 유혹의 태도였다. 레일리 크라하가 달짝지근하게 속삭였다.

"어차피 지금은 방법도 없다면서 왜 밀어내시는 것인지요."

요컨대, 그건 내가 스스로 꺼내고 싶었지만 그럴 수 없었던 결론이다. 레일리 크라하에게서 듣고 싶은 마음에 조금은 비열한 속내로 일부러 유도한 대답이기까지 했다. 하지만 역시 듣지 않는 편이 나았을 것이다. 나는 그럴 수 없는 현실을, 그리고 그 이유를, 사실 누구보다도 잘 알고 있기 때문이다.

"돌아가고……."

다시 목이 꽉 틀어 막힌 것 같았다.

"돌아가고 싶지 않아질까 봐 그러지."

희미하게 중얼거렸다가 그만 지긋지긋한 회의감과 허탈함에 사로잡혔다. 나는 환멸을 느꼈다.

"젠장, 돌아가고 싶지 않아질까 봐 그러는 것 아니야!"

결국 역정을 내듯이 다시 외쳤다. 그리고 스스로 뱉은 말에 더할 나위 없이 겁을 먹었다.

좀 더 정확히 표현하자면, 나는 내가 뱉은 말이 막연히 두려웠다. 사실 처음부터 혹시라도 그 말을 뱉을까 봐 두려워했던 것일지도 모른다. 어느 쪽이든 사실 큰 차이는 없었다. 결과만 놓고 말하자면, 나는 그만 그 발언을 스스로 감당하지 못하고 주체할 수 없이 겁에 질리고 만 것이다.

반사적으로 화들짝 놀라서 레일리의 옷자락을 놓아 버리다가, 그의 손에 단숨에 붙잡혔다. 내 손을 꽉 잡아챈 그가 나를 움켜쥐고 시선을 내리깔았다. 마치 나를 관찰하려는 듯한 태도였다.

그가 무엇을 관찰하려 드는지는 몰라도, 나는 그에게 내 표정을 보이고 싶지 않았다. 통제하지 못한 근육이 엉망으로 일그러지는 것을 스스로 인지하고 있었기 때문이다. 통제하지 못한 것은 사실 내 감정 쪽이었고,

그 균열은 결국 표정으로 드러날 것이다. 표정으로 드러나고야 말 그 비현실적이고 말도 안 되는 바람 따위가, 사랑이니 애정이니 하는 말랑한 감정인 척하며 그에게 일방적으로 말도 안 되는 요구를 호소할지도 모른다고 생각하면 끔찍했다.

감정 따위를 통제하지 못해서 현실을 흔들고 싶지 않다. 내 우선순위를 뒤흔들 생각도 없다. 어리석은 소망에 휘둘려 나 자신을 잃고 싶지 않다. 하지만 결국 못 참고 뱉어 낸 말이 나 자신에 대한 기가 막힌 원망을 불러 일으켰다. 온몸이 부들부들 떨렸다. 레일리에게 붙잡힌 손목이 추위를 느끼는 사람처럼 덜덜 경련하고 있었다.

이를 악문 채 고개를 휘휘 젓고 그의 손을 쳐내려다가, 더 이상 감당 못할 것이 치밀었다. 감정의 격류에 휘말려 레일리에게 붙잡힌 손목 따위는 돌볼 수가 없게 됐다. 스스로 걸러내지 못한 감정이 급기야 목덜미까지 치고 올라왔다. 숨을 삼키기가 어려워졌다. 어깨를 떨며 가까스로 숨을 삼키고, 차근차근 토해 내려다가 이를 악물었다. 나는……. 분했다.

너무나 분해서 견딜 수가 없었다.

결국 말하고 말았다. 말한다고 해서 무언가가 획기적으로 달라지는 않아도, 어쩔 수 없이 끌려가게 될 수밖에 없다는 사실을 알면서도 입 밖에 냈다.

내가 왜 이렇게까지 레일리 크라하에게 호소하고 있는지를 이해할 수가 없었다. 애초에 내가 왜 이렇게까지 휘둘려야 하는지, 감정적으로 끌려가야 하는지도 이해할 수 없다. 왜 하필 내가 이 꼴이 되어야 했단 말인가?

왜 하필 나 자신의 글 속에서?

그때, 장갑 낀 손이 부드럽게 내 뺨 곁으로 내려왔다.

"만져도 됩니까."

레일리 크라하가 부드럽게 물었다. 나는 대답하지 않았다. 그는 더 이상 허가를 구하지 않은 채 다정스러운 태도로 내 뺨을 붙잡았고, 턱을 붙잡아 살며시 들어 올렸다. 밀어내려 했지만 나는 결국 그를 밀어내지 못했다. 결국 다시 시선이 마주쳤다.

보랏빛 눈동자, 입술 아래의 점, 잘 만든 인형 같은 섬세하고 화려한 얼굴, 정갈하게 입은 집사복과, 더불어 나를 깔아 보는 듯한 거만한 시선과……. 형언할 수 없는 현상이었다. 그의 얼굴이 시야 속에서 흐려졌다가, 어렴풋이 흔들리며 맑아지다가, 다시 한없이 흐려지다가. 조금이나마 밝아지고.

그러나 그의 눈이 조금 흔들렸다. 레일리가 희미하게 물었다.

"우십니까."

그렇다, 문제는 한 가지였다. 그 수많은 변명거리와 이유에도 불구하고, 내가 이 개자식에게 마음을 주고 말았기 때문이다. 어떻게든 빠져나가기 위해 그럴싸해 보이는 구멍을 수도 없이 만들어 놓고, 정작 나 자신은 그 구멍을 거들떠도 보지 않은 채 지지부진 끌면서 매달리고 있었기 때문이다.

이게 무엇 때문이겠는가? 이게 무엇이란 말인가?

제길, 이따위 것이 사랑이라고? 이렇게 빌어먹을 것이 어떻게 사랑이란 말인가?

"아니."

차갑게 말했지만 목소리가 형편없이 갈라졌다.

"뇌."

나는 더 이상 말을 하는 대신 이를 뿌득 갈고 조용히 숨을 삼켰다. 그러나 결국 한 번 더 싸늘하게 부정했다.

"아니니까."

말과는 달리 눈물이 뚝 떨어졌다. 한 번 쏟아지기 시작하니 걷잡을 수 없었다. 이깟 소리를 하며 죽어도 울고 싶지 않았지만, 더는 그것을 붙잡아 둘 수가 없어졌다. 입술이 한일자로 눌렸다가, 뜨끈한 숨을 뱉었다가, 내 턱과 뺨을 감싸 쥔 채 강제로 자신을 보게 만든 손을 쳐내고자 그의 손목을 붙들었다가.

"아니니까 제발 놔."

우는소리를 내며 돌연 애원하듯이 그를 움켜쥐었다. 앙다문 볼이 바들 바들 경련했다. 이깟 것이 사랑이면 없느니만 못한 쓰레기 같은 감정이 아닌가. 세레나는 사랑이 내 삶을 조금 풍요롭게 만들어 주는 것으로 족 하다고 했는데, 풍요롭게 만들어 주기는커녕 있던 풍요마저 박살 내고 있다.

이깟 사랑이라면 내게는 필요 없으니 개에게나 줘 버려야 한다는, 그런 식의 분개에 찬 생각을 하며, 나는 빠득빠득 이를 갈고 씹어뱉었다.

"그냥 너를 좋아해."

"우십니까."

여전히 내 얼굴을 놓아주지 않은 레일리가 나를 내려다보며 가라앉은 목소리로 다시 물었다. 나는 그에게 대답을 하기에 앞서, 두 눈을 질끈 감 고, 내가 더는 감당할 수 없었던 말을 가장 먼저 뱉어 냈다.

"너랑 있고 싶어."

그리고 고장 난 사람처럼 반복해 말했다. 레일리. 형편없어진 목소리로 얼간이처럼 굴면서 어깨를 떨고. 나는 도저히 말로 표현할 수 없는 자괴를 느꼈다.

"너랑 같이 있고 싶어."

그 말이 통제 없이 튀어나간 뒤, 레일리가 한동안 침묵했다. 나도 더는 제대로 된 말을 꺼낼 수 있는 상황이 아니었다. 그럴 만한 기력부터가 없 었다. 통제하지 못한 눈물이 후드득 떨어지고 있었다. 그칠 줄도 모르는 것처럼, 나는 그 사실이 너무나, 너무나 감당할 수 없이 비참했다.

그 잠시간의 소모 끝에, 레일리가 여태 붙잡고 있던 내 손목을 비로소 놓아주었다. 여전히 내 뺨을 붙잡아 올리고 있던 그가 한참 후에야 손을 움직였다.

장갑을 낀 손가락 특유의 저항감 있는 감촉이 뺨을 쓸었다. 그의 손가락이 내 뺨을 만지다가 눈가를 쓸었다. 반사적으로 눈을 떴다가 다시 눈이 마주쳤다.

레일리는 생전 처음 보는 생경한 것을 눈앞에 둔 사람처럼 기묘한 표정을 짓고 있었다. 그가 천천히 손가락을 움직여 흠뻑 젖은 뺨에서 눈물을 거둬 갔다. 살짝 젖은 장갑을 향해 레일리 크라하가 문득 시선을 깔았다가, 꼭 너무나 낯선 것을 접한 사람처럼, 물끄러미 눈물범벅이 된 내 얼굴과 그의 손과 물기 어린 뺨을 들여다보듯 응시했다.

그의 시선이 다시 내 눈을 향해 돌아왔다. 레일리의 손끝이 내 뺨을 한 번 더 부드럽게 쓸고 있었다.

아무 말도 오가지 않았다. 온 사방이 고요했다. 그 고요가 내 숨통을 조이는 것만 같았다. 나를 무자비하게 난도질하는 침묵 속에서, 그가 숨을 쉬는 소리조차 선명하게 들려오지 않았다. 숨을 죽인 레일리 크라하가 조심스러운 태도로 내 뺨의 눈물을 닦고 있었다.

염병할 일이었다. 나는 자기 곁에서 뒈지라는 소리를 사랑 고백이랍시고 떠드는 이따위 개자식에게만큼은 우는 꼴을 보일 생각이 추호도 없었는데, 결국 일이 이렇게 되고 말았다. 비참하게도 이 별것 아닌 애정 따위에 져서 내가 내 가장 중요한 우선순위를 혼동하게 될지도 모른다는 불안을 내 입으로 직접 토로하게 되고 말았다.

하필이면 이런 개자식에게, 이런 개자식에게! 나는 다시 두 눈을 질끈 감았다.

"키스해도 됩니까."

내가 앉은 침대 앞에 서서 내 뺨을 만지다가, 레일리가 맥락 없이 물었다. 나는 이번에도 대답하지 않았다. 그런데 그는 이번에는 허락을 구하기 전에 다짜고짜 키스할 생각이 없는 듯했다.

그가 다시 한번 정중하게 질문했다.

"당신이 견딜 수 없이 사랑스러워 보입니다. 키스해도 됩니까."

나는 그 달짝지근한 말을 견딜 수가 없었다. 치를 떨듯이 어깨를 경련하다가, 눈을 뜨지도, 입을 열지도 않은 채 다짜고짜 고개만 두어 번 크게 끄덕였다. 눈물이 후드득 떨어졌다. 그리고 그 순간 레일리가 그대로 몸을 기울여 내 입술 위에 살며시 입을 맞췄다.

 "누, 눈 감고 해."

 엉망이 된 목소리로 다급하게 외치는 순간 그의 손이 내 등허리와 목 뒤를 받치고 깊숙하게 잡아당겼다. 그에게 조금 끌려 올라간 몸이 꽉 붙들리는 순간 키스가 깊어졌다. 나는 레일리의 팔을 마구잡이로 붙잡고 있다가 더듬더듬 손을 뻗어 그의 어깨를 끌어안았다.

 "빌어먹을, 우는 얼굴 보지 마."

 뚝뚝 끊기는 목소리로 두서없이 명령하자 레일리가 담담히 대답했다.

 "보지 않겠습니다."

 입술에서 떨어진 그가 가만히 고개를 기울여 내 눈두덩에 입을 맞췄다. 한 번 터지는 바람에 완전히 통제를 잃어버린 눈물이 쉴 새 없이 줄줄 흐르고 있었다. 레일리가 이번에는 뺨에 키스했다.

 "본래 자신이 살던 삶을 되찾겠다는 당신을 강제로 붙잡아 둘 생각은 없습니다. 그저 그 곁에도 제가 있기를 바랄 뿐입니다. 그런데도 당신이 늘 '싫다'고 하지 않았습니까."

 "'불가능하다'고 했잖아."

 봐주는 일 없이 주먹으로 퍽퍽 때리며 역정을 내자 레일리가 조금 더 허리를 숙여서 다시 내 입술에 부드럽게 키스했다. 뜨끈해진 입술이 잠깐 물렸다가, 금세 더 깊게 얽혔다. 나는 그때에야 다시 눈을 떴다.

 빌어먹을 놈이, 눈을 감고 있겠다더니 멀쩡히 뜨고 있었다.

 "당신에게 대답을 강요해서 울리려던 생각이 아닙니다."

 "개자식아, 보지 말라니까!"

 당장에 다리를 들어 그의 허벅지를 걷어찼다가, 그대로 발목을 붙잡혔다.

그리고 강제로 침대 위에 접어 두게 되었다. 하지만 그 이상의 별다른 일은 없었다.

레일리는 내 양 뺨을 두 손아귀에 꼭 잡아 쥔 채, 뺨과 눈가 근처의 곳곳에 다정하게 입을 맞추기만 했다. 깊은 키스가 아닌, 잔 입맞춤이 대부분이었다. 뱃속이 간질간질했다.

나는 꼭 연인 같은 그 행위를 더는 견디지 못한 채 희미하게 끙끙거리다가, 꽉 막힌 것 같은 목구멍과 가슴 속을 깔끔하게 정돈하기 위해 크게 심호흡을 했다.

"내가 너를 좋아한단 말이야."

"알겠습니다."

"알긴 뭘 알아? 너를 좋아한다고!"

"알고 있습니다."

"하……. 하지만 나는 내가 살던 곳으로 돌아갈 거야."

"따라가겠습니다. 솔직히 모르겠지만, 방법이야 당신이 돌아갈 때쯤이 되면 찾을 수 있을 겁니다."

레일리가 달콤하게 대답했다.

"제가 따라가면, 제게 곁을 주실 겁니까?"

지금까지 늘 꺼내던 질문이지만 이번에는 그 형태가 조금 달라졌다. 그리고 나는 그렇게 달라진 질문에는 제대로 대답할 수밖에 없다. 사실 내가 어느 정도 유도한 질문인지도 모른다. 아니, 분명 그랬다. 그 사실이 너무나 분했다.

"응."

그저 여러 진상을 외면한 채 기어들어 가는 목소리로 대답했다가 다시 눈물이 터졌다. 반사적으로 몸을 틀어 엎드려서 웅크리려다가 레일리에게 붙들려서 강제로 그의 품에 끌려갔다. 다시 뺨과 눈두덩에 입술이 와 닿았다.

망할, 망할, 빌어먹게도 그 섬세하고 신중한 애정 표현을 인지한 순간 숨이 턱 막히는 것만 같았다.

레일리 크라하가 내게 입을 맞출 때마다 나는 그 덩어리진 감정에 짓눌려 버릴 것만 같은 공포, 혹은 그에 가까운 숨 막힘을 느끼고 말았다. 정말이지 염병할 일이었다. 나는 그대로 웅크린 채 부들부들 떨기만 하다가, 결국 죽을 것 같은 기분으로 덧붙였다.

"가, 같이 있고 싶어."

아마도 만족스러운 대답이었던 모양이다. 레일리가 처음으로 소리 내서 웃었다. 나는 그런 식으로 선명하게 새어 나온 그의 웃음소리를 처음 들었다.

그가 보랏빛 눈을 가늘게 뜨고 내 머리칼을 이마 뒤로 쓸어 넘겨 주더니, 내 얼굴 옆에 다른 손을 짚은 채로 내게 숨을 불어넣듯이 키스했다. 뻐끔뻐끔 울음을 삼킨 나는 내 뺨을 붙잡은 그의 손에 손가락을 얽었다가, 그대로 뻗어 레일리의 뺨과 목덜미를 만지다가, 잘 정돈된 은빛 머리칼을 마구잡이로 헤집으며 끌어안기도 하고, 어쩔 줄을 몰라 헤매던 손끝을 다시 그의 어깨 위에 얹었다.

"울음을 멈추지 않으시는군요."

어느 순간, 더는 키스를 하지 않고 물끄러미 나를 내려다보던 레일리가 차분히 말을 걸었다. 멍하니 그를 올려다보며 눈물만 줄줄 흘리다가 반사적으로 인상을 썼다.

"보지 마, 개자식."

"보고 싶지 않아도 보입니다."

싸가지를 말아먹고 대답한 레일리 크라하가 다시 살뜰하게 손을 뻗어 내 눈가를 쓸었다.

"인간의 체액은 어느 정도 염분을 지니고 있습니다. 계속 그렇게 우시면 눈가가 짓무릅니다."

"제길, 너 때문이잖아."

"저 때문입니까?"

"그래, 너 때문이야."

"제가 뭔가를 했기 때문이 아니라, 그저 마스터가 저를 너무 좋아하셔서겠지요."

이 자식이 또 뚫린 입이라고 사람 복장을 긁기 시작했다. 당장에 두 눈을 부릅뜨고 눈썹을 팍 꺾는데, 바로 그 순간에 고개를 숙여 내 이마에 입을 맞춘 레일리가 다정다감하게 말했다.

"심장이 너무 빨리 뛰고 있습니다. 진정하십시오. 사실 마스터가 어떤 시점에 두근거리고 설레시는지는 일찌감치 파악해 두었습니다."

"아, 새꺄! 남의 심장 박동 마음대로 재지 마!"

"듣고 싶지 않아도 들립니다."

"그딴 게 들리면 그게 사람이냐?"

"사람은 아니죠."

"그걸 대답이라고 하냐!"

강제로 손을 뻗어 그를 밀어내려고 아등바등하다가 다시 키스를 받았다. 윽 소리를 내며 고개를 젖혔다가 그를 꽉 끌어안았고, 그대로 들려서 레일리의 품 안에 앉았다. 그리고 그의 품에 안긴 채 레일리가 쓸어 주면 쓸어 주는 대로 등허리를 맡기고 있었다. 나는 레일리의 어깨 근처에 얼굴을 파묻었다.

"난 진짜 이제 어떻게 돼도 몰라."

"제가 알아서 대책을 찾을 테니 걱정하지 마십시오."

"방법 같은 거 없어. 솔직히 있겠냐?"

소설 속 인물의 소설 속 인생에야 어떻게든 관여를 한다면 할 수 있을지도 모르지만, 소설 속 인물을 내 현실에 끌고 가는 것은 완전히 별개의 문제였다.

그 세계는 내 소관이 아니다. 내가 뜻하는 대로 흘러가지도 않는다. 이 세계 안에서의 문제를 조절함으로써 내 세계에 영향을 미칠 방법을 만들 수는 없을 것이다. 솔직히 상상도 가지 않는다.

하지만 그런 설명을 구구절절 꺼내지는 않았다. 나는 유리 옐레체니카에 대해서도 레일리에게 말할 생각이 없다. 어쩌면 지금의 상황에 안주한 채 그저 이대로 시간을 보내고 싶은 사람은 레일리보다도 내 쪽일지도 모른다.

"네가 절대로 못 따라와."

나 스스로 책임지고 싶지 않아 책임을 떠넘긴 가책이 있다. 가슴 어귀가 저릿저릿했지만, 그 통증이 흔히 말하는 '사랑'에 의한 소설적인 통증인지 양심의 가책 때문인지를 명확하게 구분하기는 어려웠다.

결국 들으라는 듯이 확신조로 말했지만 레일리는 대답하지 않고 오직 내 입술에 가볍게 입술을 맞대더니, 살며시 이를 세웠다.

내가 결국 말하지 않은 진실이 있고, 그 비밀이 결국 네 기대를 배신하리라고 말하려던 내 의도를 아는지 모르는지, 그는 자신이 하려던 말만을 했다.

"알겠으니 울지 마십시오."

그리고 그 말이 나를 너무나 괴롭게 했다.

"제 숨이 막힙니다."

나는 천천히 눈을 깜박이며 그를 바라보다가 인상을 쓰고, 다시 레일리의 어깨를 슬쩍 밀어내려 했다. 그러다가 다시 붙잡혀서 깊게 키스를 받았다.

"당신이 주눅 든 채 있거나 제 눈치를 살피며 긴장하거나, 울면, 숨을 쉴 수가 없어서 괴롭습니다."

그가 속삭였다.

"그러니까 울지 마십시오, 마스터."

"안 울어."

신경질적으로 대꾸하자 레일리가 다시 다정다감한 태도로 부드럽게 입을 맞췄다. 내 뺨을 쓸고 조금 젖은 머리칼을 귀 뒤로 넘겨 주며, 그가 말했다.

"선택의 책임은 제가 질 테니 당신은 저만 선택하십시오."

기어코 그 말을 받아 내고, 나야말로 그만 숨이 막히는 듯했다.

"곁을 내주시기만 한다면 언제까지고 곁에 있겠습니다."

아득한 물속에 빠진 것 같았다. 어쩌면 나는 스스로 준비해 놓은 구명정들을 전부 외면하고 레일리까지 잡아당겨 끌고 온 탓에 조금씩 익사해 가고 있는지도 모른다. 앞서 스스로 판단했듯이, 양심의 가책인지도 모르고 죄책감인지도 모르고 외면하고 싶은 책임 따위인지도 모르고.

어쩌면 애정인지도 모를 것이 숨통을 조였다. 점점 더 숨을 쉴 수 없는 곳으로 떨어지면서. 멍청한 짓을 하고 있다는 사실은 스스로 알고 있다. 그저 마음이 괴로웠다.

나는 단지 손을 뻗어, 그의 타이를 손가락에 걸어 잡아끌고, 대답 없이 키스를 했다. 레일리는 순순히 따라와 고개를 숙였다.

나야말로 숨이 막히는 듯했다.

## SIDE OUT: 세레나의 티타임 (2)

동생들은 어릴 때부터 워낙에 특출했다. 세레나 윌리엄스가 무엇을 해도 각광받지 못하는 인물이었던 데 비해, 동생들의 삶은 그야말로 소설 속 주인공의 것만 같았다. 그렇다고 해서 동생들을 시기한 적은 딱히 없다. 이렇게 이야기하면 세레나를 이상한 사람 보듯이 훑어보는 사람들이 많은 것 같다.

물론 부러운 적이 단 한 번도 없었다고 하면 거짓이겠지만, 어디까지나 그 정도 감정에 그쳤다. 그냥 그뿐이었다. 갖지 못한 자질이 부러울 수도 있다. 하지만 지니지 못한 것을 갖고 싶다고 생각하는 것과, 자신이 지니지 못한 것을 지닌 사람을 미워하는 것은 별개의 문제였다.

막내는 세레나가 보기에도 예뻤고, 둘째는 세레나가 보기에도 똑똑했다. 어차피 세레나가 지니지 못한 자질인데 지나치게 부러워한다고 해서 달라질 것은 없다. 사실 그럴 이유도 없었다. 어릴 때부터 사이가 좋은 형제들이었고, 앞으로도 그럴 것이다. 뛰어난 동생은 자랑스러워하면 그만이다.

세레나의 삶은 세레나의 것으로 충분했다.

부모님을 도와 장부를 정리하고, 손님들과 떠들다가 슬그머니 덤을 얹어 주고, 대신 다음번에 또 오기로 약속을 받아 내는 삶이었다. 햇살이 좋은 날이면 과수원의 묘목 사이를 걷다가 슬쩍 숨어서 부모님의 과일을 서리해 휴일을 보내기도 했다. 콧노래를 부르며 앞치마에 가득 딴 딸기를 나무 그늘에 앉아 야금야금 먹어 치우는 것이다. 시집을 읽고, 노래를 부르기도 하면서.

친구들은 세레나를 두고 얼빠진 녀석이라며 챙겼고 마을의 남자들은 세레나처럼 '환상에 젖어 사는' 여자는 필요 없다고 말했다. 농가의 딸이라면 으레 십 대 중후반에 배우자를 찾아 농장을 이어야겠지만, 워낙 특출한 동생들을 둔 세레나에게는 스물이 넘도록 혼담이 들어오지도 않았고, 사실 본인도 별로 관심이 없었다.

환상? 글쎄. 세레나는 그런 이야기를 들을 때마다 과수원 구석의 오래된 나무 아래에 앉아 서리해 온 과일을 앞치마에 닦으며, 고개를 갸우뚱거리곤 했다. 그녀는 동생들처럼 살 수 있기를 바란 적이 단 한 번도 없다. 삶을 함께해 줄 누군가를 필요로 하지도 않았다. 행복의 기준은 누구에게나 다르지 않은가? 어차피 주관적인 개념이었다.

너한텐 그런 욕심 같은 게 없느냐고 누군가가 물었던 것 같다. 그런 건 아니라고 대답했다. 세레나 윌리엄스에게는 욕심이 아주 많았지만, 그 욕심의 방향이 확고하게 자기 자신을 향해 있을 뿐이었다.

하고 싶은 것도, 갖고 싶은 것도, 누리고 싶은 것도 많다. 하지만 어디까지나 세레나가 직접 하고, 갖고, 누리면 되는 일이었다. 타인이란 세레나의 삶에 어떤 영향도 주지 못했다. 위해를 받는 것이 아니라면 대응할 이유도 없었다.

세레나 윌리엄스는 말하자면 그저 자기 자신으로 사는 것만으로도 충분히 행복한 사람이었다. 그래서 그 밖의 무언가를 특별히 원해 본 일이 없다. 물이 많은 복숭아를 입 안 가득 베어 물며 또 한 번 행복해진 그녀는, 그저 어느 날엔가, 막냇동생의 결혼식을 준비하며 스치듯이 그런 생각을 했다.

굳이 소설 같은, 마법 같은 이야기가 세레나 윌리엄스에게도 찾아온다면, 그 이야기의 주인공은 온전히 세레나인 편이 좋을 것이다. 세레나 윌리엄스의 삶을 그녀의 것으로 완성하는 이야기 말이다.

이야기에서 세레나는 아마도 특별한 자질을 발견하고, 놀라운 모험을 하고, 멋지고 대단한 사람들을 만나며, 큰 업적을 이루고, 그토록 마음이 가는 사람과 사랑을 하고. 마지막에는, 한가로운 고향으로 돌아와 사과를 두어 개 따서 동생들을 불러 모아 나무 그늘에 앉는 것이다.

일등 신붓감인 막내 레이첼은 맛있는 파이나 스콘을 구워 올 것이고, 똑 부러지는 엘리사는 변경백에게서 하사받은 좋은 찻잎과 아름다운 티포트를 챙길 것이다. 그러면 세레나는 그들 사이에 앉아 과도로 과일을 깎으며, 풀밭에 앉아 향긋한 티타임에 곁들여 이야기를 시작하리라.

들어 봐, 얘들아. 언니에게 아주 소설 같은 일이 있었단다. 끝나고 나면 마치 꿈에서 깨어나듯이, 힘들었던 순간조차도 그립고 아름다운 풍경처럼 여겨지는, 다시는 과거의 그 순간으로 돌아갈 수 없다는 것을 알면서도 자꾸만 곱씹게 되는, 그런 소설 같은 일이 말이야……

그렇게 떠들고 나면? 그 얘기를 들은 친구가 물었다. 세레나는 커다란 녹색 눈을 멀뚱히 깜박이다가, 체리를 입에 날름 집어넣으며 산뜻하게 대답했다. 그렇게 떠들고 나면 된 거지, 뭐.

부모님을 도와 장부를 정리하고, 손님들과 떠들다가 슬그머니 덤을 얹어 주고, 대신 다음번에 또 오기로 약속을 받아 내는 삶이었다. 햇살이 좋은 날이면 과수원의 묘목 사이를 걷다가 슬쩍 숨어서 부모님의 과일을 서리해 휴일을 보내기도 했다. 콧노래를 부르며 앞치마에 가득 딴 딸기를 나무 그늘에 앉아 야금야금 먹어 치우는 것이다. 시집을 읽고, 노래를 부르기도 하면서.

그렇게 떠들고 나면 된 것이다. 세레나는 떠들 것이 있어도 없어도 분명 충분히 행복할 테니까.

* * *

그렇다고 해서 정말로 자신의 삶에 그런 '마법 같은' 순간이 찾아오리라고는 생각해 본 적이 없다. 세레나는 장녀였기 때문에, 지극히 현실적이고 주변에서 보기 쉬운 인생을 살게 되리라고 생각했다. 조상 중에 대단한 마법사가 있었던 것도 아닌데 갑자기 그런 독특한 능력에 재능을 보이게 되다니, 꿈엔들 생각할 수 없는 일이었다.

어쨌든 세레나 윌리엄스는 유리 옐레체니카라는 걸출한 시대의 기재로 인해 대뜸 역사 앞에 떠밀렸다. 티타임에 떠들 이야기의 덩치가 너무 커진 것 같았지만, 그때까진 그것으로 좋다고 봤다.

정령은 물론이요, 마법까지도 쓸 수 있을 거라는 얘기는 사실 일찍이 들었다. 하지만 세레나는 마법에는 뜻이 없었다. 유리 옐레체니카가 알려 주는 대로 마력을 움직이려고 할 때마다 무언가 거대한 힘에 짓눌릴 것만 같은 공포를 느낀 탓이다. 표현하기 어려운 감각이었다.

세레나는 그 어리석은 공포를 묘사하기보다는 그저 마법적 성취가 더딘 것처럼 굴었다. 그저 때때로, 유리 옐레체니카가 그녀의 거짓말을 일찍이 파악하고 있을지도 모른다는 생각만을 하면서.

"세레나. 눈을 뜨는 것은 두렵지만 간단한 일이에요. 일단 세계의 가장 조밀한 곳을 볼 수 있게 되면, 세계의 가장 넓은 지평까지도 볼 수 있게 된답니다."

유화 물감으로 그린 인물화처럼, 유리 옐레체니카의 온순하고 유한 얼굴에 그려지는 미소는 때때로 평면적이고 비현실적으로 보였다.

속을 꿰뚫는 듯한 그녀의 시선이 가끔은 두렵기도 했다. 어쩌면 유리 옐레체니카는 인간들을 돌보기 위해 숨어든 신이나 그 전령일지도 모른다는, 말도 안 되는 생각을 해 본 적도 있다.

그 뒤에는 그림 같은 집사가 서서 우미한 낯으로 차를 따라 주고, 세레나는 그들의 그린 듯한 모습을 지켜보며 홀로 기이한 거리감을 느끼는, 그런 티타임에서 있었던 일이다. 유리 옐레체니카는 때때로 아득한 것을 보는 듯한 표정을 짓고 이상한 말을 했다.

"당신은 아주 독특해요. 몬타뉴의 자손인 것도, 그의 성과를 엿본 것도 아닌데 어째서 '세계'를 볼 수 있는 자질을 지니고 있을까?"

그녀가 스스로 묻듯이 질문하면, 꼭 그 대답도 스스로 내리고는 했다.

"'새로운' 세대일까."

세레나는 그런 식으로 튀어나온 유리 옐레체니카의 난데없는 말을 온전히 이해해 본 적이 없다. 그녀는 그저 그때그때 자신에게 주어진 일에 충실한 삶을 살았다. 유리 옐레체니카가 가르쳐 주는 것을 익히고, 시간을 내서 연습하고, 상단의 일에 열의를 쏟고, 근위기사단의 일을 도와줬다.

근위기사단으로 말할 것 같으면 애초에 그녀가 유리 옐레체니카의 배움을 받게 된 계기이기도 했다. 세레나는 농가를 도와준 마이어 후작과 인연이 생겨, 정령사가 된 후로도 그의 후원을 받고 있었다.

물론 후작이라고 해서 세레나의 재능을 처음부터 간파했던 것은 아니었다. 처음엔 소상공인을 지원하기 위해 후원자 역할을 맡아 주었던 마이어 후작은, 보은을 할 필요는 없다며 오히려 세레나의 등을 떠밀어 줬다. 유리 옐레체니카가 세레나를 선택했을 때, 그 기회를 놓치면 안 된다며 세레나에게 힘을 불어넣어 준 사람도 마이어 후작이었다.

후작은 보은할 필요가 없다고 말해 주었지만, 세레나는 늘 그에게 감사하는 마음을 갖고 있었다. 다행히도 유리 옐레체니카는 권력에 뜻이 없는 사람이었다. 세레나는 유리 옐레체니카의 제자가 되어 정령술사로서 깨우친 뒤로도 큰 문제 없이 근위기사단을 도울 수 있게 됐다.

그러다 보니 언젠가부터는 자연스럽게 근위기사단 소속의 정식 정령사로서 활약하게 됐다. 마법적 재능을 지닌 사람이 거의 없는 집단에서, 그녀가 할 일은 의외로 많았다.

사실 그때쯤에는 이미 스스로 눈치를 챘다. 마이어 후작과 유리 옐레체니카에 대한 은혜를 갚기 위해서라도, 쉽게 이 놀라운 세계를 빠져나가지는 못할 것이다. 이제 '이' 삶은 세레나의 새로운 일부가 될지도 모른다는 사실을, 그녀 본인도 어느 정도 인지하고 받아들이게 된 셈이었다.

세레나가 어렴풋이 그런 생각을 갖게 되었을 무렵의 일이었다.

"소문으로 듣던 윌리엄스 양이로군요."

마이어 후작의 저택에서, 기사단의 행정관 복장을 한 낯선 사람을 맞닥뜨렸다. 적의를 갖기 어려운 순한 인상을 지닌 남자였다. 근위기사단에서 맡은 사건들 중 마법과 관련된 사건의 자료만 따로 받아 한 아름 들고 가던 중에 만난 사람이었다. 그는 자연스럽게 세레나의 짐을 들어 주었다가, 헤어질 무렵에야 뒤늦게 세레나를 알아봤다.

"아, 네."

마찬가지로 근위기사단의 복식을 한 그를 슬쩍 일별하고, 세레나가 적당한 인사를 골랐다. 그는 대충 보기에도 귀족 같았다.

"도와주셔서 감사합니다. 저는 평민 출신이니 편히 말씀하셔도 괜찮아요. 이름으로 부르셔도 괜찮고요."

"그 말씀인즉, 계속 존대를 써도 괜찮다는 이야기지요?"

단정한 생김새의 남자가 부드럽게 물었다. 세레나는 눈을 동그랗게 떴다가 잠시 고민을 했다. 일부러 떠보기 위해 던진 질문인지도 모른다고 생각했다. 그런데 그때, 마침 근처를 지나가던 다른 단원이 그를 알아봤다.

"애셔 님, 또 오셨습니까?"

조금 기겁한 듯한 말투이기는 했지만, 뜻밖에도 그 태도가 친밀했다. 애셔라고 불린 남자도 유쾌하게 인사를 했다.

"아, 오랜만입니다. 사무관."

"자꾸 이렇게 오시면……. 곤란합니다……!"

사무관이 세레나의 눈치를 살피며 이를 악물고 말하는데도 애셔는 하하 웃고 말았다. 세레나는 직감적으로 '애셔'가 퍽 높은 귀족이라는 사실을 눈치챘다. 아니면 대단한 실력을 지녔으면서도 감추고 있는 숨은 실력자인지도 모른다. 그런데도 정말로 모두에게 존대를 쓰는 듯해 보였다. 적어도 세레나를 놀리거나 괴롭히기 위해 존대를 쓰는 것만은 확실히 아닌 모양이었다. 세레나는 짧게 고민을 했다가, 잠자코 대답했다.

"어느 쪽이든 편하신 대로 말씀하셔요."

세레나의 대답을 듣고 애셔가 유순한 눈매를 동그랗게 접으며 즐거운 듯이 웃었다. 세레나는 그런 표정을 알았다. 흥미로운 주제를 다루는 책을 발견했을 때 똑똑한 동생 엘리사가 짓던 표정과도 닮아 있었다.

"고마워요. 저는 이름으로 상대를 부르는 일에 익숙하지 않아서, 조금 섞어 부를지도 모르겠어요."

남자가 대답했다.

"'애셔'라고 해요. 세레나도 저를 편히 이름으로 불러 줘요."

\* \* \*

"에포닐 공께서 제 이름을 친근하게 불러 주신 덕분에 지금까지의 거짓말이 들통 나고 말았네요."

푸른 숲에 진입하기로 결정된 후, 진입일까지 딱 하루를 남겨 놓고, 그들은 숲 앞에서 오랜만에 마주쳤다. 세레나야 본래 매일 저녁 여건만 된다면 푸른 숲을 한 번 더 점검하는 것이 일과였지만, 애셔는 그녀를 만나기 위해 일부러 시간을 낸 듯했다.

애셔 아마르트 뷔올이 머쓱하게 웃으며 말했다. 생각보다도 대단한 신분을 지닌 사람이었던 그녀의 말동무 애셔가, 여느 때와 같이 친근하고 다정다감한 존대를 쓰며, 평민 출신의 정령술사에게 부드럽게 질문했다.

"친애하는 세레나. 제가 당신을 계속 세레나라고 친근하게 불러도 괜찮을까요?"

* * *

뷔올에는 나무 판을 깎고 그 위에 마법으로 정련한 말을 얹어 움직이는 전쟁놀이가 있다. 뷔올의 발달한 문명 덕에, 직접 손을 들어 말을 움직이지 않아도 위치를 말하면 알아서 말이 움직였다.

본래는 귀족가의 어린 자제들에게 전술 교육을 시킬 때 쓰는 놀잇감이지만, 뷔올에서 신분이 높기로는 손에 꼽힐 법한 두 어른은 성인이 되고 나서도 곧잘 마주 앉아 그 놀이를 하곤 했다.

이번에는 중북부의 곡창지대에서 다짜고짜 판을 벌였다. 흑을 맡은 사람은 알렉시스 에슈마르크였고, 백을 맡은 사람은 애셔 아마르트 뷔올이었다. 순조롭게 놀이가 이어지다가, 어느 순간 애셔 아마르트 뷔올이 난데없는 말을 꺼냈다.

"이제는 설명을 들을 때가 됐다고 생각합니다, 숙부님."

"무엇을 말이냐? 마법사단을 D-4로."

"그럼 저는 보병대를 G-1로 두지요. 무엇이겠습니까?"

"또 혼자 아는 소리를 하는구나."

북부 전선을 눈앞에 두고 숙부와 마주 앉아 전쟁놀이를 펼쳐 놓은 황태자가 온화한 목소리로 물었다.

"정말로 저 혼자 아는 이야기인지요?"

"돌격대가 G-3으로 가겠군나."

"기병대, D-7. 다섯 수 안에 결판이 납니다. 이번 전투는 제 승리군요."

알렉시스 에슈마르크가 대답 대신 말을 움직이기 시작하자, 애셔 아마르트 뷔올이 어깨를 으쓱해 보이며 곧장 게임을 마무리했다. 더는 전쟁놀이에 시간을 쏟지 않을 테니, 어서 대답이나 하라는 투였다.

눈썹을 찡그렸던 에슈마르크 대공이 찬찬히 판을 훑어보기 시작했다. 어쨌든 당당하게 끝을 선언한 이상, 애셔가 빈말을 하지는 않았으리라는 사실을 그 역시도 알고 있었다. 강제로 자신의 말을 들을 수밖에 없는 상황을 조성한 황태자가 무릎 위에 깍지를 끼고 천천히 말을 이었다.

"최근 남부 별장에 다녀오신 것을 알고 있습니다. 그곳에 머무르는 사람이 누구인지는 세상 사람들 모두가 알지요. 스승의 마력 폭주를 눈앞에서 보고 정신적인 타격을 입어 재능을 잃은 비운의 천재 말입니다."

"그래서?"

"그녀는 나서겠다고 하던가요?"

직설적인 질문이었다. 의자의 팔걸이를 손끝으로 툭툭 두드리던 에슈마르크 대공이 가만히 턱을 괴었다.

"왜 내가 세레나 윌리엄스를 설득하러 갔다고 생각하지? 그녀가 그만한 인재라고 보는 게냐? 그저 네 바람은 아니고?"

"'그' 유리 옐레체니카가 선택한 제자니까요. 단순히 정령술의 재능 때문에 발탁된 것은 아니라고 생각합니다. 그러니 제가 참고할 수 있도록 슬슬 말씀을 해 주셔야 할 것이 아닙니까."

전쟁놀이에서 사용된 수를 전부 기록한 애셔 아마르트 뷔올이 물끄러미 종이를 바라보다가 부관에게 넘겼다.

흑은 북에서부터 점차로 세력을 불리며 쏟아져 내려오는 반인의 군단을, 백은 뷔올 군력을 의미했다. 중부에서 북부에 걸쳐 있는 곡창지대와 여러

농지들을 보호하기 위해 전투에 앞서 미리 경우의 수를 생각해 본 것이다. 보다 레일리 크라하를 잘 알고 있는 알렉시스 에슈마르크가 자연스럽게 흑을 맡았다. 애셔 아마르트 뷔올이 뷔올을 대표하는 수를 났다.

애셔는 영특하지만 전쟁과 전술을 주로 공부한 사람은 아니었다. 그의 '승리'는 어디까지나 '패배하지 않는 것'을 의미했다. 곡창지대를 피해 다른 곳으로 돌아갈 수밖에 없게 만드는 수였다. 장소를 옮길 뿐, 결국 전투는 피할 수 없다. 레일리 크라하의 파괴력이 어지간한 것도 아니었다. 어떤 식으로든 피해는 입어야 했다. 무언가는 잃을 수밖에 없는 싸움이었다.

"애초에 한 가지 확실하게 해 두고 넘어가야 할 것이 있습니다."

"무엇 말이니."

드디어 모든 수를 파악한 에슈마르크 대공이 미간을 꾹꾹 누르다가 차분히 물었다. 애셔 아마르트 뷔올은 전쟁놀이 장난감을 정리하며 대답했다.

"레일리 크라하는 정말로 이지를 잃은 채 미쳐 날뛰고 있습니까?"

그 말을 듣고 알렉시스 에슈마르크가 보랏빛 눈동자를 부드럽게 접었다. 애셔 아마르트 뷔올도 그 표정을 보고 익히 대답을 짐작했다. 에슈마르크 대공이 몸소 나서 레일리 크라하가 펼칠 전술을 추측하기까지 했다. 상대가 이지를 잃었다는 것을 뻔히 알면서 전술을 염려할 이유가 없다.

황태자가 잠자코 정리했다.

"'그렇게' 해 둘까요?"

"그래."

알렉시스 에슈마르크가 살뜰한 태도로 답했다.

"미쳐 날뛴다면 미쳐 날뛰는 것이 맞지."

애셔 아마르트 뷔올은 의자에 몸을 묻으며 물끄러미 숙부를 바라보았다. 특유의 아름다운 얼굴 반쪽이 검은 안대로 가려져 있었다. 푸른 숲에서 있었던 비운의 사건을 애셔 황태자 역시 똑같이 목격했다. 사실, 범인이 누군지도 안다.

애초에 '그'는 사건을 실행하기 전에 미리 허가를 구했고, 그 이야기를 들은 애셔가 직접 승인했다.

유리 옐레체니카를 사살하라고.

"전쟁에는 나설 생각이 추호도 없으실 법한 분이 어째서 갑자기 전투 지휘에 자원하셨는지 의아하게 여기고 있었습니다. 결국 '그 문제'군요. 이참에 다시 한번 여쭤보고 싶습니다. 왜 그런 '무모한' 일을 벌이셨습니까?"

그러니 자세한 설명 없이도 그는 상황을 이해했다.

유리 옐레체니카가 죽고 나서, 무슨 수를 썼는지 결계를 뚫고 유리 옐레체니카의 시신을 안은 채 사라진 자가 있다. 어쩌면 결계의 '주인' 되는 몸을 소유하고 있기 때문에 무난히 결계들을 통과했을지도 모른다. 유리 옐레체니카는 진입에 앞서 그 결계를 두고, 그녀 자신의 통제를 벗어난, 마력 파동에 의해 생겨난 제삼의 것이라고 주장했지만 말이다. 아마도 그녀의 그 주장이 결국 거짓이었던 것이리라.

유리 옐레체니카가 무슨 생각으로 자신의 결계를 통제할 수 없다는 거짓말을 하다가 목숨을 잃게 되었는지는 덕분에 영영 알 수 없게 되었다. 그저 레일리 크라하만이 예기치 못한 형태로 돌아왔다.

미친 사람처럼 살육을 벌이며. 그는 마치 대륙을 휩쓰는 무자비한 역병 같았다.

"뒤따르는 폭풍이 숙부님을 난도질하고, 어쩌면 더 큰 사태로 번질 수도 있다는 사실을 모르지 않으셨을 겁니다. 그때부터 쭉 이해할 수 없었습니다. 부족할 것 없는 두 분이 어째서 그런 일에 손을 대셨는지 말입니다. 폐하께서야 충분한 설명을 들은 뒤 에슈마르크 땅의 이권을 받고 만족하신 듯하지만, 저는 숙부께서 아바마마께 해 드린 설명을 함께 듣지는 못했으니까요."

한때 전설적인 악명을 떨치던 레일리 크라하의 뒤를 쫓아, 반인들의 세력은 저절로 불어났다. 게릴라전이기도 했지만 전면전이기도 했다. 체계가 뚜렷하지 않다 보니 애셔 역시 그들을 상대하는 일에 난항을 겪었다.

"너무 많은 업을 쌓으셨군요. 그렇게 행동하신 이유를 알고 싶습니다."

"개인적인 이유라 내가 네게 설명한들 이해하지 못할 것이다. 폐하께서도 별로 이해하고 싶은 마음은 없으신 듯했으니, 너도 마찬가지로 여기려무나. 그저 업을 쌓은 자가 업보를 받고 해결을 해야지. 그런 생각에 나섰을 뿐이다."

알렉시스 에슈마르크가 담담히 대답했다.

"사는 것에 지쳐 시작한 일이었으니, 지긋지긋하게 살아서라도 해결하고 갈 생각이다. 너는 걱정하지 말도록 하렴, 애셔."

그 말이 그들 사이에 떨어진, 바로 그 순간의 일이었다.

거대한 돌풍이 갑작스럽게 들이닥쳤다. 애셔가 화들짝 놀라 몸을 세우는 동안, 그 폭풍 속에서 홀로 꼿꼿이 허리를 세운 채 안대를 고쳐 쓰던 알렉시스 에슈마르크가 지팡이를 붙잡았다.

"레일리 크라하는 내가 맡고, 전쟁과 사후 처리는 윌리엄스가 할 테니."

"지금 온 것이 그녀입니까?"

돌풍을 지켜보며, 애셔가 조용히 질문했다. 알렉시스 에슈마르크는 대답을 주는 대신 자리에서 일어서서 마력의 돌풍이 불어닥친 곳을 향해 성큼성큼 걷기 시작했다. 주저하는 일조차 없는 듯한 뒷모습이었다.

그리고 그날, 돌풍 속에서 뷔올의 세 번째 대마법사가 탄생했다. 파리한 얼굴로 나타난 젊은 여자가 알렉시스 에슈마르크의 옷자락을 붙잡고 무너지듯이 울었다.

각하께서는 저를 도와주실 수 있을 거라고 생각했어요.

이게 무엇인지 각하께서는 알고 계실 거라고 생각했어요.

겁에 질린 듯한 얼굴로, 미친 사람처럼 두서없이 지껄이며, 전장 한가운데에 홀연히 나타난 세레나 윌리엄스가 다급히 토해 내듯 물었다.

당신은. 당신들은 일평생 이런 세계에서 살고 있었느냐고.

알렉시스 에슈마르크가 물끄러미 그녀를 내려다보다가 뒤늦게 손을 세워 무언가를 들어 올리는 시늉을 했다.

"그래."

그가 조금 늦게 대답했다. 그리고 그때에야 세레나 윌리엄스가 토해 내듯이 숨을 뱉었다. 그녀가 다시 울기 시작했다. 알렉시스 에슈마르크는 그녀가 진정할 때까지 기다려 주었다. 애셔는 상황을 파악하기 위해 우선은 잠자코 그들을 지켜보고 있었다.

"유리 님은 '이것'에 짓눌리신 건가요?"

한참이 지났을 때, 세레나가 희미한 목소리로 물었다.

"자네가 알아서 눈을 뜰 거라고는 생각을 했는데, 그때 내가 곁에 있지는 못할 것 같아 보호 마법을 깔아 두었지. 그런데 내 보호 마법이 발휘되기도 전에 알아서 내게 찾아오기까지 했군."

대답을 주는 대신, 알렉시스 에슈마르크가 세레나 윌리엄스를 바라보며 조용히 치하했다.

"유리 옐레체니카도, 나도 지니지 못했던 특별한 자질이 그대에게 있어, 세레나. 마법과는 연관이 없는 지역에서 무관한 혈통을 지니고 태어난 자네에게 말일세. 그야말로 마법 같은 일이 아니겠나."

배우기도 전에 스스로 필요에 맞춰 공간 이동을 할 수 있는 마법사였다. 거대한 세계의 구조를 한눈에 담고, 곧장 무엇을 만져 어떤 일을 일으킬지 본능적으로 직관할 수 있는 막대한 재능.

심지어는 세상의 구조를 향해 눈을 뜨자마자 그 중압감에 짓눌리는 일도 없었다. 타인에게 무관심한 유리 옐레체니카야 마이어 후작을 교란하고 그를 관찰하기 위한 목적이 없었다면 세레나 윌리엄스를 끌어들이지 않았을 것이다.

하지만 사실, 그런 이유가 없었더라도 언젠가는 발굴될 만한 가치가 있는 인재였다. 세레나 윌리엄스는 선천적으로 마법에 재능이 있었다.

그 세계의 기원을 볼 수 있는 눈.

그 무게를 감당할 수 있을 만큼 견고한 마력의 형태.

마지막으로, 무슨 일이 있어도 자기 자신을 잃어버리거나 놓지 않고, 그것을 감당할 수 있는 정신이다. 그리고 바로 그 견고함이야말로 유리 옐레체니카에게도, 에슈마르크 대공에게도 없었던, 전례 없는 재능이었다.

유리 옐레체니카와 알렉시스 에슈마르크는 그저 살아가는 일에 지친 사람들이었고, 세계의 정체 앞에 서서 환멸을 느꼈다. 부속품으로서 사는 일을 받아들일 수 없어 세상의 주인이 되고자 했다.

그 결과가 지금의 무참한 사태로 나타난 셈이었다. 언제나 속고 기만당했던 레일리 크라하가 세계를 무너트리고 질서를 파괴하기 위해 나섰다. 정당성은 레일리 크라하에게 있을 테지만, 알렉시스 에슈마르크는 그에게 정당성을 줄 생각이 없었다. 그래서 레일리 크라하는 이지를 잃고 미쳐 날뛰는 악당이 되었다.

그렇게 기록되고, 끝날 것이다. 몬타뉴 밀락테이트에게서 시작된 앞선 세대의 업보를 마무리하는 것도 진실을 아는 자의 역할이 된다. 그 모든 과오를 기록되지 않는 땅에 묻고 지우는 일 역시 알렉시스 에슈마르크의 역할이었다. 그 꺼림칙한 진실을 모두 없는 것으로 만들고, 새로운 자들에게 깨끗한 기만만을 물려주는 역할이기도 했다.

잠시 쓴웃음을 지었던 알렉시스 에슈마르크가 특유의 달콤한 목소리로 속삭였다.

"그 무게는 세계의 무게지."

그가 세레나 윌리엄스를 이끌기 위한 길에 섰다. 유리 옐레체니카의 뒤를 이어서. 따라서 그야말로 이 새로운 세대, '진짜 대마법사'를 위한 스승이 될 것이다. 책임은 그가 지고 갈 예정이고, 또 그래야만 했으므로.

"자네가 해야만 하는 일이 있네. 비로소 진정한 마법사의 세계에 들어선 것을 환영하지, '세레나.'"

그러니 그에 앞서, 그가 온전히 세레나 윌리엄스에게 넘겨야만 하는 역할이 있었다.

## 12. 푸른 숲, 빛이 사라진 밤 (2)

비겁한 짓이었다. 일단 한숨 자고 일어나서 머리가 맑아졌을 때, 나는 어쩔 수 없이 그런 생각을 했다.

애초에 군이 따지자면 이 세계에 대한 결정권은 내가 더 명확하게 소유하고 있다. 결국 사정도 모르는 레일리에게 세계를 건널 방법을 찾을 책임을 떠넘겨 버리고 나만 마음이 편해질 수 있느냐의 문제였다.

물론 그렇게 해서 마음이 편해질 수 있는 인간이었다면 내가 시시콜콜 알렉시스 에슈마르크에게 마음을 쓰는 멍청이 짓을 하고 있지도 않을 것이다. 젠장, 결국 이렇게 되리라는 것을 알고 있으면서도 저질렀다는 사실이 가장 분했다.

레일리 크라하야 나보다는 이 세계의 규칙을 잘 알고 있을 테니 알아서 할 수 있는 만큼이라도 단서를 찾고 있으라고 해 두고, 나는 또 내 나름대로 대책을 강구해 볼 작정이었다.

애초에 포기하고 있었고 사실 끝까지 그럴 생각이었는데, 아무튼 뭐라도 방법을 찾아야 레일리에게 던진 말을 책임도 질 것이 아닌가. 알렉시스 에슈마르크에게도 자문을 얻고, 함께 대책을 강구해 보는 편이 좋으리라고 봤다. 그는 어쨌든 일생 동안 세계의 규칙과 근원을 옆에서 지켜보며 살았던 사람이니까.

뿐만 아니라 우리는 유리에 대한 결론도 논해야 한다. 여행에서 정립한 '엘류이센 라이케'가 어떤 인물이었는지에 대한 의견 공유의 기회를 얻어야 한다는 이야기다. 사실 이미 일찌감치 의견 공유의 필요성을 느꼈고, 지금까지도 간단한 내용들은 주고받았지만, 복잡한 내용은 상황이 여의치 않아 계속 나중에 이야기하는 것으로 미루기만 했다.

일단, 나는 애초에 나 자신이 원래 세계로 돌아갈 방법조차 알지 못한다. 그 방법을 알기 위해서는 근본적으로 나를 이 세계에 끌고 들어온 유리 엘레체니카를 추적해야 했다. 유리 엘레체니카의 실체가 남아 있을까에 대한 문제도 있다.

나에게 몸을 넘기고 유리 엘레체니카는 말 그대로 소멸을 한 것일까? 아니면 다른 형태로 그 의지를 남겨 두었을까?

어느 쪽이든, 거기까지 생각했을 때 나는 의아한 사실을 깨달았다. 조금 있다가 찾아오겠다던 알렉시스 에슈마르크는 하루가 지나도록 오지 않고 있었다.

레일리는 지난밤 나와 나눈 대화에 퍽 흡족해진 모양인지 알렉시스 에슈마르크에게서 수도에서 있었던 일을 듣고 오겠다는 내 말을 듣고도 순순히 용인했다. 어쩌면 나름대로 내 의사와 행동에 대한 '존중' 따위를 하고 있는 것인지도 모른다는 생각에 뒤늦게 닿았다.

나는 물끄러미 그를 바라보다가 머리를 토닥토닥 쓰다듬어 주었고, 레일리는 빈정거리는 낯으로 눈을 가늘게 떴다가 부드럽게 허리를 기울였다.

"'존중받은 느낌'이 드십니까?"

"그런 기본적인 사생활 보장을 특별한 존중인 것처럼 여기지 마라, 좀."

"그럼 또 무엇을 해 드릴까요, 마스터."

그가 달콤하게 물었다. 나는 생경한 시선으로 레일리를 훑어보다가 최대한 평정을 유지한 채 대답했다.

"일단 내 눈앞에서 꺼져 봐. 적응 안 되니까."

내 말을 듣고 못마땅히 미간을 좁혔던 레일리가 곧장 인격 수준이 의심되는 발언을 했다.

"존중할 수 있는 것을 요구하십시오."

"야, 타인을 존중하는데 네가 하고 싶은 것만 하고 하기 싫은 건 안 하나? 뭐 그런 편리한 존중이 다 있어?"

"마스터야말로 무슨 그런 편리한 명령이 다 있습니까? 밤새 울며 제 곁에 있고 싶다고 저를 꼭 끌어안던 분은 어디로 사라지셨지요?"

"닥치지 못해? 그러는 너야말로 뭐, 내가 울면 숨을 쉬기가 어렵다느니 하며 온갖 남사스러운 발언은 잘도 해 놓고 이제 와서 운 것 갖고 뭐라고 하나?"

"물론 당신이 울면 숨을 쉬기가 어렵습니다."

알고 보니 이 세계의 로맨스 킹이었던 레일리 크라하가 장갑 낀 손끝으로 내 뺨을 만지며 거만하게 시선을 깔았다.

"사람이 우는 것을 달래 본 일도, 그럴 생각도 없었기 때문에, 제가 당신의 울음을 그치게 할 방법을 알지 못한다는 사실쯤은 이미 알고 계시지 않습니까."

"거만하게 할 소리냐……."

"얼굴이 또 붉어지셨군요."

레일리가 퍽 건방진 태도로 내 얼굴 앞에 고개를 기울인 채 잠자코 속삭였다.

"왜 몇 번을 들어도 익숙해지지 못하십니까?"

"일평생 그따위 발언에 익숙해질 생각 없다……."

슬쩍 시선을 외면하고 레일리의 얼굴을 붙잡아 멀찍이 밀어내는데, 레일리가 또 만족스러운 표정을 지었다.

"또 심장이 빠르게 뛰십니다. 이런 달짝지근한 말을 좋아하십니까?"

"닥쳐, 좀. 좋아하면 내 반응이 이렇겠냐? 그냥 견딜 수 없는 감성이라 괴로운 거라고. 애초에 그런 인간 같지 않은 무시무시한 발언은 좀 삼가면 안 되냐?"

"아시다시피 정말로 인간은 아니고, 나름대로 유용한 면도 있군요."

슬그머니 손을 뻗어 내 왼쪽 가슴과 등을 한 손에 덥석 움켜쥐듯이 잡아서 끌고 간 레일리가 부드럽게 명령했다.

"스스로 제게 키스하고 가십시오. 그러면 보내 드리겠습니다."

"야, 누굴 만나러 가든지 내가 가고 말고는 내 자유지, 그걸 왜 너한테 허가를 받아?"

"당신과 대공이 둘만 있으면 제 기분이 개 같기 때문이지요. 그 정도는 달래 두셔야 추후 좋지 않겠습니까?"

"그걸 말이라고 하냐?"

터진 입이라고 또 개소리를 지껄이기에 싸늘하게 쏘아붙였지만, 레일리는 조금도 굴하지 않고 뻔뻔하게 대답했다.

"저번에도 설명 없이 대뜸 저를 두고 대공에게 가시더니 허락도 없이 외박을 하시지 않았습니까? 파티의 파트너로 갑자기 그를 맞이하기도 했고, 또 갑자기 후작과 키스를 하기까지 했죠. 몇 번 말씀을 드렸습니다만, 키워 드리고 있는 사람이 누구인지는 확실히 알아 두시는 편이 좋습니다."

"이 개자식, 네놈이 나를 제대로 인간답게 존중하려면 억만 년은 멀었다는 점만은 내가 확실히 알겠다."

"키스하십시오. 보내 드리겠습니다."

그가 또 명령조로 말했다. 나는 언짢은 낯으로 레일리를 바라보며 짜증을 냈다.

"너 되게 선심 쓰듯이 말한다."

"그럼 제 선심이고 호의지 무엇이겠습니까?"

"염병, 됐어. 말을 말자."

역시 고쳐 쓰기의 한계가 너무나 명확했다. 나는 산뜻하게 웃으며 레일리의 어깨에 거친 주먹질을 날리고, 그대로 돌아 씩씩대며 텐트를 나섰다. 레일리도 더 밀어붙였다가는 내가 또 역정을 내리라는 것을 짐작한 모양인지 더는 키스를 요구하지 않았다. 애초에 내가 그런 낯부끄러운 일을 싫어한다는 걸 뻔히 알고 있으면서 왜 굳이 시킨단 말인가?

괜히 또 신경질이 나서 다시 한번 돌부리를 걷어차다가, 멀쩡한 얼굴로 에포닐 공작과 산책을 하던 알렉시스 에슈마르크를 발견했다. 뒤에서 그를 수행하던 갈리아도 뒤늦게 나를 발견하고 손을 흔들었다.

에포닐 공작이 가장 먼저 우아한 태도로 모자를 벗어 보이며 인사를 했다. 다행히 이번엔 별로 중요치 않은 이야기를 하고 있었는지, 그녀는 깔끔한 태도로 내게 알렉시스 에슈마르크를 넘기고 본인은 애셔와 차라도 마시러 가겠다며 먼저 물러나 주었다. 나는 그녀에게 감사를 표하고, 알렉시스 에슈마르크와 단둘이 남자마자 대뜸 따져 물었다.

"어제는 뭐 금방 온댔으면서, 왜 안 온 겁니까?"

"물론 나는 갔지만 대화를 나눌 상태가 아닌 듯해 돌아왔을 뿐이네. 어쨌든 결론은 괜찮게 난 듯하군."

알렉시스 에슈마르크가 유들유들하게 대꾸했다. 나는 멀뚱히 그를 바라보다가 질색하는 소리를 냈다.

"제, 젠장, 어디까지 들었는데?"

"어디까지 들었을까?"

"아니, 왜 댁이 의문형이야! 어디까지 들었냐고요! 애초에 왜 이런 데에서 기척을 죽이고 다니냐고? 생각해 보니까 저번에 저택에도 마음대로 기척 죽이고 난입한 적 있잖아!"

"습관이 돼서. 하지만 사실 어디까지 듣든지, 남에게 들려주기 싫은 이야기를 할 것 같았으면 조치를 취했어야지."

"거 뻔뻔하게도 말씀하시네!"

그가 다정다감한 조언자 행세를 하며 넌지시 권고했다. 그의 정강이를 뻑 차려다가 가볍게 빗나갔고, 대신 주먹을 들어 어깨와 가슴 근처를 퍽퍽 때리고 나서야 조금 분이 풀렸다.

"그래서 어디까지 들었는데요."

하지만 그것만은 알아야 했다. 진지하게 목소리를 깔고 묻자 알렉시스 에슈마르크가 보랏빛 눈을 가늘게 접었다. 내 주먹질에도 전혀 타격을 입지 않은 듯 간지럽지도 않은 얼굴로 주먹질을 맞아 주던 그가 다정다감한 태도로 고개를 기울이더니, 마찬가지로 조금 진중해진 태도를 보이며 살며시 대답했다. 물론 그렇게 나온 대답은 여전히 내 복장을 긁었다.

"나는 그대 우는 얼굴을 본 적이 없군."

"아, 닥쳐."

"해서 우는 얼굴을 봤다며 미움을 받진 않을 것 같아 다행이라고 생각하고 있네."

"닥치라니까."

"레일리 크라하와는 어떻게 된 거지? 아마 여간 일이 아닌 흐름을 겪었을 것 같은데 말일세."

그 말을 듣고 나는 윽 소리를 내면서 입을 꾹 다물었다. 에슈마르크 대공이 레일리에게 그만 좀 휘둘리라고 조언해 주고 간 바로 그날, 레일리에게 휘둘려서 그를 끌어안고 뒹굴다가 역풍을 맞은 셈이 아닌가? 입이 열 개여도 할 말이 없었다.

나는 그저 그의 옷소매 끝을 꾹꾹 잡아당기며 눈짓을 했다.

"당신 숙소로 가요. 여러 얘기를 하려고 온 거니까."

"그래. 일단 자리를 옮기지."

부드럽게 수긍한 그가 자연스러운 태도로 한쪽 팔을 굽혀 내 앞에 내밀었다. 레이디를 에스코트하는 전형적인 고위 귀족의 태도였다. 나는 한숨을 내쉬며 그의 팔에 손을 얹고 에슈마르크 대공의 숙소를 향해 걷기 시작했다.

그리고 우선 알렉시스 에슈마르크의 숙소로 가면서는 그간 레일리와 있었던 일들을 간략하게 요약해 설명했다. 그 자식이 어떤 인성 말아먹은 발언까지 했고, 내가 어떤 수준으로까지 분노를 느꼈고, 그래서 이래저래 파탄이 났다가 어떻게 회복하게 되었는지에 대해서만 간단하게 요약한 정도였지만, 빌어먹게도 그 정도만으로도 대서사시가 됐다.

에슈마르크 대공에게 배당된 텐트에 도착해 갈리아도 물러난 후, 나는 그의 침대에 늘어지고 알렉시스 에슈마르크는 안락의자에 앉아 손가락을 튕겼다. 주전자가 알아서 물을 끓이기 시작했다. 그러고 나서야 그가 담담히 질문했다.

"요컨대, 어떻게든 레일리 크라하를 떼어 놓으려다가 거꾸로 코를 꿰여서 무슨 수를 써서라도 그를 함께 데리고 나가야만 하는 상황이 되었다는 얘기로군. 자신의 언행에 책임을 지기 위해서라도 말일세. 맞나."

"개 같은 일이지만 말씀대로입니다."

뚱하니 대답하고 나니 더더욱 억울해졌다. 정말로 나는 이 세계에 들어온 후 적어도 '억울하다'는 생각만은 하고 싶지 않았다. 하지만 레일리가 폭력과 무력으로 나를 강제하려 들면서 한 번 이성의 끈이 끊긴 후로는 내 감정이 저절로 그렇게 흐르고 마는 것을 도무지 주체할 수 없게 됐다. 자꾸만 억울하다는 마음이 고개를 비집고 샘솟기 시작한 것이다.

당연하지만 알렉시스 에슈마르크 앞에서 할 소리는 아니었다. 때문에 나는 최소한 억울함이 가라앉을 때까지만이라도 한일자로 입을 꾹 닫은 채 침묵을 지키려 했다.

그런데 무슨 생각인지, 특유의 온화한 표정으로 나를 바라보던 그가 주변의 마력을 툭툭 건드려서 주전자 안에 찻잎이 스스로 들어가도록 하며 먼저 산뜻한 태도로 말을 꺼냈다.

"그대가 이 모든 상황을 두고 너무나 억울하다고 말해도 나는 개의치 않을 걸세."

내가 이 세계에서 손에 꼽힐 정도로 완벽하게 말아먹은 인생의 소유자가, 마냥 다정스러운 태도로 말했다.

"사실, 자신의 것으로 완성될 수 없는 원치 않던 삶에 강제로 떠밀린 것은 피차 마찬가지니까 말이야."

마력의 집게 장치에 붙들려서 내 무릎에 가지런히 놓인 쿠키 한 바구니를 받으며, 나는 조금 찝찝한 표정을 지었다. 알렉시스 에슈마르크도 그저 달콤하게 질문을 꺼냈다.

"그럼에도 불구하고, 왜 그대는 내게 부채를 느끼지."

그리고 거기까지 이야기가 나왔을 때, 나는 더 이상 내가 본래 무엇을 하던 사람인지를 말하지 않을 수가 없게 됐다.

나는 단순히 이 세계를 디자인한 것이 아닌, 인물 제각각의 이야기를 구성하는 사람이다. 설계자이며 발명가지만 창조자이기도 했고, 세계의 기본적인 규칙을 규정하기도 했다. 캐릭터의 삶을 완성하는 그들 각각의 서사야말로 내가 풀어 나가는 이야기의 중심이 된다.

그러니 나는 알렉시스 에슈마르크가 새삼스럽게 분노하거나 절망을 느끼지는 않을지 노심초사하며, 어쩔 수 없이 눈치를 봐 내 이야기를 꺼냈다.

나는 본래 스물세 살의 장르소설 작가였다. 세레나와, 레스킷 양과 동년배지만 그들과는 퍽 다른 인생을 살았다. 레일리의 말대로, 나는 이 세계 사람들의 인생과 같은 극단적인 결핍을 느껴 본 적이 없다고 해야 할 것이다.

아무런 고난이 없는 인생은 물론 아니었다. 그저 그의 기준과 내 기준이 다르고, 그가 산 세계와 내가 산 세계가 다를 뿐이다. 내가 살면서 겪은 감정적, 신체적인 고난들을, 그럼에도 불구하고 이 세계 사람들의 고난에 비해 별것 아닌 고난이라고 평가절하하고 싶지는 않다.

누구에게나 고난은 고난이고 고통은 고통이다. 레스킷 양이 말했듯이 사람마다 감정적인 준거는 다르게 적용되기 때문에, 무엇 하나 평가절하할 이유가 없다.

극단적인 역경을 겪어야 했던 레일리 크라하의 삶이 존재한다고 해서, 내가 스스로 나서서 고통스러웠던 내 삶을 '행복했다'고 왜곡해 말해야 할 의무는 없다고 본다. 나는 때로 살아가는 일이 정말로 고통스러웠고, 내 삶이 버거워 견딜 수가 없었기 때문에.

그저 내 세상을 창조하고 설정을 확장시키는 일이 즐거워 시간 여유가 있을 때마다 글을 썼다. 어쩌다 보니 직업 작가가 되었지만, 아직 대학을 졸업하지도 않았고, 미래에 대해서는 여러 가능성을 셈해 보던 중이었다. 나는 아직 그럴 수 있는 나이였다.

그리고 그 모든 가능성이 사라진 세계에 어느 날엔가 별안간 떨어졌다.

솔직히 말해서 나는 억울했다. 나는 이야기를 구성하는 사람이다. 이야기의 안에서 인물들은 각자의 삶을 살아가면서도, 하나의 이야기를 완성하기 위한 장치이기도 하다. 인물은 그 자체로 생동감 있게 살아 숨 쉬지만 동시에 우아한 골드버그 장치처럼 완벽하게 설계된 채 움직여야 한다.

이야기 속 인물들이 실재하리라고, 대체 누가 생각한단 말인가? 실존하는 타인의 삶을 진실로 망가트리고 싶은 마음에 세계를 형성하고 이야기를 만들었을 리가 없는 일이 아닌가?

나는 유리 옐레체니카에게 붙들려서 강제로 이 세계에 끌려왔지만, 알렉시스 에슈마르크의 말대로, 사실 나는 이 이야기의 무엇도 책임질 이유가 없다. 유리 옐레체니카가 대체 왜 나를 불러 반성을 촉구하려 했는지도 이해할 수 없는 일이었다.

그녀가 그녀의 일을 하고, 알렉시스 에슈마르크가 알렉시스 에슈마르크의 일을 하듯이, 화가가 그림을 그리고 요리사가 요리를 하듯이, 나 역시 내 일을 했을 뿐이다. 누군가를 해치겠다는 악의라고는 없이, 글을 쓰는 과정에서 그들의 삶 역시 이야기가 되었을 뿐이었다.

그저 감정적으로, 그리고 인도적으로 생각했을 때 마음의 빚을 느끼기 때문에 자유로울 수 없는 것이다.

사실 그렇게 된 데에는 알렉시스 에슈마르크의 역할이 컸다. 엘류이센 라이케의 소행이기도 했다. 그들은 단순히 소설 속 인물로서 괴로운 삶을 산 것이 아니었다. 그들은 소설 속 인물로서 괴로운 삶을 살았고, 심지어 자신들이 소설 속 인물이라는 사실을 일찌감치 눈치채고 있었다.

그들의 삶에 주어진 모든 고난과 역경이 오직 소설의 이야기를 완성하기 위한 하나의 장치에 불과하다는 것을 알았을 때 그들이 느꼈을 절망감과 회의감이 어땠을지는 상상할 수도 없다.

물론 나는 소설의 이야기가 완성되는 과정에서 그들의 이야기 역시 완성되는 세계를 만들고자 했을 것이다. 애셔 아마르트 뷔올이 애셔 아마르트 뷔올의 삶을 살고, 레스킷 양이 레스킷 양의 삶을 살고, 마티어스 에이미가 마티어스 에이미의 삶을 살고, 에포닐 공작이 에포닐 공작의 삶을 살고, 그 모든 일이 끝난 후에도 세레나 윌리엄스가 세레나 자신으로서 온전할 수 있었던 것처럼.

하지만 그런 이해를 알렉시스 에슈마르크와 엘류이센 라이케에게 요구할 수는 없다. 그들은 강제로 내던져졌다.

자신들이 강제로 내던져졌다는 사실 역시 알고 있는 채로.

사실, 그들 두 사람은 지금의 내 입장과도 그럭저럭 비슷한 처지에 있었다. 엘류이센 라이케가 괜히 나를 부르지는 않았으리라고 생각한다. 오직 알렉시스 에슈마르크에게 보내는 대용품을 위해서 군이 이런 짓을 하지는 않았을 것이다. 그녀에게는 분명 무언가 커다란 그림이 있고, 나는 그 그림을 완성시키기 위한 퍼즐에 불과하다.

그렇다. 엘류이센 라이케도, 알렉시스 에슈마르크도, 나도 마찬가지였다. 누군가 타인의, 짐작도 가지 않는 거대한 작업물과 전망을 완성시키기 위해, 동의하지 않은 사이 엉망으로 생활이 망가지고 강제로 휘둘리고 있다. 자기 자신의 삶이 장치로써 기능하고 있다는 사실을 어쩔 수 없이 몸소 인식할 수밖에 없다.

나는 그 두 사람에게는 떼어 낼 수 없는 부채 의식을 느낀다. 내가 그 입장이 되었기 때문인지도 모르고, 그들이 결코 벗어날 수 없는 문제에 휘둘려 정말로 일생을 바쳤기 때문일지도 모른다. 그럼에도 불구하고 자신의 삶을 살아가는 가라한이나 레일리와는 달리, 처음부터 한결같이 온전한 '자기 자신'으로서 살 수 없었던 자들이다.

그런 알렉시스 에슈마르크가 도리어 내게 어째서 부채를 느끼냐고 물었을 때, 결국 나는 참을 수 없는 감정에 떨며 구구절절, 굳이 말하지 않으려 했던 여러 사실들을 늘어놓게 되고 만 것이다.

그런데 거기까지 이야기했을 때, 여태 온도를 유지하던 찻잔을 뒤늦게 보내 주며 에슈마르크 대공이 부드럽게 말을 잘랐다.

"스물셋?"

지금 중요한 얘기는 물론 그것이 아니었다. 그렇게 맥락을 훼손해야겠냐는 의미에서 인상을 팍 쓰자 그가 어깨를 으쓱해 보이며 본인의 찻잔을 제대로 쥐었다.

"아니, 어려서."

그가 잠자코 말했다. 따지고 보면 알렉시스 에슈마르크는 실제의 나와 열 살가량 차이가 나는 셈이니 내가 한참 어리기야 하지만……. 지금 그게 중요하냐?

내 표정이 저절로 퉁명스러워지는 것을 막을 수 없었다. 내 인상이 폭삭 더러워지든 말든, 알렉시스 에슈마르크는 아무렇지도 않게 뒷말을 재촉해 댔다.

"계속 얘기하게."

"그게 전붑니다. 끊겨서 뒷말도 생각 안 나는데요."

"그게 전부인가."

담담히 대답했던 그가 턱을 괸 채 생각에 잠겼다. 나는 알렉시스 에슈마르크의 반응을 기다리며 조금 조마조마해졌다. 인물의 삶을 처음부터 끝까지 구성하는 것 역시 나의 역할이었다. 물론 이번에는 글을 전부 구성하기도 전에 끌려왔기 때문에 '미래의 내가 짠' 설정이라고 해야겠지만, 그게 그거였다.

알렉시스 에슈마르크의 출생과 성장에 관련된 모든 서사적 요소는 빠짐없이 내 방식대로 구성되어 있다는 뜻이다. 실제로도 끝내주게 '내가 짤 법한' 설정이었다. 엉망으로 망가진 인생에 대한 그따위 진실을 당사자에게 직접 떠들고 말았으니, 내 입장에서는 눈치가 보일 수밖에 없었다.

사실 레일리 크라하의 경우도 마찬가지였기 때문에 레일리에게 이런 사정 설명을 하지 않으려는 마음을 갖게 된 것이다.

만일……. 허황된 소리지만, 어떻게든 이 세계의 사람을 바깥 세상에 옮기는 일이 가능하다면 그땐 레일리에게도 얘기해야만 하겠지만, 사실 나는 그럴 가능성과 방도가 거의 없다고 보고 있다. 단지 내가 결국 레일리를 끌어들였으니, 책임을 지고 최선을 다할 생각이 되었을 뿐이었다. 최선을 다하고도 어쩔 수 없는 일도 세상에는 있는 법이고, 나는 이것이야말로 최선을 다해도 어쩔 수 없는 일이 되리라고 여겼다.

그런데 알렉시스 에슈마르크가 한참 후에 느긋하게 꺼낸 말은, 여전히 내가 꺼낸 말의 맥락에 어울리는 반응은 아니었다.

"스물셋."

그가 또 쓸데없이 남의 나이를 곱씹었다.

"아무리 생각해도 역시 어리군."

"뭐가 문젠데."

싸늘하게 쏘아붙이자 그가 금세 빙그레 미소를 지었다.

"나는 나름대로 그대를 귀여워하고 있지 않은가. 개인적으로 마음이 쓰여서."

"아, 그러세요?"

불퉁하게 대답하기는 했지만, 그가 그런대로 나를 귀여워하고 있다는 사실 정도는 나도 일찌감치 스스로 파악해 두지 않았던가. 나는 별말 없이 툴툴거리기만 했다.

아무튼 알렉시스 에슈마르크는 새삼스럽게 감정의 격동을 느끼지는 않은 듯했다. 어쩌면 그의 삶은 내 정체가 무엇이든지 상관없이, 이미 충분히 괴로웠고, 고통스러웠으며, 그 자체로 끔찍했는지도 모른다. 내 정체 따위에는 유념할 수 없을 정도로, 그 자신의 삶만으로도 이미 만신창이여서 내 존재 여부에 크게 달라지지 않는 상태가 되었는지도 모른다는 것이다. 솔직히 가능성이 있다.

알렉시스 에슈마르크의 인생은, 레스킷 양이 말했듯, 처음부터 끝까지 텅 비어 있다.

거기까지 생각하고, 나는 괜히 침대를 팡팡 때리며 온갖 짜증을 내기 시작했다.

"오라질, 조까쇼. 나는 이제 겨우 스물셋인데, 뭐 시팔 글을 좀 썼을 뿐인데 뭘 어떻게 책임지고 해결하라는 거야? 엘류이센 라이케도 무슨 생각으로 나를 데려온 건지 도무지 알 수가 있어야죠. 분명 무언가 다른 목적이 있었을 텐데."

"그랬겠지. 우리가 알아내야 하는 것도 결국은 그 문제고."

에슈마르크 대공이 담담히 수긍했다. 역시 분위기는 나빠 보이지 않았다. 나는 다시 주제를 환기할 요량으로 최대한 가볍고 무게감 없이 불만만을 쭉 늘어놓기 시작했다.

"레일리 그 개자식도, 나한테 대체 뭘 어떡하라고 일생 내내 자기 곁에 있겠다고 피의 맹세를 하래? 나는 이제 갓 스물셋 된 앞날 창창한 학생인데 내가 뭘 믿고 나 자신의 세계도 아니고 다른 곳에서 만난, 그런 고쳐 쓰지도 못할 세기말급 인간쓰레기한테 내 일평생을 바쳐?"

"그럼에도 불구하고 그에게 휘말리고 말았지? 왜 이렇게 주변에 잘 휘말리나 했더니 어렸군."

"아, 좀 닥쳐요. 나이 좀 어린 게 뭐가 대수라고 자꾸 곱씹고 있는 건데?"

"아니, 그저, 레일리 크라하에게도 양심이 없다는 생각이 들어서."

그건 인정해야 하는 문제였다. 물론 레일리는 내 실제 나이를 모르지만, 생각해 보면 그놈은 내가 자기 나이의 반 토막쯤 되는 열다섯쯤의 빙의자였으면 어쩌려고 그렇게까지 당당하게 당신의 본래 삶에도 나를 데려가야 한다고 뻔뻔히 강요하고 있단 말인가?

물론 레일리 크라하는 내가 열다섯이든 스물다섯이든 본인의 감정이 움직인 시점에서 개의치 않았을 것이다. 오……. 젠장, 역시 다시 생각해 봐야 하는 게 아닐까? 아무리 생각해도 레일리 크라하는 도저히 구제가 불가능한 폐기물급의 인간이었다.

"그러게나 말이에요. 나보다, 몇 살이야. 그 자식 몇 살이더라. 처음 만났을 때 스물아홉이었으니까 지금 서른하나인가? 아무튼 나이도 나보다 한참 많으면서 이렇게 억지를 써서 사람을 곤란하게 만들 일이냐고."

"나도 좀 곤란하군."

다리를 꼬고 턱을 괸 채 홍차나 야금야금 마시며, 알렉시스 에슈마르크가 우아하게 말했다. 나는 눈을 댕그랗게 뜨고 반사적으로 질문했다.

"뭐가요?"

내 질문을 듣고, 화사하게 반짝이는 백금발을 늘어트린 채 차를 마시던 알렉시스 에슈마르크가 제비꽃 같은 보랏빛 눈동자를 달짝지근하게 접으며 눈썹을 휙 꺾어 올렸다.

"뭐라고 생각하나?"

"⋯⋯."

어떻게든 분위기를 환기하기 위해 일부러 가볍게 아무런 말이나 던지다 말고, 나는 그만 크게 아차 하고 말았다. 세상에, 시발!

애셔가 하는 말과 마이어 후작이 하는 말과 세레나가 하는 말과 레스킷 양이 하는 말과 레일리가 하는 말을 모조리 귀담아들었어야 했다. 이쯤 되면 사실 누구의 말도 듣지 않은 수준이었지만, 어찌 되었든 스스로 무덤을 판 듯한 느낌이 강렬하게 왔다. 캐묻지 않는 편이 나았을 일을 괜히 캐물은 것만은 명백했다.

입을 떡 벌리고 그를 바라보다가 다급히 한 손을 세워 빠른 거절을 꺼내려는데, 잠깐 웃은 알렉시스 에슈마르크가 먼저 선수를 쳤다.

"걱정 말게. 내 곁에 있으라고 해도 그대는 절대로 듣지 않겠지."

여상스러운 낯이었다. 그가 태연한 얼굴로 덧붙였다.

"알다시피 나는 손에 넣을 수 없는 것을 바라지 않는 사람이고, 패배할 것을 아는 싸움에는 덤비지 않는 사람이고, 잃어버릴 것을 아는 대상은 손에 넣지도 않고자 애쓰는 사람이라."

그가 찻잔 위로 고개를 기울이고 차의 향을 맡으며 담담히 속삭였다.

"그래. 알다시피 겁쟁이에 비겁하니까. 바랄 생각도, 덤빌 생각도, 손에 넣고자 애쓸 생각도 없어."

에슈마르크 대공이 특유의 우미하고 여유로워 보이는 얼굴로 느긋하게 미소를 지어 보였다. 늘 그랬듯 지나치리만큼 자연스러웠고, 속내 모를 얼굴이었다.

"그 모든 사정과 입장에도 불구하고 그대 내게, 내 삶은 나의 것으로 족하고 그 자체로 완성되리라고 말했으니까. 그저 마음이 끌렸지. 내 세계가 지니지 못한 다정함이 어쩌면 평화로운 삶을 살다 온 티가 나는 그대에게는 있을지도 모르는 일이야. 스스로 지니지 못한 것에 사람은 탐욕을 부린다. 기실 내 삶에 애정의 형태 따위는 중요치 않고, 애정이 그 자리에 있다면 그것으로 족했으니까."

알렉시스 에슈마르크가 아무렇지도 않게 말했다.

"하지만 말했다시피 나는 애쓸 생각이 없어. 그러니 그저 그렇다는 얘길세."

별로 내 대답을 기다리며 꺼낸 말은 아닌 듯해 보였다. 잘못 들은 것이 아니라면 분명 고백이었는데, 고백을 이렇게 던지듯이 하고, 또 흘리듯이 넘겨 버려도 된단 말인가? 어이도 없었지만 그가 그렇게 던져두고 스스로 마무리를 지은 채 넘겨 버린 이유도 알고 있었다. 이유는 내가 제공했다. 솔직히 내가 할 말은 없어야 했다.

나는 어쩔 길 없이 한 번 더 그의 눈치를 살폈지만, 알렉시스 에슈마르크는 태연한 얼굴로 차나 마시더니 다짜고짜 화제를 전환했다. 대답을 기다리는 기색이 없다기보다, 오히려 대답을 듣고 싶지 않아 보일 정도였다.

"레일리 크라하와는 그래서 어떻게 할 생각이지?"

"예?"

"어떻게 데려갈 생각인지 말일세."

물론 나는 그 질문에 대답하기에 앞서, 그 전의 폭탄선언에 대해 먼저 생각해야 했다. 하지만 알렉시스 에슈마르크에게 마음이 쓰인다고 해서 내가 그에게 무조건 수용적으로 굴 수 있는 것도, 그 밖에 달리 인도적이고 배려 있는 대답을 줄 수 있는 것도 아니었다. 그 역시 내 대답을 이미 알고 있으니 괜히 나를 들쑤셔 대답을 들어 낼 생각을 하지는 않는 것이리라. 하지만 나는 조금 괴로웠다.

아마 내 괴로운 마음 역시 익히 짐작하고 말았을 터였다. 알렉시스 에슈마르크는 그저 다른 질문을 던지고 있었다.

"어쨌든 그대는 이 세계의 설계자이니, 무언가 수가 있지 않겠나."

엘류이센 라이케가 그에게 유일했고, 세레나 윌리엄스가 그에게 유일할 수 있듯이. 요컨대 그에게는 나도 유일하고 의미 있는 존재였을지도 모른다.

당신에게 나도 대체 불가능한 상대였느냐고 묻고 싶었지만, 그러고 싶지 않기도 했다. 애써 그 질문을 억눌렀다. 그 대신 적당히 알렉시스 에슈마르크의 장단에 맞춰 주기로 했다. 화제를 전환하기로 말이다.

"그…… 뭐냐."

가까스로 골라낸 말이었다.

"이 세계는 이 세계로 완성되었기 때문에, 댁들이 생각하는 것처럼 전능한 창조주일 수가 없어요. 이해하실지는 모르겠지만, 어디까지나 '당신들이 할 법한' 일에서 시작되어 '당신들이 고를 법한' 선택지로 끝이 나야 하는 거라서요. 내가 원한다고 해서 마음 편히 입맛에 맞춰 당신들의 선택을 작위적으로 꾸리거나, 그렇게 떠밀 수는 없는 거잖아요. 그러면 '다른 인물'이 되어 버리니까."

"그대야말로 이 세계를 표현하는 문법과 언어를 만든 사람인데?"

"하려면 할 수야 있겠지만 그러려면 제약이 걸리죠. 설정적으로든지 세계관적으로든지. 어느 쪽이든 차라리 '가능하고 온당한' 방법을 찾아야 해요."

주절주절 떠들다가 코끝을 문질렀다.

"'가능하고 온당한' 방법이요. 불가능한 일을 가능하게 만들겠다며 억지를 부릴 수는 없어요. 애초에 나는 그런 식으로 글을 쓰지 못했고, 이게 내 세계라면 더더욱 그 규칙에 따라야 하니까요."

애초에 레일리 크라하를 정말로 내 세계에 데려갈 수 있다고는 생각하지 않는다. 인상을 쓴 채 날 선 숨을 삼키는데, 그런 나를 물끄러미 바라보던 대공이 먼저 차를 한 잔 더 따라 주었다.

이번엔 차를 마실 생각이 들지 않았지만, 예의상 찻잔에 손을 걸었다. 그리고 애써 기분을 환기했다.

"그건 알고 있지. 그러니 우리가 이렇게 돌아다닌 게 아닌가."

"그렇죠. 제가 엘류이센 라이케를 추호도 파악하지 못하고 있었다는 게 문제였으니까요."

머쓱하게 대답했다가 한숨을 뱉었다. 어쨌든 주제가 바뀌었으니, 나는 이 주제에 맞는 대화를 선별해 내야 했다. 유감스럽게도 정말로 그와 나눠야 하는 이야기는 한두 가지가 아니었다. 더는 망설일 것도 없이, 나는 유리 옐레체니카의 죽음에 대해 이야기를 꺼냈다.

"유리 옐레체니카는 원래 조만간 죽을 예정이었어요."

"죽을 예정?"

그가 퍽 싸늘한 태도로 반문했다가, 한숨을 내쉬며 미간을 문질렀다.

"'원래'라고 표현하는 것을 보면, 지금은 해결이 됐다는 이야기인가?"

"네."

순순히 대답해 주자 잠깐 시선을 깐 채 생각에 잠겼던 그가 잠자코 고개를 끄덕였다. 납득했고 진정했으니, 계속 이야기나 해 보라는 듯한 몸짓이었다.

"본래 이 세계의 중요한 사건과 사고들은 유리 옐레체니카의 죽음에서 시작될 예정이었거든요. 말씀드렸다시피 저는 글을 쓰는 사람이니까, 커다란 사건과 사건을 통해서 이야기를 구성하고, 그 사이를 연결하는 적당한 사슬을 짜 주는 역할을 하죠. 유리 옐레체니카의 죽음은, 말하자면 이 세계의 큰 전환점이었어요."

"그랬겠지."

"짐작하기로는 아마 마이어 후작의 소행이 될 예정이었을 듯해요. 사실 그 사람이 보기에 유리 옐레체니카와 당신이 하던 짓은 절대로 용서할 수 없는 일이었을 테고, 솔직히 그게 맞고요. 당신은 이 나라에 필요한 인물이고 함부로 처리할 수도 없는 상대니까 우선은 손발을 자르기 위해 유리 옐레체니카에게 조치를 취했을 거예요. 그리고 만일 그랬다면 그 일의 승인을 내린 사람은 애셔 전하일 테고, 어쩌면 이리나 경이 협조해 줬을지도 모를 일이죠. 이리나 경은 당신의 실각으로 인해 무언가 후폭풍이 몰려올 것을 두려워하는 눈치였거든요."

"그 역시 그랬겠지."

다른 건 몰라도 이리나 경에 대해서만큼은 의문을 비출 줄 알았지만, 왜 인지 그는 동요 없이 대답했다. 나는 슬그머니 눈치를 살피다가 잠깐 입을 다물었다. 알렉시스 에슈마르크는 골똘히 생각에 빠진 듯했다.

그러나 얼마 지나지 않아 그가 재차 미간을 좁혔다. 잠시 턱을 만지작거리던 대공이 의아한 태도로 다시 물었다. 내가 앞서 떠올렸던 것과 똑같은 의문이 그의 입에서도 빠져나왔다.

"하지만 이상하군. 각각의 인물이 응당 '그랬을 법한' 서사로 이 세계를 채웠다면, 유리 옐레체니카가 본래 그렇게 쉽게 목숨을 잃을 인물이었을까?"

"저도 그 부분에 의문을 가졌어요. 적어도 '글 밖에서 내가 미처 구성하지 못한 세계'를 직접 알게 된 지금으로서는, 그러기 어려웠으리라고 생각하고 있거든요."

나는 주섬주섬 대답하면서 또 다른 이야기를 꺼냈다.

"유리 옐레체니카가 죽기 전, 그녀는 분명 이상한 행보를 보였어요. 어떻게든 당신의 협조를 얻어 내서 반인을 대상으로 실험을 진행했고, 영생을 추구하는 듯해 보였으며, 지금 우리가 바깥에 보초처럼 세워 둔……. 불완전한 반인인 갈리아를 창조하기도 했죠. 하지만 그 모든 행동에는 합당한 목적성이 없었어요. 그녀는 이미 영생하는 사람이었으니까요. 만일 늙고 병들더라도 얼마든지 '마력'의 순환을 빠르게 해서 자신의 내부 요소들을 갈아치울 수 있는 사람이었잖아요."

"그래. 그리고 연합국에서 알기를, 분명 죽음에도 영생에 대한 것만큼, 혹은 그 이상으로 관심이 있는 듯했지. 반인에게만 관심을 가진 것도 아니었고 말일세. 듣자니, 인간의 시체를 해부했다던가."

"맞아요. 하지만 어쨌든 우리는 브라우에서 얻은 정보를 토대로, 유리 옐레체니카가 그저 반인이야말로 자신과 닮은 종족이었기 때문에 궁극적인 관심을 가졌을지도 모른다는 가설도 떠올렸어요. 그때 당신이 말했죠. '유리 옐레체니카는 자신이 머무를 곳을 만들고자 했다.'고 말이에요. 저는 그래서……. 유리 옐레체니카가 어쩌면 자신이 이해할 수 있는 것들만 남겨 둔 세계에서 온전한 신이 되려고 했을지도 모른다는 생각을 했어요. 불완전한 자기 자신을 합리화시키기 위해, 자신에게 없는 요소를 모조리 배제한 세계를 만들려고 했다고요."

거기까지 말했다가 뒷말을 잇기에 앞서 잠깐 망설여야 했다. 사실상 의미는 없는 망설임이었다. 이미 여기까지 말했는데 이제 와서 망설여 봤자 뭐가 달라지겠는가. 나는 끙 하고 신음을 뱉었다가, 슬그머니 시선을 회피하며 덧붙였다.

"그 경우, 당신 역시 이용당했을 뿐이겠지만요."

유리 옐레체니카는 어디까지나 반인 혁명의 뒤통수를 치고 알렉시스 에슈마르크와 협력하는 것처럼 행동했지만, 본래의 목적은 따로 있었다. 만일 정말로 유리 옐레체니카의 목적이 자기 자신의 합리화에 있었다면 결과적으로는 반인 혁명의 성공을 기다리고 있었던 셈이다. 그 경우 알렉시스 에슈마르크 역시 장기 말에 불과했다.

에슈마르크 대공은 오직 뷔올에서의 화를 피하고 대신 책임을 물리기 위한 대상에 불과했을 것이다. 온전한, 아니, 오히려 극도로 발전한 인간인 그가 이 세계에 남아 있다가는, 유리 옐레체니카는 자신의 불완전함을 계속해서 곱씹을 수밖에 없었을 테니까.

나는 그 이야기를 듣고 알렉시스 에슈마르크가 조금쯤 충격을 받을지도 모른다고 생각했다. 그도 그럴 것이……. 이제 와 내가 꺼내기엔 묘한 말이지만, 그는 유리 옐레체니카를 사랑하지 않았는가? 엘류이센 라이케인 유리 옐레체니카 말이다.

그녀는 그의 유일한 이해자였고, 어떤 식으로든 소년 시절의 그를 구원한 사람이다.

"그럴 수도 있겠지."

하지만 알렉시스 에슈마르크는 이번에도 담담히 대답했다. 나는 고개를 번쩍 들고 인상을 쓰며 그를 바라보았다.

"설마 짐작하고 있었어요?"

"설마."

나도 모르게 쏘아붙이듯 튀어나간 말에 알렉시스 에슈마르크가 부드럽게 대답했다.

"'짐작하게 되었다'고 말해야겠지."

"언제부터?"

"아마 그대보다는 일찍."

그가 아무렇지도 않게 답했다. 나는 입을 쩍 벌렸다가 찻잔을 내려놓고, 신음을 뱉으며 두 손에 얼굴을 묻고 어깨를 웅크렸다.

아무튼 알렉시스 에슈마르크에게 마음을 쓸 수밖에 없는 이 감정의 정체가 무엇인지만은 명백했다. 죄책감과 책임감과, 부채에 대한 약간의 심적 고통이다.

나는 그에게 시혜적으로 굴고 싶었다. 은혜를 베풀고 싶다. 내가 만든 세계가 그에게는 너무 감당하기 어려운 고통이었고, 그 고통에 사로잡혀 일평생을 낭비했으며, 여전히 그렇게 살아가고 있다는 사실을 뻔히 알기 때문이다.

알렉시스 에슈마르크가 유약하고 연약한 인간이었다는 것을 이제는 명백히 이해했기 때문이다. 그가 자신의 유약함에 괴로워하다가 급기야 반인륜적인 일까지 저질렀음을 뻔히 알면서도, 나는 알렉시스 에슈마르크의 연약한 면모 역시 외면할 수 없게 되고 말았다.

그가 오히려 그 고통을 혼자서 감당할 수 없을 만큼 외롭고 마음 약한 인간이었기 때문에 그토록 잔인한 짓까지 할 수 있었다는 사실을 어쩔 수 없이 명백히 파악하고 있기 때문이다. 그는 내가 만든, 전형적인 내 캐릭터 같은 인물이니까.

괴로움을 발판으로 삼아 아무렇지도 않게 새로운 단계로 나아갈 수 있는 사람이 있고, 영영 그 괴로움에 사로잡혀 어디로도 갈 수 없는 사람이 있다. 레일리 크라하는 전자였고, 알렉시스 에슈마르크는 명백하게 후자에 속하는 사람이다.

그는 너무 괴로운 나머지 어디로도 갈 수 없게 됐다.

더는 누구와도 갈 수 없다.

괴로워하는 나를 물끄러미 지켜보던 알렉시스 에슈마르크 역시 찻잔을 내려놓으며 다정다감하게 덧붙였다.

"말했다시피, 그대가 괴로워할 일은 아닐 텐데 말이야."

"염병, 아무렇지도 않을 리가 없으니까 마음이 쓰이는 거죠! 내가 어떻게 그런 일에 마음을 안 써? 사람이, 인간적으로 말이에요! 개 같지만 내가 이래 보여도 양심은 있는 사람이거든요?"

"정말로 아무렇지도 않으니 상관없네."

그가 산뜻하게 대꾸했다.

"엘류이센 라이케가 어떤 식으로든 나를 이용하고 있으리라는 건 일찌감치 짐작을 했고, 그래서 모든 책임 소재는 내게 둘 작정이었지. 그래도 상관없었으니까."

조금은 곱씹는 듯한 말투였다. 두 손에 얼굴을 묻고 웅크렸던 내가 어렴풋이 고개를 들었을 때, 알렉시스 에슈마르크는 다시 찻잔 손잡이를 엄지로 둥글게 문지르며 차분히 시선을 깔았다.

"그래도 상관없었어."

그가 잠자코 되뇌었다. 나는 그 말을 듣고 또 견딜 수 없이 괴로워졌다.

"떠올린 가정은 거기까지만일까."

팬히 땅을 파고 기어들어 가는 내 생각을 강제로 자르려는 듯이 알렉시스 에슈마르크가 툭 물었다. 나는 손바닥으로 뺨을 문지르다가 한참 늦게 대답했다.

"네."

단답형으로 말을 뱉었지만, 결국 나는 조금 더 말을 정돈하고 나서 천천히 덧붙였다.

"그래서 어쩌면 유리 옐레체니카의 죽음이 그렇게 손쉽게 이루어진 것 자체가 수상쩍은 일일지도 모른다고 생각해요. 유리 옐레체니카가 그런 목적을 지니고 있었다면, 그녀가 스스로 '죽음'을 선택하기까지는 작지 않은 이유가 필요했을 테니까요. 적어도 그 이상으로 '가치 있다'고 판명한 일의 밑거름 삼아 자신을 던졌을 거라고 생각하거든요."

"마찬가지일세. 동의하고 있어. 어지간한 이유로는 목숨을 바칠 위인이 아니었으니까."

여전히 그는 여상한 태도로 곧장 대답을 돌려주었다. 잠깐 턱을 쓰다듬으며 생각에 사로잡힌 것 같았지만, 기꺼이 의식을 환기해 내 이야기에 귀를 기울이려는 듯했다.

제때에 대답을 주지 못하고 있는 사람은 오직 나뿐이었다. 잠시 맥락이 끊어지자, 나는 또 어떻게 말을 이어 가면 좋을지에 대한 혼란에 사로잡혔다. 잠자코 본인의 생각을 정돈하다가 내 다음 말을 기다리던 알렉시스 에슈마르크가 그런 내 반응을 흘긋 살피고는 얕게 한숨을 뱉었다.

"유리."

그러나 그는 금세 자신의 호칭을 정정했다.

"아니. 신경을 조금 더 써야 할 것 같군. 내가 그대를 이렇게 부르면, 그대 혹 괴로운가."

"아……."

나는 둔탁하게 신음을 뱉다가 횡설수설 대답했다.

"아뇨. 아니, 완전 아닌 건 아닐 텐데, 사실 이젠 익숙해져서 그건 별로 상관없어요."

"그럼 다행이지만, 그대 진짜 이름을 알려 주면 그쪽으로 부르기로 하지. 둘이 있을 때의 얘기겠지만 말일세."

"아뇨, 괜찮습니다."

나는 딱 잘라 단칼에 거절의 말을 뱉었다가, 뒤늦게 심호흡을 하고, 꿍 소리를 내며 첨언했다.

"당신한테 그러면 안 될 것 같아요."

알렉시스 에슈마르크도 한동안 다른 말을 붙이지 않은 채 침묵했다. 약간의 시간을 소요하고 나서, 그가 별안간 운을 뗐다. 지금까지 주고받던 대화와는 전혀 다른 맥락에서 튀어나온 주제였다.

"알다시피, 나는 이곳을 잠시 떠나, 우리의 문제를 해명하거나 해결하기 위해서 한동안 수도에서 지내다 왔네."

그 얘기도 나눠야 하는 것은 사실이었지만, 굳이 이 순간 거론하기에는 적합해 보이지 않았다. 사실 주제의 성질도 전혀 다른 듯했다. 그래서 나는 그저 어렴풋이 생각하기로, 그가 단지 주제를 바꿔 주려 하고 있는지도 모른다고 판단했다. 그래서 다른 첨언을 하지 않은 채 그저 조용히 그의 말을 경청하기로 했다.

그는 특유의 평온한 태도로 부드럽게 설명을 시작했다.

"아멜리아 레스킷이 최근 제때에 소식을 주지 못한다 싶더니, 아마 이미 폐하께서 조치에 들어가신 탓에 그랬던 모양이야. 어쩔 수 없이 아멜리아에게는 한동안 몸을 낮추고, 내게 관여하지 말라는 전언을 남겨 두었다."

"아마 그사이에 있었던 일 같은데, 그녀가 제게 찾아왔었어요. 스스로 어느 정도 상황을 파악하고 나서, 걱정하지 말라고 제게 말해 줄 요량이었던 것 같아요."

"그 이야기도 갈리아에게 들었네."

재빨리 아멜리아 레스킷과 만났던 일에 대해 보고하자 에슈마르크 대공이 손사래를 쳤다. 그 이상 자세히 설명하지는 않아도 된다는 투였다.

하기야 알렉시스 님께 충성, 또 충성을 외치던 갈리아가 일찌감치 그에게로 돌아갔으니, 내가 레일리와 대화를 하는 사이 그들도 나름의 대화를 나누기는 했을 것이다. 알렉시스 에슈마르크도 갈리아를 통해서든 애셔를 통해서든, 어쨌든 그간의 내 생활에 대해서는 충분한 보고를 받았으리라는 사실을 뒤늦게 깨닫고 입을 다물었다.

알렉시스 에슈마르크는 태연히 말을 잇고 있었다.

"그리고 폐하를 알현하러 갔지. 소득 없는 대화였네. 애초에 함부로 건드리면 안 되는, 민감하고 복잡한 관계였지 않나. 사실 언제까지고 민감하고 복잡한 관계겠지. 일평생 묻어 두려던 이야기들이 쏟아져 나왔어."

일상적이고 아무렇지도 않은 태도였지만, 도리어 그 말에 내가 동요했다. 내 괴로움을 견디지 못하고 내내 끙끙대기만 하던 나는 슬그머니 고개를 들고 알렉시스 에슈마르크의 표정을 살폈다. 표정만으로는 그의 감정적 동요를 알아보기 어려웠다.

"내 입으로 스스로 말하기는 민망하지만, 나는 무엇으로도 대체될 수 없는 능력을 지닌 사람이 아닌가. 오델 에포닐이 뷔올까지 와 있던 데에는 푸른 숲의 이번 요동이 워낙 규모가 큰 탓도 있었지만, 아랫사람에게 맡기지 않고 그녀가 직접 푸른 숲까지 행차하게 된 것은 상황을 지켜보고 시기적절하게 조치를 취하기 위해서다. 나를 끌어들일 수 있다면 연합국에도 큰 이득이 될 테고 말이야. 사실, 그대까지 묶여 있으니 일거양득의 기회가 아닐 수 없지."

"그 얘기도 이곳저곳에서 자주 들었습니다……."

"그랬겠지. 뻔한 상황이었으니까. 물론 그 사실을 황제 폐하라고 해서 모르시지는 않았을 걸세. 다시 말하지만 소득 없는 대화였네. 서로가 서로에게 어떤 식으로든 꼬투리를 잡히지 않기 위해 애를 썼지. 있지도 않았던

친애의 정에 호소했다.”

거기까지 말하고 나서야 그가 언뜻 회의적인 표정을 지었다. 에슈마르크 대공이 담담히 덧붙였다.

“애정에 호소하는 일이라면 나도 할 수 있었어. 하지만 어차피 내가 무슨 말을 해도 믿을 사람이 아니고, 내가 어떤 사람인지, 누구인지도 모르는 분이 아닌가. 나는 굳이 설명하지도, 말하지도 않기로 했다네.”

레스킷 양은 그를 두고, 겁이 많은 사람이라 전투적으로 나서지는 않으리라고 평했다. 나도 내심 그녀의 말에 동의하는 부분이 있었다. 알렉시스 에슈마르크는 연약한 인간이다. 애정을 갈구했기 때문에 그 부재를 누구보다도 뼈저리게 느꼈다. 자신의 존재를 증명받고 싶어서 안간힘을 썼다. 그래서 더 수단을 가리지 않게 됐다.

그의 행동이 정당하거나 옳았던 것도 아니고, 나름의 사연이 있다고 해서 그런 돼먹지 못한 행동을 해도 괜찮다는 얘기는 더더욱 아니었다. 하지만, 나는 적어도 그의 행동에 기반을 제공한 인과만은 분명하게 이해하고 있다. 그 예기치 않은 ‘이해’가 자꾸 내 등을 강제로 떠밀었다. 어쩔 수 없는 일이었다.

“무엇을 기대했을까.”

하지만, 수도에 다녀온 이야기를 하다가, 그가 지나가는 투로 말했다.

“그게 무엇이든, 나는 아마 줄곧 무언가를 기대했던 모양이야.”

나는 이제 제대로 몸을 세우고 그의 이야기에 귀를 기울이고 있었다. 어쩌다 보니 주제를 환기시키기 위해 바꾼 이야기라고는 생각했지만, 이 이야기는 이 이야기 나름대로 우리가 나눠야 하는 본론 중 하나였고, 듣고 보니 더더욱 중대한 이야기였다.

무엇보다도 알렉시스 에슈마르크에게는 그 일이 어쩌면 큰 심적 전환점이 되었는지도 모른다고 생각했다. 긍정적으로든, 그리고 어쩌면 부정적으로든 말이다.

내가 잠자코 그의 이야기만을 듣고 있자, 에슈마르크 대공은 금세 표정을 풀고 다정하게 웃어 보이며 말을 이었다.

"바라시는 것은 위협적이지 않은 허깨비니, 위협이 될 만한 것들은 전부 내려놓고 나오기로 결정했지. 그렇다고 해서 굳이 모든 것을 줄 필요는 없으니, 적정한 선에서 타협을 볼 생각이었어. 어차피 내가 모든 것을 줄 수도 있다는 사실조차 모르는 사람에게 먼저 이것저것 내밀 이유는 없다고 봤으니까."

"네. 그러셨을 거라고 생각하고 있었어요."

"그런데, 말미에, 그는 더없이 늙은 표정을 지었네, 백작. 표현할 길이 없군. 나와 똑같이 생긴 얼굴이 그토록 지치고 피로해 보이는 모습으로, 그만 모든 것을 내려놓고 싶다는 듯 숨을 토해 냈다."

나는 눈을 동그랗게 떴다. 이야기가 어쩐지 조금 바뀐 듯했다. 그리고 아니나 다를까, 별로 예상하지 못했고, 기대하지도 않았던 이야기가 돌아 나왔다.

"어머니의 이야기를 하더군. 선황께서 돌아가신 직후 남몰래 어머니를 불렀었다고 말이야. 내가 태어나기 전이었지. 그때 이미 대화를 나눴다고 하지 뭔가."

아마 대공에게도 뜻밖의 일이었겠지만, 내가 듣기에도 뜻밖이었다. 그들 두 사람이 반정 이후로 나눴어야 했을 상세한 이야기를 미처 나누지 못했기 때문에 알렉시스 에슈마르크의 입지가 애매하고 불편해졌다고 생각하지 않았던가. 하지만 그들은 사실 일찌감치 충분한 이야기를 나누었던 모양이다. 알렉시스 에슈마르크가 태중에 있을 때에 말이다.

그렇다면 무슨 이야기를 했을까? 그리고 만일 그들이 알렉시스 에슈마르크에 대해 충분한 이야기를 나눴다면, 그는 어째서 이렇게까지 불안정하고 불확실한 입지를 지니고 30여 년을 버림받은 채 지내야만 했단 말인가?

나는 어렴풋이, 그저 어렴풋이 두려움을 느꼈다. 구체적으로 떠오르는 바는 없었지만 직감적으로 불길했다. 알렉시스 에슈마르크는 어쩌면 결코 듣고 싶지 않았던 말을 듣고 돌아왔는지도 모른다고, 일종의 확신을 했다.

"어머니도 내 기원에 대해서는 확신할 수 없으셨던 모양이다. 이리나 밀락테이트는 감추지 않고 솔직하게 자신의 추론을 이야기했고, 새롭게 황제가 된 젊은 황자는 오히려 그 숨김없는 진실을 듣고 꺼지기 직전의 잔 불씨에 사로잡혀 격렬한 애정을 느꼈다. 더는 무엇도 나눌 수 없는 상대지만, 일평생 그 불씨에 사로잡힌 채 살아가게 되리라는 사실을 본인도 짐작했을 터. 그래서 그는 그녀에게 자유를 주기로 결정했고, 그렇게 후궁 교지는 취소됐다."

늘 그랬듯이 속내를 읽기 어려운 태연한 얼굴로, 알렉시스 에슈마르크가 덧붙였다.

"듣고 싶지 않았던 이야기를 듣게 됐다. 알고 싶지 않았던 진의라고 해야 할까."

"무슨 이야기요?"

내가 희미하게 질문하자, 잠깐 시선을 깔았던 그가 부드럽게 대답했다.

"선위 말일세."

깍지 낀 손을 이마와 콧등 위에 비스듬히 가져다 대고 뺨을 기울인 알렉시스 에슈마르크가 가만히 시선을 깔았다.

"내 아버지가 누구였든지 그에게는 일찌감치 상관이 없었다. 그저 이리나 밀락테이트의 아들이라는 불변하는 진실만으로 충분했지. 이리나 밀락테이트가 아들을 사랑하든 아니든, 그런 문제에도 물론 개의치 않았어. 사실 황실에 의해 모든 인생을 부정당하고 마법사로서의 삶을 빼앗길 뻔했던 그녀로서는 자식 따위야 사랑하고 싶어도 그럴 수 없는 입장이었겠지. 그 사실을 엘리야 아마르트 뷔올 역시도 알고 있었거든."

남의 이야기를 하듯이 거리감이 있는 말투였다. 여전히 속내를 드러내지 않은 태도로, 그가 말했다.

"그의 후계자는 처음부터 나로 정해져 있었던 걸세, 백작. 몬타뉴의 후손이고 에슈올과 이리나의 피를 이어받았으니 최소한 마법 정도는 수준 높게 활용하리라는 것을 짐작했겠지. 기대 이상이었겠지만 말일세. 어쨌든 그들은 그래서 나를, 물밑에서 뷔올과 교류하던 연합국에 안전히 볼모의 형태로 보내 알아서 재능을 꽃피우기를 기대렸고, 나는 그가 기대한 것 이상으로 해냈다. 너무 많은 것을 쥐게 된 거지. 나름대로 살아 보겠다고 아등바등 애를 썼는데, 비탄으로 가는 길일 줄을 몰랐어."

"대체 무슨 일이 있었던 거예요?"

조심스럽게 묻자, 에슈마르크 대공이 잠자코 웃었다.

"왜 얌전히 기다리지 못했느냐고 역정을 내더군. 무엇에도 욕심 내지 않은 채 순순히 말이나 잘 들으며 기다렸다면 모든 것이 자연스럽게 내게 주어졌을 거라고 말이야. 그의 모든 계획이 틀어진 것도 전부 나의 탓이라며 나를 비난했지……. 사실 중요한 건 내가 아니라, 이리나 밀락테이트의 아들이었을 테니 지당한 일이겠지만."

그가 인상을 쓴 채 목을 빼 들고 고개를 늘어트렸다. 이제는 감출 수 없는 회의감이 그의 목소리에서 뚝뚝 묻어났다.

"애셔가 무엇을 하든지, 그 애가 무엇을 이루든지. 그 사람들에게는 아무런 상관이 없었던 거야."

단 한 번도 황제에게서 온전한 후계자로서 인정을 받거나 지지를 받지 못했지만, 자신의 능력으로 정치판에 발언권을 얻은 젊고 현명한 태자.

불현듯 애셔 아마르트 뷔올의 기본적인 설정이 머릿속을 스쳐 지나갔다. 그것이야말로 어쩌면 애셔 아마르트 뷔올이 자기 자신을 뷔올의 역사서에서 내쫓을 수 없는 '대체 불가능한' 인물로 만들기 위해 취할 수 있었던 유일한 조치였는지도 모른다.

알렉시스 에슈마르크의 출생에 대해서도 애셔는 어느 정도 짐작하고 있었다. 그 영민한 두뇌로, 아버지에게 다른 진의가 있을지도 모른다는 생각을 단 한 번도 떠올려 보지 못한 것은 아닐 터였다. 어느 정도는 직감적으로, 본능적으로 느끼고 있었을지도 모른다. 그럴 가능성이 없다고 생각하더라도 만일의 경우를 대비해 최소한의 조치 정도는 취해 둬야 했으리라.

게다가 에슈마르크 대공이 여간 뛰어났던가? 상황을 파악하자마자 속을 떠보기 위해 따로 불러 티타임을 갖자 할 정도로 예의 주시하던 상대였다. 그래서 단 한순간도 제국의 후계로서 부족함이 없기 위해 자기 자신을 끊임없이 검열하고 잘라 내야 했다.

자신이 이끌고 가려는 사람들, 나아가서 국가의 모든 국민들에게 최대한의 지속 가능한 공감과 제도적 보장을 약속하기 위해서 무엇이든 했다. 신분을 감추고 허드렛일을 하는 것도 마다하지 않았다.

그는 자유로운 인간을 동경했고, 평온한 가정에 꿈을 지녔다. 신분 낮은 이도 함부로 대하지 않고 존중하며 대화를 나누는 사람이다.

황태자가 스물이 넘도록, 황제는 그에 대해서는 어떤 지지도 인정도 표명하지 않았다. 때문에 애셔 아마르트 뷔올에게는 정치적인 기반이 없었다. 그래서 더더욱 자기 스스로 완벽한 황태자가 됐다.

애셔 아마르트 뷔올은 공식적으로 이 나라의 유일한 적법 계승자다. 그만이 황실의 오래된 과오로부터 자유로운, 뒤늦게 태어난 어린아이이기도 했다. 어머니는 그를 낳으며 일찍 별세했지만 슈리하 왕국 출신의 아름다운 왕족이었으며, 그를 키운 사람은 국가의 가장 발언권 있는 종친인 마이어 대공이다.

알렉시스 에슈마르크가 황실에서 유일하게 마음을 준 상대이기도 하다. 애셔 아마르트 뷔올도 숙부일지 형일지 모르는 그를 그 모든 복잡하고 민감한 입장과 사정에도 불구하고 진심으로 존경하고 존중했으며, 마음 깊이 사랑했다.

그 사실을 알아서, 나는 더는 입을 다문 채 그의 말을 듣고만 있을 수가 없게 됐다. 나는 그가 빙 둘러 회피하고 있던 주제를 다짜고짜 꺼내 들었다.

"애셔 전하는 아십니까?"

"직접 듣지는 못했겠지. 하지만 전혀 몰랐을까?"

잠자코 대답한 알렉시스 에슈마르크가 희미하게 웃으며 다시 말했다.

"짐작은 했을 거라고 생각하네. 솔직히 너무 오래도록 황태자를 방치해 두지 않았나. 흔한 일은 아니었지. 그럼에도 불구하고 그 애는 문제가 수면 위로 드러나기 전까지 침묵하고, 내게 호의와 선의를 보였어. 이번 문제에 대해서도 사안을 터트리고 나를 몰아붙여 찍어 내기보다는 중립을 취했다. 아니, 오히려 그대를 보호할 의사를 은연중에 내비쳤으니 조금은 내 손을 들어 준 셈이었지."

그 말을 듣고, 나도 애셔 황태자와의 대화를 새삼스럽게 떠올려야 했다. 그는 어린 시절 자신이 별생각 없이 그를 형님이라고 부른 한순간의 일을 여태까지 후회하고 있다.

알렉시스 에슈마르크의 존재가 그 자체로 자신에게 위협이 될지도 모른다는 가능성을 그 역시 어느 정도 짐작했을지도 모른다. 그저 황태자는, 그럼에도 불구하고 알렉시스 에슈마르크의 마음에 상처를 줬을지도 모르는 자신의 유년을 죄스러워했다. 그리고 가능하면 알렉시스 에슈마르크 또한 행복해질 방법을 찾기를 바랐다.

애셔 아마르트 뷔올은 그렇다고 해서 자신의 목숨까지 내주거나 황위를 양보할 수 있을 정도의 성인군자는 아니었지만, 그저 가능한 만큼 모두가 행복해질 수 있는 길을 모색해 볼 정도로는 다정하고 배려심 있는 인간이었다.

그는 알렉시스 에슈마르크에게 결핍된 것이 무엇인지도 알고, 그에게 필요한 것이 무엇인지도 알고 있다. 알렉시스 에슈마르크가 정말로 바라는 것이 무엇인지도 명확하게 알고 있을 것이다. 사실, 그러니 내게 그런 부탁을 했을 테고.

연인의 형태가 아니어도 괜찮고, 어떤 방식으로든 괜찮으니, 그저 알렉시스 에슈마르크의 곁에 있어 달라고. 그에게 사소하고 아무것도 아닌 '머무를 곳'이 되어 달라고 말이다.

황제도 이리나 경도 이해하지 못한 알렉시스 에슈마르크를 애셔 아마르트 뷔올과 아멜리아 레스킷은 분명히 이해하고 있다. 그가 무엇을 욕심내 바라지도, 탐하지도 않는 인간이고, 그럴 수도 없을 만큼 겁이 많고 약한 성품을 지녔다는 사실을 그 두 사람만이 안다. 정작 그 사실을 알아야 할 사람들은 아직까지도 모르는데.

나는 애셔와의 대화를 알렉시스 에슈마르크에게 전하지 않았지만, 내가 달리 말을 건네기도 전에 알렉시스 에슈마르크가 먼저 애셔 아마르트 뷔올의 이야기를 꺼냈다.

"어쩌면 애셔 역시 그 영민한 두뇌로 나에 대해서 어느 정도는 짐작하고, 미래에 숱한 파란이 있을지도 모른다는 사실을 염두에 두고 있을 거라고 일찌감치 생각해 왔다. 그저 서로에게 불편한 진실은 괜히 캐묻지 않는 편이 나으리라고 여겼을 뿐이었어. 하지만 굳이 이런 식으로 그 아이가 명확한 진실을 확인할 이유는 없다고 생각하네."

유감스럽게도, 애셔 황태자가 대공을 떠올리며 토로한 내밀한 진심과 맥락적으로 다를 것이 한 가지도 없는 말이었다. 나는 그저 마음이 불편했다. 그런데 내 표정을 확인한 알렉시스 에슈마르크가 미미하게 미소를 지었다.

"그대 나를 어리석다고 보나."

"아뇨……. 이해해요."

그리고 그 일련의 사태마저도 내가 짠 세계에서, 지극히 내가 설정할 법한 이야기대로 흘러가고 있다. 나는 두 손에 다시 얼굴을 묻고 나서야 희미하게 기어들어 가는 목소리로 대답했다.

내 반응을 살펴본 알렉시스 에슈마르크도 한동안 침묵하다가, 뒤늦게 덧붙였다.

"그대에게도 일찌감치 말했지만, 나는 누군가의 것을 뺏어 내 결핍을 채울 생각은 없네. 더군다나 내 결핍을 채울 수도 없는 것을 뺏을 이유도 없다. 그러니 그대를 증오하거나 원망하고 그대에게 책임을 물릴 생각은 없었어. 엘류이센 라이케가 나를 어떻게 생각하든, 내 세계에 그녀가 소중했으니 그녀를 되찾을 수 있다면 그것으로 족했네. 상대가 애셔라고 해서 다를 이유는 없겠지."

그가 단조롭게, 여전히 남의 일을 떠드는 듯한 목소리로 말을 이었다. 그러나 특유의 온화하고 정돈된 표정은 어쩐지 날이 선 듯했다.

"손에 넣을 수 없는 것이라면 바라고 싶지도 않네. 이룰 수 없는 것이라면 꿈꾸고 싶지 않아. 패배할 것을 아는 싸움이라면 애초에 덤빌 생각도 없지. 나는 그렇게 살았다. 아등바등 애를 쓰면서는, 그렇게는 살고 싶지도 않았어. 원하면서도 손에 쥘 수 없는 것이 이토록 즐비한 세상에서, 왜 굳이 그런 것을 찾아 원해야 하는지 알지 못했으니까. 나는 가질 수 있는 것을 원하고 손에 넣는 일로 족한 사람이네. 그대에 대해서도 마찬가지고, 어떤 일에도 마찬가지일 걸세."

"알렉시스."

나는 알렉시스 에슈마르크와 애셔 아마르트 뷔올의 망가진 인생에 여지없이 책임을 느끼며 슬그머니 그의 이름을 불렀다. 그에게는 위로와 위안이 필요해 보였고, 내가 그 역할을 할 수 있다는 확신은 없었지만 뭐라도 해야만 할 것 같았다.

그런데 알렉시스 에슈마르크는 한 손을 부드럽게 들어 올려서 내 말을 막아 세웠다.

"그저 적어도 내가 계기를 마련했다면, 끝을 보는 것도 내 역할이겠지. 엘류이센 라이케도, 반인에 대한 문제도, 애셔에 대해서도, 그대에 대해서도 다를 것 없이 책임을 느껴. 그대가 책임을 느낄 이유는 없네. 그대는 자기 자신을 두고 원인 제공자 정도로 여기는 모양이지만, 행동해서 계기를 마련하는 것은 결국 살아가는 자들의 몫이야. 그대도 인정하지 않았나. 세계를 최초에 형성한 주체는 그대인지 몰라도, 결국 이 세계를 구성하고 있는 것은 자유의지를 지닌 우리 자신인지도 몰라. 어찌 되었든 모든 일이 강요에 의해서만 생겨난 것은 아니었고 결국 내 선택이었으니, 책임을 질 사람은 나라는 얘길세."

"당신이 왜 책임을 집니까?"

"내가 책임을 지지 않으면 아무도 책임을 질 수 없으니까."

누그러진 태도로 대답한 그가 희미하게 웃더니, 퍽 장난스러워진 목소리로 부드럽게 덧붙였다.

"스스로 말하기는 민망하지만, 지닌 능력이 워낙 뛰어나야지. 그렇지 않은가."

거기까지 말하고, 그가 평온한 태도로 말했다.

"그래, 나지. 내가 해야만 하는 일. 애셔가 정말로 짐작조차 못하고 있었다 해도 상관없다. 그저 내가 더는 이 나라에 머무를 수가 없어."

"떠날 생각이에요?"

"떠나야지."

"어디로 갈 생각입니까?"

"글쎄."

알렉시스 에슈마르크가 담담하게 대답했다.

"어디로든. 무엇도 뺏지 않고, 무엇에도 뺏기지 않을 수 있는 곳으로."

그야말로 모호한 말이었지만, 정말로 어디든지 상관없기 때문에 꺼낸 산뜻한 대답이라는 것을 이제는 분명하게 안다. 나는 그의 다음 말을 기다렸다. 무엇이든 말을 이어 붙일 순간이었다.

아니나 다를까 에슈마르크 대공이 조금 더 상세한 이야기를 붙여 주었다. 여전히 태연한 낯이었다.

"지금 당장 떠나면 푸른 숲은 처치 곤란이 된 채 방치될 테니, 이번 일은 끝내고 나서 떠나야겠지."

"푸른 숲을 해결하고 가실 생각이시군요."

"애셔는 어떻게든 이번 기회를 통해 푸른 숲 안쪽을 뒤지고 파악한 뒤 이후의 문제까지 예방해 두려는 듯해 보였네. 푸른 숲 출신의 그대와, 대마법사인 내가 있으니까. 그러니 어찌 보면 당연한 일이고, 내가 책임자여도 같은 결정을 했을 걸세."

"알고 있어요. 그 계획을 어찌 아셨는지 에포닐 공작께서 연합국의 영향력을 주장하셔서 내내 분위기가 별로였어요."

실제로도 알렉시스 에슈마르크가 도착하기 직전까지만 해도 가시방석 같은 협상 테이블에서 나만이 끙끙대고 있었다. 그때의 일을 떠올리며 고자질하듯 대답하자 대공도 당시의 내 입장을 익히 짐작했는지 잠깐 웃었다.

"푸른 숲에 온 김에 그런 이권 정도는 얻어 내고 가야 그녀도 면을 세우지 않겠나. 나를 데리고 가지 못하더라도 푸른 숲까지 온 전리품으로 무언가는 챙겨야 하니까 말일세."

"즉, 본래의 목적은 당신과 나라는 얘기군요."

"당연한 일이지. 연합국에는 마법사나 발명가가 드물어. 그리고 마법사와 발명품은 그 자체로 군사력이 된다. 연합국 출신의 이름 알린 발명가라고 해 봤자 기껏해야 마티어스 에이미뿐이지만, 그 역시 마법에는 재능이 없으니까. 뿐만 아니라 그는 국가라는 체제로부터 달아난 사람이다. 이번에는 나름대로 최선을 다해서, 국가의 부름은 죄 피해 다니기 일쑤인 마티어스 에이미도 강제로 소환하지 않았나. 작정하고 왔다고 봐야겠지."

마티어스 에이미가 왜 갑자기 불쑥 튀어나왔나 했더니, 그런 사연이 있었군……

그리고 만일 그렇다면 오델 에포닐도 이미 알렉시스 에슈마르크를 캐서, 뷔올을 떠나려 하는 그의 속내를 어느 정도는 파악했다고 봐야 했다. 그런 것치고 푸른 숲 진입의 발언권을 손에 넣는 일에 꽤나 진심으로 덤비고 있는 것을 생각하면, 그녀도 어느 정도는 알렉시스 에슈마르크의 추후 향방을 짐작한 모양이었지만 말이다. 알렉시스 에슈마르크는 결국에는 뷔올이 아닌 어디로도 가지 않을 터였다. 어쨌든 본인이 원하지 않는다는데 강제로 끌고 갈 수는 없는 법이었다. 그런 강제력이 통할 만한 상대가 아니니까.

자주 잊게 되지만, 알렉시스 에슈마르크는 그 존재 자체로 므라우를 지도에서 지운 인간이다. 오델 에포닐의 신중하고 조심스러운 접근도 어찌 보면 당연한 일이었다.

"그러니 우리는 결국 푸른 숲 내부로의 진입을 앞두고 있는 셈이지. 아마 이번 일이 끝나고 나면, 여전히 만인에게 열려 있지는 않아도, 내부로의 길이 열리기는 할 걸세. 그러면 누가 푸른 숲 안에 들어가겠다고 하든지, 사람들이 이전만큼 격렬하게 반대하고 말리지는 않을 거라는 이야기야. 그럼에도 여전히 함부로 푸른 숲 안까지 쫓아갈 수 있는 사람은 딱히 없을 터. 그렇다면 그것으로 좋지 않겠나."

아마도 지난밤 내가 레일리와의 결론을 내리는 사이 상층부의 회의석에서는 그런 결론이 도출된 모양이었다. 오델 에포닐 공작이 애셔와 계속 입씨름을 하던 주제인데, 에슈마르크 대공이 합류하면서 적당히 중간선을 잡아 중재를 해 준 것이리라.

그는 이제 사실상 뷔올의 편도 연합국의 편도 아니다. 어느 정도 뷔올을 위해 팔이 굽을 수는 있겠지만, 그저 그뿐이었다. 정치적으로나 사회적으로나 마찬가지였다. 그 사실을 알고 있으니 에포닐 공작도 순순히 그의 중재를 받아들였을 것이다.

애초에 에슈마르크 대공이야말로 현재 푸른 숲에 모인 세력가들 사이에서 가장 뜨거운 감자인 인물이기도 했다. 에포닐 공작이 굳이 여기까지 몸소 행차한 이유도 알렉시스 에슈마르크였으니, 그의 중재가 강력한 영향력을 발휘할 이유는 충분했다.

어찌 되었든, 푸른 숲 내부로의 길이 열린다. 그가 굳이 지금 이 시점에서 그 이야기를 꺼냈기 때문에, 나도 알렉시스 에슈마르크가 무슨 얘기를 할지 익히 짐작이 갔다.

"몬타뉴의 후손으로 태어나, 어쩌면 일찌감치 정해져 있는 운명이었을지도 모르지. 나 역시 결과적으로는 푸른 숲에 잠적하게 될 가능성이 높을 걸세. 마력이 가득한 곳이고, 이 세계의 핵이기도 하지 않은가. 같은 이치로, 거대한 마력 폭풍이 눈보라를 동반한 채 사시사철 몰아치는 이 세계의 극단, 북부의 산맥 위로 잠적하는 방법도 물론 있을 테지만 말이야. 어느 쪽도 상관없다고 생각하고 있네."

"그렇게 말할 것 같았어요. 그런데 우리가 해야 할 이야기는 그 문제가 아니라고 생각하는데요. 정작 당신은 그렇게 잠적해서, 다른 사람들과 자신을 차단한 채 살아도 괜찮습니까? 아닌 척하지만 사실 당신은 쉽게 정을 주는 사람이고, 이미 뷔올에도 당신의 마음을 한 움큼 안겨 둔 채 떠나온 것이잖아요."

이쯤 되자 나는 정말로 알렉시스 에슈마르크가 걱정이 됐다. 사실 작가로서의 책임 여부를 떠나, 이 정도의 이야기를 들으면 인도적으로 상대의 앞날과 감정을 걱정할 수밖에 없는 것이 사람의 마음이었다.

물론 나는 이 글과 세계를 구성한 작가이기 때문에 조금 더 마음이 기울고 있는지도 모른다. 그것만은 나로서도 정말 어쩔 수 없는 일이었다.

"갈리아에게도 그랬듯이요."

조심스럽게 덧붙이자 알렉시스 에슈마르크가 그 얘기는 또 어떻게 알았나는 듯이 쓰게 웃어 보였다가 손가락을 튕겼다. 찻잔이 알아서 정돈되기 시작했다.

그렇다. 그저 마음이 쓰였다. 이제는 인정할 때가 됐다. 레일리가 알렉시스 에슈마르크에 대한 내 대처를 지나치게 불쾌해하는 데에도 조금쯤은 그 나름의 근거가 있다고 봐야 할지도 모른다.

나는 알렉시스 에슈마르크에게 지나치리만큼 마음을 쓰게 됐다. 레일리 크라하에게 이미 마음을 주었기 때문에 달아날 수 없게 되었듯이, 알렉시스 에슈마르크에게 마음을 쓰게 되었기 때문에 물러설 수 없게 됐다.

애초에 이 소설 속의 인간들을 단순히 캐릭터로 치부하고 마음껏 무시할 수 없게 만든 것도 알렉시스 에슈마르크의 소행이 아닌가. 빌어먹을 일이었다.

"푸른 숲에 머무르면 여러모로 도움이 될 걸세."

"뚱딴지같은 소리 하지 말고요."

"그대가 돌아가는 방법을 찾을 때를 얘기하는 거야."

그가 다정하게 덧붙였다. 나는 입을 꾹 다물었다.

"어쩌면 레일리 크라하를 데리고 가는 방법을, 푸른 숲 안에서라면 찾을 수 있을지도 모르지."

방금 전에 내게 마음을 주었다고 힘없이 고백하고, 그럼에도 불구하고 가질 수 없으리라는 사실을 알기 때문에 애쓰지 않을 거라고 말했으면서. 알렉시스 에슈마르크는 이번에는 레일리를 데리고 돌아갈 수 있게 해 주겠다고, 결과적으로는 내가 살던 곳으로 나를 만족스럽게 돌려보내 주겠다고 말하고 있다.

나는 인상을 썼다가 슬그머니 시선을 회피하고, 그러나 결국 또 두 손에 얼굴을 묻었다. 제길, 대체 나한테 뭘 바라기에 이런단 말인가? 개 같지만, 그가 내게 아무것도 바라지 않는다는 사실을 너무나 잘 알고 있다. 그러니 더더욱 내 마음이 괴로운 것이다.

"그러면 그때는 함께 그곳에 머무르며 방법을 찾아볼까."

온화하고 평온한 목소리였다. 알렉시스 에슈마르크가 속삭였다.

"그렇게 여생을 보낼까."

"당신이 그럴 필요 없어요."

"유리."

그가 미묘한 뉘앙스로 유리 옐레체니카의 이름을 입에 담았다. 나는 어렵게 고개를 들어 그의 시선에 마주하고 앓는 소리를 냈다.

"그대 생각은 어떻지."

당신이 그럴 필요 없다고 다시 반복해 말하려다가 입을 한일자로 닫았다. 알렉시스 에슈마르크가 빙그레 웃어 보였다. 결국 나는 그 대신 다른 질문을 했다.

"왜 제게 그렇게 마음을 쓰죠?"

"글쎄. 그대는 왜 내게 마음을 쓰지?"

그가 도리어 내게 되묻더니, 잠깐 숨을 고르고, 말을 선별해 대답했다.

"직접 본 설계자는 미숙하고 제멋대로에, 빈틈이 많고 방종하며, 상상할 수 없을 만큼 자신만을 생각하더군."

"……."

"그런데도 때때로 저릴 정도로 달콤한 말을 해서 그대로 둘 수가 없어."

"왜 내가 하는 말이 당신에게 그렇게 저리도록 달콤하겠어요?"

정말 이런 소리만은 직접 꺼내고 싶지 않았지만, 더는 견딜 수가 없었다. 나는 감출 수 없이 날 선 태도로 쏘아붙였다.

"그 말이 당신에게 달콤하게 들리게 된 이유를 애초에 내가 제공했기 때문이고, 당신 삶의 서사를 나만의 언어로 형성한 사람이 바로 나여서라는 것도 알잖아요. 예? 생각을 좀 해 봐요. 어째서 내가 하는 말마다 당신에게 마음의 위안을 주겠습니까? 당신도 그 이유를 알잖아요."

지금까지 애써 꺼내지 않으려고 노력하던 말이었다. 스스로 독이 되는 말을 굳이 뱉을 이유는 없었기 때문이다. 애초에 내가 이 세계를 구성한 작가이기 때문에, 그에게는 구원처럼 느껴지는 말을 글의 신념으로 삼고 있을 수밖에 없는 것이 아니겠는가?

그도 결국에는 자신의 최후를 선택할 수 있는 글의 주요 인물 중 한 명이니, 어쩔 수 없이 그가 지향하는 인생이란 내가 지향하는 결말과 닮아 있을 수밖에 없다. 지극히 명백한 일이었다. 내가 특별히 선한 사람이어서도, 그가 특별히 나와 맞는 사람이어서도 아니었다.

어쩌면 레일리와 이렇게까지 가까워지고 만 것도 같은 이유 탓일지 모르는 일이었다. 실제로도 그런 가능성 때문에 여러모로 고민을 했다. 하지만 나의 그런, 작가로서 지니고 있는 특성들에 레일리가 휘둘리는 방식과 에슈마르크 대공이 휘둘리는 방식은 전혀 달랐다.

레일리는 내가 꺼낸 말이 우연찮게 얻어걸렸어도 상관이 없을 테고, 사실 잘 얻어걸린 말이 있든 말든 별로 개의치도 않았을 것이다. 몇 마디 말에 마음이 다소 흔들릴 수는 있겠지만, 그에게는 어떤 말도 그 정도로 '유일하고 절박한 가치'를 갖지는 않는다. 레일리 본인도 이미 그렇게 선언한 전적이 있지 않은가. 하지만 에슈마르크 대공은……. 그의 경우에는 사정이 다르지 않겠는가…….

그에게는 그 말이 필요했다.

그에게는 정말로 오직 그 말뿐이었다. 그 말이기 때문에 의미가 있었다. 그가 그런 인물이고, 그렇게 설정된 캐릭터였기 때문이다.

그렇게 온당치 않게 얻은 호의로 알렉시스 에슈마르크를 착취할 생각은 없었다. 그건 정말 착취라고 불러야 마땅한 일이었다. 나는 알렉시스 에슈마르크에게 무엇도 줄 수 없고, 그에게는 무엇도 남지 않는다. 그는 그저 내게 호의를 베푸는 과정에서 마모되고 희생될 뿐이다. 어떻게 생각해도 그것을 착취 아닌 무엇으로도 부를 수 없었다.

그러나 알렉시스 에슈마르크는 여상한 태도로 웃더니, 부드럽게 반문했다.

"그대 나를 설계한 자여서?"

"……."

"그래도 상관없는데 말이야."

그가 달콤한 것을 베어 문 것 같은 표정으로, 다정다감하게 덧붙였다.

"그대와 약속한 일을 저버릴 생각도 없어. 그대를 돌려보내 주고…….

아마도 그 업무야말로 이 나라를 떠난 뒤 내게 주어진 역할이 되겠지. 내가 나 자신의 역할에 대해 그렇게 말을 해도 괜찮겠나."

"저는 당신한테 아무것도 줄 수 있는 게 없어요."

"함께 떠나겠나."

내 말에는 대답도 하지 않은 채, 알렉시스 에슈마르크가 일방적으로 달짝지근한 낯을 했다. 그의 얼굴을 살피고 나서, 나는 반사적으로 입을 꾹 눌러 닫았다. 더는 할 수 있는 말이 없었다. 자연스럽게 표정도 일그러졌다. 눈치껏 펼 수도 없었다.

일그러진 내 표정을 물끄러미 살피며, 알렉시스 에슈마르크가, 그가 스스로 나를 그렇게 표현했듯이, 저리도록 달콤한 태도로 물었다.

"그대는 언제고 내 곁을 떠날 테지만, 그래도 잠시간은 내 곁에 있어 줄 텐가."

그리고 애석한 일이었다. 여전히, 나는 그에게 돌려줄 수 있는 대답이 없었다.

나는 잠자코 묵비권을 행사했다. 알렉시스 에슈마르크라고 해서 굳이 대답을 캐내려 든 것은 아니었다. 그는 조용히 차를 마시고 있었고, 나는 차를 마시지도 않고 찻잔을 만지작거리기만 하다가 한참이 지나서 대답했다. 엄밀히 따졌을 때 대답은 아니었다.

"사실 나는 당신이 무슨 생각을 하고 있는지 모르겠어요."

갑작스럽게 꺼낸 말이었지만, 에슈마르크 대공은 퍽 관대한 태도로 계속 말해 보라는 듯 가볍게 턱짓을 했다. 나는 입을 다물고 있다가 천천히 덧붙였다.

"그래서 궁극적으로 무엇을 바라는지, 무엇을 추구하는지도 모르겠고요. 정말로 원하는 게 뭔지도 모르겠어요. 나한테 요구하는 게 뭔지 모르겠다는 얘기예요."

"모를 수밖에 없겠지. 나도 알지 못하니까. 그저 오래전에 바라는 법을 잊어버렸어. 이제 와서는 굳이 무언가에 열정과 열의를 쏟고 싶은 마음이 없네. 그저 마음을 놓을 수 있는 상대와, 언제고 동의할 수 있는 대화를 나누며, 두려운 충돌을 겪지 않아도 되는 삶을 기다리고 있는 거지."

"어차피 가질 수 없는 것들밖에 없었으니, 이제는 굳이 희망 없는 것을 손에 넣기 위해서는 애쓰고 싶지도, 그런 일을 바라고 싶지도 않은 거죠. 당신의 그런 사고방식은 이해해요."

"그대가 구성한 그대로의 인간이라?"

"뭐……. 따지자면 그런 거죠."

폐부를 깊숙하게 찌르는 불편한 표현이었기 때문에 조금 찜찜한 마음으로 대꾸했다가 미간을 문질렀다.

"하지만 사실은 바라고 있잖아요. 내심 애를 쓰고 있으니까 괴로운 게 아니겠어요?"

내 말을 들은 알렉시스 에슈마르크가 눈을 가늘게 뜨며 능청스럽게 웃어 보였다.

"지금 설마 내게 심적 위안을 주기 위한 일종의 '상담'이라도 해 주겠다는 건가?"

우아한 표현에 포장된 채 나왔지만, 풀이하자면 '내 일에 간섭 마라.' 였다. 염병, 간섭하지 않을 수 있는 상대가 아니지 않은가. 나는 불퉁한 얼굴을 한 채 퉁명스럽게 어물거렸다.

"아니, 뭐, 딱히 그런 건 아니지만……."

"말했다시피 그저 함께 가자고 말하고 있는 걸세. 나는 어차피 떠나게 될 테고, 내가 떠나고 나면 그대의 일에 도움을 줄 사람이 남지 않을 테니 그대에게는 사실상의 선택지가 없다는 것도 물론 알고 던진 말이지. 뿐만 아니라 선택지가 생긴다면 그대는 언제든 떠나게 되리라는 사실을 알고 있고, 그래도 상관없다고 생각하니까. 별로 개의치 않아도 될 텐데 말이야."

가만히 시선을 깔았던 알렉시스 에슈마르크가 부드럽게 대답했다.

"애초에 이럴 때가 아니지 않나? 그대는 내게 신경을 쓸 때가 아니야."

"예에?"

갑작스러운 충격 고백과 함께 구구절절 마음 쓰이는 이야기를 늘어놓아서 본인에게 신경을 쓰게 만든 당사자가 할 소리란 말인가? 불만스럽게 대응하는데, 알렉시스 에슈마르크가 손가락을 까딱까딱 휘저었다.

그러자 여느 때와 같이 다 마신 그의 빈 찻잔이 저절로 공중에 떠올라 구석으로 날아갔다. 도중에 마력 장치들에 부딪쳐 조금 비틀비틀 흔들리기는 했지만, 금세 물 담긴 대야 안에 뒹굴며 알아서 몸을 헹구다가 잔들이 놓인 곳에 말끔히 정돈됐다.

평소와 크게 다를 바는 없어 보였는데, 어쩐지 눈썹을 꺾고 물끄러미 그쪽을 바라보던 알렉시스 에슈마르크가 검지를 산뜻하게 접으며 희미하게 인상을 썼다. 그의 시선이 여전히 찻잔들에서 떨어지지 않는 것을 보면, 분명 뭔지는 몰라도 마음에 걸리는 점이 있는 듯했다. 하지만 그는 그런 불편한 속내에 대해서는 굳이 설명하지 않은 채, 꺼내던 이야기나 잠잠한 태도로 마저 이었다.

"조금 더 생각을 해야 하네."

늘 그랬듯 자신의 할 말만 하고 남의 말은 추호도 듣지 않는 태도였지만, 아무튼 그가 무슨 말을 하려고 그렇게 운을 떼는지 짐작이 가지 않는 것은 아니었다. 황제와의 문제를 해결하기 위해 홀로 수도로 떠날 때부터 일찌감치 이상한 발언을 하지 않았던가.

애초에 그는 기존의 화제를 유지할 생각이 조금도 없는 듯했다. 나와 그의 감정에 대해서는 더 이상 주제를 끌어 봤자 얻을 게 없으리라는 뜻이었다. 알렉시스 에슈마르크의 다정스럽지만 퍽 독선적인 대화 방식에는 애석하게도 이미 익숙해졌다.

나는 한숨을 푹 내쉬었다가, 어쩔 수 없이 뒷목 근처로 손을 쑥 집어넣어 머리칼을 마구잡이로 헤집으며 그의 말에 장단을 맞춰 화제를 바꿔 줬다.

"그러고 보니 저한테 너무 많은 업을 쌓았다고 하지 않았습니까? 그건 뭔 소린데요?"

그러자 그가 또 대답을 하기는 했다. 언제나 대답의 타이밍만은 성실했다. 하지만 이번에도 별다른 소득을 얻기 힘든, 뚱딴지같은 소리였다.

"사실 나는 이미 어느 정도 결론을 내리고 있네. 그러니 그 결론을 내 눈으로 직접 확인하기를 기다리고 있을 뿐이야."

"그러니까, 무슨 결론이요?"

"그대에게 말해 줄 생각이었지만, 말해 주어도 괜찮을지를 잘 모르겠어."

"아, 거, 더럽게 뜸들이시네. 어차피 말하게 될 거, 그냥 말하쇼."

어지간하면 직접적으로 비난하지는 않을 생각이었지만, 결국 그따위의 말이 검열을 거치지 못한 채 툭 튀어나갔다. 알렉시스 에슈마르크가 당장 입을 닫더니 비난조로 눈을 가늘게 뜬 채 나를 빤히 응시했다. 무언의 압박을 느낀 나는 그의 눈치를 살피다가 스스로 내 주둥이를 한 대 찰싹 쳤다. 스스로 반성하고 있다는 의미에서 보란 듯이 한 행동이었다.

그런 내 꼴을 전부 지켜보던 알렉시스 에슈마르크가 깍지 낀 손을 죽 뻗으며 한숨을 내쉬고 몸을 폈다. 다리를 꼰 채 의자에 등을 묻은 그가 혀를 찼다.

"어디 감상에 잡힐 틈을 주질 않는군."

"그러게 왜 정도 이상으로 뜸을 들이고 난리예요. 거, 후딱후딱 본론 들어가고 결론 뽑아야지, 서론만 오억 년 동안 읊고 있고 말이야."

"솔직하게 말하지. 나는 겁이 나는 걸세."

"무엇이요?"

"무언지도 모를, 두려운 것이 찾아오는 일이 두려운 거지."

퍽 유약한 태도로 자기 자신의 손끝을 마주 댄 채 만지작대던 에슈마르크 대공이 물끄러미 내 찻잔을 바라보다가 부드럽게 물었다.

"차는 다 마셨나. 일단 찻잔부터 치워 둘까."

"앗, 네. 더는 안 마실 것 같아요."

일단 내 찻잔도 치우려는 눈치기에 순순히 말하며 찻잔을 침대 위에 슬쩍 내려놓자, 그가 접었던 검지를 까딱까딱 흔들다가 다시 펼쳐서 휙 휘둘렀다.

그런데 그 순간이었다. 알렉시스 에슈마르크가 일상적인 태도로 레버를 밀어내자 연결되어 있던 지레가 휙 꺾이며 찻잔이 단숨에 공중으로 떠올랐다. 그리고 쌕 하고 바람을 가르는 소리가 났다. 요란하게 날아간 찻잔은 그대로 텐트 기둥에 부딪쳐서 산산조각으로 박살 나고 말았다.

그 꼴이 대단히 위협적이었다.

"……."

"……."

반사적으로 어깨를 움츠린 채 그쪽을 바라보던 내가 대번에 인상을 썼다.

"아니, 막말해서 나도 많이 미안하고 반성하고 있다는 점 이미 표현했잖아요. 셀프로 벌도 줬구먼, 레일리 크라하로 모자라서 댁도 사람을 위협하기로 작정했나?"

"아니……."

"아니긴 뭐가 아니야?!"

빽 내지르며 몸을 세우려는데, 어쩐지 알렉시스 에슈마르크의 표정이 이상했다. 드물게 미간을 좁히고 인상을 쓴 채 박살 난 찻잔을 바라보던 그가 퍽 다정한 태도로, 그러나 이번에도 지극히 명령조로 덧붙였다.

"앉게. 몇 가지 시험해 볼 생각이라, 서 있으면 위험할지도 모르겠군."

이 상황이 레일리 놈의 개 같은 짓과 똑같은 위협의 성질을 지녔든 아니든, 그렇다고 해서 내가 그에게 거역할 만한 능력을 충분히 지닌 것은 아니었다. 눈썹을 역팔자로 추켜올리기는 했지만 어쩔 수 없이 순순히 자리에 앉았다. 내가 일단 앉자마자 알렉시스 에슈마르크가 다시 손가락을 까딱 휘둘렀다.

이번에는 바닥에 깔려 있던 양탄자가 마력 장치에서 튀어나온 집게들에 붙잡혔다. 양탄자는 한동안 문제없이 부드럽게 쏙 말리다가 별안간 공중으로 휙 떠오르더니, 팡 소리를 내며 활짝 펼쳐졌다. 그러더니 힘없이 툭 바닥으로 가라앉았다.

이쯤 되자 나도 이변을 눈치챘다. 알렉시스 에슈마르크를 따라 인상을 썼던 내가 찬찬히 질문했다.

"당신 설마 지금, 마법 조절이 안 되는 거예요?"

"글쎄……. 뭔지는 모르겠지만, 노이즈가 있는데. 아까 왠지 찻잔이 비틀거리며 간다 싶었어. 게다가 이 노이즈, 짐작건대 점진적으로 심해지는 것 같군."

"'노이즈'?"

알렉시스 에슈마르크가 마법을 쓰는 사이 그 회로를 꼬아 버려서 세계의 중압감을 육신에 밀어 넣는 방식도 아니고, 그가 사용하는 마법 그 자체에 감히 노이즈를 넣을 수 있는 인물이 몇이나 된단 말인가? 더구나 그런 능력을 지닌 자들 중에서 굳이 이런 타이밍에 알렉시스 에슈마르크를 방해할 법한 인물은 더더욱 없었다.

떠오르는 이름이라곤 하나뿐이었다.

"'유리 옐레체니카'?"

희미하게 곱씹는데, 알렉시스 에슈마르크가 당장에 부정했다.

"아니."

단호하게 대답한 그가 다시 한번 손가락 끝을 서로 문지르다가 근처의 버튼 몇 개를 단번에 콱 짓눌렀다. 예고도 없는 짓이었고, 아니나 다를까 텐트 안은 순식간에 난장판이 됐다. 쾅 소리와 함께 온갖 것들이 통째로 뒤집힌 탓이었다.

나름대로 내게 피해가 생기지 않도록 주의를 했는지 침대 주변은 아예 건드리지 않은 모양이었지만, 그럼에도 불구하고 마법의 힘이 튀어서 침대까지 잠깐 들썩였다. 내 머리 위로 쏟아지려던 마력 장치들을 재빨리 붙잡고 꾹 밀어 올린 에슈마르크 대공이 이제는 대놓고 인상을 썼다.

"사람의 소행이 아니군."

"무슨 소리예요?"

"옷 입게, 백작. 지금 당장 푸른 숲으로 간다."

그러더니 일말의 기다림조차 없었다. 대공은 조급한 태도로 외투를 휙 잡아 올리더니, 당장에 어깨에 걸치며 내게도 독촉조의 눈짓을 했다. 어쩔 수 없이 나도 주섬주섬 몸을 세우는데 바깥이 별안간 소란스러워졌다.

눈을 댕그랗게 뜬 내가 흘긋 대공에게 눈짓을 하자, 알렉시스 에슈마르크 역시 미간에 주름을 잡은 채 텐트 바깥을 바라보다가 조급하게 걸어 나갔다. 그리고 텐트 밖으로 나서자마자 나 역시 주변의 소란을 이해하게 됐다.

나도 이렇게까지 깜깜한 암흑을 경험해 보는 것은 처음이었지만, 이런 세계관의 사람들이라면 더더욱 단 한 번도 경험해 보지 못한 일일 터였다.

아까까지만 해도 멀쩡히 하늘에 떠 있던 태양이 홀연히 사라지고, 푸른 숲 근방이 모조리 어둠에 사로잡혀 있었다.

* * *

나는 알렉시스 에슈마르크를 따라 마력구들이 설치되어 있던 텐트에서 바깥으로 나가자마자 놀랄 만한 어둠을 맞닥트렸다.

정말이지 한 점의 빛도 없었다. 온통 새카만 암흑이었다. 하늘에는 별도, 달도, 태양도 없기 때문에 쏟아지는 빛이 없고, 지상에는 숲과 텐트들만이 남아 있기 때문에 별다른 광원이 없다. 굳이 광원이라고 할 만한 것을 고르라면, 마력구뿐이었다.

발전한 공학과 마법적 지식을 지니고 있는 뷔올의 사람들은 나름의 세계관과 규칙을 통해 태양이 때때로 가려지는 현상을 이해했지만, 어찌 되었든 언제 발생해도 신기하고 갑작스러운 일인 것만은 명백했다. 애초에 푸른 숲의 마력 파동에 가로막혀 태양의 빛이 지상에 닿지 못할 정도의 대사건이 역사적으로 흔했던 것도 아닐 테고 말이다.

그리고 대기에 퍼진 마력 파동에 의해 태양의 빛이 모조리 차단된 '마법적 일식'이 일어났다 함은, 결국 이 대륙의 누구도 지금은 햇빛을 보지 못하고 있다는 이야기가 된다. 요컨대 스케일이 다른 일식이었다. 완전한 암흑이기도 했다.

아까부터 알렉시스 에슈마르크의 마법에 애로 사항이 꽃피더니, 마력 요동이 강대해져서 예기치 못한 변수가 생긴 탓에 그의 계산이 조금씩 어긋났던 모양이다. 점점 더 실수의 스케일이 커졌던 것도 아마 마력 요동이 점점 심해진 탓이었으리라.

어쨌든 이래 봬도 현대인이니, 소위 일식이라 불리는 현상을 목격한 경험이 없는 것은 아니었다. 물론 그렇다고 해서 이 세계에서와 같은 압도적인 경험을 해 봤다고도 말할 수 없다. 나는 멍청히 서서 주변을 둘러보다가 끙 소리를 냈다.

일식이 있든 월식이 있든 언제나 지상을 빼곡하게 가득 채운 전기 문명의 덕을 보는 현대 사회의 한국인으로서는 살면서 단 한 번도 접해 보지 못한 어둠이었다. 그야말로 빛 한 점 없는 '완전한 어둠' 말이다.

애초에 나는 밤의 정경을 위성사진으로 찍으면 요란하리만치 번쩍이는 국가에서 태어나 그곳에서 일평생을 산 사람이었다. 그런 내가 이런 완전한 어둠에 빠르게 적응할 수 있을 리가 없었다. 반사적으로 기겁해서 발을 멈추다가, 알렉시스 에슈마르크가 부드럽게 내 등을 받쳐서 떠민 덕에 가까스로 마저 걷기 시작했다.

곁에 알렉시스 에슈마르크가 있는 탓인지 의외로 숨을 쉬거나 걸음을 옮기는 것은 어렵지 않았다. 별다른 저항 없이 걸어가는 동안 새카만 암흑 속에서 무언가가 삐걱삐걱 요동치고 있는 소리만이 분명하게 들려왔다.

나는 생리적인 공포에 질려서 슬그머니 알렉시스 에슈마르크의 옷자락을 붙잡았다. 그러자 그는 자연스럽게 손을 내려 내 손을 잡아 쥐더니, 본인의 팔에 팔짱을 끼게 했다. 덕분에 나는 알렉시스 에슈마르크에게 딱 붙어서 조심스럽게 걷기 시작했다.

한 치 앞도 보이지 않고 사방이 소란스럽기만 한데, 알렉시스 에슈마르크는 전혀 어려움을 겪지 않는 사람처럼 성큼성큼 어딘가로 걸어가고 있었다.

"마력구는 어째서 멀쩡히 작동하고 있는 거죠?"

"마력구는 내부에 하나의 '계'를 형성해 둔 장치일세. 외부의 흐름에 떠밀려 계 자체가 움직이거나 이동할 수는 있지만, 마력계 내부에는 큰 변화를 줄 수 없지. 스크롤은 사용할 수 없겠지만 말이야."

스크롤을 찢어서 장치가 튀어나오는 순간부터 내부의 마력이 주변의 마력에 영향을 받을 테니 당연한 말이기는 했다. 나는 마력구의 구조를 잠자코 곱씹어 보다가, 비로소 어딘가에서 누군가가 마력구를 챙겨 나왔는지 한쪽이 밝아지는 것을 확인했다. 그리고 그때에야 알렉시스 에슈마르크가 누누이 말하던 '정신력의 문제'라는 마력의 무게를 새삼 지각했다.

분명 실존하는 기계 장치로 조립되어 있고, 그 빼곡한 구조로 인해 언제나 그 너머의 것을 알아보기도 어려웠다. 그런데 정작 저 먼 곳에서 발한 마력구의 빛은 아무렇지도 않게 기계 장치들을 통과해서 우리가 있는 곳까지 닿고 있었다. 별생각 없이 빛을 따라 시선을 옮기면 어렴풋이 마력구를 들어 올린 사람의 윤곽을 확인할 수 있을 정도였다.

오직 내가 마력 장치의 존재를 의식할 때만 시야가 좁아졌다.

"'존재하고 있지만, 그럼에도 물질적으로는 실재하지 않는 구조'."

나는 일전에 알렉시스 에슈마르크가 꺼냈던 표현을 다시 한번 곱씹었다. 과연 정말로 그랬다. 실제로 이 세계를 구성하고 있지만, 마력은 그 자체로 이 '세계'일 뿐이었다. 질량을 갖지 않은, 하지만 부피와 '힘'을 지닌 이 세계만의 제3의 법칙이다.

나는 그 '힘'을 지각할 수 있기 때문에 이 마력 구조의 부피와 질량을 간접적으로 경험하고 있지만, 사실 그것은 실존하는 질량이 아니었다.

그저 강대한 '힘'일 뿐이다.

그런 내 상태를 묵묵히 지켜보던 알렉시스 에슈마르크가 은근한 태도로 어깨를 기울이더니 산뜻하게 속삭였다.

"예기치 못한 계기로 적응을 하는군. 나름대로 영특한걸."

"댁한테 그런 소리 들으니 기분 참 찝찝하지만, 일단은 의무 교육 과정을 통한 열렬한 과학 교육 덕택이라고 해 두겠습니다……."

가장 먼저 마력구로 빛을 밝힌 사람에게 다가가 보니, 다름 아닌 이리나 경이었다. 확실히 현존하는 마법사 중에서 가장 뛰어난 자질을 지녔다고 평가받는 사람다운 빠른 대처였다. 그런데 그녀는 우리가 반가운 태도로 다가가자마자 인상을 찡그렸다. 왜 그러나 했더니 찰싹 달라붙은 채 팔짱을 낀 우리가 못마땅한 모양이었다.

나도 아차 싶긴 했다. 하지만 그렇다고 해서 알렉시스 에슈마르크를 놓았다간 이 상황에서 버틸 자신이 없었다. 배 째라는 마음으로 눈 딱 감고 친근한 연인 행세를 해 보이기로 굳게 마음을 먹어야 했다.

그녀의 앞에 도달해서까지 서로 떨어지려 하는 기미를 보이지 않자 이리나 경은 한동안 퍽 언짢은 듯한 시선으로 우리를 위아래로 훑어보았지만, 결국 우리를 무시하고는 곧장 다른 마법사들에게 지시를 내렸다.

어차피 마법을 써 봤자 별다른 효용이 없을 테니 괜한 마법을 사용하려 하지 말고, 차라리 근처에 있던 마력구들을 찾아 빛부터 밝히라는 얘기였다. 지금 상황에서 가장 적절하고 현명한 조치이기도 했다. 알렉시스 에슈마르크가 잠자코 그들을 지켜보는 사이, 마법사단은 이리나 경의 지시에 따라 마력구를 챙겨서 대열을 정비했다.

그렇게 최소한의 대열을 정비한 뒤, 우리는 이리나 경과 합류해 애셔와 에포닐 공작부터 찾기 시작했다. 어쨌든 그들이야말로 지금 푸른 숲에 모인

이들 중 가장 우선적으로 보호받아야 하는 사람들이었다. 대외적으로든 대내적으로든 그 두 사람이야말로 지금 푸른 숲에 모인 사람들 중 가장 정치적으로 중요한 입지를 가지고 있었다.

알렉시스 에슈마르크야 이제 모두가 다 아는 애매한 입장이기도 하고, 애초에 '철저히 보호받는' 국가 수뇌가 될 법한 사람이 아니었다. 그는 혼자만의 힘으로 살아남았고, 언제나 스스로 자기 자신을 보호하며 살았다. 누구도 감히 그를 보호하겠다는 소리를 하며 나설 수 없을 만한 상대였다. 그야, 대륙의 여덟 초월자 중에서도 가장 위대하다는 천재 마법사를 누가 감히 보호할 수 있겠는가?

괜히 거기까지 생각하고 나니 또 한 번 마음속이 괴로워졌다. 나는 발을 멈추고 끄으응 앓는 소리를 내다가 알렉시스 에슈마르크의 손에 붙잡혀 다시 강제로 걸음을 옮기기 시작했다.

다행히 에포닐 공작은 얼마 지나지 않아 무사히 일행에 합류시킬 수 있었다. 마이어 후작이 마력의 흐름을 느끼고는 어떻게든 그녀부터 찾아서 곁에 둔 채 보호한 모양이었다.

그로부터도 한참이 지나서야 애셔를 발견했다. 마이어 후작과 알렉시스 에슈마르크의 걱정이 무색하게도, 그는 세레나와 마주 앉아 즐겁게 떠들며 여전히 티타임을 즐기고 있었다.

"아니, 무사하셨으면 연락이라도 주셔야지, 너무 멀쩡해 보이시네요."

결국 아무 말도 못 하는 다른 사람들과 달리 언제나 거침이 없는 내가 가장 먼저 비난의 말을 꺼냈다. 세레나 덕에 티타임 중에 바로 적절한 대처를 취할 수 있었다는 애셔는 태연한 얼굴로 우리를 맞이하더니, 내 비난을 듣고도 웃는 낯으로 응수했다. 늘 그랬듯 아름답고 정다운 미소 뒤에는 가시가 있었다.

"상황을 파악하고부터 다른 누구보다도 가장 걱정했던 백작님께서 무사하셨다니 저도 마음이 풍족합니다. 앉으세요. 차라도 한잔하실까요?"

이 뜻밖의 상황을 맞이하고도 긴장감이라곤 한 티끌도 느껴지지 않는 표정으로 부드럽게 말한 애셔가 주변에 늘어서 있던 시종들에게 자리를 더 넓게 마련하라고 손짓을 했다. 그러고 나니 자연스럽게 수뇌부가 둘러앉을 수 있는 자리가 마련됐다. 애초에 우리가 자신을 찾아오리라고 예상하고, 바로 회의를 이어 갈 수 있도록 시종들에게 언질을 줬던 모양이었다.

에포닐 공작 역시 이런 상황을 일찌감치 예견한 듯 여상스러운 얼굴로 가장 먼저 자리를 차지했다. 애셔는 자리에서 일어서려던 세레나에게 손짓을 해 그녀를 다시 앉히고, 소위 마력을 다룰 수 있는 사람들과, 각국 수뇌부들만 모인 자리를 형성했다.

"짐작들 하고 계시겠지만, 지금 각국의 마법적 발전을 주도하는 사람들이 모두 여기에 모여 있지 않습니까?"

새로운 차와 찻잔들이 준비되어 나오는 사이, 애셔가 온화한 목소리로 운을 뗐다.

"우리야 애초에 금세 상황을 파악하고 대처법을 찾을 수 있는 사람들을 주로 모아서 이곳까지 왔으니 자연히 그런 인재들을 수도 없이 지녔다지만, 어쨌든 마침 그런 사람들이 모두 이곳에 모여 있습니다. 반대로 생각하면 문명이 발달하고 사람들이 모인 장소에는 이 상황을 해결해 줄 수 있는 사람이 남아 있지 않다는 이야기이기도 하겠군요."

그가 가장 먼저 꺼낸 주제는 결국 목전의 예기치 못한 이변을 맞이하고 만 뷔올과 연합국, 기타 왕국들에 대한 논의였다.

"상황에 대해서는 어느 정도 일찌감치 보고가 올라갔으니 인과를 짐작하고 있겠지만 해결할 사람이 없는 셈이지요. 어쩔 수 없이, 뷔올이나 연합국이나, 마찬가지로 혼란에 사로잡혔을 겁니다."

"그래서? 아마르트 뷔올, 자네 생각이 어떻기에 이리도 오래 뜸을 들이지?"

내가 알렉시스 에슈마르크에게 뜸 좀 그만 들이라며 시건방지게 던졌던 질문을, 이번엔 에포닐 공작이 당당한 태도로 다리를 꼬고 턱을 젖히더니 흘긋 눈짓을 하며 물었다. 애셔가 이미 결론을 내린 뒤 이야기를 꺼냈다는 것을 익히 짐작한 듯한 태도였다.

아니나 다를까 애셔는 생긋 웃으며 깍지 낀 손을 턱 아래에 받치더니 퍽 상큼한 태도로 대답했다.

"혹시 그 때문에 우리 모두가 지금 당장 돌아가야 한다고 생각하는 분이 계실까 싶어서요. 좀 더 진취적인 이야기를 해 보려 합니다. 사실, 우리가 이제 와 돌아가 봤자 무엇이 해결됩니까? 우리가 돌아간다고 해서 이 '어둠'을 근본적으로 거둘 수 있는 것은 아닙니다. 애초에 이번 마력 요동이 예전의 경우보다 거대하고 심각한 문제를 야기하리라는 것은 익히 다 알고 있는 사실이 아니었습니까?"

그러더니 그가 의뭉스러운 얼굴로 손가락을 까딱까딱 흔들었다. 그사이 추가적인 조리가 필요하지 않은 다른 디저트들을 준비하고 있던 시종들이 추가로 디저트를 내오기 시작했다.

"애초에 우리끼리는 이미 이야기가 된 사항을 굳이 모르는 체하며 물으시다니, 못 뵌 사이에 취미가 안 좋아지셨군요, 에포닐 공."

"푸른 숲 진입을 강행할 생각이라고? 지금 이 상황에? 나랑은 퍽 입장이 다른 듯한데."

"물론 저는 푸른 숲 진입을 계획대로 밀어붙일 생각입니다."

에포닐 공작이 회의적인 태도로 말을 잘랐지만 애셔는 개의치 않는 눈치였다. 그가 조곤조곤 아무렇지도 않게 덧붙였다.

"어차피 푸른 숲 내부는 언제나 강대하고 두꺼운 마력에 짓눌려 있다고 하지요. 물론 소문으로만 들은 정보겠습니다만, 그 숲 안에는 이슬 대신 마력이 흐르고, 그 압도적인 기운에 언제나 모든 식물과 공기가 푸르게 젖어 있다고 말입니다."

어쩐지 불길한 화제 같더라니, 기대를 저버리지 않고 애셔가 나를 향해 부드럽게 눈짓을 했다. 내 표정이 폭삭 일그러지든지 말든지, 그는 본인이 하려던 말을 마저 이었다.

"마침 오랜 세월 신비에 감싸여 있던 푸른 숲의 비밀과 함께 세상에 모습을 드러낸 '푸른 숲의 은자'께서도 우리와 함께하고 계시지 않습니까?"

"설마 저 말입니까? 염병."

여기에서 내가 언급되리라고는 상상도 못 했고, 너무 놀란 나머지 그만 혀를 씹고 말았다. 그러다 보니 나도 모르게 여과 없이 튀어나간 말을 듣고도 애셔는 태연한 얼굴이었다. 어깨를 으쓱해 보이더니 우아하게 차를 마시기 시작한 그가 차분히 첨언했다.

"애석하게도 지금은 우리보다 푸른 숲에 대해 모르는 분이 되셨지만 말입니다. 그래도 백작님께서 곁에 계시면 뭐라도 되겠지요."

그걸 말이라고 하냐, 이 자식아. 나는 못마땅히 애셔를 바라보다가 테이블 아래에서라도 그를 향해 슬그머니 가운뎃손가락을 들어 올렸고, 옆자리에 앉아 있던 알렉시스 에슈마르크에 의해 강제로 손가락을 접고 말았다.

일단 다짜고짜 나를 걸고넘어졌던 애셔가 침착한 얼굴로 부연했다.

"이 기회를 놓칠 수는 없지요. 당장의 문제 상황을 근본적으로 해결할 필요도 있어 보이고 말입니다. 백작님께서 계신다고 해서 이전만큼 도움을 받기는 어렵겠지만, 그래도 백작님께서 수행해 주실 수 있는 최소한의 역할은 있습니다. 푸른 숲 바깥쪽에 결계가 존재한다면 아마 높은 확률로 마력 요동에 의한 두터운 장벽일 테고, 안쪽에 결계가 존재한다면 공방을 보호하기 위한 수단일 테니까요. 후자의 경우, 옐레체니카 백작님이 계셔야 원활히 파훼할 수 있을 겁니다."

"저는 아직 마법을 되찾지 못했습니다."

"백작님께서 주로 사용하시던 '결계의 열쇠'가 무엇인지는 잘 모르겠지만, 마법은 아닐 겁니다. 공학자의 공방은 일반적으로 마법적 형태를 지닌 결계에 물질적인 것을 끼워 맞춤으로써 열 수 있도록 보호됩니다.

개중에서도 보편적인 형태는 피나 지문, 홍채 같은 것입니다. 이러한 보편적 수단을 사용하셨다면, 백작님께서 함께 계시는 것만으로도 충분한 조력이 되죠."

난감한 얼굴로 잘라 보았지만 애셔는 단호했다. 테이블 위에 검지를 둥글게 문지르며 호선을 그리던 그가 차분히 설명했다.

"푸른 숲 내부의 마력 요동에 대해서는 여러 학설들이 있었지만, 마력 요동을 완벽하게 설명한 경우는 없습니다. 내부의 상황을 전혀 알지 못하기 때문에 어쩔 수 없는 일이었지요. 그나마 내부를 파악하고 있었던 사람이라고는 옐레체니카 백작님이 유일할 겁니다. 이제는 그마저도 정보가 없지만 말입니다. 어쨌든 단지 가정을 세워 보겠습니다."

흘긋 시선을 들어 에슈마르크 대공과 에포닐 공작을 살피자, 그들 둘은 무슨 이야기가 나올지 익히 아는 듯한 태도로 태연히 차와 디저트를 담고 있을 뿐이었다. 애셔가 지금부터 꺼내는 거의 모든 이야기는 이미 그들의 회의에서 결정이 된 문제인 것 같았다.

나는 불퉁하게 턱을 괴었다가, 알렉시스 에슈마르크가 대신 연유를 부어 준 찻잔을 받아 들었다.

세레나가 디저트를 대신 받아 전달해 주자 그녀에게 살짝 웃어서 감사를 표한 애셔 황태자가 담담하게 설명했다.

"푸른 숲에는 늘 마력이 흐르고 있다고 하지요. 마력에 휩쓸려 바깥과는 다른 형태로 기기묘묘하게 자란 독초와 낯선 식물들이 즐비하다고 들었습니다. 바깥쪽을 에둘러 확인했을 뿐인데도, 확실히 본 적 없는 식물종이 꽤 되더군요. 기원이야 알 수 없지만 푸른 숲 내부에는 바깥과는 다른 '흐름'이 있습니다. 마력의 밀도도 높고요. 말하자면 '규정되지 않은' 강대한 힘이 그 안에 똬리를 틀고 있다고 봐야겠지요. 그렇다면 간헐적으로 바깥까지 폭발적으로 밀려 나오는 마력은 어떻게 설명하면 좋을까요?"

"내부에서 계속해서 마력이 발생, 생성된다는 뜻이겠죠."

대충 무슨 얘기를 하려는 건지 파악이 돼서 툭 대답해 주자 애셔가 본인도 그렇게 생각한다며 빙그레 미소를 지어 보였다. 물론 실제로 경험해 본 결과 '폭발적'으로 밀려 나온다기보다는 울컥울컥 떠밀려 쏟아진다고 봐야 하는 형태였지만, 크게 틀린 추론은 아니었다.

하지만 거기까지 생각하고, 나는 어쩐지 의문에 사로잡혔다. 끊임없이 쏟아져 나오는 '마력'의 두꺼운 흐름 탓에 태양의 빛이 차단되어 일식이 생긴다. 대기가 요동치게 되는 것이다.

알렉시스 에슈마르크의 말에 따르면 주기적으로 마력 폭풍이 있어 왔다고 했다. 물론 그 규모가 일식을 일으킬 정도로 심한 경우는 드물었을 테고, 실제로도 이번 마력 요동이 전례 없는 범위로 확산될 여지가 있다며 에슈마르크 대공이 일찌감치 전전긍긍하기는 했다.

하지만……. 생각해 보면 이상하지 않은가? 분명 아까 전, 마력 장치를 넘어서 무사히 빛이 전달되는 것을 확인했다. 애초에 마력에는 질량과 실체가 없다. 물질 단계를 건너뛰고 그저 그 자리에 존재하고 있을 뿐, 무언가를 가릴 수 있는 것은 아니었다. 마력은 물론 강력한 에너지체고, 그 에너지체가 지닌 '힘'으로 인해 '세계'를 볼 수 있는 마법사는 운신에 저항을 느끼지만, 그렇다고 해서 물질적으로 실존해서 그림자를 드리울 수 있는 매체는 아니었다.

어째서 일식과 비슷한 현상이 일어나지?

태양에서 쏟아지는 빛을 그 자체로 '에너지'로 볼 수 있을까? 물론 빛에는 일정한 에너지가 있을 테지만, 그 에너지를 차단한다고 해서 빛마저 투과될 수 없는 이유가 납득되지 않았다. 애초에 지상에서 마력구를 이용해 비춘 빛은 무난히 기계 장치를 통과했다.

그렇다. 에너지고 아니고의 문제를 넘어서, 어째서 같은 빛인데 태양은 가려지고 마력구는 가려지지 않는가?

"푸른 숲 안에는 '마력의 샘'이라고 부를 법한 무언가가 있을 겁니다.

옐레체니카 백작님께서도 과거 '푸른 숲 안에는 근원이 있고, 그 근원을 지키는 것이 가문의 사명'이라고 말씀하시지 않았습니까? 요컨대, 새로운 마력이 샘솟아 오르는 곳 말이지요. 그리고 만일 그렇다면, 그 샘에서 쏟아져 나오는 마력을 어딘가로 연결해 끊임없이 소비해 주거나, 최소한의 보호 체계를 구축해 놓음으로써 마력 요동을 막을 수 있다는 이야기가 됩니다. 여기까지 왔으니 그 정도는 해결하고 가야지요."

애셔가 구구절절 설명을 붙이고 있었지만, 사실 대부분은 이미 아는 내용이었다. 에슈마르크 대공으로부터 전해 들은 것도 있고, 세계의 구조만 보게 되면 자연히 알게 되는 부분도 있었다. 내 생각은 계속 일식에 사로잡혀 있었다.

내부의 마력이 일정치를 넘도록 쌓이면 결국 바깥으로 울컥울컥 밀려 나오게 된다. 그것이 푸른 숲 주변의 마력 요동을 일으키는 원인이었다. 거기까지는 이해가 갔다. 하지만 그 규모가 커졌을 때, 태양의 빛을 가릴 만한 마땅한 인과는 대체 무엇이란 말인가?

애셔의 표현대로 '폭발적'으로 무언가가 쏟아져 나왔다면 그 움직임에 떠밀려 물질적인 무언가가 휩쓸려 나왔을지도 모르고, 그 여파로 태양 빛이 가려질 수도 있을 것이다. 하지만 실제로 경험한 바에 따르면, '마력 요동'에 의한 심각한 영향이라 해 봐야 결국 주변 마력장의 헝클어짐 정도였다. 마법을 조금 방해하고 교란하는 수준 말이다.

나는 흘긋 알렉시스 에슈마르크의 눈치를 살폈다. 내가 추론할 수 있었던 것을 그가 생각해 내지 못했을 리 없다.

아니나 다를까 알렉시스 에슈마르크는 시선이 마주치자마자 눈썹을 꺾고 의뭉스러운 표정을 짓더니, 우리의 머리 위에서 삐걱거리던 기계 장치에서 무언가를 잡아 내리는 시늉을 했다. 그의 손에 딸려 나온 철판이 테이블 아래까지 내려왔을 때, 그가 마력의 나사를 하나 뽑아서 철판 위에 끄적끄적 느리게 글자를 적기 시작했다.

〈몇 가지 가설을 세워 보지. 하나씩 지워 보세.〉

"전혀 모르는 지형인 데다 산천초목이 막힘없이 자란 땅입니다. 푸른 숲 안에서는 자연히 길을 잃기도 쉬울 테고, 어쩐지 돌아 나온 사람이 드물다는 경험적인 사실도 분명 존재하니까요. 무사히 돌아 나올 방편을 마련하기 전까지는 진입에 대한 의사를 표현하지 않으려 했습니다만, 의외로 간단하게 해결할 수 있을 것 같더군요."

나는 애셔의 이야기를 한 귀로 흘리며 시선을 깔아 알렉시스 에슈마르크의 왼손을 유심히 살폈다. 그가 천천히 문장을 적기 시작했다.

〈첫째, 태양이 사실은 진짜 '빛'으로 이루어진 것이 아닌, 그런 것을 가장한 강력한 에너지체였을 경우.〉

그 경우 일단 이 세계관의 항성에 대한 설정으로 넘어가게 되는데, 그렇게 설정하지는 않았으리라고 봤다. 스팀펑크 세계관에 반드시 들어가야 하는 설정의 수준은 아니었다. 그렇게 설정을 넣을 마땅한 이유나 필요도 딱히 없다.

나는 슬며시 손가락으로 엑스표를 그려 보였다. 어깨를 으쓱해 보인 알렉시스 에슈마르크가 다른 문장을 적었다.

"옛 전승에서 실타래를 풀어 미궁을 헤쳐 나가는 영웅의 이야기를 들어 보신 적이 있을 겁니다. 같은 방식으로, 조를 짜서 진입하되 조원들끼리는 얇은 실을 서로의 허리띠에 꿰어 하나의 덩어리로 연결된 채 행동하게 될 겁니다. 얇은 실 정도면 움직임에 큰 방해도 주지 않을뿐더러, 위급 시에는 당장에 잘라 버리고 전투태세를 취할 수 있을 테지요."

〈둘째, 혹은 태양 자체가 하나의 마력 장치였을 경우.〉

그럴 가능성도 간과할 수는 없었다. 그 경우에는 세계관 전반의 설정과 함께 살폈을 때 그 맥락이 크게 다르지도 않고, 체계적으로 일관성이 있었다. 태양 자체가 하나의 거대한 마력 장치로, 그 결과물로써 빛을 발하는 경우의 이야기다.

하지만 그런 경우에도 문제는 있었다. 태양 자체가 하나의 거대한 마력 장치라고 생각했을 때, 태양이 자체적으로 빛을 발한다면 그 빛을 지각할 수 있는 사람은 우리 둘뿐이어야 했다. 반대로 태양의 마력 장치 가동 결과물로써 빛이 발생된다면 그 빛은 무난하게 마력이 요동치는 대기를 투과할 수 있어야 한다.

나는 다시 손끝으로 엑스표를 쳤다.

〈셋째. 누군가가 마력 요동을 틈타 고의적으로 마력을 움직여 태양의 빛을 가리도록 높은 대기에 장벽을 세웠을 경우.〉

알렉시스 에슈마르크가 기다렸다는 듯이 다음 문장을 적었다. 애초에 이 말을 꺼내기 위해 말하기 시작한 '가설 세 가지'인 듯했다. 나는 흘긋 그의 표정을 살폈다가 미간을 문질렀다.

사실 생각을 하면 할수록 미심쩍었기 때문에, 대화 중간부터는 나도 그쪽에 비중을 두고 있었다. 누군가가 주기적인 마력 요동을 틈타 '자연 현상'을 가장했다. 과거에도 이 정도 수준은 아니어도 어느 정도 비슷한 현상이 반복되어 왔으니, 상습적인 일이라고 봐야 할 것이다. 그리고 그렇다면 누구의 소행이란 말인가?

젠장, 뻔한 일이 아니겠는가?

그처럼 능숙하게 '뽑아도 될 나사'를 판단하는 능력은 없으므로 내 의문을 확인받을 방법이 마땅히 없었다. 이렇게 비유하기는 마뜩잖지만 어쩔 수 없이 손끝으로 나 자신을 보란 듯이 쿡 찌르자, 알렉시스 에슈마르크가 어깨를 으쓱해 보이더니 손을 거두었다. 그도 똑같이 생각하는 모양이었다.

유리 옐레체니카가 무엇을 위해 주기적인 마력 요동을 틈타 태양을 가렸단 말인가? 아니, 애초에 지금 당장 그녀는 어디에 있단 말인가? 나한테 몸을 넘기고 나서도, 여전히 엘류이센 라이케는 이 세계에 존재하고 있는 걸까?

"각 조의 지도자를 맡는 사람은 허리에 실타래를 하나 새로 묶어서, 바깥에 타래를 두고 천천히 진입하게 될 겁니다. 그러면 타래가 풀리면서 그들이 들어간 경로를 알려 주겠지요. 실이 끝을 보일 때쯤엔 바깥에서 대기하던 인원이 타래를 잡아당겨 신호를 줄 수도 있을 테고, 움직임이 멈춘 뒤 반응이 없으면 그 실을 따라 구조 인원을 들여보낼 수도 있을 겁니다. 그리고 파견자들이 들어간 길을 따라 실이 남아 있으니, 전령을 본부로 보내기도 수월할 테지요. 동시다발적으로 여러 무리가 진입하면 그들의 나침반 기록을 살피고 정보를 취합해 대략적인 지도를 그릴 수도 있습니다."

따지고 보면 푸른 숲 사건은 아마도 높은 확률로 '유리 옐레체니카가 죽게 되는' 사건일 것이다. 애써 황태자의 승인을 받은 마이어 후작이 인류적 악당을 처리하는 정의의 심판대이기도 했다. 유감스럽지만 유리 옐레체니카의 죽음이야말로 어떤 의미에서는 이 세계 전반에 대한 일종의 정의 실현이었을지도 모른다.

선위에 대한 첫 생각은 황제가 했다지만 어느 정도 이리나 경의 동의를 얻었을 테니, 자기 집안의 아이에게 황위를 넘길 생각을 하고 있던 이리나 경의 입장에서도 유리 옐레체니카의 존재는 불필요해 보였을 것이다. 그녀가 내게 보이는 적의와 불만 많은 표정도 이제는 대충 짐작이 갔다.

유리 옐레체니카는 그들이 그려 둔 완벽한 그림의 가장 큰 방해물이었다. 애써 아마르트 뷔올의 쓸데없이 유능한 두뇌와 마찬가지로 말이다.

어쨌든 그렇다고 해서 그 모든 사건을 유리 옐레체니카가 짐작하지 못했다고는 생각할 수 없다. 더구나 지금 우리는 유리 옐레체니카가 애초에 '사건'을 주모한 인간일지도 모른다는 가설에 이르렀다.

≪세레나의 티타임≫에서의 그녀는 스스로 죽기 위해 이번 마력 요동의 틈을 타 일식을 조장하고, 푸른 숲까지 당도하게 되었는지도 모른다. '그렇게 흘러갈 수밖에 없는 상황'을 설계하고서 말이다. 그렇다면 유리 옐레체니카의 목적이 무엇이었는가에 대한 문제가 남아 있다. 뿐만 아니라, 그녀가 어째서 자기 자신의 목숨을 스스로 내던지게 되었는지도 알아내야 했다.

제기랄, 왜 알면 알수록 모르겠지? 엘류이센 라이케는 대체 어떤 생각을 하고 있었단 말인가? 염병, 정말로 뭐 하는 인간이야?

그때 알렉시스 에슈마르크가 다시 슬쩍 손을 내리더니 글귀를 적었다. 〈단지 한 가지 짚고 넘어갈 문제가 있네. 우리가 태양이라고 믿던 것은 정말로 태양이었을까?〉

그 말을 보고, 나는 인상을 찌푸렸다. 이 세상에서 가능할 법한 설정을 또 한 가지 떠올린 탓이었다. 말하자면 두 번째 가설과 세 번째 가설의 복합적인 형태인데…….

애초에 태양 자체가 누군가의 발명품이었다면? 그 동력으로 사용하는 것이 푸른 숲의 근원에서 무한하게 샘솟는 '마력'이었다면? 생각해 보면 고작 이 정도의 요동이 간헐적으로 일어나는 것만으로 해결될 수 없는 일이 아니겠는가?

세계관은 계속해서 확장되고, 내가 구성한 이야기는 무한히 추가되고 살을 붙인다. 이야기는 계속해서 늘어난다. 고작 간헐적인 요동만으로 해결될 리 없다. 남는 자원이 태양의 동력원이 되어 이 세계에 빛을 만들었다.

'그렇게 되도록' 누군가가 마력의 유입을 조절해 놨다.

그렇다면, 누가?

또 떠오르는 이름은 하나뿐이었다. 빌어먹을 일이었다.

"두 분, 사이가 좋으신 것은 알겠지만, 밀담은 나중에 두 분이서 따로 주고받으시면 좋겠습니다."

둘 다 방금 꺼낸 문장에 집중하며 인상을 쓰고 테이블 아래만 바라보고 있다가, 애셔의 한숨 섞인 질책에 화들짝 놀라 고개를 들었다. 너무 우리의 이야기에 집중한 나머지 주변 사람들 모두가 우리를 바라보고 있었다는 사실을 눈치채지 못하고 있었던 것이다.

나는 머쓱하게 웃으며 슬그머니 두 손을 테이블 위로 올려놓았고, 알렉시스 에슈마르크는 뻔뻔한 태도로 나사를 제자리에 집어넣더니 팔짱을 끼고 애셔를 향해 턱짓을 했다. 방금 무슨 이야기를 했는지 듣지 못했으니 다시 말해 보라는 식의, 그야말로 뻔뻔하고 당당한 태도였다.

그 반응을 보고 한숨을 푹 내쉰 애셔는 결국 방금 전에 지나간 이야기를 다시 설명했다. 우리에게 숲 바깥에 머무르는 본부의 일원이 되기를 부탁한 것이었다.

바깥에서 기다려 달라니, 솔직히 말하자면 예기치 못한 결론이었다. 어떻게든 '푸른 숲의 은자'인 나를 숲 안쪽에 집어넣기 위해 애를 쓸 거라고 추론하고 미리 긴장한 탓이었다. 하지만 알렉시스 에슈마르크는 오히려 당연하다는 듯이 고개를 끄덕였다.

슬쩍 찔러서 물어본 결과, 나만이 다르게 생각하고 있었을 뿐 사실 논리적으로 따지면 당연한 수순인 모양이었다. 알렉시스 에슈마르크가 숲 바깥에 있어야 전체적으로 마력 요동을 살피며 만일의 사태에 대비할 수 있고, 내가 숲 바깥에 있어야 누구든 가장 깊숙한 곳의 공방에 닿은 사람에게 합류하거나 적절한 도움을 줄 수 있다. 나도 그 설명을 듣고 나서는 어렵지 않게 납득했다.

그리고 푸른 숲 조사를 진행하는 동안 바깥에서 기다려 달라는 부탁이 나온 뒤 얼마 지나지 않아, 주변 지형에 충분한 마력구가 설치되었을 때쯤 회의가 잠깐 중단됐다. 뷔올 내부의 일이니 자연스럽게 지도자 역할을 맡게 된 애셔 황태자가 우선 다른 처우부터 살펴야 할 때가 된 탓이었다.

"중요한 얘기는 그것으로 끝입니다. 언제 진입할지에 대해서는 다시 이야기를 나눠 봐야겠지만, 너무 미룰 이유는 없을 것 같습니다. 다들 우선 준비하고 계셔 주십시오. 저는 일단 최소한의 빛조차 사라진 시점에서 평범한 단원들의 대처와 행동 지침을 마련해 두고 오겠습니다."

애셔는 웃는 얼굴로 살며시 인사를 건네더니 먼저 자리를 떴다. 그러고 나서야 먼발치에서 우리를 기다리던 레일리가 곧장 우리에게로 다가왔다. 다른 사람들이 하나둘 자리를 뜰 때까지도 심각한 얼굴로 티 테이블에 앉아 있던 우리는 대강 손짓을 해서 레일리도 우리의 맞은편에 앉혔다. 좀 더 생각을 해 볼 작정이었지만, 그렇다고 해서 마냥 기다리게 해 뒀다간 레일리 크라하가 또 무슨 쓸데없는 생각을 하고 시비를 걸지 알 수 없었다.

못마땅한 얼굴로 에슈마르크 대공과 나를 번갈아 바라보던 레일리는 늘 그랬듯 신분에는 개의치 않은 채 한마디 사양조차 없이 우리의 맞은편에 앉았다.

"두 분이 똑같은 표정으로 고뇌하고 계시는군요."

회의를 진행하는 동안 테이블 주변에 집중되어 있었던 마력구들을 회의가 파하자마자 대부분 거두는 바람에 우리 주변은 상대적으로 어두컴컴해져 있었다. 희미해진 시야 너머로 레일리를 물끄러미 바라보았던 나는 반사적으로 인상을 써야 했다.

"넌 이렇게 어두침침한데도 꽤 잘 보이는 모양이다?"

"일식이 시작됐을 때도 움직임에 큰 문제는 없었습니다."

레일리가 당연하다는 듯이 대답했다.

"우선 마스터부터 모시러 갔지만, 이미 그 자리를 떠나신 후더군요. 어쩔 수 없이 족적을 쫓아 왔습니다. 이미 회의를 시작하셔서 가까이 올 수는 없었습니다만……. 나름의 방식으로 무사하셨던 것 같으니 됐습니다."

"그야 우리는 태자 전하의 안위부터 살펴 왔지. 세레나가 곁에 있었던 덕에 너무 지나치게 멀쩡히 계셨지만 말이야. 너는 뭐, 그런데 빛 한 점 없는 어둠 속에서도 기적 같은 걸 느껴서 초월한 감각으로 움직이고 그러냐?"

정말이지 인간 같지 않은 소리라며 고개를 절레절레 젓는데, 레일리가 지극히 한심해하고 경멸하는 듯한 특유의 기분 나쁜 표정을 짓더니, 나를 깔보듯이 사뿐히 대꾸했다.

"제 능력이 무엇인지는 정말로 잊으신 듯하군요, 마스터."

"아차, 번개……."

희미하게 탄식하고 뒤늦게 고개를 끄덕였다. 그런데 잠자코 턱을 괸 채 고민에 빠져 있던 알렉시스 에슈마르크가 갑자기 레일리를 향해 손짓을 했다.

"미안하지만, 잠시만 자리를 비워 주지."

"미안하다는 말씀과는 달리 퍽 명령조로 말씀하십니다만, 애초에 당신의 명령을 들을 생각은 없습니다. 그럴 이유도 물론 없겠습니다만."

레일리는 망설임도 없이 싸늘한 표정을 지었고, 대공은 그럴 줄 알았다는 듯이 나를 향해 눈짓을 했다. 알아서 내쫓으라는 얘기였다. 이런 젠장. 언제나 똥물은 내가 뒤집어쓰는 법이었다. 나는 반사적으로 폭삭 표정을 일그러뜨렸다가 어쩔 수 없이 손짓을 했다. 레일리의 표정도 몹시 불쾌해졌다.

"훠이, 훠이. 일단 가 있어."

"마스터."

"위협조로 부르지 마라……. 잠깐 얘기해야 하는 문제가 있어서 그래. 가 있어, 좀."

짜증스럽게 덧붙이자 레일리도 더 이상은 불만을 토로하지 않고 자리에서 일어났다. 하지만 얼굴에만은 심술이 덕지덕지 묻어 있었으므로, 나는 내가 나중에 똥물을 뒤집어써야 할 것을 익히 짐작할 수 있었다.

얼굴을 손에 묻고 한숨을 푹 내쉬며 레일리가 멀어지기를 기다리다가, 그러고 나서 당장에 알렉시스 에슈마르크를 공격했다.

"아, 뭔데요."

"엘류이센 라이케가 얼마나 오래 살아왔다고 생각하지?"

하지만 에슈마르크 대공은 한마디 받아 주는 일도 없이 곧장 본론을 꺼냈다. 어쩔 수 없이 나도 바로 본론으로 넘어가서 그의 이야기를 곱씹었다.

"글쎄요. 하지만 지금 추론하기로는, 몬타뉴 경이 푸른 숲 안으로 사라지고 나서 얼마 지나지 않았을 때 '만들어지지' 않았을까 생각됩니다만……."

말끝을 흐리던 내가 끙 소리를 내며 허리를 펴고 덧붙였다.

"끊임없이 유입되는 마력을 지켜보다가, 그대로는 자신이 짓눌리든 세계가 짓눌리든 둘 중 하나라고 생각했겠죠. 어쩌면 태양의 역할을 할 수 있는, 수많은 자원을 태우고 소비해야 하는 장치를 만든 이유도 그것일지도 모르겠어요."

"태양이 두 개가 되면 지상에서는 인류가 사라질 수밖에 없지. 어쩔 수 없이 기존의 태양으로부터 밀려드는 것은 가려야 했을 걸세."

"엘류이센 라이케가 본 세상이란 기존의 세상밖에 없었으니 위성……. 아, 그러니까, 달 같은 거요. 달 같은 것도 태양과 마찬가지로 이전과 똑같이 구성해 놓았을 테죠. 그래야만 완전하다고 생각했을 테니까."

"그랬을지도 모르지. 하지만 만일 그렇다고 생각해 보게. 이 세상의 빛도 어둠도, 모조리 엘류이센 라이케가 다시 형성했다. 그녀는 푸른 숲 안에 틀어박힌 채 계속해서 세상을 조율하고 손을 댔어. 스스로 표현했듯, 근원을 엿보고 섭리를 지키는 것을 자기 자신의 사명으로 삼았는지도 모를 일이지. 적어도 자기 자신을 하나의 '가문'이라고 표현해도 거리끼지 않을 정도의 세월을 살며 마력의 유입과 그 활용을 지켜봤다. 이 세계가 박살 나지 않을 선에서 지키기 위해서 말이야."

알렉시스 에슈마르크가 물 흐르듯이 말을 이었다. 어느 정도 생각이 정립된 모양이었다.

"인간에게서 '죽음'이라는 요소를 뺄 수 있을 정도로 발전한 마법사였던 몬타뉴 밀락테이트가 온갖 연금술의 정점을 찍어 기껏 한 일이 젊고 아름다운 호문쿨루스를 만든 것이라는 점에서 의문을 느꼈었지. 심지어, 왜 하필 이 세계의 근원이라고도 할 수 있는 순환하는 마력의 '근원'을 그 주체로 삼아, 계속해서 무언가를 새로 받아들이고 토해 내야 하는 인간을 만들었는지에 대해서도 말일세."

너무 강대한 것을 몸 안에 넣고 있기 때문에 인간으로서는 불완전할 수밖에 없는 몸. 그래서 먼 훗날 엘류이센 라이케로 하여금 반인을 해부하고 실험하도록 만든 육신이기도 했다.

나도 알렉시스 에슈마르크의 말을 따라가다가 반사적으로 인상을 썼다. 어느 정도 같은 결론에 도달한 탓이었다. 알렉시스 에슈마르크가 깍지 낀 손 위에 턱을 얹고, 부드럽게 시선을 깔았다.

"몬타뉴 밀락테이트는 끊임없는 마력의 유입으로부터 이 세계를 안전하게 유지하기 위해, 균형을 잡고 새로운 질서를 만들어 줄 수 있는 영속적인 '조율자'를 창조했어."

보랏빛 눈동자를 찡그린 그가 희미하게 덧붙였다.

"자신이 조성한 환경에서 자신이 조성한 대로 굴러가는 세계를 물끄러미 지켜보며, 엘류이센 라이케는 오랜 세월 동안 푸른 숲 안에 자리를 잡은 채 순환하고 있었지. 그 이름 그대로 물과 마법, 진리의 여신 '엘류이센'이 된 것처럼 말일세."

"그녀가 당신에게 표현한 문장 그대로의 말이었네요."

내가 담담히 대답했다.

"만일 그렇다면, 엘류이센 라이케는 이미 어느 정도는 이 세상의 신과 같은 존재였어요."

다른 새들과 마찬가지로 한 마리 새로 태어났지만 앞장서 둥지를 만들었다. 우아하고 화려하게 피어난 새장이었다. 다른 '평범한' 새들을 머무르게 할, 압도적이고 오만한 새장 말이다.

엘류이센 라이케는 우리가 짐작할 수 없을 정도의 오랜 세월을 버텨 왔다. 자신이 조성한 새장 안에 앉아 새장 곳곳을 물끄러미 들여다보며, 단 한순간도 온전히 새장 안에 안주하는 한 마리 순진한 새가 되지도, 그 새장 바깥의 세상에 나서거나 외부의 존재가 되지도 못한 채.

지나친 마력 유입으로부터 자기 자신을 지킬 수 있도록 엘류이센 라이케가 관리하고 돌보다가 조금씩 변형하기 시작한 땅.

푸른 숲의 은자가 세상을 들여다봤다. 그녀가 직접 만든 새장 안이었다. 그리고 그 결과, 그녀는 그 목적이 무엇이든 결국 행동하게 된 것이다.

어차피 새장 바깥의 세상에 나설 수는 없으리라는 사실을 인정하고 나서, 갑자기 새장 안쪽으로 뛰어들었다.

그러고 나서는 어째서인지 자기 자신의 죽음을 겸허히 받아들이고 사라졌다. 태양을 만들어서 끊임없는 마력의 소비처를 형성하고, 자신의 역할이 반드시 필요하지 않게 된 세계의 한구석에서.

≪세레나의 티타임≫에서는 자신을 적대하는 세력에게 보란 듯이 목숨을 내어 줬으며, 이 세계에서는……. 내게 몸을 내주고 본인은 어딘가로 종적을 감췄다.

그렇다면, 왜? 무엇을 계기로 갑자기 그렇게 마음을 바꾸게 되었을까?

골치가 아플 지경이었다. 엘류이센 라이케가 대체 어떤 수준의 인간이었는지도 짐작이 가지 않게 됐다. 그 정도의 경지에 다다른 인간을 평범한 인간의 관점에서 이해하려 들어도 되는 것일까?

내가 잠자코 생각에 빠지자 알렉시스 에슈마르크도 한동안 말을 걸지 않고 나를 기다려 줬다.

그리고 얼마간의 시간이 지나, 에포닐 공작과 함께 다른 사람들의 새 편성과 어둠에 대한 대처 방법을 살피던 애셔가 우리에게 잠시 찾아왔다. 지체할 이유가 없으니 당장 푸른 숲으로의 진입을 준비할 요량이라는 말을 전하기 위해서였다. 어차피 우리는 푸른 숲에 직접 들어갈 인원이 아니기 때문에 준비가 끝나면 사람을 보내 부를 테니 원하는 만큼 여유롭게 계시라는 이야기였고, 알렉시스 에슈마르크는 흔쾌히 고마움을 표한 후 그를 돌려보냈다.

"별로 알고 싶지 않았던 사실들만 자꾸 알게 되는군그래."

애셔가 떠난 뒤, 잠시 생각에 사로잡힌 사람처럼 설탕 단지를 달그락거리기만 하던 에슈마르크 대공이 뒤늦게 말했다. 애셔와 개인적으로 이야기를 나눌 때마다 자꾸 뷔올과 관련된 문제가 그의 마음을 건드리는 모양이었다.

나는 흘긋 시선을 회피했다가 한숨을 내쉬며 대답했다.

"제 말이 그 말입니다……."

"곤란한 일이지."

하지만 퍽 담담한 태도로 말하고 입을 닫았던 그가 금세 다른 주제를 꺼냈다. 자꾸 뒤로 밀리던 얘기였다.

"나도 나지만, 그대 역시 알아 두는 김에 한 가지 더 알아 두게. 아까 하던 얘기를 마저 하지."

"무슨 얘긴데요?"

"엘류이센 라이케는 얼마나 오랜 세월을 살았을까? 그리고 그 오랜 세월을 살며 자신의 손아귀에 이 세상을 두고 마음껏 특정한 특질을 조정하던 그녀가, 궁극적으로 얼마나 많은 것을 예측하고, 얼마나 많은 것을 의도했을까?"

분명 므라우에서부터 계속 미루던 화제였다. 나는 그가 무슨 얘기를 하고 싶은 건지 감도 잡지 못했지만, 일단은 당장에 던져진 질문부터 곰곰이 곱씹었다.

알렉시스 에슈마르크는 정치에도 깊게 발을 담갔지만 본래 발명가적 성향을 지닌 사람이어서, 어떤 말을 던질 때는 그 인과부터 캐며 설명을 시작하곤 했다. 이번에도 마찬가지였다. 그가 본인이 생각하기에 가장 기본적인 단추부터 꿰며 차분히 운을 뗐다. 질문이 이어졌다.

"우리는 엘류이센 라이케가 푸른 숲을 빠져나와 대륙을 돌아다닌 뒤의 행적을 쫓았네. 엘류이센 라이케는 첫째로 '문명과 가장 멀리 떨어진' 연합국의 한적한 시골 마을로 향했고, 그곳에서 인간들을 해부하고 그들을 조사했다. 목적이 무엇이었겠나? 이후에 반인을 만들며 보다 완벽한 인간을 형성하려 했던 것을 생각해 보면, '완전한 인간'으로서의 신체나 생리에 관심이 있었다고도 볼 수 있을 거야."

"확실하지는 않지만 그랬겠죠."

"그리고 둘째로는 나를 만났네. 나를 만난 뒤, 아마 내 혈통이나 사연을 통해 좀 더 많은 일을 할 수 있으리라 여겼겠지. 나는 다행히 그녀의 말이라면 무엇이든 따를 준비가 되어 있는 사람이었고, 우리는 함께 '작업'에 착수했네. 얼마든지 반인을 빼돌릴 수 있는 부와 권력을 손에 넣는 작업 말일세."

알렉시스 에슈마르크가 담담히 말했다. 그리고 그 말을 들으며, 뜬금없는 문제기는 하지만, 나는 어쩌면 그가 처음부터 엘류이센 라이케의 목적 따위에는 관심도 없고 동의하지도 않았을지도 모른다는 생각을 했다. 그가 스스로 말했듯이, 그런 것은 아무래도 상관이 없었을지도 모른다.

인상을 찡그리고 미간을 문지르며, 나는 알렉시스 에슈마르크의 뒷말을 마저 들었다.

"그리고 셋째로, 우리는 반인이 가장 무도하게 다뤄지는 뷔올로 돌아왔지. 얼마든지 반인이라는 '자원'을 손아귀에 넣고 마음껏 굴릴 수 있는 땅이기도 했어. 내게도, 엘류이센 라이케가 내세운 가짜 신분 '유리 옐레체니카'에게도 그럴 수 있는 능력과 권한은 충분히 있었지."

"뷔올은 반인의 포획과 토벌에 가장 앞장섰고, 그 후 그들을 가장 적극적으로 노예로 삼거나 실험대에 올린 집단이니까요. 사실, 실험 정도는 어느 정도 공공연히 이루어지고 있었기 때문에, 폐하께서 당신과 엘류이센의 협잡으로 인해 분노한 건 당신들의 관계가 폐하께도 비밀이었기 때문이라는 점도 컸겠죠."

"그 이유가 대부분이었겠지."

그가 허심탄회하게 대꾸하며 깍지 낀 손을 쭉 펼쳐 상 위에 뻗고는 몸을 의자 등받이에 깊숙이 기댔다.

"어쨌든 그러고 나서 넷째로, 유리 옐레체니카는 므라우 토벌에 관심조차 없던 내게 그곳에서 공을 세울 것을 권했네. 확실히 단번에 명성을 높일 무대로는 안성맞춤이었지. 나는 즉시 므라우 토벌에 참가할 의사를 밝히고, 가장 효과적으로 내 존재를 알릴 방법을 구상해 냈어."

"운석을 떨어트린 것 말인가요?"

"맞아. 이쯤 되면 이상하다고 생각하지 않나?"

"뭐가요?"

멀뚱히 반문하자 눈을 가늘게 뜬 알렉시스 에슈마르크가 흘긋 나를 보더니 한숨을 푹 내쉬었다. 그 꼴이 어쩐지, 나를 볼 때마다 하릴없이 한숨을 내쉬기만 하던 초기의 레일리 크라하의 태도와 비슷해 보였다.

나는 당장에 미간을 좁히고 싸늘한 표정을 지었다. 이 작자는 지금 높은 확률로 나를 한심해하고 있다. 아니, 확실했다.

"아, 빨리 설명해요."

짜증스럽게 쏘아붙이자, 알렉시스 에슈마르크가 보랏빛 눈동자를 나에게로 굴렸다가 다시 정면을 바라보며 담담히 덧붙였다.

"그 후에 다섯 번째로, 유리 옐레체니카가 무엇을 했다고 생각하나?"

"예?"

"그녀는 레일리 크라하의 행적을 좇아, 레일리 크라하가 붙잡혀 갔을 만한 실험실들을 조사하고 다녔다. 결국에는 레일리 크라하를 설득해 그를 곁에 두고 충성을 손에 넣었지. 감정적인 요소가 배제된, 실리를 위한 충성이었다고는 해도 레일리 크라하의 충성이란 반인에게나 뷔올에게나 상당한 의미를 지닌 요소였어."

거기까지 말한 그가 잠깐 말을 멈추고 다시 나를 일별했다. 특유의 여유로운 태도였지만, 내게서 대답을 독촉하는 듯한 태도였다. 알렉시스 에슈마르크가 부드럽게 물었다.

"무슨 의미라고 생각하나?"

"유리 옐레체니카가 일부러 당신을 브라우 토벌에 참전시켰군요."

"그래. 나도 그렇게 생각하게 됐네. 레일리 크라하를 손에 넣으면 어느 쪽이든 그녀의 목적이 쉽게 풀리리라고 판단했을 수도 있지. 그대가 짐작했다시피, 그녀의 목적이 어떤 식으로든 반인의 사회를 구축하고 세상을 뒤집어엎는 일이었다면, '므라우의 까마귀'는 그 존재 자체로 가장 효율적인 패였을 거야."

"요컨대……."

레일리랑 가깝게 지내지 말고 거리를 두라던 그의 충고를 다시 한번 떠올렸다. 수도로 떠나기 직전에, 알렉시스 에슈마르크가 수많은 해야 할 말 중에 가장 중요하다고 판단하고 꺼낸 말이었다.

확실히 나는 레일리에게 어지간하면 휘말려서는 안 되는 입장이었다. 어쩔 수 없이 휘둘리게 됐고, 이제는 돌이킬 수도 없다고 생각하지만, 어쨌든 '유리 옐레체니카'의 몸을 한 채로 레일리 크라하와 얽히는 일만큼은 지양해야 했다.

하지만 뭐, 뭐 어쩌란 말인가? 이미 지난 일이고, 지나간 일을 어떻게 되돌릴 방법도 마땅치 않았다.

인상을 팍 쓴 채 한숨을 푹푹 내쉬는데, 그런 나를 물끄러미 들여다보던 알렉시스 에슈마르크가 조용히 덧붙였다. 빌어먹게도, 그의 말은 아직 본론에 접어들지 않은 상태였다.

"엘류이센 라이케가 자신과 닮았기 때문에 반인에게 관심을 쏟았을지도 모른다는 이야기를 우리가 일찍이 나누었던가."

"예, 뭐."

"그 반대였다면 어떻게 생각하지?"

여전히 다정다감하고 살뜰한 목소리에 실려 나온 말이었지만, 그 말을 듣고 나서 나는 반사적으로 인상을 쓴 채 고개를 들어 올렸다. 내 표정을 세심히 살피던 알렉시스 에슈마르크가 보랏빛 눈을 찡긋거리며 콧등에 주름을 잡았다.

"모든 신화에서 조물주는 '자신과 비슷한 형태'로 인간을 만든다."

턱을 괴고 있던 손이 갈 길을 잃은 채 허공에서 두서없이 꼼지락거리다가, 뒤늦게 주먹을 쥔 채 허벅지 위로 내려갔다. 나는 꼿꼿하게 허리를 세우고 그를 물끄러미 바라보다가 표정을 왈칵 일그러트렸다.

지금 이게 무슨 소리란 말인가?

"무슨 소리를 하고 있는지는 알아요?"

"안 될 이유는 뭐지? 사실, 나는 므라우에서부터 어느 정도 그럴지도 모른다는 가능성을 열어 두고 있었네. 정황상, 반드시 그대가 말한 '순서' 대로 일이 시작되었어야 할 이유는 없으니까."

알렉시스 에슈마르크가 담담히 말했다. 그의 이야기를 듣고 나니 나도 갑작스럽게 떠오르는 문제가 있었다. 뷔올의 역사서에 대한 이야기다.

아직 국가와 지역의 구분이 애매하던 시절, 밀락테이트 지방의 몬타뉴는 2400년 전에 태어나 세상을 휘두르다가 돌연 푸른 숲 안으로 사라졌다. 그러고 나서 아마 본인에게서 '죽음'이라는 요소를 제거하고, 불멸하는 조율 자로서의 생명체를 만들었다. 끊임없이 유입되는 마력을 관리하고 세상의 안정을 지켜 줄, 이름 그대로 여신으로서 살아갈 수 있는 존재.

하사한 이름은 여신의 이름을 빌려 '엘류이센'. 물과 마력에서 태어난 존재이기 때문에, 몬타뉴 밀락테이트는 세상 그 자체야말로 그 호문쿨루스의 어머니일 것이라고 말했다.

사회와 인간에 대한 이해가 없던 엘류이센 라이케는 그 말을 곧이곧대로 받아들였다. 푸른 숲에 들어와 마력에 젖은 숲 속에서 길을 잃고 죽어가는 조난자들의 시신을 끌고 와 그 죽음 위에 서서 연구를 거듭하다가.

자신의 어머니가 여신이었다면, 본인 역시 어떤 의미에서는 신이 될 수 있다고. 그런 생각에 다다랐다.

그리고 몬타뉴 밀락테이트의 실종 이후로 400년이 지나, 망국 에레스타의 왕녀 실비아 에레스타가 푸른 숲으로 향했다가 최초의 '총'을 들고 돌아왔다.

역사적인 기록 위에 최초로 유사인족과 반인이 등장하기 시작한 시점. 전조조차 없었다. 실비아 에레스타라는 걸출한 인간이 명성을 얻은 계기를 형성한 '절대적인 적'의 갑작스러운 등장이었다. 인류 공통의 적으로 불리기에 충분한, '인간을 흉내 내는, 돌연변이 같은 괴이한 종족' 말이다. 강력하고 무시무시한 자들. 인간과 비슷하면서, 그러나 다르게 생긴 자들.

억압이 시작된 시기이기도 하다.

얼굴에서 핏기가 싹 빠져나가는 것 같았다. 별로 생각하고 싶지 않았던 부분이었고, 알렉시스 에슈마르크의 말대로 '알고 싶지 않았던 사실'이기도 했다.

엘류이센 라이케는 가장 먼저 세상의 증오가 쏠릴 대상을 만들었다. 그리고 오랜 세월이 지나, 이번에는 그들에게 당신들이 그 증오를 받을 이유가 없다며 각성의 계기를 제공했다. 새로운 세상을 만들자고.

"갈리아 역시 조인족의 시신을 기반으로 만들었지. 일기를 봤으니 알겠지만, 애초에 엘류이센 라이케가 지니고 있던 재료 역시 인간의 '시신'이었어."

그가 차분히 말을 이었다.

"그녀가 이해하지 못했던 유일한 것, '죽음'으로부터 계속해서 무언가를 만들며 점점 더 발전된 신체를 연구하고 있었던 거라면? 자신과 비슷한 생명체를 만들어서 점차로 그 뿌리를 세상에 견고히 박아 넣고 있었다면?"

그가 줄줄이 꺼내는 의문들을 머릿속에 구겨 넣으며 혼란스러워졌다. 하지만 어느 면에서는 더없이 맑아지고 있었다. 유감스럽지만, 지금껏 품어왔던 모든 의문들이 해소되는 느낌이었다.

내 반응을 지켜보던 알렉시스 에슈마르크 역시 이 이야기를 시작한 이래 처음으로 인상을 쓰듯 미간에 주름을 잡고 회한 섞인 태도로 한숨을 내쉬었다.

알렉시스 에슈마르크가 내게 전해 준 엘류이센 라이케의 발언을 문득 떠올려야 하는 순간이었다. 그녀는 누구나 신이 될 수 있고, 그러기 위한 방법 역시 사람들이 생각하는 것보다 훨씬 간단하다고 말했다.

"이 세계를 구성한 뒤 그 추이를 지켜보고 있었던 사람이, 정말로 그대 뿐이라고 생각하나?"

그저, 남들보다 비열하고 유능해야 한다고 말이다.

* * *

내가 우리의 대화를 제대로 곱씹고 고찰하기도 전에, 마이어 후작이 먼저 찾아왔다. 푸른 숲에 진입할 준비를 마친 모양이었다. 우리도 일단 거기까지의 대화를 적당한 선에서 포장해 마무리한 뒤 자리에서 일어섰다. 마이어 후작은 여전히 묘한 표정으로 나를 지켜보고 있었지만, 레일리가 곧장 내게로 다가와 나를 수행하기 시작하자 별다른 말을 꺼내지 않은 채 침묵했다.

가장 먼저 입을 열고 내게 말을 건 사람은 레일리 쪽이었다.

"푸른 숲에 진입하는 팀을 꾸리는 모양이던데, 저는 어떻게 할까요, 마스터."

"어?"

"진입하는 무리에 낄지, 함께 바깥에 있을지를 여쭤본 겁니다."

지난밤의 내 대답에 꽤나 만족한 모양인지 정중하고 여유로운 태도를 되찾은 레일리가 퍽 살뜰한 태도로 대꾸했다. 나는 레일리를 올려다보며 어물거리다가 슬그머니 시선을 피했다.

레일리 크라하가 푸른 숲 안에 들어가는 편이 나을지, 내 곁에 있는 편이 나을지 판단하기가 어려웠다. 흘긋 알렉시스 에슈마르크를 향해 눈짓을 해서 조언을 부탁했지만, 그도 곰곰이 생각해 보는 듯한 표정을 짓고 있을 뿐 별다른 조언이 없었다.

나는 다시 쭉 시선을 깔았다가 레일리의 옷자락을 붙잡고 적당히 말을 끌기 위해 운을 뗐다.

"네가 들어갈 필요가 있을까? 잘 모르겠는데, 위험할지도 모르니까…….

반드시 그럴 필요가 있으면 들어가고. 아니면 말자."

"필요야 있지요."

시간 끌기 용도로 토론이라도 벌이기 위해 꺼낸 말이었는데 레일리가 당연하다는 듯이 대답했다. 결국 나는 눈을 동그랗게 뜨고 다시 레일리를 올려다봤다. 레일리는 못마땅한 얼굴로 눈썹을 꺾었다가 한숨을 푹 내쉬더니 앞서가는 마이어 후작을 잠깐 일별했다. 그가 들으면 곤란한 내용이라도 말하려는 모양이었다.

하지만 한동안 고민하더니, 결국 잠자코 허리를 기울여 내 곁에 얼굴을 댄 채 속삭였다. 그래 봤자 마이어 후작은 충분히 들을 테지만 어쩔 수 없다고 판단한 듯했다. 그 정도로 비밀스러운 이야기는 아니라는 뜻도 된다.

"발명가의 공방이란 본래 개인의 가장 특출한 자료를 보관하는 불가침의 영역입니다. 유리 님의 자료들을 생판 타인이 마음대로 쑤석이게 둘 수는 없는 일이 아닙니까."

"아하……."

"아무리 '기억을 잃'으셨어도 자기 자신에 대한 자각은 가져 주셔야 할 것 같습니다만."

건방진 태도로 쏘아붙인 레일리가 알아듣겠냐는 듯이 고개를 까딱이고 다시 허리를 세웠다. 마이어 후작을 의식해서 적당한 표현을 골라 말한 것 같았다.

물론 옳은 말이지만, 사실 그렇게 따지자면 유리의 연구 자료를 가장 쑤석이면 안 되는 인간은 이 중에서는 단연 레일리 크라하라고 봐야 했다. 하지만 그 사실을 곧이곧대로 입에 담을 수는 없으니, 나는 또 한 번 슬그머니 시선을 회피했다.

대체 어떻게 레일리를 설득해야 할지 알 수 없었다. 저렇게까지 말하는데 들어가지 말라 할 만한 변명거리나 논리적인 이유도 따로 떠오르지 않았다. 알렉시스 에슈마르크의 눈치를 다시 한번 살폈는데, 곤란한 얼굴로 우리를 물끄러미 바라보던 그가 생긋 미소를 짓더니 허공에 손짓을 하기 시작했다. 그의 손짓을 따라 활자로 이루어진 철판에서 활자 몇 개가 뽑혀 나와 문장을 형성했다.

〈어차피 주된 실험실이나 공방 바깥에 결계가 있을 걸세. 따로 변명할 만한 말이 없다면 마음대로 들어가게 두게.〉

그의 문장을 슬쩍 살핀 나는 재빨리 레일리의 옷자락을 놓으며 대답했다.

"응, 그러면 들어가는 게 좋겠다. 내 옛날 연구에 대해서라면 나보다는 네가 더 잘 알 테니까 말야."

"……. 저라고 발명품 따위에 대해 잘 알지는 않지만, 확실히 마스터보다는 잘 알겠지요."

심드렁히 대답한 레일리가 허리를 꼿꼿하게 세우고 거만한 표정을 지었다. 마이어 후작이 한 번 더 우리를 흘깃거리는 것 같았지만 개의치 않기로 했다.

그렇게 푸른 숲 근처에 다다랐을 때, 나는 숲 전반에 삐걱삐걱 요란한 소리를 내며 잔뜩 엉겨 붙어 있는 마력 덩어리들을 목격하는 바람에 질겁해 한 발자국 물러서기부터 했다. 내가 하염없이 기겁하는 사이, 알렉시스 에슈마르크는 우리에게로 쏟아지려던 마력 덩어리들을 슬쩍 다시 숲 안쪽으로 밀어 넣고 있었다.

"크라하 씨도 들어가시나요?"

조금씩 마력을 불어넣어 실을 강화한 뒤 사람들의 허리에 묶어 주던 세레나가 우리에게로 다가와서는 조심스럽게 물었다. 여전히 세레나가 마음에 안 드는지 싸늘한 표정으로 세레나를 깔아 보던 레일리가 차갑게 대답했다.

"예."

짧은 대답에 세레나가 머쓱한 표정으로 웃더니 그의 주변을 기웃거리다가 조심스럽게 질문했다.

"다른 분들은 검집이나 제복의 장식에 실을 달았지만, 크라하 씨의 옷에는 달리 실을 달 만한 장식이 없어서요. 바지에 잠깐 손을 대도 괜찮을까요?"

"제가 직접 하겠습니다."

"매듭을 지을 때까지 마력을 유지해야 해서……."

말을 듣다 말고 대번에 불쾌한 표정을 짓는 레일리를 바라보다가 난감한 얼굴로 두 손을 위아래로 붕붕 흔든 세레나가 조심스럽고 예의 바른 미소를 머금은 채, 왜인지 내 눈치를 살피며 슬그머니 덧붙였다.

"성적인 의도를 갖고 접촉하려는 건 아니니까요. 하지만 불편하시다면 다른 남성 마법사분을……."

"성적인 접촉 같은 것은 개의치 않고, 그보다도 애초에 급소 근처에 타인의 손이 닿는 일부터 좋아하지 않습니다만."

"그러시군요. 그럼……. 어, 다른 분을 모셔 와도 별로실까요?"

"누가 해도 별롭니다."

거기까지 들은 세레나가 이 사람 좀 어떻게 해 보라는 듯이 나를 향해 두어 번 더 눈짓을 했다. 이제 보니 나랑 레일리가 사귄다고 생각해서, 혹시라도 오해 말라며 내 눈치부터 살핀 모양이었다. 그리고 지금은 내 집사의 태도를 어떻게 좀 해 보라는 의미의 눈짓이었다. 나는 애석한 얼굴로 레일리를 바라보다가 툭 말했다.

"들어가기 싫으면 싫다고 해라."

내 말을 들은 레일리가 눈썹을 꺾더니, 내 위에 달큼한 태도로 목을 기울였다.

"마스터가 해 주십시오. 어차피 마스터는 자주……."

"닥쳐."

이 자식이 공공연한 장소에서 대체 무슨 개소리를 하려 드는지는 모르겠지만 일단 말을 잘랐다. 그리고 그의 명치에 팔꿈치를 한 번 틀어박고 싸늘하게 대답했다.

"너는 저번에도 목 내주기 싫다고 나한테 채워 달라고 하더니, 어떻게 집사 된 놈이 뭐만 하면 주인을 부려 먹냐?"

그 화제를 떠들지 말라는 의도인 것을 눈치챘는지, 레일리가 곧장 화제를 전환해 부드럽게 대답했다.

"급소를 남에게 내주는 취미 같은 것은 없습니다만, 어차피 목줄을 쥐고 계신 분께야 내드려도 상관이 없는 법이지요."

"아니……. 이럴 땐 그냥 적당히 넘기라고……. 세상 사람이 전부 네 목숨을 노리고 있냐……."

"살아간다는 것은 대충 그 비슷한 일이 아닙니까."

레일리가 당당히 대답했다. 이 얘기에서는 도저히 서로에게 동의할 수 없으리라는 점을 일찌감치 파악했기 때문에, 나는 별다른 첨언 없이 손사래부터 치며 다른 이유를 꺼냈다.

"아무튼 잊고 있는 것 같은데, 나 마력 못 다뤄."

"지금 다루고 계신 것 아닙니까?"

태연히 대답한 레일리가 내 얼굴과 주변을 한 번 쭉 훑어보더니, 아무렇지도 않게 덧붙였다.

"대공 각하의 기운에 보호받듯이 휩싸여 있던 지금까지와는 달리, 지금은 개별적으로 기운이 움직이고 있는 듯한데, 충분히 다룰 수 있게 되신 것 같습니다만. 일식의 여파일까요."

"……."

이 개자식이, 왜 군이 말하지 않은 주인의 비밀을 동네방네 퍼트리고 난리란 말인가? 나는 레일리의 신발을 구두 신은 발로 꾹 짓누르며 눈치를 줬다. 그러자 레일리가 눈을 가늘게 떴다가 잠자코 말을 정정했다. 앞선 발언을 대충 포장해 수습하는 선이었다.

"그저 감지만 하고 계십니까? 제 주인을 너무 과대평가했군요. 여전히 무능하시다는 것 잘 알겠습니다. 하지만 어쨌든 직접 마력을 다루지는 못하시더라도 윌리엄스가 안에 마력을 가둔 채 실을 넘긴 뒤, 그것으로 매듭을 짓는 작업만 마스터께서 맡는 정도라면 충분히 해내실 수 있을 겁니다. 마력을 지각하실 수는 있게 되셨으니까요."

그 정도에서 적당히 만족하기로 한 내가 한숨을 내쉬며 세레나의 손에서 실을 잡아챘다. 그리고 레일리의 집사복을 건성으로 들추고, 그의 바지 앞섶을 더듬거렸다.

그런데 정작 본인이 시켜 놓고, 레일리가 당장에 인상을 썼다. 세레나도 어쩐지 크게 당황해서는 안절부절못하고 있었다. 뿐만 아니라 왜인지 모르겠으나 주변 사람들도 전부 기함하는 눈치여서 의아한 표정을 지었다가, 레일리가 갑작스럽게 내 손을 강제로 떼어 내는 바람에 나도 못마땅히 눈썹을 꺾었다.

레일리가 싸늘하게 물었다.

"어딜 더듬으십니까?"

"네가 나한테 달아 달라며."

"유, 유리 님."

당당하게 눈살을 찌푸리고 반문하는데 세레나가 조심스럽게 내 옷자락을 잡아끌더니, 슬그머니 손짓을 했다.

"뒤쪽, 뒤쪽이에요. 허리춤 근처……. 우리나라의 남성복은 뒤에 허리 둘레를 조절할 수 있는 태엽과 버클이 몇 개 달려 있어서……."

"앗, 뒤였냐."

"……."

"거, 난, 그 뭐냐, 성적인 의도 어쩌고 하기에 당연히 앞쪽인 줄 알았지……. 아씨, 그래, 내가 실수한 거 맞으니까 그런 눈빛으로 날 보지 말아 줄래……?"

"전 그래도 유리 님을 좋아해요……."

"'그래도'라고 하지 마……."

세레나가 애써 나를 달래는 사이에도 레일리는 가감 없이 퍽 불쾌한 표정을 지은 채 나를 한심하다는 듯이 깔아 보다가, 한숨을 푹푹 내쉬며 스스로 집사복의 코트를 들췄다.

"빨리 하고 끝내죠."

"야, 설명이 부족했던 건 네 잘못이잖아. 주인이 기억도 모조리 잃고 머릿속이 백지가 됐다는 걸 알고 있으면 최소한의 설명은 했어야지, 뭘 잘했다고 짜증을 내나? 남성복에 그런 장식이 있는지 없는지 내가 어떻게 알아? 정말로 처음 듣네."

"제 주인께 최소한의 상식조차 없다는 사실을 늘 깜박 잊고 마는군요. 마스터께서 즐겨 입곤 하시는 승마복도 비슷한 구조라는 걸 알기는 하십니까?"

"내, 내가 그걸 왜 알아 두는데? 어차피 옷은 네가 입혀 주는 거고……."

"하아……. 빨리 끝내기나 하십시오."

"명령조로 말하지 마라."

"하아아……."

"한숨도 쉬지 마."

뻔뻔하고 당당하게 응수해 보았지만 나도 좀 민망해지기는 했다. 아니, 그게, 내가 직접 옷을 입어 봤어야 알 일이 아니겠는가. 세레나가 너무 조심스러워하기에 당연히 앞쪽인 줄 알았는데, 생각해 보니 뒤쪽도 막 만지면 추행이기는 마찬가지였다. 반성하자. 내가 레일리의 엉덩이를 너무 자주 자연스럽게 만져 온 탓이었다.

나는 결국 괜히 짜증을 내며 레일리의 등허리로 고개를 기울이고 실을 꼼꼼히 묶어 주었다. 마력을 안에 구깃구깃 집어넣으며 무사히 작업을 마쳤을 때, 우리를 애석한 얼굴로 지켜보던 애셔가 손뼉을 치며 주의를 환기했다.

우리가 마지막이었고, 다른 사람들의 준비는 어느 정도 끝난 모양이었다.

애셔의 그 애석한 표정과, 준비를 마친 채 우리를 지켜보던 사람들의 황망한 얼굴 면면을 보니 또 괜히 민망해졌다.

상식적으로 바지춤의 허리 뒤쪽에 사이즈 조절용 태엽 따위가 달려 있을 거라고 어떻게 짐작을 하란 말인가? 너희 세계나 스팀펑크지, 내 세계까지 스팀펑크인 것은 아니란 말이다. 당연히 정장 바지에 으레 그렇듯 벨트를 넣기 위한 벨트 고리가 있어서, 그런 데에 실을 묶으려는 줄 알았다.

아니, 아무리 생각해도 억울하고 어처구니가 없군. 평소에 시중드는 사람이 있었던 탓에 옷의 구조 따위는 파악하지도 못했는데 내가 태엽 장치의 존재를 어떻게 알겠냐고. 다른 사람은 몰라도 내가 스스로 옷 입을 일조차 없게 만들었던 레일리 크라하만은 나를 눈빛으로 비난하면 안 되는 것이 아니냐.

하고 싶은 말은 많았지만 뷔올 사람들 사이에서는 상식으로 통용되는 의복 양식인 듯해 얌전히 입을 다물었다. 유리 옐레체니카가 기억을 잃었는데 바지 구조를 좀 모를 수도 있지, 뭘 그걸 갖고 그렇게까지 사람을 백안시한단 말인가. 속으로만 투덜대던 나는 두어 번 마른세수를 하고, 얌전히 레일리의 허리춤에 매달린 실을 점검하기만 했다.

공공장소에서 집사의 앞섶을 뒤적거리다니, 솔직히 입이 열 개여도 할 말이 없기는 했다.

주의를 환기시키는 듯한 애셔의 집합령이 떨어지고 나서도 나는 몇 번 더 실이 제대로 묶였는지, 마력 구조가 제대로 실 안에 자리를 잡았는지 따위를 확인하다가 뒤늦게 레일리의 매무새를 정돈해 주었다.

"생각 좀 하고 행동하게. 정말이지 상상도 못 했군."

그렇게 레일리를 비롯한 탐사 인원이 전원 숲 안으로 들어가고, 나도 마력 장치로 빼곡하게 들어찬 채 삐걱삐걱 꺼림칙한 소리를 내는 숲 앞에 섰을 때였다. 곁에 다가와 선 에슈마르크 대공이 결국 그런 소리를 했다.

"유감스럽지만 이래 봬도 행동을 할 때마다 매사 조심하며 걸음마다 돌다리부터 두드리고 있습니다만."

"그럼 그 기질이 문제일까?"

"내 기질이 뭐요."

"말을 아끼도록 하지."

"뭐요, 염병."

정말로 내 기질을 꼬치꼬치 짚어서 비난하지는 않으리라 여겨서 당당하게 쏘아붙였는데, 눈을 가늘게 뜬 알렉시스 에슈마르크가 자연스럽게 대답했다.

"뭔가를 감추고 싶을 때 나오는 지나치리만큼 과장된 행동거지, 이곳저곳 들쑤시는 방종함, 떠오르면 저지르고 봐야 하는 충동적 성미 말일세. 어려운 문제가 나오면 일단 회피하고 싶어 하고, 중요한 고민은 최대한 뒤로 미루고 싶어 하고, 욕망과 충동에는 약하고, 하고 싶은 건 일단 해야 하는 제멋대로의 기질도 물론 그 배경이 될 테지만 말이야."

"아니, 그렇게 사사건건 진실만을 휘둘러 때리시면 너무 아프네요. 왜 그렇게까지 잘 파악하고 난리랍니까?"

"애초에 아프라고 때리는 게 아니겠나."

"……."

그걸 말이라고 한단 말인가? 알렉시스 에슈마르크를 못마땅히 한차례 흘겨본 후 얌전히 입을 다물었다. 솔직히 구절구절 팩트뿐이어서 달리 할 말은 없었다.

애초에 연기에 재능이 있었다면 작가 말고 다른 일을 했을 것이고, 오지랖이 넓지 않았다면 이 꼴이 되지도 않았을 것이다. 괜찮다 싶은 생각이 떠오르면 일단 해야 했다. 중요하고 심각한 문제는 가능하면 직면하고 싶지 않다. 말 그대로 레일리 크라하의 유혹에도 약했기 때문에 사사건건 넘어가고 만 것이다. 스스로 생각해 봐도 인정해야 하는 부분들이었다.

젠장, 사람이 그럴 수도 있지. 속으로 합리화를 해 보았지만 입술은 저절로 삐쭉 튀어나왔고, 알렉시스 에슈마르크는 나를 흘긋 일별했다가 손을 들어 내 주둥이를 꾹 잡고 위아래로 가볍게 흔들었다.

"그대는 감정을 숨기는 일에 지나치게 서툴러. 아마 '그쪽'의 인간이라 해서 모두가 그러지는 않으리라고 여기는데, 말하자면 개인의 부족함이지."

어느 정도는 인정하는 바였지만 꼭 그 말을 이 꼴로 해야 할 이유는 물론 없을 것이다. 여전히 내 입을 오리 주둥이처럼 만들어 붙잡고 있을 이유가 없다는 얘기였다. 눈을 부라리고 그를 노려보았지만 알렉시스 에슈마르크는 아랑곳하지 않았다.

"레일리 크라하라고 해서 자신에게 숨기는 비밀이 한두 가지가 아니라는 점을 모르지도 않을 테지."

왜 또 갑자기 레일리의 이유를 꺼내느냐는 의미에서 눈썹을 휙 추켜올리는데, 그때에야 내 입술을 놓아준 그가 담담히 팔짱을 꼈다.

"레일리 크라하는 번개인 혼혈이지?"

"예? 그렇죠."

"말하자면 혼혈임에도 불구하고 전례 없이 강한 번개인이라고 봐야 할까."

"뭐⋯⋯. 말하자면 그렇죠."

알렉시스 에슈마르크가 이런 식으로 갑자기 화제를 전환할 때 좋은 결론에 다다른 적이 없다. 자연히 찜찜한 마음으로 대꾸하자 알렉시스 에슈마르크가 잠깐 고개를 갸웃거렸다가 손끝을 튕겼다. 특별히 티를 낸 것은 아니었지만, 자연스럽게 주변의 마력이 움직여서 우리 주변의 소리를 차단하는 장치를 형성했다.

어차피 주변의 마법사들은 전부 푸른 숲 안으로 들어간 뒤였다. 물론 세레나와 이리나 경 역시 지금은 자리를 비운 상태였다. 결과적으로, 온전히 둘이서 이야기를 할 수 있는 여건이 된 셈이었다.

"므라우에서 그가 번개를 활용하는 방식을 제대로 지켜봤나?"

"당신이 그때 흥미롭게 지켜봤었죠?"

"그래."

"열로 지지는 방식이라지 않았던가……. 확실하게 기억이 나지는 않는데요."

"맞네. 그렇게 얘기했었어. 레일리 크라하가 번개를 다루는 방식은 단순히 스파크를 통해 불길을 일으키는 방식이 아니더군. 보통 번개인의 '번개'란 번개 자체를 동반하기보다는 방전 효과를 통해 열적 파괴를 일으키는 방식이거든. 보통 그럴 땐 불꽃, 하다못해 스파크 정도는 일어나야 하지. 허나 레일리 크라하는 그런 과정을 거치지 않아. 요컨대 레일리 크라하의 능력이란 일반적인 번개인의 능력에서 한 단계 더 발전했다고 봐야 하네."

"네. 그렇죠."

"그렇다면 그 이유는 무엇일까? 평범한 반인도 아니고, 오히려 남들보다 반인의 인자가 약해야 할 인물이 그토록 강한 힘을 낼 이유 말일세."

"어, 글쎄요."

멀뚱히 대답하고 다음 말을 기다리는데, 알렉시스 에슈마르크는 한동안 말을 잇지 않은 채 조금 더 표현을 선별했다. 그리고 시간이 조금 지나서야 차근차근 덧붙였다.

"번개인이 다시 번개를 맞아 죽을 확률에 대해 생각해 봤네."

"아하."

거기까지 듣고, 더 자세한 설명을 듣기도 전에 내가 먼저 한숨을 푹 내쉬었다.

"가능성이 있네요. 부친에 대해서는 알려지지 않았으니까. 하지만 그게 중요한 문제입니까?"

"확실하지는 않지만 말이야……."

괜히 또 말끝을 흐리던 알렉시스 에슈마르크가 별안간 화제를 돌렸다. 사실 완전히 다른 주제로 옮겨 간 것 같지는 않았다. 그저 맥락의 일환이었다. 그가 무슨 말을 하려는지도 대충 알아들을 수 있었다.

알렉시스 에슈마르크의 질문이 워낙에 폐부를 찌른 탓도 있었다.

"레일리 크라하가 진실을 알고 난 뒤에 용서할 수 있는 인물이리라고 보나?"

"아뇨."

망설임조차 없이 대답하자 에슈마르크 대공이 묘한 표정을 지었다. 어느 정도는 비난조였다. 그래 놓고서 내 세계까지 데리고 돌아갈 생각은 어떻게 했느냐는 듯한 눈짓이었다. 나는 그의 시선을 슬그머니 회피하다가, 어물어물 대답했다.

"평생 말하지 않을 생각이라고 대답하면 너무 대책 없어 보이겠죠?"

"그렇게 보이는 게 아니라, 실제로도 대책이 없지."

"하지만 정말로……. 자기 인생이 그렇게까지 비참해야 했던 이유가 내 소설의 서사로 인한 것임을 알게 되면 저를 가만히 두지는 않을걸요."

거의 확신할 수 있는 일이었다. 기어들어 가는 목소리로 덧붙였지만 알렉시스 에슈마르크가 눈을 가늘게 뜨고 비난조로 말했다.

"신뢰가 없군."

"그럼 뭘 믿어요? 레일리 크라하의 인격에는 한 톨의 신뢰도 줄 수 없고, 그러면 사랑의 힘? 개나 주라지. 저는 당신들을 만들 때 트루 러브 파워 같은 건 별로 집어넣지도 않았단 말입니다."

시큰둥하게 쏘아붙였는데도 그는 여전히 비난조로 나를 바라보고 있었다. 다시 슬그머니 그의 시선을 피하는데, 알렉시스 에슈마르크가 내 머리를 덥석 붙잡았다. 강제로 자신을 보게 한 것은 아니었지만, 그가 붙잡은 탓에 나는 내가 또 회피하려 들고 있었다는 사실을 새삼스럽게 지각해야 했다.

잠자코 침묵하는데, 그가 부드러운 말투로 다시 말했다.

"사실, 스스로 만든 세계에서 가장 벗어나지 못하고 있는 사람은 그대가 아닐까?"

"네?"

"이 세계가 이미 그대의 손을 떠나서 다른 전능자의 손아귀에서 제멋대로 굴러가고 있었다는 사실을 알게 되었어도, 언제까지나 이 세계의 모든 것을 통제할 수 있다는 인식이 한구석에는 있는 거지."

다정다감한 말투였지만 어쩐지 뼈가 있었다. 그리고 솔직히 말하자면 부정할 길이 없는지도 모른다고 생각했다.

"제가 늘 스스로 한계를 지어 두고 있다고 말할 셈이세요? 어느 정도 오만하다고?"

"아니라고 말할 텐가?"

"그러고 싶네요."

"하지만 그럴 수 없겠지. 스스로 말하게."

그가 퍽 단호하게 권고했다.

"레일리 크라하가 견딜 수 없는 진실을 알고 불같이 분노하기 전에 말이야."

"어디까지요?"

"처음부터 끝까지."

"유리 옐레체니카에 대해?"

"그대에 대해서지."

나는 그 말에는 다른 질문을 꺼내 반문하는 대신, 퉁명스러운 대답을 꺼냈다.

"자수해서 광명 찾으라는 식의 조언은 감사한데, 사실 내가 직접 말한다고 해서 듣는 사람이 분노하지 않는 건 아닐 텐데요."

다시 불퉁하게 꺼낸 말이었지만, 알렉시스 에슈마르크는 물러서지 않았다. 이번엔 적지 않게 공격적이기까지 한 질문이 돌아왔다.

"그래서 어쩌겠다고?"

"몰아붙이지 마세요."

"내가 몰아붙이지 않으면 누가 몰아붙이겠나?"

"그건 맞는 말이지만 그래도 몰아붙이지 마요."

짜증스럽게 말했다가 입을 꾹 눌러 닫았고, 너무 빠르게 돌아 나오는 탐사팀 일원들을 발견하고 눈살을 찌푸리며 조심스럽게 대답했다.

"처음부터 끝까지 갈등 구조를 내가 짜고 마음대로 풀면 되는 소설이랑 달리, 직접 경험하는 인간관계 같은 건 내 뜻대로 해피엔딩이 된다는 보장이 없어서 무섭단 말이에요."

"결국 그저 두려운 거군."

알렉시스 에슈마르크가 다정다감한 태도로 내 표현을 반복해 입에 담았다. 나는 얌전히 그의 뒷말을 기다리고 있다가, 더는 말이 이어지지 않는 것을 확인하고 나서 어쩔 수 없이 수긍했다.

맞는 말이었다. 솔데인 마이어에게도 이미 해명하고 의문을 산 사항이었지만, 나는 레일리에게 미움을 받는 것이 두려웠다. 그의 분노를 사는 것도 두렵기는 마찬가지였다. 실제로도 레일리가 나를 앞에 두고 보란 듯이 역정을 낼 때 이유도 없이 울컥하기까지 했다. 물론 그때 내가 겪어야 했던 레일리의 분노의 수위가 너무 높기는 했지만, 아무튼 나는 레일리에게서 그런 힐난과 질책의 말을 듣고 싶지는 않다.

여태 뒷일 생각 않고 날뛰었으면서 이제 와서 회피하고 싶다고 말한다면 책임감 없는 대처가 되겠지만, 나는 정말로 책임감 없는 사람이 맞는지도 모른다. 아니, 높은 확률로 그렇다.

"제길, 자꾸 들쑤시니까 솔직히 말하자면, 레일리가 나한테 화를 내는 게 상상이 가지도 않고, 또 그렇게 되는 게 두려워요. 결과를 보장받을 수 없는 행동을 어떻게 마음 놓고 합니까? 솔직히 인간이면 당연한 마음 아니냐?"

"미움받는 게 두려운 건가."

"자꾸 진실만 휘둘러서 뼈를 때리시면 아픕니다만."

"솔직히 말해 보게. 사람을 정말로 좋아해 본 적이 없지? 그렇다 해서 언제까지고 피할 수만은 없다는 사실을 그대도 알지 않나."

이번엔 달래는 듯한 말투였다. 폭삭 인상을 쓴 내가 조용히 투덜거렸다.

"또 제가 어려서 그렇다고 할 셈입니까? 기분 나쁘게."

"왜 기분이 나쁘지? 미숙한 것이 흠결인가?"

"대답할 길도 막아 버리시네요."

"직접 말하게. 그 편이 나을 거야."

내가 이젠 거의 신경질적인 태도로 쏘아붙이자, 다시 목소리와 태도를 누그러트린 알렉시스 에슈마르크가 살뜰하게 조언했다. 어쨌든 그가 호의에서 나를 돕고자 하는 마음으로 조언을 하고 있다는 사실을 알고 있었다. 구구절절 옳은 말이기도 했다.

언젠가는 레일리한테 상황을 설명해야 할 텐데, 어떻게 하면 레일리를 덜 분노케 할지 도저히 감을 잡을 수가 없었다. 나는 그저 그 순간을 미루고 싶은 것뿐이다. 하지만 그 바람이 얼토당토않다는 사실도 스스로 알고 있었다. 나도 끙 소리를 내며 뒤늦게 고개를 끄덕였다.

우리가 어느 정도 대화를 마무리 지을 때까지 기다려 주던 애셔가 그때에야 다가왔다. 푸른 숲에서 가장 먼저 돌아 나온 탐사팀의 전언을 알려 주려는 모양이었다.

"제 용건을 짐작하시겠지만, 안쪽으로 얼마 가지 않아 결계가 나타난 모양입니다. 백작님의 피로 결계를 열 수 있을지 시험해 봐도 괜찮을까요?"

"아, 네. 얼마나 피를 내면 되죠?"

"아주 조금이면 됩니다. 그렇죠, 숙부님?"

"그러면 내가 양을 살펴 필요한 만큼 채취하지."

알렉시스 에슈마르크도 흔쾌히 혈액 채취를 자청했다. 피는 정말로 많은 양이 필요하지는 않아서, 단검으로 손끝에 작은 상처를 냈다가 치료하는 정도로도 충분했다. 기껏해야 몇 방울이었다.

가장 먼저 돌아 나왔던 탐사팀이 가장 짧은 경로를 통해 결계에 닿았던 것인지, 그들이 피를 들고 푸른 숲 안으로 사라진 뒤 얼마 지나지 않아 다른 팀들도 같은 이야기를 하며 숲 밖으로 돌아왔다.

레일리가 돌아올 때쯤, 내 피를 가지고 숲 안으로 다시 들어갔던 탐사팀도 금세 돌아왔다. 얘기를 들어 보니 내 피도 소용이 없었던 모양이라, 다른 '열쇠'를 이용해야 하거나 다른 요인에 의한 결계거나 둘 중 하나이리라는 말과 함께 나는 내 피가 담긴 유리병을 돌려받게 됐다.

"마력 요동으로 인해 마력장이 발생했을 가능성이 높습니다. 결계 자체가 두꺼운 마력으로 이루어져 있더군요."

결계 근처까지 다가갔다가 돌아왔다는 이리나 경이 가장 먼저 가설을 세웠다. 세레나도 어느 정도는 이리나 경의 의견에 동의했다. 알렉시스 에슈마르크는 잠자코 다른 마법사들의 추론만을 듣고 있었지만, 마법사들의 의견은 대체로 한곳에 모이는 눈치였다.

"그럼 어떻게 할까요? 더 큰 마력으로 밀어내는 일이 가능하겠습니까?"

"잘못하면 내부에 한계치까지 차 있던 마력이 바깥으로 터져 나올 수 있어. 좀 더 유한 방법이 필요하지 않겠나."

애셔의 급진적인 의견을 자른 에포닐 공작이 인상을 썼다가 팔짱을 끼며 다시 말했다.

"내부에서부터 천천히 융해시키는 방법은 어렵겠소?"

"가능은 합니다. 단지 그런 경우, 균형 잡힌 축의 역할을 할 강대한 마력 기둥이 필요하지만……."

이 시점에서 나를 떠올리지 않기는 어려웠을 것이다. 반사적으로 나를 일별했던 이리나 경이 한숨을 내쉬며 관자놀이를 문질렀다.

"대공 각하와 저만으로 양옆에서 누르는 것으로는 충분한 균형을 잡기 어려울 겁니다. 눌린 마력이 압축되어 양옆으로 퍼져 나갈 수 있으니까요. 슈크림 빵을 양옆으로 누르면 빈 쪽으로 크림이 터지는 것과 비슷한 이치입니다."

"어머님의 의견에 동의합니다. 안정적으로 '축'의 역할을 하려면 최소한 셋에서 넷은 필요하죠."

여태 조용히 있던 알렉시스 에슈마르크가 뒤늦게 이리나 경의 의견에 동의했다. 그가 슬며시 나를 향해 눈짓을 했다.

"백작도 도와줘야 할 것 같은데."

"아, 뭐……."

균형을 잡고 내 쪽으로 마력이 튀어나오는 것만 억누르는 일이라면야 이제 충분히 할 수 있는 작업이겠지만, 어쩐지 찜찜했다. '유리 옐레체니카'가 수행해야 하는 역할이 너무 전형적인……. 사망 플래그 같았기 때문이다.

결계의 마력 흐름에 누군가가 손만 대도 균형이 무너져 제어자 중 한 명은 그 덤터기를 써야 하는 구조가 아닌가. 높은 확률로 이 작업으로 인해 ≪세레나의 티타임≫에서 유리 옐레체니카가 목숨을 잃었으리라. 거의 확신할 수 있었다. 의식은 자연스럽게 그 '이야기'를 구성하는 방향으로 흘러갔다.

마이어 후작이라고 해서 이리나 경과 알렉시스 에슈마르크에게까지 여파가 미치게 할 생각은 없었을 테니, 역시 이리나 경과는 미리 이야기를 마친 상태에서 작업이 이루어졌을 것이다.

디테일한 조절은 할 수 없지만 마력을 이용해 타격을 가할 수는 있는 마이어 후작이 결계에 노이즈를 섞고, 이리나 경이 그 충격을 최대한 유리 옐레체니카에게로 밀어내는 방향으로 마력을 움직이는 것.

마력장의 균형이 급진적으로 붕괴되면 결계도 알아서 용해될 테니 일석이조였다. 유리 옐레체니카의 공방을 보호하는 결계가 더 있다면 얘기는 달라지지만, 어차피 그건 언제든 피를 이용해서 깰 수 있다고 생각했을 것이다.

물론 그런 마법적 노이즈를 눈치채지 못할 알렉시스 에슈마르크가 아니니, 어떤 식으로든 막기 위해 노력을 할 것이다. 어쩌면 이 사건으로 에슈마르크 대공 역시 큰 부상을 입게 되는지도 모른다. 황위를 계승할 수 없을 정도의 부상. 아마도 상당한 장애가 남는 큰 부상 말이다.

그래서 굳이 알렉시스 에슈마르크가 뷔올을 떠나지 않고도 애셔의 자리가 안전해질 수 있게 되는 것이다. 뷔올에 남은 알렉시스 에슈마르크가 세레나와 인연을 이어 갈 수 있는 것도 그 덕일 테고 말이다.

별로 알고 싶지 않은 사실이었지만, 이제 ≪세레나의 티타임≫이 대충 어떤 식으로 흘러가는 이야기인지는 완벽하게 짐작이 됐다. 그 배후에 유리 옐레체니카의 진의가 깔려 있었을 테지만, 그래서 더더욱 찝찝했다.

엘류이센 라이케가 무엇을 위해 목숨을 잃었든, 어느 쪽이든 별로 그 이야기의 흐름대로 흘러가게 두고 싶지는 않았다. 나는 미적지근하게 말 끝을 흐렸다. 결계를 없애는 일에는 별로 참가하고 싶지 않았다.

하지만 지금 당장 그 일에 참가할 수 있는 인력이 나뿐인 것도 사실이기는 했다. 아까 푸른 숲에 들어가기 전에 레일리가 했던 망언으로 인해 내가 마력을 어느 정도 조절할 수 있게 되었으리라는 낙관적인 인식이 사람들 사이에 깔려 있는 탓도 있었다.

어쩔 수 없이 어떻게든 결계 해제에 동조해야 하는 입장이었다. 나를 못마땅히 여기는 이리나 경이나, 어느 정도 내 진의에 대한 의심을 거두지 않은 마이어 후작의 문제도 있다. 이 상황에서 협조하기 싫다고 버텨 봤자 의심밖에 더 사겠는가? 그들로 하여금 불신과 불만을 거두게 하기 위해서라도 협조해야 했다.

"좀……. 생각해 보면 안 됩니까? 아직 이렇게 거대한 힘을 다루는 일에는 서툴고, 각오가 안 되어 있어서요."

결국 나는 뻔한 변명을 꺼내며 한 발자국을 뒤로 뺐다. 알렉시스 에슈마르크가 어쩔 수 없다는 듯이 턱을 빼 들고, 이리나 경이 인상을 썼다.

하지만 이리나 경 역시 어느 정도는 내 마음을 짐작한다는 듯이 고개를 끄덕였다. 방금 막 마법을 되찾은 사람이니, 큰 마법을 사용하는 일이 두려울 수 있다는 것만은 이해하는 모양이었다. 심지어 그녀는 앞장서서 애셔를 설득해 주기까지 했다. 애셔도 나에게는 크게 밀어붙일 마음이 없었는지, 별수 없다는 듯 고개를 끄덕여 주었다.

"지금으로서는 백작님께 도움을 청할 수밖에 없다는 점에 대해서 양해해 주시면 좋겠습니다. 다만 백작님께서 하신 말씀에도 일리가 있는 듯합니다. 우선 몇 시간 휴식을 취하도록 하죠. 이미 푸른 숲에 한 번 진입해야 했던 사람들 역시 심적으로 큰 부담과 두려움을 안고 행동했으니, 결계를 깨고 본격적으로 진입하기에 앞서 긴장을 풀 겸 충분한 휴식 시간을 가질 필요도 있어 보이니까요."

"마음 써 주셔서 감사합니다."

정중히 감사를 표한 후 일단 사람들이 모인 곳에서 물러나려는데, 별 안간 솔데인 마이어에게 붙잡혔다. 갑자기 그가 나를 왜 붙잡는지 모르겠어서 눈을 동그랗게 뜨고 그를 바라보았다가, 잠시 둘이서 대화하고 싶다는 의사를 에둘러 표현한 마이어 후작 덕에 나도 뒤늦게 장탄식을 뱉어야 했다.

사실 알렉시스 에슈마르크가 명백히 지적하기도 했지만, 내가 미루고 회피하던 문제는 한두 개가 아니었다. 나는 일단 솔데인 마이어의 어깨를 두어 번 두드리고, 각오를 굳히기 전에 잠깐이라도 좋으니 이야기를 나누자는 그의 제의를 받아들였다.

나는 숲에서 돌아 나오자마자 내 뒤에 착 붙어 있던 레일리에게 손짓을 했다. 일단 마이어 후작과 이야기를 하기 위해서는 레일리만은 먼저 떼어 놔야 했다. 레일리는 여전히 불쾌한 표정이었지만 이번에도 순순히 물러났다.

그가 순순히 물러나는 이유를 누구보다도 잘 알고 있는 탓에 양심이 조금 아팠다. 레일리는 나름대로 나를 존중하기 위해 최선을 다하려는 모양이었다. 나는 껄끄러운 마음으로 레일리를 떼어 놓은 뒤, 레일리와 좀 더 멀어지기 위해 괜히 마이어 후작의 등을 떠밀었다.

"어디서부터 물어야 할지 모르겠군."

주변에 사람이 없는 곳에 도착했을 때, 마이어 후작이 먼저 운을 뗐다.

나름대로 최대한 거른 표현이라는 사실을 알고 있다. 나도 민망한 표정을 지었다.

"저도 어디서부터 설명을 드려야 할지 모르겠네요."

이제 이 남자와는 썸이니 연애니 하는 게 문제가 아니었다. 마이어 후작과의 관계는 처음부터 끝까지 꼬여 있었고, 해명해야 하는 사항도 한두 가지가 아닌 것이다. 당장 유리 옐레체니카의 죽음 포인트를 목전에 둔 상황에서, 무엇보다도 가장 우선시해야 할 해명 상대이기도 했다. 뒷일이야 어찌 됐든 목숨은 연명하고 봐야 할 것이 아니겠는가.

나는 깊은 한숨을 뱉어 냈다. 이런 식으로 눈앞에 닥친 것부터 처리하며 살다가 이 꼴이 되었지만 전부 스스로 불러온 재액이지, 누굴 탓하랴. 탓할 수 있는 대상이라곤 엘류이센 라이케뿐이지만 그마저도 마음이 편하지는 않다는 점만이 문제였다. 나는 일단 내가 설명해야 하는 부분부터 차근차근 설명하기로 마음을 먹었다.

"제가 기억을 잃은 건 1년 반 전의 여름이에요. 아시겠지만요. 깨어나고 나서 세상만사가 신기하고 궁금해서 좀 날뛰고 다녔는데, 그때 후작님과도 처음 뵙게 됐죠. 오해는 말아 주셨으면 하는 부분이 있는데, 믿으실지 모르겠지만 그 무렵 후작님께 사건 얘기를 꼬치꼬치 여쭤보았던 건 정말 그냥 궁금해서 그랬던 거고……. 악용하지는 않았고요."

"음……."

마이어 후작이 미미하게 탄식을 흘렸다. 솔직히 완전히 믿기는 어렵지만 어쨌든 그런 것으로 해 두겠다는 듯한 태도였다. 일찍이 어느 정도는 내게 유하게 대처하겠다고 자기 입으로도 말하지 않았던가.

알렉시스 에슈마르크가 애매한 말을 잔뜩 떠들어 분위기를 환기시켜 주었던 덕에 그가 내게는 퍽 우호적인 태도를 취하게 됐지만, 그래도 여러모로 쌓인 문제들이 있었다. 후작이 내게 베풀겠다고 말한 '약간의 배려'가 진짜 신뢰와는 차이가 있다는 것도 뻔한 일이었다.

솔직히 이 상황에서 내 말을 곧이곧대로 믿기에는 어려움이 있을 것이다. 나도 어느 정도는 이해하고 있었기 때문에, 그의 반응에 마음을 쓰지 않고 내 할 말이나 줄줄 이었다.

"실험을 하다가 기억을 잃었다는 건 거짓말이고, 사실 어느 순간 눈을 떴더니 실험실은 피투성이에 기억은 사라진 상태여서……. 사실 저는 누군가가 저를 암살하려 든 것은 아닐지 의심을 했어요. 그래서 그 범인을 찾기 위해 사교계에 나섰던 거고요."

"암살?"

"아시겠지만……. 이제 보니 그 피투성이 실험실은 제……. 자신의 실험에 의한 거였겠죠."

"음……."

마이어 후작의 이번 탄식은 퍽 난감한 듯한 톤이었다. 그가 보일 수 있는 최선의 반응이었다. 나도 한숨을 푹푹 내쉬며 관자놀이를 문질렀다.

하지만 그러고 보니 여전히 이해가 가지 않는 일이었다. 유리 옐레체니카가 반인에 대한 생체 실험을 할 때에는 알렉시스 에슈마르크의 권력을 빌렸을 테니 굳이 옐레체니카 저택의 공방을 사용할 이유가 없었다. 요컨대, 그 피투성이 실험실은 반인에 대한 실험으로 생겨난 것이 아니라는 이야기였다.

잊고 있었는데, 그렇다면 그 피는 누구의 피였을까? 또, 어떤 이유에서 무엇을 위해 발생한 출혈이었을까?

새롭게 대두된 의문점에 눈살을 찌푸리며 인상을 썼다가, 어쨌든 지금은 마이어 후작과의 이야기에 집중해야 한다는 사실을 자각하고 재빨리 말을 이었다.

"어쨌든 당시의 저는 주변의 모든 사람을 경계하고 있었고, 제 상황을 아는 레일리 역시 주인인 저를 암살하려 한 자들을 찾기 위해 조력을 주게 되었기 때문에 여러모로 정보를 모아 둬야 했어요. 죄송하게 되었지만 후작님께서 전해 주시는 여러 이야기들은 저를 위협하는 범인을 찾기에 좋은 정보처럼 여겨졌고요."

"그랬군. 괜찮다면 달리 대답 없이 백작의 말부터 계속 듣겠소."

"들어 주시면 감사한 일일 겁니다. 아무튼 그 무렵 가깝게 지냈으니 후작님께서도 아시겠지만, 저는 대공 각하가 가장 수상쩍고 위험한 상대 같다고 판단했어요. 이유도 없이 제게 친한 시늉을 하시고, 어, 이런 표현은 좀 그럴지도 모르지만, 속된 말로 괜히 치근덕대셨으니까요."

"각하께 함부로 말해서는 안 될 일이지만, 부정할 수는 없겠군……."

몇 번 헛기침을 한 마이어 후작이 희미하게 동조했다가 뒤늦게 다시 표정을 굳혔다. 나도 진지하게 이야기를 이어 갔다.

"그래서 저번에 말씀드린 대로 엘제바를 뒤지다가, 뭐, 이렇게 저렇게 코가 꿰여서 다시 각하께 협조하게 되었는데요. 그 부분은 다시 말씀드리지 않아도 괜찮겠죠. 어쨌든 그런 과정에서 각하께서는 여러모로 제 편의를 살펴 주셨고……. 반인륜적인 일을 했든 아니든, 어쨌든 많은 부분 각하께 의존을 하고 있습니다."

"이해하오."

"하지만 연인 관계인 것은 아니고요. 그저 그 형태가 가장 공식적으로 인연을 꾸리기에 편리할 것 같아 연인의 형태를 빌려 소문을 낸 거예요."

"실제 연인은 레일리 크라하인가."

마이어 후작이 담담히 질문했다. 반사적으로 입을 다물었던 내가 인상을 쓰고 끙끙대다가 겨우 대답했다.

"네."

스스로 인정하고 나니 생각보다 그 수긍이 쉽게 튀어나왔다. 나는 조금 환멸을 느꼈지만 몇 차례 고개를 젓고 다시 반복해 인정했다.

"사실, 처음엔 그냥, 잘 대해 주고, 솔직히 잘생겼으니까 말이죠. 즐기는 마음으로 지냈는데요."

"음."

"그게 좀 반복되다 보니……. 언제부터인진 모르겠지만 저도 레일리에게 마음이 있었던 것 같아서요. 엘제바에서 일을 마치고 돌아오면서 충동적으로……. 그, 잘되게 됐습니다."

"그렇군."

애써 우회적으로 말했지만 대충 잘 알아들은 듯했다. 그가 한참을 망설이다가 침음을 뱉더니 뒤늦게 덧붙였다.

"축하할 생각도 없고, 그런 말도 꺼내지 않겠소. 양해해 주면 좋겠군."

그 말을 듣고 멀뚱히 서 있던 나는 머쓱하게 뺨을 긁다가 차분히 사과의 말을 꺼냈다. 어쨌든 마이어 후작과 썸을 탈 때 동시에 레일리와도 썸을 타고 있었던 셈이니, 그에게는 괜한 희망 고문을 한 셈이 아니겠는가.

"저야말로 그 과정에서 후작님께는 감정적으로나 실질적으로나 폐를 끼치게 된 듯해 죄송하게 생각합니다."

"감정적인 문제라면 죄송할 이유가 없소. 사람 마음이 향하고 향하지 않는 것에 책임을 물을 이유는 없으니까. 그저 말했다시피 나는 여전히 그대에게 호감을 느끼고, 그 호감에 앞서 최근 새롭게 알게 된 몇 가지 사실과 눈치채게 된 몇 가지 문제에 대한 설명을 듣고 싶었던 것뿐이오. 그래야 어쨌든 일찍이 선전포고처럼 떠든 내 입장을 보다 확실하게 정리할 수 있으니까."

마이어 후작이 깔끔하게 대답했다.

"레일리 크라하에게 과거 당신이 기억을 잃기 전에 했던 일들을 들키고 싶지 않은 이유도, 그럼 그것이었겠군."

"그러게요……."

마이어 후작은 과거형으로 말했지만, 사실 현재진행형인 문제였다. 나는 미적지근하게 대답하다가 또 앓는 소리를 내고 한 손으로 뺨을 가린 채 다시 한번 한숨을 내쉬었다.

"사실 아직 말을 못 했거든요."

"곤란한 일이군."

"솔직히 말씀드리면……. 언제 어떻게, 어떤 맥락으로 말하면 좋을지도 잘 모르겠고요."

"음……."

마이어 후작이 곤란한 신음소리를 냈다. 나도 뒤늦게 정신을 차렸다.

"아, 젠장, 후작님께 상담드릴 부분은 물론 아니겠지만요. 이놈의 입이 방정이지. 뭐만 하면 의식의 흐름으로 아무 말이나 뱉고 말이야."

정신을 차리고 나니 또 넋두리를 늘어놓고 있었다. 나는 황급히 내 입술을 스스로 철썩 때렸다가 화들짝 놀란 마이어 후작에게 손목을 붙잡혔다. 그가 미간을 좁히고 있다가 진중하게 말했다.

"스스로 입을 때릴 필요는 없소."

"그게, 좀 버릇이 돼서. 잡아 주셔서 감사합니다."

머쓱하게 대답한 후 슬그머니 손을 내린 뒤 차분히 덧붙였다.

"어쨌든, 최근에 의문을 가지셨을 법한 부분에 대해서, 그리고 앞서 우리가 별로 좋지 못한 형태로 얽혔던 점에 대해서는 이 정도로 말씀드리면 될 것 같습니다."

"사실 궁금한 문제는 더 있소. 윌리엄스와는 어떻게 된 거지?"

"아, 그게……. 이리 말씀드리면 어떻게 들으실지 모르겠지만……. 제가 부담스러워하는 성격인데 저를 좀 지나치게 좋아하는 것 같기에, 개인적으로 자주 얽히고 싶지 않아서 후작님이 세레나를 후원하는 일에 반대를 했던 건데요."

"그런 이유로?"

"놀랍게도 그런 이유가 맞습니다. 아무튼 그런데 정작 사교계에 들어선 세레나랑 좀 알고 지내보니까 의외로 잘 맞는 것 같고……. 그래서 잘 지내게 됐어요."

"그런 이유로?"

"놀랍게도 잘 지내게 된 이유 역시 고작 그런 이유가 맞습니다."

민망한 마음을 감추지 못하고 기어들어 가는 목소리로 대답하자 마이어 후작이 이상한 표정을 지었다. 그가 한동안 기가 찬 듯 나를 바라보다가 미간에 주름을 잡으며 고개를 절레절레 저었다.

"정말 당신이 어떤 사람인지 모르겠소."

"저도 제가 어떤 사람인지 잘 모르겠어요."

"……. 그런 비난의 의미에서 꺼낸 말은 아니었지만, 마음을 상하게 했다면 사과하지."

"아, 아뇨. 그냥 스스로 떠올린 문젠데요, 뭘."

손사래를 치며 그의 사죄를 사양한 후 팔짱을 끼고 짝다리를 짚었다. 아무리 생각해 봐도 엘류이센 라이케가 어떤 존재인지는 알기 어려웠다. 아마 솔데인 마이어가 짐작하는 것보다 더 이해하기 어려운 인물일 것이다.

"어쨌든 그럼, 지금의 당신은 내가 마차고에서 처음 만났던 날의 당신과 같고, 내가 판단한 게 당신의 진짜 모습이라고 생각하면 되는 건가."

내가 생각에 빠져 있는 사이 마이어 후작이 잠자코 질문했다. 나는 눈을 동그랗게 뜬 채 잠깐 생각을 가늠해 보았다가, 이 정도는 반박해도 내 생명에 지장이 가지 않을 것 같아서 둥글게 대답했다.

"아뇨. 후작님께서 판단하고 상상하시는 모습은 후작님의 판단이고 상상일 뿐이죠. 진짜 저는 아니고요."

"그 말은?"

"말 그대로예요. 저는 여전히 마차고에서 후작님을 처음 뵀을 때의 저와 같은 저 자신이지만, 후작님께서 제게 기대하시고 상상하시는 것은 저 자신의 진짜 모습이 아니고, 후작님께서 덧씌운 모습에 불과하다는 얘기예요. 사실 저는 일전에 말씀하신 '때 묻지 않은'이나 '꾸밈없는'이나 '순수한' 인간은 아니고, 그저 주변에 신경을 쓰거나 주의를 기울이거나 피곤한 생각에 사로잡히는 일을 싫어할 뿐이거든요. 그런 의미에서 드린 말씀이니 불쾌하게 듣지 않아 주시면 좋겠습니다."

"아아."

짧게 탄식한 그가 뒤늦게 고개를 끄덕였다.

"그렇군. 내가 실수를 했소. 어쨌든 백작의 말도 이해했고."

"이해해 주시니 기쁘고……. 다행입니다. 제 입장도 들어 보겠다고 해 주셔서 감사하고요."

"아무튼 여전히 좋아하고 있소."

후작이 옆집 개가 짖는다는 투로 자연스럽게 말했다. 나도 그만 자연스럽게 대답할 뻔했다가 혀를 씹었다. 그리고 반사적으로 표정을 일그러뜨렸다.

"대체 저번부터 저한테 왜 그러세요? 뭐 억하심정이라도 있습니까?"

"없지는 않겠지."

"앗, 제길, 인정해야 할 말씀이시긴 한데……. 아니, 아무리 그래도 그렇지 그런 소리를 굳이 당당히 입 밖에 꺼내실 이유는 뭐랍니까? 말씀드렸다시피 저는 아마도 이미 레일리랑 좀……. 연인 비슷한 뭔가의 관계인 것 같고, 후작님께는 죄송한 일이지만……."

"사람 마음이 향하고 향하지 않는 것에 책임을 물을 이유는 없지 않소. 어쩔 수 없는 문제니까."

후작이 태연하고 뻔뻔한 얼굴로 대답했다. 이 인간……. 일부러 아까 한 말을 반복해서 쓰지 않았는가. 내가 더 따져 묻지 못하게 만들기 위함이 분명해 보였다.

대체 왜 내가 이 세계에서 만나는 놈들은 죄다 뻔뻔한지 모르겠지만, 나는 또 주체할 수 없이 인상을 쓴 채 그를 흘겨보다가 퉁명스러운 태도로 허리춤에 손을 얹고 씨근거렸다. 건방져 보일 수도 있는 자세였지만 후작이 개의치 않을 것을 알기에 나도 허물없이 굴기로 했다.

"예, 뭐, 그것까진 제가 어쩔 수가 없겠죠. 마음대로 하세요."

"단지 그런 문제에 대한 도전은 내가 나중으로 미뤄야 온당하겠지. 집중해야 할 시기에 괜히 마음을 흩어 놓으면 안 될 테고 말이오."

나는 짜증스럽게 말했지만, 마이어 후작은 담담히 고개를 기울이고 신사적인 태도로 대답했다.

"결계를 없애는 작업에 대해서도, 건투를 비오."

나름대로 원하던 대답을 들어 내기는 했지만, 후작의 말끔한 처신에 내 마음만 괜히 불편해지고 말았다. 나는 자세를 바로 하고 최대한 정중히 목례를 했다.

"감사합니다. 그럼 이만 제 텐트로 가서, 조금 각오를 다져 볼게요."

후작도 묵묵히 고개를 끄덕이더니, 더 이상의 인사도 없이 돌아섰다. 나는 머리칼을 마구 헤집다가, 곧 다가온 레일리가 손끝으로 머리를 정돈해 주고야 그에게 정수리부터 푹 박았다가 허리를 바로 세우고 성큼성큼 걷기 시작했다.

마음은 불편해졌지만 유리 옐레체니카의 사망 플래그는 지웠다. 남은 문제는 엘류이센 라이케의 진의 정도였다. 과연 내가 결계를 없애는 작업에 동참하는 일이 득이 될지 실이 될지에 대해서도 생각해 봐야 할 때였다.

\* \* \*

숙소에서는 애셔가 우리를 기다리고 있었다. 유감스럽게도 나는 이미 마이어 후작과 실속 없는 대화를 나누며 사망의 원인을 확실하게 없애기 위해 부단히 애를 쓴 터라 심력을 소진할 대로 소진한 상태였다. 슬슬 혼자만의 시간을 가지며 과연 결계 융해 작업에 참가하는 것이 옳을지 아닐지도 생각해 보고 싶었다.

티는 내지 않으려 했는데 반사적으로 싫은 표정을 지었는지, 시선이 마주치자마자 애셔가 눈을 흘기며 웃었다.

"너무 싫은 티를 내시는군요. 불청객이라 죄송합니다. 하지만 걱정하지 마십시오, 백작님. 잠시 이야기만 나누고 갈 거니까요."

"그 '잠시간의 이야기'가 걱정되는 건데요."

"정말로 별다른 얘기가 아닙니다."

이번에도 내가 뭐라고 투덜대든 너그럽게 대답한 애셔가 일단 어서 들어가시라며 뒤늦게 입구에서 비켜 주었다. 나는 레일리를 데리고 숙소 안으로 재빨리 들어갔고, 내가 "들어오세요." 소리를 하고 나서야 애셔도 뒤늦게 따라 들어왔다. 주인이 올 때까지는 예의를 지켜 문가에만 서서 기다린 모양이었다.

"들어와서 기다리셔도 됐을 텐데요. 아무튼 앉으세요."

"일단 그래도 여성분이 아니십니까? 마음이 쓰여서요."

"거기에 '일단'이랑 '그래도'가 왜 붙습니까?"

"잠옷에 슬리퍼를 신고 저를 만나러 오시는 백작님이지만, 적어도 저는 최소한의 예의를 지켜야 온당하다고 판단했다는, 표현 그대로의 함의지요."

누가 들으면 내가 아주 개판인 차림새로 자길 만나러 간 줄 알겠네. 나는 눈을 가늘게 떴다가 퉁명스럽게 대답했다.

"잠옷 아니고 그냥 원피스예요."

"그냥 원피스지만 입고 주무셨지요?"

그렇게 반박하니 할 말은 없군. 괜히 한 번 비벼 봤다가 본전도 못 찾고 입을 다문 내가 잠자코 경청할 준비를 했다. 아무튼 애셔에게는 무언가 용건이 있을 것이고, 나는 그 용건을 들어 볼 작정이었다.

내가 대화의 준비를 마쳤다는 것을 눈치챘는지, 말장난을 하며 즐거운 표정을 지었던 애셔도 자리를 잡고 앉았다. 그가 여느 때와 같은 평온한 태도로 운을 뗐다.

"'무언가'를 두려워하고 계시다는 것은 압니다."

아마도 레일리를 곁에 두고 있는 내 상황을 고려해 그럭저럭 걸러 낸 표현 같았다. 마법을 사용하는 일이나, 결계 작업에 나서는 것을 두려워한다는 식으로도 해석이 가능하게 말이다. 하지만 어느 정도 진짜 함의도 짐작이 갔다. 애셔는 정곡을 찔러 말하고 있었다.

유리 옐레체니카, 즉 나 자신의 과오를 직면할 준비가 되었느냐고.

어떤 식으로든 푸른 숲 공방을 열게 될 테니까 말이다. 공방의 실험실을 열기 위해서는 일단 내 조력이 필요할 테니, 내가 동의하지 않으면 실험실까지 공개되진 않을 테지만, 적어도 나 자신은 그 실험실을 봐야 했다. 그는 내가 기억을 잃기 전의 자기 자신을 직면하고 싶지 않아 한다고 생각하고 있는 모양이었다.

솔직히 말했을 때, 상황이 조금 다를 뿐이지 아주 틀린 추측이라고 할 수도 없는 일이었다. 결계를 깨면서 살아남아야 한다는 당면한 문제를 해결하고 나면 그 문제도 생각을 하기는 해야 했다. 정말이지 찜찜한 일들만이 남아 있었다.

나는 그저 머리를 쑤석이며 시선을 흘깃 옮겼다가 미적지근하게 대꾸했다.

"예에, 뭐."

"하지만 두려워하시는 것을 마주해야 한다는 사실도 아실 겁니다."

정말로 짧게 이야기를 끝낼 작정인 모양이었다. 차를 준비하려던 레일리에게 손을 들어 만류해 보인 애셔가 부드럽게 덧붙였다. 보랏빛 눈동자가 산뜻하게 접혔다.

"제가 백작님을 강제로 떠미는 셈이기도 하니, 변명 겸 합리화 겸, 그런 이야기라도 잠깐 하러 온 것이지요."

"어떤 이야기요?"

"언제까지 일회성의 유리 옐레체니카로 지낼 생각이십니까? 기억을 잃은 유리 옐레체니카가 아닌, '자기 자신'이 되셔야지요. 그러려면 '과거의 것'을 정돈해 품으셔야 합니다."

이번에도 여지없이 중의적인 발언이었다. 그러다 보니 애셔가 알지도 못하는 진상을 또 한 번 슬며시 건드린 말이 되었다. 나는 눈을 가늘게 떴다가 잠자코 고개를 끄덕였다.

"전하의 입장도 어느 정도 이해하고 있습니다. 사실 제가 해야만 하는 상황이라는 것도 알아요. 그냥 좀, 무서울 뿐이고, 감정은 스스로 정리해 보겠습니다."

"그리 관대히 말씀해 주시니 다행스러운 일입니다. 사실, 제가 서두르고 있다는 것은 느끼셨을 겁니다."

"네, 사실, 그게 좀 의아하긴 했어요. 이번 기회에 푸른 숲을 확인해야 한다는 생각은 어느 정도 이해하고 있지만, 이번 일을 처리하는 과정에서 대체로 이것저것 강경하게 밀어붙이고 계시니까요. 당장 태양이 없어지고 말았으니, 그 문제를 얼른 해결할 필요가 있어서 그러실까요?"

평소 애셔가 보이던 태도나 그의 성품을 생각해 봤을 때 자연스러운 일은 아니라고 생각했다. 다행히 내 생각이 크게 틀리지는 않았는지, 애셔가 내 말에 긍정적으로 맞장구를 치며 잠깐 웃었다.

그가 말끔한 얼굴로 뺨을 긁적이며 설명을 붙였다.

"그런 이유도 있습니다. 많은 이유 중 하나지요. 좀 더 솔직히 말씀드리자면 저는 푸른 숲을 조사함에 있어 반드시 백작님을 포함하고 싶습니다. 그래야 저도 '근원'이라는 것을 어렴풋이 엿볼 수라도 있겠지요."

"그런 '표현'에 대해서는 개의치 않으실 줄 알았어요."

"물론 일종의 우회적인 비유였겠지만, 어떤 식으로든 마법의 실체를 이해하고 쫓아가기 위해서는 푸른 숲에 들어가 볼 필요가 있다고 생각합니다. 일전에도 말씀드린 일이 있지만, 언제까지고 모든 사람이 마법과 발명품에 의존할 수는 없는 법이니까요. 그러려면 확실하게 그 실체를 알아 둬야겠지요."

일단 애셔의 마음은 알겠고, 결계를 해제하기 위해서는 정말로 어쩔 수 없이 내가 참가해야 한다는 것까지는 이해하고 있다. 사실 내가 결계 해제에 미적지근하게 반응한 가장 큰 이유인 마이어 후작을 정리했으니 나도 이제는 깔끔하게 마음을 접어야 했다. 그저 무언가가 찜찜하게 마음에 걸리고 있을 뿐이었다.

아마도, 푸른 숲이 그 자체로 엘류이센 라이케의 본거지이자 원천이었다는 사실을 알기 때문이다. 일찌감치 우리는 엘류이센 라이케에 대해 온갖 추측을 빈번하게 늘어놓았지만 어떤 형태로도 확인받을 수 없었다. 그 진위를 확인해 줄 수 있는 유일한 사람인 그녀가 이미 자리를 비웠으니 어쩔 수 없는 일이었다.

만일 엘류이센 라이케가 내게 몸을 넘기고 어딘가로 사라져 버린 게 아니라 이 세계의 어딘가에 머무르고 있다면, 그 장소는 어쩐지 푸른 숲일 것만 같았다. 그러니 우리가 추론해 낸, 별로 알고 싶지 않았던 사실들의 진상을 확인해야 할지도 모른다는 두려움이 앞서게 된 것이다.

그 '진상'을 파악하는 일이 내게 좋은 일인지 아닌지도 알기 어려웠다. 나는 그저 조금 불안한 것이다. 어떤 식으로든 내가 돌아가기 위한 방법도 푸른 숲 안에 있을 것이고, 내가 끌려오게 된 경위도 푸른 숲에 있을 테니까.

솔직히 말하자면, 감정적으로든 인간관계적으로든 벌여 놓은 일들이 많아서 그 모든 것을 정리하기 위해 맞이해야 하는 여러 숱한 책임과 의무를 눈앞에 두기 두려운 것인지도 모른다.

아무튼 애셔의 주제는 명확해 보였다. 나는 고개를 기울인 채 곰곰이 생각하다가 별것 아니라는 듯이 말했다. 사실 정말 별거 아니었다.

"결국 저한테 변명하러 오신 거네요."

"그렇다니까요. 이제야 제 마음을 알아주시는군요."

"전하의 이유도 대충 짐작은 하고 있었어요. 굳이 설명해 주시지 않아도 괜찮았을 겁니다."

"그래서 사죄라도 한마디 드리고자 온 겁니다."

상큼하기까지 한 얼굴로 애셔가 이상한 말을 했다. 정작 나는 갑자기 사죄라는 말이 나올 법한 이유를 제대로 이해하기 어려웠다. 애초에 애셔 아마르트 뷔올은 태도는 정중해도 쉽게 사죄하는 부류의 인간이 아니었다. 내가 반사적으로 눈을 동그랗게 뜨고 의아하게 반응하자, 입가를 만지며 미소를 지어 보인 그가 정중하게 묵례를 해 보였다.

"맞닥뜨리기 싫은 일에 등을 떠밀어서 미안합니다. 심려를 끼치게 될 것 같습니다. 하지만 모쪼록 협력해 주셨으면 좋겠습니다, 백작님."

"아니, 뭐 그렇게까지……."

"다만 이번 일로 백작님께서도 '자기 자신'을 찾으시길 바라고 있습니다. 작은 욕심인 것이지요."

"그리 바라 주셔서 감사해요. 하지만 정말로 사죄까지 하실 필요는 없습니다. 전하께서 악의를 갖고 떠민 것도 아니고 상황을 그렇게 유도하신 것도 아닌데요, 뭐."

내 대답을 듣고 어렴풋이 미소 띤 얼굴로 고개를 들어 올린 애셔가 다정다감한 태도로 다시 말했다.

"숙부님께서 마법의 사용과 응용에 대해 도움을 드리고자 하시더군요. 재정비가 끝나 작업을 본격적으로 시작하기에 앞서, 숙부님과도 충분한 이야기를 나누시는 편이 좋겠습니다."

"오, 하긴 일단 배워야 뭘 하든 말든 하겠네요. 알겠습니다."

"별 얘기는 아니었는데 들어 주셔서 감사합니다. 저는 이만 다른 곳을 정비하러 가 보겠습니다. 생각을 정리하실 시간을 뺏은 것 같군요."

"아랫사람이니 까라면 까야죠."

뼈 있는 말로 때려 보았지만 애셔는 전혀 양심이 아프지 않다는 듯 자연스러운 태도로 몸을 세우더니, 태연히 대답했다.

"그럼요. 저는 이 좋은 '윗사람' 자리에서 물러날 생각이 없습니다. 누가 저를 나쁘게 보고 밀어내고 싶어 하더라도 마찬가지입니다."

"아니, 거 왜 갑작스러운 인성 발언을 하십니까?"

"숙부님과 깊은 이야기를 많이 나눠 주십시오."

일어나서 매무새를 정돈한 애셔 황태자가 지극히 온화한 어조로 부탁의 말을 꺼냈다. 아까 꺼낸 말이었지만 이번에는 사뭇 다르게 들렸다.

"저는 그럴 수 없으니까요."

그리고 의자에 걸어 두었던 제복 모자를 우아한 태도로 머리 위에 눌러 쓴 애셔가 눈가를 찡긋거리며 인사를 건네고는, 주저함도 없이 천막을 빠져나갔다. 나는 멀뚱히 앉아 있다가 장탄식을 흘렸다.

아무튼 어지간한 것은 알게 모르게 다 알고 있는 놈이었다. 사실 인격이 한 걸음만 더 먼 곳에 있었어도 푸른 숲만큼이나 꺼림칙한 인간이었을 것이다. 그나마 ≪세레나의 티타임≫의 남자주인공이 이 세계의 인간들 중에선 괜찮은 성품을 지녀서 망정이었다.

애셔의 말을 곱씹으며 불퉁하게 턱을 괴는데, 그때까지 얌전히 내 곁에 시립해 있기만 하던 레일리가 물끄러미 나를 깔아 보며 조용히 물었다.

"사실은 무엇이 두려우신 겁니까?"

이번 질문의 방향도 언제나 그랬듯이 다짜고짜 아픈 곳이었다.

우선 레일리의 질문을 해석하고 논증하고 검토하느라 한동안 침묵하던 나는 뒤늦게 그에게 대답을 돌려주었다. 물론 참된 의미의 '성의 있는 대답'은 아니라고 해야 할 것이다. 일단은 적당히 회피해 보기 위해 레일리의 의견부터 조금 더 자세히 묻기로 했다.

"뭐가?"

"여쭤본 그대로입니다. 아까는 사람들이 많아 숨기시려 한다는 것을 이해해 말을 돌렸지만, 사실은 이제 능숙하게 마력을 다루실 수 있는 것이 아닙니까. 저는 마스터께서 결계 해제에 그토록 겁을 먹을 이유를 찾지 못했습니다."

"난 너랑 달라서 이유 없이 두렵기도 하거든……? 제대로 마법을 써 본 적도 없는데 대뜸 결계를 통째로 감당한다니, 부담스럽기도 하고……."

"다른 요인이 있는 것이 아닙니까."

여전히 잔잔한 태도였지만 레일리는 물러서지 않았다. 내가 꺼낸 적당한 변명 따위는 통하지도 않는 듯했다. 다시 입을 꾹 닫자 한숨을 푹 내쉰 그가 나를 향해 제대로 돌아섰다. 침대에 앉아 있던 내 시선이 자연히 레일리를 피해 모로 떨어지다가 강제로 붙잡혀 올라갔다.

"결계를 없애는 일에 대해서도 걱정스러우신 것은 맞지요."

내 턱을 잡아 올리고, 그가 꼭 내 속을 읽는 사람처럼 태연히 말했다.

"푸른 숲에 들어가는 일도 두려워하고 계시고 말입니다."

"아, 그야……."

"푸른 숲이야 미지의 땅이니 겁을 내실 만하다고 생각합니다. 하지만 그저 푸른 숲에 들어가는 일 자체에만 두려움을 느끼시는 것은 아니겠지요, 마스터. 회피하기 좋아하시는 분이니 이번에도 회피하고 싶은 마음이리라 여깁니다만, 대체 무엇을 확인하는 일에 두려움을 느끼십니까?"

나는 달리 대답하지 않았다. 사실 대답할 말도 없었고, 그저 내 집사는 어째서 이렇게까지 눈치가 빠른 건지에 대해 회의를 느껴야 할 때였다. 슬그머니 다시 눈을 피하다가 레일리가 한숨을 내쉬는 소리를 듣고야 슬쩍 시선을 올렸다.

레일리는 강제로 자신을 보게 하던 내 턱을 금세 놓아주었다. 그는 내 턱을 붙잡고 있는 대신, 그대로 깊숙하게 허리를 숙여 나를 품에 훌쩍 안아 드는 쪽을 택했다. 내 팔다리를 동그랗게 웅크리게 해 자신의 품에 넣고, 그가 나 대신 침대에 앉았다. 그리고 꼭 말 안 듣는 애완동물을 귀여워하며 달래는 듯한 태도로 등허리를 두어 번 크게 쓰다듬기 시작했다.

멀뚱히 그의 품에 안겨 있던 나는 당장에 이를 드러내며 짜증을 냈다.

"너 설마 지금 주인님을 짐승 취급하니?"

"별로 다를 것이 없으시지요."

"아, 염병. 알렉시스 에슈마르크도 그따위 소리를 하더니 너도 그 소리냐?"

"제 앞에서 저와 대공을 비슷하게 여기신다는 발언은 추호도 꺼내지 않는 편이 마스터께도 좋으리라 여깁니다만."

"……."

일단 레일리 크라하의 믿을 수 없을 만큼 개떡 같은 성깔머리와 도무지 말이 안 되는 질투의 형태, 재생 불가능할 정도로 박살 난 인품만은 나 역시 확실히 알고 있다. 그래서 반박하지 못하고 입을 꾹 다무는데, 레일리가 내 이마에 부드럽게 입술을 묻었다. 여전히 그의 손길은 퍽 다정했다.

"제가 당신 곁에 있을 텐데 무엇이 두려우십니까?"

"그런 달콤한 말 좀 하지 마."

"좋아하시지요."

"미친놈아, 아니라니까."

빽 소리를 질렀는데도 레일리는 아랑곳하지 않는 듯했다. 그는 그저 자신이 하려던 말을 조용히 이어 가고 있었다.

"혹시라도 당신이 영영 돌아갈 수 없는 건 아닐까 하는 우려를 괜히 증명받을까 싶어, 유리 님의 연구 자료를 명확하게 확인하기가 두려우신 것일까요."

그런 생각은 군이 하지 않으려 했지만 분명 그런 위험성도 있기는 했다. 나는 말없이 입을 닫고 레일리의 어깨에 머리를 두어 번 괜히 툭툭 쳤다. 평소에 이런 식의 대화가 나왔을 때 레일리가 어떤 식으로 내 의사를 무시했는지도 새삼스럽게 떠올랐다.

그러면 그냥 자기 옆에나 있으라고 하던 놈이 아닌가. 평소에 겪어 온 그의 태도를 떠올리고, 의식하지는 않았지만 나도 모르는 사이 목소리가 퉁명스러워졌다. 나는 시큰둥하게 얼굴을 파묻은 채 툭 쏘아붙였다.

"말했다시피, 나는 너를 위해 내 세계를 포기할 생각은 없어."

"압니다."

하지만 레일리는 왜인지 깔끔하게 대답했다. 지저분하게 질척이려는 여지가 전혀 보이지 않았다. 나는 흘금 그를 살펴봤다가 다시 레일리의 목과 어깨쯤에 얼굴을 파묻었다. 어쩐지 눈치가 보였다. 그가 정중하고 배려 있는 태도를 유지하니 또 괜히 내 양심이 아팠다.

나는 풀이 죽은 사람처럼 어물어물 변명을 꺼냈다. 애셔가 내게 그랬듯이, 결국에는 사과까지도 맞닿을 수 있는 변명과 합리화의 말이었다.

"방법을 찾아보기는 하겠지만 방법이 없을지도 몰라. 만일 너를 데리고 갈 방법이 없으면 나는 혼자서라도 돌아갈 거야."

그리고 오늘도 내 집사는 더할 나위 없이 뻔뻔했다. 그는 아무렇지도 않은 얼굴로 흡족히 대꾸했다.

"요컨대 저를 데리고 갈 수 없을까 싶어 계속 염려하고 계셨군요."

"아, 거, 그, 아니거든?"

"어쨌든 그래도 괜찮다고 이미 말씀드린 것으로 압니다. 푸른 숲에 들어가는 일이 두려우시다면 들어가지 않으셔도 괜찮습니다. 어차피 제가 당신 대신 들어가서 살펴보고 올 테니까요. 그리고 제가 들어가는 이상, 어떻게든 방법도 찾아오겠습니다."

레일리가 근래 종종 보였던 것처럼 꿀에 절인 듯 달콤한 표정을 짓고 내 머리 위에 뺨을 기울였다.

"그래도 함께할 방법이 없다면 제가 직접 찾고도 못 찾은 셈이니, 당신은 책임을 질 이유가 없습니다. 책임은 제가 질 테고, 당신은 미련 없이 돌아가시면 됩니다."

언제나 양심 없고 뻔뻔한 놈이었지만 이런 발언을 할 때조차 양심이 없고 뻔뻔할 줄은 몰랐다. 나는 부끄러움을 모르는 레일리의 발언을 듣다가 다시 슬그머니 고개를 숙였다. 괜히 나만 홧홧한 건 아닐 것이다.

"낯부끄러운 소리 하지 마."

기어들어 가는 목소리로 쏘아붙이자 레일리가 눈을 가늘게 뜬 채 목을 빼 들어 다시 내 표정을 살폈다. 그리고 그가 다시 퍽 흡족한 낯이 됐다. 나는 조금 움츠러들었다가 등을 크게 쓸어 주는 그의 손길에 깊숙하게 한숨을 뱉어 냈다.

손길은 좋았지만 조금 눈치가 보였다. 내가 왜 그의 눈치를 보고 있는지는 알 수 없지만, 아무튼 그냥 그랬다. 레일리 크라하가 워낙에 나를 그렇게 대하고 있으니, 정말로 내가 꼬리를 만 채 겁을 집어먹은 고양이라도 된 기분이었다.

나는 결국, 잔뜩 웅크린 채로 희미하게 물어보고 말았다.

"너는 정말로 그렇게 돼도 괜찮아?"

"어차피 저를 선택하셨다는 사실은 달라지지 않는 것이 아닙니까."

달짝지근한 태도로 내 뺨을 만지작대던 그가 심드렁히 대답했다.

"사실 미련 없이 돌아가시라고 말해도 어차피 어느 정도는 얽매여 계시겠지요."

"감상에 좀 젖으려고 했더니 또 개 같은 소리 한다."

"그런 저를 좋아하시지 않습니까? 뻔뻔하게 밀어붙여야 넘어오는 분이 말씀은 잘하시는군요."

"닥쳐."

"하지만 이렇게까지 말씀을 드렸으니, 만에 하나라도 방법이 있다면 놓아드릴 생각이 없습니다."

퍽 점잖기까지 한 태도로 거만하게 말한 레일리가 나를 조금 더 고쳐 안았다. 고개가 뒤로 넘어갔다가 레일리와 시선이 마주쳤다. 내 머리칼을 습관적으로 정리하고 코앞까지 고개를 숙이며, 레일리가 다시 속삭였다.

"그때는 뭘 하셔도 놓아드릴 생각이 없습니다."

"만일 나랑 함께 갈 수 있다 쳐도, 그건 또 그것대로 괜찮은 게 맞아?"

또 눈치를 살피며 묻자 레일리가 성가시다는 듯이 인상을 썼다. 그 표정을 앞에 두고도 할 말은 없는 것이, 사실 스스로 생각하기에도 여간 삽질은 아니었다.

그런데 정작 레일리는 비난조로 말을 꺼내지는 않았다. 표정은 성가시기 짝이 없다는 듯한 얼굴이었지만, 발언만은 퍽 달큰하게 튀어나왔다.

"제게는 포기할 세계 따위가 별달리 없으니, 그저 포기할 수 없는 틀을 지닌 당신의 세계에 저를 슬며시 끼워 넣으시면 될 것이 아닙니까?"

이번에도 신경질을 내듯이 꺼낸 그 말이 꼭 열렬한 사랑 고백처럼 들리기까지 했다.

"마스터께서 제 세계가 되십시오. 그러면 그만이 아니겠습니까."

나는 우회적으로 던진 말이었고 레일리는 크게 헛다리를 짚고 있었다. 그러니 당연히 제대로 대화가 돌아갈 수 없는 상황이다. 그럼에도 레일리 크라하의 말은 시기마다 너무 적절한 대답이 되고 있었다. 계속 중요한 요소를 피하고 화제를 바꾸려고만 하던 나는 그만 말문이 막히고 말았다.

한참을 끙끙거리다가, 슬그머니 레일리의 품을 벗어나서 침대의 이불 안쪽으로 기어들었다. 양심인지 뭔지, 가슴 쪽이 너무 아팠다. 이불 안에서 한껏 웅크린 내가 기어들어 가는 목소리로 슬며시 물었다.

"넌 대체 왜 늘 그렇게 내가 바라던 대답만 하는 걸까?"

내가 만든 캐릭터여서일까? 또 괜히 스스로 고통을 주는 생각이나 하다가 괜한 질문을 던진 뒤 환멸에 사로잡혔다. 윽윽 우는소리를 내며 앓다가 급기야 침대 시트에 머리를 쿵 박는데, 다정하게 몸을 기울인 레일리가 내 등에 손을 얹고 한 치의 주저함조차 없이 곧장 대답했다.

"그야 제가 늘 당신의 마음을 옭아맬 수단을 궁리하고 있기 때문이지요."

그야말로 나를 옭아매는 일에 최적화된 작자다운 발언이었고, 나는 그에게는 어울리지 않을 정도로, 저릴 만큼 달콤한 발언에 또 한 번 몸서리를 쳤다. 정말로 빠져나갈 구멍 같은 건 없어 보였다.

그래, 솔직히 말해 보자. 왜 레일리가 좋으냐면, 그가 이러니저러니 빈정거리고 건방지게 굴기는 하지만 대부분의 것을 내게 맞춰 주는 편이기 때문이다. 아니, 사실 건방지게 구는 것도 좋아하는 편이다.

이렇게 말하니 마치 취향을 말아먹은 미친 사람 같군. 하지만 정말로 나는 일찌감치 취향을 말아먹은 상태였고 애초에 제정신은 아니었다.

나는 회피에 도가 튼 인간이지만 슬쩍 피하려 할 때 피하지 못하게 붙잡아 놓고 밀어붙이면 나도 모르게 떠밀려 버린다. 레일리 크라하는 머리부터 발끝까지 유감스러우리만치 내 취향이었다. 어쩌다 보니 소소하게 웃고 떠들다가 인간적인 호감도 생겼다. 뿐만 아니라 그 스스로 인정했듯, 내 마음을 옭아맬 수단을 매순간 고민하고 있는 놈이 아닌가.

나는 내가 레일리에게 매번 휩쓸리거나 동요하고 마는 것을 합리화할 만한 변명을 또 몇 가지 떠올리다가 고개를 저어 버렸다.

침대 가운데에 웅크린 채 이불을 뒤집어쓴 채 있는데도 그 위를 토닥토닥 두드리는 레일리의 손길이 느껴졌다. 그는 침대 머리맡에 앉아서 꼭 나를 어르고 달래려는 사람처럼 굴고 있었다.

"개자식이, 내가 고민하는 이유도 모르면서 다 아는 사람인 척 달래고 지랄이야."

"제가 정말 마스터께서 고민하시는 이유를 모릅니까?"

방금 전에 구구절절 떠든 이야기가 있기는 했다. 나는 눈치를 보다가 슬그머니 말을 번복했다.

"이, 일부만 알지."

"그런 셈 쳐 두지요."

아무렇지도 않게 대답한 레일리는 웅크리고 있는 나를 이불에 감아 통째로 안아 올려서 다시 품에 안고 보듬기 시작했다. 아니, 왜 안 어울리게 다정하게 굴고 지랄이란 말인가? 안 그래도 머릿속이 복잡한데 양심까지 아프고 괴로워서 눈물이 쭉 날 뻔했다.

스스로 느낀 개 같은 기분을 어쩌지 못했다. 나는 또 그의 어깨쯤에 얼굴을 묻고 끙끙대다가 힘겹게 말을 꺼냈다.

"너는 왜 꼭 딱 맞춘 것처럼 내 취향이지?"

그야 내 캐릭터니까 그렇겠지, 나야말로 정말 레일리한테 뭔 대답을 바라고 이 Z랄이냐? 스스로 꺼낸 말이었지만 아무리 생각해도 한심하기만 했다.

알렉시스 에슈마르크의 말 그대로였다. 이 세계가 소설 속의 세계이며 그 소설이 내 소설이라는 사실에 가장 얽매이고 있는 사람은 다른 누구도 아닌 나일지도 모른다.

어딘가에 머리를 박고 싶었지만 지금 머리를 박을 수 있는 곳은 레일리의 몸밖에 없었다. 이미 던진 질문을 주워 담을 수도 없으니 충동을 꾹 억누르고 죽는소리만 내는데, 레일리는 또 한 치의 망설임조차 없이 대답을 돌려줬다.

"마스터의 취향은 일찌감치 제 손아귀에 있었지요. 제가 모든 생활을 돌봐 드리지 않았습니까? 그러니 제가 마스터의 취향대로 구는 것은 지극히 간단하고 쉬운 일입니다."

"네가 내 취향을 안다고? 네가 아는 내 취향이라고 해 봤자 뭐가 있나? 간식 취향? 건방진 소리 한다."

"제 얼굴을 좋아하시지 않습니까?"

"……."

제길, 얼굴이야 물론 좋아하지. 다른 모든 점이 내 취향이든 말든, 아무튼 얼굴만 내 취향이 아니었어도 이 꼴이 되지는 않았을 것이다. 그런데 레일리의 말은 거기에서 끝나지 않고 계속 이어졌다.

"어지간한 음식에는 금세 질리는 입 짧은 편식쟁이시면서 윌리엄스 농가의 딸기는 매일같이 드셔도 잘 드시기에 아침저녁으로 신선한 딸기를 사서 눈앞에 바친 사람이 누구입니까?"

물론 레일리다.

"무엇이든 금방 질리는 인내심 없고 지구력 없는 분이어서 매일매일 다른 옷과 향수와 장신구를 일일이 조합해 바친 사람은 누구입니까?"

그야 레일리였다.

"멜론도 한 품종밖에 안 드시지요? 사과는 꽃 모양으로 공예해서 내지 않으면 손도 대지 않는 분 아닙니까? 하필이면 독성 있는 꽃이 찻물에 피어나는 모습을 가장 좋아하셔서 매번 독이 있는 부위를 말끔히 제거해 유리 주전자에 띄워 드린 사람이 누구인 줄은 아십니까? 그 까탈스럽고 제멋대로인 식생활과 취향과 선호를 누구보다도 잘 꿰고 있어서, 까다로운 당신에게 거절당하는 일도 열 번에 한 번꼴로 지극히 드뭅니다만. 그토록 당신에게 잘 맞출 수 있는 선별 능력을 지닌 게 그래서 대체 누구입니까?"

그것도 당연히 레일리다.

"제가 모시고 간 곳, 해 드린 일 중에 마음에 안 드는 점이 있기는 하셨습니까?"

"……."

"사실 굳이 당신에 대한 것이 아니어도 손을 댔다면 완벽해져야 하는 성미일 뿐이지만, 어쨌든 저는 말하자면 당신에 대한 전문가입니다. 이제 와서 왜 마스터의 취향이냐고 역정을 내셔 봤자 의미 없는 말이 아닙니까."

나는 정말로 할 말이 없어졌다. 생각해 보면 나는 원래 한 끼니에 많이 먹는 편이 아니고 편식도 심하게 하는 데다가 지독히 입 짧은 인간이라 끼니도 잘 안 챙겨 먹는 편이다. 그런데 레일리가 챙기는 끼니에 익숙해져서는 하루 종일 뭔가를 먹으며 지내지 않았던가. 레일리는 일찌감치 한 끼니에 많이 먹이는 일을 포기하고 조금씩 자주 내 앞에 들이밀곤 했다.

아침, 티타임, 과일, 점심, 티타임, 과일, 후식, 빵, 과일, 티타임, 저녁, 과일, 케이크, 티타임, 과일이다. 정말로 하루 종일 먹으면서 살았다. 그와 지내면서 나는 퍽 잘 먹고 지낸 편이었다.

"너 진짜 참사랑 아니냐?"

결국 내 입으로 그 소리를 꺼내고야 말았다. 그런데 레일리 크라하는 내가 큰마음 먹고 꺼낸 인정의 말에도 여지없이 뻔뻔하게 대응했다.

　　"세상 만인이 다 아는 사실을 마스터만 이제야 아시는군요."

　　대답해 줄 가치를 못 느끼겠군. 나는 그냥 레일리의 품에서 얌전히 고개를 기울인 채 앉아 있다가 흘긋 시선을 올려 레일리의 눈치를 살폈다. 계속 나를 바라보고 있었던 레일리는 눈이 마주치자마자 의문을 표하듯 눈썹을 까딱였다.

　　"야."

　　"말씀하십시오."

　　"정말로 언제까지고 내 곁에 있을 거야?"

　　"제가 몇 번을 더 말씀드려야 멍청한 주인의 뇌에 그 사실을 쑤셔 넣을 수 있겠습니까?"

　　레일리가 웃는 낯으로 짜증을 냈다. 약간 찔끔했던 나는 손끝을 마주 대고 꼼질거리다가 슬그머니 다시 물어봤다.

　　"그럴 수 없다고 해도?"

　　"또 그런 말씀을 하시는군요."

　　잠깐 비꼬듯이 말한 레일리가 싸늘하게 대답했다.

　　"만에 하나라도 저를 강제할 수 있는 것은 없습니다."

　　"하지만 사실 있었다고 해도?"

　　"책임은 제가 진다고 하지 않았습니까? 생각한다고 해서 획기적인 결론을 낼 수 있는 분도 아니면서 괜히 머리 굴리지 마시고 가만히 계시면 됩니다. 제가 어떻게든 해 드리겠다고 이미 말씀을 드렸습니다."

　　정말이지 거만하고 시건방진 발언이었지만 나는 대답을 돌려주지 않았다. 내가 오래도록 아무런 반응 없이 조개처럼 입을 꾹 다물고 있자, 결국 레일리가 한숨을 내쉬며 먼저 태도를 낮추고 다시 나를 달래듯이 굴기 시작했다. 머리칼을 쓰다듬고, 나를 품에 앉혀 둔 채 등허리를 몇 차례 토닥였다.

뺨과, 코와, 눈꺼풀과, 이마 곳곳에 지치지 않고 입을 맞추기도 했다. 퍽 달큼한 행동이었고 견딜 수 없을 만큼 낯이 뜨거웠지만 그딴 소리를 해 봤자 지난번처럼 '키스해도 됩니까', '만져도 됩니까' 하는 물음 따위의 반 작용만 돌아올 것이 분명했다.

나는 이불에 애벌레처럼 돌돌 말린 채 두 눈을 질끈 감고 끙끙대며 레일리의 옷깃을 한 손에 꾹 쥐고만 있었다. 레일리 덕분에 기분은 좀 풀렸지만, 그로 인해 본래의 목적대로 여러 문제에 대해 혼자서 생각해 볼 만한 시간적 여유는 갖지 못하게 됐다.

결계를……. 해제하는 일에 협력하지 않기는 어렵다. 사실 나는 지금 아무것도 모르므로, 어찌 되었든 결계 해제에는 협력할 수밖에 없고, 그렇게라도 행동을 해야만 할 것이다.

그 결과나 목적이 무엇이든 엘류이센 라이케의 생각대로 흘러가는 일은 피하고 싶지만, 엘류이센 라이케의 생각이 사실 무엇인지도 모른다. 그러니 엄밀히 따졌을 때 나는 이번 일에 크게 동요할 이유가 없다. 애초에 동요하거나 주저할 정도로 아는 것이 없었다.

하지만 그저 망설이게 됐다. 아마 지금까지 내내 미뤄 두고 있었던 문제들이 모조리 몰려들어서 과부하가 걸린 상태인지도 모른다고 생각했다. 진력이 빠져서 기력을 충전해야 하는데 그럴 만한 틈이 없다.

더는 복잡한 일은 생각하고 싶지도 않았고 고민하고 싶지도 않았다. 그렇다고 해서 고생하고 싶은 것도 물론 아니었다.

나는 그저 편해지고 싶은데, 편해질 방법이 없다. 어느 쪽이든 편한 길은 아닌 것 같았다. 생각해 보면 어차피 결계 해제에는 협력해야 한다는 사실을 알면서 괜히 시간만 벌어 본 셈이었다. 내 유구한 회피의 역사는 인정해야 한다. 나는 또 나 자신이 스스로 한심해졌다.

그때, 레일리가 또 내 속내를 고스란히 읽은 사람처럼 꿀 발린 듯한 말을 뱉었다.

"제가 미처 파악하지 못한 두려운 요소가 존재한다면 말씀해 보십시오. 제가 한 번 생각해 보고 마스터의 기분을 달랠 만한 알맞은 답을 드리겠습니다."

"그, 뭐냐."

너무 많은 정보를 알려서는 안 된다고 생각하면서도 입은 이미 저절로 움직이고 있었다. 나는 한껏 눈치를 살피다가 결국 눈치 없이 내던져 보았다.

"이 세계의 신이 만들어 놓은 규칙에 따라, 네가 언제까지고 내 세계에 편입될 수 없다면, 그러면 어떡할 거야?"

다행히 늘 내 얘기를 반쯤 헛소리로 여기던 레일리는 이번에도 내 이상한 표현에 크게 개의치 않고 태연히 코웃음부터 쳤다. 그가 부드럽게 대답했다.

"또 뚱딴지같은 소리를 하시는군요."

"주인님이 뚱딴지같은 소리를 좀 할 수도 있지."

"본 적 없는 추상적인 것들에 무턱대고 두려움을 느끼는 어린아이처럼 굴지 마십시오."

"훈계하지 말고 대답이나 좀 해라."

"오만하게 말씀드리자면 신도 결국에는 어쩔 수 없이 저를 위해 방법을 찾아내게 될 거라고 생각합니다만, 이렇게 말씀드리면 개소리라 하실 것이 아닙니까?"

"예, 잘 아십니다. 님 개소리하시네요……."

"그런 것을 따질 이유가 없습니다. 저는 단지 단 한 번의 대답만이라도 들으면 됩니다. 그리고 이미 답을 주셨지요. 말씀드렸다시피 그것으로 충분합니다. 이미 결론이 난 문제를 괜한 고민으로 어지럽히지 마십시오."

"나……. 나는 그냥 너랑 있고 싶다고 말했을 뿐인데. 그건 그냥 내 바람일 뿐 사실상 실효성이 없는 말이잖아."

두 눈을 질끈 감고 부들부들 떨다가 기어코 그 표현을 다시 입에 담았다.

이전에 말할 때도 반쯤은 제정신이 아니었지만, 굳이 반복해 입에 담으려니 정말이지 부끄러워 돼질 것 같았다. 아무튼 나는 이런 발언에 면역이 없다. 사실 면역 같은 것을 얻고 싶지도 않지만 말이다.

하지만 레일리는 태연히 내 민망한 발언을 듣고, 곱씹고는, 즉시 대답까지 돌려주었다.

"어디로 가든 제 곁에 계실 것이 아닙니까? 만일 제가 쫓아가면, 제게 곁을 주시기로 하지 않았습니까?"

"그게 불가능할 수도 있으니까 마음에 걸린다는 얘기 아니야⋯⋯."

"제가 쫓아갈 때까지 다른 자를 곁에 두셔도 괜찮습니다. 언제 어느 때에든 당신의 취향에 맞춰 당신을 옭아맬 방법 따위는 늘 제 손아귀에 있지요. 어려운 일도 아닐 겁니다."

그가 오만한 태도로 턱을 치켜들고 말했다.

"그러니 마스터는 기다림에 세월을 낭비할 필요도 없습니다. 만일 그럼에도 불구하고 제가 당신을 찾으면, 그 후에만 제 곁에 계시면 되는 일입니다. 어디까지나 지극히 당신에게 유리하고 여유로운 거래가 아닙니까."

"아, 제길, 듣자듣자 하니까 되게 자연스럽게 자꾸 말하는데, 세상 사람이 다 너처럼 걱정 없이 제멋대로 사는 줄 아냐? 사람이 좀 고민을 하면 고민에 대해서도 존중을 할래? 내가 스스로 생각해 봐도 애석한 일이지만, 나한테도 최소한의 양심은 있거든? 너 내가 마음 쓸 걸 알면서 이러는 거지? 아니, 아까 대놓고 그럴 생각이라고 말했지? 개자식, 그런 달콤한 소리 줄줄이 꺼내서 나를 괴롭히기 전에 최소한의 양심부터 좀 챙겨 봐라. 으으윽."

"물론 마스터의 티끌만 한 양심이 결국 저를 못 잊고 그리워하리라는 확신 있는 전망도 염두에 두고 꺼낸 제안입니다만, 애초에 자꾸 집착하고 계신 그 고민이 추호도 이해되지 않는다는 점 또한 사실입니다. 어째서 오지 않은 일에 두려움을 느끼십니까?"

근래 들어 나름대로 '존중' 따위를 하겠답시고 온갖 말도 안 되는 민망하고 낯부끄러운 짓은 다 해냈지만, 그러면서도 내게 함부로 굴지는 않으려 하던 레일리가 오랜만에 퍽 단호한 태도로 내 말을 잘랐다.

그러더니 물끄러미 나를 내려다보다가, 놀랄 만치 다정하고 부드러운 목소리로 속삭이는 것이었다.

"잘 만들어진 소설처럼, 놀랍고 획기적인 돌파구와 옛날이야기 같은 멋진 결말이 기다리고 있을지도 모르는 일이 아닙니까?"

그건…… 내 입장에서는 어쩔 수 없이 묘하게만 들리는 말이었다. 하지만 맞다. 이 세계가 정말로 소설 속의 세계라면, 각자의 인물에게는 소설 같은 멋진 결말이 기다리고 있어야 할 일이 아니겠는가.

나는 해피엔딩을 사랑하고, ≪세레나의 티타임≫은 최후에 그들이 행복해지는 이야기다.

되도 않는 소리지만 막상 그런 소리를 듣고 나니 조금 위안을 받은 듯한 기분이 되었다. 알렉시스 에슈마르크가 말한, 내게서 얻을 수 있었던 약간의 위안이 무엇인지도 어렴풋이는 알 수 있을 것 같았다.

나는 잠자코 목을 쭉 뺀 채 늘어트리고 있다가 누그러진 목소리로 대답했다.

"그런 낭만적이고 이상주의자 같은 발언 정말 너랑 너무 안 어울린다."

"날 때부터 낭만적인 인간이었습니다만 드러낼 일이 없었을 뿐이지요."

"그 뻔뻔함은 좀 본받고 싶고."

"당당함이라고 표현해야 올바르지 않겠습니까?"

"예, 선생님. 그게 바로 뻔뻔함입니다."

"기분은 좀 풀리셨습니까?"

꽁하니 입을 다물고 있던 나는 대답 대신 고개만 위아래로 흔들었다. 내 대답을 확인한 레일리가 눈을 가늘게 뜨더니 다시 한번 질문을 꺼냈다. 이번엔 비슷한 듯 다른 질문이었다.

"결계를 해제하고 푸른 숲에 들어갈 결심은 굳히셨습니까?"

어쩔 수 없이 나는 이번에도 희미하게 고개를 끄덕였다. 그런 나를 물끄러미 지켜보던 그가 내 머리 위에 가볍게 입술을 묻고 재차 질문했다.

"푸른 숲에서 어떤 일을 겪는 것이 그렇게나 두려우십니까?"

반복해 나온 질문이었다. 나는 그 질문이 가장 먼저 튀어나온 이래 한참이 지나서야 겨우 제대로 된 대답을 돌려주었다.

"나를……."

"예."

"유리 옐레체니카를……."

그리고 어쩌면 내가 만든 세계를. 어느 쪽이든 마찬가지였다. 그 모든 것을 결국에는. 나는 어물어물 기어들어 가는 목소리로 어렵사리 덧붙였다.

"직면하는 일."

의식의 흐름으로 튀어나온 표현이고, 애당초 레일리 크라하가 알아듣기를 바라지 않은 말이었다. 결과적으로는 레일리가 결코 이해할 수 없는 발언이었을 것이다. 하지만 그는 이렇다 할 질문을 꺼내지도 않았고, 한참 동안 별다른 말을 붙이지도 않은 채 조용히 내 다음 말을 기다렸다. 아마도 또 그 나름대로 '존중' 따위를 하고 있는 모양이었다.

결국 나는 그의 기다림에 다시 대답을 줬다.

"계속 내 곁에 붙어 있어."

"물론 제가 곁에 있겠습니다."

"내가 어디로 가든 네 곁은 아닐 테고, 어쩌면 너는 나를 쫓아오지 못할지도 모르지만 말이야."

그 말을 꺼내며 나는 조금 풀이 죽었다. 정말로 내가 어떻게 해결할 수 없는 문제라는 사실을 이제야 비로소 인정한 기분이었다.

돌아가는 방법을 찾기 위해서든 레일리와 약속한 문제를 해결하기 위해서든 푸른 숲 안에는 들어가야 했다. 이 세계에서 지니게 된 특수한 입장과 상황도 푸른 숲에 들어갈 이유 중 하나였다.

뷔올 제국의 총아 엘레체니카 백작의 신분을 지닌 이상, 제국의 이득에 필요한 결계 해제 작업에 끝까지 퇴짜를 놓을 수도 없다. 엘류이셴 라이케의 목적이 무엇이었든지 나는 그녀의 종적을 따라가는 수밖에 없다.

알렉시스 에슈마르크가 행복해지면 좋겠지만 내가 그의 곁에 남아 줄 수는 없다. 레일리를 좋아는 하지만 그를 데리고 돌아갈 방법은 내 소관 밖이었다. 그리고 그렇다고 해서 내 삶을 포기할 수도 없는 일이다.

사실 이렇게까지 성격 나쁘고 제멋대로인 집사랑은 애초에 이런 식의 감정적인 교류를 하면 안 됐을 텐데, 그마저도 뜻대로 되지는 않았다.

사시사철 곁에 머무르며 모든 업무에 있어 내 편을 들고, 내 편의와 안위를 살피던 인물을 인간적으로 좋아하지 않는 것은 힘든 일이었다. 인간적으로 좋아하게 된 인물과 티격태격 투닥대고 데이트를 하고 댄스 연습을 하면서 특별한 호감이 생기지 않는 것도 어려웠다. 그 특별한 호감을 주게 된 상대가 거침없이 호의를 밀어붙이기까지 했다.

결국 잠깐의 엔조이로라도 만족하고 끝내고 싶은 마음에, 충동이 들자마자 바로 그것을 실천했다. 대충 욕구만 채우면 스스로 해결이 되겠거니 생각했지만 이미 그 지점에서 실패했던 것이라는 사실을 너무 늦게 깨달았다.

"너는 말도 안 듣고 건방지고 오만하고 뻔뻔하고 폭력적이고 배려라고는 티끌만큼도 모르는 개자식이지만, 그래도 나는, 나, 나는 너를 사랑하게 됐으니까."

시무룩하게 말하다가 또 그 낯부끄러운 발언을 꺼내는 과정에서 고통스러워졌다. 두 눈을 질끈 감고 또 죽는소리를 내는데, 눈을 가늘게 떴던 레일리가 일부러 내 코앞까지 얼굴을 들이밀고 부드럽게 물었다. 그 얼굴에 어쩐지 희미한 웃음기가 만연했다.

"지금 제게 사랑한다고 하신 겁니까?"

"아, 닥쳐."

"본인이 말씀하셔 놓고 제게 닥치라고 하시면 무슨 소용이 있습니까?"

"됐으니까 닥쳐."

"그러니까, 아무튼 저랑 같이 있고 싶고, 저를 사랑하신다는 말씀이 아닙니까?"

"닥치라고 하면 순순히 닥쳐라, 좀."

"제가 입을 다물기를 바란다면, 스스로 조치를 취해 주십시오."

그가 뻔뻔하고 재수 없는 태도로 턱을 까딱였다. 말은 부탁처럼 꺼냈지만 목소리나 태도는 명령조에 가까웠다.

"제길, 조치는 뭔 조치야? 염병! 내 눈 앞에서 네 얼굴 치워!"

신경질적인 표정을 감추지 못한 채 잔뜩 인상을 썼지만, 레일리는 그런 나를 아무렇지도 않게 일별하더니 다시 한번 독촉하듯 말했다.

"마스터께서 저를 만족스럽게 해 주시면 부리를 닫고 놓아드릴 생각이 없으니, 자연히 조용해질 텐데요."

"꺼져, 꺼져."

"또 얼굴이 빨개지셨군요."

"그런 건 그냥 혼자서 생각하고 말없이 끝내면 안 되나?"

"심장이 터질 것처럼 뛰니 조금은 진정하시는 편이 좋겠지만 말입니다."

"혼자 생각하고 끝내라니까."

살벌하게 쏘아붙이는데, 미지근한 표정으로 나를 내려다보던 레일리 크라하가 퍽 달큼한 태도로 고개를 기울이고 손끝으로 내 뺨을 감싸 쥐었다. 코를 만지고, 뺨을 만지고, 머리칼을 넘기고, 귀를 만지고, 입술을 쓰다듬으며. 그가 포만감을 느낀 금수처럼 만족스러운 표정을 지은 채 다시 밀어라도 꺼내듯이 살뜰하게 속삭였다.

"오늘도 털을 세우고 도망이나 다니려 하시는 꼴이 퍽 귀여우십니다만, 언제 재정비가 끝날지 몰라 고양이님을 마음껏 귀여워해 드릴 수 없다는 점이 아쉽군요."

"개소리하지 마."

나는 이번에도 싸늘하게 대꾸하고 짜증스레 고개를 돌려 버렸다. 하지만 레일리의 품에 안긴 채 고개를 돌려 봤자, 보이는 것은 레일리의 집사복뿐이었다. 내 표정이 티 나게 불퉁해지는 것도 순식간의 일이었다.

혼자서 여유로운 얼굴로 나를 빤히 지켜보고 있던 레일리가 입술을 길게 늘어트렸다. 선명한 입술점도 함께 따라서 옆으로 늘어졌다. 내 입술을 손끝으로 꾹꾹 누르며, 그가 눈썹을 꺾고 미소 띤 얼굴로 또 한 번 개소리를 했다.

"재롱이라도 부려 보십시오. 예뻐해 드릴 방법이야 집사 된 소임으로 어떻게든 찾을 수 있지 않겠습니까?"

처음엔 내가 직접 이불을 둘렀지만, 레일리가 다시금 이불에 감아 품에 안은 탓에 이제는 의도치 않게 묶여 있는 꼴이 됐다. 그로 인해 손이나 다리를 휘두를 수 없는 것이 천추의 한이었다. 그것만 아니었어도 당장에 팔꿈치로 레일리 크라하의 명치를 찍은 뒤 훨훨 털고 일어났을 것이다.

나는 눈을 세모꼴로 뜨고 위압감 있게 레일리를 노려보다가, 결국 내 입술을 자꾸 만지작대던 레일리의 손가락을 아그작 물어 버렸다.

곤란한 일이었다. 막상 물고 나니 생각보다 세게 물었는지 우드득 소리가 났다. 정작 저질러 놓고 당황한 내가 슬그머니 입을 열어 그를 놓아주고 눈치를 살피는데, 고통 따위에는 개의치 않는지 태연한 얼굴로 인상을 썼던 레일리가 더없이 화사하게 웃으며 손가락을 거뒀다. 고통에는 개의치 않는 것 같았지만 빡치기는 몹시 빡친 듯했다.

"이빨을 제가 손수 갈아 드려야 하겠습니까? 버릇 교육을 잘못 들인 집사의 책임을 져야겠군요."

"아, 아니, 아놋. 방금 그건 나도 모르게 너무 세게 물어서. 미안이다. 미안."

재빨리 변명조로 외치자 레일리가 짜증스레 미간을 좁히고 나를 물끄러미 깔아 봤다. 그러다가 금세 한숨을 푹 내쉬고는, 나를 통째로 내려놓은 뒤

다른 이불 안에 두툼하게 묻어 두었다. 갑작스러운 일이었다. 그는 나를 침대에 묻어 놓고 말끔한 태도로 몸을 세웠다.

"아무튼 쉬십시오. 그럼 저도 이만 제가 자리를 비운 사이 마스터의 편의를 보장할 수 있도록 몇 가지 간식거리와 옷가지를 준비해 두겠습니다."

"너 푸른 숲에 다시 들어갈 거야?"

"그렇게 이야기가 된 것 아니었습니까?"

외부의 결계를 없앤 뒤에도 공방의 실험실에는 추가 결계가 남아 있겠지만, 그래도 어쩐지 마음에 걸렸다. 하지만 레일리를 붙잡을 만한 명분이 없는 것도 사실이었다. 괜히 안절부절못하다가 발딱 몸을 세워 앉고, 슬그머니 변명거리를 만들어 봤다.

"나랑 같이 있기로 했잖아."

장갑을 벗고 이빨 자국이 남은 손가락을 살피던 레일리가 행동을 멈췄다가 거만한 태도로 고개를 빼 들고 나를 물끄러미 바라봤다. 나는 어물어물 말을 아끼다가 괜히 또 말도 안 되는 억지를 부리듯이 덧붙였다.

"나랑 같이 있어."

"마스터와 함께 있기 위해 들어가려 하는 겁니다."

레일리가 부드럽게 대꾸하며 내게로 다시 돌아와서 바로 앞에 섰다. 그가 내 턱과 뺨을 부드럽게 만지작거리며 다정스럽게 말했다.

"안전한 곳에서 기다리십시오. 혹시라도 방법이 없을지 확인해 보고 오겠습니다."

그 말을 듣고, 그만 목이 콱 막히고 말았다. 레일리가 굳이 푸른 숲 안에 들어가겠다고 주장한 이유가 너무나 명백해졌기 때문이다. 단순히 유리의 귀중한 실험 자료를 지키기 위한 목적이 아니었다.

더군다나 레일리가 그렇게까지 말하는데 더 이상 그를 만류할 만한 명분을 찾기도 어려웠다. 일단 내 두뇌로는 무리였다. 결계를 깬 뒤에 알렉시스 에슈마르크에게 슬쩍 상담을 요청하든가 해야 할 것 같았다.

나는 입을 꾹 닫은 채 애써 시선을 회피했다. 내가 나름대로 납득을 했다고 여겼는지, 레일리도 더는 말을 붙이지 않은 채 다시 손을 거두고 물러났다.

어쩐지 계속 나를 달래듯이 붙어 있던 온기가 떨어지니 설명할 길 없이 서운했다. 사실 상황이 상황이었을 뿐, 레일리와 나누었던 대화를 곱씹고 나니 뱃속이 울렁거리는 듯했다. 도무지 가만히 있기가 어려웠다. 애초에 이제부터는 별로 달갑지 않은 일을 하나씩 차근차근 경험해야 할 것이다.

나는 여러 감정에 복합적으로 휘둘리며 입술만 달싹달싹 흔들다가, 충동적으로 입을 열었다. 정말로 충동이었다. 충동 아닌 무엇으로도 표현할 길이 없다. 제정신이었다면 하지 않았을 짓이었다.

"야……."

혀 위에 얹어서 말을 꺼내는 순간 미친 짓 같아졌지만 이미 돌이키기엔 늦은 상태였다.

"야옹."

나를 재우고 또 뭔가 자신의 일을 하려던 레일리가 발을 우뚝 멈춰 세웠다. 그가 귀를 의심하는 듯한 표정으로 미간에 주름을 잡은 채 나를 돌아봤다. 나는 이불 두 겹에 둘둘 감긴 채 슬쩍 시선을 회피하고, 이번엔 좀 더 자신 없이 툭 뱉어 보았다.

"야, 야옹."

짧은 행동이었지만 그 함의를 읽지 못할 레일리 크라하가 아니었다.

제대로 나를 향해 돌아선 그가 빈정거리듯이 눈썹을 꺾고 성큼성큼 내 앞으로 돌아왔다.

"다른 데는 보지 말고 고양이님이나 예뻐하라는 요구를 이젠 퍽 앙큼하게도 하시는군요. 시간이 없어서 귀여워해 드리기 어렵다고 말씀을 드리지 않았습니까."

그렇게 떠든 주제에 그는 이미 내 입가로 허리를 숙이고 있었다. 내가 비난조로 그의 어깨를 퍽 때리자, 레일리가 보란 듯이 웃더니 넥타이를 쭉 잡아당겨 풀어내며 말끔하게 속삭였다.

"집사 된 소임으로 어찌 고양이님의 부름을 거부할까요."

"잡소리 붙이지 말고, 빨리."

결국 내가 먼저 그의 손가락에 손가락을 깍지 껴 얽고 짜증을 냈다.

"빨리 키스해 줘."

신경질적으로 쏘아붙이고야 그가 내게 부드럽게 입을 맞췄다. 키스는 두 번, 세 번에 걸쳐 자잘하게 이어졌다. 정말이지 연인 같은 키스였다. 새삼 인식하고 나니 또 낯부끄러운 일이었다. 아무리 다급했어도 그렇지, '야옹'이 뭐냐, '야옹'이. 나는 스스로 적립한 흑역사에 어깨를 떨며 괴로워 하다가 레일리의 품에 번쩍 들려서 다시 한번 키스를 받았다.

"키스를 했습니다. 그럼 이제는 무엇을 할까요?"

"또 키스해."

"그러고 나서는 무엇을 바라십니까?"

"꼭 안아 줘."

"괴로워 미칠 것 같다는 표정이시면서 대답은 제때 나오는군요. 집사 된 마음에 만족을 느낍니다."

"입은 닥치고."

짜증스러운 태도로 그의 넥타이를 다급히 붙잡아 뒤쪽으로 슬쩍 밀어냈지만, 아무튼 지금 그를 붙잡아 세운 사람은 내 쪽이었다. 나는 불안한 일들이 본격적으로 시작되기에 앞서 좀 더 레일리 크라하의 품에 안겨서 체온을 느끼고 싶다. 스스로 생각해도 애석한 일이지만, 순도 높은 진심에서 우러나온 요구였다.

나는 부들부들 어깨를 떨다가, 결국 부끄러움은 반쯤 포기하고 레일리의 이마 위에 내 이마를 기울인 채 한 번 더 수작질을 부려 봤다.

"집사야, 너의 귀여운 고양이님은 인내심도 지구력도 없고 까탈스러우니까, 뜸 들이지 말고 빨리 예뻐해 줘."

레일리가 눈썹을 꺾으며 이를 드러내고 인상을 쓰듯이 웃더니, 까딱 고개를 기울이고는 살뜰하게 대답했다.

"가르치지 않아도 알아서 잘하시는 주인을 뒀는데, 집사 된 마음으로 감히 여부가 있겠습니까."

그러고 나서야 그가 다시 한번 진하게 입을 맞췄다. 유감스럽게도 물어뜯는 듯 난폭한 레일리의 키스가 더할 나위 없이 달콤하게 느껴졌다.

레일리 크라하만이면 몰라도 나까지 이런 사이코가 되다니, 정말이지 젠장이다, 젠장. 나는 이루 말할 수 없는 고통스러운 마음에 치를 떨며 레일리를 꼭 끌어안았다.

그래도 구구절절 로맨스 장르의 주인공 같은 말만 꺼내며 내 마음을 달래주려던 레일리를 끌어안고 나니, 나도 조금쯤은 마음이 풀리는 것 같았다.

\* \* \*

침대에서 이불을 만 채 누워 있는 사이 코앞까지 코코아가 가득 든 머그잔이 밀려졌다. 나는 꾸물꾸물 손만 빼서 머그잔을 잡았다가, 다시 놓고, 재차 상체를 말았다. 코코아를 마시려면 몸을 세워야 하는데 그럴 생각이 없었기 때문이다. 단순히 이불에 파묻힌 채 일어나고 싶지 않기도 했고, 삭신이 쑤시기도 했고, 머릿속이 맑아지고 나니 골치도 아파 왔다.

사실, 애초에 레일리가 곁에 있던 말든 무슨 소용이랴?

팩트만 꺼내 보자면 나는 분명 감언이설에 넘어갔고, 레일리 크라하가 숲 안에 진입하는 일에 암묵의 동조를 해 버리고 말았다. 오라질, 솔직히 반박의 여지조차 없다.

백 번 양보해서, 이제는 어쩔 수 없는 일이니 결과적으로 레일리가 푸른 숲 안에 들어간다고 치자. 물론 유리 옐레체니카의 혈액 없이는 공방의 중요한 공간을 침범할 수 없을 테니 마음을 놓아도 될 것이다. 하지만 공방 바깥에 뭔가 단서라도 있다면 의심 많은 레일리 크라하가 그것을 허투루 넘길 리가 없다.

그런 사실을 뻔히 알고 있음에도 불구하고, 그저 나와 함께 있기 위해서 푸른 숲에 들어가려 한다는 레일리의 선언을 들은 시점에서, 나는 이제 더는 그를 막을 수도 없게 됐다.

유리 옐레체니카가 한 짓에 대해 이야기를 해야 할까? 일이 그렇게 흘러가면 그녀가 한 짓에 대해서, 그리고 알렉시스 에슈마르크와 함께 이곳저곳을 들쑤시며 그녀를 조사한 일에 대해서도 레일리에게 자세히 설명해야 할 것이다. 그리고 만일 그렇게 설명을 시작한다면, 필연적으로 우리 셋 사이의 가장 중요한 연결고리를 빼놓을 수 없게 된다.

나 자신에 대해서도 이야기를 해야 한다는 얘기다. 사실 그것이야말로 가장 심각한 문제였다. 나 자신의 이야기를 할 방법을 도무지 떠올릴 수가 없다. 앞으로의 일들이 막막해지자, 나는 또 상습적으로 비난부터 꺼냈다.

"개자식."

"또 욕부터 하십니까?"

"정말이지 한순간도 네 행동에서 다정함이라고는 추호도 찾아볼 수가 없어."

"한순간도 마스터께 다정하지 않은 적이 없었다고 생각하는데요."

머리맡에 앉아 내가 끙끙대는 동안 홀로 여유롭게 차를 마시던 레일리가 여상한 태도로 책장을 넘겼다. 다리를 성대하게 꼬아 둔 꼴부터 손에 들고 있는 우아한 찻잔까지, 이미 집사의 본분은 망각한 듯한 모양새였다.

흘긋 살피니 이번에 읽고 있는 책도 베이킹에 대한 잡지였다. 그는 내가 처음 이 세계에서 깨어났을 때부터 가사와 요리에만큼은 발군의 솜씨를 지니고 있었으면서 늘 디저트 만드는 법에 대해서나 책을 읽곤 했다.

늘 그 꼴이니, 내가 빙의하기 전, 유리의 집사 노릇을 할 때도 비슷하게 생활했을 것이다. 레일리 크라하의 취미 분야가 제빵이라니, 정말 도무지 어울리지 않는 가정적이고 생산적인 취미였다.

주인님은 본인의 행동과 미래를 걱정하며 또 새로운 고민에 사로잡혔는데 집사는 저 꼴이라니, 괜히 배알이 비틀렸다. 사실 늘 그랬듯 단지 심술이 난 것이다.

하지만 젠장, 뭐 어쩌란 말인가? 그냥 심술을 부리고 싶으니 부릴 것이다.

"꼴도 보기 싫어."

최소한의 양심은 있어서 목소리를 죽이고 웅얼거렸지만 사실 초월자 따위를 앞에 둔 상황에서는 큰 의미가 없는 행동이었다. 레일리 크라하는 잠깐의 간격조차 두지 않고 곧장 대답을 돌려줬다.

"왜 또 괜히 심술이 나셨습니까?"

"주인님은 고민할 게 많단 말이다, 집사야."

짜증스럽게 대꾸하자 흘긋 시선을 깔아 잠깐 나를 살핀 레일리가 찻잔을 내려놓고, 빈손을 내려 내 머리칼을 두어 번 달래듯이 토닥였다.

"그 멍청한 머리통으로 괜한 고민은 하지 마시고 저한테 다 맡기시라고 말씀드린 지 반나절도 채 되지 않았습니다만. 정말 말 안 듣는 분이군요."

"내 고민이라고, 뭐, 네가 다 줄줄이 꿰고 있는 줄 알아? 나한테도 너랑 상의 못 할 개인적인 고민 같은 건 잔뜩 있거든?"

눈을 세모꼴로 치뜨자, 레일리가 결국 잡지도 접고 한숨을 푹 내쉬었다. 커다란 손이 내 머리를 죄암죄암 부드럽게 쓸다가 눈가를 다시 가려 주었다. 그러더니 내 몸 너머에 다른 손을 짚고, 그대로 몸을 숙여 웅크린 등 위에 가볍게 입을 맞췄다. 그 몸짓이 때를 잊고 달콤했다.

"그렇다면 지금부터는 꿰고 있을 수 있도록 제게도 상세히 말씀해 주시죠."

그가 그렇게 대응하고 나니 또 어쩔 수 없이 양심이 찔렸다. 나는 기어 들어 가는 목소리로 슬쩍 첨언했다.

"괜한 심술인 걸 알면 받아 주지 마."

"받아 드리지 않으면 더 신경질을 내실 것이 아닙니까?"

"나를 뭐로 보냐?"

"지극히 당신으로 보고 있습니다."

태연히 대답한 레일리가 눈가를 가려 주던 손으로 뺨을 쓸다가 톡톡 두드렸다.

"얼굴 보여 주십시오."

"내가 왜?"

"제가 보고 싶으니까요."

"으아악, 그런 개 같은 소리는 하지도 마."

"순순히 돌아누우시면 개 같은 소리를 더 들을 일도 없으실 겁니다."

몇 초 정도 고민했지만 레일리가 "마스터." 하고 또 나를 부른 순간 고민은 강제로 끝이 났다. 슬그머니 고개를 돌리자마자 그가 입가와 콧등에 두어 번 키스를 했다.

"시간적인 여유만 충분하다면 조금 더 받아 드릴 수도 있습니다만, 슬슬 준비를 하셔야 합니다. 바깥의 소음을 들어 보니 곧 재정비가 끝나고 마스터를 데리러 사람이 올 것 같군요."

"끄으응."

"그나저나 알렉시스 에슈마르크에게는 가 보지 않으셔도 됩니까?"

레일리가 퍽 다정한 태도로 슬쩍 물었다. 인상을 쓰고 그의 키스를 받아 주던 나는 반사적으로 눈썹을 꺾었다. 갑자기 무슨 소리인지부터 이해하기가 어려웠다.

"뭔 소리야?"

"명목상의 일일 뿐, 실제로 상관없으시다면야 저 또한 상관은 없겠습니다만."

잠깐 고민은 했다. 하지만 얼마 지나지 않아 다급히 몸을 세웠다. 벌떡 일어나다가 레일리와 이마를 박았지만, 예전에도 이마 정도야 자주 박았기 때문에 그는 별로 타격조차 없이 몸을 세웠고, 나는 이마의 통증 따위에 신경을 쓸 수 있는 상황이 아니었다. 아, 염병, 어쩌다가 그런 중대한 일을 잊을 수 있단 말인가?

"미, 미, 미, 미쳤다."

알렉시스 에슈마르크가 결계를 깨는 작업에 착수하기에 앞서, 내게 대략적으로라도 마력의 운용을 알려 주겠다고 하지 않았던가? 이미 세계의 구조를 보게 된 나로서는 이리나 경처럼 아무것도 모르는 채 클래스 따위의 개념에 의존할 수도 없는 입장이다. 그런 내 상황에서, 그의 말 한마디, 한마디는 그야말로 금과옥조 같은 조언이 될 텐데, 아니, 젠장, 어떻게 그걸 잊을 수가 있단 말인가?

기겁해서 주섬주섬 일어나다가 침대 아래로 상체부터 떨어질 뻔했다. 내 몸통을 즉시 붙잡아서 일으켜 세운 레일리가 내 이마를 만지며 한심하다는 듯이 시선을 내렸다.

"일단 진정하십시오. 이마가 붉어지셨는데, 응급처치부터 우선하겠습니다."

"아, 김레일리 미친 새꺄! 내 상태면 결계 작업이고 나발이고를 시작하기 전에 마법부터 배워야 하는 게 지당한 일인데, 상식적으로 대체 왜 지금까지 나를 붙잡고 있었던 거야?!"

"사실 이제 마법에 자신이 있어서 안 가시는 줄 알았습니다만."

"그럴 리가 있겠냐?!"

"애초에 제가 시간이 없으니 귀여워해 드리기 어렵겠다고 말씀을 드렸을 때, 마스터께서 앞장서서 귀여워해 달라고 꼬리를 흔들지 않으셨습니까?"

"제기랄! 내가 욕망과 충동에 약한 걸 몰라서 그러냐고!"

"마스터께서도 스스로 알고는 계셨군요."

"닥쳐!"

레일리의 부축을 받아 제대로 몸을 세운 뒤, 거의 그에게 안기다시피 한 채로 제대로 복식을 갖춰 입었다. 그리고 지체할 겨를도 없이 곧장 이동하기 시작했다. 푸른 숲 방향이었다.

마음 같아서는 당장에라도 에슈마르크 대공을 만나서 마법을 배우고 싶었지만 상황이 여의치 않았다. 실제로 텐트를 나와 살펴보니 재정비도, 재진입 준비도 거의 끝난 것 같았다. 무엇보다도 알렉시스 에슈마르크가 어디에 있는지조차 확실히 알지 못하는 상태가 아니겠는가? 나는 우선 곧장 애셔에게 가서 그의 위치부터 확인할 요량이었다.

"오. 다행히 늦지 않게 왔군, 백작."

그리고 애석하게도, 애셔와 함께 티타임 따위나 즐기고 있던 에슈마르크 대공과 그 자리에서 마주쳤다.

"아, 인간아! 까먹고 있었잖아요! 마법 배워야 하는데, 전령이라도 슬쩍 보내지!"

"내가 직접 데리러 가지 않았다고 장담이라도 하나?"

"그야……."

레일리도 몰랐고 나도 몰랐으니 당연한 일 아니겠느냐고 반문하려다가 나도 모르게 인상을 썼다.

"서, 설마, 왔었어요?"

"글쎄?"

"으악! 남의 침실 앞까지 기척 죽이고 기어들어 오는 그 짓 좀 하지 말라니까!"

티 테이블 앞에 우아한 자세로 앉아 찻잔을 내려놓는 알렉시스 에슈마르크의 등과 어깨를 툭탁툭탁 때렸지만 그는 별로 개의치 않는 듯해 보였다. 전혀 타격을 입지 않은 사람 특유의 여유로운 태도 그대로, 옆자리의 의자만 쭉 꺼내 준 것이었다.

"방해를 할 수는 없으니까 말일세. 잠깐 시간이 남기는 하니, 지금 속성으로 가르쳐 주지."

"이런 제길, 따질 말은 많은데 선택지가 없잖아!"

빽 소리를 내질렀지만 말 그대로였다. 조금이라도 배워 두는 편이 내 삶과 안위에 좋을 테니, 나는 알렉시스 에슈마르크가 꺼내 준 의자에 거절 한마디 꺼내지 못한 채 어쩔 수 없이 털퍼덕 앉아 버렸다.

애셔가 눈치 좋게 자리를 비켜 준 뒤, 레일리도 짜증스러운 태도이기는 했지만 우선 물러났다. 마법적인 설명을 남들에게 노출하는 일은 대부분의 마법사가 삼가기 때문에 다행히 의심을 살 만한 구석은 없었다. 나는 조급한 마음으로 알렉시스 에슈마르크의 짧은 강의를 듣기 시작했다.

"갈리아도 사실 공식적으로 알려지지 않았을 뿐 초월자의 반열에 들어 있잖아요."

하지만 사실 나는 그의 설명을 들으면서도 일말의 희망을 포기하지 않고 안심되는 무언가를 찾고 있었다. 갈리아의 이야기를 꺼낸 것이었다.

갈리아라면 절대로 우리와 반목할 걱정이 없고, 기본적으로 능력도 좋다. 그는 특수한 능력을 다룰 수 있는, 말하자면 반인 형태의 실력 좋은 호문쿨루스이니, 마력을 다루는 법도 대충은 안다. 적어도 이리나 경보다는 효율적으로 우리를 도울 수 있을 것이다.

요컨대 갈리아의 능력만 세상에 드러내면 되는 일이 아닌가. 어차피 알렉시스 에슈마르크가 더는 뷔올에 적을 둘 수 없게 되었으므로, 이젠 황제의 눈치를 봐서 갈리아의 힘을 남들 몰래 감춰 둘 이유도 없다.

하지만 알렉시스 에슈마르크는 내 기대를 저버리고, 작은 나사들을 마력 장치에 꾹꾹 끼워 넣으며 태연하게 대답했다.

"애초에 그대와 나 둘만으로도 충분히 통제가 가능해. 어차피 마력이라는 게 그렇게까지 생물처럼 꿈틀대는 것도 아니고, 우리끼리 체계를 충분히 합의해 경로를 미리 계산해 둔다면 금방 끝날 걸세. 양쪽에서 상대방이 살필 수 없는 움직임을 살펴 제때에 조치를 취하기만 하면 그만이야. 어머니를 빼지 않고 세 사람의 팀을 꾸린 것은 그저 구색 맞추기에 지나지 않지. 오히려 그대를 끼우는 일에 애를 먹어 마땅한 일이었지만, 다행히 다들 그대가 필요하다고 여긴 듯해 안심이었어."

"그래도 저는 좀 걱정이 되는데요……. 당신처럼 자신만만하게 마법을 쓸 수 있는 입장도 아니고."

"엘류이센 라이케가 본래 이 문제로 죽게 되나."

아무렇지도 않게 튀어나온 말이었지만, 나는 반사적으로 손을 멈췄다. 마력 장치의 움직임을 살펴보는 일에도 순간적으로 집중하지 못했다. 물끄러미 나를 바라보던 알렉시스 에슈마르크가 내 반응을 유심히 살피더니, 몇 초 지나지 않아 부드럽게 권고했다.

"불안함을 느낀다면 마법을 쓰는 방법을 배우는 이 시간에나 좀 더 집중해 두게."

"끙……. 아무튼 맞아요. 엘류이센과 당신, 둘만으로 해결이 되는 문제였다면 더더욱 예측하지 못한 불상사였겠군요. 하지만 엘류이센 라이케가 정말로 전혀 눈치채지 못한 채 목숨을 내줬을 것 같지는 않아서요."

"그랬겠지."

"저번에도 대충 언급은 했었는데, 꿍꿍이속이 있을 것만 같고요. 자신의 죽음을 이용해 무언가의 방아쇠를 당기고 싶었거나, 죽음 이후에 맞이할 상황이 궁금했거나, 혹은 죽음 이후의 '무언가'에 대해서 이미 결론을 내린 뒤 그것을 실질적으로 경험하고, 획득하기 위해서 말이에요. 좀 마음에 걸리네."

"그 전부였을 수도 있지."

"그럴 수도 있죠."

"요컨대, 그대 그저 그녀의 뜻대로 되는 상황이 불안한 건가?"

아니라고 할 수는 없는 말이었다. 나는 입을 꾹 다물었다. 대공이 잠깐 웃다가, 다른 첨언 없이 설명이나 계속 이어 가기 시작했다. 나도 말없이 그의 설명에나 귀를 기울였다. 어차피 떠들어 봤자 답이 나오지 않는 문제이니 빨리 넘어가 버리는 편이 현명하기는 했다.

하기야 내가 멍청했던 것이 하루 이틀 사이의 문제도 아니었다. 제길.

에슈마르크 대공은 시간도 부족한데 퍽 여유로운 태도였다. 어차피 구조의 역할을 낱낱이 숙지하고 나면 그 작동 방식 같은 것을 이해하는 일은 생각보다 쉽다는 게 그의 논리였다. 그는 우선 일일이 마력 구조의 곳곳을 지목하며 마력의 작용에 대한 기본 원리부터 설명을 해 줬다.

푸른 레버를 내리면 어떤 식으로 작동이 일어나고, 붉은 레버를 한 바퀴 돌리면 어떤 부분이 뒤집히고, 쇠구슬이 레일을 따라 굴러가서 버튼을 누르면 마력 덩어리에 어떤 변화가 생기는지……. 대충 그런 얘기였다.

물론 듣는다고 해서 갑자기 없던 재능이 생기는 것은 아니었다. 유리 옐레체니카의 몸을 빌린 덕인지 머리는 빠릿빠릿하게 굴러가고 있었지만, 기본적인 배경 지식이 없는 상태에서 자연히 사고력이 증진되기는 어려웠다.

"젠장, 고등학교에 다닐 때도 과학이랑 수학엔 젬병이었는데……. 내가 시팔, 그게 됐으면 전공 살려서 취업도 잘되는 공대나 의대로 진학했지……."

그가 떠들면 떠드는 대로 일단 암기하며 투덜거리자, 알렉시스 에슈마르크가 직접 작은 톱니를 돌려서 결과를 확인시켜 주며 부드럽게 물었다.

"'학교'? 그 세계에도 학교가 있는 모양이지. 맥락을 보니 상당한 수준의 교육을 하는 학술기관인가. 마법병단 같은?"

"아, 그게, 뭐라고 해야 하나. 군사적인 목적은 딱히 없고요. 일종의 학술기관이긴 한데 모든 아이들에게 기초적인 교육을 시키는 거예요. 뷔올의 '학교'는 보통 자격을 따로 갖추지 않은 지식인들이 장소를 마련해 평민 아이들을 모아 놓고 종교나 언어, 많이 가르쳐 봤자 문자나 기초 산수, 장부 정리 방법 같은 걸 가르쳐 주는 정도잖아요. 저희 세계의 교사는 기본적인 자격을 갖춰야 하고, 학생이 배우는 과목도 좀 더 많아요."

"학교에 입학하는 조건은? 식량이 부족한 세계는 아닐 듯하니, 뷔올의 시골 학교가 으레 그리하듯이 교육자가 마을과 학부모로부터 어느 정도의 숙식이나 생활 조건을 제공받는 건 아닐 것 같은데. 그렇다 해서 가정 교사의 방식도 아니겠지. 포교자들이 으레 그리하듯이 종교적 목적인가? 아니면 교육 봉사 같은 것?"

뜻밖에도 그가 관심을 보인 것은 '학교'라는 단어에 대해서였다. 나는 눈을 동그랗게 뜨고 그를 바라보다가 적당히 설명할 방법을 고른 뒤 다시 시선을 내렸다. 마력 장치는 우리가 조작한 대로 삐걱삐걱 움직이고 있었다. 당장에 외울 것도 많은데 알렉시스 에슈마르크는 현대적 교육 체계와 관련해 궁금한 점이 빌어먹게도 많은 모양이었다.

뷔올에는 초등 교육 기관이랄 것이 따로 없다. 고급 교육 기관으로는 현대로 따지면 대학원, 혹은 박사 이후 연구 과정에 가까운 아카데미가 존재하지만, 그 고급 교육 기관에 들어갈 자격은 기본적으로 보장된 신분이나 재력이었다. 아카데미에 들어가는 인물은 대부분 개인 교사를 두고 아카데미에 들어가기 위한 지식을 얻는다.

왕립 도서관이니 제국 도서관이니 하는 곳들은 있지만 대중에게 열린 것은 상업이나 가사 등 일상생활에 필요한 지극히 기초적인 지식에 불과하다. 유일한 예외는 마법병단이었다.

재능만 발견되면 언제든 데리고 가서 온갖 귀한 지식을 대가 없이 알려 준다. 그도 그럴 것이 마법사는 발견된 순간부터 개인이 아닌 병기로 취급된다. 마법사란 곧 국가의 자산이니 투자하는 자원을 아낄 이유도 없다. 학자가 모인 집단이어서 마법사단이지만 그 자체로 군대이기 때문에 마법병단으로도 불린다.

언어는 생활하다 보면 익는 것이고, 문자는 일정한 소득을 갖춘 시민에게라면 어느 정도 보급되어 있다. 장사를 할 수 있을 정도의 기초적인 산수도 마찬가지였다.

학문이 발전한 대륙답게, 기초적인 지식은 조건만 갖춘다면 얼마든지 얻을 수 있다. 물론 공방에 들어가서 문하생이 되어 밑바닥부터 기어올라 자수성가하는 방법도 있다. 발명가의 지위가 보장되는 국가이므로, 가장 어렵지만 간단한 방법이기도 하다. 하층민에게 열린 유일한 신분 상승의 길인 것이다.

하지만 기본적인 지식이 보급되었다고 해서 문맹률이 낮은 것은 아니다. 요컨대 이 나라에서 이루어지는 지식 보급이란 어디까지나 중산 계급에게 까지만 허가된 보급이었다. 돈이 없다면 교육도 받을 수 없다.

별다른 성의 없이 대답하던 나는 그때에야 기준을 다르게 해서 표현을 걸렀다.

"시골 학교나 신전의 포교, 교육 봉사 같은 것보다는 굳이 따지자면 아카데미에 가까워요."

"그렇다면, 그대는 그대의 세계에서도 퍽 부유한 집안에서 풍족하게 자랐겠군?"

태연한 얼굴로 그럴 줄 알았다는 듯이 대답하는 알렉시스 에슈마르크를 물끄러미 바라보다가 나는 조금 더 자세히 설명을 붙였다. 분홍색 버튼을 슬며시 눌러 본 뒤 그 결과를 기다리며 팔짱을 끼고 꺼낸 설명이었다.

"돈이 있든, 없든, 어디에서 태어나든, 아이들에게는 기본적인 교육을 받을 권리가 주어져요. 제가 살던 국가의 경우지만…… . 사실 결국 국가에 돈이 있어야 한다는 점에서는 어떤 식으로든 맞는 얘기긴 하네요."

"어떻게 그런 일이 가능하지?"

"세금을 걷어서 국가의 자산으로 삼는데…… ."

"세금은 뷔올에서도, 연합국에서도 걷지."

"신분이 없는 사회예요. 어떻게 보면 보유 자산으로 인해 신분이 갈린다고도 할 수 있겠지만, 어쨌든 기본적으로 세금을 내는 사람이 따로 정해져 있는 것도 아니고, 세금을 받는 사람이 따로 정해져 있는 것도 아니라고 하면 이해가 되겠죠."

"신분이 없는 사회라면, 대표자라도 선출해서 자금의 관리를 공명정대하게 맡긴다는 이야기인가?"

"주기적으로 선출해서요. 전제왕권이 아니고, 어차피 선출된 사람이니 잘못을 하면 끌어내릴 수도 있고요."

"그런 식으로 듣기만 해서는 그런 체계가 어떻게 안정적으로 잘 굴러갈 수 있는지 이해하기가 어렵군."

턱을 괴고 곰곰이 생각에 빠졌던 알렉시스 에슈마르크가 잘 보라는 듯이 쇠구슬 하나를 마력 장치에서 슬며시 빼내 깔때기 같은 구멍 안에 툭 굴려 넣었다. 나는 그 후에 일어나는 현상을 관찰하며 잠자코 입을 다문 채 있다가, 뒤늦게 대답했다.

"저도 잘은 몰라요."

"그래? 하기야 그렇겠군. 국가에서 주도하는 일을 국민이 일일이 이해할 이유는 없지."

"제 전공……. 아, 그러니까, 제가 개중에서도 퍽 고등 교육 기관으로 분류되는……. 대체로 성인 언저리에 들어가게 되는 교육 기관에서 전문 분야로 삼은 게, 에잇, 염병, 당신 앞에서 떠들긴 낯부끄러운데 정치외교학이거든요. 교육학의 역사라든가, 체계라든가, 뭐 그런 건 잘 모르고. 사실 정치외교학이랑 관련된 것도 별로 아는 게 없습니다."

내 말을 귀담아듣던 알렉시스 에슈마르크가 특유의 온화하고 다정스러운 얼굴로 빙그레 미소를 지어 보이더니, 깍지 낀 손 위에 턱을 기울인 채 부드럽고 상냥한 목소리로 질문했다.

"그게 과연 의미가 있는 교육 기관인가?"

"닥쳐, 좀. 원래 학부생은 이미 배운 것도 전혀 모르고 그러는 거야."

"'학부'?"

"……."

못마땅히 인상을 쓰고 있다가, 어쩔 수 없이 학부에 대해서부터 일장 연설을 해야 했다.

내가 구구절절 학부가 무엇이고 대학이 무엇인지, 고등학교와는 어떤 차이가 있는지, 유치원, 초등학교, 중학교는 또 무엇인지 짧은 식견으로 설명해 주는 동안 알렉시스 에슈마르크는 손을 멈추는 일이 없었다.

그사이에도 그는 성실히 각각의 장치가 지닌 용도를 포괄적으로 알려 주고 있었다. 말하자면 나는 그에게 현대 사회를 설명하고, 그도 설명을 듣는 내내 내게 이 세계에 대한 설명을 해 주었다.

그렇게 내가 어느 정도 각각의 장치를 이해해 갈 무렵 소집을 알리는 북소리가 울려 퍼졌다. 알렉시스 에슈마르크는 북소리가 들리자마자 먼저 몸을 일으켰다. 별로 배운 것도 없는 듯했지만, 어쩔 수 없이 나도 일단은 그를 따라 일어나며 투덜거렸다.

"교육 체계 같은 것에 관심이 있나 보죠?"

"아무렴. 나중에 결계를 마무리한 뒤에 좀 더 자세한 설명을 듣고 싶은데."

"제가 뭐 아는 게 있어야 도움도 될 텐데, 솔직히 자신은 없네요. 그래도 괜찮다면 언제든 말 걸어 주십쇼."

"나도 많은 걸 기대하진 않네. 대략적인 시행 방식이라도 듣고 나면 현황에 맞춰 적당한 체계를 잡는 것 정도야 어렵지 않지."

여유로운 태도로 대답한 알렉시스 에슈마르크가 주머니에 손을 푹 꽂았다. 걸어가는 동안에도 계속 장치를 활용해 주리라고 여겼던 내 눈이 슬며시 커졌다.

"설마, 마법 알려 주는 건 이걸로 끝입니까?"

"이 정도 알았으면, 대충 뭘 만져야 부품들이 '넘치는' 걸 방지할 수 있을지 정도는 그때그때 체크할 수 있을 텐데?"

"젠장, 지금까지 뭘 들은 거야? 내가 댁인 줄 아냐고요?"

"정 자신이 없으면 솜씨 좋은 집사에게나 도움을 청하면 될 게 아닌가. 그도 본능적으로 강대한 힘을 다루는 인물이니, '그럴싸해' 보이는 중개인 역할만 하면 불가능한 일도 아니야. 누군가가 고의적으로 한 방향에 힘을 쏟아붓지 않는 이상 문제는 없을 걸세."

"'고의적으로 한 방향에 힘을 쏟아붓는 경우' 말입니까……."

내가 추측한 대로라면 유리 옐레체니카의 죽음이 바로 그런 식으로 찾아오지 않겠는가? 찜찜한 얼굴로 구시렁거리는데, 나를 물끄러미 바라보던 알렉시스 에슈마르크가 태연히 손을 들어 올렸다. 즉시 우리에게 다가오려던 레일리에게 조금 더 거리를 벌리고 있어 달라는 의사를 표현한 것이었다.

그가 부드럽게 덧붙였다.

"그대에게도 생각이 있었다면, 적어도 꾸준히 밑밥을 깔아 두었던 마이어 후작 정도는 깔끔히 정리해 두었어야 한다고 생각하는데. 그리고 그 정도 일도 간과할 만큼 어리숙하지는 않다고 보네. 내 생각이 틀렸나."

"아, 그건 당연히 나름대로 제 선에서도 처리를 했는데……."

나에 대한 적개심을 충분히 품고 있을 이리나 경만은 손도 대지 못한 채 그대로 두었다. 하지만 아무리 그래도 알렉시스 에슈마르크에게는 모친이다. 그의 부모가 그를 도구나 수단으로만 여기며 매정하게 평가하고 활용하려 드는 것과 달리, 유감스럽게도 그에게 있어 부모란 충분히 의미 있고 가치 있는 상대였다. 여전히 그는 혈육을 자신의 삶에서 잘라 내지 못했다. 아마 언제까지고 그럴 것이다.

차마 이리나 경에 대해서는 불만을 토로하기가 어려웠다. 내가 입을 꾹 다문 채 찜찜한 신음을 흘리자, 알렉시스 에슈마르크가 특유의 우아한 태도로 팔짱을 꼈다. 그가 고개를 까딱 기울였다.

"어머니의 문제라면 걱정하지 않아도 되네. 갈리아도 나름대로 조치를 취해 두었던 것 같고, 어쨌든 우리가 정말로 연인 사이는 아니라는 설명을 애셔로부터 듣기도 하셨다는군. 그래서 정말로 특별한 관계가 아닌 게 맞는지 조금 추궁을 듣기는 했지만, 당사자인 내가 그대를 애완동물처럼 예쁘게 여긴다는데 할 말도 없었을 테지."

"어?"

왜 하필 애완동물인지는 모르겠지만, 이 인간이 나를 짐승 취급한 것이 한두 번은 아니었다. 그보다는 우선 이리나 경의 문제를 에슈마르크 대공이 미리 알고 있었다는 점에 주목해야 할 것 같았다.

뿐만 아니라 내가 모르는 사이에 문제가 해결되었다면, 그 부분에 대해서는 나도 확실히 알아 두는 편이 좋을 것이다. 애초에 알렉시스 에슈마르크의 해명만으로는 마음을 놓기도 어려웠다.

"알고 있었어요? 갈리아한테 들으신 건가?"

일단 나름대로 머리를 굴려서 떠올린 질문이었지만 알렉시스 에슈마르크는 혀를 쯧쯧 차며 대답했다.

"그 정도는 듣지 않아도 충분히 짐작이 가. 편히 말해도 상관없었을 걸세."

"그, 뭐라고 해야 할까……. 어쨌든 해결이 됐다고 하니 다행이지만, 솔직하게 말씀을 드리자면 걱정이 사라지기는 어려운 게요."

주섬주섬 말을 꺼내다가 슬쩍 시선을 회피하고, 힘겹게 문장을 이었다.

"당사자인 당신이 나를 어떻게 생각하든 말든, 사실 중요한 문제가……."

조금 말을 골라 보려 했지만, 어떻게 말하든지 알렉시스 에슈마르크의 기분은 상할 것 같았다. 나는 미간에 주름을 잡고 끙 소리를 낸 뒤 어쩔 수 없이 직설적으로 말을 맺었다.

"당신 생각이 어떤지 같은 건, 그들에게는 별로 중요한 문제가 아닐 것 같은데요."

내 말을 듣고 잠깐 소리도 내지 않은 채 인상을 쓰듯 웃던 에슈마르크 대공이 여유롭게 팔을 내밀었다. 에스코트를 해 줄 테니 잡으라는 식의 몸짓이었다. 잠시 그의 팔뚝을 물끄러미 바라보다가 별수 없이 손을 얹었다.

그러고 나서, 북소리가 들려오는 곳으로 천천히 걷기 시작하며, 알렉시스 에슈마르크가 다정다감하게 덧붙였다.

"내가 언제든 목숨을 바쳐서라도 지킬 생각이 있다는데, 그런 불확실한 도박 같은 건 하지 않으시겠지. 걱정 말게."

솔직히 굳이 내가 아니어도, 그런 말을 들었을 때 멀쩡히 '아, 그러십니까? 감사한 일이네용!' 따위로 대답할 수 있는 사람은 별로 없을 것이다. 나는 나도 모르게 걸음을 뚝 멈추고, 흘긋 알렉시스 에슈마르크의 눈치를 살폈다.

마찬가지로 일찌감치 황제와 이리나 경이 나를 못마땅해한다는 사실을 눈치채고, 그가 그들에게 나름의 조치를 취한 것이다. 엘류이센 라이케를 죽이려 들다간, 그들이 상정한 이상적인 후계자를 방해하는 그녀를 죽이기는커녕, 알렉시스 에슈마르크를 영영 잃어버릴 수도 있다고 말이다.

그 조치를 미리 취하지 못한 것이, 요컨대 ≪세레나의 티타임≫인 것이다. 나는 또 슬그머니 시선을 피했다가, 흘긋 한숨을 토해 냈다.

"당신은 분란 없는 세계에서 평범한 사람으로 태어나 살았다면 지금보다 조금 더 행복했을까요?"

"그것이 과연 유의미한 가정일까?"

특유의 여유만만인 태도로 어깨를 으쓱해 보인 알렉시스 에슈마르크가 보랏빛 눈동자를 반달 모양으로 접고 반문했다. 하지만 내가 끝까지 별다른 대답을 주지 않자, 희미하게 웃었던 그가 먼저 담담히 말했다. 이번엔 퍽 제대로 된 대답이었다.

"이런 세계에서 나로 태어나 살았으니 그런 행복을 바라게 된 것인지도 모르지."

"……."

손가락 끝을 꼼지락거리다가 제대로 그를 고쳐 잡고, 슬슬 레일리가 다가올 수 있도록 손짓을 하려는 알렉시스 에슈마르크를 만류했다. 그의 이야기는 끝났는지 몰라도 내 이야기는 아직 끝나지 않았다.

나는 이번엔 질문을 조금 다르게 바꿔 던지기로 했다.

"그렇다면, 만일, 지금의 당신이 분란 없고 평온한 삶을 새롭게 갖게 된다면, 그때에 당신은 행복해질까요?"

에슈마르크 대공은 다른 대답을 꺼내는 대신 부드럽고 온화한 얼굴로 물끄러미 시선을 깔아 나를 바라보다가, 잠자코 되물었다. 더없이 평온한 말투였지만 뼈가 있었다.

"감당 못 할 말을 어쩌자고 꺼내?"

"막, 아주 그렇게, 극단적으로 감당 못 할 말은 아니에요."

조금 눈치를 살피다가 슬그머니 대답한 뒤 뺨을 손톱으로 긁적이며 조금 더 상세하게 말을 이었다.

"나는 아무튼 일이 어떻게 되든 레일리를 데리고 돌아가기 위해 최선을 다할 거예요. 레일리가 내 세계로 나갈 수 있다면 당신한테도 불가능한 일은 아니에요. 만일 당신이 원한다면, 나는······. 당신은 그렇게 사는 편이 나을지도 모른다고 생각해요."

"레일리 크라하 한 명을 감당하는 것만으로도 힘들걸."

부드럽게 대답한 알렉시스 에슈마르크가 희미한 미소를 입가에 띄워 올렸다.

"결코 타인의 삶에 녹아들어 누군가의 삶에 부속된 것으로는 살 수 없는 세 인간이 어떻게 함께 지내겠나?"

"끙······."

"요컨대 조물주로서의 오지랖인가?"

"오라질, 그따위로 말하지 마요."

"동정에 휘둘려 그런 식으로 선택해 봤자 후회밖에 남지 않을 텐데?"

떠보듯이 말한 알렉시스 에슈마르크가 단조로운 목소리로 덧붙였다.

"감당 못 할 것을 스스로 청할 때 문제가 생기기 마련이지."

"······."

"마음 써 준 것은 알아. 정말 굳게 마음을 먹지 않았으면 함부로 꺼낼 수 없는 말이었겠지. 자기 자신의 삶을 포기할 생각이 추호도 없는 사람이니 더더욱 그랬을 것도 알고 있네."

그가 다정다감하게 대답했다.

"하지만 그대 역시 내 대답이 어떨지를 이미 알고 있지?"

조금 망설였지만, 나는 슬쩍 시선을 회피하려 해 보다가 결국 포기하고 금세 답을 주었다.

"네. 하지만 당신에게 꺼낸 말은 지극히 진심이에요."

애초에 이 와중에 나에게서, 받아들일 수 있을 법한 다른 세계의 체계와 정책을 조금이라도 흡수하기 위해 애를 쓰고 있는 인간이 아니겠는가? 이제 뷔올의 고위 귀족으로 사는 것도 여의치 않아졌으면서, 여전히 그의 사고방식은 뷔올의 고위 귀족 그 자체였다. 어지간한 고위 귀족보다도 지배층에 가까운.

사랑했던 것도, 사랑하는 것도, 가치 있게 여기는 모든 것을 뷔올에 둔 인간다운 발화였다는 얘기다.

"당신은 어쨌든 이 세계를 사랑하고, 이 세계에서 구축한 당신 자신의 삶에 대한 확신과, 이 세계에 대한 나름의 애정 깊은 생각이 너무 확고하잖아요. 설령 괴로워도 이곳을 떠나서는 자기 자신으로 살 수 없을 테니까요. 다 버리고 훌쩍 떠나도 괜찮다고 거리낌 없이 판단할 수 있는 레일리랑은 아주 사정이 다르죠."

차분히 말한 나는 여태 붙잡고 있었던 알렉시스 에슈마르크의 손을 비로소 놓아줬다. 이제 레일리를 불러도 된다는 무언의 허가였다. 알렉시스 에슈마르크도 눈썹 한쪽을 훌쩍 꺾었다가 레일리를 향해 천천히 손짓을 했다.

"맞네."

그가 여상한 얼굴로 차분히 대답했다.

"나는 그대를 붙잡을 수도 없지. 나여도 내 세계를 떠날 수는 없을 테니까."

"예에, 뭐, 그럴 거라고 생각은 했는데, 그래도 말했다시피 일단 입 밖에 꺼낸 이상 진심이에요."

코끝을 문지르며 머쓱한 표정을 지어 보인 나는 우리를 향해 다가오는 레일리에게로 슬쩍 시선을 돌린 채 잠자코 첨언했다.

"어쨌든 이미 마음을 쓰게 됐는데 어쩌란 말입니까? 빌어먹을 일이지."

"하여튼."

구박하듯이 목소리를 누그러트린 알렉시스 에슈마르크가 보랏빛 눈동자를 살뜰하게 접었다. 나를 향해 더없이 다정한 표정을 지은 그가 살짝 허리를 기울여 고개를 까딱해 보이더니, 퍽 달짝지근한 투로 속삭였다.

"예기치 못한 순간에 사람 마음을 휘젓는 데에는 일가견이 있어."

그 말에 또 어딘지 마음이 켕겼다. 코앞까지 다가온 우미한 낯을 빤히 쳐다보다가 슬쩍 시선을 돌리려는데, 알렉시스 에슈마르크가 가만히 허리를 폈다.

"어차피 그대 성격에 레일리 크라하에게 자세한 설명을 해 주지도 않았을 테고, 그렇다고 해서 그가 푸른 숲에 진입하지 못하게 제대로 막지도 못했을 테지. 갈리아를 레일리 크라하에게 함께 붙여 들여보내지. 만일의 경우 갈리아가 최선의 방식으로 제재를 가해 줄 걸세. 둘이 진심으로 붙었을 때 무력의 추가 어떻게 기울지는 짐작이 안 가지만 말이야. 최소한의 제재, 하다못해 약간의 지연 정도는 가능할 테니까."

"오. 천재."

"내가 봐도 나는 조금 천재지만, 그래서인지 설명에는 재능이 없어. 결계에 대해서는 나름대로 최선을 다해 설명해 보았지만 어떤 부분이 '이해하기 어려운'지부터 사실 잘 모르겠네. 아예 구조를 못 보는 사람들에게 적당한 방식으로 에둘러 말하는 것과는 또 다른 문제 같아서 말이지. 솔직히 말했을 때, '직접 느껴 봐야 한다'고밖에는 말할 수가 없군."

뻔뻔하게 대답한 알렉시스 에슈마르크가 직접 마법을 느껴 보면 뭐든 방법이 보일 거라는 개 같은 소리를 했다. 구구절절 붙인 말은 많았지만 아무튼 개소리였다. 나는 에슈마르크 대공 같은 선천적 천재가 아니므로 당연히 불가능한 일이 아니겠는가.

눈썹을 휙휙 추켜세우다가, 결국 도끼눈을 한 채 그의 명치에 한 방 더 주먹을 박아 넣었다. 그런데 그때, 우리 사이를 뚫고 날 선 목소리가 끼어들었다.

"뭐 하시는 겁니까?"

알렉시스 에슈마르크가 내 코앞까지 목을 빼 기울인 탓에 대번에 신경이 날카로워진 레일리가 멀리서부터 싸늘하게 쏘아붙인 것이었다.

물론 딱히 레일리에게 해명할 만한 일도 없었고 설명할 이유도 없었다. 대공은 나를 향해 어깨를 으쓱해 보이더니 말끔하게 허리를 폈다. 그러더니 지나가다 마주친 시종에게 티 테이블을 정리하라는 명령만 남긴 후 천천히 걷기 시작했다. 나도 재빨리 그의 뒤에 따라붙었다.

신경질적인 태도로 우리를 쫓아온 레일리가 몇 마디 더 복장을 긁다가, 나조차도 제대로 반응해 주지 않자 결국 입을 다문 채 내 뒤에 붙었다. 그는 대신 다른 질문을 꺼냈다.

"마법을 사용하는 일과 결계 파훼 작업에 충분한 자신은 붙으셨습니까?"

"설마."

"……. 정말이지 믿음직스럽게 말씀하십니다만, 제가 이제부터 마스터의 어딜 어떻게 살피고 신뢰를 드리면 되지요?"

"설명 듣고 나니까 간단한 마법을 쓰는 방식은 대충 알겠는데……. 결계가 어지간히 큰 문제냐? 염병, 혹시 모르니까 뒤에서 너도 상황을 지켜보고 있어. 그리고 만일 '좀 위험하겠는데?' 싶어지면 위험해 보이는 곳에 대해서는 네가 마음대로 조치를 취해도 돼."

"제가 끼어들어도 된단 말씀이십니까? 오히려 더 위험하지 않을까요, 마스터."

"너무 강력하지 않게, 네 감각에 맞춰 '문제를 해결하는' 선이라면 괜찮아. 만일 과하다 싶으면 처리는 내가 해 줄 테니까."

내 성의 없는 설명만 듣고는 별로 납득하지 못한 눈치였지만, 나라고 해서 그 이상으로 자세히 이해한 것은 아니었다. 알렉시스 에슈마르크는 기껏 장치들을 일일이 설명해 주더니, 그 연계 작동에 대해서는 'Feel it!' 따위의 말이나 해 대고 있지 않은가? 젠장, 다시 생각해도 복장이 뒤집어지는군.

슬쩍 원망조로 흘겨보자 어깨를 으쓱해 보이며 웃은 대공이 한마디 거들어 줬다. 자세한 설명은 아니었고, 아무튼 자네 주인이 아주 개소리를 하고 있는 것은 아니라는 정도의 역성이었다. 별로 기쁜 방식의 '편들어 주기'는 물론 아니었다.

하지만 걱정도 무색하게, 위대한 선생 알렉시스 에슈마르크의 설명 솜씨는 나 같은 무식쟁이를 상대로도 충분한 효과를 발휘했다는 사실이 밝혀졌다. 결계는 허무하리만치 쉽게 허물어졌다. 세 방향에 선 마법사가 각자 마력을 흔들어 내부에서부터 결계의 구성 물질을 조금씩 빼내고 무너트리는, 나름대로 민감한 작업이었지만, 정말 놀랄 만치 순조로웠다.

그리고 그렇게 무사히 결계가 용해되는 와중에, 나는 또 나만의 괴로움에 사로잡혀 있었다. 이 상황을 보라.

결과적으로 알렉시스 에슈마르크도, 세레나 윌리엄스도, 레일리 크라하도, 솔데인 마이어도, 이리나 밀락테이트도 사실 나름대로 결백했었다는 사실이 밝혀졌다. 그저 '알고 보면 유리 옐레체니카가 우주 최고의 재활용조차 불가능한 쓰레기는 아닐지도 모른다'는 가능성이 생겼을 뿐인데, 그것만으로도 나를 죽일 생각이 추호도 없는 사람들이 된 것이다.

애초에 악한 생각으로 누군가를 죽일 만한 인물이 없는 상황이다. 지극히 비인륜적인 이유에서 타인을 살해하고 기만한 사람은 오직 엘류이센 라이케뿐이었다.

푸른 숲에 격변이 일어난 이 상황에서, 추호도 결백하지 않은 인물 역시 뷔올 제국의 총아, 유리 옐레체니카뿐인 것이다.

탓할 사람도 없고, 더는 해결할 수 있는 문제도, 손댈 수 있는 문제도 없었다. 처음 이 세계에 빙의했을 때부터 마음 깊은 곳에 품은 채 끌고 온 문제는 정말 의심스러우리만치 쉽게 해결됐지만, 이 문제가 쉽게 해결되었다는 점이 더더욱 심각한 문제였다. 애초에 쉽게 해결되어도 좋을 법한 문제가 아니지 않았는가.

이제는 확실했다. 엘류이센 라이케는 일부러 유리 옐레체니카로서 이 자리에서 죽음을 맞이했다. 스스로 '선택'한 것이다.

따지자면 더없이 내 캐릭터 같은 평범한 결말이었다고도 말할 수 있겠지만, 자기 자신의 끝을 스스로 선택한 시점에서, 그리고 엘류이센 라이케의 캐릭터성을 대충은 파악한 이 시점에서 내가 그 '선택'을 어떻게 해석하면 좋을지의 문제가 남아 있다.

결계를 없애는, 긴장감 없고 평화로운 반복 작업 내내 머리를 굴렸다. 하지만 역시 도무지 알기 어려운 일이었다.

반인과 유사인족이라는, 평범한 인간과 사뭇 다른 일족을 만들어 '공통의 적'을 형성했다. 그리고 그들을 들쑤셔 오랜 세월 원한과 증오가 쌓이게 만든 뒤, 다시 반인과 유사인족에게 대륙인이라는 '공통의 적'을 만든 것이다.

그 갈등이 극도로 격화되었을 때, 엘류이센 라이케는 대륙의 중요한 발명가로서 스스로 자신의 죽음을 맞이했다. 외부에 알려진 이미지는 어디까지나 순백과 청렴 그 자체.

그녀의 죽음은 아마도 그 자체로 무언가의 도화선이 된다. 말하자면 유리 옐레체니카의 죽음은 총을 쏘기 전에 당기는 마지막 방아쇠에 해당한다. 가장 직접적인 계기 말이다.

레일리 크라하에 대한 것일 수도, 알렉시스 에슈마르크에 대한 것일 수도, 갈리아에 대한 것일 수도 있다. 아니면 제삼의 문제로, 그녀의 지원을 받던 반인 혁명이나, 그녀를 존경하던 발명가들에 의한 일일 수도 있다. 이 세계의 주인공은 명실상부 세레나니, 세레나를 통해 간접적으로 무언가 대격변을 불러일으키려 했을지도 모른다.

그저 어떤 식으로든 대륙은 크게 변화하게 된다. 아마 이전의 사회와는 기본 구조부터 질서까지, 그 모든 체계가 사뭇 다른 두 번째 사회가 올 것이다.

그 사회의 중심에는 그 대대적인 전쟁에서 대륙인들을 대표해 위대한 마법 능력을 뽐낸 '영웅' 알렉시스 에슈마르크가 있을 수도 있다. 아니면 특수한 능력을 뽐내며, '어둠'이라는 독특하고 초월적인 속성을 지닌 채 대륙인들의 편에 서서 반인들을 정돈한 갈리아가 인정을 받을 수도 있다. 갈리아의 공로로 인해 반인들의 권리 역시 추후 어느 정도는 보장이 될지도 모르는 일이다.

어느 쪽이든, 세계의 중심에 서 있는 것은 엘류이센 라이케의 입김이 닿은 인물들이다.

반대로, 핍박받는 반인과 유사인족들을 진두지휘해 파격적인 평등을 이루고 가엾은 자들의 우상이 된 새로운 '신' 레일리 크라하가 새 세상의 중심에 서게 될 수도 있다. 레일리 크라하라 한다면, 자기 자신을 '신'으로 칭하던 초월자 엘류이센 라이케가 궁극적으로 모든 것을 물려준 상대이기도 했다.

하지만 만일 그렇다면 레일리 크라하의 삶은 처음부터 끝까지 그녀에게 붙들려 있었다고 봐야 했다.

유리 옐레체니카 사후, 어째서인지 결계가 완벽하게 용해되지 않았을 푸른 숲 안으로 레일리 크라하가 무사히 들어갔다. 그는 그대로 유리 옐레체니카의 시신을 안은 채 공방으로 향했다. 이제 그 이유 같은 것은 사실 시시콜콜 알고 싶지도 않지만, 무난하게 추론하자면 유리 옐레체니카에 대한 배려였을지도 모른다.

보아하니 유리 옐레체니카가 평범한 인간이 아니라는 사실을 눈치채고도 입에 담지 않았던 모양이므로, 나름대로 유리 옐레체니카의 시신에서 그녀의 비밀이 밝혀지지 않도록 자신이 직접 그 시신을 처리해 주려 했다든가, 뭐 그런 식으로도 추측할 수 있을 것이다.

생명을 잃었어도, 푸른 숲의 은자였으며 뷔올의 총아였던 그녀의 명예를, 어디까지나 '핍박받는 반인들을 사랑했던 자애심 넘치고 선량한 탐구자 옐레체니카 백작'으로 지켜 주는 일. 말하자면 그것이야말로 레일리 크라하가 자신의 무가치했던 삶에 유일하게 빛나는 사명을 제시해 준 멘토, '유리 옐레체니카'에게 해 줄 수 있는 유일한 보은이었을 테니까.

하지만 아마 공방 안에 들어갔을 때, 레일리 크라하는 끔찍한 기만과 배신의 실체를 마주치고 말았을 것이다. 그때 그의 손아귀에는 유리 옐레체니카의 모든 육신과 혈액이 있다. 공방의 어떤 방범 시스템도 그 육신 앞에서는 무용지물이 된다.

그러니, 어쩔 수 없는 일이었다.

《세레나의 티타임》에서, 레일리 크라하는 유리 옐레체니카의 죽음 직후 그를 거기까지 몰아붙인 모든 진실과 마주하게 될 수밖에 없다.

그렇게 유리 옐레체니카의 계획이 제 궤도에서 벗어나지만, 그녀의 길고 험난한 계획은 그 자체로 강력하고 무거운 중력처럼 작용한다. 궤도를 빠져 나간 듯 보였던 레일리 크라하는 결국 어떤 식으로든 그녀의 궤도로 돌아갈 수밖에 없는 입장이다.

그때까지 해 오던, 그리고 이제는 정말로 가치 있게 여기게 된, 동족의 삶과 해방, 그리고 자유를 위해서라도.

그는 자기 자신을 악당으로 만들어도 좋으니, 세상을 한 번 뒤집어엎을 필요성이 있다고 판단한다.

개 같지만 너무 잘 짜인 시나리오였다. 레일리 크라하는 달아날 수 없다. 나도 레일리를 알고, 아마 유리 옐레체니카도 그를 명백히 알 것이다. 레일리 크라하가 그 상황에서 결국 무력한 자신을 느끼면서도 궤도 위로 돌아올 수밖에 없는 인물이라는 것만은 명백했다.

그렇게 유리 옐레체니카가 원하던 대로, 세상이 구성되고 다시 돌아가기 시작한다.

하지만 그것이 정말 전부일까? 나는 이 소설의 주인공이 레일리 크라하도, 알렉시스 에슈마르크도 아닌 세레나 윌리엄스라는 점에 이제야 비로소 주목을 했다.

제삼의 가능성이 있다. 엘류이센 라이케는 유리 옐레체니카의 가면을 쓴 채 살다가, 예기치 않게도, 세레나 윌리엄스를 조우했다. 이전의 뛰어난 마법사들과는 완전히 다른, 견고하고 강인한 정신을 가진 마법사를 말이다. 몬타뉴의 영향을 전혀 받지 않은 채로도 세계의 구조에 인접한 유일한 존재가 아니었겠는가.

알렉시스 에슈마르크와 엘류이센 라이케가 둘 다 어떤 식으로든 몬타뉴 밀락테이트의 유산을 이어 받은 '마법사'들이라 한다면, 제2의 몬타뉴 밀락테이트에 비견할 만한 '마법사'는 사실상 세레나뿐이었다. 물론 세레나 역시 세계의 구조를 두려워하지만, 그래도 세레나라면 그 구조에 짓눌리지 않으리라는 확신이, 이제는 내게도 있다.

그녀에게 세계의 형태 따위는 중요하지 않다. 어차피 세계는 세레나가 받아들이고, 또 이해하는 만큼 세레나의 앞에 열려 있는 것이다. 엘류이센 라이케는 그런 세레나 윌리엄스에게 무언가를 걸었는지도 모른다.

물론 알렉시스 에슈마르크도, 레일리 크라하도, 갈리아도 그녀의 계획을 어떤 방식으로든 완성시켜 줄 여러 대비책들이었을 것이다. 애초에 그녀는 대비책 한두 가지 정도로 만족할 수 있는 인물이 아니었다. 하지만, 다시 말하자면, 이 소설의 주인공은 그 세 사람이 아니다.

시골에서 상경한 과수원집 딸, 사소한 것에 행복해할 줄 아는 재능 있는 서민.

결계가 다 용해되어 무너질 때, 나는 비로소 그 결론에 도달했다. 유리 옐레체니카의 그 무엇도 확신할 수 없지만, 한 번 떠올린 이상 그 가설을 놓아 버리기가 어려웠다. 지금까지 다른 인물들이 너무 쟁쟁해서 주목하지 않고 있었지만, 부정할 수 없는 일이었다.

애초에 이 세계는 다른 누구도 아닌 세레나의 이름으로 명명되는, 그녀가 주인공인 소설 속의 세계다.

유리 옐레체니카…… 아니, 자기 자신을 신으로 칭하던 '엘류이센 라이케'라고 해야 할 것이다. 세상의 균형과 흐름을 조율하며 오랜 세월을 푸른 숲에 갇혀 살던, 만들어진 조율자, 더불어 몬타뉴가 남긴 인공적인 '신'이었던 그녀는, 궁극적으로 세레나 윌리엄스에게 무언가를 남기려 했다. 세레나를 통해서 무언가를 '이루고자' 했을 것이다.

그렇다면 아마도 그것이 엘류이센 라이케의 진짜 목적이리라고 봐야 했다. 세레나 윌리엄스에게 떠맡긴 것.

그게 무엇일까? 애석하게도 나는 거기까지 생각했을 때 직감적으로 그 본질이 되는 질문을 깨달았다. 아마도 이것이 내가 유리 옐레체니카에게 품을 마지막 질문이다.

세레나 윌리엄스는, 유리 옐레체니카에게 있어 어떤 인물이었을까?

내가 심란해지든지 말든지, 결계가 무너지자마자 다른 사람들은 빠르게 자신의 할 일에 착수하기 시작했다. 정말 너무 놀라우리만치 쉽게 사라진 결계 앞에서 흐물흐물 주저앉았다가, 레일리가 내 겨드랑이 사이에 손을 쑥 집어넣어서 나를 일으켜 세운 후에야 질질 끌려서 앉을 만한 곳으로 안내받았다.

중요한 축에서 장치들을 쏙쏙 빼낸 탓에, 마력 장치가 그득 쌓여 있던 푸른 숲의 형상이 조금씩 드러나기 시작했다. 다른 사람들이야 어땠는지 몰라도, 마력 장치에 시야를 방해받고 있던 나는 푸른 숲의 제대로 된 형상을 이제야 보게 된 셈이었다.

중심을 잃은 흙이 밀려 내려오듯이, 마력 장치들이 산사태로 인한 토사처럼 발치로 줄줄 쏟아지고 있었다. 나름대로 장치들을 피해 깡충깡충 걷자 레일리가 핀잔을 줬다.

네가 모르는 주인님의 수준 높은 이유가 있다는 이유에서 등 뒤로 가운뎃손가락을 들어 줬다가 강제로 접히고 나서는 말없이 내 몸 간수에 집중하기로 했다. 모두가 모여 있는 캠프 앞쪽으로 가야 의자에 앉을 수 있으니, 일단은 거기까지 안전히 가는 게 당면한 과제였다.

이리나 경과 알렉시스 에슈마르크는 먼저 캠프 앞쪽에 도착해 나를 기다리고 있었다. 캠프와 푸른 숲이 접하는 곳에서 상황을 지켜보던 애셔는 나와 레일리까지 무사히 돌아오자 슬그머니 질문부터 했다.

"결계는 무사히 해체된 겁니까?"

마력을 전혀 느낄 수 없는 그로서는 확답을 듣기 전까지 결계가 사라졌다는 사실 자체를 확신할 수 없는 모양이었다. 그 미미하게 불안이 깔린 질문에, 알렉시스 에슈마르크가 애셔에게만은 늘 그랬듯 다정다감하게 대답을 돌려주었다.

"그렇긴 한데, 좀 더 기다려야 들어갈 수 있단다. 마력의 여파가 계속 쏟아져 나오는 중이라서."

발치로 우르르 쏟아져 내려오는 장치들을 물끄러미 관망하던 알렉시스 에슈마르크가 나를 반기듯이 손짓을 했다. 확실히 나처럼 깡충깡충 장치들을 피해 걷지 않아도, 활자로 구성된 마력 장치들은 알아서 알렉시스 에슈마르크의 다리를 통과해 밀려가고 있었다. 요컨대 의식하는 바에 따라 달라진다는 얘기인데…….

나도 시험 삼아 꼿꼿이 두 다리를 땅에 세웠다가, 마침 떠밀려 오던 커다란 자이로스코프에 정강이를 맞았다. 씨발! 역시 나한테는 불가능한 일이었다.

억 소리를 내며 움츠러들었다가, 뒤따라 밀려 내려오는 거대한 튜브를 보고 기겁해서 물러났다. 본디 자신의 부족한 능력에 대한 인정과 포기는 빠를수록 좋은 법이었다.

알렉시스 에슈마르크도 나를 강제로 '의식하지 않을' 수 있는 수준까지 떠밀 생각은 없는 모양이었다. 나를 바라보며 애석한 얼굴로 혀를 두어 번 차던 그가 손짓을 하더니, 자신에게 다가간 내 앞에 무릎을 굽혀 자세를 낮춘 채로 간단한 치료 마법을 써 줬다. 내 정강이에서 '통증'과 '결함'을 제거하고 인간의 신체를 구성하는 활자들을 꾹꾹 박아 준 것이다.

그리고 어느 정도 결계가 무너져 내렸을 때, 비로소 마력 장치의 벽을 벗은 푸른 숲의 온전한 모습이 내 눈앞에도 드러나기 시작했다. 문제는 그게 별로 보고 싶지 않았던 형상이라는 점에 있었다.

푸른 숲의 모습을 확인하자마자 기겁한 내가 재빨리 몇 걸음을 물러섰다. 한 걸음이라도 좋으니 푸른 숲으로부터 멀어지고 싶었다. 거대한 결계에 붙어 있던 마력 장치들이 와르르 쏟아져 나왔는데도, 푸른 숲에는 빼곡하게 마력 장치가 들어차 있었다. 삐걱삐걱 꺼림칙한 소리를 흘리며 산 것처럼 움직이는……

식물이 아닌, 기계의 숲이었다.

그렇게 덩어리로 쌓여 있는 기계 각각을 알아보기는 어려우니, 얼핏 살피면 쓰레기의 숲 같기도 했다. 삽화 정도의 매체로 그 모습을 본다고 상상해 보면 오졌다고 외칠 법한 형상이기는 했지만, 실제로 눈앞에서 보니 이상할 정도로 거북했다.

속이 울렁거리고 있었다. 명치 근처를 슬슬 쓸어내리던 나는, 아무렇지도 않은 척 슬그머니 한 걸음을 더 물러서 푸른 숲을 지켜보았다. 얼마 지나지 않아 결계가 다 무너졌고, 마력 방출도 안정되어 갔다. 에슈마르크 대공이 이제 진입해도 된다는 신호를 주자 애셔가 반색을 했다.

"그럼, 에포닐 공, 미리 상의한 대로 진행하면 되겠습니까?"

"이견은 없소."

오랜만에 서로에게 제대로 된 존칭과 정중한 어미를 사용한 두 사람이 부드럽게 대화를 나누더니, 곧장 작업에 착수했다.

에포닐 공작은 결국 자신의 휘하 요원들을 모든 조에 두어 명씩 포함시키는 방식으로 애셔와 타협을 본 모양이었다. 그들은 미리 나눠 두었던 조에 따라, 마법병단과 기사단과 연합국의 정보부로 이루어진 진입팀들을 숲 안으로 한 조씩 들여보내기 시작했다.

그동안 그 꼴을 지켜보던 나만이 몇 번 헛구역질을 했다. 마력 장치가 '물질'이 아닌 정신적인 것임을 확인할 수 있도록 일부러 발치를 보여 줬던 알렉시스 에슈마르크마저 내게 넌지시, 마음 편히 돌아서 있어도 된다고 조언을 건넬 정도였다.

하지만 어쩔 수가 없었다. 내 눈에는 꼭, 기계로 만들어진 숲에 사람들이 꾸역꾸역 삼켜지는 것처럼 보였다.

레일리는 내 상태가 왜 갑자기 나빠졌는지는 이해하지 못한 듯한 눈치였지만, 결계를 파훼한 직후여서 나름대로 그가 이해할 수 있는 이유를 끼워 넣어 납득한 모양이었다. 남들과 함께 움직이기 싫다며 혼자 들어가기로 했던 그는 나를 돌보느라고 결국 후발주자들과 함께 들어가게 됐다.

마지막에 들어가는 사람들은 유감스럽게도 푸른 숲을 직접 확인해 봐야겠다고 나선 고위층의 인사들이었다. 애셔 아마르트 뷔올과 오델 에포닐, 이리나 밀락테이트 같은 사람들 말이다. 하필이면 그들이 들어갈 때 므라우의 까마귀 따위에게 개인행동을 허가할 수는 없는 일이었다.

어쩔 수 없이 레일리도 다수의 타인들과 섞여서 팀을 꾸려 푸른 숲에 들어가야 하는 처지가 되었지만, 그는 개의치 않고 내 곁에 붙어서 이마부터 짚어 보고 편히 앉을 의자에 앉혀서, 쿠션까지 등에 대 주었다.

혹시 몰라 갈리아도 함께 보낼 생각이지만, 그래도 그에게 다른 일행이 더 붙는다는 것은 우리의 입장에서는 그나마 다행인 일이었다. 제길, 내 입장이라고 해야 하나.

그 와중에조차 레일리 크라하가 나를 너무 극진히 챙겨서, 나는 그만 양심의 통증도 느껴야만 했다. 상태는 더더욱 나빠졌다.

"얼음물을 한 잔 드시겠습니까?"

"아니, 괜찮아."

"가져오겠습니다."

"얼음물을 마신다고 나아질 것 같지도 않고……. 내가 이런 거에 생리적 거부감을 느끼는 인간인지는 오늘 처음 알았네……. 우욱."

또 빽빽한 기계 마력 안으로 밀려들어 간 사람이 마치 강제로 잡아먹히 듯이 불쑥 그 안으로 사라졌다. 내 얼굴이 다시 창백해지자, 결국 레일리도 얼음물을 먹이는 일을 포기했다. 대신 그는 한숨을 내쉬며 내 앞에 한쪽 무릎을 꿇고 앉더니 내 목덜미의 단추 두어 개를 풀어 주었다.

애셔도 걱정이 됐는지 내 곁에 다가와서 상태를 살피다가 한숨을 내쉬 더니, 내 편의를 살뜰히 살펴 줄 것을 시종들에게 보다 확실하게 명령해 두었다. 그러고 나서 어깨를 기울여 내게 시선을 맞춰 준 그가 다정다감하 게 말을 걸었다.

"본래부터 두 분께는 바깥에 남아서 혹시 모를 돌발 상황이 일어나지 않도록 살펴 주시길 부탁드리려 했습니다만, 백작님께는 함께 들어가자고 말해서도 안 될 것 같습니다."

"그거 정말, 듣던 중에 가장 감사한 말씀입니다요……. 으우욱."

내가 다시 헛구역질을 시작하자, 애셔는 황태자의 신분임에도 살뜰하게 내 등을 토닥여 주기까지 했다. 어쨌든 옐레체니카 백작은 세외 출신의 실력자니, 그도 늘 내게는 특히 마음을 써 주는 편이었다.

"나름대로 방금 전까지는 괜찮으신 듯해 마음을 놓고 있었습니다만, 어찌 갑자기 그리 힘들어하십니까? 결계 해제 작업이 역시 백작님께 무리가 된 것일까요?"

"그……. 뭐라고 할까요……. 결계를 해제하며 좀 지친 것도 있는데,

그래서인지 결계 안에 갇혀 있던 푸른 숲의 마력에 질려 버려서…….”

“‘푸른 숲의 마력’이요?”

“마력 밀도가 너무 높은 게지.”

나 대신 알렉시스 에슈마르크가 대답했다. 오델 에포닐과 잠깐 무슨 대화를 나누고 있었던 그가, 잠시 에포닐 공작에게 양해를 구해 대화를 멈춘 뒤 우리의 이야기에 끼어든 것이었다. 덕분에 그럴싸한 변명거리가 마련되었다.

“아마 깊은 물속에 잠긴 것처럼 압박감을 느끼고 있을 거다.”

“말씀 그대롭니다.”

“하지만 백작님의 육신은 본래 푸른 숲의 마력 밀도에 익숙해져 있어야 하는 것이 아닐까요? 달리 이유가 있나 싶어 걱정이 되는군요. 이유라도 알면 조금은 회복하시도록 도울 수 있을 텐데요.”

“본래 그 밀도에 익숙해야 할 사람이지만, 지금의 백작이 기억하고, 익숙해진 마력의 밀도는 수도 뷔올의 것 정도니까 말이다. 몸은 익숙해 져도 심적으로는 익숙해지기 어려운 거지. 그녀나 나쯤 되면 대충은 피부로 밀도가 느껴지니까.”

“저런.”

애셔가 애석한 표정을 지었다. 왜 에슈마르크 대공은 멀쩡한데 나만 이러고 있는지를 대번에 이해한 듯했다.

그래, 제길. 내 정신력은 밑바닥이다. 눈을 세모꼴로 뜨고 그런 시선으로 보지 말라고 무언의 압박을 주자 애셔가 그제야 내게서 관심을 거뒀다.

그렇게 우리 사이의 이야기가 마무리된 조짐을 느꼈는지, 알렉시스 에슈 마르크와의 대화를 멈추고 애셔를 물끄러미 바라보던 에포닐 공작이 팔랑 팔랑 손짓을 했다. 애셔도 눈을 동그랗게 떴다가, 금세 그녀에게 다가갔다.

“너와 내가 같이 움직이는 것만큼 불편한 상황은 없겠지. 각자 조사하고 싶은 것이 있을 텐데 말이다.”

“물론 그렇지요. 당연히 따로 들어가실 것으로 생각했습니다.”

"하지만 만일 그렇다면, 우리의 안전을 어떻게 보장할 생각이냐? 이 문제에 대해서는 나로서야 큰소리를 칠 수 없는 입장이지만, 우리에게는 마법적인 능력을 개발시킨 이들이 드물고, 뛰어난 마법적 성취를 지닌 자들은 개중에서도 거의 찾기가 어렵다는 사실을 너도 알 텐데."

"사실 저도 방금 전부터 그 고민을 하고 있습니다. 어느 정도는 마력을 통제할 수 있는 사람들이 각 일행에 붙어 있어야 하니까요."

온유한 태도로 대꾸한 애셔가 흘긋 에슈마르크 대공에게 시선을 줬다. 에슈마르크 대공과 에포닐 공작이 나누었던 대화가 그 문제에 대한 것인 모양이었다. 에슈마르크 대공이 즉각 자신의 의견을 피력했다.

"나도 들어가지. 에포닐 공작 같은 성품을 감당할 수 있는 마법사라고 해 봤자 오랜 지기인 나뿐일 게 아니냐."

"흥, 거슬리는 소리를 하는군."

알렉시스 에슈마르크의 때 아닌 디스에 에포닐 공작이 코웃음을 치기는 했지만, 사실 그의 동행 자체는 그녀가 직접 부탁한 일이리라. 실제로도 에포닐 공작은 알렉시스 에슈마르크가 동행하게 된 일에는 전혀 불만을 표하지 않은 채 팔짱을 끼고 그의 말을 마저 들었다.

말하자면 갑자기 이런 대화가 시작된 것은, 애석하게도 내가 주저앉고, 나를 돌보며 레일리의 진입 시기가 늦춰진 일로 인해 무리를 구성하기가 애매해진 탓이었다.

레일리 크라하란 구속구 외의 안전장치를 전혀 끼지 않은 므라우 출신의 짐승이고, 특수한 경우라지만 저 정도로 신분 높은 이들의 안전을 믿고 맡길 수 있는 상대도 아니었다. 즉, 저들의 무리에는 포함시킬 수 없는 논외자다.

그렇다고 해서 저들이 숲에 진입할 때 홀로 개인행동을 할 수 있도록 동시에 레일리 같은 놈의 목줄을 풀어 줄 수도 없는 일이니, 누군가가 그와 무리를 짓고 감찰하기는 해야 했다.

여기에서 말하는 '누군가의 동행'이란, 단순히 특정 팀에 레일리 크라하를 끼워 넣는다고 해서 해결되는 문제가 아니었다. 레일리 크라하를 무력으로라도 제지할 수 있는 인물이 한 명쯤은 붙어야 한다는 뜻이다.

그런데 이렇게 되면 그만한 실력자 한 명이 고위 계급 인물의 호위를 맡지 못한 채 다른 무리로 떨어져 나오는 꼴이 되어 버린다. 갈리아의 능력이야 완벽하게 밝히지도 않았고 그럴 생각도 없으니, 이런 일에 제격인 사람은 단연 마이어 후작이다.

그러니 자연히 고위 계급 인물의 호위를 맡을 사람이 한 명 부족해진 것이다. 본래는 에포닐 공작에게 마이어 후작을 붙이고 애셔에게 이리나 경을 붙여 절대로 푸른 숲 안에서 상해를 입어선 안 되는 정치적 중요 인물들의 안전을 도모하려 했을 텐데 말이다. 그래서 알렉시스 에슈마르크가 대뜸 일행에 추가된 것이다.

아나나 다를까 알렉시스 에슈마르크도 줄줄이 능력 있는 자들의 역할을 다시 지정해 줬다.

"레일리 크라하는 마이어 후작의 기사단 조에 합류시키면 충분한 관리가 되겠지. 마법사단장이 실질적인 황실 최고 마법사의 지위를 지니고 있으니 어머니께서 애셔 너와 가고, 대신 마법사단 특수부대의 지휘는 윌리엄스에게 맡겨도 될 것이다."

자신의 이름이 불리자, 얼핏 기사단들을 챙기다가 고개를 돌렸던 마이어 후작이 알겠다는 듯 묵묵히 묵례를 해 보였다. 그는 아무튼 결정되는 대로 따르겠다는 의사를 밝힌 것이다.

하지만 애셔는 조금 놀란 듯한 눈치였다. 그가 부드럽게 질문했다.

"윌리엄스 마법사에게 말인가요?"

한쪽 눈썹을 들썩였던 애셔는 그보다 더욱더 당황해서 입을 떡 벌린 세레나를 잠시 일별했다가, 온화한 미소를 지은 채 다시 알렉시스 에슈마르크를 돌아봤다. 알렉시스 에슈마르크는 물론 태연했다.

"그녀는 마력에 유별나게 민감한 편이니까."

"저번에 옐레체니카 백작님께서도 그런 말씀을 하셨지요. 좋습니다. 맡겨 보지요. 세레나, 잠시 이리 와 주실 수 있을까요?"

"예에?"

세레나는 기겁했지만, 본디 위에서 까라면 까야 하는 법이었다. 결국 그녀는 울상이 되어 다가왔다가, 이리나 밀락테이트에게서 마법사단에 대한 지휘권을 제대로 이양받고 우물쭈물하며 물러났다. 애셔는 불편하면 거절해도 된다며 입 발린 소리를 했고, 세레나는 물론 거절하지 못하고 결국 그 일을 받아들였다.

이야기가 대충 마무리되는 듯했다. 일단 푸른 숲에 집중하고 싶지 않기도 했고, 그들의 이야기에 관심도 있어서 귀를 쫑긋 세우고 그들에게 집중하던 나는 갑자기 내 어깨를 짚은 레일리 때문에 화들짝 놀랐다. 내 반응을 살피고 눈을 가늘게 떴던 그가 가만히 어깨를 기울여 내 뺨에 어렴풋이 입을 맞췄다.

"미친놈아, 공공연한 장소에서 뭘 하는 짓이야?"

반사적으로 빽 비명을 질렀다. 유감스러운 일이지만, 도리어 내가 기겁하는 바람에 진지하게 토론하던 사람들의 시선이 전부 내게로 쏠리고 말았다. 여러 쌍의 시선을 받고, 나는 더더욱 질겁해서 재빨리 손사래를 쳐야 했다.

"아, 아악, 아무것도 아니니 하던 얘기나 마저 하세요들."

내 얼굴 앞까지 상체를 기울인 채 코와 입을 붙들린 레일리를 일별한 애셔가 알 만하다는 듯한 기분 나쁜 표정을 짓더니, 에포닐 공작과 이리나 경의 시선을 돌리게 해 줬다.

세레나는 민망한 표정으로 멋쩍게 웃어 보였고, 에포닐 공작은 흥미롭다는 듯 턱을 치켜들었다가 순순히 애셔를 향해 시선을 되돌렸다. 알렉시스 에슈마르크는 흘긋 일별한 뒤 그러려니 하는 태도로 고개를 주억거렸을 뿐, 애초에 우리가 새삼 애정 표현을 하든지 말든지 관심도 주지 않았다.

반면 이리나 경은 도저히 이해하지 못하겠다는 듯한 얼굴로 나를 바라보다가 고개를 돌리는 것으로 끝이었다. 다행히 이리나 경의 관점에서 집사는 애초에 연애 상대도 아닌 터라 이게 애정 행각으로 보이지 않은 모양이었다. 좋은 일인지, 나쁜 일인지…….

그들이 그러든 말든, 남들이 보는 앞에서 집사 자식은 뻔뻔하고 당당하게 선언했다.

"결론도 났으니 이만 들어갔다 오겠습니다. 상태가 너무 나빠지시면 굳이 숲 같은 걸 지켜보고 계시지 마시고 멀리 산책이라도 다녀오십시오."

나한테 마력 요동의 특수 상황을 미연에 방지할 수 있도록 바깥에 남아 달라고 부탁한 황태자가 바로 코앞에 있는데 잘도 나온 소리였다. 이 양심 없는 자식, 상식적으로 그게 수뇌부가 우리 얘기를 전부 들을 수 있을 법한 가까운 거리에서 꺼내도 될 소리냐?

아니나 다를까 우리의 이야기를 뻔히 들은 애셔가 보란 듯이 눈을 흘기는 것을 발견하고, 나는 당장에 레일리의 발을 구두 굽으로 꾹 밟아 주었다. 그런데 내 반응을 또 제멋대로 해석한 그가 정중한 태도로 미소를 띤 채 살뜰하게 덧붙였다.

"걱정하지 마시고 안전히 바깥에 계십시오."

"개소리하지 말고 들어가기나 해라."

싸늘하게 대답하자, 그가 내 머리 위를 두어 번 토닥인 뒤 미련도 없이 돌아섰다. 마이어 후작의 기사단 정예들과 합류하기 위해서였다.

* * *

결국 눈앞에 있던 사람들이 하나둘 푸른 숲 안에 삼켜지고, 주변에는 마법적인 능력이 없어 외부에서 푸른 숲을 어쩌지 못하는 일부 귀족들과 시종들만이 남게 됐다.

이런 상황에 의지가 되는 말상대는 당연히 아니지만, 어쨌든 개중 나랑 안면이 있는 사람을 꼽으라면 마티어스 에이미 정도가 전부였다.

전투력을 갖추지 않은 순도 백 퍼센트 학자인 그는 공방이 발견된 뒤 수색팀들이 돌아오면 그때에나 안전히 공방까지 모셔 갈 사람이었던 터라, 나나 그나 꿰다 놓은 보릿자루처럼 귀족들 틈바구니에 덜렁 남아 숲 언저리를 서성이고 있는 처지였다.

물론 마티어스 에이미라고 해서 정체 모를 푸른 숲 안에 들어가고 싶은 마음은 없는지, 뒤에 남아 손가락만 빨며 푸른 숲을 지켜보면서도 불만이라곤 티끌만큼도 없어 보이는 얼굴로 멀뚱히 서 있기만 했다. 얼핏 보기에도 그의 불만은 기껏해야 불편한 귀족들 사이에 있어야 한다는 점 정도일 뿐인 듯했다.

푸른 숲 공방의 발명품을 확인하기 위해 에포닐 공작이 애써 끌어 온 인력이다 보니, 특출한 발명가가 별달리 없는 연합국의 유일한 희망이면서, 동시에 딱히 교류할 만한 상대조차 없는 아웃사이더가 되고 만 것이다.

바로 그, 연합국의 와일드카드인 마티어스 에이미도 아마 나와 비슷한 생각을 한 모양이었다. 겸연쩍게 귀족들 사이에 껴 있던 그는 다른 사람들이 전부 푸른 숲 안에 들어가자마자 자연스럽게 내게로 다가왔다. 일단은 적국의 라이벌 격 되는 백작이지만, 무정부주의자인 그에게 그런 사실은 썩 중요한 것이 아니었다. 마티어스 에이미는 쓱 다가오자마자 퍽 친근해 보이는 태도로 내 어깨를 두어 번 두드리기도 했다.

물론 굳이 연합국과 뷔올의 기세 싸움에 휘둘릴 이유가 없기로는 나도 마찬가지였다. 나는 그를 반갑게 맞이했다. 마티어스 에이미 역시 발명가라서 지금의 내가 함께 떠들 만한 공통의 화제를 가지지는 못했지만, 아무튼 말벗으로 곁에 둘 사람이 아예 없는 것과 한 명이라도 있는 것은 전혀 다른 일이었다.

애초에 나 역시 마티어스 에이미처럼 꿍꿍이 없고 솔직한 데다 선량하기까지 한 사람을 이 세계에서 더 만나기는 어렵다는 사실을 인정하고 있다. 아무튼 그는 나쁜 사람은 아니었다. 마티어스 에이미가 왜 내게 친근감을 느끼는지는 알지도 못하고 사실 별로 알고 싶지도 않지만 말이다.

아니, 사실······. 대충 짐작이 가기는 한다. 내가 내 주변의 인간쓰레기들과 그를 비교했듯이, 그도 내 주변의 인간쓰레기들과 나를 비교했으니 절로 개중 홀로 일반인인 나에 대한 호감이 생겼으리라. 대충 생각하기에도 별로 보람을 느낄 수 있는 이유는 아닐 것 같았다.

그런데 마티어스 에이미는 내게 다가오자마자 불쑥 두툼한 서류 뭉치부터 내밀었다. 심지어 그 행동거지가 적지 않게 수상쩍기까지 했다. 마약이라도 밀거래하듯이, 남들 눈치를 보더니, 제 몸과 내 몸으로 다른 사람들의 눈을 가리고 나서야 서류를 내게 슬그머니 꾹 찔러 넣는 것이었다.

마티어스 에이미가 이렇게 남들 몰래 보라며 내밀 서류라고 해 봤자 무엇이겠는가? 기껏해야 완성되기 전의 논문일 테고, 높은 확률로 본인이 희대의 발명품이리라고 기대하는 물품의 미완성, 미공개된 설계도 따위가 아니겠느냐 이 말이다. 최대한 좋게 생각해 봐도, 마법사의 도움이 필요한 발명학적 난관 정도일 것이다.

내 눈썹이 자연히 역팔자로 치솟았다.

"아, 염병, 당신 같은 사람이라도 말상대는 되지 않을까 해서 반겼더니, 이런 공돌······. 공학자 같은 거 내밀지 말란 말이에요. 나는 똑똑한 사람이었던 시절의 기억이 싹 사라져서 이제 이런 거 모른다니까!"

"아니, 보지도 않고 역정인 게요?"

내 반응을 보자마자 기함한 마티어스 에이미가 신경질적으로 쏘아붙이고는 내 무릎에 서류 뭉치를 툭툭 쳤다. 그러더니 예기치 못한 소리를 붙이기까지 했다.

"내 댁들 위해 기껏 조사한 자료인데, 거 섭섭해서 살지를 못하겠구먼.

아, 됐수! 필요 없으면 말어!"

우리를 위해 조사한 자료? 그게 무슨 소리란 말인가?

반사적으로 미간을 꽉 찌푸리고 그의 손목을 붙잡아 강제로 서류 뭉치를 다시 끌고 오며, 나는 좀 더 자세히 묻기 위해 질문을 꺼냈다.

"그게 무슨 소리예요?"

"아, 필요 없다며?"

하지만 내가 방금 전에 지레짐작하고 대판 욕부터 뱉은 탓에 마티어스 에이미는 마음이 상할 대로 상해 버린 모양이었다. 서류 뭉치를 쥐고 놓아 주지 않는 그의 손에 힘이 꾹 들어가 있었다.

이런 젠장, 엿 됐다. 그러게 이런 손목 두께의 서류 뭉치를 가져올 땐 표지도 좀 성의 있게 만들어서, 어? 제목이라도 박아 넣으란 말이다. 새하얀 종이로 표지 삼아 덮어만 놓지 말고!

속으로는 온갖 욕을 했지만 나는 여전히 서류 뭉치를 한 손으로 꾹 잡아 쥐고, 다른 손으로는 살가운 태도로 마티어스 에이미의 어깨에 팔을 둘렀다.

"에이, 마티어스. 사람이 오해도 좀 할 수 있고 그런 거지, 서운하게 왜 그래요? 내가 평소에 알렉시스 에슈마르크 같은 인간이랑 다니다 보니, 나도 모르게 좀 예민하게 굴었나 보네요. 너무 섭섭해하지는 마요. 우리 친했잖아요."

나는 얼마나 많이 만났다고, 대뜸 있지도 않은 친분을 들먹이며 그를 달래기 시작했다. 마티어스 에이미도 기가 차다는 듯이 콧방귀를 뀌었다.

그래도 뒤끝 없는 인물 마티어스 에이미는 내가 자신을 씨족 이름이 아닌 '마티어스'로 불러 주자 조금은 기분이 풀린 듯했다. 몇 번 투덜거리며 짜증을 내다가, 얼마 지나지 않아 못 이기는 척 쓱 서류를 놓아준 것이다.

덕분에 서류 뭉치를 받고 팔랑팔랑 앞부분부터 정독하기 시작했지만, 아무리 그래도 분량이 너무 많았다. 현대식 논문처럼 앞에 요약을 붙여 놓은 것도 아니었다. 맥락을 이해하려면 정말 처음부터 끝까지 전부 읽어야 할

것 같았다. 어쩔 수 없이 작성자인 마티어스 에이미가 조금이라도 그 내용을
요약해 주기를 바라고, 나는 다시 한번 더 질문을 했다.

"그래서, 우리를 위해 조사하다니, 그게 대체 무슨 소리예요? 나는 처음
듣는데."

"아, 그래? 그럼 알렉시스 에슈마르크가 일단 혼자서 궁금한 점들을 모아
조사를 부탁했던 모양인데, 어차피 댁들 둘이 뭐든 같이 하잖아? 그 양반이
요즘 들어 하는 짓들을 보면 백작한테도 보여 줄 게 뻔하니, 개의치 말고
읽으쇼."

"아하. 언제 부탁한 건데요?"

"왜, 댁들이 들른 뒤에, 그 양반이 잠깐 다시 들러서는 부탁하고 갔수다.
그때 당신은 므라우에 머무르고 있었다고 들었는데, 만일 정말 그랬다면 제
정신이 아닌 것 같지만…….  진짜겠지?"

"네, 언제쯤인지 짐작이 가네요."

"미친 사람들…….""

마티어스 에이미가 혀를 쯧쯧 차는 사이 대충 언제쯤 부탁한 자료인지를
파악한 내가 빠르게 서류를 읽기 시작했다.

일단 앞쪽은 뻔히 다 아는 내용들이었던 데다가, 대륙에 널리 알려진
정보들밖에 없었다. 그래서 대관절 무엇에 대해 상세히 이야기하려는지도
감을 잡기 어려웠다. 빠르게 두어 장을 넘기며, 결국 나는 좀 더 상세히
질문을 했다.

"정작 부탁을 남기셨다는 대공 각하께서는, 이거, 자료 정리가 끝난 뒤에
한 번쯤 확인은 하셨어요?"

"수도에서 스치듯 만났을 때 잠깐. 그때 그 양반이 워낙 바빴어야지.
쯧, 멀든 가깝든 결국 한 핏줄을 지닌 사람들끼리 죄 서로를 의심하고
밀어내기에 혈안이 돼서는…….  남의 나라 일이고, 백작이라면 내 좀 솔
직하게 표현해도 개의치 않을 듯해 터놓고 말하자면, 정말이지 지저분한

꼴이었소. 그 양반은 제대로 자지도 못하고 매일같이 황궁에 들락거려서, 나는 별수 없이 그가 이동할 때마다 마차에 함께 타서 그 잠깐 사이에 서류를 읽게 했다고……. 그래도 열심히 읽는 것 같긴 했지만……."

동정조로 몇 번 혀를 찬 그가 인상을 팍 쓰고 중얼거렸다.

"그래서 발명가는 권력과 얽히면 안 돼……. 물론 그 양반이라고 해서 그런 집안에서 그렇게 태어나고 싶었겠느냐마는……."

날 선 목소리로 씹어뱉었지만, 마티어스 에이미는 금세 내 시선을 느끼고 말을 아꼈다. 대신 그는 본인의 더벅머리를 벅벅 헤집으며 제대로 된 대답을 돌려줬다.

"하지만 뭐, 그 양반이야 몇 줄짜리 글이든 눈으로 쭉 위아래 한 번 훑기만 해도 내용을 전부 이해하고 대충은 암기할 수 있는 괴물이니까 말이오. 내용은 전부 숙지했을 거요."

"보고 별말 없었어요?"

"무슨 일인지 심각한 표정이 되던데……. 나한테는 따로 언질 준 것이 없고. 그야, 자료를 조사하면서 나도 좀 놀라긴 했는데, 그렇게까지 심각한 일인가? 싶더구먼. 자료를 조사한 내 입장에서 직접 생각하기에는, 사실 그렇게까지 심각하게 생각해야 할 법한 내용은 없다고 생각했거든. 호기심이나 놀라움이나, 뭐 그런 대단한 발견 같은 것과는 별개로 말이오."

"흠……."

아무래도 연합국과 브라우를 조사한 뒤, 잠깐 소식을 알아보러 브라우를 빠져나갔을 때 마티어스 에이미에게 정보 조사를 부탁한 모양인데……. 역시 서류의 전체적인 주제를 알기 위해서는 마티어스 에이미에게 직접 묻는 수밖에 없을 것 같았다.

워낙 서류 뭉치의 두께가 두꺼워서 최대한 빠르게 속독하며, 나는 마티어스 에이미에게 다시 한번 질문을 꺼냈다.

"그래서, 이거 대체 뭐에 대한 조사였어요?"

그런데 내 질문을 듣고, 갑자기 마티어스 에이미가 눈을 가늘게 뜬 채 나를 위아래로 훑어봤다.

"그, 함께 연구하는 거면 주제 정도는 알아야 하는 게 아닌감……? 백작한테 보여 줘도 되는 건지 갑자기 불안해지는구먼그래."

"이미 보여 줘 놓고, 늦은 고민이니 그냥 말해요. 어차피 같이 보려고 조사한 정보일 거예요."

나는 어떻게든 마티어스 에이미를 회유해서 요약된 내용을 듣기 위해 애를 쓰며 일단 서류를 덮었다. 아무리 생각해도 서류를 전부 다 빠르게 읽어 내리는 것은 진짜 유리도 아닌 나에게는 무리한 일이었다.

내 말을 듣고 나름대로 동의하기는 했는지, 잠깐 끙끙대며 주저하기는 했지만, 마티어스 에이미가 순순히 주제를 요약해서 읊어 줬다.

"대륙에 나타났다가 사라졌거나, 혹은 현재 실존하는 모든 번개인들의 능력과 특질에 대한 조사였소."

그리고 그 말은 어쩔 수 없고 당연하게도 나를 더없이 당혹케 했다.

번개인?

그냥 모든 반인의 생리에 대한 조사도 아니고, 콕 집어서 번개인이라고?

마티어스 에이미의 말을 듣고 반사적으로 인상을 썼던 나는 슬며시 표지를 넘기고, 방금 전까지 대충 훑었던 앞쪽 내용을 다시 한번 쭉 살펴보았다.

확실히 초반 부분에는 반인의 역사와 발발, 그 종류에 대한 이야기가 빼곡하게 이어지고 있었다. 그래서 내가 처음에 서류를 통째로 들고 대충 쭉 살폈을 때, 그 내용물이 품고 있는 진짜 주제를 빠르게 짐작하기 어려웠던 것이기도 했다. 눈살을 찌푸리고 몇 장 더 넘기며 빠르게 내용을 읽다가, 조급하게 질문을 꺼냈다.

"앞쪽은 쫙 다 서론이죠? 본격적인 번개인에 대한 내용은 어디에서부터 나와요?"

"표 나오는 곳쯤부터 보쇼."

"음……. 아, 찾았다. 알겠어요. 잠깐 좀 읽을 테니 말 걸지 말아 줘요."

"알렉시스 에슈마르크, 그 인간이랑 똑같은 태도로 읽기 시작하는구먼. 알겠소, 나는 물러나 있지. 왜 그게 그렇게 중요한 문제인지는 읽고 나서 설명을 좀 해 주면 좋겠구먼."

"네, 네. 아무튼 일단 방해하지 말아 줘요."

마티어스 에이미는 다행히 말이 통하는 사람이었다. 그가 순순히 물러나 준 덕에, 나는 곧바로 서류에 집중할 수 있었다. 어차피 푸른 숲의 거대한 마력에 이변이 생기면 원하지 않아도 몸으로 체감하게 될 테니 굳이 푸른 숲 쪽에 시선을 고정하고 있을 필요도 없었다.

아무튼 나는 최대한 빠른 속도로 서류를 곱씹어 가며 읽기 시작했다. 마티어스 에이미가 말한 그대로, 세간에 알려지거나 기록된 번개인들 각각의 능력이나 특질을 정리해 놓은 자료일 뿐이었다. 양은 방대하고, 쉽게 실속을 찾기는 어려운 종류의 자료인 셈이었다.

자연히 서류를 살피는 데에 드는 노력과 시간도 막대했다. 조금이라도 효율적으로 살펴야 했다. 그저 나는 복잡한 고민에 빠진 채, 최대한 읽는 일에 집중하면서도, 어쩔 수 없이 자꾸만 머릿속에 찾아드는 상념에 휘둘렸다.

알렉시스 에슈마르크가 갑자기 내게는 일언반구 언질조차 없이 번개인을 조사한 이유가 무엇이란 말인가?

솔직히 말해, 알렉시스 에슈마르크가 어떤 인물인가? 엘류이센 라이케와 손을 잡고 세상이 망해도 좋으니 그녀만을 곁에 두면 된다고 생각한 비뚤어진 인간이 아니던가?

그 과정에서 반인을 무참히 해부하는 엘류이센을 용인하고, 심지어 전폭적으로 그녀를 지원했으며, 종래에는 그 모든 사건을 은폐하는 작업에 앞장서기도 했다. 애초에 그는 대륙 공적쯤 되는 인간 중 하나였다. 전적이 있으니 대번에 의심부터 갔다.

의심을 품고 돌다리도 두들겨 보는 것까지는 좋았는데, 막상 그러고 나니 나 자신과 세계 전반에 대한 회의가 찾아드는 것을 막을 수 없었다.

제길, 알렉시스 에슈마르크와는 나름대로 서로에게 우애 깊은 이해를 나눈 사이인데도 의심부터 품게 되다니. 더구나 그는 내 유일한 조력자인 셈인데 말이다.

이렇게까지 타인을 신뢰할 수 없는 꼴이라니, 이게 어디 말이나 되는 인생이란 말인가? 역시 유리 옐레체니카의 몸에 빙의하게 된 순간부터 내 인성은 점점 더 질이 나빠지게 된 것이고, 더불어 내 인생도 그때 함께 박살이 났다고 봐야 했다. 세계 역시 사이좋게 요지경으로 돌아가고 있다. 선량하고 순진한 나를 비뚤어지게 만드는 것은 전부 주변의 나쁜 환경인 것이다.

내 처지에 대한 분함도 잠시, 어쨌든 생각은 꼬리에 꼬리를 물고 이어졌다. 왠지 므라우에 진입하는 과정에서 알렉시스 에슈마르크가 유난히 레일리의 능력에 관심을 보이고 그 후로도 몇 번 언급을 하더라니, 그저 발명가 겸 마법사로서 관심이 생겨서 따로 조사를 해 본 것일까?

하지만 우리는 일찌감치 모든 정보를 공유하는 사이였다. 그런데도 내게는 이러한 조사를 진행했다는 사실에 대해서 어떤 언급조차 하지 않고, 하필이면 내게 숨기는 형태로 몰래 마티어스 에이미를 만나 그에게 따로 정보 조사를 시킨 것이다. 단순한 관심에 의한 조사였다면, 굳이 그렇게 일처리를 할 필요는 없었을 터.

우리가 이미 떠들었던, 반인에 대한 논의와 엘류이센 라이케의 진의를 추론하기 위해 진행한 조사일까? 아니, 그렇다면 반인에 대한 조사가 주된 목적이 되어야 하고, 번개인에 대한 자료는 거기에 따라오는 극히 일부의 내용이어야 할 것이다.

어떤 식으로든 레일리를 파악하고 견제할 필요가 있다고 생각했을까? 아니, 물론, 그 자식은 어떻게든 견제되어야 할 인간이 맞긴 한데, 일단 나한테 굳이 이 일을 숨기려 들었다는 점이 무엇보다도 수상쩍었다.

오라질, 정말이지 이 인간이……. 애처로운 얼굴을 한 채 대체 뭘 숨기고 있었단 말인가? 불쌍한 멍멍이 같았던 알렉시스 에슈마르크의 면면을 괜히 머릿속으로 떠올리며 표정을 험악하게 구긴 채 서류를 쭉쭉 읽어 가다가, 문득 떠오른 생각에 불현듯 손을 멈췄다.

번개인에 대한 자료. 나는 그 표현을 다시 곰곰이 곱씹었다.

알렉시스 에슈마르크는 일찍이 레일리의 능력이 번개인들 중에서도 유난히 독특하다고 했다. 그러고 보면 나한테 이 얘기를 아예 꺼내지 않았던 것은 아니었다. 푸른 숲에 와서도 몇 번인가 운을 뗀 적이 있다. 레일리 크라하는 번개인의 시신에 다시 번개가 떨어져 태어난, 극도로 강력해진, 그리고 극도로 특수한 반인이 아닐까 하는 추측을 전해 준 일이 있지 않던가.

"아……."

아무튼 그는 레일리의 능력에 모종의 의아함을 느꼈고, 그 이질성을 깨달은 뒤, 무언가 의혹을 갖게 된 것이다. 우리가 워낙 바쁘게 돌아다니고 있었으므로 그에 따른 조사는 마티어스 에이미에게 일임했다. 그리고 그로부터 나름의 결론을 얻었을 것이다. 그가 얻은 결론을, 사실 이미 구체적인 설명을 생략했을 뿐, 내게 전달은 해 준 것일지도 모른다.

처음엔 나한테 함부로 말을 꺼낼 수 없는 의혹이었으니 말없이 조사를 시작했을 터다.

아마 그렇다면 레일리와 여전히 썸을 타며 온갖 일을 저질러 버리던 당시의 나를 배려한 행동이었을 가능성이 높다. 레일리의 수명, 건강, 신체 조건, 흉폭성, 혹은 우리의 관계 같은 여러 중요한 문제들과 얽힌 의혹을 떠올렸으리라. 그러니 조사를 하는 내내 내게는 언질을 주지 않은 것이다.

애초에 알렉시스 에슈마르크는 마음이 특정한 가설로 분명하게 기울지 않으면 근거 없는 사견은 어지간해서는 드러내지 않는 사람이었다. 단순히 추측의 결과물일 뿐인 가설조차도 좀처럼 함부로 입에 담는 일이 없었다.

하지만 이렇게 마티어스 에이미의 힘을 빌려 조사한 결과를 살핀 뒤,

레일리는 그저 태생이 유달리 특수한 반인이었다는 결론에 다다랐을 수도 있다. 조사를 진행한 사실 자체는 굳이 내게 알리지 않아도 상관이 없다고 판단했을 것이다. 결과적으로, 별 의미 없는 조사가 된 셈이니까 말이다.

레일리에게 문제가 있었다면 일찍이 말을 해 줬을 것이다. 사실, 뷔올에 돌아가 서류를 상세히 확인하기 전까지만 해도 레일리와 거리를 두라는 주장을 가장 강하게 펼치고 있었다. 그런데 뷔올에서 황제를 대면하고 서류를 확인한 뒤, 푸른 숲에서 다시 만나서부터는 오히려 레일리와 잘해 보라는 식으로 내 등을 떠밀고 있지 않은가.

아, 거기까지 생각이 닿고야 조금 마음이 놓였다.

다행히 알렉시스 에슈마르크 이 인간이 나한테 말도 없이 무언가를 벌이려 한 것은 아닌 듯했다. 확실히 그쪽에 신빙성이 있었다. 알렉시스 에슈마르크를 괜히 의심하지 않아도 된다고 생각하자 조금 마음이 편해졌다. 그와 내가 서로 스스로 인정한 여러 일들이 있기는 있지만, 이미 마음을 쓰게 된 상대에게 마음을 쓰지 않기는 더 어려웠다.

단지, 마음이 괜히 찝찝했다. 에슈마르크 대공이 나를 속인 채 뭔가 수상쩍은 수작질을 벌인 건 아니라는 가정에 어렴풋이 닿자마자 내 기분이 조금 풀렸다는 사실을 스스로 알고 괜히 불퉁해졌다. 내가 그에게 내 생각보다 더 많이 의존하고 있었는지도 모르겠다. 반성해야 한다…….

나는 입술을 삐쭉 내밀었다가 투덜거리며 한숨을 푹 내쉬고, 어느 정도 결론을 내렸으니 번개인 개개인에 대한 세세한 자료는 뭉텅뭉텅 넘기기 시작했다.

알렉시스도 개개인에 대한 자료를 한차례 확인하고 나서 그 자료를 토대로 레일리가 반인에게서 다시 태어난 반인이기 때문에 극도로 집약된 힘을 지녔다는 결론을 내렸을 것이다.

이미 결론을 얻은 부분이라면 알렉시스 에슈마르크에 이어 나까지 그 내용을 확인할 필요는 없을 듯했다. 어차피 나야 그런 논리적 추론이나 가설을 세우는 일에 있어서는 에슈마르크 대공에게 한참 못 미치는 것도 사실이었다.

나는 그저 레일리 크라하에게 어떤 문제가 있고, 어떤 가능성을 예측할 수 있는지를 확인해야 했다. 어쨌든 그를 책임지기로 했고, 가능하다면 함께 있겠다고 결론을 내리지 않았는가.

함께할 수 없더라도 적어도 레일리의 여생에 대해서는 조금이라도 안배를 해 줘야 하는 입장이라고, 스스로 그렇게 생각했다. 어쩌면 알렉시스 에슈마르크도 그 때문에 자료를 조사하고, 또 그 때문에 내게 이 자료를 상세히 보여 주는 일을 미루고 있었을지도 모르겠다는 생각에 그때에야 닿았다.

그렇게 백 장이 넘는 종이를 휙휙 넘겨서 지금까지 역사에 기록된 번개인 개개인에 대한 자료들을 전부 밀어내자, 가장 마지막에 레일리 크라하의 이름이 나타났다.

마티어스 에이미도 이 조사가 레일리 크라하와 어떤 식으로든 관련이 있으리라는 건 짐작하고 조사를 시작한 모양이었다. 레일리 크라하를 다루는 파트는 앞선 단순 조사 자료와는 전혀 다르게 정리되어 있었다. 여러 가능성을 논하는 가설 논증 단락에 이어 앞선 다른 번개인들과의 비교, 더불어 그 밖에도 다양한 내용이 추가되어 있었던 것이다.

나름대로 이 문제를 파고드는 작업이 재미있었는지, 아니면 우리에 대한 호의로 인해 성의를 보였는지는 몰라도, 마티어스 에이미는 열과 성을 다해 조사에 임한 듯했다.

그는 조사를 하는 김에 나름대로 자신만의 가설 몇 가지를 추리고, 이에 필요한 확장된 정보를 찾는 추가 작업까지 수행했다. 이에 대한 추가 의견, 검증을 거친 흔적까지 빠짐없이 빼곡했다. 번개인이 아닌, 기타 다른 속성을 지닌 반인들에 대한 참고용 부록 자료를 모아 경향성을 분석한 내용도 다채롭게 섞여 있었다.

나는 마티어스 에이미가 정리해 둔 레일리 크라하에 대한 항목을 차근

차근 읽기 시작했다. 그런데 레일리 크라하의 기본적인 정보와 프로필을 쭉 읽어 내리는 순간이었다. 푸른 숲에서 첫 번째 조사팀이 돌아왔다.

가장 먼저 돌아온 조는 애셔와 이리나 경, 그리고 그들을 호위하는 사람들의 무리였다. 당연한 얘기지만, 이리나 경은 사실상 지금 푸른 숲에 들어간 사람들 중에서는 알렉시스 에슈마르크를 제외하고 가장 뛰어난 마법사였다. 마법과 마력에 익숙한 만큼, 푸른 숲 내부에서 그나마 가장 빠르게 숲 내부의 상태를 확인할 수 있고, 돌아오는 길을 쉽게 찾아낼 수도 있다.

뿐만 아니라 그녀는 이 나라의 마법적 군권을 손에 넣은 인물이다. 실제로 마법을 사용해 전투나 첩보 작전에 참가한 경험도 적지 않았다. 어느 쪽으로든 실무 경험이 많은 사람이니, 아무리 낯선 환경이라 해도 작업의 효율은 다른 무리에 비해 월등히 좋았을 것이다.

물론 그것만이 그 빠른 귀환의 유일한 이유는 아니었다. 그들이 빠르게 돌아온 데에는 애셔의 공도 컸을 것이다. 애셔 황태자는 일단 내게 최소한의 예의를 지키는 편이지 않은가. 때문에, 공방을 발견하고 그 주변을 가볍게 탐색하며 훑기만 한 뒤 바로 돌아온 것이리라.

누가 뭐라고 해도 공방이란 발명가의 모든 비밀이 잠들어 있는 곳이고, 부와 권력, 군사력과 밀접한 관련이 있다. 유리 옐레체니카의 공방을 확인하기에 앞서 공방주 당사자의 의사를 마음대로 무시할 수는 없다. 가능하면 공방을 건드리지 않고 푸른 숲의 자연환경만 탐색하는 선에서 멈추는 것이 서로에게 평화로운 방법이었다.

그러니 사실 그들이 첫 번째로 돌아오리라는 것은 나도 어느 정도 예상하고 있었지만, 그 시기가 생각보다도 빨랐다. 게다가 돌아 나오자마자 나를 부르는 듯이 눈짓을 하는 애셔의 태도를 보아하니, 숲 자체에서는 별다른 소득을 거두지 못한 모양이었다.

어쩔 수 없이 나는 그들과 대화를 나누어야 하는 입장이 됐다. 기본적으로 발명가와 발명품의 존재 자체가 하나의 세력 판도 가늠자로 기능하는 세계인 만큼, 더없이 민감한 문제인 것이다. 다행히 유리 옐레체니카의 부정을 전부 알고 있는 사람들만 남은 자리였다. 레일리가 자리를 비웠으니 여러모로 거침없이 이야기를 나누기에도 편할 터였다.

나는 일단 서류를 덮고, 아무 내용도 없는 백지 표지만이 보이도록 말끔히 정리한 뒤 마티어스 에이미에게 다시 내밀었다. 상황을 지켜본 마티어스 에이미도 내가 서류의 존재를 남들과 공유할 생각이 없다는 것은 파악한 모양이었다.

내게서 서류를 넘겨받은 마티어스 에이미가 잽싸게 서류를 갈무리하더니, 가죽 멜빵바지의 배 부분에 슬그머니 밀어 넣었다. 두툼한 서류가 멜빵바지 안으로 순식간에 사라졌다.

그 정도 두께의 서류가 들어가면 어지간해서는 티가 날 법도 했지만, 마티어스 에이미 본인이 워낙에 체격이 크고 단단한 데다가, 이리저리 늘어나서 헐렁해진 옷을 아무렇게나 잡히는 대로 걸치는 사람이다 보니 별로 티가 나지도 않았다.

아니, 하지만 아무리 서류를 넣을 만한 공간이 없었어도 그렇지, 왜 하필이면 그런 데에 넣고 난리란 말인가?

잠시 못마땅히 눈을 흘기자 마티어스 에이미가 그럼 어쩌라는 거냐는 투로 불만스럽게 어깨를 으쓱해 보였다. 아니꼬우면 지금 당장 멜빵에서 서류를 꺼내서 동네방네 보여 주고 다니기라도 할지 묻는 듯한 몸짓이었다.

저래 봬도 이름 높은 학자이고, 정부를 뛰쳐나오고도 처분되지 않을 정도로는 자기 앞가림을 할 수 있는 사람이었다. 나름대로 초월한 지식을 지닌 사람으로 불리고 있기까지 했다.

당연히 그도 눈치가 없는 사람은 아니었다. 그러니 일련의 반응을 살피고 대충은 상황을 파악했을 것이다. 말하자면, 사실상의 협박이었다. 젠장. 사실, 도와준 것은 고맙고, 서류야 서류 주인이 어디에 집어넣든 제삼자인 내가 뭐라 할 바가 아니기는 했다. 그냥 기분이 나빴다.

나는 당장에 인상을 쓰고 그의 발을 발끝으로 꾹 짓눌러서 짜증을 표현했다. 그러고 나서 더는 시선을 교환하지도 않은 채 성큼성큼 걸어서 애셔에게로 다가갔다.

아무튼 서류도 처리했고, 만일 방금 전 두 사람이 보던 서류가 무엇인지에 대한 질문이 들어와도 변명거리는 마티어스 에이미가 알아서 만들 것이었다. 나는 더 이상 그 문제에 대해서는 고민하지 않기로 했다. 사실, 다른 사람들에게는 발명가들 둘이서 이상한 논문을 넘겨 대며 저희끼리만 알아듣는 얘기로 쑥덕거리고 즐거워하는 일 따위보다는 푸른 숲의 문제가 훨씬 중요할 것이다.

애셔와 두런두런 이야기를 나누던 이리나 경이 먼저 한 걸음을 물러서서 내게 자리를 내주었다. 어쨌든 푸른 숲 내부의 일이니 나와 상의할 생각이 있어 보였다.

애초에 애셔는 푸른 숲에 진입하기로 결정이 난 순간부터 나를 거의 우방국의 군주 대하듯 존중하고 있지 않은가. 요컨대, 그들은 지금부터 내게 내 집에 쳐들어갈 권리를 달라고 사정해야 하는 입장이 된 것이다.

"어떠셨습니까?"

대충 짐작은 갔지만, 일단 예의상 질문부터 했다. 보통 때면 애셔가 먼저 나섰겠지만 이번에는 아니었다. 마법은 전문성을 띤 특정 집단에게만 그 세계를 엿보는 것이 허가된 영역이다. 이리나 경이 자연스럽게 앞으로 나섰다.

"달리 이상한 점은 없었습니다. 그저 마력이 거칠게 요동치고 있다는 사실만 알 수 있더군요."

"전하께서 확인하시고자 하던, 푸른 숲이 지닌 특수한 성질에 대해서도 짐작 가는 가설이나 이론을 떠올리지 못하셨습니까?"

"하하, 그렇게 되었네요. 밀락테이트 대마법사께서 확인해 보시고 설명해 주신 바에 따르면 내부의 마력 밀도는 지금껏 본 적도 없을 정도로 높다고 합니다. 숲 내부에 마력이 뒤엉켜 자연적으로 형성된 미궁과 환상이 깔려 있었을 지경입니다."

애셔가 부드럽게 대답했다.

"다행히 우리는 언제든 돌아올 수 있는 '구명줄'을 달고 들어갔으니 당황할 이유도 없었습니다. 최대한 조급해하지 않으며 하나씩 차근차근 파훼하며 들어갔더니 크게 위험하지는 않았고요. 하지만 역사적으로 대부분의 사람들이 푸른 숲에 들어갔다가 쉽게 돌아 나오지 못한 것은, 결국 자연적으로 발생한 그 환상들로 인한 것이겠지요."

"환상으로 인해 길을 잃고 헤매다가 조난을 당하거나, 혹은 지형에 의해 실족사를 당하는 일 등을 염두에 두시는 건가요? 하긴, 독초가 많이 자라는 지역이라고 들었는데, 어딘지도 모를 곳에 갇히거나 조난을 당한다면 주변에 있는 풀들 중 먹어도 되는 풀과 맹독성 물질을 품은 풀을 분간하기도 어려울 겁니다."

"그것도 있지만……. 푸른 숲 내부를 직접 확인해 본 결과, 저 숲은 사람이 살 수 있을 법한 곳이 아닙니다."

애셔가 단호하게 말했다.

"푸른 숲 출신이신 옐레체니카 백작님 앞에서 이런 말을 꺼내면 실례일지도 모르겠습니다만, 어쨌든 진실이니 언급해 보자면……. 푸른 숲은 이미 알려진 대로 온갖 독초와 마력에 젖은 식물들이 즐비한 땅이었습니다. 중요한 것은 독초 쪽이 아닙니다. 독초야 누구든 조심하는 법이고, 모든 상황에 통용되지는 않더라도 간단하게 사용할 수 있는 안내 지침 정도는 탐사자들에게는 상식선의 문제니까요."

하긴 겁도 없이 푸른 숲에 덤빈다면 독초 정도는 알아서 구분할 수 있는 사람들이라고 봐야 할 것이다. 나도 어렵지 않게 그의 말에 납득하고 순순히 고개를 주억거렸다. 애셔 아마르트 뷔올이 차분히 말을 이었다.

"다만, 문제는 마력에 젖은 식물 그 자체입니다. 그런 것을 함부로 먹었다가는 인체의 내부에서 균형을 잡고 있는 자연적 마력이 뒤엉키게 됩니다."

고개를 절레절레 저으며 잠자코 설명한 애셔가 조용히 팔짱을 꼈다.

"인체 내부에서 마력을 받아들이는 회로가 뒤엉키게 되는 것이지요."

그가 무슨 소리를 하려는지 이제야 이해가 됐다. 유리 옐레체니카의 마력 회로가 일반적인 인간과 다르게 뒤집혀 있다는 것은 거의 공공연한 사실이었다. 그로 인해 병약하고 금방 지친다는 핑계를, 실제로도 나 역시 많이 써먹지 않았던가.

요컨대 애셔는 유리 옐레체니카를 비롯한 옐레체니카 가문 사람들의 '지병'이 푸른 숲의 식물을 섭취해서 생겼다고 생각하는 모양이었다. 물론 실상은 독초나 마력초 따위와 무관하지만 말이다.

엘류이센 라이케는 애초에 그렇게 '만들어졌다'. 물론 몬타뉴 밀락테이트가 그녀를 제작한 장소가 푸른 숲이니, 실제로 푸른 숲에서 살기 용이한 형태로 만들려 한 탓일지도 모르지만 말이다. 어느 쪽이든 사실 이제 와서 내게 중요한 문제는 아니었다.

내가 크게 동요하지 않자, 나를 물끄러미 바라보던 애셔도 빙그레 웃었다. 왜 웃는지는 모르겠지만, 부정적인 의미의 미소는 아닌 것 같아 보이니 나도 긍정적으로 해석하기로 했다.

뭐, 대충, 본인의 신체적 결함에 대해서는 이미 충분히 알아본 모양이라고 판단하지 않았을까? 실제로도 유리 옐레체니카는 건강 관리에 철저한 사람처럼 굴어 사교계에 그 병약함이 쫙 퍼져 있지 않았던가. 그렇게 생각하면 애셔의 반응은 나름대로 인간적인 온정이 넘치는 반응이었다.

애셔가 이야기를 하는 동안 입을 닫고 침묵하던 이리나 경도 그때에야 끼어들어 첨언했다.

"푸른 숲 안에서는 마법을 쓰지 않는 편이 좋을 것 같습니다. 들어서면서부터 짐작하고 있었지만, 혹시 몰라 시험 삼아 작은 마법을 써 보려다가 나무 몇 채를 쓰러트리고 말았어요. 실제 사용하려던 것과 전혀 다른 마법을 쓰게 되니, 위험성이 너무 크더군요. 일식 때문인지 본래 푸른 숲이 그런 지역인지는 알 수 없습니다."

"아하……."

나야 막 일식이 시작되었을 때 에슈마르크 대공과 함께 직접 체감한 현상이었다. 내가 대충 무슨 소리인지 이해했다는 식으로 즉각 고개를 끄덕거리자, 이리나 경이 단단한 얼굴에 주름을 잡고 인상을 쓰며 미간을 문질렀다. 하고 싶은 말은 많지만 하지 않겠다는 듯한 표정이었다.

그녀의 표정에서 감출 수 없는 부담감과 걱정이 느껴졌다. 이리나 밀락테이트는 책임을 아는 사람이고, 이 상황에서 일어날 수 있는 모든 마법적인 문제를 책임져야 하는 사람은 단연 그녀인 셈이니 어쩔 수 없는 일일 터였다. 알렉시스 에슈마르크의 실력이 더 뛰어나든지 말든지, '책임자'의 책무를 지닌 것은 그녀였다. 좀 더 자세히 설명해 주지 못해 나야말로 미안했다. 하지만 정말로 모든 걸 알고도 입을 다물고 있는 건 아니에요.

음……. 아무튼 나쁜 사람은 아닌데, 왜 나한테만 저렇게까지 까칠한지 모를 일이다. 아니, 사실 그 이유도 너무 잘 알고 있다. 역시 아무리 생각해 봐도 젠장맞을 일이었다.

사실 이리나 경의 까칠한 태도에는, 이런 상황에도 불구하고 여전히 별 생각 없어 보이는 내 태도에 대한 약간의 짜증과 분노도 원인이 되었을지도 모른다. 이런 상황에 유리 옐레체니카가 마법을 사용할 수 없다며 계속 후방에 남아 손가락만 빨며 지켜보고 있으니 속이 터지기도 할 것이다. 현실적으로도 위협적인 일로 느껴질 테고 말이다.

어떤 의미에서는, 생각하는 것이 고스란히 얼굴 표정에 드러난다는 점에서 뷔올의 그 어떤 귀족보다도 솔직하고 소탈한 사람이라고 생각해야 하는지도 모른다.

거기까지 생각해 봤지만, 역시 이리나 밀락테이트를 솔직하고 소탈한 사람이라고 부르는 일에는 무리가 있을 것 같았다. 그냥 내 주변 사람들의 인격이 전반적으로 너무 개판이라 기준이 이상해진 것이다. 마티어스 에이미가 내게 호의를 보이고 나도 그에게 호의를 보이듯이 말이다.

다른 것도 아니고 인성의 하향평준화가 하필 내가 있는 세계의 내 주변에서 실시간으로 일어나고 있다는 사실에 나는 조금 애석해졌다.

자신을 눈앞에 두고도 여전히 다른 생각에 사로잡혀 아무런 잡생각이나 하는 나를 살피고, 이리나 경의 표정이 조금 더 안 좋아졌다. 하지만 잠시 눈을 감은 채 어른스럽게 본인의 짜증을 다스려 낸 그녀가 결국 침착한 목소리로 말을 이었다.

"옐레체니카 백작이 본래 어떤 방식으로 마법을 사용하였는지 알 수 있다면 큰 도움이 되겠지만……. 지금은 요원한 일로 보이는군요. 대공 각하께서 나오시면 이야기를 나눠 봐야 할 것 같습니다."

"아하핫……."

머쓱하게 뒷머리를 문지르고 어색한 웃음소리만 흘리자, 이리나 경은 잠시 나를 흘긋 살폈다가 못마땅한 표정을 짓고 입을 꾹 다물었다. 어쨌든 책망해도 해결되지 않을 일로 나를 책망할 생각은 없어 보였다.

"미궁과 환상의 문제만 해결하고, 내부에서 섭취할 충분한 식량만 보장된다면 푸른 숲 안을 확인하는 일은 생각만큼 어렵지는 않을 것 같습니다. 마법적인 특별한 흔적을 찾지 못했다는 점은 아쉽지만, 푸른 숲의 식물들에 깃든 마력만으로도 충분한 자료가 될 것 같으니까요."

우리의 대화를 듣고 있던 애셔가 말끔한 태도로 결론을 내렸다. 고개를 삐딱하게 기울이고 팔짱 낀 팔뚝 위에 검지를 두어 번 두드리던 그가 점잖게 부연했다.

"실제로도 지금까지 푸른 숲에 들어갔다가 살아 돌아온 사람이 없었던 것도 아니고요. 단지 내부에 들어가면 의도치 않게 조난을 당할 수밖에 없는 구조인 셈이니, '구명줄'과 실력 좋은 마법사를 모두 대동하고 들어가지 않는 이상에야 운에 모든 것을 맡길 수밖에 없는 지역임은 사실이니까요. 더군다나 역사적으로 푸른 숲이 어지간한 곳이었습니까? 내부에 백작님을 비롯하여 전대 공방주 분들께서 계실 때에는 어느 정도 공방을 지키기 위한 안전장치도 있었을 테지요. 발명가들의 터전이니 응당 외부인을 배척했을 겁니다. 결과적으로 침입 집단이 강력하면 강력할수록 더더욱 경계를 받아 살아 돌아가기가 어려워졌겠죠. 두 여건이 겹치다 보니 악명이 높아졌다, 그 정도로 이해해 봐야겠군요."

"결국 단순히 공방 보안 정도의 경계와, 자연적으로 발생한 약간의 미궁과 환상에 의한 복합적인 공포감에서 푸른 숲 전설이 생겨났으리라는 말씀이시군요."

사실……. 엘류이센 라이케가 외부에서 들어온 방문자들을 족족 조난시키고 구경하다가 시체를 끌고 가 해부에 사용했을 뿐이지만 말이다. 그야말로 유구무언이었다. 나는 적당한 선에서 적당히 순진한 대답을 꺼내서 애셔에게 맞장구를 쳐 주었다. 그런 내 반응을 본 애셔가 빙그레 웃고는 마지막으로 설명을 덧붙였다.

"뿐만 아니라, 전설 속의 영역에 있었기 때문에 모두에게 불가침의 영역처럼 느껴졌던 것이겠지요. 시간이 지날수록 점점 더 말입니다. 엘레체니카 백작님의 존재를 통해 내부에서의 생명 활동이 불가능하지만은 않고 공방이 운영될 정도의 안정된 지형이 있다는 사실을 확인하고 나서는 거침없이 행동하고 있지 않습니까? 주저함을 버리니 일사천리로 뚫리는 것처럼 보이는 겁니다."

거기까지 이야기하고 나서, 애셔는 본인이 여태 의아하게 여겼던 점에 대해 뒤늦게 떠들기 시작했다. 사실, 이것이야말로 그가 굳이 내게 눈짓을 해서 자신들에게 다가오도록 이끈 궁극적인 이유였을 것이다.

"어쨌든 공방은 발견했습니다. 하필이면 절벽 사이에 있기에 환상인지를 점검해 보았지만……. 유감스럽게도 실재하는 지형이더군요. 아마 전대 공방주분들께서는 그곳이 가장 공방의 비밀을 지키기에 안전하다고 판단하신 모양입니다. 실제로도 공방에 접근이라도 하려면 여러 안전 장비와 팀워크가 필요하겠지요."

"다시 들어가실 생각이십니까?"

"예. 아마 다른 조원들이 돌아 나오면 다수의 일체화된 팀을 꾸려 절벽으로 내려가 봐야 할 것 같습니다. 물론, 백작님께서 공방을 확인할 수 있도록 허락해 주셨을 때의 얘기겠지만요."

"거, 뭐냐, 이유는 아시겠지만……. 레일리만 빼 놓고 들어가면 불만은 없습니다. 변명거리는 전하께서 현명하게 만들어 주시면 더 감사할 것 같고요."

내 말을 듣고 애셔가 쓴웃음을 지었다. 속이 뻔히 보이는 이유였기 때문이다. 나도 조금 민망해졌다. 제길, 엘류이센 라이케가 벌인 짓을 내가 이제 와서 어떻게 덮으랴?

다행히도 알렉시스 에슈마르크가 후폭풍만은 막아 줬으니, 잘못이 존재했다는 사실 자체는 그저 겸허히 받아들이는 수밖에 없을 것이다. 나는 체념한 태도로 한 가지 더 조건을 걸었다.

"그리고, 이건 당연한 일이겠지만, 공방 내부의 확인은 적어도 제 눈앞에서 이루어지기를 바랍니다. 저도……. 제길, 들어갈 수 있게 노력해 볼 테니까요. 조를 나누지 마시고요. 극소수의 인원으로, 제 눈앞에서 함께 확인하면 좋겠습니다. 굳이 제가 직접 들쑤시고 다닐 필요는 없을 것 같지만요. 사실 이젠 뭐가 뭔지도 모르고요."

"물론 그럴 겁니다."

애셔가 누그러진 목소리로 부드럽고 다정하게 대답했다.

그런데 거기까지 대화를 나눴을 때, 두 번째 조가 돌아왔다. 이번에도 마법에 일가견이 있는 사람들이 모인 무리였다. 마법병단의 상위 마법사들과 세레나가 돌아온 것이었다.

다른 마법사들은 이리나 경과 비슷한 견해를 밝혔고, 함부로 마법을 쓰려다가 사달이 일어나 빠르게 돌아 나왔다는 보고만이 이어졌다. 그들은 자세한 조사를 하지도 못한 것 같았다. 마력의 밀도가 극도로 높아져 균형이 망가진 위험한 곳이라는 사실을 이리나 경만큼 솜씨 좋게 눈치채지 못해 실수를 한 것이다.

그로 인해 탐색 마법 따위를 쓰다가 흉부가 박살 난 부상자가 나왔다. 내부에서는 치료 마법을 쓸 수도 없어 어쩔 수 없이 급히 돌아오느라 공방에는 닿지도 못했다며, 다른 대원들이 치료에 전념하는 동안 따로 황태자에게 찾아와 보고를 올린 부단장이 연신 죄송하다는 말을 꺼냈다.

애셔는 됐으니 부상자부터 치료하라는 지시를 내리고, 일행의 뒤꽁무니에 붙어 있던 세레나를 일별했다. 왜인지 그녀는 숲 안으로 들어가면 들어갈수록 활약을 하지 못하고 움츠러들어서 오히려 일행에 방해가 되었다고 부단장에게 일갈을 듣기까지 했다. 그녀가 특출한 자질을 지녔다는 에슈마르크 대공의 추측에도 불구하고 팀에 충분한 기여를 하지 못한 채 복귀하고 만 것이다.

파랗게 질려 있던 세레나는 우리의 시선을 느끼고 죄송한 표정을 지었다가, 슬금슬금 내게로 다가와 내 곁에 달라붙었다. 그리고 그 태도를 살피고 나서, 나는 그녀가 어째서 '그렇게' 되었는지를 대번에 이해했다.

재능이 너무 뛰어났던 것이다. 다른 마법사들이 눈치조차 채지 못하는 '무언가'를 눈치챌 정도로.

"저, 그게……."

세레나가 힘겹게 말했다. 변명하는 말투는 아니었다. 그저 질린 듯한 태도로, 경고하고 싶은 사람처럼 조심스럽게 꺼낸 말이었다.

"무언가 거대한……. 것을 느꼈어요."

"'거대한 것'이요."

애셔가 곰곰이 그 표현을 곱씹자 비로소 민망한 표정을 지은 세레나가 내 팔뚝에 좀 더 찰싹 달라붙더니, 그리고 나서야 겨우 용기를 얻었는지 뒤늦게 사죄를 했다.

"믿고 보내 주셨는데 폐를 끼쳐서 죄송합니다······."

"아니에요. 당신은 숙부님께서 인정하신 인재이니, 지금은 드러나지 않았지만 아마 내면에는 대단한 자질이 숨어 있을 거예요. 그리고 그런 세레나가 무언가를 느꼈다면, 분명 그 '민감한 감각'에 의해 제대로 활약하기 어려운 상황이 되었던 것이겠지요. 이번이 사실상 정령사로서의 첫 임무였는데, 첫 임무부터 완벽하기는 어려우니 염려치 말도록 해요."

애셔가 다정다감하게 답하며 격려해 주자 세레나도 그때에야 푹 심호흡을 했다.

그렇게 한동안 마음을 가다듬은 그녀는 이내 총책임자인 애셔에게 상세한 자신의 소감을 전해야 한다고 판단한 듯했다. 세레나가 천천히 자신이 느낀 것을 묘사하기 시작했다.

"계속해서 사방이 거대한 '압력'이나 '힘'에 의해 휩쓸리고 움직이는 듯했어요. 지금 생각해 보면 마력의 움직임이 느껴진 것 같은데, 그런데 그게······. 지나치게 빼곡했어요. 마치 제가 흙에 파묻힌 것처럼, 갑자기 묵직하고 압박감 있는 것에 끼인 듯한 기분이 드는 거예요."

세레나가 주섬주섬 읊는 말들을 허투루 듣지 않고 몇 번씩 입 안에 곱씹으며 따라 듣던 애셔가 고개를 갸웃거렸다. 그가 나를 향해 시선을 주고 침착하게 질문했다.

"밀도 탓일까요?"

나는 숲에 들어가기 전부터 이상을 호소한 사람이고, 자타공인 마력에 민감한 인물이기도 하니 내게 질문하는 편이 낫다고 본 모양이었다. 나는 말없이 고개를 두어 번 끄덕여 줬다.

"아마도 그럴 거예요. 제가 비슷한 감각을 느끼거든요. 짓눌리는 것 같은 감각이에요."

"네, 맞아요. 그런 느낌이었어요."

내가 첨언해 주자 세레나가 재빨리 내 의견에 동의를 표했다. 빠르게 고개를 끄덕였던 그녀는, 이내 갑자기 머쓱한 표정이 되어서는 끙 소리를 내고 고개를 숙였다. 본인의 열렬한 동조가 뒤늦게 민망해진 모양이었다.

물론 그저 나와 비슷한 감각을 느꼈다는 단순한 말이었을 뿐이지만, 위대한 마법사이자 정령사인 옐레체니카 백작과 세레나 자신을 동급으로 치기 위해 염치없게 꺼낸 말처럼 들리지 않았을까 염려한 듯했다. 세레나가 다급히 사족을 붙였다.

"무, 물론 제가 그렇게까지 마법적으로 민감한지는 잘 모르겠지만……. 어쨌든 저는 그 감각이 너무 불길하고 무서웠어요."

"짓눌릴 것 같아서요?"

애셔가 턱을 만지작거리며 미간에 주름을 잡았다.

"마력의 거대한 힘에 압도된 것일까요? 윌리엄스 양은 그런 경험을 하지 못하고 살았으니, 가능성이 있다고 보는데……. 밀락테이트 대마법사와 옐레체니카 백작님의 생각은 어떠십니까?"

하지만 이리나 경이나 내가 이렇다 할 대답을 돌려주기도 전에, 세레나가 먼저 고개를 저었다. 짓눌릴 것 같아서 겁을 먹은 게 아니라는, 퍽 단호한 표현이었다.

그녀가 단단하게 안정된 표정으로 천천히 중얼거렸다. 우리에게 설명하기 위한 말이었지만 스스로 그 감각을 곱씹는 것처럼 보이기도 했다.

"당장이라도 폭발할 것 같았거든요. 마치……. 마치 세상을 통째로 날려 버리려는 것 같았어요."

내가 느낀 것과 비슷한 느낌을 받았는지, 한쪽 눈썹을 부드럽게 꺾었던 애셔가 물끄러미 세레나를 관찰했다. 그가 특유의 온기 있는 태도로 온화하게 물었다.

"세상의 무엇을 전부 날려 버릴 것 같았다는 건가요, 세레나? 통째로라고 한다면, 어디로?"

질문을 듣고도 세레나는 그의 시선은 전혀 느끼지 못한 사람처럼, 무언가를 떠올리고 되짚는 듯한 표정으로 찬찬히 자신의 감각을 곱씹고만 있었다. 그리고 조금 시간이 흐르고야 조심스럽게 걸러 낸 말을 입에 담았다.

"쫓아내려 한다는 느낌을 받았어요. 이상하게 들리시겠지만요."

이쯤 되자 이리나 경도 세레나의 감각에 특수한 면이 있다는 사실을 인지한 모양이었다. 애셔도, 이리나 경도 다른 말을 붙이지 않은 채 다만 세레나에게 보다 자세한 설명을 요구하는 표정을 짓기만 했다.

그러자 이제는 꽤나 진정이 되었는데도 우물쭈물하던 세레나가 검지 끝을 마주 대고 뱅글뱅글 만지작거리다가, 가까스로 표현을 골라냈다.

"돌아올 수 없는 어딘가로, 세상의 중요한 모든 것을요."

더는 설명할 만한 말이 없는 듯 입을 다문 세레나 대신 다른 사람들만이 고민에 사로잡혔다. 나도 그들 중 한 명이었다.

세레나의 표현을 허투루 넘기기는 어려웠다. 다른 사람들도 대공과 내 태도를 보고 세레나가 재능만은 뛰어나다는 사실을 인지하고 있어서인지 세레나의 발언을 진지하게 곱씹어 보는 듯했다. 하지만 내 심각함에 비할 바는 아니었다.

나는 세레나 윌리엄스가 훗날 유리 옐레체니카의 아성 위에 우뚝 서는 대단한 마법사가 되리라는 사실을 알고 있다. 유리 옐레체니카가 세레나 윌리엄스에게 무언가를 베팅했을지도 모른다는 짐작까지 했다. 그런 세레나가 '모든 게 사라져 버릴 것' 같다고 느꼈다면, 그 직감에는 분명 이유가 있을 것이다.

주변을 뱅뱅 돌던 나는 뒤늦게 돌아오던 대공 일행과 정면으로 맞닥뜨렸다. 에포닐 공작은 자신과 함께 푸른 숲에 들어갔던 연합국 정보부 사람들을 뒤로 물리기부터 했고, 곧바로 대공을 동행한 채 애셔에게로 다가왔다. 굳이 부관을 물릴 법한 자리가 아니어서 고개를 갸우뚱 기울였다가, 못마땅해 보이는 애셔의 표정을 확인하고야 그 이유를 파악했다.

오델 에포닐은 처음부터 푸른 숲 탐사에 참가하고 싶어 했다. 말로는 이상 현상에 대해 자신들도 알 권리를 지녔다는 것이었지만, 결국 푸른 숲의 마법적 자원을 확인하고 소유권과 개입 권리를 주장하기 위해서였다. 결과론적으로 말하자면, 보아하니 이 틈을 타 식물이라도 채취한 모양이었다.

흘긋 그들을 살핀 애셔가 잠깐 눈썹을 꺾으며 미소를 짓자, 시선이 마주친 알렉시스 에슈마르크가 어깨를 으쓱해 보이며 어쩔 수 없었다는 듯이 고개를 저었다. 에포닐 공작은 잠자코 있으라는 뜻인지 알렉시스 에슈마르크의 명치에 팔꿈치를 콱 박아 넣고 나서야 평소와 같은 태도로 말을 꺼냈다.

"어쩐지 다들 분위기가 심각하군."

"윌리엄스 마법사가 푸른 숲 내부에서 어딘지 두려운 마력의 요동을 느꼈다고 해서요. 숙부님께서는 달리 느끼신 점이 없으실까요?"

잠자코 대답한 애셔가 한 번 봐준다는 듯이 윙크를 해 보이자 에포닐 공작이 인상을 쓰며 웃었다. 사실 식물을 조금 채취해서 연구를 진행하는 것 정도로는 뷔올에 큰 타격을 줄 수 없으니, 잠깐의 눈빛 교환으로 그들 사이에 나름의 합의가 진행된 모양이었다.

어쨌든 화제가 자신에게로 돌아오자 알렉시스 에슈마르크가 망토를 갈무리하며 부드럽게 입을 열었다. 적당히 표현을 고른 뒤에야 물 흐르듯 꺼낸 대답이었다.

"'두려움'. 그 비슷한 거였지."

그런데 그때, 그의 뒤에서 푸른 숲의 기계 더미를 뚫고 곧장 튀어나온 기사 한 명이 공교롭게도 에슈마르크 대공의 말을 잘랐다.

"전하께 기사단의 소식을 전합니다!"

정작 기사단의 책임자인 마이어 후작은 코빼기도 비추지 않는데 말단 기사만이 돌아 나온 것이었다. 레일리나 갈리아도 물론 없었다. 눈을 동그랗게 뜨고 그 기사의 등 뒤를 보기 위해 발돋움을 했지만, 숲에 부속된 기계 장치의 산만 보일 뿐 그 너머를 보지는 못했다.

"마이어 후작은 어찌하고 자네 혼자 돌아 나왔지?"

드물게 미간을 좁힌 애셔가 처음으로 하대하는 태도로 질문을 던졌다. 마이어 후작이 기사 한 명만을 달랑 보낸 걸 보면 개개인을 고려할 수 있는 평화로운 상황은 아니라고 판단한 모양이었다. 사실 내 생각도 비슷했다.

기사가 자신에게로 다가서자, 애셔는 즉시 양해를 구한 뒤 그를 데리고 혼자 뒤로 빠졌다. 일단은 자신만 이야기를 들어 보고, 나름의 판단까지 마친 뒤에 상황을 공유할 작정인 듯했다. 그도 그럴 것이 워낙 이곳저곳에서 온 다양한 신분의 사람들이 모여 있는 상황이었다.

어차피 기사가 혼자서 돌아온 이유는 지금부터 애셔가 묻고, 중요한 문제라면 마법적 인력인 알렉시스 에슈마르크와 내게 반드시 협조를 요청할 것이다. 나는 기사의 상태나 그들 대화의 내용을 섣불리 캐내려 들기보다는 숲 안쪽을 자세히 살피는 일에 열중했다. 물론 잘 보이지는 않았다.

내가 왜 발돋움을 하며 뒤쪽만 들쑤시는지 바로 눈치챈 듯한 알렉시스 에슈마르크가 대신 숲 안쪽을 살피고는, 슬그머니 고개를 기울인 채 속삭여 줬다.

"레일리 크라하나 갈리아는 따라 나오지 않은 듯하군."

레일리는 어떻게 됐나 싶어서 안절부절못하던 것이 티가 난 모양이었다. 멋쩍은 태도로 발을 얌전히 땅에 붙인 내가 그를 향해 뒤늦게 돌아섰다.

"무슨 일이 생긴 걸까요?"

"차차 들어 봐야지."

"앗, 그러고 보니 당신……."

"음?"

"마티어스 에이미에게 들었어요."

내 말을 듣고 잠깐 인상을 찌푸렸던 에슈마르크 대공이 흘긋 내 머리 위로 고개를 들었다. 아마도 마티어스 에이미의 의도를 확인하려는 모양이었지만, 마티어스 에이미의 아무 생각 없어 보이는 표정을 일별한 그가 금세 목덜미를 만지며 나에게로 시선을 돌려주었다.

"그랬군."

"왜 나한테는 말도 안 하고 혼자 마음대로 그런 조사를 했어요? 일단 이유라도 확실히 들어 둡시다."

찜찜한 얼굴로 푸른 숲을 물끄러미 바라보았던 알렉시스 에슈마르크가 그때에야 내 어깨를 다정히 감싸 안고 한쪽으로 끌고 들어갔다. 다른 사람들이 우리를 잠깐 살폈지만, 아마도 지금까지 우리가 함께 저질러 온 여러 개 같은 짓거리들로 인한 이야기이리라고 판단했는지 별다른 주의를 주지는 않았다. 우리는 구석으로 물러나서 이야기를 나누기 시작했다.

"시간이 부족했을 텐데, 어디까지 봤나?"

"레일리에 대한 내용을 읽으려다가 끊겼어요."

"읽을 거면 끝까지 읽지, 왜 중간에 끊고 그랬어."

"오라질, 도중에 사람들이 돌아오기 시작했는데 어쩌란 말입니까."

짜증스럽게 쏘아붙였다가, 불퉁히 팔짱을 낀 채 조금 더 생각해 보고 고개를 기울였다.

"그런데 어디까지 읽었는지는 왜 물어요?"

"마티어스 에이미가 선입견이나 개인적인 감정 없이 자유롭게 연구한 자료여서인지, 개인적인 첨언들이 적지 않았네. 우리가 생각해 보지 못한 가정들도 거침없이 세워 두었더군."

"그건 저도 알아요. 처음부터 끝까지 자기가 신이 나서 조사한 티가 나더군요. 하지만 어떤 부분이 '우리가 상상하지 못한' 가정과 닿는다는 거죠? 엘류이센 라이케와 관련된 얘기예요?"

"어느 정도는."

짧게 대답한 알렉시스 에슈마르크가 희미하게 인상을 쓰고 나를 향해 돌아섰다. 그리고 그는 우리를 바라보고 있던 마티어스 에이미를 향해 손짓을 했다. 다시 서류를 가져오게 하려는 모양이었다.

"처음부터 찜찜한 부분이 있어 확실히 해 두기 위해 부탁한 조사였지만,

결과적으로 그 이야기를 보고 그대에게는 알리지 않는 편이 나을 수도 있겠다고 판단을 했어. 어차피 이리됐으니, 한 번쯤 제대로 확인을 해 두는 편이 나을 수도 있겠지…….”

“제길, 불길하게 왜 그래요? 일단 그럼 읽어 보고 얘기합시다.”

우리의 부름을 받은 마티어스 에이미가 즉시 다가오더니 슬금슬금 눈치를 봤다.

“거, 내가 알려 주면 안 되는 걸 알려 준 건 아니지?”

“자네가 잘못한 것은 없지, 에이미. 어차피 기회가 되면 백작에게도 알려 줄 생각이었으니 걱정하지 말게.”

“이 인간이 또 ‘에이미’ 같은 소리나 하고 있네.”

마티어스 에이미가 또 싸늘하게 알렉시스 에슈마르크를 향해 비난을 뱉었지만, 알렉시스 에슈마르크는 이번에도 여지없이 특유의 여유만만하고 재수 없는 표정을 지어 보일 뿐이었다.

내 용건이 해결되지도 않았는데 그들이 다시 말씨름을 시작할 분위기여서, 나는 그들을 방해하거나 괜히 쓸데없는 말을 섞는 대신 바로 본론에 나섰다. 마티어스 에이미의 멜빵바지 안에 손을 불쑥 집어넣은 것이다. 마티어스 에이미가 당장에 기겁했다.

“이, 이 여자가 뭐하는 거야?!”

“죄송. 서류만 좀 꺼낼게요. 댁들은 댁들 얘기나 하십쇼.”

“내가 꺼내 줄 테니 치워!”

그렇게 결국 마티어스 에이미의 입도 강제로 닫게 하고 무사히 서류를 읽기 시작했다. 대공과 나, 마티어스 에이미의 몸으로 주변의 시선을 가린 채 빠르게 펼쳐 레일리 크라하에 대한 단락을 찾아낸 것이다.

초반부는 나도 어느 정도는 파악하고 있는 내용들로 이루어져 있었다. 그의 출생, 성장, 지금까지의 화려한 전적 따위와, 신체 치수와, 강력한 능력으로 벌인 몇 가지 악명 높은 사건들 말이다.

양옆의 두 사람이 얌전히 입을 닫아 준 덕에 집중은 잘됐다. 최적의 환경에서 잠자코 그 내용을 읽다 보니 알렉시스 에슈마르크가 처음에 조사를 의뢰한 이유가 무엇인지도 금세 파악했다.

조사는 거의 레일리 크라하의 특수한 '능력'에 집중되어 있었다. 일반적인 번개인과는 차원을 달리하는, 또 유달리 뛰어난 그의 능력 말이다. 애초에 알렉시스 에슈마르크가 레일리의 능력을 상세히 관찰한 뒤, 엄밀히 말해 '번개'를 다루는 힘이라고 보기는 어렵다고 말한 일도 있지 않았던가.

아직 제대로 된 논문의 형태로 발전하지는 않았지만 결과적으로 어느 정도는 레일리 크라하의 능력을 탐구하기 위한 논문이었다. 그 결론 부분에서 마티어스 에이미는 자신이 떠올린 가설을 줄줄이 풀어놓았다.

2천 년 전쯤에 갑작스럽게 등장한 반인에 대해, 그런 반인들이 자연적으로 발생했을 가능성과, 자연적으로 발생하기까지 필요했을 요건들에 대해.

애석하게도 우리가 이미 엘류이센 라이케를 논하며 반인의 등장이 누군가에 의해 '조작된' 것은 아닐지 떠들었듯이, 마티어스 에이미 역시 비슷한 결론에 도달해 있었다.

단지 그의 결론은 우리의 것과는 조금 다른 형태였다. 알렉시스 에슈마르크도 처음에는 그냥 그러려니 하며 넘겼을 것이다. 마티어스 에이미는 연합국 출신이어서인지 뷔올 제국민보다 훨씬 종교적인 사람인 모양이었다.

그는 '신'을 논하고 있었다. 마티어스 에이미가 저 성격과 사고방식으로 신을 믿는 인간이었다니 그건 정말 놀랄 일이었지만, 당연히 지금 이 상황에서 주로 관심이 가는 얘기는 그게 아니었다. 실제로도 알렉시스 에슈마르크가 집중했을 만한 부분은 따로 있었다.

나도 그 부분에나 집중을 했다. 레일리 크라하의 과하리만치 발전된 번개 능력을 과연 번개인의 능력이라고 봐도 되는가에 대한 논의였다.

마티어스 에이미는, 요컨대 레일리 크라하를, 이렇게 정의했다.

번개를 맞은 번개 반인의 시신에서 새롭게 태어난 2세대의 반인.

번개를 이용한 불길을 일으키지는 않지만, 단순히 빛과 열기로 무언가를 녹이고 파괴하며, 금속과 마력구가 넘쳐나는 오염된 대륙 사회에서 누구보다도 악랄한 힘을 발휘할 수 있는 유사인족. 그러니 레일리 크라하야말로 가히 극도로 발전되고 진화한 인류라고도 부를 수 있을 것이며.

〈그 성질은 '번개'라기보다 '빛'에 가깝다〉고.

거기까지 서류를 살폈을 때, 갑자기 애셔가 우리를 불렀다. 우리가 이야기를 나누고 있는 것 같으면 알아서 상황을 살펴 조금 기다려 주리라고 생각했는데 뜻밖의 일이었다.

"급한 상황인가 보오."

마티어스 에이미도 대번에 그런 소리를 할 정도였으니, 나도 어렴풋이 사안의 심각성을 눈치챘다.

에슈마르크 대공이 즉시 서류를 덮어서 다시 마티어스 에이미에게 내밀자 그가 눈치껏 서류를 말끔히 챙겼다. 그러고는 우리의 등을 팡팡 치며 다음에 또 이야기를 나누자고 큰 소리로 호탕하게 인사를 했다. 정황상 우리가 뷔올 상층부에 알리기 어려운 일에 연루된 것은 확실해 보이니, 이번 조사에 대해서도 나름대로 비밀을 지켜 주려는 모양이었다.

"무슨 일이냐."

주저 없이 마티어스 에이미를 돌려보낸 우리가 애셔에게 다가가자, 팔짱을 낀 채 생각에 잠겨 있던 애셔가 반색을 하며 고개를 들었다.

"여쭤볼 것이 있습니다."

마이어 후작의 기사단 조에서 대체 무슨 발견을 했기에 저 똑똑한 애셔 아마르트 뷔올이 알렉시스 에슈마르크에게 이렇게 다급히 도움을 청하게 됐단 말인가?

심각하게 미간을 좁힌 내가 일단 한 걸음 물러나는데, 애셔가 갑자기 보랏빛 눈동자를 동그랗게 떴다. 금세 표정을 풀고 숨을 뱉듯 어렴풋이 웃은 애셔가 다정다감하게 다시 말했다.

"백작님께 여쭤보려는 겁니다."

물론 청천벽력 같은 소리였다. 아니, 내가 푸른 숲의 특수한 상황에 대해 아는 게 뭐가 있다고 나한테 물을 게 있단 말인가? 기억을 잃어서 예전처럼 푸른 숲의 이모저모를 꿰지도 못하리라는 점은 애셔도 짐작하고 있을 게 아닌가! 반사적으로 날카로운 질문이 튀어나갔다.

"예? 나요?"

"'나요'가 아니라 '저요'라고 하셔야지요."

"제길. 기억을 잃을 때 언어만 마음 편히 남는 게 아니란 말입니다. 결국 언어 공부도 쓰러졌다 깨어난 뒤로 다시 시작했으니 너무 높임말 갖고 뭐라고 하지는 말아 주십쇼. 두 살짜리한테 높임 표현 제대로 못 쓴다고 뭐라 할 거 아니잖아요. 나도 언어 경력만으로 따지면 두 살이야."

내 말을 들은 애셔가 애석하고도 너그러운 표정으로 고개를 끄덕여 줬다. 언제나 그랬듯 '예에에, 그거 정말 백작님다우십니다.' 정도의 기분 나쁜 표정이었다. 애셔가 나를 아주 뻔뻔한 인간으로 보고 있는 것 같기는 했지만, 나는 이번에도 당당하게 행동하기로 했다.

"아무튼 그래서 무슨 일인데요? 제가 과연 대공 각하를 제치고 제대로 대답해 드릴 수 있을까요? 아시다시피, 저도 이제는 푸른 숲에 대해서도 전혀 기억하는 바가 없습니다."

"아, 다행히 그런 문제에 대해 여쭤보려는 것은 아닙니다. 조금 더 개인적인 일에 대한 질문이죠."

"예에?"

나한테 개인적으로 물을 게 뭐가 있단 말인가? 기껏해야 '지금 숲에 들어간 사람들이 자타공인 백작님의 썸남1, 썸남2라죠? 우리 숙부님은 어찌 되는 겁니까?' 정도밖에 더 있겠는가?

하지만 아무리 애셔가 개 같은 빈정거림을 탑재한 인간이어도, 이런 상황에 굳이 그런 것을 물을 만큼 개념 없는 놈은 아니었다. 그가 대체 무슨 질문을 하려는 건지 감도 오지 않았다. 그런데 애셔가 퍽 평온한 낯으로, 하지만 조금 날 선 질문을 던졌다.

"집사에게 따로 푸른 숲 내부 조사를 시키거나, 혹은 우리의 조사에 앞서 공방을 정리하도록 명령을 내리셨습니까?"

"예에?"

이게 뭔 개소리람?

나도 모르게 눈을 크게 뜨고 놀란 소리를 내며 물러서다가 등 뒤에 있던 에슈마르크 대공의 가슴에 어깨를 박았다. 그가 내 양어깨를 붙잡아 준 뒤 토닥토닥 두드려 주고 나서야 정신을 차리고 머리를 팽팽 굴려 보기 시작했다.

하지만 아무리 생각해도 저 질문이 나올 만한 맥락이라면 한 가지밖에 없는 것 같았다. 나는 기겁해서 되물었다.

"염병, 레일리 크라하 그 미친놈이 후작님을 공격하기라도 했답니까?"

그런데 내 대답을 들은 애셔의 표정이 다시 애석하고도 너그러워졌다. 아까부터 저 자식이 내 인생을 애석하게 여기고 있지 않은가. 대체 무슨 일이 있었기에 저런단 말인가?

종잡을 수 없는 불길함을 느끼기는 했지만, 적어도 레일리가 일찍이 거슬려 하던 마이어 후작을 이 기회를 틈타 죽여 없앤 것은 아닌 듯했다. 그나마 다행스러운 일이었다.

"아, 아니에요? 그럼 다행인데, 아니, 제길, 그 미친놈이 뭘 하고 있는데요?"

"사고를 친 것은 아닙니다. 하지만 말씀을 듣고 나니 어떤 의미에서는 '사고를 쳤다'고 표현해도 될 것 같군요."

평온한 태도를 되찾은 애셔가 부드럽게 대답했다. 내가 더더욱 의아함을 느끼고 눈썹을 역팔자로 꺾기 시작할 무렵, 애셔가 잠자코 상황을 설명해 주기 시작했다.

"마이어 후작을 필두로 들어간 기사단 조에는 아시다시피 숙부님의 시종인 갈리아, 백작님의 집사인 레일리 크라하가 포함되어 있었습니다."

"예, 그렇죠……."

"그들도 우리들과 마찬가지로 푸른 숲 공방을 둘러싼 마지막 결계 앞에 다다랐다고 하더군요. 우리보다 인원이 많은 무리이니 우선은 그곳에서 잠시 휴식을 취하다가, 다른 일행들이 전부 나왔다는 신호로 실에 묶인 방울이 흔들린 뒤에야 돌아 나올 준비를 시작했다고 합니다."

"예에."

"그런데 그때, 결계가 열렸다고 하는군요."

"예?"

멍청한 신음만 흘리며 고개를 끄덕끄덕 흔들다가, 들으면 안 될 소리를 들은 듯해 빽 목소리를 높이고 말았다. 애셔도 턱을 문지르며 단정한 미간에 주름을 잡았다.

"기사의 말에 따르면, 레일리 크라하가 결계를 열었다고 합니다. 결계가 해제되기에 앞서 우선 돌아 나올 준비를 하던 중, 레일리 크라하가 돌연 우리에게는 전령을 돌려보내면 되니 우선 먼저 조사하며 다른 일행을 기다리자는 제안을 꺼냈다는 모양입니다."

"레일리가요?"

"예."

허어어, 내가 기가 찬 신음을 흘리며 머리를 팽팽 굴리는 사이, 내 어깨를 붙잡아 줬던 알렉시스 에슈마르크가 자신에게 기대서 있던 나를 제대로 세워 준 뒤, 침착하게 질문을 했다.

"마이어 후작이 순순히 그의 말을 따르지는 않았을 텐데."

"물론 그랬습니다. 마이어 후작은 어쨌든 백작님의 동의 없이는 공방에 진입할 수 없다고 답했다고 합니다만……. 레일리 크라하는 태연히 이렇게 대답했다고 하는군요. 이미 자신은 백작님의 허가를 통해 전권을 위임

받고 푸른 숲에 들어간 것이라고 말입니다."

"이 개자식이 뭔 개 같은 수작질이야?"

기겁한 내가 두어 걸음 물러서다가 희미하게 중얼거리자, 그런 내 반응을 물끄러미 살피던 애셔가 한숨을 내쉬며 팔짱을 풀고, 뒤에 있던 시종들에게 손짓을 했다. 미리 어느 정도는 지령을 내려 뒀었는지, 그들은 즉시 무언가를 챙기기 시작했다. 그들을 살피며 주변 상황을 점검하려던 내게, 애셔가 다정다감하게 설명을 붙여 주었다.

"그러고 나서, 레일리 크라하가 품에서 '백작님의 피가 담긴 유리병'을 꺼내 결계를 해제했다는 것 같은데, 백작님의 피를 그에게 전권과 함께 위임하셨습니까?"

"예에에에?"

정말로 처음 듣는 소리였다! 나는 다급히 품을 뒤져서, 애셔의 부탁에 따라 채취해 두었지만 첫 번째 결계에는 무용했던 터라 고스란히 내 품에 돌아오고만 피를 꺼냈다. 다행히 레일리가 남몰래 내 품속의 유리병을 훔쳐 간 것은 아니었는지, 피가 담긴 병은 본래의 모습 그대로 내게 남아 있었다.

그것을 보고 나서 내 결백을 인정했는지 애셔가 고개를 천천히 끄덕이고, 한 걸음 물러서며 손을 펼쳤다. 그가 지목한 것은 시종들이 빠르게 준비해 온 권총 몇 자루였다.

"하지만 어쨌든 그는 피를 사용했습니다. 요컨대, 애석한 결론에 닿았습니다만……. 주인인 백작님의 허가 없이 피를 채취한 뒤, 지금을 위해 보관하고 있었다는 이야기가 되는군요."

"이 개자식이 진짜!"

굳이 푸른 숲에 들어가야만 한다고 주장할 때부터 이런 상황을 짐작했어야 하는 걸까? 제길! 잘생긴 얼굴과 달콤한 말에 홀려서 전혀 짐작도 하지 못하고 있었다!

애초에 레일리 크라하 이 미친놈은, 방금 전까지만 해도 알콩달콩하게 좋은 분위기를 조장하며 세기의 로맨스 장르 남자 주인공처럼 굴더니, 대체 언제 남의 피를 채취한 것이며, 또 뭘 하려고 그걸 마음대로 보관하고 있다가 이제 와서 뒤통수를 때린단 말인가?

내 캐릭터의 인성을 믿은 내가 잘못이지!

그런데 내가 이를 부득부득 갈며 어처구니없어하고 있는 사이에, 애셔는 권총을 향해 한 번 더 손짓을 했다.

"푸른 숲에서 사용할 수 있는, 마력 장치가 전혀 되어 있지 않은 구식 권총들입니다. 필요하시다면 사용하셔도 됩니다."

응……? 이것도 왠지 못 들을 소리를 들은 듯한 기분이었다. 안 그래도 어찔해진 내가 이마를 짚은 채 그를 돌아보자, 애셔가 특유의 온화하고 다정한 얼굴로, 부드럽게 미소를 지은 채 사뿐히 말했다.

"지금의 백작님은 마법에 익숙하지 못하시니, 구속구를 작동시켜 그를 강제하는 것보다는 직접 제재를 가하시는 편이 빠르겠지요."

마지막 말을 듣고 나서야 애셔가 꺼낸 일련의 말을 일목요연하게 이해했다. 처음엔 내게 일부러 뷔올 국가 단위의 공방 조사를 막기 위해 레일리를 이용했느냐고 취조했지만, 어쨌든 내가 결백하다는 사실에는 확신을 갖게 된 것이다.

하지만 만일 그렇다면 레일리 크라하는 구속구를 찬 반인 노예임에도 불구하고 주인의 명을 거역하고 제멋대로 주인에게 반기를 든 셈.

뷔올에서는 결코 용납될 수 없는 일이었고, 애셔 아마르트 뷔올은 누구보다도 뷔올의 규칙을 철저하게 지켜서 자기 자리를 보전해야 하는 인간이다. 일찍이 나에게 그 좋은 '윗분' 노릇을 그만둘 생각이 없다고 선언한 적도 있지 않은가?

내가 레일리와 어떤 사이인지는 뻔히 알지만, 그가 내줄 수 있는 것이 있고, 그럴 수 없는 것이 있다. 어쨌든 이 상황에 내게 주어진 선택지를 최대한도로 보여 준 셈이었다.

그러니까……. 내가 뷔올의 눈을 가리고 개 같은 짓을 할 생각이 아니었다는 말은 믿어 줄 테지만, 대신 그 결백함에 맞게 행동하기를 재촉한 셈이었다. 노예에게 뒤통수를 맞은 '주인'인 내게, 그는 너그러운 군주로서 최대한의 조력을 아끼지 않겠다고 말한 것이다.

주인 된 소임으로, 통제를 벗어난 반인 노예 레일리 크라하를 죽이라고!

# SIDE OUT: 세레나의 티타임 (3)

그 남자의 검은 옷자락이 북풍에 떠밀려 날개처럼 휘둘렸다. 삐걱삐걱 묵직하게 연기를 뱉어 내는 마력 장치들 사이에 그 시꺼먼 궤적이 검은 오물처럼 묻어 있었다. 꼭 그 남자만이 유일하게 세계의 무게에 구애받지 않는 자유로운 인간처럼 보였다.

새하얗게 번득이는 은빛 머리칼 위로 차가운 눈발을 짊어지고, 보랏빛 눈동자가 요사스럽게 번득였다. 입술 아래로 선명하게 자리 잡은 점까지, 분명 기억 속의 모습과 똑같았지만.

마법사단 부단장 요안의 머리가 그 남자의 손아귀에서 정처 없이 흔들리다가, 세레나가 굳어 있던 손끝을 가까스로 움직일 때쯤에야 툭 떨어졌다. 요안의 검은 머리칼이 눈밭에 파묻혔다.

레일리 크라하의 발치에는 난도질당한 예순일곱 구의 시신이 흩어져 있었다. 누가 누구인지를 알기도 어려웠다. 모든 시신은 잔인하게 분해되어 식물이 자랄 수 없는 땅에 식물처럼 흐드러져 있었다. 시신이 예순일곱 구라는 사실을 알고 있는 것은, 세레나가 그들의 명단을 작성해 손수 북부 설산지대에 보냈기 때문이다.

이성을 잃고 미쳐 날뛰고 있다고 들었다.

그러나 아마도, 남자 역시 세레나를 알아본 모양이었다. 시선이 마주친 순간부터 세레나가 딱딱하게 굳어 있던 것과 마찬가지로, 남자도 긴 팔을 흔들흔들 늘어트린 채 가만히 세레나를 깔아 보기만 했다.

"윌리엄스."

그가 곱씹듯이 세레나의 이름을 입에 담았다. 그때, 무언가가 잘못되었다는 것을 알았다. 분명 이성을 잃고 미쳐 날뛰고 있어서, 죽여서라도 대륙의 평화를 지켜야 한다고 들었다.

그녀가 존경해 마지않는 알렉시스 에슈마르크가 그렇게 말해 줬다.

그녀가 신뢰하고, 사랑할 수밖에 없었던 애셔 아마르트 뷔올이 그렇게 말했다.

그리고 그 '미치광이' 까마귀가 특유의 우아한 태도로 목을 휙 젖혀 좌우로 두어 번 꺾더니, 피투성이가 된 손을 한 차례 눈밭 위에 털어 냈다.

"그 코트는……."

세레나 윌리엄스가 걸친 붉은 금장과 화려한 수가 놓인 검은 코트를 일별하고, 레일리 크라하가 보랏빛 눈을 가늘게 뜨더니 조롱조의 표정을 지었다.

"뷔올의 마법사단장이 됐나. 피차 오물 더미군."

"당신은."

그때에야 세레나 윌리엄스가 정신을 차리고 가까스로 중얼거렸다.

"당신, 대체 어째서 멀쩡하죠?"

자세한 질문이 담기지 않은 말이었지만 남자는 어렵지 않게 그 질문의 진의를 파악한 듯했다. 벌써 1년이 넘는 기간을 내내 살육에 바친 무자비한 악당이 이를 드러내고 숨을 터트리듯 웃더니, 피에 흠뻑 젖어 검게 변색된 장갑으로 깍지를 끼고, 두어 번 손목을 꺾었다.

문득 그의 손가락이 눈앞에 거추장스럽게 흘러내려 와 있던 마력 장치의 호스를 옆으로 쓱 밀어냈다. 아마도 그들은 같은 세계를 보고 있다. 세레나 윌리엄스가 직감적으로 깨달았다.

세레나의 두려움을 아는지 모르는지 레일리 크라하가 새하얀 입김을 뱉어 냈다. 손과 마찬가지로 피로 엉망이 된 은빛 머리칼을 한 번 쓸어 올리고, 남자가 거만한 태도로 뺨을 들었다.

"미치광이가 무고한 양민을 학살하고 있다는 얘기라도 들었나 보지?"

그가 빈정거렸다. 기억 속의 집사복과는 달리 무늬 없는 정장에 밋밋한 롱코트였다. 머리부터 발끝까지, 새하얀 셔츠를 제외하면 검은 옷만 걸친 듯했다.

뷔올을 비롯한 대륙의 모든 사람들은 당연하게도 태엽과 지퍼, 버클과 체인으로 이루어진 편리한 옷을 입지만, 레일리 크라하가 걸친 것은 꼭 그런 '관념' 자체를 부정하듯이, 어디에서 본 적도 없는 장식 없는 옷이었다. 천과 실로만 이루어진 옷. 그의 정강이 뒤쪽까지 늘어진 검은 코트는 안도 밖도 까맸다.

세레나는 단 한 번도 그처럼 세계에서 자유로워 보이는 사람을 본 일이 없다.

"네가 스승이라 부르던 자들에게 물어봐라."

세상에서 가장 빛나는 것, 삶과 죽음을 모으는 므라우의 까마귀가 지친 듯한 날 선 태도로 대답했다. 아마도 세레나에게는 당장 손을 댈 생각이 없는 듯했다. 어쩌면 이후로 세레나 윌리엄스의 입장이 달라질지도 모른다고 생각했을 수도 있다.

어떤 이유에서든, 자비를 모르는 인간이 미련조차 없이 돌아섰다. 검은 코트가 까마귀의 날개처럼 흔들렸다.

\* \* \*

몇 마디 소리를 지르고, 화를 내고, 울고, 그의 가슴팍을 때렸다. 어떻게 그런 짓을 하며 살 수 있었느냐고 분개했다. 당신들에게는 힘없고 나약한 자들이 아무것도 아닌 실험 대상에 불과했느냐고 두서없이 쏘아붙였다. 어째서 뷔올의 모든 것을 지녔던 당신들은 반인을 그렇게까지 깔보고 함부로 대해야 했느냐고 외치며.

적어도 유리 님이 저지른 일이라면, 유리 님의 후계자가 된 나에게는 말해 줬어야 하는 것이 아니냐고 역정을 냈다. 어떻게 레일리 크라하와 그를 따르는 반인의 군단을 그런 식으로 지우고, 왜곡하고, 호도할 수 있느냐고 비난했다.

알렉시스 에슈마르크는 변명 하나 없이 대답했다.

이 전투에 더는 손을 댈 수 없다고 판단했다면, 이제 그만 떠나도 된다고.

\* \* \*

에슈마르크 대공은 현존하는 사람들 중에서도 첫손에 꼽히는 현명한 인간 중 한 명이었다. 일흔 명의 부하가 몰살당한 곳에서 홀로 무사히 돌아온 세레나가 묻기도 전에 그녀가 겪었을 상황이 무엇인지를 파악했다. 그는 가장 먼저 '레일리 크라하를 만났나.' 하고 물었고, 세레나가 답을 주지 않자 알아서 결론을 내렸다. 그렇게 지난 세월 일찍이 흘러갔던 일들을 들었다.

세레나 윌리엄스는 최후에 이르러, 울다 지쳐 넋이 나간 얼굴로 주저앉아 힘겹게 질문했다.

"그렇다면 유리 님은 어째서 돌아가신 거죠?"

"'어째서'라니?"

"그토록 전능하고 대단했던 분이, 어쩌다가 그렇게 허망하게 돌아가시게 된 걸까요?"

공식적으로 발표된 유리 옐레체니카의 사망 원인은 '일식 현상에 뒤따른 푸른 숲 전반의 마력 역류'였다. 마력의 역류야 모든 마법사에게 위험천만한 일이지만, 유리 옐레체니카에게는 특히나 더했다. 그녀의 마력 회로는 거꾸로 뒤집어져 있기 때문에 약간의 이변만으로도 크게 망가졌다. 그리고 한번 균형을 놓치자, 자신이 통제하지 못한 마력에 짓눌려 몸이 박살 나고 말았다. 세레나도 그 모습을 지켜봤다.

하지만 생각해 보면 이상한 일이었다. 알렉시스 에슈마르크에게서 들은 모든 이야기가 사실이라면, 유리 옐레체니카는 푸른 숲의 자연적인 마력 역류에 그렇게 쉽게 휘말릴 수 있는 인간이 아니었다. 누군가가 손을 대지 않았다면 그렇게 되기는 어려웠다.

누군가가 손을 대지 않았다면. 세레나 윌리엄스는 문득, 유리 옐레체니카가 세상을 떠난 직후 알렉시스 에슈마르크가 뷔올 상층부와 충돌해 가며 강력히 재조사를 요청했던 일을 상기했다. 알렉시스 에슈마르크는 꾸준히 그것이 '살해'였다고 주장했다. 재조사 결과 아무런 증거도 발견되지 않았지만.

그래, 알렉시스 에슈마르크만은 유리 옐레체니카가 누군가에 의해 살해되었다고 주장했다. 넋이 나간 채 주저앉아 있던 세레나가 희미하게, 그러나 분명하고 또렷한 목소리로 다시 물었다.

"누가 죽였죠?"

세레나의 질문을 듣고, 알렉시스 에슈마르크가 잠자코 시선을 깔았다. 유리 옐레체니카가 어쩌면 그 죽음을 미리 예견하고 있었을지도 모른다고, 후에 생각하게 되었지만. 확신할 수는 없다. 확신 없는 가설을 좀처럼 입에 담지 않는 그는 이번에도 그저 진실만을 곱씹었다. 실제로 어떤 일이 있었는지에 대해서만.

잠시 망설이는 듯했던 그가, 퍽 단호한 태도로 확실하게 대답했다.

"범인이 수사 책임자여서야, 살해 사실을 증명할 추가적인 단서가 나올 리 없지."

\* \* \*

마이어 후작은 단 한마디 말로도 부정하지 않았다. 그는 그저 언제나 그랬듯 눈을 감고 팔짱을 낀 채 묵묵히 세레나의 말을 듣고 있다가, 이야기가 끝나고 홀로 숨을 몰아 뱉는 세레나를 향해 뒤늦게 눈을 떴다.

"나는 내가 해야 할 일을 했을 뿐이오."

마이어 후작에게 유리 옐레체니카는 사라져야 할 인물이었다. 그가 충성을 바치는 뷔올의 기준에서 사라져야 할 인물이었고, 애셔에게 방해가 되는 상대였기 때문이다. 알렉시스 에슈마르크의 앞길을 방해할 것 같은 그녀에게 이리나 밀락테이트와 황제 역시 불쾌함을 느꼈다.

유리 옐레체니카는 자연스럽게 '처형'당했다. 인망이 두터운 인물이었기 때문에 죽음 이후의 명예는 지켜졌지만, 그녀가 공식적으로 에슈마르크 대공을 제외한 황실 상층부 전원의 동의를 얻어 처형당했다는 사실은 사라지지 않는다.

그러고 나서 레일리 크라하가 돌아왔을 때, 마이어 후작 역시 레일리 크라하의 진실을 세상에 알리는 것은 온당치 않다고 봤다. 사회에 혼란이 찾아오리라 판단했다고, 그가 말했다.

그래서 레일리 크라하의 이름 위에 오명을 씌우고, 그들 반인 전원을 축출하고 사살함으로써 평온한 대륙을 되찾기로, 그들 간의 합의를 마쳤다고. 그렇게 설명했다.

어떤 이야기를 논하든 마이어 후작은 애셔의 이름은 한 글자도 꺼내지 않았다. 유리 옐레체니카의 죽음과 관련된 모든 일에 있어서도, 그저 그 자신이 별도의 명령 없이 홀로 조사하고 스스로 판단한 결과였다는 말만을 덧붙였다.

거짓을 말하지는 않는 사람이니, 그 모든 말이 사실이기는 할 것이다. 하지만 세레나 역시 이제는 그들의 생리가 어떻게 돌아가는지 알고 있다. 최종적으로 애셔에게 알리고 허가를 받지 않았다면, 마이어 후작은 계획을 실행하지 않았을 것이다.

"하지만 그대에게서는 결과적으로 스승을 뺏고 말았지."

당장에 애셔를 찾아가려던 세레나의 등 뒤에, 마이어 후작이 말했다.

"분이 풀릴 때까지 나를 쳐도 괜찮소."

그 말이 결정적으로 세레나를 분노케 했다. 세레나는 당장에 돌아서서, 이를 악물고 눈물을 참은 채 성큼성큼 다가서서, 그의 뺨을 주먹으로 후려쳤다.

"후작님은 언제나 정의롭기만 할 작정이죠."

대공가에서 태어나 따로 후작위를 받은 명예로운 기사였다. 바로 그 마이어 후작이 직접 선택해 후원한 젊은 장사치가 몇 년 만에 뷔올의 가장 높은 자리에 올랐다. 제국의 모든 마법사들을 통솔하는 사람의 복장을 하고, 세레나 윌리엄스가 어깨를 파르르 경련했다.

"무슨 짓을 해도 당신들은 정의로웠다고 말하면 그만이겠죠!"

그녀는 정의롭지도, 자비롭지도, 현명하지도 못한 삶을 살았다. 그럼에도 불구하고 알렉시스 에슈마르크에게 분노했고, 솔데인 마이어에게 분노했고, 이제 그만 애셔 아마르트 뷔올에게까지 분노하고 말았다.

아무것도 가지지 못한 자들의 나약한 희망이 어찌나 빛나는지, 그 빛을 잃어버렸을 때 세상이 어찌나 깜깜한지, 애를 써도 얻을 수 없는 것이 사람을 얼마나 갈증 나게 하는지. 그것이 어떻게 사람을 미치게 만드는지. 세레나가 아는 그 별것도 아닌 갈망과 비참함을 그들은 알지 못했다.

그들은 처음부터 그렇게 태어났다. 세상 모든 것을 손에 쥐고.

"유리 님이 어떤 분이셨든 저는 그분을 존경했고, 그분은 제게 다정하셨습니다. 그러니 어떻게든 그분의 뒤에 남은 일들은 책임지고 물려받아야죠. 제 방식대로요."

주먹으로 단 한 번이었다. 후작의 얼굴을 때리고 나서, 세레나 윌리엄스가 힘없이 손을 늘어트린 채 말했다.

"저는 이 전투에서 물러날 생각이 없습니다. 뷔올의 마법사단을 책임지는 사람으로서도, 유리 님의 후인으로서도, 대공 각하의 제자로서도 마찬가지예요, 후작님."

결과만 좋다면 그 과정에서 무슨 짓을 해도 괜찮다고 생각했을까? 어떤 희생을 동반해도 어쩔 수 없다고? 유리 옐레체니카가 그랬듯이, 뷔올의 가장 높은 자리에 있는 사람들도 똑같은 일을 반복하고 있을 뿐인 것은 아닐까?

세레나가 괴로움에 어깨를 떨었다. 알렉시스 에슈마르크는 말을 아꼈지만, 세레나 윌리엄스는 유리 옐레체니카의 저택에 머무르며 직접 마법과 정령에 대한 가르침을 받고, 언제나 그 곁에서 함께한 사람이었다. 그녀도 같은 결론에 다다랐다.

"스스로 죽음을 선택해야만 하는 이유가 분명 유리 님께는 있었을 거예요. 그리고 만일 그렇다면, 제가 그 이유를 찾아서 이어 해결할 겁니다."

그리고 세레나 윌리엄스가, 그때 선언했다.

"세상에 단 한 명뿐인, 유리 옐레체니카의 제자로서."

\* \* \*

아마르트 뷔올 역시 알렉시스 에슈마르크와 마찬가지였다. 그의 뛰어난 두뇌는 늘 그랬듯 누구보다도 빠르게 결론을 내렸다. 그는 홀로 생환한 뒤 알렉시스 에슈마르크를 만난 세레나 윌리엄스가, 피와 눈물로 엉망이 된 얼굴을 한 채 울며 찾아왔을 때, 이미 무슨 이야기가 나올지 예상했다.

그는 밤새 그녀의 비난을 들었다. 나란히 앉아서, 목이 갈라질 것 같으면 물을 주고, 사과 한마디 없이.

그저 그녀의 이야기에 대해 그 어떤 부정의 말도 건네지 않고서.

세레나의 이야기를 들었다.

\* \* \*

"내가 정신이 나갔다는 식으로 생각하고 싶은 모양이던데."

어쩔 수 없이 서로와 충돌할 수 없는 날이었다. 알렉시스 에슈마르크는 반인의 군단이 급격한 열세에 몰린 지역으로부터 얼마 떨어지지 않은 지점에서, 급히 조력을 위해 달려가던 레일리 크라하의 직속 친위대와 마주쳤다.

알렉시스 에슈마르크라고 해서 레일리 크라하의 발목을 잡기 위한 소모적인 전투를 할 여유가 있는 상황은 아니었다. 그는 하필이면 중요한 인물을 호위하고 있었다.

알렉시스 에슈마르크에게 치료 불가능한 장애가 여럿 남은 상황에서, 뷔올의 계승자는 애서 아마르트 뷔올뿐이다.

어쩔 수 없이 서로의 암묵적 묵인하에 상대를 보내 줘야 하는 날이었다. 가장 앞에 서서 상대를 경계하며 진영의 움직임을 확인하던 레일리 크라하와 알렉시스 에슈마르크 사이에, 문득 그 말이 떨어졌다. 지극히 이성적인 태도로 레일리 크라하가 꺼낸 말이었다.

알렉시스 에슈마르크는 일찌감치 피해 정도를 점쳐 보던 중이었다. 그는 불가피한 손실을 있는 그대로 받아들이는 종류의 사람이었다. 사실, 세레나 윌리엄스가 비난한 그대로였다. 부정할 생각도 없다.

그는 소수의 죽음이든 다수의 죽음이든 달라지는 것은 수치밖에 없다고 생각하는 사람이었다. 그 '사망자' 중에 극도로 중요한 인물이 포함되지 않았다면 언제든 마찬가지다. 따라서 예기치 못한 순간에 예기치 못한 말을 듣게 된 셈이었다. 그 말을 한 사람도 예상 밖의 인물이었다.

알렉시스 에슈마르크는 물끄러미 레일리 크라하를 바라보았다가, 담담하게 대답했다.

"그 정도로 곤란한 일을 벌였더군."

"당신들이 원하던 일이지 않나?"

레일리 크라하가 빈정거렸다. 희미하게 미간을 좁힌 알렉시스 에슈마르크가 차분히 부정했다.

"설마."

"설마가 아닐 텐데. 바라고 있었잖아, 당신과 유리 옐레체니카가."

이를 가는 듯이, 레일리 크라하가 잘 만든 인형처럼 우아한 얼굴을 기울이고 살벌하게 쏘아붙였다.

"세상을 뒤엎고, 새 질서를 만드는 것을."

* * *

아멜리아 레스킷은 말없이 차를 끓이는 일에 집중했다. 하얗게 올라오는 수증기 너머로 뽀얀 차향이 아른거렸다. 그녀가 독점적으로 진행하고 있는 차 무역의 결과물이었다. 그중에서도 가장 좋은 차, 가장 향이 뛰어난 차를 한동안 고민해서 겨우 간택했다.

알렉시스 에슈마르크가 사실상 황제의 손아귀에서 벗어나고 애셔 아마르트 뷔올과 손을 잡은 뒤 아멜리아 레스킷이 할 일은 대폭 줄어들었다. 간단하게 보면 황제 근처의 간자가 해야 할 일이 늘었으리라고 생각할 수 있겠지만, 그렇게까지 간단한 인간들이 사는 궁전이 아니었다.

그 궁에는 사람을 잡아먹고도 눈썹 하나 꿈쩍하지 않는 괴물들만이 산다. 퍽 다정다감한 성품을 지닌 애셔 아마르트 뷔올이라고 해서 완전한 예외는 아니었다.

유리 옐레체니카가 죽고, 알렉시스 에슈마르크가 공공연히 애셔 아마르트 뷔올의 손을 잡아 주었다. 황제는 외로운 싸움을 시작했다. 그사이 이리나 경이 일선에서 물러나 쓸쓸히 여생을 마쳤다.

기존의 권력 구조가 전부 뒤바뀌는 시기였다. 연합국에서는 오델 에포닐이 결국 통령을 맡아 새로운 체제를 정비하기 시작했고, 슈리하 왕국은 뛰어난 학자인 마티어스 에이미를 받아들여 학문과 의학을 급진적으로 발전시키기 시작했다.

주변국의 상황이 급변하는 가운데, 내정의 균형도 기울어졌다. 대륙의 패자였던 뷔올 황실은 자연히 혼란의 시기를 맞이했다. 아마도 그맘때였을 것이다. 아멜리아 레스킷은 더 이상 자신이 그곳에 머무를 이유가 없다고 판단했다. 알렉시스 에슈마르크도 이만하면 됐다고 말해 줬다.

무엇도 그녀를 필요로 하지 않고 붙잡지 않는다면 아멜리아 레스킷은 어디에도 머무를 이유가 없다. 그래서, 망설임도 없이 떠났다.

그로부터 근 몇 년 사이 그녀는 누구보다도 평화롭고 안정적인 삶을 살고 있었다. 알렉시스 에슈마르크가 마지막 선물 겸, 지금까지 도와준 것에 대한 감사와 보은의 표시라며 쥐여 준 찻잎 무역권을 들고 풍족한 삶을 찾았다. 외가의 입김이 닿지 않은 아멜리아 레스킷만의 상단에서, 어마어마한 액수의 돈을 굴리고, 무료하고도 평온한 하루하루를 보냈다.

찾아오는 자도 없고 찾아가야 할 사람도 없다. 하나의 자극적인 일이 끝났을 때, 그 뒤에 뒤따를 자극적인 일을 기다리며 맞이한 잠깐의 휴식이었다. 차를 끓이는 내내 그런 생각을 했다. 직감적으로 이 휴식도 조만간 끝나게 되리라는 사실을 알았다. 오랜만에 중요한 손님을 맞이한 탓이었다.

"오랜만이에요, 알렉시스."

더는 그를 존칭 섞어 부르지 않게 된 여자가 차를 내놓으며 뒤늦게 인사를 꺼냈다. 먼저 차향을 맡고, 조금 음미하다가, 희미하게 시선을 깐 채 알렉시스 에슈마르크가 부드럽게 대답했다.

"오랜만일세, 아멜리아."

"요즘 바쁘시다고 들었는데, 저를 찾아오실 정도로 여유가 있다면 걱정을 거둬도 되겠어요."

"바쁜데도 찾아와야만 하는 이유가 있었던 게지."

알렉시스 에슈마르크가 오랜 서론을 꺼내는 대신 바로 본론을 입에 담았다. 이만한 상단을 꾸려 나가는 사람이 어찌 대륙의 정세와 무관할 수 있을까. 아멜리아 레스킷도 근래 발생한 일련의 사태들을 제대로 파악하고 있었다.

주인을 잃은 레일리 크라하가 미치광이가 되어 돌아왔다. 각지에서 핍박받던 반인들이 하나씩 그의 세력에 붙었다. 사실, 일찌감치 이상함을 느끼고 있기는 했다. 반인들이 무슨 수로 구속구의 제약을 이기고 레일리 크라하에게 붙었단 말인가?

레일리 크라하가 그 주인을 살해해 구속구의 의미를 없애 주었기 때문일 수도 있고, 구속구 자체를 제거해 주었을 수도 있다. 본래 그는 유리 옐레체니카의 모든 건강과 생활을 책임지던 인물이니 의학에도 조예가 깊었을 것이다.

하지만 어느 쪽이든, 분명한 목적의식과 방향성을 지니고 확실한 이성적 판단을 할 수 있는 인간만이 벌일 수 있는 일이었다. 그리고 지금은 알렉시스 에슈마르크가 다른 누구도 아닌 아멜리아 레스킷에게 찾아와 도움을 청하고 있다.

아멜리아 레스킷은 그가 스스로 일군 모든 저변을 잘라서 선물한 상대였다.

이미 대륙 전반의 사람들은 식사에 곁들이고 후식과 함께하는 찻물 없이 생활할 수 없게 됐다. 고농도의 야나 콩 차를 마시지 않으면 실적을 내지 못하게 된 학자들도 있다. 차의 유통을 책임지는 인물이야말로 대륙의 황금을 손아귀에 쥔다. 그것을 알렉시스 에슈마르크가 손수 정리해 아멜리아 레스킷에게 넘긴 것이다.

아멜리아 레스킷은 감사할 수 있는 인간이었고, 알렉시스 에슈마르크는 책임질 수 있는 인간이다. 이미 한 번 손아귀에 쥐여 준 것을 꺼내 자신에게 도움을 달라고 염치없이 부탁을 하러 오는 일을 쉽게 생각할 인물이 아니었다.

요컨대, 그 정도로 위협을 느꼈다는 이야기가 된다. 이성을 잃어 날뛰는 레일리 크라하에게? 아니. 분명, 정련된 이성을 지니고 반인을 구출해 가며 세력을 불리고 있는 레일리 크라하에게 느낀 위협일 것이다.

아멜리아 레스킷은 그의 맞은편에 앉아서 잠시 차를 마시다가, 느긋하게 대답했다.

"무엇이든 당신께서 바라신다면 꺼내 드려야지요. 이 아멜리아, 제멋대로 살고 있지만 그래도 은혜를 모르는 인간은 아닙니다. 애초에 어느 쪽이 더 제게 이득이 될지도 명백해 보이는군요."

"계산도 빠르지."

알렉시스 에슈마르크가 희미하게 웃으며 혀를 찼다.

"그대의 그런 점을 내 크게 아꼈지만 오랜만에 겪으니 새삼스럽군. 차나 한 잔 더 주게. 길게 이야기할 필요가 사라졌으니 회포라도 풀어야겠어."

"어머, 길게 할 이야기가 사라졌다고 누가 그러던가요? 차야 언제든 몇 날 며칠이고 드릴 수 있겠지만, 제 질문에는 답을 주셔야지요."

제때 채워 주지 않아 텅 빈 알렉시스 에슈마르크의 잔에 찻물을 따라 주며, 아멜리아 레스킷이 살갑게 눈웃음을 쳤다.

"제 힘이 필요하다면 레일리 크라하의 이지를 높게 사고 있다는 뜻. 요컨대 그가 아주 멀쩡한 정신 상태를 지니고 있다는 것은 알겠습니다. 당신과 유리 옐레체니카의 일이 원인이겠죠. 그의 입장에서는 갑자기 청천벽력 같은 진실을 알게 된 셈일 테니까요. 저도 거기까지는 생각했습니다만…… 어차피 뷔올에서 반인이란 노예에 불과하니 단지 역도로 규정지어 몰아내면 될 일을, 어째서 이렇게까지 복잡하게 끌고 가시는지 모르겠어서요."

"'어째서'라니?"

"그래서 당신이 그에게 오명을 씌우고, 그들의 목소리를 폭력과 난동으로 격하시키면서 얻으려는 것이 무엇인지 말입니다."

주전자를 내려놓고 비스킷을 와삭와삭 씹으며 흘긋 시선을 굴렸던 아멜리아 레스킷이 태연히 말했다.

"대단한 영광을 바라는 사람도 아니면서."

"나를 잘 안다는 듯이 말하는군."

"현존하는 인간들 중에서는 누구보다도 당신을 잘 알지도 모르지요, 알렉시스."

조곤조곤한 목소리로 대꾸한 아멜리아 레스킷이 비스킷 가루가 묻은 입가를 손끝으로 톡톡 털었다. 붉게 칠한 손톱으로 입꼬리를 두어 번 만지작거리던 아멜리아 레스킷이 녹색 눈을 느긋하게 접었다.

"유리 옐레체니카가 비밀리에 처형되며 명예를 지켰으니, 그녀의 외도를 용서하지 못해 들고일어난 레일리 크라하의 '본래 이유'를 감춰야 한다는 것일까요?"

"그런 이유도 있고."

결국 알렉시스 에슈마르크도 부정하지 않고 수긍했다.

"물론 누군가의 것을 빼어 내 결핍을 채울 생각은 없지. 더군다나 내 결핍을 채울 수도 없는 것을 뺏을 이유도 없다. 하지만 적어도 내가 계기를 마련했다면, 끝을 보는 것도 내 역할이 아니겠나."

"요컨대, 유리 옐레체니카의 일은 당신이 책임지고 끝내고 갈 생각이며, 후대에 알릴 생각도 없고, 레일리 크라하 역시 그 '책임'의 일환이라는 이야기로군요."

"그래. 대마법사 몬타뉴에게서 시작된 이야기를 끝낼 때가 왔네. 앞선 세대의 일은 내가 끝까지 끌고 가야지. 그러기 위해서 수와 방법을 가리지 않을 뿐이야. 레일리 크라하를 비롯해 반인 몇의 희생 따위는, 어쩔 수 없는 일이지. 어떤 역사에서나 지워지는 인간은 있다."

떠보는 듯한 아멜리아 레스킷의 질문에, 이번에도 알렉시스 에슈마르크는 부드럽게 대꾸했다.

"아름답지 못한 진실은 후대에 남길 이유도 없어."

그 말을 듣고 아멜리아 레스킷이 녹색 눈을 가늘게 뜨며 붉은 입술을 매만졌다. 입술을 물들인 붉은 빛깔이 손끝에 연하게 묻어 나왔지만 그녀는 크게 개의치 않고 알렉시스 에슈마르크만을 응시했다.

그 투명한, 마주 앉은 사람을 그대로 투영할 듯이 무정한 시선을 받으며 두어 모금 더 차를 마시고, 알렉시스 에슈마르크가 희미하게 시선을 깔았다.

"그대 내 부정함을 경멸하나."

* * *

세레나 윌리엄스가 손을 멈췄다. '불운한 사건' 이후 푸른 숲은 이전보다 더 꺼려지는 지역이 됐다. 더군다나 악명 높은 레일리 크라하가 구속구를 통제해 줄 주인마저 잃은 채 푸른 숲 안으로 사라졌으니, 지각 있는 사람이라면 푸른 숲 인근에 가는 일을 극도로 기피했다. 아무도 발길을 하지 않은 채, 유리 옐레체니카의 죽음 이후 방치된 지 벌써 몇 년.

세레나 윌리엄스는 강제로 모든 결계를 와해하고 푸른 숲 공방에 들어섰다. 한 명의 마법사로서 온전히 세계를 보게 된 이래 그녀는 푸른 숲에서 길을 잃을 걱정이 없는 인간이 되었고, 타인의 결계 역시 그녀의 앞에서는 무용해졌다.

푸른 숲 안에 감추어진 그곳에서, 세레나 윌리엄스는 비로소 발견한 것이다. 엉망이 된 실험실에서 무너진 돌더미와 나무들을 일일이 치우다가, 세레나는 그 '진실' 앞에서 망연히 시선을 깔았다.

유리 옐레체니카가 무엇을 하려 했는지 알았다. 그 과정에서 무엇을 희생했는지도. 그 결과 어떤 일이 생겼는지도 이제는 명백했다.

그것은 잔해였다. 유리 옐레체니카가 정말로 하고자 했던 일을 어렴풋이 알려 주는. 그리고 레일리 크라하의 꺼질 수 없는 분노가 시꺼먼 불을 머금은 결정적인 순간의.

바로 그 잔해에서, 세레나 윌리엄스가 새롭게 시작할 일이 싹을 틔웠다. '세상을 뒤엎고, 새 질서를 만드는' 일이었다.

〈다음 권에 계속〉

# 쓰레기의 도시, 므라우
## MRAU: The Abandoned

### *버려진 자들의 땅, 세상 모든 폐기된 것이 모이는 도시*

므라우는 본래 사람이 살지 않는 지역이었다. 아니, 사람이 살지 '못하는' 지역이다.

뷔올에서 흘러들어 간 폐기물이 모이는 지역이 으레 그렇듯, 므라우 역시 악취가 흐르고 죽음이 쏟아져 나오는 지대였다. 뷔올이 버리고 폐기한 모든 쓰레기가 폐기장에 모이듯 그 쓰레기장에 흘러들었다.

시대에 뒤처진 부품, 쓸모를 다한 마력구, 이제 더는 제대로 탄성을 보이지 못하는 늘어난 스프링 따위가 오물과 마력 찌꺼기에 뒤섞여 방치된, 대륙의 쓰레기장이었다. 바야흐로, 버려지고 망가진 것들의 도시.

결국 므라우에 모여든 것들은 그곳이 아닌 어디에서도 살아갈 자격을 갖지 못한 쓰레기 취급받는 생명들이었다. 인간보다 강인한 육신을 갖고, 반인을 비롯한 유사인족들은 문명으로부터 도망쳐 나와 스스로 므라우에 버려지기로 했다.

그들 역시 쓰레기처럼 버려졌고, 자신과 다른 것을 배척하는 인간들에 의해 비참하게 망가졌으며, 강제로 폐기되고 있었으므로.

쓰레기장이기 때문에 므라우만이 그들의 터전이 됐다.

므라우에는 온갖 종류의 찌꺼기와 폐기물이 모였다. 쓰레기 산 사이로는 오염된 것들이 종류도 정체도 없이 강처럼 내처럼 흘러 바다로 스며드는 먼 여정을 떠나고 있었고, 하늘에는 매캐한 검은 구름과 이름 없는 붉은 연기들이 자욱하게 들어차 강인한 반인들의 눈꺼풀과 폐조차 따끔따끔하게 찔러 대며 괴롭히고 있었다. 먹을 것도 누릴 것도 없는 땅이었다.

유사인족들은 살아남기 위해, 어떻게든 그 쓰레기를 활용할 방법을 개발해야 했다. 그들에게는 마법의 힘도 별로 없었고 공학적인 지식도, 그것을 활용할 자원도 마땅치 않았다. 그들의 문화는 결국 다른 방식으로 발전했다. 버려진 것들을 압축해 추출해 내는 에너지와, 땅을 파고 들어가 얻어 내는 새로운 자원.

그들은 기름때 낀 오물을 압축해 새로운 소재를 만들어 사용하고, 태우면 유독하리라는 것을 알면서도 검은 연기를 뿜는 폐기물들을 태워 가며 무엇이 가장 효율적으로 삶을 데워 주는지를 확인했다.

이미 버려진 것을 썩히고, 쓸 수 없다고 판별된 것들끼리 섞어 보았다. 다 쓰고 버려진 강판과 납덩이 따위를 주워 아무렇게나 합금을 만들어 보다가 점점 그 기술이 발전해, 어느 날엔가는 뷔올 전역에서 수입하고 싶어 안달이 나게 되는 므라우 산화은까지 개발해 내기에 이른다.

몸이 망가지리라는 것을 알고도 그 합금을 박아 넣어 신체를 강화하고, 인간들에게서 살아남기 위해 안간힘을 썼다. 외부로의 수출이 시작되면서 므라우에도 새로운 호흡이 시작되는 것 같았다. 그리고 그 '기술력'과 '자본'이라는 게 대체 무엇인지.

사람답게 살기 위해 개발한, 그들에게는 최소한의 보장이었던 것들이, 더한 것을 욕심내는 자들에 의해 결국 재앙으로 변질되었다.

　전성기라 하기엔 비참했지만, 후에 이야기할 때 그 시절을 므라우의 전성기라고 표현하지 않으면 달리 표현할 방법을 찾지 못하고 말 것이다. 레일리 크라하는 그 정도로 말도 안 되는 능력을 지닌 반인이었다.

　어떤 반인도 그 정도로 강력하지 못했고, 레일리 크라하가 휘두르는 번개의 힘은 그야말로 압도적이었다. 레일리 크라하가 쓰레기 산에 군림하는 하층민이 아니었다면, 누군가는 분명 그를 까마귀 대신 번개의 신 따위로 부르려 들었을 것이다.

　므라우 시민들의 마음속에는 그 비슷한 맹목적인 믿음과 의존의 감정이 도사리고 있었다. 레일리 크라하는 이 모든 부당을 뒤집을 수 있을 만큼 강력해 보였고, 실제로도 그랬다. 외부에서 찾아온 그 누구도 레일리 크라하를 무너트리지 못했고, 레일리 크라하의 지목을 받은 그 누구도 그의 손아귀에서 살아 나가지 못했다.

　인간들은 그들을 억압하려 들지만, 사실 그들은 인간들보다 조금도 뒤처지지 않는다는 사실을 모두가 서서히 깨달아 가기 시작할 무렵이었다. 쓰레기장을 중심으로 나뉘어 있던 생활 구역에 그들을 통제할 각 지역의 지도자가 자연스럽게 나타났다.


　남부의 뱀 반인 가라한 아브리함은 본래 레일리 크라하와 어릴 때 짧게나마 어울려 다녔던 족속이었다. 그는 레일리 크라하가 별다른 거처 없이 떠도는 동안 그들이 자란 남부 지역, 쓰레기장에서 반인들 사이에 종종 일어나곤 하는 소요 사태를 통제했다.

　사실 그 무렵의 가라한 아브리함은 과분한 꿈을 꾸고 있었다. 므라우의 법도 규율도 없는 사회에 최소한의 체계가 잡히면, 레일리 크라하를 앞세워 그들이 저 이기적이고 야만적인 인간들로부터 이단자가 머무를 땅을 빼앗아 올 수 있지 않을지. 그런 헛된 꿈.

그 부질없는 꿈에 동조한 사람들이 없는 것은 아니었다. 그 대표적인 예시가 바로 ㄱ였다. '이름'을 거부하고 대륙 공용어의 첫 글자로 자신을 표현하고 또 불리기를 원했던 그는 유사인족 노예와 누군지 모를 아버지 사이에서 태어나 뒤늦게 므라우로 흘러든 청부업자였다.

북부 지역에는 마력이 남은 마력구와 장치들이 구분 없이 버려지는 통에 주기적으로 폭발이 일어나곤 했다. 그런데 그곳에 어느 날 별안간 나타난 노예 출신의 걸출한 인재가 그 마력을 통제하기 시작했다. 그가 굳이 의도한 것이 아니었어도 그것은 일종의 통제였다.

북부는 자연스럽게 안정기에 접어들었다. ㄱ가 어떤 종족인지를 스스로 밝힌 적이 있는 것은 아니었다. 그의 종족을 완벽히 추론한 사람도 없었다. 하지만 그가 놀랄 만큼 아름답다는 사실에는 세상 모두가 동의했다.

인어도 천사도 아닌, 무지갯빛 휘광이 도는, 지나치게 아름다운, 마법에 능통한 생명체.

그는 주변과 소통하는 일 없이 조용히 북부에 머무르며 직면하는 문제들만을 해결했다. 하지만 그가 내심 가라함 아브리함의 급진적인 의견에 동조하고 있다는 사실을, 대부분의 므라우 시민이 알고 있었다.

아지르 모토외는 젊은 자들의 그런 객기를 염려하면서도 두려워하고 있었다. 그는 므라우 밖에 도사리고 있는 '평범한 인간'들의 평범한 잔혹함을 누구보다도 잘 아는 사람이었다. 아지르 모토외는 서부에 머무르던, 레일리 크라하보다 연배가 높아서 그 이전의 므라우에서 최소한의 동족상잔만을 막고 있던 사람이다.

레일리 크라하가 한창 활동할 무렵부터는 종종 함께 행동하기도 했다. 인간관계를 구축하는 일에 관심이 없던 레일리 크라하조차도 그와는 간혹 말을 섞곤 했다.

말하자면 그는 지배하지는 못하는 통제자였다. 므라우의 모든 것을 그만은 통제할 수 있었다. 하지만 정작 그는 늘 낡아 빠진 가죽 모자와 가죽 부츠 따위를 쓰고 다니는, 겉보기엔 평범한 사람과 조금도 차이가 없어 보이는 남자였다. 어딘지 고급스러운 문양이 음각된 낡은 두 자루의 권총을 마찬가지로 감출 길 없이 낡은 티가 나는 허리춤의 홀스터에 곱게 꽂아 놓고 다녔다.

그에게서는 어떤 이종의 흔적도 보이지 않았고 끝까지 아무도 그의 무시무시한 완력이나 악력 따위를 제외하고는 인간과 무엇이 어떻게 다른지를 구분해 내지 못했지만, 아지르 모토외가 평범한 인간이라면 므라우로 흘러들 일도 없었으리라는 사실만은 명백했다.

단지 그가 ㄱ와 가깝게 지내며 종종 서로의 셸터를 대신 관리하고 지켜 주었다는 점에서, 그 두 사람이 서로의 종족을 정확히 파악하고 있었을지도 모른다는 추측을…… 훗날 가라한 아브리함이 했다. 홀로 므라우에 남은 그가.

구가는 이 모든 일에 의견을 낸 적이 없었다. 사실 그는 의견을 낼 수 있는 육신조차 가지지 못한 존재였다. 암석인으로 태어난 것으로 추측되던 그는 태어날 때부터 이목구비의 구분이 모호했다. 이름도 그, 성대가 없는 듯한 육신에서 흘러나오는 신음인지 울부짖음인지 모를 소리에서 대충 음절을 따 와서 지어졌다.

행동하는 모습을 봐서는 주변의 상황을 파악할 수 있는 것 같았지만, 그의 육신에는 눈 따위가 없었으므로 아마 남들보다 배로 감각이 예민한 것이리라고 여겨질 뿐이었다. 식사는 얼굴로 추정되는 조각조각 갈라진 돌덩이의 빈틈 사이로 꾸역꾸역 쑤셔 넣으며 이루어졌다.

그는 사람을 먹었다. 피와 철, 납덩이와 단백질 따위를 돌의 빈틈 사이로 쑤셔 넣고 꾸역꾸역 짓이겼다. 구가는 의견을 말한 적이 없지만 명백히 레일리 크라하를 따랐다. 마치 맹목적으로 레일리 크라하를 추종하는 것 같았다.

아지르 모토외만큼은 아니어도 레일리 크라하에 비해 훨씬 오래도록 므라우에 머물렀으면서도, 그는 마치 레일리 크라하를 주인으로 삼기라도 한 듯했다. 레일리 크라하의 인정이나 위임 따위가 없어도 그는 묵묵히 레일리 크라하의 뒤를 그림자처럼 따르며 완력이 필요한 일을 했다.

그는 의견을 낸 적이 없지만, 상황이 급진적으로 흘러가기 시작할 무렵 레일리 크라하의 그림자를 떠나 동부로 갔다. 아무도 규율을 잡지 않던 곳으로. 그것으로 그의 의견은 충분히 대변된 셈이었다.

그렇게 결정되고 나자, 아지르 모토외도 따르기로 했다.

## *종말의 날*

그것을 달리 어떻게 표현해야 할까. 므라우는 종말의 날을 맞이했다.

하늘을 빽빽하게 메운 새까만 암석 덩이에는 불길이 들러붙어 있었고, 요란하게 쏟아지는 불비 아래에서 수많은 것이 타죽어 갔다.

유독한 가스와 물질들이 새카만 연기 아래에서 유사인족들의 몸과 함께 진탕으로 녹아내렸다. 그 불비가 쏟아져 내리는 틈으로도 꾸역꾸역 뷔올의 기사들이 밀려 들어왔다. 그들은 유사인족들과 싸우기 위해 들어온 것이 아니었다.

그들이 가장 먼저 한 일은, 그를 생포해 '해체'하는 일이었다. 지나치게 특출했던 그의 육신은 꼭 평범한 인간에게도 그런 특출함, 혹은 영생 따위를 줄 것처럼 여겨졌다. 그 아름다운 몸은 대륙 곳곳으로 흩어져 수많은 자들에게 이식되었다. 어떤 종족인지도 모를 것을 인간들은 태연히 제 몸에 박아 넣었다.

매력적인 용모를 지닌 가라한 아브리함 역시 강제로 붙잡혀 무릎 꿇려진 채 비참한 삶으로 끌려 들어갔다. 적어도 그는 조각조각 쪼개져 팔리지는 않았다. 그에게는 마법 능력이 없었으므로 구속구만 이식하면 충분히 통제할 수 있을 것처럼 보였고, 아름답고 특이한 것을 좋아하는 권력 있는 자들은 이 아름다운 장난감은 죽이지 않고 살려 두는 편이 낫겠다고 판단했다.

아지르 모토외는 언제나, 누구보다도 므라우에 진심으로 자신을 바친 사람이었다. 그의 최후 역시 그런 식으로 찾아왔다. 그는 쏟아져 내리는 운석으로부터 다른 주민들을 보호하기 위해 득달같이 앞에 나섰다. 아마 그가 처음이자 마지막으로 사용한, '이종의' 힘이었을 것이다.

그가 정확히 무슨 일을 했는지를 이해한 사람은 없었지만, 적어도 그의 등 뒤에 있던 사람들은 살아남았다. 운석과 함께 산산조각으로 부서진 아지르 모토외의 잔해를 밟고, 므라우 주민들은 살기로 했다. 어떻게든 살아남기로.

그리고 아지르 모토외가 구한 그들이, 대륙 곳곳으로 도망쳐 퍼져 나가, 어딘가에 자리를 잡고 숨어들었다. 훗날 레일리 크라하의 저력이 되고 가라한 아브리함의 권력이 되는, 대륙 전반에 줄기를 뻗은 거미줄 같은 가늘고 연약한 연명.

그 연명을, 구가 역시 이었다. 그는 부상을 입은 레일리 크라하에게 직격으로 쏟아져 내리던 운석을 대신 짊어지고, 그 운석의 불길에 휩싸여 함께 발갛게 달아올라 녹아내렸다. 눈구멍도 입구멍도 없는 몸으로, 레일리 크라하를 향해 서서. 조각조각 금이 간 암석덩이의 균열을, 레일리 크라하는 먼 훗날까지 일일이 기억해 냈다.

그 마지막 순간 가열된 돌덩이가 어떻게 벌겋게 달아오르며 한계를 호소했는지, 표정 따위가 없는 금 간 몸이 어떻게 서서히 뭉개져 내리며 레일리 크라하에게 살아남으라고 강요했는지.

그리고 그 기억이 레일리 크라하의 등을 떠밀었다. 일종의 저주처럼. 자유를 되찾자마자 북에서 남으로 ㄱ의 육신을 되찾으며 떠돌고, 그 후에는 유리 엘레체니카의 제안을 받아들여 '빛나는 것'을 찾아 헤매도록.

그의 한 몸을 쪼개더라도 동족 모두를 위해 무엇이라도 하고 쪼개라고. 더 의미 있는 일을 하라고. 누군가의 새장에서 만신창이로 휘둘리는 장난감 꼴로라도 끝까지 삐걱삐걱 움직이라고. 새로운 세상을 찾을 때까지 뷔올에서 끝까지 버티라고. 수단과 방법을 가리지 말고…….

　방법을 찾으라고, 소리 높여 외친 사람도 보란 듯이 입술을 달싹이고 표정을 일그러트린 사람도 없이 레일리 크라하는 홀로 주박에 사로잡혔다. 바야흐로 그가 대륙에서 살아가는 내내, 그 일생을 사로잡은 주박이었다.

## 엘제바
### ELSEBA: Third Submerged

**침수된 도시, 끊임없는 오물 비**

그치지 않고 비가 쏟아지는 땅이 있다.

어딘가에서 증기를 뿜어내면 그 증기가 어디론가는 가야 했던 법. 무엇에든 생성이 있으면 소실도 있어야 하는 법이었다. 탄생한 모든 것은 쪼개지고 퇴색될 뿐 완전히 소멸하여 세상에서 사라지는 것이 아니기 때문에, 역사가 기록되기도 전부터, 세상 모든 물질은 무너져 가는 방향으로 사라지지 않은 채 순환되고 있었다.

마력 찌꺼기와 화석 연료의 잔여물에 오염된 덩어리는 비구름 아닌 비구름을 형성했다. 쏟아지는 것은 빗방울이 아닌 폐수였고, 그 비를 삼키고 흡수함으로써 사람은 변이되고 망가지기 시작했다.

뷔올 전역에서 이루어진 고도의 마법적 발전은 곧 그 폐기물이 어딘가로 향할 수밖에 없는 구조를 만들어 냈다. 각지의 기계 마차와 공방이 뿜어내는 오염된 찌꺼기는 흘러 흘러 세상의 끝으로 밀려나야 했다. 그리고 그렇게 흘러간 것들은 일반적으로 '빈민'들이 사는 지역에 모여 시꺼먼 오물 웅덩이를 만들어 냈다.

위대한 천재 유리 엘레체니카가 제시한 혁신적인 정화탑이 있기는 했지만, 탑 한 채로 정화 가능한 영역은 비좁았고 정화탑의 가동에는 너무 많은 마법사들이 필요했다.

이미 오염된 땅마다 정화탑을 세우는 것도 일이었다. 그 비용에 비해 효율성이 떨어진다는 반박을 사 오직 한 개체, 뷔올 수도의 탑만이 제대로 건설되었다. 지배 계층의 입장에서 '보호될 가치'가 있는 땅은 그곳뿐이었다.

뷔올의 경우, 그 희생양으로 가장 먼저 선택된 땅은 황야가 많은 서부 지역이었다. 농업 자체가 등한시되는 시대에 농지로 발전할 가능성조차 없는, 바위와 모래가 즐비한 땅. 그 땅에 살아가는 사람들이 얼마나 있든지, 그런 문제는 숨 가쁘게 발전해 가는 문명의 앞에서는 아무것도 아닌 것으로 보일 뿐이었다.

처음엔 특정한 황야의 한 지역을, 그다음엔 또 다른 황야의 한 지역을, 그러다 보니 서부 전역이 버려지게 됐다. 뷔올의 발전이 빠르고 위대하면 위대할수록, 버려지는 땅들도 급속도로 늘어만 갔다.

서부 어딘가에서 실존하고 있을 매연이 가득한 하늘과 그 하늘을 뚫듯이 쏟아지는 오색찬란한 검은 비는 뷔올의 예술가들에 의해 낭만적이고 서정적인 장면으로 표현되기 일쑤였지만, 실상은 당연하게도 그런 것이 아니었다.

그 '검은 비'는 사람과 땅을 병들게 했다. 지면에 흡수되지도 못하고 식물을 살릴 수도 없는 물이 잘 정비된 도로와 건물들 위로 하염없이 쏟아져 내리고, 쏟아져 내리고, 쏟아져 내리며…… 어딘가로 흘러갈 수도, 깨끗한 물에 섞일 수도 없는 기름띠 띤 폐수가 땅 위에 흘러 넘쳐 고이고 있었다.

뷔올 최서단, 기계 마차가 이토록 발전하지 않았던 시절 한때 왕성히 남부와 교역을 하는 거대한 창구였던 엘제바는 이제 그 역할을 잃고 버려졌다. 가장 처음 버려졌음에도 나름대로 오래도록 버텨 온 지역이었다. 교류국이 아직 발견되지 않은 서북쪽을 향해 솟아난 땅이었기 때문에, 바다로 끊임없이 그 감당 못 할 오물을 흘려보내며 간신히 숨을 쉬었다.

더 늦게 버려진 땅들이 앞다투어 폐수 아래에 완전히 잠겨 가는 동안에도,

엘제바는 악착같이 버텼다. 수도에서 몰아낸 매캐한 연기를 뒤집어쓰고, 일 년 내내, 사시사철을 가릴 것 없이 어둠에 잠긴 채. 이제 엘제바에는 창고와 공장밖에 남지 않았다.

지저분한 비구름에 가려 태양이 뜨지 않는 도시였다. 엘제바는 그렇게 조금씩 죽어 가고 있었다. 서서히 침수되었다. 나라에서 세 번째로 큰 항구 였던 도시가 세 번째로 침몰해 갔다.

발목을 물들이고 정강이를 녹이는 폐수 위에서, 녹아내린 찌꺼기처럼 흘러내리는 새카만 빗줄기 아래에서, 하지만 그 오물에 잠긴 도시에도 여전히 살아가야 하는 사람들은 있다.

그리하여 폐수에 침몰된 채, 버려진 땅은 버려진 자들의 새로운 터전이 됐다.

### *지하수로, 기름띠 아래에서*

'병든 땅의 가장 병든 곳에서 살아가니, 당연히 인간들도 병들었다.'

비에 닿으면 녹아내리고 삼키면 위장이 흘러내리는 위험한 땅이었지 만, 그럼에도 불구하고 달리 살아갈 터전이 없고 어딘가로 도망쳐 갈 수도 없어서 결국 이곳에서만 살아갈 수 있는 자들도 있었다.

그들은 흘러내리는 빗물과 뒤엉켜, 이 버려진 땅에 폐수처럼 고이기 시 작했다. 발목까지 잠기는 폐수 속을 걸어 쓰레기를 줍고 쓸 만한 물질이 붙 어 있지는 않을지 유심히 살피며, 사람들은 뻐끔뻐끔 살 길을 모색해 왔다. 대량으로 뿜어져 나오는 증기와 마르지 않는 폐수야말로 그들의 유일한 자 원이었다.

공장과 창고가 들어선 엘제바의 네모진 구획마다 양심 없는 사업체들 이 막대한 양의 산화물을 쏟아 냈다. 그렇게 쏟아져 나온 폐기물들은 전부 어디선가로부터 도망쳐 온 반인과 유사인족, 그 지역을 떠날 수 없는 빈민들을 비롯한 다양한 하층민들이 조금씩 뜯어 들고 갔다.

마치 오래도록 므라우가 그렇게 연명했듯이, 사람들은 그 찌꺼기로부터 새 물건을 합성해 만들어 내고 암시장에 팔아 가며 겨우 생활을 이어 갔다.

분별없는 개발 탓에 그 구조가 미로처럼 복잡해진 하수도 아래 깊숙한 곳으로, 이윽고 몇몇 사람들이 숨어들었다. 세상에 인정받지 못하고 살던 곳에서조차 내쫓겨 이리저리 휩쓸리고 망쳐지기만 하던 이들이, 세상의 눈을 피해 지하로, 또 뒤따라 지하로, 그들을 쫓아 물 아래로.

어쩔 길 없이 그곳이 더 낫다는 사실을 인정한 뒤, 결국에는 모두가 퀴퀴하고 유독한 가스가 흐르는 엘제바의 푸른 안개 아래로 내려갔다. 사실, 그 편이 나았다. 엘제바를 뒤덮은 모든 물이 결국은 아래로 흘러내렸기 때문에, 미로처럼 복잡한 하수도 안쪽의 어딘가, 오염된 물에 잠기지 않는 곳을 찾아 자리를 잡기만 하면 엘제바의 폐수에 잠긴 땅 위에서 사는 것보다는 훨씬 나을 터였다.

건설되다 말아 끝이 막힌 구멍, 서로 다른 사업체가 하수도를 내다 보니 맞닥트리고 만 교차점, 주변에 다른 하수도들이 복잡하게 얽혀 있어 우연찮게 물이 새어 들지 않게 된 운 좋은 안전지대까지.

사람들은 따개비처럼 하수도 곳곳의 '잠기지 않은 지역'에 들러붙었다. 조금이라도 숨을 쉬고, 발을 내디디며 살 수 있는 곳을 찾아 나선 것이다.

간혹은 거처를 떠나 다시는 돌아오지 못하는 사람들도 있었다. 하수도 안의 다른 주민에게 강도질을 당해서 돌아오지 못하게 되는 경우도 있었고, 누군가는 폐수에 녹아내려서 그대로 깊은 곳까지 잠겨 버리기도 했을 것이다. 어쩌면 하수도 밖으로 나갔다가 '위쪽' 세계의 사람들에게 붙잡히거나 공격을 당했을지도 모른다.

그들은 지저분하고 꺼림칙한 존재였으니, 깨끗하고 이상적인 삶을 사는 자들의 눈에 띄었다가는 어떻게도 처리될 수 있는 입장이었다. 그 폭력과 억압의 굴레가 그들에게는 너무나 당연했다.

하지만 대부분의 '미귀환자'는 사실 그저 길을 잃어서 생겨났다. 그 누구도 이 하수도 안의 정확한 길을 알고 살아가는 것은 아니었다. 어떤 집단도 온전한 설계도를 지니지 못했다는 하수도 안쪽의 정확한 지리를 그들 같은 빈민이 알고 있을 리는 만무했다. 단지 이곳에서가 아니면 어디에서도 살 수 없을 뿐이었다.

따라서 이 안에서 무사히 길을 찾고 나아갈 수 있도록 안내해 주는 것은 오직 그들의 생존에 대한 욕망뿐이었으며, 폐수에 휘말려 변형된 불결한 발광 곤충들의 어렴풋한 빛만이 그 앞길을 일러 주는 희미한 지침이 되었다.

그리고 이 아득한 무저갱에, 므라우 몰락의 날 이후, 비로소 새로운 집단이 유입됐다. 바로, 구원자처럼.

### 므라우 난민들의 두 번째 터전

하수도 아래에 도시라고 부르기 애매한 거주 영역이 군데군데 나름의 체계를 잡고 집단적으로 자리를 잡아 갈 무렵.

므라우의 대학살에서 살아남아 뿔뿔이 흩어졌던 몇몇 난민들도 자연스럽게 이곳으로 흘러들기 시작했다. 앞서 뛰어난 화학적 발전을 이루었던 므라우 출신인 그들이라면 조금이라도 더 나은 생활을 줄지도 모른다고, 엘제바의 주민들도 기약 없는 희망에 사로잡혔다.

버려진 이들을 받아들이는 것은 버려진 자들뿐이었다.

정부조차 관리하려 들지 않는 유해한 땅. 하지만 사실 므라우 출신 난민들에게는 그리 낯선 환경도 아니었다. 그들은 처음부터 세상의 막장에서 살고 있었고, 이제 와서 맞이한 침수된 도시에서의 생활 따위는 하수도의 복잡한 구조를 이용하면 그리 어려울 것 같지도 않아 보였다.

여전히 므라우에서와 비슷한 청부업이나 쓰레기 처리업을 하며, 그들은 태연히 엘제바의 지하수도 속 사회에 녹아들었다. 그 압도적인 신체 능력으로 조금씩 하수도 안의 구조를 밝혀 가다 보니 결국 그들의 손에서 하수도의 완전한 지도가 탄생하기에 이르렀다. 엘제바 주민들의 생존률을 높여 줄 획기적인 발견이 이루어진 것이다.

## 노예상인과 뒷거래

하층민들이 지하로 내려가 하수도를 완전히 장악해 가는 사이, 도시 위쪽에서도 나름의 '적응'이 이루어지고 있었다.

쉼 없이 바닥을 타고 흘러내리는 폐수 위에, 경영자들은 거리낄 것 없이 새로운 오염물질을 보태듯 쏟아냈다. 철저한 구획으로 네모지게 나뉜 계획도시의 거대한 흰 건물들 사이로 새카만 물이 무지갯빛 기름띠를 두른 채 질질 흘러가는 동안 항구에는 폐수를 뚫고 움직일 수 있도록 개조된 거대 선박이 끊임없이 들락거렸다.

한때 연합국과의 교류를 담당했던 엘제바지만, 이제 그 역할은 남부의 다른 항구에 넘겨주었다. 뷔올에서 세 번째로 큰 항구지만 엘제바 방향으로는 마땅한 교역국이 없고, 도시 바로 앞의 바다는 검은 폐수로 뒤덮여 있었다.

따라서 이 항구의 용도는 자연스럽게 달라졌다. 엘제바의 항구는 바깥과 소통하기 위한 창이 아니라, 안에 사는 이들의 풍족을 챙겨 주기 위한 수단으로 바뀌었다.

간혹 땅 위로 올라오는 하층민들과 오염된 서부 곳곳에서 채취되는 변질된 광물 따위를 '가공'하고 '세척'해 판매하는 산업이 이곳에 자리를 잡았다. 어디선가 잡아 온 반인들에게 구속구를 이식하는 작업도 엘제바의 인간 공장에서 숱하게 이루어졌다. 그렇게 노예를 만들고 나면, 전부 국가의 공매에 헐값에 넘겨 버리기는 아까운 법.

결국 이 지역에는 세간에 알리고 싶지 않은 사업체, 공장, 창고를 운영하는 귀족들이 슬그머니 합법의 이름 아래에 그것을 숨겨 두고자 하며 꾸역꾸역 몰려들게 됐다. 그리고 그 중앙에, 예기치 못한 유력자가 끼어들었다.

공매를 통하지 않고 자본가들 사이의 사적 노예 경매를 알선하겠다는 겁 없는 발상을 떠올리고, 목숨이 아깝지도 않은지 정말 그 일을 실행에 옮긴 사람이 있다.

뷔올로부터 버림받아 서부에 내팽개쳐졌던 젊은 황자가, 마치 버려진 땅에 기어들었던 버려진 자들처럼 태연히 그 도시의 맹점을 파고들었다.

에슈마르크 대공이었다.

## 새 주인 에슈마르크 대공과 식민 무역

에슈마르크 대공은 본래부터 남들이 하지 않는 사업에 뛰어들어 세를 불리는 재능이 있는 사람이었다. 남들이 선호하는 사업에 손을 댔다가는 경계를 사기 쉬운, 죽어 살아야만 하는 입장에 있었던 탓도 있지만, 기본적으로 그는 수완이 좋고 유능했다.

본인부터가 뛰어난 발명가에 천재적인 대마법사였으니, 사업을 진행하며 필요한 물건이나 특수한 처치가 있다면 스스로 전부 해결해 냈다. 그 공격적이고 침략적인 사업 방식은 특히 두 가지 사업에서 두드러지게 성과를 거두었다.

식민지에 공장형 수확 형태가 어느 정도 정립된 뒤, 에슈마르크 대공은 특히 식민지의 차밭에서 생산되는 고급 차가 대륙 귀족들의 우아한 욕망을 충족시켜 주기에 아주 적합하다고 봤다.

몇 년인가의 미진한 관찰과 적절히 조절한 수입 구조를 살핀 뒤, 그는 황제에게 간언을 올렸다. 차 무역의 약탈적 수입 구조를 사기업들에게 넘겼다가는 언젠가 그들이 수입해 오는 물품에 목을 졸려 황실의 권위가 압박받게 되리라고.

그 영리한 제안에, 황제가 바로 반응했다. 국가 차원에서 사적 식민 무역을 통제하고 특히 차 무역은 통째로 관할 아래에 두자, 찻잎 없이는 살지 못하게 된 귀족들 역시 그 무역의 통제자인 황실의 손아귀에 멱살을 잡혀 이리저리 흔들리기 시작했다.

그 중대한 무역의 중점에 세울 만한 인재로, 그 어느 누가 생각하기에도 에슈마르크 대공만 한 적임자는 없어 보였다. 황제조차도 그 사실에 동의했다. 결과적으로 에슈마르크 대공은 국가 안에선 제일가는 수완가에 위대한 초월 자로서, 국가 밖에는 무자비하고 약삭빠른 약탈자로서 두 가지 위상을 구축한 채 완전히 군림하기 시작했다.

그가 엘제바에 노예 경매장을 세우고 사적인 노예 유통을 시작한 건 그 차 사업이 어느 정도 그의 손아귀에서 자리를 잡은 뒤의 일이었다. 세 간에서 몇몇 귀족들은 그가 콧대 높은 줄 모르고 오만해졌으며, 황제의 경 계를 사 짓눌리게 되리라고 비웃었지만, 눈치 빠른 몇몇 자들은 슬그머니 에슈마르크 대공의 노예 경매에 가담했다.

에슈마르크 대공과 황제는 적어도 사업적인 측면에서는 비슷한 방식으 로 생각하는 사람들이었다. 피차 서로에게 콩고물이 떨어지는 형태의 협력 이라면 망설일 이유도 저어할 이유도 없다는 사실을, 이미 그들은 차 무역 의 국가 주도 과정에서 증명해 냈다. 그러니 에슈마르크 대공이 이런 '겁 없는' 사업을 새로 시작하며, 황제에게 특정한 이윤을 약속해 주지 않았을 리 없다. 즉, 이것은 황제의 묵인하에 이루어지는 검은 거래장인 것이다.

그렇게 엘제바는 이전보다 좀 더 착취적인 본질을 지닌 도시로 삐걱 삐걱 변해 가기 시작했다. 폐수에 뒤덮이고 침몰한 이 도시에서 사람이란 결국 자원에 불과했으며, 그 자원을 태우고 소비해 죽어 가는 도시에 연 료를 집어넣고 괴물처럼 탐욕스럽게 배를 불렸다. 도시 전반에 검은 기름 때가 끼고 있었다. 어떻게 회복할 길조차 없다.

전조도 예정도 없이, 탐욕이 들어찬 이 도시에 심판이라고밖에 할 수 없는 해일이 몰아쳤다. 도무지 사람이 예견하거나 감당할 수 없을 정도로 거대한 해일이었다. 무자비한 규모의 해일은 지상에 있던 것을 모조리 쓸어버리고, 어디인지도 모를 먼 바다로 끌고 나갔다.

하수도민들에게 해일에 직격당한 지상이 어찌 되는지를 궁금해할 만한 여유는 없었다. 애초에 지상에 자리 잡은 거대한 착취의 성은 그들의 도시가 아니었다. 지하에 처박힌 하수도의 '물에 잠기지 않는' 곳에 다닥다닥 붙어 있던 하층민들은 숨죽인 채 해일이 물러가기만을 기다렸다.

며칠인가 계속해서 콸콸콸 쏟아져 들어오던 물줄기가 조금 안정되고, 이윽고 그 해일이 완전히 물러갔음을 알았을 때. 아주 잠깐 비가 그친 틈새로, 하수구의 철로 만든 격자 창살을 뚫는 희미한 햇살이 새어 들어왔다.

아주 희미한 햇살. 잠깐이었지만 착취자와 그 기계들이 모조리 쓸려 나간 뒤 엉망이 된 도시를 비춰 보였다. 어둠 속에 숨어 있던 주민들이 하나둘 고개를 빼 들고 그 격자 창살 너머를 숨죽인 채 지켜보았다.

기름띠가 강제로 쓸려나간 젖은 도시 위로 공장의 망가진 부품들만이 희미하게 떠다니고 있었다. 어렴풋이 그 수면이 파도처럼 두어 번 일렁이고, 누군가가 말했다. 한 줄기 햇살이 아주 잠깐 비추었던 그 풍경이 너무나 비현실적이고 기괴해서, 마치 거짓말 같다고.

그리 말하며, 지상 위로 돌아가는 첫 발을 내디뎠다.